W0024416

Kann eine Begegnung für immer in deinem Herzen bleiben? Endlich im Taschenbuch - der siebte Roman der englischen Bestseller-Autorin Paige Toon.

Sehnsüchtig erinnert sich Alice an Joe und die Ferien vor ihrem Studienbeginn. Damals war ihr klar, dass die Affäre dem Sommer gehört und der Realität niemals standhalten kann: Joes Arbeit in der Kneipe seiner Eltern und ihr Studium in Cambridge scheinen nicht zusammenzupassen. Gebrochenes Herz hin oder her.
Doch auch Jahre später will die Erinnerung an das Picknick im Sommerwind nicht verblassen. Und dann sieht Alice ihn wieder: auf der Kinoleinwand. Joe ist mittlerweile ein weltberühmter Star, und Alice muss sich entscheiden, ob das Herz oder der Verstand über den eigenen Lebensweg entscheiden soll.

Paige Toon wurde 1975 geboren. Als Tochter eines Rennfahrers wuchs sie in Australien, England und Amerika auf. Sieben Jahre lang arbeitete sie als Redakteurin beim Magazin »Heat«. Paige Toon ist verheiratet und lebt mit ihrer Familie in London. Von ihr lieferbar sind folgende Romane: ›Lucy in the Sky‹, ›Du bist mein Stern‹, ›Einmal rund ums Glück‹, ›Diesmal für immer‹, ›Immer wieder du‹ und ›Ohne dich fehlt mir was‹.

Aus dem Englischen von
Andrea Fischer

FISCHER Taschenbuch

Erschienen bei FISCHER Taschenbuch
Frankfurt am Main, Juli 2016

Die Originalausgabe erschien 2012 unter dem Titel ›One Perfect Summer‹ im
Verlag Simon & Schuster UK Ltd, London.

Published by Arrangement with SIMON & SCHUSTER UK LTD., London, UK.
Dieses Werk wurde vermittelt durch die Literarische Agentur
Thomas Schlück GmbH, 30827 Garbsen.

Druck und Bindung: CPI books GmbH, Leck
Printed in Germany
ISBN 978-3-596-19552-7

Für Nigel Stoneman,
der mit fünf kleinen Worten half,
meine Träume wahrzumachen

Als ich achtzehn war …

Kapitel 1

»*There'll be bluebirds over …*«
»Wir fahren nach Dorset, Mum, nicht nach Dover«, unterbreche ich meine Mutter, die schon wieder das Lied *The White Cliffs of Dover* angestimmt hat.
»Weiß ich, aber ich kann es doch trotzdem singen, oder?« Sie spielt die Beleidigte.
»Bleib mal besser bei Pinsel und Farbe«, necke ich sie. Sie grinst, und ich lächle vom Beifahrersitz zurück.
»Unser Urlaub wird bestimmt lustig!«, ruft sie und greift in Richtung des Autoradios.
Ihre Hand nestelt am Drehknopf, um einen Allerweltssender einzustellen, aber ich kann sie in letzter Sekunde davon abhalten. Mist, so weit außerhalb von London gibt es kein XFM!
»iPod?«, schlage ich hoffnungsvoll vor.
»Na gut, meinetwegen«, gibt sie nach. »Hauptsache, du kommst in Urlaubsstimmung!«
»Ich bin in Urlaubsstimmung«, versichere ich ihr. Ich stöpsele meinen nagelneuen weißen MP3-Player ein, den mir meine Eltern zum Geburtstag geschenkt haben.
Mum schaut mich mit gekräuselter Stirn von der Seite an, bevor sie den Blick wieder nach vorn auf die Straße richtet. »Natürlich bist du enttäuscht, dass Lizzy nicht mitkommen konnte, aber du wirst trotzdem deinen Spaß haben. Außerdem hast du so vielleicht ein paar ruhige Momente, um dir schon mal den Stoff für die Uni anzuschauen.«
»Hm.«

Over von Portishead setzt ein.
»Du liebe Güte, Alice, wenn ich das höre, will ich mir am liebsten sofort die Pulsadern aufschneiden!«, meckert meine Mutter nach einer Weile. »Los, komm!«, setzt sie nach, als ich nicht reagiere. »Ein bisschen was Flotteres, bitte!«
Ich seufze, tue ihr aber den Gefallen. *Holiday* von Madonna dröhnt aus den Lautsprechern.
»Das ist schon besser.« Sie singt wieder mit.
»Mum!«, stöhne ich. »Deine wahre Begabung liegt woanders.«
Sie lacht. »Große Worte für einen Teenager. Aber schließlich wird meine Tochter ja auf die Cambridge University gehen!«
»Zur Universität *in* Cambridge, nicht zur University of Cambridge«, berichtige ich sie zum gefühlt hundertsten Mal. Tatsächlich besuche ich bald die Anglia Ruskin University in Cambridge, aber wenn meine Mutter das ihren Bekannten erzählt, vergisst sie gerne das Kleingedruckte.
»Ist trotzdem was Tolles«, sagt sie, und ich widerspreche nicht, weil es schön ist, wenn die Eltern stolz auf einen sind. Sie schmettert: *»Holi-day!«*
Und bevor ich mich wieder über die schrägen Töne aufrege, singe ich lieber mit.

Meine Mutter ist Künstlerin. Ihre Spezialität sind abstrakte Landschaften in Öl, sie verwendet aber auch andere Materialien, zum Beispiel Metall, Sand und Stein. Seit Jahren versucht sie, damit ein bisschen Geld zu verdienen, und obwohl sich ihre letzte Bilderserie gut verkauft hat, ist mein Vater noch immer der Hauptverdiener. Er arbeitet als Buchhalter in London und wird über die Wochenenden zu uns nach Dorset kommen. Es ist Mitte Juli und wir werden bis Ende August hierbleiben. Mum will in diesen sechs Wochen an einer neuen Serie arbeiten, die zu ihrer Freude im September in einer supercoolen Galerie in East London ausgestellt werden soll.
Ich für meinen Teil hatte diesem langen Sommerurlaub nur zu-

gestimmt, weil meine beste Freundin Lizzy mich begleiten wollte. Im Herbst fängt sie ihr Studium in Edinburgh an, und wir sind beide traurig, weil wir uns dann nur noch selten sehen werden können. In den letzten Jahren waren wir quasi unzertrennlich, und diese Sommerferien sind somit das Ende einer Ära. Wir haben uns ausgemalt, wie wir die langen Sommertage träge im Garten liegen oder mit Mums Auto ans Meer fahren würden. Aber dann wurde bei Lizzys Mutter Susan kürzlich ein Knoten in der Brust entdeckt, der sich als bösartig erwies. Das war ein großer Schock, und mir wird jedes Mal schlecht, wenn ich daran denke, was meine Freundin und ihre Familie gerade durchmachen müssen. Susan wird diese Woche operiert, und der Knoten wird entfernt. Anschließend muss sie sich einer Chemotherapie unterziehen. Versteht sich von selbst, dass Lizzy jetzt nicht mal an Urlaub denkt.

»Ist das nicht wunderschön?«, fragt Mum.
Ich schaue aus dem Fenster auf die sanft geschwungene grüne Hügellandschaft.
»Guck mal da! Ob das Wildpferde sind?« Sie wartet meine Antwort gar nicht erst ab. »Du könntest hier Reitunterricht nehmen. Und gar nicht weit entfernt von unserer Ferienwohnung, in der Nähe von Swanage, ist ein Schloss. Eine Dampfeisenbahn fährt dorthin.«
»Ich weiß, hast du mir schon erzählt.«
»Na, das wird doch lustig, oder?«
»Klar«, erwidere ich mürrisch. Es hätte lustig werden können – wenn Lizzy dabei wäre. Mannomann, hoffentlich wird das mit ihrer Mutter wieder …
»Vielleicht lernst du neue Leute kennen«, spekuliert Mum hoffnungsvoll.
»Ich bin doch kein Kind mehr«, entgegne ich mit gequältem Lächeln.
»Ich weiß, aber es wird dir trotzdem gut gefallen«, beharrt sie.
Ich glaube, sie muss sich selbst und mir Mut zusprechen.

Das Cottage, das wir gemietet haben, liegt weitab vom Schuss. Es ist aus hellem Stein. Um einen kleinen Garten mit Rasen zieht sich eine alte Mauer. Vor dem Haus steht eine Bank im Sonnenschein. Ich stelle mir vor, wie ich dort sitzen und meine Bücher für Englische Literatur lesen werde.
Das Ferienhaus wurde vor kurzem renoviert, es macht einen sauberen, gemütlichen Eindruck. Mum stellt den Wasserkessel an und holt Milch aus der Kühlbox, während ich mich an den Küchentisch setze und mir das von den Vermietern hinterlegte Handbuch vorknöpfe.
Meine Mutter ist groß und schlank, hat schulterlanges blondes Haar und grüne Augen. Ich komme mehr nach meinem Vater und seinem Teil der Familie. Ich bin relativ klein, nur 1,63 Meter groß, und habe langes dunkelbraunes, fast schwarzes Haar. Meine Augen sind denen meiner Mutter ähnlich, haben aber einen leicht asiatischen Einschlag. Meine Großmutter väterlicherseits war Chinesin. Leider starb sie noch vor meiner Geburt.
»Und, steht da drin, was man hier so alles machen kann?«, erkundigt sich Mum und stellt eine Tasse Tee vor mich.
»Ungefähr dasselbe, was du mir schon erzählt hast«, antworte ich. »Es gibt wohl ein paar nette Wanderwege oben auf den Klippen.« Ich zeige in die Richtung, aus der wir mit dem Auto gekommen sind. »Außerdem soll es einen Pub geben, zu dem man zu Fuß hingehen kann.«
»Das klingt doch vielversprechend. Sollen wir da vielleicht für ein frühes Abendessen vorbeischauen und dann die Beine vor dem Fernseher hochlegen?«

Obwohl wir fast drei Stunden im Auto gesessen haben, fahren wir mit dem Wagen zum Pub. Es fehlt uns an Energie für einen Spaziergang. Das Dorf ist wunderschön. Cottages aus weißem Kalkstein mit blau und grün gestrichenen Fensterrahmen säumen die Straßen, zwischen den Hügeln glitzert das Meer.
Wir steigen die Stufen zum Pub hinauf. Im Biergarten, der einen

Blick aufs Meer bietet, stehen graue Steintische und -bänke. Bevor wir uns hinsetzen, gehen wir hinein an die Theke, um uns ein bisschen umzusehen und etwas zu bestellen.
Beim Eintreten fällt mein Blick auf ihn, den Typen, der hinter dem Tresen steht. Er ist groß – um die 1,80 Meter, 1,85 Meter –, hat kinnlanges, glattes schwarzes Haar und einen silbernen Ring in der rechten Augenbraue. Mit gesenktem Blick zapft er ein Pint, dann schaut er auf, und seine dunklen Augen blicken in meine. WUMM! Ich weiß, es klingt verrückt, aber ich habe das Gefühl, dass mein Herz mir gerade aus der Brust gesprungen ist.
Er senkt den Blick wieder, füllt das Glas bis zum Rand und bringt es, ohne einen einzigen Tropfen zu verschütten, einem Mann mittleren Alters am anderen Ende der Theke. Meine Nackenhaare stellen sich auf. Mum reißt mich aus meiner Starre.
»Der könnte ungefähr so alt sein wie du.« Sie knufft mich fröhlich in die Seite und weist mit dem Kinn auf den unglaublich attraktiven Barkeeper.
»Psst!«, ermahne ich sie und sterbe innerlich vor Scham.
Vergeblich versuche ich, den Blick von ihm loszureißen, als er Geld von dem Gast entgegennimmt und zur Kasse geht. Er nähert sich uns, mein Puls beschleunigt sich. In diesem Moment taucht ein untersetzter Mann mit kurzem, zurückgegeltem schwarzen Haar und großflächigen Tätowierungen auf den Armen vor uns auf.
»Was kann ich Ihnen bringen?«
Große Enttäuschung meinerseits, weil uns nicht der coole Typ bedient.
»Ein Glas Weißwein, bitte«, bestellt meine Mutter freundlich. »Und du, Alice?«
»Hm …« Mein Blick huscht zu dem Jungen hinüber, aber der kümmert sich bereits um den nächsten Gast. »Einen kleinen Cider, bitte.«
Ohne ein weiteres Wort zu sagen, geht der tätowierte Dicke seiner Arbeit nach. Er trägt ein weißes Unterhemd, darunter zeichnet sich seine dunkle Brustbehaarung ab. Ich frage mich, ob er der Vater des

hübschen Jungen ist. Schon knallt er das Glas mit honiggoldener Flüssigkeit vor mich, es schwappt ein bisschen über, aber er entschuldigt sich nicht. Nicht einmal das kleinste Lächeln zeichnet sich auf seinem Gesicht ab, als er uns den Preis nennt und Mum anschließend das Wechselgeld herausgibt. Irgendwie ist mir unbehaglich zumute.

»Haben Sie eine Speisekarte für uns?«, fragt Mum.

»Wir machen kein Essen«, lautet die schroffe Antwort.

Ich folge meiner Mutter nach draußen in den spätnachmittäglichen Sonnenschein.

»Wie schön es hier ist«, sagt Mum, als wir uns setzen. »Der Typ eben war ja ganz schön schnuckelig, was?« Wieder stupst sie mich an, was mich endgültig aus meinen Tagträumen reißt.

»Mum, das sagt man nicht mehr.« Ich gebe mich unbeteiligt, obwohl es in mir heftig rumort.

Meine Mutter versucht sich in einem dieser Mutter-Tochter-Gespräche, aber es dauert nicht lange, da klirren leise hinter uns Gläser, und ich drehe mich um. Mit flatternden Nerven sehe ich, dass der schwarzhaarige Typ das Leergut von den jüngst verlassenen Tischen einsammelt.

»Hallo!«, ruft ihm meine Mutter fröhlich zu.

Mein Gott nochmal, Mum, halt die Klappe!

»Hallo, alles klar bei Ihnen?« Er lächelt ihr verhalten zu, sein Blick huscht zu mir hinüber.

WUMM! Wieder dieses Gefühl, als wäre ich aus Metall und er ein starker Magnet. Was ist bloß in mich gefahren?

»Wir machen hier Urlaub«, erklärt Mum. »Können Sie uns irgendwas Nettes empfehlen, was man hier unternehmen kann?«

»Hm …« Er richtet sich auf und überlegt kurz, die eingesammelten Gläser in den Händen. »Waren Sie schon in Corfe Castle?«

»Wir sind heute erst angekommen.« Lächelnd zuckt sie mit den Schultern.

Er trägt eine schwarze Jeans und ein schwarzes T-Shirt mit einem Aufdruck einer Indie-Rock-Band. Genau mein Typ.

»Wo wohnen Sie denn?« Wieder schielt er zu mir hinüber.
Ich bekomme kein Wort heraus, zum Glück antwortet Mum.
»In einem kleinen Cottage hinter den Feldern. Wir sind sechs Wochen lang hier, also, wenn Sie noch irgendwelche Ideen haben …«
Irgendwo bellt ein Hund. Der Barkeeper sieht sich panisch um. Wie auf Kommando kommt der Dicke aus dem Pub gestürmt.
»JOE! Kümmer dich um die Töle!«, brüllt er.
Joe … Der hübsche Junge hat einen Namen … Na klar hat er einen Namen, Alice!
»Komme!«, ruft Joe genervt zurück. »Muss mal mit meinem Hund rausgehen«, erklärt er entschuldigend.
»Können Sie vielleicht Gesellschaft gebrauchen?«, ruft meine Mutter ihm hoffnungsfroh nach. Wieder fährt sie den Ellenbogen aus und stößt mir in die Rippen. »Alice würde gerne Leute in ihrem Alter kennenlernen.«
»Lass das, Mum!«, zische ich gedemütigt.
Besagter Joe schaut mich an; ich werde knallrot und würde alles dafür geben – wirklich alles –, damit sich die Erde vor mir auftut oder ein riesengroßer Flugsaurier vom Himmel herabstößt und mich mitnimmt.
»JOE!«, ruft der Dicke erneut, womit sich jede Antwort des Barkeepers erübrigt.
»Nein, schon gut, geh ruhig«, bringe ich hervor.
»Okay. Bis dann mal!« Schnell verschwindet er.
Ich schlage die Hände vor mein rotglühendes Gesicht. »Das war so was von peinlich!«, stoße ich aus.
»Warum?«, fragt Mum.
»Das war echt das Letzte, was du gerade gemacht hast«, stöhne ich.
»Herrgott nochmal, Alice, das ist doch nur ein Junge«, erwidert sie flapsig.
Doch das ist er nicht. Er ist nicht ›nur ein Junge‹. Keine Ahnung, woher ich das weiß, aber irgendwo tief in mir drin ist mein Herz bereits gebrochen, und ich glaube zu wissen, dass dieser Joe allein die Ursache dafür ist.

Kapitel 2

Zurück im Cottage lege ich mich ins Bett, starre an die Decke und denke an den Barkeeper. Irgendwann kommt mir die Idee, dass ich ihn vielleicht zufällig treffen könnte, wenn er mit seinem Hund unterwegs ist ... Ich laufe nach unten.

»Ich mache einen Spaziergang.«

Mum reißt den Blick von ihrem Skizzenblock los. »Wir können auch zusammen fernsehen, hast du Lust?«

»Nee, ich brauche frische Luft.«

Da der Wind aufgefrischt hat, drehe ich meine Haare zu einem lockeren Knoten zusammen und schlüpfe in Regenjacke und Gummistiefel, falls die Wege schlammig sein sollten. Ich schlage den linken Weg ein und folge einem Schild zum Priest's Way. Nach einer Weile sehe ich einen anderen Wegweiser, der zu etwas führt, das sich »Dancing Ledge« nennt. Tanzender Felsvorsprung? Hört sich interessant an. Es sind nur wenige Leute unterwegs, und immer wenn ich einen Hund ohne Herrchen sehe, zucke ich vor Aufregung zusammen. Ich weiß, ich spinne, aber mir ist langweilig; da darf man ruhig tagträumen.

Mein Gott, er sieht so super aus. Schon bei dem Gedanken daran, Joe wiederzusehen, werde ich nervös. Morgen werde ich Mum in den Pub schleppen, ob sie will oder nicht.

Ich biege nach links ab auf ein Feld und folge einem steinigen, von Wildblumen gesäumten Pfad. Vor mir liegt das Meer – dunkelblau schimmert es im dunstigen Abendlicht. Ich halte kurz inne, um die frische Luft einzuatmen.

Plötzlich fällt mir wieder ein, dass Mum Joe erzählt hat, ich würde »sooo gerne Leute kennenlernen« – und wie knallrot ich geworden bin! Auch ihm war die Situation sichtlich unangenehm. Mich verlässt der Mut, ich bin kurz davor, zum Ferienhaus zurückzukehren. Aber nun bin ich schon so weit gelaufen, dass ich mir genauso gut auch diesen Dancing Ledge ansehen kann, was auch immer das sein soll. Ich gehe durch ein Weidentor, der Weg wird schmaler, steiniger und steiler. Er führt zwischen hohen Ginsterhecken bergab, und dann auf einmal … also, ich bin ja nicht besonders naturverbunden, aber als ich den Hohlweg hinter mir lasse, verschlägt mir der Ausblick fast den Atem. Vor mir fällt ein grasbewachsener Hang nach unten ab und scheint schlagartig im Nichts zu enden. Links von mir schieben sich weitere Klippen ins Meer hinaus. Die Aussicht ist überwältigend, ich kraxele ein bisschen weiter nach unten und setze mich ins Gras. Kein Wunder, dass meine Mutter unbedingt nach Dorset wollte – das Panorama vor mir ist malerisch.
Ein großer, zotteliger schwarzer Hund schießt um die Ecke und stürmt an mir vorbei. Er läuft zum Rand der Klippe, doch anstatt weiterzurennen, dreht er um und kommt auf mich zu. Ich halte ihm lächelnd die Hand hin – ich mag Hunde – und er wedelt wie verrückt mit dem Schwanz und zeigt mir das breiteste Hundegrinsen, das ich je gesehen habe.
»Hallo!«, begrüße ich ihn und tätschele liebevoll seinen Kopf. Aus reiner Neugier drehe ich mich um … *Nein!* Kann ich tatsächlich hellsehen, oder was? Das darf doch nicht wahr sein! Aber da ist er, JOE! In meinem Bauch tummeln sich unzählige Schmetterlinge.
»DYSON!«, ruft er und fuchtelt zornig umher. »WEG DA!«
Dyson, offenbar der Hund, fängt an, wie ein Irrer zu bellen und seinen eigenen Schwanz zu jagen. Belustigt schüttelt Joe den Kopf. Plötzlich macht Dyson einen Riesensatz auf mich zu, und ich falle rücklings ins Gras.
»Oh, Scheiße! Entschuldigung!«, ruft Joe und zerrt seinen Hund von mir herunter. »AUS, DYSON!«, schreit er. »Ist alles in Ordnung?«, schiebt er dann besorgt nach.

»Alles okay«, bringe ich hervor.

Ein breites Grinsen zieht sich über Joes Gesicht. »Ach, du bist das.«

»Jawohl, ich.«

Meine Nerven haben sich sonderbarerweise komplett aufgelöst. Joe lässt sich neben mir ins Gras fallen. Ich bekomme fast einen Herzinfarkt.

»Alice, oder?«

»Ycah.«

»Ich bin Joe.«

»Hallo.« Weil ich schon wieder rot werde, schaue ich schnell auf Dyson. »Ich dachte schon, dein Hund fällt von der Klippe.«

»Keine Sorge, das geht zwar ganz schön steil runter, aber unten ist ein Zaun.«

»Na, dann ist ja gut. Dyson – lustiger Name für einen Hund.« Besagtes Tier liegt ausgestreckt neben seinem Herrchen.

»Ich habe ihn nach diesem Staubsauger benannt.« Joe tätschelt seinen Hund. Dysons Rute klopft ins Gras.

»Warum?«

»Er schluckt alles hinunter, was nicht niet- und nagelfest ist.«

»Bah!« Ich verziehe das Gesicht und lache.

»Es ist wirklich abartig«, sagt Joe liebevoll. »Du bist also sechs Wochen lang hier?«

»Ja.« Ich konzentriere mich auf seine klobigen schwarzen Stiefel und bekomme kein Wort heraus. *Los, Alice, sag was, sonst ist er weg!* »Meine Mutter ist Malerin«, erkläre ich schnell.

»Oh, aha. Ist ja cool.«

»War das dein Vater, eben im Pub?«

Joe verdreht die Augen und reißt eine Handvoll Gras aus. »Yeah.«

»Versteht ihr euch nicht gut?«

Er sieht mir ins Gesicht. Seine Augen sind unglaublich dunkel. »Nicht besonders.«

In dem Moment habe ich wieder das Gefühl, als würde mich ein Magnet zu ihm ziehen. Um Himmels willen, ich hab zwar befürchtet, ich könnte hellsehen, aber wenn das so weitergeht …

»Wohnst du schon lange hier?«, frage ich in dem Bemühen, möglichst gelassen zu wirken.
»Erst seit Mai.« Joe wendet den Blick ab, ich bin erleichtert. Er stützt sich auf die Ellenbogen.
»Wo hast du vorher gewohnt?«
»Erst in Somerset, dann in Cornwall. In Dorset haben wir aber auch schon mal gelebt. Wir hatten früher einen Pub in Lyme Regis.«
»Wow! Du bist viel rumgekommen.«
»Nicht freiwillig«, gesteht er und kontert schnell, bevor ich weiter nachfragen kann: »Und woher kommst du?«
»Aus London.«
»Welcher Stadtteil?«
»Aus dem Norden: East Finchley. Kennst du das?«
»Nein. Ich kenne London nicht sehr gut. Aber ich ziehe bald dahin.«
»Wirklich?« Mein Herz macht einen Sprung und setzt dann kurz aus, als mir einfällt, dass ich im September nach Cambridge gehe. Ich erzähle es ihm.
»Echt? Warum?«
»Zum Studieren.«
Er macht große Augen.
»Am ehemaligen Polytechnikum«, erkläre ich schnell. »Für die richtige Universität bin ich nicht schlau genug.«
»Ich bin für gar keine Uni schlau genug«, erwidert Joe.
»Das stimmt doch nicht«, fühle ich mich gezwungen zu sagen.
»Doch.« Schulterzuckend schaut er in die Ferne. »Aber ich hau hier ja eh ab.« Er steht auf. »Ich muss zurück. Morgen ist Quizabend«, sagt er abschätzig. »Ich muss mir noch die Fragen ausdenken. Welchen Weg gehst du zurück?«
»Da hoch.« Ich rappele mich auf und weise auf den Ginsterpfad.
»Ich bring dich nach Hause.« *Yippie!* »Da du ja sooo gerne Leute kennenlernen möchtest und so«, fügt er hinzu.
Ich bekomme einen roten Kopf, er stößt mich neckend mit dem Ellenbogen an.

»Du kannst mich mal«, gebe ich zurück, doch bei seinem Lachen wird mir ganz warm.
Er hat sich einen grauen Kapuzenpulli um die Taille geschlungen, seine Arme sind gebräunt. Diesen Sommer hatten wir eine regelrechte Hitzewelle, was nur selten vorkommt. Ich ziehe den Reißverschluss meiner Regenjacke auf, um ein wenig zu lüften. Gemeinsam klettern wir über den steinigen Pfad nach oben.
Ich greife unser Gespräch wieder auf. »Hier ist es doch so schön. Warum willst du fort?«
»Ja, klar ist es hier schön, aber … Keine Ahnung. Ich bin weg, sobald ich ein Auto habe.«
»Nimmst du Dyson mit?«
»Natürlich!« Joe runzelt die Stirn. »Den würde ich doch nicht bei meinen Eltern lassen!«
»Warum arbeitest du überhaupt für sie?«, frage ich.
»Ich kann es mir noch nicht leisten auszuziehen, aber durch die Arbeit kann ich wenigstens meine Miete zahlen.«
»Du musst Miete zahlen?«
»Tja, ich bin schließlich achtzehn. Gerade geworden.« Er schnaubt verächtlich. »Allerdings stehe ich schon seit mehreren Jahren hinter der Theke …«
»Ist das nicht verboten?«
»Klar.«
Ich kann mir nicht vorstellen, dass mir meine Eltern jemals Geld dafür abnehmen würden, dass ich bei ihnen im Haus wohne, oder dass sie mich noch als Kind zum Arbeiten hinter eine Theke gestellt hätten. Aber vielleicht bin ich ja naiv.
Dyson stürmt voran. Als wir ihn einholen, versucht er gerade, einen riesengroßen Ast unter einem Baum hervorzuziehen. Er lässt ihn fallen und knurrt, dann bellt er Joe schwanzwedelnd an.
»Du bist so dämlich!« Joe schüttelt den Kopf. »Mit so einem Ding kann man nicht spielen.« Dyson bellt wieder. »Such dir einen kleineren Stock. Los!«
Nichts da. Dyson will den dicken Ast.

»Den werfe ich nicht«, beharrt Joe.
Ich finde es irgendwie niedlich, wie er mit seinem Hund spricht.
Wuff!
»Nein.«
Wuff, wuff, wuff!
»Verdammt nochmal«, murmelt Joe, greift nach dem Ast, hebt ihn an einer Seite hoch und tritt kräftig dagegen. Krachend bricht das Holz entzwei. Ich verfolge schmunzelnd, wie Joe den Stock weit aufs Feld schleudert und Dyson wie ein fröhlicher Irrer hinterherrast.
»Du hast ein gutes Herz«, sage ich.
»Viel zu gut.« Joe wirft mir einen Seitenblick zu.
»Wie lange hast du ihn schon?«, will ich wissen.
»Rund zwei Jahre. Als wir in Cornwall wohnten, ist er mir aufgefallen, weil er immer am Strand herumstreunte. Er lief mir bis nach Hause nach, und ich machte den Fehler, ihm was zu fressen zu geben. Danach wich er mir nicht mehr von der Seite.«
»Wem er wohl gehört hat?«
Dyson bringt den Stock zurück, damit Joe ihn erneut werfen kann.
»Wer weiß? Er hatte kein Halsband um. Er war so abgemagert und dürr, dass er entweder schlecht behandelt wurde oder sich schon eine ganze Zeitlang allein herumtrieb. Mein Vater ist fast ausgeflippt, als er merkte, dass ich die Reste aus der Küche an einen Hund verfütterte.«
»Häh, aber das konnte ihm doch egal sein, oder? Die wollte doch eh keiner mehr essen ...«
»Er kann Hunde nicht leiden.«
»Warum durftest du ihn dann trotzdem behalten?«
»Weil mein Vater damals mit anderen Sachen beschäftigt war.«
»Womit?«
»Wenn das so weitergeht, kennst du bald meine ganze Lebensgeschichte.« Grinsend wechselt Joe das Thema. »Also gut, Superhirn, hilf mir mal, ein paar Fragen für dieses dämliche Quiz zu formulieren.«

Als wir am Cottage ankommen, habe ich in Erfahrung gebracht, dass Joe denselben Musik-, Fernseh- und Filmgeschmack hat wie ich. Der Rückweg war unterhaltsam; wir versuchten, uns gegenseitig mit unserem Wissen über Indie-Rock, englische Comedy-Klassiker und Science-Fiction-Filme zu übertrumpfen.
»Jetzt muss ich auf jeden Fall zu eurem Quizabend kommen, weil ich dann gewinne«, sage ich.
Lachend lehnt sich Joe gegen das cremeweiß gestrichene Holztor. Auf einmal werde ich wieder nervös.
»Ich habe noch nicht alle Fragen zusammen. Vielleicht nehme ich noch eine über *Big Brother* dazu, nur um dir eins auszuwischen.«
»Dann müsstest du dir das ja angucken. Bist du dir sicher, dass du Lust auf so eine Recherche hast?«, gebe ich trocken zurück.
»Ehrlich gesagt: nein.« Er schaut mir in die Augen, und die Schmetterlinge flattern wieder wie wild. »Heißt das, du kommst morgen Abend in den Pub?«
»Wäre das in Ordnung?«
Er lächelt. »Auf jeden Fall.«
Ich erwidere sein Lächeln. »Cool.«
»Also gut. Bis morgen.«
»Bis morgen.«
Unbeholfen stehen wir uns gegenüber, dann wird ihm klar, dass er mir den Weg versperrt. Er springt zur Seite und öffnet mir den Riegel.
»Danke.« Ich kann gar nicht aufhören zu grinsen. »Bis morgen dann«, wiederhole ich, als er die Pforte hinter mir schließt.
»Bis morgen.« Er wendet sich ab und schnippt Dyson zu. »Komm, Junge!«
Ich blicke ihnen nach, bis sie außer Sicht sind.

Kapitel 3

»Wie lautet der Name des Raumschiffs, in dem Luke Skywalker zum ersten Mal Prinzessin Leia sieht?«
Schnell kritzele ich die Antwort auf mein Blatt.
»Alice …«
Ich schaue hoch ins tadelnde Gesicht meiner Mutter. »Was?«
»Meinst du wirklich, dass es richtig ist, an diesem Quiz teilzunehmen, wenn du beim Ausdenken der Fragen geholfen hast?«
»Ich hab überhaupt nicht bei allen Fragen geholfen!«, gebe ich zurück. »Diese hier hat er sich ganz allein ausgedacht. Außerdem ist es doch nicht meine Schuld, wenn wir denselben Geschmack haben.«
Ich schaue hinüber zu Joe, der hinter der Theke steht. Belustigt hört er zu, wie seine Mutter – eine stämmige Frau mit krausem, blondgefärbtem Haar, stark geschminkten Augen und künstlicher Bräune – die nächste Frage vorliest.
»Wer hat in diesem Jahr am zwanzigsten Tag das Big-Brother-Haus verlassen?«
»Mistkerl!«, artikuliere ich lautlos in Joes Richtung. Er lacht und zapft das nächste Bier.
»Was? Weißt du das etwa nicht?«, fragt Mum ironisch.
»Nein. Jetzt zufrieden?«
Sie zieht die Augenbraue hoch. »Denke schon.«

Der heutige Tag ist mir wie einer der längsten meines Lebens erschienen. Meine Mutter malte, und ich habe vergeblich versucht, mich in den Stoff für die Uni einzulesen. Ständig musste ich daran denken, wann ich Joe wiedersehen würde. Wenn es nicht so verzweifelt gewirkt hätte, wäre ich schon mittags zum Pub rübergegangen.

»Meine Damen und Herren, wir machen jetzt eine kleine Pause. Gleich geht's weiter!«, verkündet Joes Mutter in schwerfälligem West-Country-Akzent. Seltsamerweise spricht Joe nicht ansatzweise so stark Dialekt wie seine Eltern, obwohl er in dieser Gegend aufgewachsen ist.

»Ich gehe mal schnell aufs Klo. Soll ich dir auf dem Rückweg noch eins mitbringen?« Mum weist auf mein Glas.

»Ja, gern.«

Ich überfliege mein Quizblatt und prüfe die Antworten.

»Alles klar?«

Erschrocken schaue ich auf, und Joe steht vor mir.

»Rück mal 'n Stück!« Er stupst mich an, ich rutsche auf der Bank einen Platz weiter.

»*Big Brother?*«, sage ich mit erhobener Augenbraue.

»Musste aufs Internet zurückgreifen. Wart's ab, bis du die Frage zu *Pop Idol* hörst.«

Ich stöhne übertrieben, er muss lachen.

»Was hast du morgen vor?«

»Nichts«, antworte ich voller Hoffnung.

»Hast du Lust, mit mir nach Corfe Castle zu fahren?«

Will er sich mit mir *verabreden*?

»Gerne!«

»Wir könnten mit dem Bus bis nach Swanage fahren und von da den Zug nach Corfe Castle nehmen.«

»Meinst du diese Dampfeisenbahn?«

»Yeah.«

»Wir könnten auch mit dem Auto bis Swanage fahren, wenn du willst. Ich kann mir den Wagen von meiner Mutter ausleihen.«

»Wenn das so ist, kannst du uns direkt bis nach Corfe Castle fahren.«

»Ach, das macht doch keinen Spaß! Ich will doch mal mit dem Zug fahren …«

»Ich auch, ehrlich gesagt.«
»JOE!«, knurrt seine Mutter hinter der Theke.
»Komme«, erwidert er genervt. »Bis später.« Er will gerade gehen, da hält er inne, beugt sich vor und flüstert mir ins Ohr: »Die Antwort lautet: Darius Danesh.« Er wirft mir einen vielsagenden Blick zu. Seine Augen funkeln trotz der schwachen Beleuchtung. Dann ist er fort.
Meine Mutter kommt mit neuen Getränken zurück.
»Danke«, sage ich und trinke einen Schluck.
»Was grinst du denn so?«, fragt sie mit wissendem Blick.
»Nichts«, antworte ich fröhlich.
»Und das hat nichts mit einem gewissen Jemand hinter der Theke zu tun, was?«
»Hör auf, Mum.«
Sie kichert nervtötend, dann runzelt sie neugierig die Stirn. »Sieht aus, als würde seine Mutter ihm gerade eine kleine Standpauke halten.«
Mein Blick huscht zur Theke hinüber. Joe und seine Mutter starren uns an. Joe wendet den Blick schnell ab, aber seine Mutter sieht mir finster in die Augen. Ich bekomme ein ungutes Gefühl, und ehe ich mich versehe, stürzt sie auf uns zu.
»Du schummelst!«, beschuldigt sie mich.
»Nein, tut sie nicht!«, verteidigt mich meine Mutter.
»Mein Sohn sagt, sie hätte ihm bei den Fragen geholfen!«
Voller Entsetzen merke ich, dass es im Pub ganz still geworden ist und alle Gäste unseren wenig freundlichen Austausch beobachten. In so einem Moment könnte ich den guten alten Flugsaurier hervorragend gebrauchen. Joe eilt zu uns.
»Sie hat mir wirklich nicht bei den Fragen geholfen«, sagt er. »Sie kennt nur dieselben Sachen wie ich. Und guck da …« Er nimmt meinen Quizzettel und zeigt ihn seiner Mutter. »Siehst du. Die Frage mit *Big Brother* hat sie nicht gewusst.«
»Sandy! Die Antwort weiß ja sogar ich!«, ruft ein Betrunkener am Tisch nebenan und lacht grölend.

Der Blick von Joes Mutter bringt ihn zum Schweigen. Sie reißt Joe meinen Zettel aus der Hand und stellt mir die nächste Frage, um mich zu prüfen: »Welche Band spielt das Lied, das beim Vorspann von *The Royle Family* läuft?«
Ich verziehe das Gesicht, bevor ich die Antwort nenne: »Oasis, *Half the World Away*.«
»Siehst du? Sie kriegt sogar den Extrapunkt, weil sie den Titel weiß. Sie schummelt!«, keift die Alte.
»Nein!«, wehre ich mich. »Ich weiß das einfach. Joe hat recht: Wir haben denselben Geschmack.«
»Na, selbst wenn ihr denselben Geschmack habt. Eines weißt du aber nicht: Joe kann die Scheißsendung nicht ausstehen.« Sie holt tief Luft und spricht so laut weiter, dass jeder im Pub mithören kann. »Wer wurde in der ersten Staffel von *Pop Idol* Dritter?«
»Hm …« Mein Blick huscht zu Joe hinüber. Er macht ein erschrockenes Gesicht. »Weiß ich nicht«, muss ich zugeben.
»Du lügst!«, höhnt seine Mutter und verzieht den lachsfarben geschminkten Mund zu einem schmalen Strich. »Du bist disqualifiziert.«
»Das ist doch nicht fair!«, ruft meine Mutter.
»Doch, ist schon okay«, beende ich den Streit. »Ich mache nicht mehr mit.«
»Sie schummelt nicht!«, verteidigt mich Joe, doch ich merke, dass er diese Frau nicht überzeugen wird.
Joes Mutter wendet sich mit dröhnender Stimme an alle Gäste: »Wir machen weiter. Für die von euch, die die letzten beiden Fragen nicht gehört haben, lese ich sie noch mal vor: Welche Band spielt das Lied, das beim Vorspann von *The Royle Family* läuft?«
Mit immer noch errötetem Gesicht sehe ich zu Joe hinüber. Auch sein Blick signalisiert, dass er peinlich berührt ist.
»Joe! Zurück an die Arbeit!«
Diesmal brüllt sein Vater quer durch den Raum. Joe wendet sich ab, aber ich sehe die Entschuldigung in seinen Augen.
»Komm, hauen wir ab.« Meine Mutter packt ihre Sachen zusammen.

»Nein.« Ich lege ihr die Hand auf den Arm.
»Warum nicht?«, fragt sie ungläubig.
»Ich will nicht, dass es aussieht, als würden wir weglaufen.«
Sie schaut mich lange an, dann greift sie widerwillig zu ihrem Weinglas und trinkt einen Schluck. »Na gut, wir trinken erst noch aus.«
Ehrlich gesagt, will ich auch gehen. Selbst Joe, so toll er auch ist, ist kein Grund, um hierzubleiben. Wenn es eins gibt, was mir einen Typen madig macht, dann ist es eine schreckliche Familie.
Es ist mir zu peinlich, den Pub zu verlassen, solange das Quiz noch läuft, doch sobald es vorbei ist und der Geräuschpegel wieder steigt, verdrücken wir uns. Joe will ich nicht Tschüss sagen, so lange seine Eltern in der Nähe sind, doch zum Glück bedient er gerade einen Gast an unserer Seite der Theke und sieht auf, als wir vorbeigehen.
»Wir sind weg«, sage ich.
Er weist auf die Tür, wirft mir einen vielsagenden Blick zu und gibt mir lautlos zu verstehen: »Warte draußen!«
Ich nicke und gehe zur Tür.
»Komme sofort«, sage ich zu Mum, die aufs Auto zusteuert.
Sie hebt die Augenbrauen, aber sagt nichts.
Ich warte, trete von einem Bein aufs andere, aber dann kommt Joe. Vorsichtig nimmt er meinen Arm und führt mich um das Gebäude herum. Trotz all der Peinlichkeiten, die ich in der letzten halben Stunde ertragen habe, pocht mein Herz wie wild bei seiner Berührung.
In der Dunkelheit sieht er mich an. »Es tut mir leid. Die beiden sind einfach nur furchtbar!«
»Mach dir keine Gedanken«, murmele ich.
»Ich würde es dir nicht übelnehmen, wenn du keine Lust mehr auf den Ausflug nach Corfe Castle hast.«
»Nein, nein«, sage ich schnell. »Da will ich trotzdem hin.« Unangenehmes Schweigen. »Natürlich nur, wenn du auch noch Lust hast …«

»Klar, ich will auch!« Er sieht mir tief in die Augen. »Scheiße«, murmelt er plötzlich und schiebt sich das Haar aus dem Gesicht. »Ich halt das nicht mehr lange aus.« Er blickt hinüber zu den dunklen Hügeln und dem Meer in der Ferne. »Egal«, bricht er ab und streift meinen Arm kurz mit den Fingern. »Wann sollen wir losfahren? Um elf?«

»Gerne«, erwidere ich.

»Bis morgen dann.« Er geht rückwärts. »Wir treffen uns oben am Hügel.«

»In Ordnung.«

Als er weg ist, grübele ich über meine Gefühle. Bingo. Selbst die unglaublich fiesen Eltern können mich nicht von ihm abhalten.

Kapitel 4

»Ich hol die Fahrkarten«, sagt Joe am Ticketschalter des Bahnhofs in Swanage.
»Nein, ich hab selbst Geld dabei.«
»Lass mal. Ich zahle.«
Das ist also eine richtige Verabredung!
»Wenn du so mit dem Geld um dich wirfst, kannst du dir niemals ein Auto leisten«, sage ich mit einem Lachen, das mir augenblicklich vergeht, als mir klar wird, dass er diesen Ausflug durchaus schon mit anderen Mädchen gemacht haben mag.
»Das ist das Mindeste, was ich nach gestern Abend tun kann«, gibt Joe zurück.
»Bist du schon öfter in Corfe Castle gewesen?«, frage ich befangen.
»Nein, ist das erste Mal.«
Ich weiß nicht, warum ich erleichtert bin – selbst wenn er noch nicht mit einem anderen Mädchen in diesem historischen Zug gefahren ist, wird er definitiv schon Freundinnen gehabt haben. Und zwar viele, seinem Aussehen nach zu urteilen.
Die Dampflok wartet bereits am Bahnsteig, Dyson zieht heftig an der Leine in Joes Hand.
»Ruhig, Junge«, sagt er leise zu seinem Hund. »Er hasst es total, angeleint zu sein.«
Heute Morgen war ich ein wenig überrascht, als ich zum Hügel kam und Joe dort mit Dyson warten sah. Ich hatte nicht damit gerechnet, hündische Gesellschaft zu haben. Es stört mich nicht, aber ich habe so ein Gefühl, dass man Joe nur zusammen mit seinem

Hund haben kann. Wenn ich Dyson nicht leiden könnte, hätte ich wohl keine Chance bei ihm.
Ich schaue hoch zu den verrosteten Trägern des Bahnhofsdaches und betrachte die altmodischen Schilder vor dem Gebäude. Als wir in den Zug steigen und uns an einen Holztisch setzen, fühle ich mich wie auf einer Zeitreise in die Vergangenheit.
Da es heute ziemlich warm ist, habe ich das Haar zu einem Pferdeschwanz hochgebunden. Ich trage cremeweiße Shorts und ein blassrosa T-Shirt. Auch wenn ich eigentlich Indie-Rock- und Emo-Jungs mag, wollte ich mich heute nicht so trübsinnig kleiden.
»Hast du deinen Eltern erzählt, dass du dich heute mit mir triffst?«, wage ich zu fragen.
»Bist du verrückt?«
»Was glauben sie denn, wo du bist?«
»Was weiß ich? Denen ist es scheißegal, was ich tue. Hauptsache, sie müssen Dyson nicht sehen.«
Unter Pfeifen und Zischen setzt sich die Dampflok in Bewegung und verlässt den Bahnhof. Joe, der mir gegenübersitzt, stützt den Fuß an meinem Sitz ab.
»Wie kommt es eigentlich, dass du in deinem Alter noch mit deinen Eltern Urlaub machst?«
Ich erzähle ihm von Lizzy, und er wird ernst.
»Wie übel.«
Gestern Abend habe ich Lizzy angerufen. Es war ein beklemmendes Gespräch. Heute Nachmittag wird ihrer Mutter der Knoten aus der Brust operativ entfernt. Lizzy ist ganz nervös. Ich will sie später anrufen und nachfragen, wie es gelaufen ist.
»Hast du hier viele Freunde?«, frage ich Joe.
»Nee. Wir sind erst vor wenigen Wochen hergezogen, und ich gehe nicht mehr zur Schule, von daher …« Er verstummt. »Und es lohnt sich nicht richtig, neue Leute kennenzulernen, wenn ich eh bald wieder weg bin.«
»Stimmt, du willst ja nach London«, necke ich ihn grinsend. »Was willst du da machen?«

Er zuckt mit den Schultern. »Weiß ich noch nicht. Arbeiten. Mal sehen, was sich so ergibt. Keine Ahnung, wohin mich das Leben führt …«
»Du bist ja echt locker drauf. Das könnte ich nicht. Ich muss immer alles planen.«
»Hab ich schon gemerkt.«
»Woran?« Ich bin ein wenig verdattert.
Er grinst schelmisch. »Ach …«
»Tja, vielleicht erlebst du noch eine Überraschung mit mir.«
»Wer weiß?« Er sieht mir tief in die Augen.
Mein Bauch fängt an zu flattern. Je mehr Sekunden vergehen, ohne dass einer von uns den Blick abwendet, desto intensiver wird das Gefühl. Irgendwann rührt sich Dyson zu unseren Füßen und holt uns in die Realität zurück. Ich muss mich wirklich in den Griff bekommen.
Der Zug macht Station in Herston Halt und Harman's Cross, wo hübsche Blumen in Kübeln neben den Bahnhofsbänken stehen. Dann kommen wieder Meile um Meile grüne Felder, bis wir in Corfe Castle eintreffen.
»Wozu hast du Lust?«, fragt Joe, als wir die Straße entlanglaufen, die in das kleine Stadtzentrum führt. »Hast du Hunger?«
Mein Magen grummelt die Antwort, aber Joe kann ihn zum Glück nicht hören. »Ein bisschen schon. Wo sollen wir hingehen?«
»Keine Ahnung. Ich bin auch zum ersten Mal hier, schon vergessen?«
»Ach ja. Ich kann mir irgendwie gar nicht vorstellen, dass du nicht schon mit anderen Mädchen hier warst.«
Er bricht in Lachen aus. »Ich hab noch gar keine anderen Mädchen getroffen!«
»Geht ja auch gar nicht. Du hast ja ziemlich schnell mich kennengelernt.«
»Deine *Mutter* hat uns vorgestellt. Den Rest hat Dyson erledigt. Außerdem wohne ich hier noch nicht lange genug, um jemanden zu kennen.«

»Was ist mit Mädchen, die Urlaub machen?« Ich habe keine Ahnung, warum ich so selbstbewusst bin, ihm diese Fragen zu stellen. Mit ihm zu reden, ist erstaunlich leicht.
»Die Sommerferien haben doch gerade erst angefangen.«
Ich bin wie vor den Kopf gestoßen.
»Damit wollte ich nicht sagen …« Schnell korrigiert er sich. »Ich meine, hier ist überhaupt niemand in meinem Alter unterwegs, weder Mädchen noch Jungen. Aber da du ja jetzt hier bist, kannst du mir Gesellschaft leisten.« Pause. »Wenn du Lust hast.« Er wird rot.
Er läuft wirklich rot an!
»Na klar, hab ich Lust«, sage ich selig. Ich bin also nicht die Einzige, die etwas empfindet. »Ah, guck mal! Da ist das Schloss.«
Wir steigen hinauf zur Schlossruine auf dem steilen Berg. Efeu rankt an den baufälligen Mauern empor, Touristen bummeln über die grasbewachsenen Hänge.
»Sollen wir in das Café da gehen?« Ich weise geradeaus.

Wir betreten das Café und gehen direkt in den Garten. Corfe Castle erhebt sich über uns in den Himmel. Es ist schon toll, an einem Tisch mit so einer Aussicht sitzen zu können. Joe trägt ein verblasstes gelbes T-Shirt von Kingmaker und eine schwarze Jeans. Ich weise mit dem Kinn auf sein Shirt.
»Kingmaker finde ich super.«
»Was ist dein Lieblingslied?«
»*Really Scrape the Sky* ist klasse, aber am allerbesten finde ich *You and I Will Never See Things Eye to Eye*.«
Er grinst. »Ich auch. Ich finde, das wäre geil als Intro zu einem Film.«
»Genau! Wie der Bass immer kurz vor dem Sänger einsetzt … total cool.«
»Ja, stimmt.«
Ich lache. »Wenn ich jemals einen Film sehe, in dem das Lied vorkommt, werde ich an dich denken.«

»Vielleicht bringe ich im Quiz nächste Woche eine Frage zu Kingmaker unter«, scherzt Joe.
»O Gott, besser nicht!« Ich schlage die Hände vors Gesicht. »Gestern Abend war so peinlich!« Ich spähe durch die Finger zu ihm hinüber, aber er lächelt nicht.
»Es tut mir leid. Aber meine Eltern hassen mich einfach.«
»Das kann doch nicht sein.«
Er schüttelt den Kopf mit verbittertem Gesichtsausdruck, dann senkt er den Blick auf die Hände.
»Hast du keine Geschwister?«, frage ich vorsichtig.
Er sieht mich an, dann schaut er beiseite, ohne etwas zu antworten.
»Hast du keine …?«
»Doch«, unterbricht er mich und seufzt. »Ich habe einen Bruder, einen älteren Bruder.«
»Und wo ist der?«
»Im Knast.«
»Oh.«
»Yep. Das hätte ich dir wohl besser gesagt, bevor der Zug nach Swanage zurückgefahren ist.«
»Warum?« Ich verstehe seine Bemerkung nicht.
»Dann hättest du direkt wieder einsteigen können.«
»Sei nicht albern«, wiegele ich ab. »Warum ist er im Gefängnis?«
»Weil er ein Wichser ist.«
»Ich meinte, was hat er angestellt?«
»Ich weiß, was du wissen willst. Aber so lange ich denken kann, sitzt er irgendwo ein: wegen Autodiebstahl, Drogenhandel, alles Mögliche. Das Letzte, was ihn hinter Gitter gebracht hat, war ein bewaffneter Raubüberfall.«
»Meine Güte!«
»Tja, meine Familie ist einfach *super*«, sagt er sarkastisch. »Und weißt du, was das Beste daran ist? Meine Eltern glauben immer noch, dass Ryan die Sonne aus dem Arsch scheint.«
Ryan wird wohl sein Bruder sein.

»Hast du Geschwister?«, will Joe von mir wissen.
»Nein.«
»Sei froh.«
»So habe ich das nie gesehen. Als ich kleiner war, hab ich mich immer allein gefühlt.«
»Besser allein als grün und blau.«
»Hat er dich geschlagen?«, rufe ich entsetzt.
Joes Gesichtsausdruck verrät mir, dass ihm dieses Geständnis unbeabsichtigt herausgerutscht ist.
»Da kommt das Essen«, sagt er abrupt. Er will offensichtlich schnell das Thema wechseln – und wer will ihm das verübeln?

»Das war richtig schön heute«, sage ich später im Auto, als ich in der Nähe des Pubs halte.
Er grinst mich an. »Ja, das war es wirklich.«
»Musst du heute Abend arbeiten?«
»Leider ja. Was hast du morgen vor?«
Ich bin total erleichtert, dass er diese Frage stellt. »Nichts. Und du?«
»Ich kann bei dir vorbeikommen, wenn du Lust hast, mit uns spazieren zu gehen?«
Mit *uns* meint er wohl sich und Dyson.
»Ja, total gerne!«
»Gut. Dann sehen wir uns gegen halb elf.«
»Super.«
Befangenes Schweigen. Plötzlich kläfft Dyson wie von Sinnen einen anderen Hund an, der mit seinem Herrchen vorbeigeht. Wir erschrecken uns.
»Ich bringe ihn besser nach hinten. Bin eh schon spät dran.«
»Machen deine Eltern jetzt Ärger?«
Joe legt den Kopf schräg. »Hoffentlich nicht.« Dann steigt er aus. »Bis morgen dann.«
Ich atme tief durch, und ein wenig löst sich die Anspannung, die ich den ganzen Tag gespürt habe. Eine positive Anspannung, aber

trotzdem. Mit einem melancholischen Gefühl sehe ich auf die Uhr. Es ist kurz nach sechs. Das sind genau ein, zwei, drei … In Gedanken zähle ich die Stunden zu unserer nächsten Verabredung. Sechzehneinhalb Stunden, bis ich ihn wiedersehe. Wie soll ich bloß die Zeit herumkriegen?
Wenn Lizzy mich jetzt sehen könnte, würde sie glauben, ich hätte den Verstand verloren. *Scheiße, Lizzy!* Ich muss sie anrufen. Ich hatte ihr versprochen, mich um fünf Uhr zu melden. Sobald ich im Ferienhaus bin, werde ich das nachholen.

Kapitel 5

»Sie versucht, tapfer zu sein, aber sie hat große Schmerzen.«
»Das tut mir so leid«, bringe ich hervor.
Dem Telefonat mit Lizzy entnehme ich, dass meine beste Freundin noch im Krankenhaus bei ihrer Mutter ist.
»Wie geht es Tessa?«, frage ich. Lizzy hat eine Schwester, die drei Jahre jünger ist als wir.
»Weiß nicht. Sie sagt nichts und kommt kaum aus ihrem Zimmer raus.«
»Sie hat bestimmt Angst.«
»Haben wir alle.«
»Ich würde dich so gerne grad in den Arm nehmen«, sage ich traurig.
»Würde ich auch gerne«, erwidert Lizzy, und ich weiß, dass sie Tränen in den Augen hat.
Da ist sie nicht die Einzige.
»Wie ist es in Dorset?«, fragt meine beste Freundin.
»Ganz okay.« Ich würde ihr gerne von Joe erzählen, habe aber das Gefühl, dass es unangebracht ist.

»Wie geht es ihr?«, fragt Mum, als ich wieder nach unten komme.
Ich erstatte Bericht.
»Die Arme«, sagt sie voller Mitgefühl. »Hattest du denn wenigstens einen schönen Tag?«
»Doch.« Ich nicke. Irgendwie kann ich meine Mundwinkel nicht davon abhalten, sich nach oben zu ziehen.
»Du magst ihn, nicht?«

»Kann sein«, erwidere ich gesenkten Blicks.
»Schade, dass seine Mutter so merkwürdig ist«, bemerkt sie.
»Hm. Ich war auch nicht gerade begeistert von ihr. Joe war es übrigens total peinlich.«
»Tja, egal«, sagt Mum. »Wir sind ja nur sechs Wochen hier.«
Mir rutscht das Herz in die Hose. Auf der Fahrt in den Urlaub fühlten sich sechs Wochen noch wie eine Ewigkeit an – jetzt kommt mir die Zeit viel zu kurz vor. »Was meinst du mit ›nur sechs Wochen‹?«, frage ich.
»Na ja, du hast ja wohl nicht vor, dich in ihn zu verlieben, oder? Er wird kaum ein fester Bestandteil deines Lebens werden können. Und außerdem, stell dir mal vor, mit seiner Mutter klarkommen zu müssen! Und sein Vater ... So wie der geguckt hat, als er mir das Wechselgeld gab, dachte ich, ihm würde eine Arterie platzen, wenn er mal kurz lächelt ...«
Ich höre ihrem Geläster nicht mehr richtig zu, weil ich in Gedanken immer noch bei der Sache mit dem Verlieben bin. So ausgeschlossen erscheint mir die Möglichkeit nicht.

Um Viertel nach zehn am nächsten Vormittag sitze ich draußen auf der Bank und versuche, *Titus Andronicus* zu lesen. Meine Mutter war ein wenig beunruhigt, als sie hörte, dass ich Joe so schnell wiedersehe. Deshalb habe ich ihr versprochen, ein paar Bücher mit auf die Wanderung zu nehmen. Vielleicht bleibe ich oben auf der Klippe und lese noch ein bisschen weiter, wenn Joe zurück zum Pub muss.
Dyson taucht vor seinem Herrchen an unserem Gartentor auf. Ich zwinge mich, gemächlich die Bücher in die Tasche zu packen, bevor ich Joe begrüße.
»Dachte, ich setze mich oben auf die Klippen und lese ein bisschen«, erkläre ich und werfe mir die Tasche über die Schulter.
»Was willst du eigentlich in Cambridge studieren?«, fragt er, als wir den Weg zum Dancing Ledge einschlagen.
»Englische Literatur. Wahrscheinlich stinklangweilig, wenn alles so ist wie Shakespeare.«

»Wird bestimmt trotzdem ganz lustig.«
»Hoffentlich.«
»Freust du dich schon?«
»Ja, irgendwie doch. Aber ich bin auch nervös. Bisher war ich noch nie länger fort von daheim.«
»Wo ist dein Vater?«, fragt er.
»In London. Er kommt morgen Abend rüber und bleibt das Wochenende bei uns.«
»Und, macht ihr dann das ganze Wochenende einen auf Familie?«
Ich zucke mit den Achseln. »Nein, eigentlich nicht. Ihr denn?« Es soll beiläufig klingen, aber innerlich hoffe ich verzweifelt, dass wir uns sehen können.
»Ich muss arbeiten. Am Wochenende ist viel los im Pub.«
»Ah, verstehe.« Sosehr ich mich auch bemühe, kann ich meine Enttäuschung nicht verhehlen.
»Kommt doch vorbei!«
»Ich glaube nicht, dass deine Eltern davon sonderlich erbaut wären.«
»Meine Eltern sind von gar nichts erbaut. Du musst dir angewöhnen, sie zu ignorieren. So wie ich es tue.« Joe versucht, abgeklärt zu klingen. Völlig verständlich, dass er sich über ihr Verhalten aufregt.
Wir verlassen den Weg und gehen über die Wiese. Kurz darauf bietet sich uns wieder dieser spektakuläre Ausblick. Das Meer funkelt wie Milliarden Diamanten. Schmetterlinge umflattern die Wildblumen, einige Boote gleiten mit weißen Segeln durchs Wasser. Ich höre die Schreie der Möwen von den Klippen unter uns.
»Möchtest du was essen?«, frage ich Joe. »Ich hab ein paar Kleinigkeiten eingepackt.«
»Nicht schlecht.«
Ich öffne meine Tasche und hole eine Picknickdecke heraus.
»Wow, super organisiert!«, neckt Joe mich.
»So bin ich halt«, gebe ich zurück.

»Stimmt«, sagt er und hilft, die Decke auszubreiten. »Du planst alles durch.«
»Leck mich«, sage ich scherzhaft.
»Hey, war nicht böse gemeint. Das ist doch völlig in Ordnung.«
Er lässt sich auf die Decke fallen, ich hole Chips und Getränke aus der Tasche. Ich habe sogar eine kleine Plastikschale für Dyson dabei, in die ich Wasser aus der Flasche gieße.
Joe lacht. »Aua, jetzt bekomme ich aber ein schlechtes Gewissen.«
»Musst du heute noch arbeiten?«, frage ich.
»Erst heute Nachmittag. Das ist das Gute am Pub – es gibt keine Küche. Das bedeutet, ich werde nicht mehr wie früher zur Küchenarbeit verdonnert.«
»Heißt das, du kannst kochen?«
»Wenn man das kochen nennen kann: Tiefkühl-Garnelen und Pommes in eine zischende Pfanne packen und Fett dazuschütten. Tja, dann kann ich kochen. Ansonsten nicht.«
Er zieht meine Tasche zu sich herüber und holt ein Buch heraus. »Und, was musst du so lesen?«
»Shakespeare und die griechischen Tragödien.«
Er blättert durch *Titus Andronicus*. »Du meine Scheiße! Das sieht ja aus, als wäre es in einer anderen Sprache geschrieben!«
Ich lache.
»Ich verstehe kein einziges Wort!«
»Ich auch nicht viel.«
Er legt das Buch wieder weg.
»Wolltest du wirklich nie zur Uni gehen?«, frage ich.
Joe überlegt kurz. »Wahrscheinlich habe ich das nie für mich als Möglichkeit in Betracht gezogen. Meine Eltern sind jedenfalls nicht sehr akademisch drauf.« Er hebt die Augenbraue. »Und mit dem ganzen Scheiß, den mein Bruder so anstellt … Tja, ich würde sagen, Schule hatte bei mir einfach nicht oberste Priorität.«
»Wann kommt dein Bruder aus dem Gefängnis?«, frage ich leise.
Sein Gesicht verhärtet sich. »Er kann bald auf Bewährung raus. Ich hoffe, ich bin vorher hier weg.«

»Wird er wieder bei deinen Eltern wohnen?«
»Yep«, lautet die knappe Antwort. »Ich gehe mal mit Dyson nach unten, damit du ein bisschen Ruhe hast.«
»Das brauchst du nicht«, wende ich schnell ein. Im Moment habe ich anderes im Kopf als zu lernen – lieber möchte ich die Zeit mit Joe verbringen. Aber er ist mit Dyson bereits losgelaufen.
»Bis gleich«, sagt er.
»Ja, danke.«
Ich sehe ihm nach, wie er den steilen, grasbewachsenen Pfad hinuntergeht. Als er schließlich außer Sicht ist, nehme ich ein Buch und schlage es seufzend auf. Ich habe wirklich keine Lust, jetzt Shakespeare zu lesen, aber ich muss wohl. Ich lege mich auf den Bauch, das Gesicht dem Abhang zugewandt. Irgendwie ist das voll bequem. Es ist so still und friedlich. Mein Körper entspannt sich total. Eine Möwe fliegt hoch über dem Meer. Es sieht aus, als ob sie die Klippen streift. Sie ist so nah, dass ich ihren Flügelschlag hören kann. Das hohe Gras um mich herum wiegt sich im Wind. Ich lese die Worte im Buch, aber bekomme sie nicht in den Kopf. Kurz schließe ich die Augen und genieße die warme Sonne auf meinem Rücken.

Plötzlich leckt mir Dyson mitten durchs Gesicht.
»Argh!«
»DYSON!«, ruft Joe.
Ich versuche, den Hund von mir zu schieben und schütte mich dabei fast aus vor Lachen. Joe ist noch ein ganzes Stück entfernt, kraxelt aber im Eiltempo den steilen Weg hinauf.
»'tschuldigung«, keucht er, als er uns erreicht. Er greift nach dem Saum seines T-Shirts und wischt mir damit Dysons Sabber von den Wangen. »Das Schlabbermonster hat wieder zugeschlagen.«
Ich muss immer noch lachen.
Mit den Fingerspitzen fährt er mir übers Gesicht, um zu prüfen, ob er alle Sabberspuren entfernt hat. Seine Hände verharren auf meiner Haut. Mein Kichern verebbt, ich schaue ihm tief in die Augen. Wieder flattern mir Schmetterlinge durch den Bauch.

»O Mann, ich bin total verrückt nach dir«, sagt er, und ich spüre, dass er mich küssen will.

Mein Herz klopft wie von Sinnen. Ich recke ihm das Gesicht entgegen, und seine Lippen berühren meine, zuerst ganz sacht, dann immer inniger und leidenschaftlicher. Sicher ist das ein Klischee, aber es fühlt sich an, als hätte ich ein Feuerwerk im Kopf. Mein ganzer Körper summt wie noch nie zuvor.

Joe löst sich von mir, und dann taucht aus dem Nichts eine riesige Hundeschlabberzunge auf und leckt mir quer über die Wange.

»Argh!«

»Dyson, hau ab!«, ruft Joe und schiebt den Hund beiseite. Wir brechen in Lachen aus. »Wenn ich dich das nächste Mal küsse, achte ich darauf, dass er nicht in der Nähe ist.«

»So lange will ich nicht warten«, sage ich und ziehe ihn an mich. Als sich unsere Lippen berühren, grinst er immer noch.

Hand in Hand laufen wir zurück zum Cottage. Das kribbelige Gefühl bleibt, es ist herrlich. Obwohl wir uns Zeit lassen, sind wir viel zu schnell daheim. Der Wagen meiner Mutter steht nicht in der Auffahrt.

»Willst du zum Mittagessen reinkommen?«, frage ich hoffnungsvoll.

»Hm …« Joe schaut auf die Uhr.

»Meine Mutter ist nicht da«, füge ich hinzu.

»Ja, gut, dann.«

Von einem Ohr zum anderen grinsend, führe ich ihn über die Schwelle.

»Was meinst du, wo sie ist?«, fragt Joe hinter mir.

Dyson lässt er draußen in der Auffahrt. Wir haben das Gartentor zugemacht, damit er nicht weglaufen kann.

»Die sitzt wahrscheinlich an irgendeinem Strand und macht Skizzen.«

»Hast du Bilder von ihr da?«

»Im Wintergarten. Zeige ich dir. Soll ich Sandwiches machen?«

»Hört sich gut an.«
»Mit Schinken und Käse? Oder Erdnussbutter? Worauf hast du Lust?«
»Auf dich«, sagt er lächelnd und zieht mich an sich, um mich erneut zu küssen. Er drückt mich gegen den Schrank, ich schlinge die Arme um seinen Hals. Viel zu schnell ist der Kuss vorbei. »Aber das habe ich dir ja schon längst gesagt«, fügt er hinzu. »Schinken und Käse. Warte, ich helfe dir.«
Wir arbeiten Hand in Hand. Bevor wir mit dem Imbiss in den Garten gehen, machen wir einen Abstecher in den Wintergarten, damit Joe sich Mums Bilder ansehen kann.
»Ich kenne mich mit Kunst nicht aus, aber die gefallen mir«, sagt er.
»Und das ist das einzig Wichtige. Darum geht's doch schließlich, oder? Ob einem was gefällt oder nicht.«
»Glaub schon, Schlaumeier.«
»Superhirn ist mir lieber.«
Joe schmunzelt und folgt mir nach draußen in den sonnigen Garten. Wir setzen uns auf den weichen Rasen, und Joe verschlingt sein Sandwich. Ich beiße nur ein wenig von meinem ab, habe keinen großen Hunger. Die geflügelten Insekten in meinem Magen lassen keinen Platz für feste Nahrung.
»Das Cottage gefällt mir«, meint Joe.
»Ja, hübsch, oder? Aber euer Pub hat auch eine tolle Lage. Wohnt ihr darüber im ersten Stock?«
»Ja.«
»Da hast du bestimmt einen tollen Ausblick.«
Joe nickt. »Mein Zimmer ist das Beste an der ganzen Sache, weil ich auf die Felder gucke. Wahrscheinlich könnte ich die Aussicht noch mehr genießen, wenn meine Eltern nicht ständig rumpoltern würden.«
»Ist es laut bei dir?«
»Eher im übertragenen Sinne.«
»Schon klar.« Ich lächle, und er streichelt mir über die Wange.

»Es wäre laut, wenn ich viel Zeit in meinem Zimmer verbringen würde«, erklärt Joe. »Aber ich gehe lieber mit Dyson raus. Ich arbeite ja eh so gut wie jeden Abend, deshalb bin ich meistens als Letzter oben.«
»Du arbeitest viel.«
»Muss ich.«
»Hast du schon viel Geld für dein Auto gespart?«
»Einigermaßen. Die zahlen mir nur den Mindestlohn, und davon muss ich noch was für die Miete abdrücken, deshalb brauche ich länger, als ich gedacht hatte.«
»Kannst du nicht woanders arbeiten, wo du mehr verdienst?«
»Dann müsste ich ausziehen und hätte wieder das Problem mit der Miete. Das kommt schon früh genug. Muss einfach noch ein paar Monate durchhalten.«
Schwermut legt sich über mich. Ich kenne Joe erst seit wenigen Tagen, aber die Vorstellung, ihn in weniger als sechs Wochen zu verlieren, ist unerträglich.
»Hast du keinen Hunger?« Er weist mit dem Kinn auf das Sandwich, das ich kaum angerührt habe.
»Nein.« Ich schüttele den Kopf.
Er legt sich ins Gras, zieht mich an sich und will mich küssen. Das Geräusch eines Autos in der Auffahrt schreckt uns beide auf.
»Meine Mutter ist zurück.«
»Ich geh besser mal.« Joe steht auf.
»Du musst doch nicht …«
»Ich muss so oder so zurück. In einer Stunde beginnt meine Schicht.«
»Na gut.« Ich bin enttäuscht.
Joe geht durch das hintere Gartentor in die Einfahrt, ich folge ihm. Meine Mutter versucht gerade, aus dem Wagen zu steigen, ohne Dyson mit der Tür zu treffen. Vor Aufregung beginnt der Hund zu bellen.
»Verzeihen Sie!«, ruft Joe.
Offensichtlich muss er sich ziemlich oft für seine Töle entschuldi-

gen. Er läuft zum Auto, packt Dyson am Halsband und zieht ihn zur Seite, damit meine Mutter endlich aussteigen kann.
»Hallo«, sagt sie.
Ich höre einen Unterton in ihrer Stimme, der nicht so fröhlich ist wie sonst, wenn sie mit Freunden von mir spricht. Das macht mich nervös. Ich nehme an, sie ist immer noch gekränkt wegen Joes Mutter.
»Hi, Mrs. … Tut mir leid, ich weiß gar nicht, wie Alice mit Nachnamen heißt.«
»Simmons«, erwidern meine Mutter und ich gleichzeitig. »Aber du kannst mich Marie nennen. Habt ihr eine schöne Wanderung gemacht?«
»Ja, war nett.«
Ich merke, dass Joe nervös ist, wenn auch aus anderen Gründen als ich. Dadurch wird er mir noch sympathischer, falls das überhaupt möglich ist.
»Ich wollte gerade gehen.« Er hat größte Mühe, Dyson zurückzuhalten.
»Ich bringe dich bis zur Straße«, sage ich und weise auf die Pforte.
Joe geht hindurch und lässt Dysons Halsband los. Der Hund schießt den Weg hinunter. Joe will das Tor hinter sich schließen. »Bist du morgen da?«, will er wissen.
»Morgen und die nächsten sechs Wochen«, antworte ich lächelnd.
»Fünfeinhalb«, korrigiert er mich, und mir sinkt der Mut. »Soll ich morgen früh vorbeikommen?«, fragt er, ohne meine Traurigkeit zu bemerken.
»Hört sich gut an.« Das ist gelogen. Bis morgen dauert es viel zu lange.
»Schön. Ist neun Uhr zu früh?«
»Nee.« Sechs Uhr wäre noch besser. Selbst mit fünf wäre ich einverstanden. Am besten noch heute Abend. Ach, wenn du überhaupt nicht gehen würdest, wäre das eigentlich perfekt.
»Bis dann!« Er schielt über meine Schulter zu Mum hinüber, die

die letzten Sachen aus dem Auto holt. Als sie in der Küche verschwindet, wendet er sich zum Gehen.
»Joe!«, rufe ich ihm nach. Er dreht sich um. Ich winke ihn zurück und beuge mich über die Gartenpforte. »Du hast was vergessen.«
Er grinst und küsst mich schnell, dann will er los.
»Warte noch kurz.« Ich halte ihn am Arm fest. »Wie heißt du mit Nachnamen?«
»Strickwold.«
»Joe Strickwold«, wiederhole ich.
»Ist ein kleiner Zungenbrecher. Bis morgen?«
Meine Finger gleiten von seinem Oberarm in seine warme Hand. »Ja.« Ich nicke und verstärke kurz den Druck zwischen unseren Händen.
Dann ist er fort.

Kapitel 6

»Eure Beziehung ist ja schon in die nächste Phase übergegangen«, neckt mich Mum, als ich mit federndem Schritt in die Küche komme.

»Hast du uns gesehen?« Ich merke, dass ich rot werde.

»War schwer zu übersehen. Das Fenster geht nach vorne raus«, gibt sie zurück.

»Wie war dein Tag?«, wechsele ich das Thema. Zum Glück geht sie darauf ein.

»Sehr schön. Ich war in Lulworth Cove und hab ein paar Sachen am Strand gesammelt. Eine versteinerte Meeresschnecke oder so was Ähnliches ist besonders schön. Morgen früh will ich noch mal hin. Komm doch mit! Es ist wirklich bezaubernd da!«

»Hm, nee, ich kann nicht«, antworte ich. »Joe holt mich um neun Uhr ab.«

»Schon wieder?«

O-oh. Ich kenne diesen Tonfall.

»Seht ihr euch nicht ein bisschen oft?«

»Herrgott, Mum, waren doch erst ein paar Tage«, gebe ich genervt zurück. Ich kann es nicht leiden, wenn sie das, was ich mache, in Frage stellt. Ich bin schließlich achtzehn, verdammt nochmal. »Du wolltest doch, dass ich hier Leute kennenlerne!«

»Na, mit Joe ist es aber wohl etwas anders, oder?« Ihr Tonfall ist ironisch.

»Ach, weißt du …«

»Ich will doch bloß nicht, dass deine Studiumsvorbereitungen darunter leiden.«

»Tun sie nicht. Ich habe noch zig Wochen Sommer vor mir. Ich mache das schon.« Ich versuche, ihr Zuversicht zu vermitteln.
Mum lächelt mich an. »Du wirst schon wissen, was du tust.«
»Genau. Zeig mir lieber mal die Versteinerung!«

Am nächsten Morgen gehen Joe und ich wieder zum Dancing Ledge. Die ganze Nacht über hatte ich dieses Kribbeln im Bauch, jetzt wird es noch stärker. Ich muss ihn die ganze Zeit berühren. Er ist so warm und wunderbar. Zu meinem Erstaunen scheint er dasselbe zu empfinden.
»Ich könnte dich den ganzen Tag küssen«, sagt er.
»Musst du nicht auch mal was essen?«
»Nee.«
»Was trinken?«
»Nee.«
»Ich auch nicht«, sage ich.
»Ich komme echt nicht über deine Augen hinweg.« Tief blickt er mich an. »So grüne Augen habe ich noch nie gesehen.«
»Ich mag deine auch«, gestehe ich.
»Sind doch langweilig braun.«
»Nein, es kommt mir vor, als würden sie von innen heraus leuchten oder so. Obwohl sie dunkel sind, scheinen sie zu funkeln.«
Joe muss lachen.
»Du bist gemein!«, rufe ich und schlage ihm auf den Arm. »Vielleicht war das gerade etwas kitschig, aber es stimmt.«
»Woher kommen deine Eltern?«, will er wissen.
»Beide aus England, aber meine Großmutter väterlicherseits war Chinesin.«
»Wo kam sie her?«
»Ursprünglich aus Peking, aber sie ging schon als kleines Kind mit ihren Eltern nach England. Mein Großvater war Brite.«
»Ich finde nicht, dass sich Alice Simmons besonders chinesisch anhört.«
»Stimmt.«

»Kannst du das sprechen?«
»Mandarin? Nein. Würde ich gerne, aber mein Vater redet immer Englisch mit mir.«
»Könntest du doch an der Uni lernen.«
Nachdenklich schaue ich in die Ferne. »Das ist eine echt gute Idee! Manchmal gibt es nämlich die Möglichkeit, ein Sprachmodul zu wählen. Ich gucke mal nach, wenn ich da bin.« Ich werfe Joe einen Blick zu. *»Xiexie.«*
»Was heißt das?«
»Danke.« Ich grinse. »Für die Idee.«
Belustigt schüttelt er den Kopf. »Du bist total das Superhirn!«
»Und, Joe Strickwold«, sage ich, »wann hast du vor, mich in Cambridge zu besuchen?«
»Joe Strickwold – du hast meinen Namen ausgesprochen, ohne darüber zu stolpern.«
»Hab ja auch geübt: Joe Strickwold, Joe Strickwold, Joe Strickwold.«
»Bin beeindruckt. Alice Simmons, Alice Simmons, Alice Simmons – ehrlich gesagt, ist dein Name auch ein kleiner Zungenbrecher.«
»Alice Strickwold. O Gott, das ist ja noch schlimmer!«
»Dann muss ich mir einen einfacheren Namen zulegen, bevor ich dich heirate«, scherzt Joe.
Ein Schauer läuft über mich hinweg. Ich weiß, das ist übertrieben, aber trotzdem …
»Hey, du hast meine Frage noch nicht beantwortet.«
»Wann ich dich in Cambridge besuche?«, fragt er. »Bis dahin hast du vielleicht schon die Nase voll von mir.«
»Das bezweifele ich.«
»Du hast bestimmt keinen Bock darauf, dass ich dir auf die Nerven gehe, wenn du die ganzen schlauen Überflieger kennenlernst.«
»Das glaube ich aber ganz und gar nicht.«
»Das kannst du jetzt noch nicht wissen.«
»Doch, kann ich. Ich habe keine Lust, mit so einem Angeber von

der Cambridge University was anzufangen. Die wollen sowieso nichts von mir.«

»Dir würde kein Typ eine Abfuhr erteilen.«

»Hör auf!« Ich muss lachen. »Wie kannst du das behaupten?«

»Du bist schön.« Er zuckt mit den Achseln, als liege das auf der Hand. Dabei hat so etwas noch nie jemand zu mir gesagt.

»Du siehst auch toll aus.«

»Komm her und gib mir einen Kuss.«

Ich gehorche.

Ich kann es kaum ertragen, als Joe am Nachmittag geht. Die Stunden ohne ihn ziehen sich in die Länge, wie ich es noch nie erlebt habe. So verknallt bin ich noch nie gewesen. Und ja, ich sage *verknallt*, auch wenn das Wort mit L mir schon mehr als einmal in den Sinn gekommen ist. Mein Verstand sagt mir, dass es viel zu früh ist, solche Ausdrücke zu benutzen, aber verdammt, ich mag ihn einfach so sehr. *Mögen* ist wirklich zu schwach. Ich himmele ihn an … ich bin verrückt nach ihm … All diese Ausdrücke werden meinem Gefühl nicht gerecht. Ich *brauche* ihn. Ich bin *besessen* von ihm. Das passt schon eher. Aber das werde ich ihm sicher nicht verraten, von wegen! Das klingt, als hätte ich nicht mehr alle beisammen. Er würde schnell das Weite suchen.

Am Freitagnachmittag kommt mein Vater, und als er beim Essen von seiner Arbeitswoche erzählt, ist es mir fast unmöglich, ihm konzentriert zuzuhören. Meine Mutter weiß, was in mir vorgeht, da bin ich mir sicher. Sie hat das Wochenende für uns drei mit Terminen vollgepackt. Ich könnte schwören, dass sie versucht, mich von Joe fernzuhalten; sie weiß wohl nicht, dass er eh arbeiten muss. Nach dem Essen versuche ich fernzusehen, weil ich einfach nichts lesen kann, aber selbst dabei muss ich an ihn denken. Ich überlege kurz, ob ich über die Felder zum Pub gehen soll, um ihn wenigstens zu sehen, aber ich habe zu große Angst, dort seine Eltern zu treffen. Als Mum und Dad nach oben ins Bett gehen, schlüpfe ich nach

draußen zum Tor, stelle mich dahinter und schaue in die Dunkelheit. Irgendwie bilde ich mir ein, ihm dadurch näher zu sein. Wenn er doch ein Handy hätte, dann könnte ich ihn anrufen, doch er spart all sein Geld für ein Auto.
Ich setze mich auf die Bank. Die Nacht ist klar, die Sterne leuchten hell. Anders als in London gibt es hier keine Lichtverschmutzung durch Straßenlaternen. Es ist wunderschön.

Gestern bin ich eingeknickt und habe Lizzy von Joe erzählt. Ihre Mutter erholt sich ganz gut von der Operation, auch wenn noch nicht klar ist, ob der Krebs komplett entfernt werden konnte. In einer Woche fängt Susan mit der Chemo an; das wird furchtbar für sie werden, aber auch für meine Freundin, die zusehen muss, wie ihre Mutter durch die Hölle geht.
Lizzy war erstaunt, dass ich einen Jungen kennengelernt habe – und sie war sehr verwundert, dass ich ihn direkt geküsst habe. Wir sind vermutlich beide davon ausgegangen, dass Dorset eher tiefste Provinz ist. Man konnte ihr anmerken, dass sie sich bemühte, Freude für mich zu empfinden, aber ich weiß, dass sie sich wünscht, mit mir hier Spaß zu haben, ohne diese ganzen schrecklichen Dinge mit ihrer Familie.
Ich gehe wohl besser ins Bett. Als ich aufstehen will, erstarre ich. Höre ich da … einen *Hund* hecheln?
»Joe?«, frage ich leise in die Dunkelheit hinein.
»Alice?«
Ich springe auf und laufe zur Pforte.
»Wo bist du?«, flüstere ich in die Nachtluft, dann sehe ich ihn, er tritt vom Feld auf den Pfad. Dyson steht bereits schwanzwedelnd vor dem Tor. Er fordert mich zum Spielen auf, will bellen, und schneller als ich mir jemals zugetraut hätte, reagiere ich. Ich stürze durch das Tor, hocke mich neben den Hund und tätschele ihn, bevor er einen Laut von sich geben kann. Ich will nicht, dass er meine Eltern weckt. Ihr Schlafzimmer geht zwar nach hinten, Richtung Garten, aber ich will kein Risiko eingehen.

Dann ist Joe da. Ich stehe auf und schlinge ihm die Arme um den Hals. »Was machst du hier?«, frage ich überglücklich.
»Ich bin mit Dyson Gassi gegangen, und da haben mich meine Füße irgendwie in deine Richtung getragen. Ich bin kein Stalker«, fügt er hinzu.
»Würde mich nicht stören.«
Er grinst. »Was machst du überhaupt hier draußen?«
»Auf dich warten«, erwidere ich lächelnd.
Seine Küsse sind zärtlich, zärtlicher als bisher. Auf einmal habe ich das Gefühl, jeden Moment losweinen zu müssen. Ganz sonderbar. Dyson legt sich winselnd neben uns auf den Boden. Joe wirft einen Blick auf den Hund und sieht mich dann an. Der bizarre Drang zu weinen verschwindet.
»Ist dein Vater heute gekommen?«, fragt er.
»Ja.«
»Schlafen deine Eltern?«
»Glaub schon.«
»Dein Vater würde mich sicher umbringen, wenn er wüsste, dass ich hier draußen mit seiner Tochter stehe.«
Ich kichere. »Ich bin achtzehn, schon vergessen?«
»Das interessiert doch nicht. Wenn du *meine* Tochter wärst …«
»Was für eine abartige Vorstellung!«
»Urgs!« Er verzieht das Gesicht und knufft mir gegen den Arm. »Was hast du morgen vor?«
»Du musst doch arbeiten, oder?«, frage ich zurück.
»Yeah.«
Na dann … »Wir wollen irgendein Schloss am Meer besichtigen.«
»Portland?«
»Könnte sein. Warst du schon mal da?«
»Nein. Ich würde aber gerne mal hinfahren.«
»Komm einfach mit!«
»Ich muss doch arbeiten.«
»Melde dich krank!«

»Und dann sehen meine Eltern womöglich noch, wie ich munter losziehe? Und das *würden* sie«, sagt er. »Nein. Egal, ist eh bestimmt gut, wenn du ein bisschen Zeit mit deinem Vater verbringst. Ich will dabei nicht stören.«
»Tust du doch gar nicht!« Ich will Joe unbedingt dabeihaben, obwohl ich genau weiß, dass er nicht mitkommen wird.
Er grinst und küsst mich. Noch mal. »Geh besser wieder rein«, sagt er. Dann löst er sich von mir und reibt mit seinen immer warmen Händen über meine Arme. »Dir ist kalt.«
»Setz dich doch noch ein bisschen mit mir auf die Bank!«
Joe zögert, aber nickt dann. »Bleib!«, sagt er zu Dyson.
»Hol ihn lieber zu uns, sonst bellt er noch«, schlage ich vor.
»Okay.«
Kaum ist das Tor einen Spaltbreit geöffnet, quetscht sich der dankbare Hund hindurch. Ich halte die Luft an, als er über die Einfahrt rennt. Das Gartentor ist Gott sei Dank verschlossen, so dass Dyson nicht zum Fenster meiner Eltern hinaufbellen kann. Wär mir inzwischen aber eh egal. Ich will Joe hierbehalten, koste es, was es wolle.
Wir setzen uns auf die Bank und kuscheln uns aneinander. Joe nimmt mich in die Arme und legt mir seine Jacke über die Schultern. Ich schmiege den Kopf an seinen Hals.
»Das kitzelt.« Er schmunzelt, ich küsse ihn. »Hör auf!«, Joe lacht in sich hinein. Dann dreht er sich so, dass er meinen Hals küssen kann.
Nun muss ich quietschen: »Aaah!« Wie das kitzelt!
»Siehst du?« Mit erhobener Augenbraue schaut er mich im Dunkeln an.
Mein Finger berührt den silbernen Ring in seiner Augenbraue. »Hat das wehgetan?«
»Nicht besonders.
»Hast du schon viele Freundinnen gehabt?« Keine Ahnung, wie ich auf diese Frage komme.
»Nein, nicht wirklich«, erwidert er.

Wie habe ich das denn zu verstehen? »Was heißt das?« Mir doch egal, wenn er mich für zurückgeblieben hält.
»Es war noch nie was Ernstes.«
»Was ist denn was ›Ernstes‹?«
»Alice!«, ruft er lachend. Ist ihm das Gespräch etwa peinlich?
»Hast *du* denn schon viele Freunde gehabt?«
Joe dreht den Spieß um, bevor ich weiter nachbohren kann. Aber ich werde schon noch mehr in Erfahrung bringen; er weiß nicht, wie hartnäckig ich sein kann.
»Nein«, antworte ich und füge dann lächelnd hinzu: »Nicht so viele.«
»Was soll das hießen?«
»Es war noch mit keinem was Ernstes.«
Jetzt grinst er nicht mehr, ich auch nicht. Zärtlich küssen wir uns.
»Ich überstehe das Wochenende nicht, wenn ich dich nicht sehe«, murmelt er.
»Ich auch nicht.«
»Soll ich morgen nach Feierabend vorbeikommen?«
Ich nicke, und wir küssen uns erneut.

Kapitel 7

Als ich am nächsten Tag in Portland Castle herumlaufe und das Werk von Heinrich VIII. begutachte, nehme ich meine Umwelt wie durch Wasser wahr. Der König ließ das Schloss um 1540 herum bauen, um sich vor der Invasion der Franzosen und Spanier zu schützen, und mehr bekomme ich davon nicht mit. Höchstens noch, dass es sehr groß und sehr grau ist. Den Rest der Zeit befinde ich mich in einer Parallelwelt. Die Blicke, die sich meine Eltern zuwerfen, entgehen mir allerdings nicht. Als ich mit meinem Vater kurz allein bin, versucht er, das Thema anzuschneiden.

»Mum meint, du hättest jemanden kennengelernt.«

Mein Vater hat kurzes braunes Haar, so wie sein Vater, doch was die Augenpartie angeht, schlägt er ganz nach seiner Mutter.

»M-hm«, mache ich unverbindlich.

»Ich hoffe, dir bleibt trotzdem noch genug Zeit …«

»… für die Uni, ja, Dad«, unterbreche ich ihn mit einem Gähnen. »Mum und du, ihr scheint vergessen zu haben, dass ich eigentlich Lizzy mit in den Urlaub nehmen wollte. Wenn sie hier wäre, würde ich auch nicht gerade den ganzen Tag büffeln. Wo ist also der Unterschied?«

»Na ja …«, stammelt er. »Lizzy ist Lizzy.«

»Und Joe ist Joe. Er nimmt nicht mehr Zeit in Anspruch, als Lizzy es getan hätte. Genau genommen sogar weniger, da er ja arbeiten muss.«

»Ja, davon habe ich gehört.«

»Von dem Pub?«

»Von seinen Eltern.«

Ich seufze. »Glaub mir, er ist völlig anders als sie.«
»Das sagst du jetzt, Alice, aber man kann seine Gene nicht vollkommen verleugnen.«
»Tja, das tut Joe aber«, fahre ich ihn an.
Ich erinnere meinen Vater nicht gerne daran, wie alt ich bin, aber wenn er nicht aufhört, mich zu bedrängen, werde ich es tun. »Hör zu«, sage ich in sanfterem Tonfall, »dies ist der letzte Sommer, bevor ich ausziehe. Ich möchte ihn einfach nur genießen.«
Dad legt mir den Arm um die Schultern. »Gut, Schätzchen. Ich halte jetzt den Mund.«
»Du müsstest ihn einfach mal kennenlernen. Ich mache euch miteinander bekannt, noch an diesem Wochenende«, schlage ich vor.
Mein Vater nickt. Dann geht es weiter mit dem Geschichtsunterricht.

Mein Versprechen gegenüber Dad muss warten, weil Joe mich erst kurz vor Mitternacht besuchen kommt und meine Eltern sich schon schlafen gelegt haben. Fast zwei Stunden lang sitzen wir draußen auf der Bank. Als Joe geht, bin ich hundemüde und falle in die Kissen, ohne mir die Zähne zu putzen oder mich abzuschminken. Ich trage eh nicht viel Make-up – nur Mascara und ein bisschen Eyeliner –, aber meine Wimpern werden morgen früh mit Sicherheit verklebt sein.
Um sieben Uhr reißt mich der Wecker aus dem allertiefsten Schlaf. Ohne nachzudenken, drücke ich auf die Schlummertaste, dann komme ich zu mir, springe aus dem Bett und haste zur Dusche. Um acht Uhr will Joe mich zu einem kurzen Spaziergang mit Dyson abholen, und um neun wollen meine Eltern mit mir zum Cerne Giant aufbrechen. Dabei handelt es sich um eine sechzig Meter große Kreidefigur, die in die Hügel in Kalk gegraben ist. Danach machen wir einen Ausflug zum Exmoor National Park. Es war also echt kein Witz, dass meine Mutter das Wochenende bis oben hin vollgepackt hat.
Um acht Uhr ist jedoch nichts von Joe zu sehen. Um fünf vor halb

neun verziehe ich mich ins Haus, weil es angefangen hat zu regnen. Um zwanzig vor neun gehe ich die Wände hoch, und um fünf vor neun mache ich mir ernsthaft Sorgen.

»Wahrscheinlich hat er nur verschlafen«, beruhigt mich meine Mutter. »Komm, Schätzchen, wir müssen losfahren. Jetzt ist eh keine Zeit mehr für euren Spaziergang.«

So wenig ich auch mitkommen will, erkläre ich mich unter der Bedingung einverstanden, dass wir am Pub vorbeifahren. Wir sitzen schon in Dads Auto und wollen den Weg zur Hauptstraße nehmen, als ich sehe, dass Joe über das Feld zum Cottage gelaufen kommt.

»STOPP!«, rufe ich. Mein Vater bremst. Ich steige aus und laufe los. »JOE!«

Seine Erleichterung, als er mich sieht, ist deutlich. »Tut mir leid!« Keuchend stützt er sich mit den Händen auf den Knien ab, völlig atemlos. »Ich bin den ganzen Weg gerannt.«

»Wo warst du denn? Ich hab mir Sorgen gemacht!«, rufe ich.

»Tut mir total leid.« Er macht ein zerknirschtes Gesicht. »Ich hab verschlafen.«

»Du hast *verschlafen*?« Ich gebe ihm einen Klaps auf den Arm und muss grinsen. »Ich dachte, dir wäre irgendwas passiert! Ich wollte schon zum Pub fahren und mich vergewissern, dass du noch lebst!«

»Wirklich?« Er grinst zurück, immer noch atemlos. »Du wolltest das Risiko eingehen, meine Eltern zu treffen, nur um nach mir zu sehen?«

»Ja, natürlich!«

Er späht über meine Schulter. »Ist das dein Vater?«

»Ja.« Ich schneide eine Grimasse. »Ich wollte dir eigentlich schon gestern Abend sagen, dass er dich kennenlernen möchte.«

Joe macht ein besorgtes Gesicht. »Okay.« Er richtet sich kerzengerade auf.

Verlegen gehen wir zum Wagen. Mein Vater lässt die Fensterscheibe herunter.

»Hallo!«, ruft er uns entgegen.
»Dad, das ist Joe. Joe, Dad.«
»Hallo, Mr. Simmons, Mrs. Simmons.« Er nickt Mum auf dem Beifahrersitz zu und gibt Dad durch das Fenster die Hand. Ich bin froh, dass mein Vater nicht aussteigt. Ist alles eh schon viel zu förmlich.
»Jim und Marie«, sagt Dad großzügig und weist mit dem Daumen auf sich und Mum. »Alice sagt, du wohnst in der Nähe?«
Joe zeigt in Richtung des Feldes. »In dem Pub im Ort.«
»Vielleicht kommen wir auf der Rückfahrt mal vorbei.«
Er will mir damit sagen: Ich soll mich jetzt ins Auto setzen.
»Das wäre ja super«, erwidert Joe, und ich winde mich innerlich. Ich hatte nicht die Absicht, in nächster Zeit wieder im Pub aufzutauchen.

»Komme sofort«, sage ich zu Dad, damit er die Fensterscheibe hochfährt. Ich führe Joe hinter den Wagen und außer Sicht.
»Besuchst du mich heute Nacht wieder?«, frage ich.
»Hört sich an, als ob ihr heute Nachmittag rüberkommt«, erwidert er.
»Aber falls nicht …«
»Das geht schon mit meinen Eltern«, versucht Joe, mich zu überzeugen. »Ich passe auf, dass sie dich nicht belästigen. Setzt euch einfach nach draußen!«, schlägt er vor.
»Na gut«, entgegne ich widerwillig. »Aber falls doch nicht …«
»… komme ich um halb zwölf zu dir. Sonntags ist früher Schluss.«
»Aber du bist total kaputt.« Das muss auch der Grund sein, warum er verschlafen hat. In den letzten Tagen ist er die Strecke zu mir mehrmals nachts gelaufen.
»Ich komme trotzdem«, verspricht Joe und nimmt mein Gesicht in die Hände. Ich recke mich ihm zum Kuss entgegen. »Du gehst jetzt besser.«
»Wir sehen uns später.«
»Im Pub«, drängt er.

Ich nicke und steige ins Auto. Joe bleibt stehen und blickt uns nach, bis wir außer Sicht sind.
Erst nach einiger Zeit spricht mein Vater. »Macht einen netten Eindruck.«
»Ja, nicht?« Ich strahle.
»Von dem Piercing in der Augenbraue halte ich allerdings nicht so viel.«
Grinsend verdrehe ich die Augen. Heute kann nichts meine Stimmung dämpfen.

Am Abend höre ich auf Joes Rat und setze mich mit meinen Eltern nach draußen auf die Terrasse des Pubs. Dad geht zum Bestellen hinein und kehrt mit unseren Getränken und mehreren Tüten gesalzenen Erdnüssen zurück an den Tisch. Dann steht Joe in der Tür, und mein Herz macht einen Hüpfer. Er entdeckt mich sofort und kommt herüber.
»Hallo!« Ich setze mich aufrechter hin.
»Hi!« Er wirkt erfreut, mich zu sehen, gibt mir aber vor meinen Eltern keinen Kuss. »Wie war der Riese?«, erkundigt er sich.
»Riesig!«, ruft meine Mutter.
»Hatte was anderes erwartet«, druckst mein Vater herum, und meine Mutter und ich kichern.
Das erigierte Glied des Riesen mit seinen gewaltigen Ausmaßen hat ihn richtig aus der Fassung gebracht. Die Menschen in der Eisenzeit waren wirklich *unsittlich* – falls der Riese aus Kalk wirklich aus der Eisenzeit stammt, denn das weiß niemand so genau.
Joe setzt sich dicht neben mich, so dass sich unsere Arme berühren. Sofort stellen sich meine Haare auf. Ich wünsche mir, die Welt um uns herum würde verschwinden, damit ich ihn küssen kann. Unter dem Tisch lege ich ihm die Hand aufs Knie.
»War heute viel los?«, fragt mein Vater.
»Ja, war ziemlich hektisch.«
»Der Pub liegt aber auch wirklich wunderschön«, merkt Dad an.
»Stimmt, da haben wir Glück«, antwortet Joe. Wir plaudern noch

etwas länger, dann schaut Joe mich voller Bedauern an. »Ich gehe mal besser wieder arbeiten, bevor noch einem auffällt, dass ich weg bin.«

Ich nicke traurig.

»Hat mich gefreut, Sie kennenzulernen«, richtet er an meinen Vater.

»Wir sehen uns bestimmt bald wieder«, antwortet dieser.

Joe legt seine Hand auf meine, die noch unter dem Tisch auf seinem Knie ruht. Er drückt sie. Meine Eltern unterhalten sich miteinander und tun so, als achteten sie nicht auf uns.

»Kommst du trotzdem heute Abend rüber?«, frage ich leise.

»Ja, wenn es dir recht ist.«

Ich nicke schnell, Joe grinst und küsst mich rasch auf den Mund. Dann steht er auf.

»Bis bald!«, ruft er in Richtung meiner Eltern.

Erst als er im Pub verschwunden ist, stoße ich die Luft aus. Ich bin nervös.

»Ich denke, wir gehen jetzt«, meint Mum.

»Ich sterbe vor Hunger«, erklärt Dad und kippt den Rest aus seinem Glas hinunter. »In einer Stunde muss ich mich schon auf den Rückweg nach London machen.«

Ich höre Dyson winseln, als wir am Innenhof des Pubs vorbeigehen. Es macht mich traurig, weil ich nicht hingehen und ihn streicheln kann. Er findet es bestimmt schrecklich, immer hinten angeleint zu sein. Ich werde von einer Welle der Zuneigung für den Hund überwältigt und nehme mir vor, heute Abend ein Leckerchen für ihn bereitzulegen.

Kapitel 8

Ungefähr in der Mitte meines Urlaubs nimmt sich Joe einen Tag frei, damit wir zusammen zur Insel Brownsea in der Bucht von Poole fahren können. Sie gehört dem National Trust und soll atemberaubend schön sein. Hunde sind dort nicht erlaubt, aber Joe will Dyson nicht den ganzen Tag bei seinen Eltern lassen. Unerwartet kommt uns meine Mutter zu Hilfe.

»Lasst ihn ruhig bei mir. Er kann mir im Garten Gesellschaft leisten.«

»Nein, das wäre eine absolute Zumutung«, erwidert Joe. »Wahrscheinlich rennt er Ihre Staffelei um oder frisst Ihre Farbe auf oder so was.«

»Das bekommen wir schon hin. Er ist ein braver Hund.« Mum tätschelt ihn liebevoll. »Falls es ein Problem gibt, verbanne ich ihn nach draußen in die Einfahrt.«

Joe zögert.

»Das bekommen wir schon hin, versprochen«, bekräftigt meine Mutter.

»Ganz bestimmt?«

»Auf jeden Fall.«

Ich glaube, sie findet es genauso schrecklich wie wir, Dyson den ganzen Tag bei Joes furchtbaren Eltern zu lassen. Am Ende gibt sich Joe geschlagen.

Das Boot, das uns zur Insel bringen soll, legt an, und wir gehen an Bord. Wir nehmen vorne links im Bug Platz. Joe legt den Arm um mich und zieht mich an sich. Ich lehne den Kopf an seine Schulter.

So warten wir, bis es losgeht. Als es so weit ist, fahren wir an hoch aufragenden weißen Klippen vorbei und spähen in Schmugglerhöhlen. Über die Lautsprecheranlage erklärt der Reiseleiter, dass diese Gegend Enid Blyton zu vielen Büchern inspiriert hat.
»Hast du früher auch Enid Blyton gelesen?«, frage ich Joe.
»Ja, die Bücher von den *Fünf Freunden* fand ich super!«
»Die mochte ich auch total gern. Und die Zauberwald-Trilogie.«
»O ja!«, begeistert er sich. »Die immer neuen Welten oben in der Krone des Baums …«
»Und die verschiedenen Früchte, die dort wachsen, je höher man steigt!«
Vor uns sehen wir Old Harry Rocks, zwei große freistehende Kreidesäulen vor der Küste, die angeblich nach Harry Paye benannt wurden, einem berüchtigten Piraten, der in der Nähe seine Schmuggelware versteckte. Der Mann vor uns erzählt die Geschichte seinen beiden aufgeregten kleinen Söhnen, die Mutter lauscht liebevoll lächelnd.
»Das ist wirklich interessant, die ganze Vergangenheit«, meint Joe.
Ich runzele die Stirn. Er ist so interessiert an allem, dass ich einfach nicht begreife, warum er nicht zur Uni gehen will. Ist das überheblich von mir? Ich schmiege mich an ihn und kuschele die Wange an seine Brust. Er hält mich noch ein bisschen fester.

Bald taucht Brownsea mit seinem hübschen Schloss vor uns auf. Wir legen am Pier an, gehen zur Schranke und bezahlen die Eintrittsgebühr. Wir haben uns etwas zum Essen mitgebracht und wandern eine Weile umher, bis wir eine schöne Wiese finden. Mehrere Truthähne schreiten umher, Gänse, Enten und Hühner laufen dazwischen herum. Ich werfe einer Glucke und ihren Küken Brotkrumen zu.
»Wenn man das einmal gemacht hat …«, neckt Joe mich, als die Hühner mir gackernd nachlaufen.
Er hat recht. Bald sind wir umringt von einer großen Horde Vögel. Ein Huhn hüpft sogar auf unsere Picknickdecke.

»Das war ein Schritt zu viel, Kumpel«, sagt Joe und schiebt es mit dem Fuß wieder herunter. Sofort kommt es zurück. »Krass, was sind die Biester hartnäckig!«
Ich muss lachen, und dann schlägt auch noch ein Pfau vor uns sein Rad auf.
»Ruhig Blut, Junge!«, mahnt Joe.
»Hey, guck mal!«, rufe ich und weise hinter den Pfau. »Da ist ein Babytruthahn. Ich hab noch nie ein Truthahnbaby gesehen. Wie nennt man noch mal weibliche Truthähne?«, frage ich mit Blick auf die braun gefiederte, deutlich unscheinbarere Mutter.
»Pute?«, überlegt Joe.
»Ja, glaub schon.«
»Wenn ein Truthahn männlich und eine Pute weiblich ist, wie lautet dann der Oberbegriff?«, fragt Joe. »Truten?«
Ich muss kichern. »Keine Ahnung.«
»Das werde ich mal nachschlagen.«
»Ich dachte, *ich* wäre hier das Superhirn«, foppe ich ihn.
Er schiebt das nächste Huhn beiseite. »Das mache ich nicht mehr lange mit.«
»Du musst aber zugeben, dass die Glucken ganz schön was hermachen. Wenn ich eine Glucke hätte, würde sie wie die da aussehen.«
»Wenn ich dich in zehn Jahren noch kenne, schenke ich dir eine.«
Ich grinse. »Warum erst in zehn Jahren? Warum nicht in zwei?«
»In zwei Jahren gehst du noch zur Uni. Ich weiß nicht, was deine Mitbewohner von einer Glucke als Geschenk halten würden.«
»Stimmt. Egal, zehn Jahre hört sich nicht schlecht an.« Mein Herz zieht sich zusammen. »In zehn Jahren kennen wir uns doch noch, oder?«
»Will ich doch hoffen.« Joes Lächeln verblasst, er küsst mich. »Komm, machen wir einen kleinen Spaziergang, bevor die Vögel auch noch anfangen, an uns herumzupicken.«
Wir gehen durch ein Kiefernwäldchen und gelangen an den Rand der Klippe.

»Nicht so nah ran!« Erschrocken ziehe ich Joe zurück.
»Geht schon«, beharrt er grinsend.
»Komm bitte vom Rand weg!« Ich habe wirklich Angst.
»Ich bin nicht am Rand, Alice.«
»Trotzdem, noch weiter weg!« Ich habe das Gefühl, jeden Moment einen Panikanfall zu bekommen.
Joe tut, wie ihm geheißen, und beobachtet mich besorgt.
»Ich will dich nicht verlieren«, erkläre ich. »Ich *kann* dich nicht verlieren.«
»Du wirst mich auch nicht verlieren«, sagt er leise und nachdenklich. »Ich stehe nicht am Rand.«
Ich habe das seltsame Gefühl, wieder losweinen zu müssen. Warum fühle ich mich so hilflos? Vielleicht ist es eine Eingebung, aber auf einmal *weiß* ich mit absoluter Gewissheit, dass Joe mir wehtun wird und ich nichts dagegen werde ausrichten können.
Er nimmt meine Hände und drückt sie.
»'tschuldigung«, sage ich und bringe ein zittriges Lachen zustande.
»Komm, wir gehen runter an den Strand.« Er versucht, mich aus meiner sonderbaren Stimmung zu locken.
»Au ja.« Ich nicke. Joe geht vor, und ich hoffe inständig, dass ich ihm mit meinem Verhalten keine Angst eingejagt habe.
Als wir vor den steilen Stufen stehen, die zum Strand hinunterführen, habe ich mich wieder beruhigt. Es sind nur noch zwei Stunden, bevor das Boot wieder ablegt. Wir setzen uns vor die marode Backsteinmauer, die in die Felsen gebaut ist.
»Ist das schön hier«, sagt Joe. »Irgendwie magisch.«
»Meine Mutter müsste mal herkommen«, überlege ich. »Es würde ihr super gefallen.«
»Sag ihr, sie soll mit deinem Vater hinfahren.«
»Nur wenn du einen Tag krank machst, so dass wir dann das Haus für uns allein haben.«
Er wirft mir einen kurzen Seitenblick zu. Ein Schauer läuft mir den Rücken hinunter, und ich frage mich, ob Joe dasselbe denkt wie

ich. Ich möchte ihm nahe sein. Sehr nahe. So nahe, wie sich zwei Menschen nur sein können.
Plötzlich muss ich an Lizzy denken und bekomme ein schlechtes Gewissen …
Lizzy und ich waren auf einer Mädchenschule, und da gab es eine kleine Gruppe von Mädels – angeführt von einer gewissen Pippa –, die sich in den Kopf gesetzt hatten, ihre Jungfräulichkeit noch vor der Uni zu verlieren. Als besagte Pippa achtzehn wurde, hörte man sie ständig stöhnen: »Ich kann doch mit achtzehn nicht noch Jungfrau sein …«
Lizzy und ich waren – und sind – natürlich noch Jungfrauen, und von daher wollten wir wirklich nicht hören, wie übel das sei und so weiter. Immerhin hatten wir uns vorgenommen, auf einen Besonderen zu warten. Aber Pippa hatte nichts anderes im Kopf. Während der Osterferien schlief sie daher mit irgendeinem Typen auf Ibiza. Hinterher behauptete sie, es wäre was Besonderes gewesen; sie wäre total verrückt nach ihm und wollte Kontakt halten. Tat sie aber nicht. Und ich kann mir schwer vorstellen, dass Pippa nicht doch irgendwo tief in sich bereut, was sie getan hat.
Ich weiß, dass Lizzy das mit Joe nicht verstehen würde – ich weiß es einfach. Sie würde nicht verstehen, warum ich ihm nur wenige Wochen vor dem Aufbruch in mein freies Erwachsenenleben meine Jungfräulichkeit schenke. In ihren Augen wäre ich nicht besser als Pippa.
Ich versuche, Lizzy aus meinen Gedanken zu verbannen.
»Wäre das nicht cool, wenn wir hier über Nacht bleiben könnten? Und einfach nicht wieder an Bord gehen?« Joe grinst. »Ich würde uns ein Feuer auf den Felsen machen, und wir könnten im Schutz der Farne oben auf dem Hügel schlafen.«
»Und was würdest du zum Essen kochen?«, gehe ich auf sein Gedankenspiel ein.
»Ein Huhn?«, schlägt er vor. Wir müssen beide lachen.
»Ich würde total gerne mit dir hierbleiben«, sage ich nach einer Weile leise.

Joe legt die Hand um meine Taille. Mein Körper summt vor Erwartung, als er sich langsam hochtastet. Ich schiebe meine Hand unter sein T-Shirt, er hält die Luft an. Ich ziehe Joe an mich, will ihn noch viel näher spüren.
Ein kreischendes Kind lässt uns zusammenzucken. Die Familie, die mit uns im Boot saß, geht am Strand vorbei. Die Mutter wirft uns einen vorwurfsvollen Blick zu, ich laufe knallrot an. Schnell ziehe ich die Hand unter Joes T-Shirt hervor. Verlegen lächelt er.
»Sollen wir gehen?«
Ich nicke, immer noch rot.
»Komm, wir gucken mal, ob wir ein Eichhörnchen finden.«
Joe versucht, sich unbefangen zu geben, doch so ganz kann er mir meine Verlegenheit nicht nehmen. Ich stehe auf, und er hilft mir über die Felsen zu den Stufen.

Nach einem wunderbaren gemeinsamen Tag kehren wir am frühen Abend nach Hause zurück. Dyson ist außer sich vor Freude, als er Joe wiedersieht.
»Wie war es mit ihm?«, fragt Joe meine Mutter.
»Ein ganz braver Junge«, erwidert sie. »Ich habe ihm noch nichts zu fressen gegeben, er hat bestimmt großen Hunger.«
»Gut. Er bekommt was, wenn ich wieder im Pub bin.«
»Lizzy hat angerufen«, sagt Mum zu mir. »Du hast vergessen, dein Handy mitzunehmen.«
»Oh, danke.« Ich hab nicht mal gemerkt, dass ich es nicht dabeihatte. War zu abgelenkt durch eine gewisse Person. »Wie geht es ihr?«, erkundige ich mich.
»Besser. Susan verträgt ihre Chemo offenbar so gut, dass Lizzy meint, sie könne vielleicht herkommen und übers Wochenende bleiben.«
»Echt?!« Die guten Nachrichten von Susan freuen mich, doch unwillkürlich verfliegt mein Enthusiasmus. Irgendwas in mir will nicht, dass Lizzy und Joe sich kennenlernen. Es ist seltsam: Wir haben jede unserer noch so kleinen Schwärmereien bis ins kleinste

Detail gemeinsam seziert, seit wir neun Jahre alt sind, aber aus irgendeinem Grund möchte ich Joe nicht mit Lizzy teilen. Ich habe zu viel Angst, dass sie in ihm nicht dasselbe sieht wie ich oder ihn irgendwie herabsetzt.

»Das wäre ja super«, freut sich Joe.

Er weiß nicht, welche Gedanken mir durch den Kopf spuken. »Ja, toll.« Ich versuche, mich zu freuen.

Joe sieht mich an. »Ich gehe jetzt besser nach Hause. Danke noch mal«, sagt er zu Mum.

»Gern geschehen.«

Ich bringe ihn zum Gartentor.

»Morgen früh wieder?«, fragt er.

»Klingt gut«, antworte ich lächelnd, und er drückt seine Lippen auf meine.

»Ich liebe dich.«

Das sagt er einfach so, als hätte er es schon tausendmal gesagt. Dann macht er ein erschrockenes Gesicht, aber ich grinse wie ein Honigkuchenpferd.

»Ich liebe dich auch«, erwidere ich.

»Wirklich?« Er grinst von einem Ohr zum anderen.

»Merkt man das nicht?«

Dyson bellt.

»Ich gehe mal besser, damit er was zu fressen bekommt.«

»Gut. Bis morgen früh dann.«

»Oder heute Abend?«, schlägt er vor.

»Willst du heute Abend wirklich noch mal die ganze Strecke laufen, nachdem wir uns schon den ganzen Tag gesehen haben?«

»Bist du müde?«, versucht er, meinen Einwand einzuordnen.

»Nein, deshalb nicht«, versichere ich schnell. »Ich denke nur an *dich*. Ich treffe mich lieber mit dir, als dass ich schlafe.«

»Wenn das so ist, komme ich heute Abend vorbei.«

»Cool.«

Kapitel 9

»Ich freue mich so, dass du da bist!«, jubele ich.
Nach den ersten selbstsüchtigen Vorbehalten konnte ich es kaum erwarten, Lizzy zu sehen. Und jetzt, am Freitagnachmittag, ist sie da, auf dem Bahnsteig.
»Ich freue mich auch so, hier zu sein!«, jubelt sie zurück. Wir fallen uns in die Arme.
Auf dem Weg zum Cottage berichtet sie das Neuste von ihrer Mutter. Die Chemotherapie ist heftig, aber die Ärzte freuen sich über Susans Fortschritte, was meine Freundin und ihre Familie echt erleichtert.
»Aber jetzt erzähl mal von dir!«, wechselt Lizzy das Thema. »Ist der Junge immer noch aktuell?«
Aus irgendeinem Grund werde ich nervös. Ich wünsche mir so, dass sie meine Gefühle versteht. »Joe?«, versuche ich locker zu sagen. »Doch, ja.«
»Lerne ich ihn auch kennen?«
»Ich dachte, wir könnten heute Abend mal in den Pub gehen.«
»Cool. Solange ihr beide euch nicht die ganze Zeit ableckt.«
»Igitt!« Ich lache verkrampft.
»Ich will nicht das fünfte Rad am Wagen sein«, fügt sie hinzu. Die Vorstellung macht ihr offenbar Sorgen. An ihrer Stelle ginge es mir genauso.
»Ich verspreche dir, dass wir das nicht tun. Außerdem«, füge ich hinzu, »sind ja seine Eltern da.«
»Na, vielleicht ist ja auch irgendein heißer Typ für mich aufzutreiben.«

»Hoffentlich«, erwidere ich, obwohl ich bisher keinen anderen netten Jungen gesehen habe. Allerdings hatte ich auch nur Augen für Joe und kann nicht behaupten, dass ich mein Umfeld genau betrachtet hätte.

Um sechs Uhr gehen wir in den Pub, nachdem wir mit meiner Mutter früh zu Abend gegessen haben. Mein Vater hatte am Nachmittag einen wichtigen Termin in London und wird nicht vor neun Uhr kommen. Deshalb hat Lizzy sich entschieden, mit dem Zug nach Dorset zu reisen, statt mit ihm im Auto zu fahren.
Wir beschließen, über das Feld zum Pub zu gehen, und ich wundere mich verschämt darüber, wie weit der Weg tatsächlich ist. Unglaublich, dass der arme Joe diese Strecke zweimal täglich hin- und zurückläuft, ganz zu schweigen von der zusätzlichen Wanderung zum Dancing Ledge, die wir morgens immer gemeinsam unternehmen. Kein Wunder, dass er so fit ist ... Ach, ich wünsche mir so, dass Lizzy ihn auch toll findet!
Als wir den Pub erreichen, platze ich fast vor Anspannung. Zum Bestellen gehen wir hinein, und da ist er, zapft gerade ein Pint, an unserem Ende der Theke. Er schaut auf, sieht mich und – WUMM! – ist wieder dieses Gefühl da, wie beim allerersten Mal, als wir uns sahen. Magnetisch ... diese Anziehungskraft ... Mein Herz schlägt Purzelbäume. Joe grinst erst mich, dann Lizzy an.
»Hallo«, sage ich schüchtern.
»Hi«, grüßt er liebevoll. »Und du bist Lizzy?« Er lächelt sie an.
Sie nickt. Wird sie ... wird sie tatsächlich rot? »Schön, dich kennenzulernen«, sagt sie.
Joes Vater bedient am anderen Ende der Theke einen Gast. Er steht mit dem Rücken zu uns. Seine Mutter ist nirgends zu sehen.
»Was möchtest du trinken?«, fragt Joe Lizzy, stellt das Bier auf den Tresen und zapft ein zweites.
»Hm ...«
»Cider?«, fragt er mich, während sie noch überlegt.
»Ja, bitte.«

»Ich nehme auch einen«, sagt Lizzy.
»Ich bringe sie raus«, verspricht Joe.
Ich greife in die Tasche, um zu bezahlen.
»Alice«, sagt er kopfschüttelnd.
»Wirklich nicht?« Ich zögere.
»Natürlich nicht.« Mit gerunzelter Stirn reicht er die zwei Bier dem wartenden Gast.
Ich lächele ihm zu und gehe mit Lizzy nach draußen.
»Voll der Hammer«, sagt sie leise.
»Was?«
»Der sieht total *super* aus!«, quietscht sie mit unterdrückter Stimme.
Ich pruste erleichtert.
Kurz darauf bringt uns Joe unsere Getränke nach draußen.
»Sorry, dass ihr warten musstet.« Er setzt sich neben mich und verschränkt die gebräunten Arme vor sich auf dem Tisch. »Heute ist echt viel los.« Joe sieht noch umwerfender aus als sonst; er trägt eine schwarze Jeans und ein graues T-Shirt mit einem grellpinkfarbenen Surfer-Schriftzug auf der Brust. Dazu hat er eine klobige Uhr mit einem abgewetzten braunen Lederarmband am Handgelenk.
Lizzy wollte, dass wir uns mit unserer Aufmachung ein bisschen Mühe geben, obwohl ich ihr versichert habe, dass es nur eine kleine Dorfkneipe ist. Wir haben beide dunkelblaue Jeans angezogen. Lizzy trägt dazu ein schwarzes Chiffon-Oberteil, ich einen Pulli in Rot und Rosa. Die Turnschuhe haben wir kurz vor dem Pub gegen Pumps getauscht. Lizzy hat blaue Augen und schulterlange braune Locken, die sie heute Abend geglättet hat. Ich habe meine langen dunklen Haare etwas zerzaust, weil Joe mir letztens versichert hat, wie schön er das findet. Außerdem habe ich mich von Lizzy zu einem grünlich-goldenen Schimmerlidschatten überzeugen lassen.
»Wie geht es deiner Mutter?«, fragt Joe.
Zu meiner Freude errötet Lizzy schon wieder. »Es geht ihr schon viel besser, danke«, erwidert sie.

»Bist du mit dem Zug nach Wareham gefahren?«, will er wissen.
»Ja, genau.«
Joe versucht ganz offensichtlich, mit ihr zu plaudern, aber sie antwortet ziemlich einsilbig.
»Ich muss wieder zurück an die Arbeit«, sagt er nach einer Weile. Bevor er aufsteht, gibt er mir einen Kuss. »Ich komme gleich wieder raus und bringe euch noch eine Runde. Dasselbe?«
»Gern.« Wir nicken. Das erste Glas ist noch nicht mal angetrunken.
Joe steht auf und sammelt leere Gläser ein. Lizzy grinst mich über den Tisch hinweg an. Ich weiß, dass sie mit mir über ihn sprechen will, aber das geht erst, wenn er wieder im Pub ist. Ich spüre seine Gegenwart deutlich – höre die Gläser auf der anderen Seite des Biergartens klirren –, und als nichts mehr zu hören ist, habe ich ein intuitives Gefühl dafür, wo er sich gerade befindet.
Irgendwann hebt Lizzy vielsagend die Augenbrauen und beugt sich vor für die Killerfrage: »Kann er gut küssen?«
»Mmm.« Ich versuche, keine Miene zu verziehen.
»Auf einer Skala von eins bis zehn?«, fragt sie.
»Nicht messbar.«
»Nein!«
»Doch.«
»Habt ihr …«
Ich weiß, was sie wissen will.
»Nein.« Resolut schüttele ich den Kopf.
»Aha.« Sie scheint sich ein wenig zu entspannen. »Aber du bist wirklich total in ihn verliebt?«
»Merkst du das nicht?«
»Hat er vielleicht einen Bruder?«
Ich muss lachen, dann fällt mir ein, dass das gar nicht so lustig ist.
»Allerdings, hat er wirklich.«
Ihre Augen leuchten auf.
»Aber mit dem willst du nichts zu tun haben.«
»Warum nicht?«, fragt sie, halb enttäuscht, halb neugierig.

»Er sitzt im Knast.«
Ich erzähle ihr von Ryan – zumindest das, was mir bekannt ist.
»Joe redet nicht gerne über ihn.«
»Kein Wunder, er muss dich ja immer küssen«, neckt sie mich. »Ich hoffe, du machst mir jetzt nicht einen auf Pippa«, fügt sie scherzhaft hinzu.
Ich versuche, ihre Bemerkung mit verdrehten Augen wegzulachen.
»Eher unwahrscheinlich«, erwidere ich.
»Gut«, lacht sie ebenfalls. Aber ich weiß, dass sie sich Sorgen macht. Sie will mich nicht verlieren. Hat Angst, dass wir uns auseinanderleben und in unterschiedliche Richtungen entwickeln könnten … Bei meiner Beziehung zu Joe ist sie nämlich außen vor, und das beunruhigt sie.
Wir kommen auf Joes Eltern zu sprechen.
»War das eben sein Vater hinter der Theke?«, fragt Lizzy.
»Ja. Ich hab keine Ahnung, wo seine Mutter ist – wenn wir ein bisschen Glück haben, ist sie schon nach oben gegangen.«
»Ich finde es unglaublich, dass sie dich vor allen als Lügnerin beschimpft hat! Aber er ist es wert, oder?« Sie grinst wieder und hebt die Augenbraue.
»Das will ich verdammt nochmal hoffen.«

Um halb elf wird meine Freundin langsam müde, und wir haben ja noch den Heimweg vor uns.
»Tut mir leid«, sagt sie. »Die letzten Wochen waren ganz schön anstrengend.«
»Ich weiß«, entgegne ich verständnisvoll. »Es tut mir so leid, dass du das alles mitmachen musst.«
»Drücken wir die Daumen, dass das Schlimmste vorbei ist.«
»Ganz bestimmt«, versichere ich ihr, ohne die geringste Ahnung zu haben, ob das stimmt. »Ich sag Joe kurz Bescheid, dass wir gehen.«
So oft er unbemerkt entwischen konnte, ist er nach draußen gekommen und hat uns nachgeschenkt. Ich habe mich nicht getraut

reinzugehen, nicht mal zur Toilette. Jetzt hingegen verleiht mir der Alkohol den notwendigen Mut.
»Ich komme mit«, beschließt Lizzy und greift zu ihrer Handtasche.
Wir gehen hinein. Zu meinem Entsetzen bedient nun Joes Mutter. Glücklicherweise entdeckt Joe uns zuerst. Sein argwöhnischer Blick in ihre Richtung entgeht mir allerdings nicht.
»Wir müssen langsam los«, sage ich.
»Ich bringe euch raus.« Er weist auf die Tür.
Ich drehe mich kurz zu seiner Mutter um. Ihre Lippen bilden einen schmalen, harten Strich, als sie mich sieht. Ob sie immer so mürrisch ist? Möglich.
»Könnt ihr nicht noch etwas länger bleiben?« fragt Joe, als wir draußen sind. »Dann kann ich euch nach Hause bringen.«
»Tut mir leid«, sagt Lizzy. »Das ist meine Schuld. Ich bin total müde, in letzter Zeit war einfach so viel los ...«
»Ja, sicher, klar«, lenkt Joe schnell ein.
»Sehen wir dich morgen?«, frage ich hoffnungsvoll. Am Vortag hatten wir verabredet, dass wir auf unsere nächtlichen Dates verzichten, solange Lizzy da ist – fünftes Rad am Wagen und so weiter.
»Auf jeden Fall. Kommt rüber, so früh ihr könnt.«
»JOE!« Seine Mutter taucht hinter ihm auf.
»Ich komme gleich«, sagt er matt.
»Du kommst jetzt sofort, verdammt nochmal!«, schnauzt sie ihn an.
»Ich komme ja«, wiederholt er mit Nachdruck.
Ihr Gesichtsausdruck ... Oh-oh. Sie stürmt auf uns zu. Joe stellt sich schützend vor Lizzy und mich. Was um alles in der Welt hat sie vor?
»Beweg deinen Arsch da rein, aber dalli!«, zischt die Alte und zeigt mit dem Finger auf Lizzy und mich. »Diese zwei Schlampen haben dir heute Abend schon genug Zeit gestohlen.«
Lizzy und ich kippen vor Entsetzen fast aus den Latschen.
»MUM! Es ist echt das Allerletzte, was du da sagst!«, regt Joe sich auf.

»REIN!«, keift sie ihn an.
»Geh schon!« Drängend lege ich Joe die Hand auf den Arm. Ich will nicht, dass er seinen Job verliert. Es ist seine einzige Chance, irgendwann verschwinden zu können.
»Ich komme gleich wieder rein«, wiederholt er durch zusammengebissene Zähne.
Seine Mutter entfernt sich rückwärts. »Warte nur, wenn ich das deinem Vater erzähle …«
Ihr Tonfall jagt mir einen Schauder über den Rücken. Erst als sie um die Ecke verschwunden ist, dreht sich Joe wieder zu uns um. Noch nie habe ich so viele Gefühle gleichzeitig in seinem Gesicht gesehen: Wut, Angst, Sorge, Gewissensbisse …
»Du hättest einfach reingehen sollen«, sage ich bekümmert.
Lizzy neben mir ist völlig entsetzt. Ich weiß, dass sie ins Cottage und nichts wie weg will. Es ist ganz klar, dass wir am nächsten Tag sicher nicht noch mal kommen werden.
»Ich bringe euch nach Hause«, sagt Joe.
»Nein«, widerspreche ich. »Du musst wieder reingehen. Mach es nicht noch schlimmer.«
Er zögert.
»Willst du später noch zu mir kommen?«, schlage ich vor. Das hatten wir eigentlich nicht vorgehabt, aber ich weiß, dass er mich braucht, und Lizzy wird eh tief und fest schlafen. »Bitte!«, flehe ich ihn an. »Komm, sobald du hier fertig bist. Ich warte draußen auf der Bank.«
Joe sieht mich mit glänzenden Augen an. Dann nickt er kurz und drückt meine Hand, bevor er uns gehen lässt.

Kapitel 10

»Tut mir leid«, entschuldige ich mich bei Lizzy, sobald wir unsere Turnschuhe wieder angezogen haben und über das Feld stapfen. Wir wollen den Pub so weit wie möglich hinter uns lassen. Die Möglichkeit, dass uns diese wahnsinnige Mutter verfolgt, erscheint uns beängstigend real. Zum Glück mag sie keine Hunde, sonst würde sie bestimmt einen Rottweiler auf uns hetzen.
»Ich kann es echt nicht fassen! So eine miese Kuh!«
»Ich habe dich gewarnt …«
»O Gott …« Lizzy steht noch unter Schock. »Klar, er ist total süß und so, aber *Alice*! Seine *Mutter*! Wie kannst du das ertragen?«
»Ich sehe sie nicht oft«, antworte ich. »Außerdem will er ja auch weg.«
»Wo will er denn hin?«
»Nach London.«
»Nicht nach Cambridge?«
Ich zögere. »Nein.« Zumindest nicht, dass ich wüsste … Obwohl ich mich in letzter Zeit öfter beim Träumen ertappt habe.
Das scheint Lizzy ein wenig zu beruhigen, und ich hasse sie dafür. Nein, nein, ich hasse sie nicht. So war das nicht gemeint.
»Bitte erzähl meinen Eltern nichts von heute Abend«, flehe ich sie an.
»Mach ich nicht«, sagt sie, leicht genervt.

Als Joe um kurz vor zwölf Uhr nachts auftaucht, habe ich alle Fingernägel abgenagt.
»Ich bin gekommen, so schnell ich konnte.« Atemlos steht er am

Tor. »Dyson, bleib«, befiehlt er, kommt herein und schließt die Pforte hinter sich.
Ich gehe zu ihm. Er nimmt mich in die Arme und drückt mich fest an sich. Heftig hämmert das Herz in meiner Brust. Ich hatte Angst, dass er nicht kommen würde. Als ich mich von ihm lösen will, lässt er mich nicht los.
Ich schaue zu ihm auf. »Alles in Ordnung?« Er weicht meinem Blick aus. »Joe?«
Seine Augen füllen sich mit Tränen. Er schluckt, und ich spüre, dass er versucht, nicht zu weinen. Langsam und zittrig atmet er aus.
»Schon gut«, murmele ich und drücke ihn.
»Das ist es nicht«, flüstert er und schiebt mich von sich. Sein Gesichtsausdruck macht mir Angst. »Mein Bruder kommt morgen raus.«
»Aus dem Gefängnis?«
Er nickt, und in seinem Gesicht steht Verbitterung geschrieben. »Meine Eltern hatten es nicht mal nötig, mir das zu erzählen.«
»Sie haben es dir erst heute Abend gesagt?« Ich ziehe ihn zu mir auf die Bank.
Es dauert lange, bevor er antwortet. »Ich war so sauer auf meine Mutter, weil sie dich beschimpft hat. Ich drohte ihr sogar, dass ich abhauen würde, wenn sie noch mal so mit dir spricht.«
»Und was hat sie darauf geantwortet?«
Pause. »Sie hat mich ausgelacht.«
Das macht ihn nicht mal wütend. Er ist einfach nur verletzt. Ich spüre seinen Schmerz, als wäre es mein eigener.
»Dann hat sie gesagt, Ryan würde lieber in meinem Zimmer wohnen als in seinem.«
»Verstehe ich nicht«, sage ich nach einer Weile. »Wieso weißt du nicht, was da abläuft?«
»Weil ich kaum mit denen rede. Ich sehe sie fast nie privat«, gibt er zu. »Bei der Arbeit unterhalten wir uns nicht, und sobald ich frei hab, bin ich weg.«

Das stimmt. Praktisch immer, wenn er nicht arbeiten muss, ist Joe mit mir zusammen.
»Ist dein Vater da?«, fragt er plötzlich und schaut an dem dunklen Cottage hoch.
»Ja«, antworte ich. »Mum und er waren schon im Bett, als wir zurückkamen. Lizzy schläft auch«, füge ich hinzu, obwohl ich mir da gar nicht so sicher bin. Hoffentlich kann sie uns nicht hören. Unser Schlafzimmerfenster geht auf den Vorgarten, nur wenige Meter über unseren Köpfen. »Sollen wir einen Spaziergang machen?«
»Ich will dich nicht wach halten.«
»Joe …«, sage ich sanft.
Wir nehmen den Weg, gehen an den letzten Cottages vorbei. Dyson läuft vorweg, wir hören ihn schnüffeln, seine Pfoten tappen über den Boden. Heute ist Vollmond, die Luft ist träge und still. Wir gehen durch ein Tor auf ein Feld und setzen uns vor einer Trockenmauer ins Gras. Es ist ein schönes Gefühl, so allein hier draußen zu sein. Also, von Dyson mal abgesehen, dessen Gegenwart ich beruhigend finde. Gedankenverloren schaut Joe in die Ferne.
»Was denkst du?«
Er schüttelt den Kopf. »Nichts.«
»Doch, sag!«
Er gibt nach. »Ich will nicht zurück.« Pause. »Aber ich muss.«
»Musst du wirklich?«
»Zum einen habe ich mein Geld unter der Matratze versteckt.«
»Hast du kein Konto?«, frage ich stirnrunzelnd.
»Meine Eltern rechnen nicht ganz vorschriftsgemäß ab«, erwidert er mit schiefem Grinsen. »Ich bekomme mein Geld in bar.« Seine Miene wird hart. »Ich fasse es nicht, dass er morgen rauskommt. Seit vier Jahren habe ich ihn nicht mehr gesehen.«
»Wie alt ist dein Bruder?«
»Sechsundzwanzig.«
»Vielleicht hat er sich ja verändert.«
»Nein, nein. Der hat sich nicht geändert.«
»Aber du.«

»Wie meinst du das?«, fragt Joe.
»Als du ihn zum letzten Mal gesehen hast, warst du vierzehn. Seitdem bist du viel größer geworden.«
»Er ist trotzdem größer als ich – und stärker.«
»Mein Gott, Joe, ich wollte doch nicht sagen, dass du dich mit ihm anlegen sollst!«
»Ich würde ihn umbringen, wenn er dich jemals anfassen sollte.«
»Hör auf! Warum sollte er mich anfassen?«
»Um mich zu ärgern.«
Joe entzieht sich mir, als machte ihn die Vorstellung zu wütend, um meine Nähe ertragen zu können.
»Was hat er dir angetan?«, frage ich vorsichtig. »Hat er dich verprügelt?«
Keine Reaktion. Dann nickt er.
»Oft?«, hake ich nach.
»Einmal bin ich im Krankenhaus gelandet.« Ich muss mich anstrengen, um ihn zu verstehen. »Meine Eltern erzählten der Polizei, ich wäre die Treppe runtergefallen. Sie drohten mir, mich vor die Tür zu setzen, wenn ich jemals die Wahrheit erzählen würde.«
Ich bin entsetzt. »Wie alt warst du da?«
»Sechs.«
»Sechs?!« Schockiert reiße ich die Augen auf. »Sechs Jahre?«
Joe nickt.
»Du meine Güte, Joe, das ist ja furchtbar!«
»Es war nicht das erste Mal, dass er mir was tat und meine Eltern nichts dagegen unternahmen. Und auch nicht das letzte«, sagt er verbittert. »Sie machen sich nichts aus mir.«
Das hat er schon einmal gesagt, aber ich hatte es nicht glauben wollen.
»Kein Wunder, dass du hier weg willst …«
Er sieht mir in die Augen. »Das Einzige, was mich hier noch hält, bist du«, sagt er schlicht.
Wir küssen uns, anfangs vorsichtig, dann immer leidenschaftlicher. Sinken rückwärts ins Gras. Joe ist über mir, stützt sich auf die Ellen-

bogen, damit er nicht so schwer auf mir liegt. Seine Zunge erforscht meinen Mund, ich schlinge die Beine um ihn, ziehe ihn enger an mich heran, will ihn ganz nah spüren. Ich schiebe die Hände unter sein T-Shirt und fahre mit den Fingernägeln über seinen Rücken. Er keucht an meinen Lippen, und ich spüre, wie er hart wird und sich an mich drückt.

Ich presse mich noch fester an ihn. Ich will ihn so sehr …

Seine Lippen tasten an meinem Hals hinab, seine Hand wagt sich unter meinen Pulli, streift meine Brust.

»Ich will dich«, flüstere ich eindringlich.

Joe kommt wieder hoch und küsst mich sanft auf die Lippen.

»Ich liebe dich«, füge ich hinzu, weil ich nicht weiß, ob er den ersten Satz gehört hat.

»Ich liebe dich auch.«

»Hast du mich verstanden?« Es gelingt mir nicht, die Sorge aus meiner Stimme zu halten.

Er schmunzelt.

Der Druck meiner Beine lässt ein wenig nach.

»Ich will dich auch, aber Dyson turnt mich ein bisschen ab.«

Ich schiele zum Hund nach links hinüber, der hechelnd jede unserer Bewegungen beobachtet und mit dem Schwanz auf den Boden klopft. Ich muss lachen.

»Außerdem habe ich nichts dabei.«

»Was denn?«

»Kein Kondom.«

»Ach so.« Ich komme mir dumm vor. Daran hatte ich gar nicht gedacht. Hätte ich tun sollen, aber im Eifer des Gefechts war mir der Gedanke nicht in den Sinn gekommen.

Wir setzen uns auf, Joe nimmt meine Hand. Wir blicken auf das mondbeschienene Feld.

»Ich bin noch Jungfrau«, sage ich unvermittelt.

Er schaut mir in die Augen und drückt meine Hand. »Ich auch.«

»Nein!« Ich mache große Augen.

Joe nickt. »Doch.«

»Aber … *wieso*?«
Er lacht. »Was soll das heißen: wieso?«
»Du siehst so … so toll aus! Wie kann es sein, dass du noch nie mit einem Mädchen geschlafen hast?«
Er zuckt die Achseln. »Dasselbe könnte ich dich fragen.«
»Ich habe noch niemanden gefunden, den ich genug mochte.«
»Ich auch nicht.«
»Aber Jungen … aber Jungen sind doch nicht so.«
»Wie sind wir nicht?«, hakt Joe nach. »Glaubst du, uns ist es egal, ob es etwas Besonderes ist?«
»Ich weiß nicht …«
»Na gut, manchen ist es vielleicht egal, aber mir nicht.«
»Bist du noch keinem Mädchen nähergekommen?«
»Doch, eine gab es da mal.«
Schlagartig bin ich eifersüchtig.
»Ich dachte, ich würde sie lieben.«
»Wie alt warst du da?«
»Fünfzehn. Damals wohnten wir in Devon, bevor wir nach Cornwall zogen.«
»Warum seid ihr umgezogen?«
»Nach dem, was Ryan getan hatte, konnten wir dort nicht mehr bleiben«, erklärt er traurig. »Der Pub ging den Bach runter. Meine Eltern waren bei den Einheimischen auch vorher schon nicht besonders beliebt gewesen.«
»Hast du sie denn geliebt?« Mir wird übel bei dem Gedanken.
Joe sieht mir in die Augen. »Nein. Ich liebe *dich*. Was ich für sie empfunden habe, stand auf einem anderen Blatt.« Er lächelt. »In einem ganz anderen Buch. Ach, in einer völlig anderen Bibliothek.«
Ich erwidere sein Lächeln. »Ich war auch noch nie verliebt«, gestehe ich. »Ich kann mir nicht vorstellen, irgendwann dasselbe für jemand anders zu empfinden.«
Ob ich jetzt wohl zu ehrlich war?
»Ich auch nicht.« Joe wendet den Blick nicht ab. Ich ziehe ihn an mich.

»Verpiss dich!«, zischt Joe nach einer Weile, und ich sehe, dass Dyson neben uns steht und uns beobachtet. Ich breche in Lachen aus. Joe schaut mich an. »O Gott, Alice, ich will dich so sehr!«
»Ich dich auch.«
Lizzy … Pippa … Weg mit euch, weg!
Als könnte Joe meine Gedanken lesen, sagt er: »Ich bringe dich wohl besser nach Hause, bevor Lizzy anfängt, sich Sorgen zu machen.«
Widerwillig gebe ich ihm recht. Er steht auf und hält mir die Hand hin, um mich auf die Füße zu ziehen. »Was habt ihr morgen vor?«
»Ich wollte ihr eigentlich Corfe Castle zeigen«, antworte ich. »Ich glaube, das wird ihr gefallen.«
»Finde ich gut, dass du sie von ihrer Mutter ablenkst. Tut mir leid, das mit heute Abend.«
»War doch nicht deine Schuld. Lizzy versteht das schon.« Doch tatsächlich bin ich mir da nicht so sicher.

Kapitel 11

»Alles in Ordnung?«, fragt mich Lizzy am nächsten Morgen zum zigsten Mal.
»Ja, alles klar«, erwidere ich.
»So habe ich dich noch nie erlebt«, bemerkt sie. Ich weiß nicht, was ich darauf sagen soll.
Denn es stimmt. Den ganzen Tag schon bin ich weit weg. Gedankenverloren starre in die Ferne, frage mich, ob es Joe gutgeht.
»Hat er kein Handy?«, fragt Lizzy. »Kannst du ihn nicht anrufen?«
»Nein, hat er nicht. Es gibt nur das öffentliche Telefon im Pub. Ich weiß die Nummer nicht, und wahrscheinlich würden eh seine Eltern drangehen.«
»Wann kommt denn sein Bruder?«
»Ich weiß nicht genau.« Ich lächele sie an. »Danke. Du bist so lieb. Das alles tut mir echt leid. Eigentlich müsste ich *dich* aufheitern, nicht andersrum.«
»So komme ich auf andere Gedanken.« Schulterzuckend zieht Lizzy ihre Strickjacke enger um sich.
Nach der diesigen Hitze des letzten Abends ist es heute kühl und bewölkt. Wir sind im Miniaturdorf von Corfe Castle. Es ist wirklich süß, aber ich kann mich an nichts richtig erfreuen.
»Sollen wir einen Tee trinken?«, schlägt Lizzy vor.
»Ja, gern.«
Wir essen etwas im Café, von dem man auf den Park blickt. Es ist warm genug, um draußen zu sitzen.
»Du magst ihn wirklich, nicht?«, unterbricht Lizzy mein dumpfes Starren.

»Ich liebe ihn.« Das kam automatisch heraus, auch wenn ich nicht weiß, ob es eine gute Idee ist, das zu sagen.
»Wirklich?«, fragt Lizzy mit großen Augen.
Ich nicke.
»Ich muss sagen, so richtig wundert es mich nicht«, erklärt sie. »So wie du ihn gestern Abend angeguckt hast ...«
»Er liebt mich auch.« Es soll nicht abwehrend klingen.
»Hat er das gesagt?«
»Ja, als erster.«
»Oh«, macht sie. »Wow.«
Ich will mich nicht an ihrer Verwunderung stören, tue es aber doch.
»Wo seid ihr gestern Nacht hingegangen?«, fragt Lizzy. Als ich mich schließlich ins Bett legte, dachte ich, sie würde schlafen.
»Wir haben einen kleinen Spaziergang gemacht. Hast du uns gehört, als wir auf der Bank saßen?«
»Nicht, was ihr gesagt habt.« Aha. Also war sie doch noch wach. Der Spaziergang war eine gute Idee.
Mit plötzlichem Schaudern erinnere ich mich daran, wie heiß es gestern Nacht zwischen Joe und mir wurde.
»Du wirst ja rot!«, ruft Lizzy. »Habt ihr ...«
»Nein!«, entgegne ich entrüstet. »Ich hab doch gesagt, dass wir nichts gemacht haben!«
Sie schweigt, aber es ist kein angenehmes Schweigen. Ich will wirklich nicht mit ihr über die vergangene Nacht sprechen. Sie war etwas Besonderes. Was nur Joe und mich etwas angeht.
Ähm, und Dyson.
Voller Unbehagen schneide ich meinen Scone entzwei und streiche nachdenklich Erdbeermarmelade und Clotted Cream darauf. Lizzy tut es mir nach. Dann gelingt es uns, ein Gespräch zu führen, das nicht von Joe handelt.

»Und, was machen wir heute Abend?«, fragt Lizzy im Auto, als wir nach Hause fahren. »Willst du noch mal in den Pub gehen?«

»Würdest du mir den Gefallen tun?«, frage ich ungläubig.
»Ja, sicher. Du und ich, wir können es locker mit dieser dämlichen Trulla aufnehmen«, lacht Lizzy.
Ich grinse. »Wir dürfen seinen Vater und seinen Knastbruder nicht vergessen.«
»Locker vom Hocker.«
Ich überlege kurz. »Wie wäre es, wenn wir mal kurz im Ort vorbeifahren und ich versuche, Joe zu erwischen?«
»Gute Idee.«
»Du kannst ja bei laufendem Motor im Auto sitzen bleiben, falls wir uns schnell aus dem Staub machen müssen.«
»Das wird doch kein Banküberfall«, neckt sie mich.
»Anders als bei seinem Bruder«, gebe ich zurück. Unglaublich, dass ich darüber Witze mache.

Dyson ist nirgends zu sehen. Mit klopfendem Herzen halte ich im gutbesuchten Biergarten vergeblich Ausschau nach Joe und warte eine Weile abseits, falls er doch noch herauskommen sollte. Nach zehn sehr langen Minuten hat sich mein Herzschlag immer noch nicht beruhigt, und ich beginne mich zu fragen, ob ich es wagen soll, in die Höhle des Löwen zu gehen. Ein Mann mittleren Alters am Tisch neben mir steht auf und fragt seine Frau, ob sie noch ein Glas Chardonnay trinken möchte. Ich ergreife die Gelegenheit.
»Entschuldigung!«, spreche ich ihn an. Er schaut herüber. »Könnten Sie vielleicht …« Ja, das ist ein guter Anfang. »Könnten Sie vielleicht nachsehen, ob ein junger Mann hinter der Theke steht? Dunkles Haar, Piercing in der Augenbraue …«
Der Gast wirft seiner Frau einen wissenden Blick zu, ich winde mich innerlich. »Kein Problem, Mädel.«
Ich entspanne mich ein wenig, da die Sache nun ans Laufen kommt, aber bin immer noch unglaublich nervös, als er zurückkehrt.
»Da stand ein junger Mann, ja.« Meine Stimmung hebt sich. »Aber er war blond und tätowiert. Und ein Piercing in der Augenbraue habe ich auch nicht gesehen.«

Das muss Ryan sein. Wo ist nur Joe?
»Tut mir leid«, sagt er, als er mein Gesicht sieht.
Ich grummele meinen Dank und kehre zum Wagen zurück.
»War er da?«, fragt Lizzy.
»Nein, glaub nicht.« Ich schnalle mich an.
Auf dem Rückweg bin ich in Alarmbereitschaft. Immer wieder lasse ich den Blick über die Felder schweifen in der Hoffnung, Joe dort zu entdecken.
»Achte du auf die Straße«, mahnt mich Lizzy. »Ich halte Ausschau nach Joe.«

»Hast du zufällig Joe gesehen?«, frage ich meine Mutter, kaum dass wir durch die Tür kommen.
»Nein«, sagt sie stirnrunzelnd. »Ist er nicht im Pub?«
Mein Vater kommt in die Küche. »Hallo, ihr beiden!«, ruft er fröhlich, dann sieht er unsere Mienen: »Was ist los?«
Lizzy weicht seinem Blick aus; sie hat mir versprochen, keinen Mucks zu sagen, aber mittlerweile mache ich mir so große Sorgen, dass ich nicht mehr in der Lage bin, sie vor meinen Eltern zu verbergen.
»Joes Bruder ist aus dem Gefängnis gekommen«, platzt es aus mir heraus. »Er hat Joe früher, als er klein war, immer wehgetan, und jetzt habe ich Angst, dass er ihm was antut.«
»Ich wusste nicht mal, dass er überhaupt einen Bruder hat, ganz zu schweigen davon, dass er im Gefängnis war«, sagt meine Mutter bestürzt.
»Was meinst du damit: Er hat Joe wehgetan?«, hakt Dad nach.
»Er hat ihn immer geschlagen. Einmal musste Joe sogar ins Krankenhaus. Er hat eine Riesenangst vor ihm. Ich weiß nicht, was ich tun soll.«
Dad überlegt kurz. »Sollten wir vielleicht zusammen zum Pub fahren? Mal nachschauen?«
Ich schöpfe Hoffnung. Joes Eltern werden meine Eltern bestimmt nicht wiedererkennen.

Ich nicke. »Das könnte klappen.« Mir kommt eine Idee. »Moment mal … Ich glaube, ich weiß, wo er ist.«
»Wo denn?«, fragen meine Eltern gleichzeitig.
»Am Dancing Ledge.«
»Am Meer?«
»Ja.«
»Wir begleiten dich!« Dad greift nach seinem Mantel.
»Nein, schon gut«, erwidere ich schnell. »Ich gehe alleine hin.«
Lizzy tritt von einem Fuß auf den anderen. »Mit Lizzy«, füge ich hinzu. »Wenn du willst.«
Sie nickt. Als wir uns auf den Weg machen, hat der Wind aufgefrischt, ich flechte die Haare zu einem langen Zopf und stopfe ihn in den Mantel.
»Die Klippen sind wunderschön«, erkläre ich. »Wollte ich dir eh zeigen.«
Ich habe bereits ein schlechtes Gewissen, ihr das Wochenende vermiest zu haben. Nun zwinge ich sie auch noch zu dieser Verfolgungsjagd.
»Na gut«, sagt Lizzy.
»Das tut mir total leid.«
»Hör auf, dich zu entschuldigen«, sagt sie. »Ich bin froh, dass ich hier sein kann.«
Ich legte den Arm um sie und drücke sie fest. Bin Lizzy etwas schuldig.
Schließlich erreichen wir den von Ginster gesäumten Hohlweg. Bis jetzt war nichts von Joe zu sehen. Nervös stolpern wir den felsigen Pfad hinunter. Ich male mir aus, dass er am Rande der Klippen auf mich wartet, doch dann wird mir plötzlich klar, dass das nicht sehr wahrscheinlich ist. Er könnte *überall* sein …
»Wow, das ist echt der Hammer!«, staunt Lizzy, als wir aus dem Hohlweg treten. Ich habe keine Augen für die Aussicht, sondern suche die Hänge ab.
»Ich will nur eben …« Ich verstumme und wage mich auf dem steilen Hang nach unten.

»Ist das nicht gefährlich?«, ruft Lizzy mir nach. Sie muss die Stimme erheben, damit ich sie bei dem Wind hören kann.
»Nein!«, rufe ich zurück. »Unten ist ein Zaun.«
»Na gut.« Zögernd folgt sie mir.
»Wenn du willst, kannst du auch hier warten. Falls ich ihn finde, komme ich sofort zurück«, verspreche ich. »Dauert höchstens eine Viertelstunde.«
»Na gut.« Lizzy nickt und setzt sich ins Gras. Ich haste den steilen Weg hinunter, er verleiht mir Schwung. Noch nie bin ich einen so steilen Hügel hinuntergerannt. Genau genommen, bin ich seit meiner Kindheit überhaupt keinen Hügel mehr runtergelaufen. Es ist seltsam befreiend.
Unten angekommen, atme ich schwer. Ich schwitze heftig, ziehe mir die Jacke aus und gehe durch die Pforte zum Dancing Ledge. Ein Hund bellt. Auf der Stelle weiß ich, dass es Dyson ist.
»JOE!«, rufe ich. »JOE!«
Wieder bellt der Hund, jetzt aufgeregter.
»JOE!«
»ALICE?«
Ich bin so was von erleichtert. Joe kommt um einen Felsvorsprung herum und entdeckt mich. Kurz siegt die Freude über die Sorge in seinem Gesicht.
»ALICE!« Er läuft auf mich zu, ich komme ihm entgegen, dann liegen wir uns in den Armen, und Dyson hüpft bellend um uns herum. »Du bist gekommen«, haucht Joe mir ins Haar.
»Ich war im Pub«, keuche ich, bekomme kaum Luft.
»Wirklich?« Er versucht, mir die Haarsträhnen aus dem Gesicht zu streichen, während der Wind sein Bestes tut, meinen Zopf aufzulösen.
»Mich hat aber keiner gesehen.« Ich erkläre ihm, wie ich mich der Hilfe eines Gastes bedient habe.
»Allerdings, das war Ryan«, sagt Joe schließlich, als ich ihm erzähle, wie der Gast den tätowierten, blonden Mann hinter der Theke beschrieben hat.

»Lizzy wartet oben.«
»Gut, in Ordnung.«
Wir machen uns auf den Rückweg.
»Hast du deinen Eltern gesagt, dass du gehst?«, frage ich.
Joe schüttelt den Kopf. »Noch nicht.«
»Wie hast du dich denn verdrückt?«
Er seufzt. Lizzy kommt in Sicht, ich winke ihr zu. Lächelnd winkt sie zurück – sie freut sich, dass ich Joe gefunden habe.
»Als ich gestern Abend nach Hause kam, musste ich feststellen, dass meine Eltern fast all meine Sachen aus meinem Zimmer in das andere umgeräumt hatten.«
»Nein! Das ist doch das Letzte!«
»Das hat mich noch nicht mal besonders gestört. Ich bin eh bald weg. Aber ich hatte Angst um mein Geld.«
»Haben sie es gefunden?«
»Nein, Gott sei Dank nicht.«
Ich seufze erleichtert. »Wo hast du es jetzt versteckt?«
»Gar nicht. Ich hab's in der Tasche.«
Ich schiele auf die Ausbuchtung in seiner Hose.
»Kann ich es vielleicht bei dir deponieren?«
»Klar.« Ich fühle mich geehrt, weil er mir vertraut, obwohl es eigentlich selbstverständlich ist.
»Danke.« Joe streichelt meine Hand. Ich wünsche mir, dass er sie festhält, aber wir sind jeden Moment bei Lizzy. Als wir näher kommen, steht sie auf und versucht, Dyson abzuwehren.
»Hey«, begrüßt sie Joe. »Ist alles in Ordnung?«
Joe nickt. »Komm her, Dyson.« Er zieht den Hund zu sich.
Lizzy winkt ab. »Hast du deinen Bruder schon gesehen?«
Mir fällt auf, dass ich ihm diese Frage noch gar nicht gestellt habe.
»Ja«, antwortet Joe.
»Sollen wir ein bisschen hierbleiben?«, schlage ich vor. Wir setzen uns nebeneinander und blicken aufs Meer. Dyson wirft sich ins Gras, Joe sitzt in der Mitte. Ich schaue ihn an. »Wie war er so?«
»Wie immer.« Joe sieht aufs Wasser.

»Hat er dir wehgetan?«, fragt Lizzy vorsichtig.
»Nein.« Pause. »Noch nicht.«
Ein Schauer läuft über mich hinweg. Ich greife zu Joes Hand.
»Ich möchte nicht, dass du zurück nach Hause gehst.«
»Das geht schon«, meint er. »Eine Weile halte ich es noch aus.«
»Hat er dir gedroht?«, hakt Lizzy nach.
»Nein. Er hat nichts getan oder gesagt«, erwidert Joe, »er guckt mich nur auf so eine gewisse Art an. Die ist … Ich weiß nicht, wie ich das beschreiben soll. *Bedrohlich* … Das ist ein dermaßen mieser Kerl!«, platzt es aus ihm heraus. »Und meine Eltern lassen ihn einfach gewähren! Die haben noch nie eingegriffen. Er war immer schon gemein, regelrecht bösartig, aber sie wollen das einfach nicht wahrhaben. Oder können es nicht. Vielleicht steht er ihnen so nahe, weil sie selbst bösartig sind.«
»Kein Wunder, dass du weg willst«, murmelt Lizzy.
»Ich finde es erstaunlich, dass du es so lange ausgehalten hast«, füge ich hinzu.
»Das konnte ich nur, weil er die letzten vier Jahre im Knast war.«
»Für einen bewaffneten Raubüberfall kommt mir das nicht sehr lange vor …«
»Er war der Komplize eines abgebrühten Verbrechers. Und wurde wegen guter Führung vorzeitig entlassen.« Joe schnaubt verächtlich. »Er wird jetzt so richtig heiß darauf sein, mal etwas Dampf abzulassen.«
»Ich will nicht, dass du zurück nach Hause gehst«, wiederhole ich, jetzt drängender.
Traurig sieht er mich an. »Wo soll ich denn sonst hin?«
»Komm mit zu uns«, sage ich, obwohl ich weiß, dass meine Eltern etwas dagegen einzuwenden hätten.
Lächelnd schüttelt Joe den Kopf. »Ist ja nicht mehr lange, Alice. Nur noch etwas mehr als zwei Wochen.«
»Wieso zwei Wochen?«, fragt Lizzy stirnrunzelnd.
»Weil Alice dann abreist«, antwortet er schlicht.
Ich drücke seine Hand, fest.

Kapitel 12

Nachdem Lizzy und ich den Sonntagvormittag in Lulworth Cove verbracht haben, fährt sie zurück nach Hause. Ich vermute, dass sie insgeheim froh ist, heimfahren zu können, auch wenn sie auf meine Entschuldigungen immer erwidert, die Erlebnisse mit Joe hätten sie von ihren eigenen Problemen abgelenkt.
Ich stehe am Bahnsteig und winke ihr nach. Als der Zug verschwindet, werde ich von Traurigkeit übermannt. Dies war eine der letzten Gelegenheiten, Zeit mit meiner Freundin zu verbringen, bevor wir zu Uni gehen, und ich habe sie vermasselt. So viel zum Thema Sonnenbaden am Strand und Jungs abchecken. Ich denke daran, wie aufregend es war, uns am Freitagabend für den Pub zurechtzumachen, wie begeistert Lizzy von Joes Aussehen war, und verspüre heftige Reue. Wenn doch das ganze Wochenende so lustig verlaufen wäre. Selbst das Wetter ist schlechter geworden. Heute ist es wolkig und sehr windig, die Luft ist feucht.
Meine Eltern waren den ganzen Tag sehr umsichtig. Mein Vater versucht, mich aufzumuntern, bevor er sich auf den Weg zurück nach London macht.
»So, Alice!« Er beugt sich über die Kochinsel in der Küche. Bei seinem Tonfall stellen sich mir alle Nackenhaare auf. »In zwei Wochen geht's zurück.«
»Ich weiß, Dad, ich werde ständig von allen dran erinnert.«
»Wer erinnert dich daran?«
Ist das vielleicht wichtig?
»Du, Mum, Lizzy, Joe …«
»Ah, Joe auch.«

»Ja, Dad, er ist dann nämlich auch weg.«
»Wo will er denn hin?«, fragt er überrascht.
»Nach London«, erwidere ich seufzend.
»Nicht nach Cambridge?«
Geht das schon wieder los …
»Nein, Dad.«
Er atmet tatsächlich erleichtert auf. Ich seufze auch, aber vor Kummer.
Mein Vater spürt meine Verzagtheit. »Vielleicht kannst du dich ja mit ihm treffen, wenn du in den Ferien nach Hause kommst.«
»Kann sein.« Eine so lange Zeit der Trennung erscheint mir unerträglich. »Egal, mach dir keine Sorgen! Diese Woche komme ich wenigstens etwas mehr zum Arbeiten.«
»Das wäre eine gute Idee. Lenkt dich ein bisschen ab«, sagt er forsch und richtet sich kerzengerade auf.
Von wegen …
Mum und ich gehen in die Auffahrt, um ihm nachzuwinken.
»Tschüss, Schatz«, sagt Mum und gibt meinem Vater einen Abschiedskuss.
»Eine schöne Woche«, wünscht er ihr liebevoll. »Du machst das toll, Marie. Deine Bilder werden ganz groß rauskommen.«
Sie schlingt ihm die Arme um den Hals, die beiden drücken sich. Ich betrachte ihre Beziehung in neuem Licht. Wie es wohl ist, jemanden an seiner Seite zu haben, der für einen sorgt und sich kümmert, für alle Zeit … Meine Gedanken sind sowieso immer bei Joe, aber jetzt wird die Sehnsucht nach ihm noch größer.
»Wann kommt Joe zu uns?«, fragt meine Mutter, als Dad weg ist. Sie kann meine Gedanken lesen.
»Wenn der Pub zumacht«, erwidere ich. »Sonntags ist das ja früher.«
»Elf Uhr?«
»Wahrscheinlich wird es halb zwölf, bis er aufgeräumt hat.«
»Mensch, Alice, das ist aber spät.«
Sie weiß ja nicht, dass er jeden Abend nach der Arbeit rübergekom-

men ist. Zu der Uhrzeit schläft sie immer schon. Ich frage mich, ob ich diese Information für mich hätte behalten sollen, aber die Frage ist jetzt wohl müßig.

Draußen auf der Bank ist es nachts ganz schön kalt. Zu meiner Überraschung öffnet sich die Küchentür, und Mum taucht auf.
»Alice!«, ruft sie. »Was machst du denn hier draußen?«
»Ich warte auf Joe«, erkläre ich.
»Komm rein! Du holst dir ja den Tod. Ich gehe jetzt eh ins Bett«, sagt sie verständnisvoll.
Ich erschaudere und stehe auf, aber nicht ohne noch schnell einen Zettel an die Bank zu kleben, der Joe mitteilt, dass er hereinkommen soll.
Ich warte in der Küche. Als ich den Riegel des Gartentors höre, laufe ich zur Tür.
»Joe?«, flüstere ich in die Dunkelheit.
»Hey!« Er kommt um die Ecke.
»Meine Mutter ist schon im Bett«, sage ich. »Sie meinte, wir sollten reingehen.« Joe wirkt unschlüssig. »Lass Dyson in der Einfahrt«, schlage ich vor.
Ich greife nach seiner kalten Hand und führe ihn in dem Bewusstsein ins Wohnzimmer, dass meine Mutter direkt über uns schläft.
Wir setzen uns aufs Sofa, ich kuschele mich an ihn. Er wirkt kaputt.
»Du bist total müde.« Ich streichele sein Gesicht, übermannt von Mitgefühl. »Leg dich zu mir.«
Ich schiebe mich an den Rand, er rutscht nach unten und schlingt mir die Arme um die Schultern, damit ich nicht runterfalle. Dann dreht er sich zu mir um und drückt mich an sich. Ich schließe die Augen. Es ist wunderbar in seinen Armen.
»Wie schön es wäre, wenn wir dieses Haus für uns allein hätten«, flüstere ich nach einer Weile. Sein gleichmäßiger Atem macht mich müde. Joe antwortet nicht. »Wir könnten doch zusammen durchbrennen.«

Wieder keine Antwort. Ich löse mich vorsichtig von ihm und schaue ihn an. Joe schläft tief und fest. Er sieht so friedlich aus. Ich streiche ihm das Haar aus dem Gesicht. Seine Wimpern sind lang und dunkel, auf den Wangen bilden sich Bartstoppeln. Seine Haut ist wunderbar weich und gebräunt. Ich betrachte den silbernen Ring in seiner Augenbraue. Zärtlich küsse ich seine Lippen. Er ist wie weggetreten. Ich lächele und werde von Liebe überflutet. Dann kehrt der Schmerz zurück. Ich weiß, dass er nur eine schwache Vorahnung dessen ist, was mir noch bevorsteht.

Kapitel 13

In der Nacht bleibe ich mit Joe bis fast vier Uhr morgens auf dem Sofa liegen, als er plötzlich aufschreckt. Ich lege ihm die Hand auf die Brust, um ihn zu beruhigen.

»Schon gut«, flüstere ich. »Du bist eingeschlafen.«

Er setzt sich auf, ich tue es ihm nach. Meine Augen brennen. In den letzten drei Stunden bin ich immer wieder eingedöst, konnte aber nicht richtig schlafen.

»Ich geh besser zurück«, murmelt er matt.

»Bleib doch bis morgen früh!«

Er sieht sich im dunklen Wohnzimmer um. »Wo ist Dyson?«

»Ich habe ihn in die Küche geholt.«

Er nickt und macht Anstalten aufzustehen. Ich ziehe ihn zurück aufs Sofa. »Bleib doch bis morgen!«, wiederhole ich.

Joe schüttelt den Kopf, sein Blick huscht zur Decke.

»Mum stört das nicht«, versichere ich ihm.

»Nein. Ich geh besser zurück.«

Als er aufsteht, seufze ich schwer. Ich folge ihm in die Küche, wo ein ungewöhnlich müder Dyson sich langsam erhebt.

»Sehen wir uns später?«, fragt er an der Tür.

»Musst du den ganzen Tag arbeiten?«

»Nur am Abend.«

»Dann komm doch gegen Mittag vorbei. Wir könnten ein Picknick oben auf der Klippe machen.«

Joe nickt und gibt mir einen Kuss, dann öffnet er die Tür und schickt Dyson nach draußen.

»Ich liebe dich«, rufe ich ihm leise nach.

»Ich dich noch mehr.«
»Geht gar nicht.«
»Doch, das geht.«
Er lächelt mich an, sein Gesicht ist nicht mehr ganz so angespannt. Eine Weile bleibe ich in der Tür stehen, dann gehe ich hoch ins Bett.

Das kalte, windige Wetter hält auch am nächsten Tag an. Als ich aufstehe, ist Mum im Wintergarten und arbeitet. Der Geruch von Ölfarbe zieht durchs Haus.
»Ich mache heute ein Picknick mit Joe«, erkläre ich ihr, nachdem ich festgestellt habe, dass ich bis fast elf Uhr geschlafen habe.
»Ein Picknick?«, ruft sie, »bei diesem Wetter? Warum bleibt ihr nicht einfach hier?« Sie überlegt. »Oder störe ich euch?«, fragt sie mit erhobener Augenbraue.
»Deine Farben stinken«, scherze ich und gehe in die Küche, um Sandwiches vorzubereiten.
Bevor ich mit Joe aufbreche, schaut er kurz herein, um meine Mutter zu begrüßen. Sie will alles über seinen Bruder wissen. Joe ist überraschend gut drauf.
»Eigentlich war es in Ordnung«, sagt er.
»Reden sie jetzt mit dir?«, frage ich.
»Nein«, gibt er zu und lacht leise. »Aber das ist besser als die Alternative.«
»Wir sollten losgehen«, sage ich. »Ich hab einen Riesenhunger.«
»Du hättest frühstücken sollen«, neckt mich meine Mutter.
»Ich habe verschlafen«, erkläre ich Joe.
»Ja? Ich konnte nicht mehr schlafen.«
»Joe und ich sind gestern Abend auf dem Sofa eingeschlafen«, gestehe ich Mum.
Sie hebt die Augenbrauen. »Ach, *wirklich*?«
Joe druckst verlegen neben mir herum.
»Komm, gehen wir!«, sage ich in der Hoffnung, seiner Verlegenheit damit ein Ende zu bereiten. Obwohl ich nicht begreife, *warum* er sich schämt. Ist ja nicht so, als ob wir was getan hätten.

»Musstest du ihr das unbedingt sagen?«, murmelt Joe, als wir die Tür hinter uns schließen.
»Warum nicht?«, gebe ich zurück. »Wir sind doch beide achtzehn, was soll's?«
Er zuckt mit den Schultern. Ich lege ihm den Arm um die Taille und lächle ihn an, aber er hält den Blick starr auf den Weg gerichtet. Leicht verstimmt, lockere ich meinen Griff. Falls er es merkt, sagt er nichts dazu.
Unterwegs treffen wir mehrere Leute mit Hunden, doch abgesehen davon sind die Klippen so gut wie verlassen.
»Komm, wir klettern runter zum Felsvorsprung!«, schlägt Joe vor.
Das Gras ist rutschig, aber er hält mich fest. Am Fuße des Abhangs sind Stufen in den Fels gehauen.
»Los, weiter!« Jetzt will ich es aber wissen. Vorsichtig bewältigen wir die Stufen und gelangen an einen Kreidehang, der steil zum Meer hin abfällt. Die Klippe ist nur gute zehn Meter hoch; davor erstreckt sich eine flache Felsfläche auf Meereshöhe, der eigentliche Dancing Ledge. Erst gestern noch hat mein Vater vorgelesen, wie dieses Phänomen entstanden ist. Mum, Lizzy und ich erfuhren, dass örtliche Minenarbeiter den Fels wegsprengten, um daraus die Hafenanlage von Ramsgate in Kent zu bauen. Die so entstandene Ebene erhielt die Bezeichnung Dancing Ledge, weil sie so groß wie die Tanzfläche eines Ballsaals ist. Und mitten in dieser »Tanzfläche« befindet sich ein von Menschenhand geschaffenes Becken, das die örtlichen Schulen vor rund hundert Jahren zum Schwimmen nutzten.
»Wir müssen noch mal herkommen, wenn die Sonne scheint.« Ich schaue auf das Becken mit dem klaren, aber heute grauen Wasser, das an einem sonnigen Tag bestimmt grünlich blau schimmert.
»Können wir runterklettern?«, frage ich.
Joe blickt auf Dyson.
Er hat bestimmt Angst, der Hund könne fortlaufen. »Keine Sorge!«, beruhige ich ihn.
Doch Joe greift in seine Jackentasche und zieht eine Leine hervor.
»Er kommt schon klar.«

»Gute Vorbereitung«, sage ich beeindruckt.
»Komm, mein Junge«, sagt Joe und führt Dyson hoch zum Gatter. Als der Hund angebunden wird, bellt er verärgert, aber Joe holt eine Plastiktüte aus dem Rucksack und packt einen riesengroßen Knochen aus. Dysons Speicheldrüsen explodieren förmlich. Sofort beginnt er zu nagen. Joe wirft mir einen belustigten Blick zu und springt dann die Stufen hinunter.
»Ich dachte, du hättest es nicht so mit dem Planen«, necke ich ihn.
Er zuckt mit den Schultern, ohne mich anzusehen, sondern weist mit dem Kinn auf den Rand der Klippe. »Bist du bereit?«
»Los geht's!«
Joe verspricht grinsend, mich zu halten, falls ich fallen sollte. Ich bewältige den letzten Meter mit einem Sprung und lande sicher auf dem abgesprengten Felsen. Hier unten ist es völlig einsam. Niemand will dem Wetter die Stirn bieten, dabei ist die See gar nicht so rau, trotz des Windes. Das Wasser plätschert gegen den Felsvorsprung. Wir können erkennen, dass der Boden steil abfällt. Das Meer sieht sehr tief aus.
»Man kann hier reinspringen«, sagt Joe.
»Schon gemacht?«
Er nickt.
Er sieht bestimmt heiß aus in Badehose. Hinter ihm entdecke ich zwei Höhlen in der Felswand. »Warst du auch schon in den Höhlen?«
»Klar. Willst du mal sehen?«
»Gerne.« Joe geht voran und betritt eine der Höhlen. Laut pfeift der Wind durch den Hohlraum, aber es ist viel geschützter als draußen.
»Total cool!«, rufe ich. »Sollen wir hier picknicken?«
»Ja, gut.« Joe bückt sich und öffnet seinen Rucksack. Er hat das von mir vorbereitete Essen und die Picknickdecke eingepackt, die er mir jetzt reicht. Ich breite sie auf dem glatten Felsboden aus. Joe setzt sich, aber sieht mich nicht an, als ich ihm sein Sandwich gebe. Ich habe das Gefühl, dass er mich kaum noch beachtet hat, seit er Dyson oben angebunden hat. Ich werde unsicher.

»Alles okay?«, frage ich besorgt.
»Doch, alles gut.« Wieder zuckt er mit den Schultern und weicht meinem Blick aus.
Beim Essen starrt er durch die Höhlenöffnung nach draußen. Ich beiße von meinem Sandwich ab. Sein Arm streift meinen, und sofort richten sich meine Härchen auf, dennoch fühle ich mich seltsam fern von ihm. Ich weiß nicht, was ihm durch den Kopf geht.
Wir essen schweigend. Nach einer Weile legt er den Rest seines Sandwiches beiseite und schlingt die Arme um die Knie.
»Was ist los?«, frage ich vorsichtig. Auch mir ist der Appetit vergangen.
Er schaut auf meine Knie, schüttelt den Kopf, antwortet nicht.
»Joe, du machst mir Angst.« Er meidet meinen Blick. »Was ist denn nur los?«, frage ich wieder.
»Nichts«, sagt er. »Und alles.«
Ich drehe sein Kinn zu mir. Seine Augen schauen in meine, dunkler als die Höhle, aber sehr intensiv. Ein Blitz durchzuckt mich, dann küssen wir uns. Wir sinken rückwärts auf die Decke, ich ziehe ihn auf mich, Schauder fahren über meinen Körper hinweg. Sie wollen nicht aufhören, und Joe küsst mich wie nie zuvor. Seine Hände schieben sich unter mein Oberteil, tasten nach meinen Brüsten, und ich halte die Luft an, als ich nach unten greife, um seine Jeans aufzuknöpfen.
Joe schaut mich an und nickt, und ich weiß, dass er diesmal vorbereitet ist.
Mit einem Flattern im Bauch begreife ich, dass es jetzt so weit ist: Ich werde Joe meine Jungfräulichkeit schenken, diesem umwerfenden, wunderbaren Joe. Einem Jungen, den ich liebe, den ich immer lieben werde. Tränen schießen mir in die Augen, kurz bin ich überwältigt von der Intensität dieser Vorstellung. Ich drücke meine Lippen auf seinen Mund, während wir uns aus der Jeans schälen. Joe ist ganz vorsichtig und besorgt, als ich leise aufschreie. Der Schmerz ist heftig, aber wunderschön, und ich will, dass Joe nicht mehr aufhört. Niemals.

Kapitel 14

»Wow! Du siehst total super aus!«
Es ist Freitagabend, und ich habe mich für Joe schick gemacht – mehr als sonst. Meine Eltern habe ich überredet, essen zu gehen, und meinen Freund zu uns ins Cottage eingeladen. Ich bin ein wenig stärker geschminkt als sonst und trage ein dünnes kurzes Trägerkleid in Cremeweiß und Rot. Das Haar habe ich locker zu einem Knoten hochgesteckt. Für zu Hause fühle ich mich leicht overdressed, aber das ist schon in Ordnung.
»Hast du Hunger?«, frage ich.
»Nur auf dich.«
Ich lache. »Wie kitschig!«
»Ich weiß.« Joe sieht zum Ofen hinüber. »Das riecht aber lecker! Was ist das?«
»Hähnchenfilets mit Prosciutto in einer Weißweinsahnesoße.«
Ihm fällt die Kinnlade runter. »Das hört sich ja hammermäßig an!«
»Ist kinderleicht«, sage ich locker. »Das Rezept ist von meiner Mutter.«
»Ich glaube, ich habe doch ein bisschen Hunger.«
Als wir uns an den Tisch setzen, ist es draußen noch hell und sonnig, aber ich zünde dennoch zwei Kerzen an.
»Wann kommen deine Eltern zurück?«
»Nicht vor elf, haben sie versprochen.«
»Wie anständig von ihnen«, sagt Joe. »Habe ein schlechtes Gewissen.«
»Hoffentlich nicht so schlecht, dass du die Hände von mir lässt.«

Er grinst. »Nein.«
»Dann beeil dich mit dem Essen, damit wir nach oben gehen können!«

Es ist völlig anders, mit ihm in einem Bett zu liegen. So eng mit seinem nackten Körper verbunden zu sein, ist ein unglaublich herrliches Gefühl. Zweimal fahren Autos am Cottage vorbei, und wir schrecken alarmiert auf, falls meine Eltern doch früher zurückkommen, aber ansonsten denke ich an nichts anderes als an Joe.
»Wenn du mit nach Cambridge kommen würdest, könnten wir das jeden Tag machen«, flüstere ich.
»Nur einmal am Tag?«
»Das habe ich nicht gesagt.«
Er lacht. Ich setze mich rittlings auf ihn und sehe ihn an. Wir sind beide noch verschwitzt vom letzten Mal.
»Schon wieder?«, fragt er leicht besorgt.
Ich kichere. »Nein, schon gut. Zweimal reicht.« Pause. »Fürs Erste.«
Ich küsse ihn auf den Mund. Er schaut an die Decke.
»Woran denkst du?«, frage ich.
»Noch neun Tage.«
Noch neun Tage, bis ich wieder fahre.
Mir vergeht das Lächeln. »Ich kann es kaum glauben, dass ich dich nicht viel länger als einen Monat kenne.«
Joe nickt und sieht mir in die Augen. »Kommt mir auch länger vor.«
»Mein Leben lang.«
»Noch nicht ganz.«
Freude steigt in mir auf. »Noch nicht ganz?«
»Ich liebe dich so sehr. Ich kann mir nicht vorstellen, jemals eine andere mehr zu lieben«, sagt er voller Ernst.
»Ich auch nicht.«
Unser Kuss wird leidenschaftlicher, und ich spüre, wie er wieder hart wird.

»Noch einmal?«, frage ich.
»Nur, wenn du auch willst. Ich will dir nicht wehtun.«
»Tust du nicht«, flüstere ich.
Zumindest nicht auf diese Weise.
Nach dem dritten Mal weine ich. Es fühlt sich irgendwie intensiver an, als wüssten wir, dass uns nur noch begrenzte Zeit zur Verfügung steht.

Um zehn vor elf ist Joe aufbruchbereit. Keiner von uns beiden möchte meine Eltern treffen. Jeden Tag fallen wir ernüchtert auf den Boden der Tatsachen zurück, heute möchten wir uns das ersparen. Dafür war der Abend einfach zu schön.
»Ich bringe dich zum Tor.« Ich öffne die Haustür.
Joe geht nach draußen und erstarrt.
»Was ist?«, frage ich.
Angespannt starrt er in die Dunkelheit.
»Was ist?«, wiederhole ich beunruhigt. Ich will ihm folgen, aber er streckt die Hand aus, um mich aufzuhalten.
»Dyson!«, ruft er leise in die Schwärze.
Der Hund kommt um die Ecke, und Joe entspannt sich deutlich.
»Was ist denn?«, hake ich nach.
»Nichts. Ich dachte, ich hätte Qualm gerochen.«
»Qualm?«
»Zigarettenqualm.«
Ich sehe ihn fragend an.
»Ryan«, antwortet er schlicht.
Jetzt steigt meine Anspannung. »Komm wieder rein!«
»Nein, nein, schon gut. Da ist wahrscheinlich nur jemand mit seinem Hund Gassi gegangen. Dyson wirkt ganz munter.«
Das stimmt. Der Hund hat sich neben Joe gelegt.
»Wirklich nicht?«, frage ich nervös.
»Nein, bestimmt nicht. Ich komme morgen früh gegen zehn vorbei.«
Ich nicke. »Gut.«

»Jetzt verschwinde ich besser, bevor dein Vater zurückkommt und merkt, dass ich mit seiner kleinen Tochter gebumst habe.«
Ich gebe ihm einen Klaps auf den Arm.
»Liebe dich.« Schnell drückt er mir einen Kuss auf den Mund.
»Ich dich auch.«
Dann ist er fort.

Kapitel 15

Um Viertel vor zehn am nächsten Morgen nehme ich meinen angestammten Platz auf der Bank ein. Ich habe eins meiner Bücher auf dem Schoß – diesmal versuche ich es mit *Ödipus* von Sophokles –, aber ich bin überzeugt, dass ich nur auf die Wörter starren und keins davon richtig aufnehmen werde. Wenn ich daran denke, dass ich in wenigen Wochen zur Uni gehe, werde ich ganz nervös. Ich hänge weit zurück mit dem Lesestoff, und ich bin wirklich ungern so schlecht vorbereitet. Vielleicht bin ich nur in diesem einen Fall mal jemand, der ganz intuitiv handelt. Die griechischen Tragödien kommen einfach nicht gegen Joe an.

Um zehn nach zehn ist Joe immer noch nicht da. Ich versuche mir einzureden, dass er verschlafen hat, obwohl er bis auf das eine Mal immer pünktlich gewesen ist. Um Viertel vor elf mache ich mir große Sorgen. Mein Vater kommt nach draußen.

»Ist Joe noch nicht da?«, fragt er.

»Nein.«

»Wahrscheinlich hat er wieder verschlafen«, sagt er, doch seine Worte können meine Besorgnis nicht vertreiben. »Er ist schon groß, er kann auf sich selbst aufpassen.«

Entschlossen stehe ich auf. »Kann ich mir Mums Auto ausleihen, um bei ihm zu Hause nachzugucken?«

Dad runzelt die Stirn. Endlich nimmt er mich ernst. »Ich komme mit«, beschließt er. »Will nicht, dass du da alleine hinfährst.«

»Danke, Dad.« Aber noch kann ich nicht erleichtert durchatmen.

Im Auto halte ich Ausschau nach Joe, doch von ihm ist nichts zu sehen. Mein Vater parkt vor dem Pub und begleitet mich. Auf keinen

Fall will er mich alleine gehen lassen. Ich schaue neben dem Haus nach und werde vor Erleichterung fast ohnmächtig, als ich Dyson dort angeleint liegen sehe.
»Dyson!«, rufe ich.
Er springt auf und bellt mich freudig an.
»Psst!« Ich laufe zu ihm, damit er Joes Eltern nicht auf sich aufmerksam macht. Fast wahnsinnig vor Freude leckt er mir Gesicht und Hände ab. »Wo ist Joe?«, frage ich. Wieder bellt er los; meine Angst kehrt zurück.
»Ich gucke mal drinnen nach«, sagt mein Vater.
Ich betrachte Dyson. »Liegt Joe im Bett?«, frage ich. Mit seiner großen Sabberzunge schleckt er mir über die Wange.
»Bah!« Gutmütig stoße ich ihn von mir.
»Hallo, Süße!«
Meine Nackenhaare richten sich auf. Langsam drehe ich mich um. Ein Mann, bei dem es sich nur um Ryan handeln kann, lehnt an der Hintertür. Er ist größer als Joe – und breiter, viel breiter. Seine Arme sind mit Tätowierungen übersät, sein blondes Haar ist kurz rasiert. Die Stoppeln auf seinen Wangen können noch nicht als Bart gelten. Er trägt ein weißes Unterhemd wie sein Vater an dem Abend, als wir zum ersten Mal im Pub waren.
Ich stehe auf. Dyson bleibt liegen und knurrt Ryan an.
»Verpiss dich!«, sagt er zu dem Hund. »Dämlicher Köter.«
Am liebsten würde ich abhauen, doch ich stelle mich ihm mutig entgegen.
Ryan holt eine Zigarette aus einem Päckchen in seiner Hosentasche, steckt sie sich zwischen die Lippen und zündet sie mit einem Streichholz an. Er kommt auf mich zu. Dysons Knurren wird lauter.
»Verpiss dich!«, schimpft Ryan wieder. Ich weiche nach hinten aus.
»He, wo willst du denn hin?«, fragt er mit seidenweicher Stimme.
Hinter mir taucht mein Vater auf. »Alice!«, ruft er.
Eine Erkenntnis zeichnet sich auf Ryans Gesicht ab. »Aha«, macht er. Bei seinem Tonfall läuft mir ein Schauder über den Rücken. »*Du* bist also Alice.«

»Wo ist Joe?«, frage ich.
»Komm, Alice!«, ruft mein Vater erneut. Es klingt dringend.
»Wo ist Joe?«, wiederhole ich, nun an meinen Vater gerichtet. Er nimmt meinen Arm und führt mich um die Ecke. »Dad?«
Hinter uns gluckst Ryan schadenfroh.
»Im Krankenhaus«, sagt Dad, als wir uns dem Auto nähern. Seine Lippen sind ein schmaler, gerader Strich.
»Was?« Das Blut weicht mir aus dem Gesicht.
»Komm«, sagt er, jetzt einfühlsamer. Er öffnet die Wagentür und schiebt mich hinein. »Wir fahren rüber.«
»Was ist denn passiert?«, will ich wissen, als er auf die Hauptstraße abbiegt.
»Seine Mutter sagt, er wäre gestern Abend die Treppe runtergefallen.«
»Das ist gelogen!«
»Ich weiß.«
»Sie meint, er hätte eine Gehirnerschütterung. Er ist zur Beobachtung über Nacht da geblieben.«

»Joe!«
In seinem Krankenhausbett schaut er zu mir auf, und ich registriere kaum den Verband um seinen Kopf, weil wir uns in den Armen liegen, bevor ich einen Gedanken fassen kann.
»Alice!«, stöhnt er mir ins Haar. Ich löse mich von ihm und betaste mit Tränen in den Augen seinen Verband. Nur mit Mühe kann ich meine Wut unterdrücken.
»Was hat er mit dir angestellt?«
Joe schielt zu meinem Vater am Fußende des Bettes hinüber.
»Geht es dir gut, Junge?«, fragt Dad unvermittelt.
Joe nickt. Er liegt mit sieben weiteren Kranken in dem Saal, aber um sein Bett ist ein Vorhang gezogen, so dass es ein wenig abgeschirmt ist.
»Was ist passiert?«, frage ich mit leiser Stimme, um die anderen Patienten nicht zu stören.

»Er hat mir mit einer Flasche auf den Hinterkopf geschlagen.«
Mein Vater atmet hörbar durch. »Deine Mutter hat gesagt, du wärst die Treppe runtergefallen.«
Joe sieht ihm in die Augen, widerspricht aber nicht. »Ich warte draußen im Gang.« Mein Vater wendet sich zum Gehen. Als er fort ist, schaut Joe mich an.
»Du warst im Pub?«
»Ja. Dad ist reingegangen.«
»Hast du Dyson gesehen?«
»Er war hinterm Haus.«
Joe wirkt erleichtert.
»Ich habe Ryan getroffen.«
Joes Gesichtsausdruck spiegelt Entsetzen, Angst, Zorn … »Was hat er zu dir gesagt?«
»Nichts.«
Er schiebt mich beiseite. »Ich bringe ihn um.«
»Hör auf!«, herrsche ich ihn an. »Er hat überhaupt nichts zu mir gesagt!«
Wütend funkelt Joe mich an, aber ich weiß, dass sich seine Wut nicht gegen mich richtet. »Das glaube ich dir nicht.«
»Er hat ›Süße‹ zu mir gesagt …«
Joe verkrampft.
»… und dann hat er mich ausgelacht, als wir losfuhren, um dich zu besuchen.«
Er betrachtet mich. »Hört sich nach ihm an.«
»Zuerst wusste er gar nicht, wer ich bin.«
»Aber jetzt weiß er es?«
Ich nicke argwöhnisch.
Joe will aufstehen. »Ich muss hier raus.«
»Nein, Joe.« Ich versuche, ihn wieder ins Bett zu drücken. »Du musst so lange bleiben, bis du entlassen wirst.« Mir kommt eine Idee. »Warte!« Hoffnungsfroh sehe ich ihn an. »Hast du schon der Polizei erzählt, was passiert ist?«
Er schüttelt den Kopf. »Nein.«

»Aber das musst du machen! Dann kommt er doch sofort wieder ins Gefängnis!«
»Kann ich nicht.«
»Doch, das kannst du!«, ereifere ich mich. »Das musst du sogar!«
»Ich kann nicht!«
»Warum nicht?«
»Er hat gesagt, er bringt Dyson um, wenn ich nur ein Wort sage.«
Ich schlage die Hand vor den Mund. Aber ich habe noch eine andere Idee. »Er hätte doch gar keine Chance, wenn wir jetzt zur Polizei gehen würden. Die würde ihn sofort festnehmen.«
»Nein. Meine Eltern würden es leugnen. Sie würden behaupten, ich hätte mir das eingebildet. Haben sie schon mal getan.«
Sprachlos starre ich ihn an.
Joe steht auf, und diesmal halte ich ihn nicht zurück. »Was meinst du, nimmt dein Vater mich wohl mit zum Pub?«
»Du kannst nicht nach Hause!«, rufe ich.
»Ich muss Dyson holen«, sagt Joe entschlossen, und ich spüre, dass ich ihn nicht umstimmen kann.
»Gut, aber wir bleiben in deiner Nähe.«

Kapitel 16

Joe besteht darauf, dass wir ihn am Pub absetzen und nicht auf ihn warten. Mein Vater hätte Dyson eh nicht im Auto haben wollen, deshalb erkläre ich mich einverstanden, zum Cottage zurückzufahren und auf der Bank zu warten. Nach einer Weile denke ich jedoch: *Was mache ich hier eigentlich?* und gehe übers Feld in Richtung Dorf. Ich werde erst ruhiger, als ich Joe und Dyson als kleine Punkte in der Ferne sehe. Wir laufen aufeinander zu – wie man es im Kino sieht –, dann stehen wir japsend mitten auf einer sattgrünen Wiese und fallen uns in die Arme. Schließlich gehen wir langsam zum Cottage, Hand in Hand. Meine Eltern stehen besorgt draußen und halten Ausschau. Als sie uns entdecken, sehe ich die Erleichterung in ihren Gesichtern. Ich winke, um ihnen zu signalisieren, dass alles in Ordnung ist, aber sie winken nicht zurück.

»Wir haben uns Sorgen um dich gemacht!«, schimpft Dad, als wir in Hörweite sind.

»Ich bin Joe entgegengegangen«, erkläre ich.

»Das sehe ich.«

Joe ist verlegen.

»Kommt rein!« Mum scheucht uns ins Haus. Joe lässt den Hund draußen in der Einfahrt. »Lass mich mal sehen«, sagt meine Mutter, als Joe sich auf einen Küchenstuhl gesetzt hat. Vorsichtig wickelt sie seinen Verband ab. Ich stehe daneben und zucke zusammen, als die tiefe Wunde zum Vorschein kommt. Die Ärzte mussten ihn großflächig rasieren.

»Das Haar wächst darüber, dann sieht man die Narbe nicht mehr«,

verspricht Mum ihm. »Geht mal ins Wohnzimmer, ich mache euch Tee.«
Ich nehme Joe bei der Hand und führe ihn zum Sofa. Ohne nachzudenken, kuschele ich mich an ihn, hocke fast auf seinem Schoß. Er rutscht ein wenig beiseite.
»Was ist?«, frage ich.
»Deine Eltern!«
Ich setze mich sittsam neben ihn, damit er sich nicht schämen muss. Meine Mutter bringt ein Tablett mit Tee und Plätzchen herein. Dad wirkt immer noch verstimmt. Es vergehen keine zwei Minuten, dann kann er sich nicht länger zurückhalten.
»Was hast du jetzt vor?«, will er von Joe wissen.
»Dad …« Ich runzele die Stirn. Es ist noch zu früh, um meinen Freund zu einer Entscheidung zu drängen.
»Schon gut«, sagt Joe. »Ich weiß es nicht«, erwidert er meinem Vater.
»Also, zurück in den Pub kannst du jedenfalls nicht«, mische ich mich ein.
»Hier kann ich auch nicht bleiben.« Joe sieht mich nachdrücklich an.
»Doch, kannst du! Kann er doch, oder?«, frage ich meine Eltern. Beide schauen beiseite. »Wie, wollt ihr ihn zurückschicken in dieses Drecksloch? Wo er vielleicht totgeschlagen wird?«
»Natürlich kannst du heute Nacht hierbleiben«, sagt meine Mutter leise.
»Marie …«, setzt mein Vater an.
»Danke«, sage ich und sehe die beiden vielsagend an.
»Du kannst auf dem Sofa schlafen, Joe«, sagt Mum.
Mein Vater steht auf und geht nach draußen. Skeptisch sieht Joe ihm nach. Die Haustür fällt ins Schloss.
»Ich rede mit ihm.« Mum folgt ihm nach draußen.
Joe stößt einen tiefen Seufzer aus und sieht mir in die Augen. »Ich kann hier nicht bleiben.«
»Natürlich kannst du!«

»Nein, Alice, es ist nicht fair gegenüber deinen Eltern.«
»Die können mich mal! Die finden sich schon damit ab! Du gehst nicht zurück in den Pub!«
»Das geht schon«, sagt er sanft.
»Nein, Joe! Nein, das geht nicht! Du bleibst hier!«
Ich bin unerbittlich.
»Ich kann auch im Hotel übernachten.«
»Nein, du brauchst dein Geld noch. Außerdem sind immer noch Ferien – die meisten Läden werden ausgebucht sein, der Rest ist zu teuer und hässlich. Wir müssen doch nur noch eine Woche überstehen, dann sind wir hier alle weg.«
»Vielleicht sollte ich jetzt schon verschwinden.«
»Nein!«, rufe ich unwillkürlich und frage dann nach: »Was meinst du damit?«
»Ich könnte nach London fahren.«
Ich bin entsetzt. »Ich dachte, du kommst mit nach Cambridge …«
Joes Gesicht wird ganz weich und verständnisvoll. »Ich weiß nicht, ob ich dir das antun kann. Ich würde dir nur im Wege sein!«
»Was redest du da für einen Blödsinn! Ich will, dass du bei mir bist! Ohne dich will ich da gar nicht hin!«
Joe lächelt traurig. »Wenn du mich dort haben willst, dann komme ich auch. Aber ich kann nicht hier im Cottage wohnen, bis ihr abreist, Alice. Wir müssen uns irgendwann in Cambridge treffen, wenn es so weit ist.«
»Was? Nein! Komm mit mir! Ich geh nicht allein.«
Er seufzt, legt die Arme um mich und zieht mich an sich. Er küsst mich auf die Stirn, aber ich bin angespannt und ganz überdreht vor Sorge. Was soll das heißen: Er will mich da treffen, wenn es so weit ist? Ich werde ihn überreden. Ohne ihn werde ich nicht nach Cambridge gehen.
Mein Vater platzt ins Zimmer, wir fahren zusammen und setzen uns ordentlich hin.
»Joe! Dein Vater ist da.«
Joe springt auf und stolpert los. Plötzlich verzieht er das Gesicht

und fasst sich an den Kopf. Ich halte seinen Arm fest, damit er nicht das Gleichgewicht verliert.
»Alles in Ordnung?«, frage ich.
»Bin zu schnell aufgestanden«, murmelt er, löst sich von mir und folgt meinem Vater durch die Tür. Dad will mir den Weg versperren, doch ich schiebe seinen Arm beiseite.
»Weg da!«
»Alice, ich möchte nicht, dass du nach draußen gehst«, sagt er eindringlich. Mum hält mich fest, Dad geht mit zu Joes Vater. Meine Mutter und ich huschen zum Küchenfenster.
Dad steht schützend links neben Joe, vor ihm der fette Klotz von Vater. Er hat das schwarze Haar nach hinten gegelt, unter dem engen grauen T-Shirt quillt der Bauch mit den Tätowierungen hervor. Es ist kein warmer Tag, aber der Mann sieht nicht aus wie einer, der sich über die Kälte beschweren würde. Er wirkt auch nicht zornig oder bekümmert. In Anbetracht der Umstände, die zu dieser Situation geführt haben, unterhalten sich die beiden überraschend sachlich. Schließlich wenden sich beide Männer voneinander ab, und Joe kommt wieder ins Haus, gefolgt von Dad. Joes Vater verlässt das Grundstück durch die Gartenpforte.
»Ryan ist verschwunden«, sagt Joe kleinlaut. »Mein Vater wollte bloß wissen, ob ich ihn gesehen habe.«
»Ach.« Er hat also gar nicht seinen jüngeren Sohn gesucht oder ihn gebeten, nach Hause zu kommen. »War er nett zu dir? Hat er dich bedroht?«
»Nein«, erwidert Joe. Ich sehe meinen Vater fragend an, will wissen, ob er das bestätigen kann. Dad schüttelt den Kopf. »Vielleicht gehe ich doch wieder nach Hause«, überlegt Joe laut.
»Das kannst du nicht!«, empöre ich mich.
»Pass mal auf«, mischt sich meine Mutter ein. »Bleib heute Nacht hier und warte ab, wie es dir morgen geht.« Sie wirft Dad einen Seitenblick zu, der daraufhin nickt.
»Das scheint mir die beste Idee zu sein«, sagt er. Ich lächele Joe an. Er schaut düster drein.

Joe und mir ist klar, dass mein Vater erst nach uns ins Bett gehen wird, daher gebe ich irgendwann auf und wünsche eine gute Nacht. Es ist lächerlich.

»Ich hole Dyson rein«, sage ich gähnend.

»Wo rein?« Dad bleibt wie angewurzelt stehen.

»In die Küche«, antworte ich.

»Nein«, widerspricht Joe schnell. »Der hat kein Problem da draußen.«

Ich sehe meinen Vater auffordernd an, ahne aber, dass er nicht einlenken wird. Kein großer Hundefreund. »Gut, dann ist das ja geregelt«, sagt er und geht zur Treppe. Auf der untersten Stufe dreht er sich zu mir um.

»Ich komme sofort hoch«, sage ich mit Nachdruck. Sein Blick huscht zwischen Joe und mir hin und her, dann steigt er nach oben, wohl weil er begreift, dass er aus dieser Angelegenheit nicht als Sieger hervorgehen wird.

Langsam steigt er die Treppe hinauf. Ich warte, bis er im Badezimmer ist, dann setze ich mich zu Joe aufs Sofa.

»Komm, ich helfe dir, das Bett zu machen!« Ich greife zu den Laken, die meine Mutter ihm hingelegt hat. Gemeinsam beziehen wir die Couch, dann wirft Joe mir einen verlegenen Blick zu.

»Nacht«, sagt er.

»Meinst du wirklich, dass Dyson draußen bleiben kann?«, frage ich nochmals.

Wie als Antwort beginnt der Hund heftig zu bellen. Joe und ich sehen uns kurz an, dann hasten wir zur Tür.

»DYSON!«, ruft er und verschwindet in der Dunkelheit. Ich folge ihm, und kaum bin ich in der Auffahrt, höre ich ein lautes Jaulen. Dann: Stille.

»DYSON!«, ruft Joe erneut.

»DAD!«, schreie ich ins Haus. »DAD!«

Joe rennt durch die Pforte auf die Straße.

»JOE!« Meine Stimme verschwindet in der Dunkelheit. »WARTE!«

Mein Vater stürzt aus der Küchentür, springt dann noch mal herein, um eine Taschenlampe zu holen.
»JOE!«, rufe ich wieder.
»DYSON!«, höre ich ihn schreien.
Mein Vater und ich laufen auf die Straße, dann hält er mich zurück. Von links ist Joe zu hören: »Dyson …«
Nie werde ich diese Stimme vergessen. Mein Vater leuchtet mit der Taschenlampe auf den Weg. Dort hockt Joe vor einem Haufen aus schwarzem Fell, Dyson. Zärtlich wiegt er den Kopf des Hundes in den Händen. »Dyson …«, stammelt er. »Schon gut, ist gut, braver Junge …«
Schnell richtet Dad die Lampe auf die Umgebung, aber es ist niemand zu sehen. Dann kehrt der Lichtkegel wieder zu Joe zurück. Ich löse mich von meinem Vater und laufe zu meinem Freund.
»Er atmet noch«, sagt er. Tränen laufen ihm über das verzweifelte Gesicht. Dyson zittert unter seinen Händen, seine Rute zuckt in dem schwachen Versuch zu wedeln. Dad kommt zu uns und beleuchtet den Hund. Das zottelige schwarze Fell wirkt harsch im grellen Licht der Lampe. Der Strahl wandert zum Kopf des Tieres, und ich zucke zusammen. Dyson hat eine große klaffende Wunde im Schädel, aus der das Blut über Joes Hände rinnt.
»Schon gut, braver Junge«, flüstert er unter Tränen und wiegt sich auf den Absätzen vor und zurück.
Dad beleuchtet einen großen, blutverschmierten Stein vor uns.
»Wir müssen ihn zum Tierarzt bringen«, sagt Joe.
»Ich nehme Mums Wagen«, rufe ich meinem Vater zu.
»Ich fahre euch«, sagt er.
Vorsichtig versucht Joe, Dyson hochzuheben, aber er ist zu schwer, um von einer Person getragen zu werden. Dad springt ein, und ich laufe ins Haus, um Mums Autoschlüssel zu holen und ihr zu sagen, was wir vorhaben.
Joe sitzt im Kofferraum, den Hund liebevoll in den Armen.
»Wie geht es ihm?«, frage ich auf der Rückbank, während Dad über die kurvigen Landstraßen steuert.

»Er atmet«, erwidert Joe, und ein kleiner Funke Hoffnung flammt in mir auf. Vielleicht geht es ja doch noch gut …
»Es tut mir so leid«, sage ich.
Er antwortet nicht, sondern murmelt immer wieder: »Schon gut, ist schon gut« und streichelt Dysons Kopf. Die Tränen laufen ihm über die Wangen, aber er unterdrückt sein Schluchzen.
»Alice!«, sagt mein Vater. »Ruf besser schon mal in der Praxis an.« Er reicht mir sein Handy, und ich erkundige mich bei der Auskunft nach dem Tierarzt, der Notdienst hat.

Mein Vater bleibt im Wartezimmer, während ich Joe ins Untersuchungszimmer begleite. Neugierig betrachtet der Tierarzt den Verband um Joes Kopf, sagt aber nichts dazu. Er ist ein großer, schlanker Mann mit kurzem hellblonden Haar und einem freundlichen, wenn auch müden Gesicht. Er hilft Joe, Dyson auf den Untersuchungstisch zu legen, und kontrolliert schnell die Vitalfunktionen des Hundes.
»Was ist passiert?«
»Wir haben ihn so gefunden«, erwidert Joe dumpf. »Daneben lag ein Stein.«
»Haben Sie gesehen, wer das getan hat?«, fragt der Tierarzt, und wieder huscht sein Blick zu Joes Verband.
Ich will etwas sagen, doch Joe schüttelt schnell den Kopf. »Nein.« Er sieht mir tief in die Augen, und ich schließe den Mund.
»Können Sie ihn operieren?«, fragt Joe.
»Es besteht nur eine geringe Chance, dass er überlebt«, erklärt der Arzt vorsichtig.
Joe schaut auf Dyson hinab.
»Das Beste für ihn wäre, ihn von seinem Elend zu erlösen.« Der Arzt schenkt Joe einen mitfühlenden Blick.
Ich schlucke die Tränen hinunter und lege die Hand auf Joes Arm.
»Nein«, bringt er heraus, dann schnürt sich ihm die Kehle zu, er kann kaum noch sprechen: »Versuchen Sie's.«
Der Tierarzt schickt uns ins Wartezimmer zurück.

Ungefähr eine Stunde warten wir, Joes Hand in meiner, er starrt auf den PVC-Boden. Schließlich öffnet sich die Tür, und wir drei springen auf.
»Er lebt«, sagt der Tierarzt, und Joes Gesicht leuchtet auf. »Aber es sieht nicht gut aus.« Das Lächeln in seinem Gesicht erlischt. »Ich weiß nicht, ob er die Nacht übersteht.«
Joe nickt. »Kann ich bei ihm bleiben?«
Der Tierarzt schüttelt den Kopf. »Leider nicht. Er ist hier in guten Händen. Sie können morgen früh wiederkommen.«
»Um wie viel Uhr?«, fragt mein Vater.
»Rufen Sie mich einfach morgen früh an.« Er reicht uns eine Visitenkarte. Joe betrachtet sie benommen.
»Komm«, sage ich sanft.

Es ist eine sehr, sehr lange Nacht. Kaum sind wir zu Hause, verdrückt sich Dad nach oben ins Bett. Ich höre, wie er im Zimmer über uns mit meiner schläfrigen Mutter redet. Ich bleibe bei Joe auf dem Sofa, ohne dass jemand Einspruch erhebt. Ich lege den Kopf auf seine Brust, er starrt an die Decke, zu durcheinander, um zu reden oder zu schlafen.
»Glaubst du, es war Ryan?«, frage ich vorsichtig.
Joe zögert kurz, dann nickt er.
»Warum hast du es denn nicht …?«
»Weil ich es nicht weiß«, unterbricht er mich.
»Warum schützt du ihn?« Ich versuche, ihm keinen Vorwurf zu machen. »Nach allem, was er dir angetan hat?«
»Ich schütze ihn nicht«, erwidert er. »Es ist eher so, als käme ich nicht von ihm los.« In Gedanken versunken, schaut Joe an die Decke. »Schweigen ist mir inzwischen fast zur zweiten Natur geworden.«
Ich drücke das Gesicht an seine Brust. Dann bin ich weg. Als Nächstes bekomme ich erst wieder mit, dass Joe vorsichtig von mir wegrutscht. Erschöpft wache ich auf. Die Morgendämmerung lugt unter den Vorhängen hervor.

»Ich muss den Tierarzt anrufen«, sagt er leise. Ich setze mich auf und reibe mir den Schlaf aus den Augen, Joe holt die Visitenkarte aus seiner Tasche.

Ich krame mein Handy heraus, habe aber kein Guthaben mehr und vergessen, es wieder aufzuladen. »Ich guck mal, ob ich mir Dads ausleihen kann«, sage ich.

»Nein!« Joe hält mich zurück. »Weck ihn nicht auf. Unten an der Straße ist ein Münztelefon.«

»Sei nicht albern!«, fahre ich ihn an.

Verärgert runzelt er die Stirn. Zum ersten Mal ist er sauer auf mich. Mir ist ganz elend zumute. »Ich gehe zum Telefon an der Straße«, wiederholt er mit Nachdruck.

»Okay, ich komme mit.«

Joe zieht die Telefonzelle auf und geht hinein. Ich bleibe in der Tür stehen und halte sie offen. Es dauert furchtbar lang, bis sich jemand meldet, doch irgendwann hebt jemand ab.

»Ich war gestern Nacht da«, erklärt Joe der Person am anderen Ende der Leitung. »Mit meinem Hund.« Pause. »Entschuldigung«, sagt er, und ich nehme an, dass man ihm vorwirft, so früh anzurufen. »Könnten Sie bitte kurz nach ihm sehen?«, fleht er. »Danke.« Er schaut zu mir herüber. »Sie guckt jetzt nach ihm.«

»Ist nicht der Tierarzt von gestern Abend dran?«

»Nein.« Er schüttelt den Kopf. »Ich schätze, das ist seine Frau. Sie meinte, er wäre noch im Bett.«

»Vielleicht wohnen sie in der Praxis.«

Joe nickt. Seine Fingerknöchel sind weiß, so fest hält er den Hörer umklammert. Plötzlich horcht er auf.

»Ja?«, fragt er. Ich reiße die Augen weit auf. »O nein«, sagt Joe leise. Seine Hand sackt nach unten, das Blut kehrt in die Knöchel zurück. Ich nehme ihm schnell den Hörer ab.

»Hallo?«, melde ich mich.

»Hallo?«, erwidert die Frau am anderen Ende.

»Was ist passiert?«, frage ich.

»Er hat es leider nicht geschafft.« Es klingt entschuldigend.

Schluchzen steigt in mir auf. Ich drehe mich zu Joe um. Er steht vornübergebeugt am Straßenrand.
»Was sollen wir mit dem Kadaver tun?«, fragt die Frau.
»Ich weiß es nicht.« Bestürzt beobachte ich Joe.
»Könnten Sie gegen zehn Uhr kommen? Dann können wir darüber sprechen.«
»Ja, gut. Danke.«
Ich lege auf und gehe zu Joe. Verzweifelt weint er an meiner Schulter, hält mich umklammert, seine Tränen durchnässen mein T-Shirt. Ich drücke ihn, so fest ich kann, und weine ebenfalls. Dyson hat ihm alles bedeutet. Er hat ihn so geliebt. Der Hund war Joes Flucht vor der Realität, sein einziger Verbündeter in der Horrorfamilie. Er wird nicht mehr wissen, was er mit sich anfangen soll, jetzt, wo Dyson nicht mehr da ist.

* * *

Die Rechnung ist die nächste Hürde, die Joe nehmen muss. Er starrt fassungslos auf das weiße Blatt Papier, mit zitternden Händen liest er die Summe. Ich nehme ihm den Zettel ab und bekomme fast einen Herzinfarkt. Mein Blick sucht seinen. Zum ersten Mal im Leben überlege ich, einfach wegzulaufen, doch Joe greift in die Tasche und zieht ein Bündel seines hartverdienten Geldes hervor, das er mich zuvor holen geschickt hat. Er schluckt und versucht, die Tränen zurückzuhalten.
»Vielleicht können meine Eltern einspringen«, sage ich.
»Nein.« Er schüttelt den Kopf.
»Aber das Geld war doch für dein Auto gedacht!«
Er sagt nichts. Die Rechnung ist besonders hoch, weil der Tierarzt im Notdienst einen Aufschlag berechnen darf. Auch jetzt, am Sonntagmorgen, hätte die Praxis normalerweise nicht geöffnet. Und alles umsonst. Dyson lebt nicht mehr.
»Möchten Sie ihn einäschern lassen?«, fragt die Tierarztfrau, als sie Joe um einen großen Teil seiner Einnahmen erleichtert.

»Wie viel kostet das denn?«, frage ich schnell, bevor Joe darüber nachdenken kann.
Sie nennt uns den Preis. Wir beide schweigen eine Weile. Dann sagt Joe mit einer Stimme, die nicht mehr ist als ein Flüstern: »Was machen Sie mit ihm, wenn ich nicht zahlen kann?«
»Wir beseitigen ihn«, antwortet sie mitfühlend.
Ich lege Joe die Hand auf den Arm.
»Möchten Sie kurz darüber nachdenken?«, fragt die Frau.
»Ja, bitte«, antworte ich für uns beide. Kaum ist sie weg, schlage ich vor: »Wie wäre es, wenn wir ihn begraben? Auf einem der Felder, wo er so gerne rumgelaufen ist.«
»Er ist zu schwer. Wir können ihn nicht tragen. Außerdem ist es mit Sicherheit nicht erlaubt.«
»Wir könnten ihn doch …« Ich stelle mir vor, dass wir eine feierliche Beerdigungszeremonie am Rand der Klippe abhalten und Dysons schweren Körper dann tief hinunter ins Wasser fallen lassen, aber auch dahin würden wir ihn wohl nicht tragen können.
»Ich muss ihn hier lassen«, sagt Joe düster.
»Nein, du kannst doch nicht …«
Er nickt abrupt und klopft auf die Theke. Die Frau kehrt zurück. Er teilt ihr seine Entscheidung mit, dann geht er. Ich laufe ihm nach.
»Willst du dich nicht von ihm verabschieden?«, rufe ich. »Wir könnten fragen, ob wir ihn noch einmal sehen dürfen.«
Joe wirbelt herum, sein Gesicht ist schmerzverzerrt. »Er ist tot!«, schreit er. »Die Erinnerung an letzte Nacht ist die letzte, die ich habe. Ich will ihn nicht auch noch tot sehen!«
Ich halte ihn fest, während sein Körper von Schluchzern erschüttert wird.

Kapitel 17

»Wie viel Uhr ist es?«, fragt Joe ausdruckslos im Auto.
»Viertel vor elf«, antworte ich.
Schweigen.
Dann ein Seufzer. »Ich muss nach Hause.«
»Auf gar keinen Fall.« Heftig schüttele ich den Kopf.
»Alice …« Er beugt sich vor und legt mir die Hand aufs Knie. Ich konzentriere mich aufs Fahren. »Nicht, um dort zu bleiben. Aber ich muss meine Sachen holen. Der Zeitpunkt ist gut«, fügt er hinzu. »Der Pub macht erst um halb eins auf, meine Eltern liegen mit Sicherheit noch im Bett. Wenn samstags abends Schluss ist, betrinken sie sich immer, dann liegen sie sonntags meistens bis Mittag in Essig.«
»Wenn das so ist, komme ich mit«, erkläre ich.
»Du kannst im Auto warten«, erwidert er. »Ich bin dir dankbar, wenn du mich fährst.«
»Nein. Ich komme mit.«
»Selbst wenn sie aufwachen, werden sie dir wohl nichts tun, nachdem Ryan mich ins Krankenhaus befördert hat«, überlegt Joe. »Die werden schon wissen, dass deine Eltern sie ansonsten hinter Gitter bringen würden, also … na gut«, sagt er.

* * *

Im Pub ist es dunkel und still. Joes Eltern schlafen wohl noch, dennoch bin ich total nervös, als ich ihm die Treppe hinauf in das winzige Zimmer über dem Parkplatz folge. Die Tür zu dem Raum auf der anderen Seite des Flurs steht auf. Ich kann durchs Fenster über die Felder bis zum Meer schauen. Das muss Joes ehemaliges Zimmer sein. Das Bett ist leer, stelle ich mit einem Schaudern fest. Also ist Ryan noch verschwunden. Ich drehe mich zu Joe um. Hektisch stopft er seine Habseligkeiten in Plastiktüten.

»Sagst du deinen Eltern Bescheid, dass du gehst?«, frage ich leise.

»Nein«, murmelt er. »Ich war ihnen scheißegal, solange ich hier gewohnt habe, also müssten sie froh sein, wenn ich weg bin. Bleibt ihnen noch mehr Zeit für ihren kostbaren Lieblingssohn.«

»Hinter der Theke wirst du ihnen aber schon fehlen …«

Er schnaubt verächtlich. »Das will ich auch hoffen! Schluss mit der Sklavenarbeit.«

Aufgebracht stellt er die nächste Plastiktüte neben mir ab und holt die vierte, um sie zu füllen.

»Ich bringe die hier schon mal runter zum Auto«, sage ich. Joe nickt und packt weiter ein.

Nachdem ich die Tüten verstaut habe, gehe ich durch den Pub zurück nach oben. Ich habe immer noch Angst, dass seine Eltern aufwachen könnten. Vorsichtig stoße ich die Tür zum Treppenhaus auf und will die Stufen hochsteigen, da bleibe ich wie angewurzelt stehen. Zigarettenrauch. Wie in Zeitlupe drehe ich mich zum dunklen Kneipenbereich um, wo die zugezogenen Vorhänge das Sonnenlicht aussperren. In einer Sitzecke rekelt sich Ryan und raucht träge eine Zigarette.

»Hallo, Süße«, sagt er gedehnt.

Mein Blick huscht zur Treppe hinüber; ich will weglaufen, aber er ist schneller auf den Füßen, als ich es mir bei seiner massigen Statur hätte vorstellen können. Ich bekomme Angst. Ryan packt mich um die Hüfte, der Zigarettenqualm zieht mir in die Nase. Mir wird schlecht.

»Du riechst …«, raunt er mir ins Ohr, »du riechst nach *Sex* …«

Sein Atem stinkt nach abgestandenem Rauch und Alkohol. Ich kann mich nicht rühren. Meine Füße sind wie festgewachsen. Wo

ist Joe? Ich möchte ihn hier bei mir haben, aber gleichzeitig soll er so weit weg wie möglich sein.
Ryan wirft die Zigarette auf den Steinfußboden und tritt sie aus, ohne sich auch nur einen Zentimeter von mir zu entfernen. Ehe ich mich versehe, schiebt er die Hand unter meinen Rock und betatscht mich.
KLIRR! Ich höre Glas zerbrechen, Ryan lässt von mir ab. Ich reiße die Hände hoch und versuche zu begreifen, was gerade geschehen ist. Mit wutverzerrtem Gesicht steht Joe vor mir, in der Hand den Hals einer zerbrochenen Likörflasche. Der bewusstlose Ryan liegt auf dem Boden, alle viere von sich gestreckt, Blut sickert ihm aus dem Hinterkopf. Joe und ich sehen uns an, dann passieren zwei Dinge gleichzeitig: Der Vater ruft etwas von oben und trampelt über unsere Köpfe hinweg, und Joe greift nach meiner Hand und zieht mich aus dem Haus. So schnell wir können, laufen wir zum Auto und rasen davon.
Heftig zitternd umklammern Joes Hände das Lenkrad. Ich will ihm die Hand aufs Knie legen, um ihn zu beruhigen, aber stelle fest, dass ich mich nicht rühren kann. Mein Körper bebt vor Schock. Joe schielt zu mir rüber und bremst mit quietschenden Reifen – gerade noch rechtzeitig, dass ich die Tür öffnen und mich auf das Gras am Straßenrand übergeben kann. Ich würge und würge, bis nur noch Galle kommt, trotzdem kann ich nicht aufhören. Liebevoll reibt mir Joe über den Rücken, mir laufen Tränen über die Wangen. Irgendwann kann ich nicht mehr. Joe macht das Handschuhfach auf und holt ein paar Taschentücher heraus. Ich tupfe mich ab, ohne ihn anzusehen. Als ich ihm schließlich ins Gesicht blicke, ist er blass und starrt vor sich hin, aber seine Hände zittern nicht mehr.
Nachdem sich mein Körper entleert hat, kann ich Joe endlich die Hand aufs Knie legen, doch er reagiert nicht.
»Joe?«
Langsam dreht er mir den Kopf zu, weicht meinem Blick aber aus.
»Es tut mir leid«, flüstere ich.

Da schaut er mich doch an, und als ich den Zorn in seinen Augen sehe, schrecke ich zurück.
»*Dir* tut es leid?«, stößt er hervor. »*DIR* tut es leid?«
»Joe.« Besorgt streichele ich sein Bein.
Er schlägt meine Hand weg. Ich sehe ihn bestürzt an.
»Verdammte Scheiße!«, schreit er und guckt wieder durch die Windschutzscheibe nach vorne. »Verdammte SCHEISSE! Was für eine verdammte *Scheiße* ist da passiert?«
»Joe«, versuche ich ihn zu beruhigen. »Ist schon gut. Mir geht's gut.«
Sein Kopf fährt zur mir herum. »Hab ich ihn *umgebracht*?«
»Nein!«, versichere ich ihm. »Nein, glaube ich nicht.«
»Wie kannst du dir so sicher sein?«
Mir wird klar, dass er Angst hat, riesengroße Angst. »Willst du noch mal zurück und nachsehen?«
Joe überlegt lange, dann nickt er. »Schnall dich an!«, befiehlt er.
Ich tue, was er sagt, verlange aber, dass auch er sich anschnallt. Joe ignoriert mich und legt stattdessen mitten auf der Landstraße eine rasante Kehrtwende hin. Wir fahren zurück in die Richtung, aus der wir gekommen sind.
Er hält am Fuße des Hangs, wir mustern den Pub von außen. Kein Lebenszeichen zu sehen.
»Vielleicht hat dein Vater einen Krankenwagen gerufen«, spekuliere ich.
Joe will die Wagentür öffnen.
»NEIN!« Ich versuche, ihn festzuhalten.
Traurig sieht er mich an. »Ich muss nachsehen.«
»Du gehst da nicht rein! Auf gar keinen Fall gehst du da rein!«
Warum hab ich bloß vorgeschlagen, noch mal zurückzufahren? Ich hatte gedacht, man könnte von außen etwas erkennen, irgendeinen Hinweis, dass Ryan noch lebt und …
Nein, ich will nicht, dass es ihm gutgeht. Ich will, dass er für immer verschwindet, auch wenn ich ihm nicht den Tod wünsche. Die Vorstellung, dass Joe wegen Totschlags ins Gefängnis muss, oder noch

schlimmer: wegen Mordes, diese Vorstellung ist einfach zu furchtbar.
»Ich bin sofort wieder da.«
»NEIN!«
»Ich gehe ja nicht rein. Ich will nur ein bisschen näher ran.«
»Nein …«
»Alice, ich gehe jetzt.«
»Joe, nicht!«
Aber ich kann ihn nicht aufhalten. Mein Verstand sagt mir, dass er es tun muss, auch wenn ich kurz davor bin, mich erneut zu übergeben. Ich lege die Hand auf den Türgriff. Ich weiß nicht, was ich machen soll, wenn Ryan sich wieder auf Joe stürzt. Ich kann ihm nicht helfen. Aber ich will so schnell wie möglich aus dem Auto springen können, wenn es nötig sein sollte. Falls Joe irgendwas passiert, muss ich zur Stelle sein, selbst wenn mir dann auch etwas zustoßen sollte.
Ich halte die Spannung nicht länger aus, drücke die Wagentür auf und stolpere auf die Straße. Joe hört meine Schritte, aber es ist schon zu spät.
»ALICE!«, ruft er. In dem Moment geht die Pubtür auf, und Ryan taumelt mit wutverzerrtem Gesicht nach draußen.
Er stürzt sich auf Joe, nimmt ihn in den Schwitzkasten und will ihn ins Haus ziehen. In dem Moment taucht Joes Vater auf.
Er zieht seinen älteren Sohn beiseite und drückt ihn gegen die Mauer. Joes Mutter kommt herbeigelaufen.
»WAS ZUM TEUFEL MACHST DU DA?«
Ich brauche einen Moment, bis ich verstehe, dass sie ihren Mann anschreit. Sie versucht, den Arm ihres Mannes von der Brust ihres Sohnes zu lösen. Sie liebkost Ryans blutverschmiertes Gesicht, spricht mit ihm, beruhigt ihn. Joes Vater schreit seinen jüngeren Sohn an: »WAS HAST DU HIER ZU SUCHEN, DU WASCHLAPPEN?«
»Ich … ich … ich wollte nur gucken, wie es ihm geht«, stammelt Joe.

»Tja, es geht ihm nicht gut, oder? Du hast ihm eine verfluchte Flasche über den Kopf gezogen.« Stimmt – genau wie Ryan es zuvor bei Joe getan hat.
»Du WICHS…«, schreit Ryan los, doch sein Vater unterbricht ihn.
»SCHNAUZE!« Er zeigt mit dem Finger auf Ryan. Die Mutter versucht, ihren großen Sohn zu beruhigen. »Nimm ihn mit rein!«, ordnet der Vater an.
Sie hilft Ryan zur Tür. Am Hinterkopf ist sein blondes Haar blutverschmiert. Er sieht sich über die Schulter um und grinst Joe an. Ein bösartiges Grinsen. *»Ich krieg dich noch«*, ruft er in einem Singsang. Dann guckt er mich an: *»Und dich kriege ich auch.«* Mir wird eiskalt.
»Psst«, sagt Joes Mutter und führt Ryan ins Haus.
»Hau ab hier!«, ruft Joes Vater und stößt seinen jüngeren Sohn von sich. »Verpiss dich, Verräter! Ich will dich nie mehr sehen, du nichtsnutziges kleines Arschloch. Du warst immer schon ein Weichei. Eine verwichste Schwuchtel mit langen Haaren und Ohrring. Du wirst nie ein richtiger Mann sein wie dein Bruder. Und wenn ich höre, dass du wegen ihm zur Polizei gegangen bist …« – er schaut nachdrücklich erst mich, dann Joe an – »… dann werde ich ihn nicht aufhalten.«
Joe macht einige Schritte rückwärts, dreht sich um und kommt zu mir. Er packt mich am Arm, führt mich zum Wagen und wartet, bis ich sicher sitze, ehe er zur Fahrerseite hinübergeht. Bevor er einsteigt, hält er inne und schaut noch einmal zurück zum Pub: Sein Vater verschwindet im Haus. Dann sitzt Joe neben mir im Wagen, und seine Hände zittern abermals heftig, als er den Zündschlüssel dreht.
Wir kommen nur eine Meile weit, dann muss er anhalten, und diesmal ist er derjenige, der sich aus dem Wagen heraus übergibt, während ich ihm den Rücken massiere. Aber Joes Tränen sind keine Tränen der Wut. Sein Schluchzen ist herzzerreißend. Ich muss ebenfalls weinen.

Seltsamerweise kommt mir der Gedanke, dass er sich irgendwann verachten wird. Er wird sich ausmalen, was er zu seinem Vater hätte sagen können – kluge, coole, verletzende Sprüche –, aber dass er stattdessen schwieg. Diese Chance wird niemals wiederkehren. Und ich weiß, dass er sich für den Rest seines Lebens ärgern wird, sie nicht genutzt zu haben.

Kapitel 18

»Du musst verschwinden«, sagt Joe, als er sich ein wenig beruhigt hat. »Du musst heute noch weg. Du kannst hier nicht bleiben.«
»Ich lasse dich nicht im Stich«, gebe ich zurück.
»Ich bleibe auch nicht hier«, entgegnet er.
»Wo willst du hin?«
»Nach London.«
»Aber dein Auto! Dein Geld!«
»Ich nehme den Zug. Ich muss jetzt weg, Alice. Und du auch. Ich werde keine Ruhe finden, bis ich weiß, dass du in Sicherheit bist.«
»Ich gehe nicht ohne dich!«
»Hör auf! Gib verdammt nochmal Ruhe, ja?«
Mir fällt die Kinnlade runter.
»Tut mir leid«, sagt Joe, aber es klingt nicht reuevoll. »Ich muss weg. Ich muss nach London.«
»Was ist mit Cambridge?«
»ICH KOMME NICHT NACH CAMBRIDGE!«, schreit er mich an. Ich bin sprachlos. Völlig geplättet. »Ich kann nicht, verstanden?« Er klingt frustriert. »Ich kann nicht. Noch nicht. Erst muss ich mein Leben auf die Reihe kriegen. Ich muss nach London.« Er scheint fest entschlossen.
»Aber warum?«, frage ich verständnislos. »Warum gerade London?«
»Es muss London sein!«, ruft er.
»Aber warum?«, hake ich nach.
»So ist es geplant! So hab ich es verdammt nochmal geplant! Ich muss endlich mal was hinkriegen. Jetzt lass mich in Ruhe!«
Er will sich die Haare raufen und erschrickt, als er nicht seine Haa-

re, sondern den Verband fühlt. Er versucht, sich den Verband vom Kopf zu reißen.
»Hör auf!«, schreie ich. Grob schlägt er meine Hand weg.
»Du musst verschwinden«, sagt er mit ernster, tiefer Stimme. »Du musst heute noch weg. Sag deinen Eltern, was passiert ist. Sag ihnen, sie sollen dich wegbringen.«
»Nein! Das mache ich nicht!«
»Dann mache ich es.« Er fährt los.
»Joe, hör auf!«, schreie ich.
Mit quietschenden Reifen biegt er auf den unbefestigten Weg ab, der zum Cottage führt.
»Fahr langsam!« Doch er hört nicht. Vor dem Haus steigt er in die Eisen, mein Kopf schlägt schmerzhaft nach vorn. Bevor ich es überhaupt merke, ist Joe aus dem Auto gesprungen.
»Nein!«, heule ich. Ich will nicht, dass er es meinen Eltern erzählt. Die werden ihm den Gefallen tun und mich wegbringen. Sie werden mich so weit wie möglich von seiner Familie – und von ihm – fortbringen.
Ich laufe ihm nach, aber er klopft schon gegen die Haustür.
»Bitte!«, flehe ich ihn an.
Joe drückt die Tür auf und stürzt ins Haus.
»Was? Was ist denn los?« Meine Mutter kommt in die Küche.
»Wo ist Alice?«, fragt mein Vater hinter ihr.
»Ich bin hier!«, rufe ich. »Joe, LASS DAS!«
»Sie müssen Alice hier wegbringen!«, befiehlt er meinen Eltern. »Bringen Sie sie so weit weg wie möglich!«
»Warum?«, will mein Vater wissen.
»Wegen meinem Bruder. Er hat ihr wehgetan.« Meine Mutter stößt einen kleinen Schrei aus.
»Nein, nicht richtig … Aber beim nächsten Mal wird es schlimmer werden.« Joe sieht mir in die Augen. In seinem Gesicht stehen Schmerz und Bedauern. »Er ist ein Serienvergewaltiger.«
Mir fällt die Kinnlade herunter. Er hat mir doch erzählt, sein Bruder säße wegen Bankraubs.

»Es tut mir leid«, flüstert er.
»Ich hole die Polizei!«, ruft mein Vater.
»BITTE!«, sagt Joe. »Bitte«, wiederholt er. »Bitte verschwinden Sie einfach. Bringen Sie Alice hier weg. So weit weg wie möglich. Er wird sie ausfindig machen. Er wird Alice finden. Er wird das nicht vergessen. Wenn Sie die Polizei rufen, wird er es Ihnen nachtragen, selbst wenn er jahrelang hinter Gittern sitzt. BITTE!«
Mein Vater zögert, dann sagt er zu meiner Mutter: »Marie, hol deine Sachen!« Und an mich gewandt: »Geh packen.«
»Nein ...«
»ALICE!«, herrscht er mich an. »Geh packen!«
»Geh«, drängt Joe und weist in Richtung Treppe. »Geh!«
»Komm mit mir hoch.«
»Ich warte hier«, sagt er.
Ich sehe meinen Vater eindringlich an, damit er meine Bitte nicht abschlägt. Er betrachtet Joe lange, dann schaut er wieder zu mir hinüber. »Beeil dich«, mahnt er. Seine Tasche steht bereits gepackt neben der Tür. Er wollte selbst gerade nach London aufbrechen.
»Moment!« Mir kommt eine Idee. Voller Hoffnung schlage ich vor: »Wir fahren gleich nach London. Joe, du kannst doch mitkommen.«
»Geh einfach packen!«, erwidert er finster.
»Aber du kannst doch mitkommen, nicht, Dad? Wir können ihn doch mitnehmen!«
Mein Vater antwortet nicht.
»DAD!«, rufe ich.
»Geh packen!«, fährt er mich an.
Ich sehe Joe fragend an. »Ich warte hier«, verspricht er.
Ich beäuge ihn argwöhnisch.
»Geh!«, wiederholt er.
Ich mache zwei Schritte auf die Treppe zu und drehe mich noch einmal um. Joe lächelt zaghaft. Seine Augen sind traurig, sie glänzen, aber funkeln nicht.
Als ich wieder nach unten komme, ist er fort.

Sechs Monate später

Kapitel 19

Ich sitze in meinem Wohnheimzimmer in Nightingale Hall und schaue aus dem Fenster auf Baumwipfel, Kirchtürme und das Dach des Fitzwilliam-Museums. Hier hocke ich oft und blicke nach draußen. Ansonsten besuche ich fast alle Vorlesungen – so viele, wie ich ertragen kann – und arbeite gerade genug, um klarzukommen. Den Rest der Zeit findet man mich hier. In die Ferne starrend. Grübelnd. Voller Sehnsucht. Derweil versuche ich, die unglaublich vielen Bücher zu lesen, die man gelesen haben muss, um einen Abschluss in englischer Literatur zu machen.

Als ich herkam, versuchten einige gutmeinende Kommilitonen, mich aus meinen vier Wänden zu locken und mit in den Pub zu nehmen. Anfangs fragten sie regelmäßig, ob ich nicht mit ihnen ausgehen wolle. Sie glaubten, ich hätte eine Schale, die nur geknackt werden müsse. Sie konnten nicht wissen, dass ich ein Wrack war; mit einer Schale hatte das nichts zu tun.

Inzwischen lassen sie mich in Ruhe. Ich bin das Mädchen, das allein gelassen werden will. Die Introvertierte.

Eines muss ich ihnen lassen: Sie haben sich bemüht. Aber woher sollten sie auch wissen, dass ich nicht schüchtern bin. Ich habe ein gebrochenes Herz. Bis heute. Ein Dauerzustand.

Ich finde es furchtbar, wenn meine Eltern mich besuchen kommen. Zum Glück tun sie das nicht oft. Dann muss ich ihnen vorspielen, es ginge mir gut, sonst machen sie sich nämlich Sorgen. Ebenso, wenn sie mich anrufen. Ich lade mein Handy gar nicht mehr auf. Es liegt in einer Schublade in meinem Zimmer, mit leerem Akku. Ich habe keine Kraft, meinen Eltern ständig etwas vorzumachen.

Wenigstens kennt mich hier niemand. Niemand weiß, wie ich früher war. Vor Joe. Vor der Liebe. Vor dem Verlust.
Anfangs war mein Zimmer meine Zuflucht. Doch im Laufe der Zeit kam es mir immer mehr wie ein Gefängnis vor. Der Winter war bitterkalt, doch heute scheint die Sonne. In mir regt sich etwas. Etwas, das ich zu lange nicht mehr gefühlt habe, um es richtig einordnen zu können. Könnte das etwa … Glück sein? Nein. Hoffnung? Vielleicht.
Auf einmal überkommt mich der unwiderstehliche Drang, nach draußen zu gehen, und so schnappe ich mir meine Tasche und breche schnell auf, bevor die tiefe Traurigkeit wiederkehrt. Ich springe die vier Treppen hinunter bis ins Erdgeschoss und halte den Kopf gesenkt, damit ich mit niemandem sprechen muss, dann bin ich draußen im hellen Sonnenschein. Das angenehme Gefühl in mir wird stärker, und ich wünsche mir verzweifelt, dass es sich nicht wieder auflöst. Schnellen Schrittes marschiere ich in Richtung Hauptstraße. Automatisch krümme ich die Finger und drücke die Nägel schmerzhaft in die Handflächen. Schnell spreize ich die Finger und versuche, mir diese Angewohnheit abzugewöhnen. Der Schmerz ist mir zur zweiten Natur geworden, aber heute will ich ihn nicht, heute nicht.
Das Fitzwilliam-Museum liegt genau vor mir, die zwei steinernen Löwen bewachen das neoklassizistische Gebäude mit seinen korinthischen Säulen. Ich wende mich nach links, fort vom Stadtzentrum. Rechts geht es in den Fen Causeway, aber dort herrscht so viel Verkehr, dass ich lieber über ein Viehgatter klettere und durch die sumpfige Parklandschaft entlang des Flusses stapfe, als den Bürgersteig zu nehmen. Ich bevorzuge das Gras, genieße das weiche, federnde Gefühl unter meinen Füßen. Es erinnert mich an die Spaziergänge auf den Klippen über dem Dancing Ledge, und schon denke ich an die Zeit mit Joe zurück.
Ich liebe dich … ich liebe dich … ich liebe dich …
Der Schmerz macht mir wackelige Beine, ich bleibe stehen, kneife die Augen zu und versuche, die Erinnerung an ihn zu verdrängen.

Es hat sich erwiesen, dass mein Instinkt mich nicht getrogen hat. Ich wusste, dass er mir wehtun würde. Bloß konnte ich nicht ahnen, wie.

Als ich an jenem Abend im Cottage nach unten kam und er fort war, stürmte ich nach draußen, die Straße hinunter. Ich dachte, er würde an der Bushaltestelle stehen, aber er war nirgends zu finden. Voller Panik rannte ich zurück ins Haus und schnappte mir Mums Autoschlüssel, doch mein Vater stellte sich vor den Wagen und ließ mich nicht wegfahren. Ich schrie ihn an, er solle verschwinden, doch er rührte sich nicht. Schließlich stieg meine Mutter zu mir ins Auto und versuchte, mich zu beruhigen. Ich flehte sie an, mich zum Bahnhof fahren zu lassen, doch sie überzeugte mich, dass Joe inzwischen überall sein konnte. Auf der Heimfahrt weinte ich mir die Augen aus. Bis heute kann ich mit meinem Vater nicht über Joe sprechen. Ich weiß, dass er mich nur beschützen wollte, glaube aber dennoch, dass ich ihm niemals verzeihen kann.

In den darauffolgenden zwei Wochen verbrachte ich jeden Tag damit, Joe in London zu suchen, obwohl mir klar war, dass die Wahrscheinlichkeit, ihn zu entdecken, gegen null ging. Ich fand ihn nicht. Ich fand nicht mal eine Spur von ihm, hatte nie auch nur das Gefühl, auf dem richtigen Weg zu sein. Ein Wiedersehen liegt nun ganz allein in seiner Hand.

Er hat mich immer noch nicht aufgesucht. Ich warte dennoch weiter.

Ich zwinge mich, die Augen zu öffnen. Verschwommen erkenne ich den gelben Umriss einer Narzisse. Als ich mich auf die Blume konzentriere, löst sich der Schmerz langsam auf. Ich schaue mich um und sehe, dass die ersten Frühlingsblumen herauskommen. Der Winter ist vorüber, wird mir klar. Ich wische mir die heißen Tränen aus den Augen, richte mich auf und gehe weiter.

Ich gelange auf eine Straße, die zur Silver Street Bridge und zu einer der großen Stechkahnstationen am Fluss Cam führt. Zahllose lange, schmale Holzboote liegen dort aneinandergekettet. Bis jetzt bin ich noch nicht mit einem Stechkahn gefahren. Wie immer senke

ich den Kopf, damit ich nicht von den Lockvögeln angesprochen werde, die ihr Geschäft ankurbeln wollen. Ich weiß auch nicht, warum ich das mache. Ich könnte doch mal mitfahren. Vielleicht tue ich es ja irgendwann. Eines Tages.
Ich überquere die Brücke, entferne mich weiter vom Zentrum, dann nehme ich den Pfad, der rechts in Richtung Queens Road führt. Dadurch habe ich die Rückseite der Colleges – schlicht und einfach »The Backs« genannt – auf meiner rechten Seite. Warm scheint mir die Sonne auf die Haut, ich schwitze vom schnellen Gehen, so dass ich meine schwarze Strickjacke ausziehe und sie mir um die Taille binde. Dann zwinge ich mich, langsamer zu gehen.
In meinem ersten halben Jahr in Cambridge hatte ich zwar die Augen offen, sah aber nichts. Jetzt nehme ich meine Umgebung bewusst wahr. Kleine grüne Knospen sitzen an den Bäumen, manche stehen schon in voller Blüte. Eine Joggerin in violetten Shorts und passendem Oberteil kommt mir entgegen. Automatisch wende ich den Blick ab. Weiter vor mir geht ein Mann mit seinem Hund spazieren. Ich bemühe mich, nicht wegzusehen, und tatsächlich nickt er mir lächelnd zu. Mit einem sonderbaren Gefühl lächele ich zurück.
So ist es recht, Alice. So geht es vorwärts.
Als mir der nächste Spaziergänger entgegenkommt, traue ich mich sogar, ihm einen »Guten Tag« zu wünschen. Die Freundlichkeit dieser Menschen erscheint mir wie eine Belohnung, und bald lächele ich, ohne mich dazu zwingen zu müssen.
King's College Chapel mit ihren herrlichen Türmen kommt in Sicht. Kurz verharre ich, um das Bauwerk zu bewundern. Braungetupfte Kühe grasen auf den Weiden, Stechkahnfahrer gleiten vor der Kulisse von King's College über den Fluss. Ich kann sie nur von der Brust aufwärts sehen, wie sie ihre Stange anheben und wieder ins Wasser stoßen. Zum ersten Mal trifft mich die Erkenntnis, wie atemberaubend schön diese Stadt ist. Bis jetzt war ich zu abgestumpft, um sie schätzen zu können. Plötzlich fällt mir ein, dass ich meinen Studentenpass noch gar nicht genutzt habe, mit dem

ich freien Zugang zu allen Colleges habe, obwohl ich selbst gar nicht Studentin der University of Cambridge bin. Aus einer Laune heraus gehe ich durch das schmiedeeiserne schwarze Tor von Clare College und bleibe an der kopfsteingepflasterten Brücke stehen. Ich stütze mich auf die steinerne Brüstung, ertaste kleine gelbe Flechten unter meinen Händen.

Lizzy hat mich noch nicht besucht. Ich habe sie auch nicht eingeladen, weil ich mich weder einem Gast noch einem Gegenbesuch bei ihr oben in Edinburgh gewachsen fühle. Ihre Mutter ist zum Glück auf dem Weg der Besserung. Ich freue mich so sehr für meine Freundin und ihre Familie. Schwer vorstellbar, wie das alles für sie gewesen ist. Nach dem Urlaub in Dorset bemühte ich mich, Lizzy nicht merken zu lassen, wie groß mein Schmerz war, doch das gelang mir nicht immer. Ich erinnere mich noch gut an ihren Gesichtsausdruck, als wir uns vor der Abreise zur Universität an einem besonders schrecklichen Nachmittag trafen. Sie konnte es einfach nicht begreifen. Es war, als wäre ich eine Fremde für sie. Wie auch meinen Eltern muss ich ihr bei jedem Telefongespräch vormachen, dass es mir gutgeht. Weihnachten war die Hölle, ich spielte wieder die Zufriedene, und jetzt habe ich einen Horror davor, Ostern nach Hause zu fahren. Ich schaffe es einfach nicht, außer meiner Trauer auch noch Lizzys Enttäuschung ertragen zu müssen. Aber zurück in die Gegenwart …

Das vom Fluss zurückgeworfene Sonnenlicht blendet mich. Es tut fast weh in den Augen, die strahlend weiße King's College Chapel anzusehen, die sich jenseits des perfekt geschnittenen Rasens erhebt. Kurz schiebt sich eine Wolke vor die Sonne, eine kühle Brise kräuselt das Wasser. Das Tor zum gepflegten Fellows Garden links von mir ist geschlossen, aber ich kann wunderschöne rote und gelbe Blumenteppiche am Ufer sehen.

Als ich mich umdrehe, kommt ein einsamer Stechkahnfahrer näher. Er muss Anfang zwanzig sein, trägt ein schwarzes T-Shirt und eine schwarze Hose. Das einzig Bunte an ihm ist sein kinnlanges dunkelrotes Haar. Er steht auf einer viereckigen Holzfläche

im Heck des Kahns, zieht die lange Stange aus dem Wasser und lässt sie zwischen den Händen nach unten gleiten, bis sie ins Flussbett stößt. Er drückt sich ab, und das Boot gleitet mühelos durch das Wasser. Ich beobachte, wie er auf die Brücke zusteuert, auf der ich stehe und den Blick nicht abwenden kann. In dem Moment schaut er zu mir hoch. Vergeblich versuche ich wegzusehen. Er grüßt mich mit einem Grinsen, und ich muss ebenfalls lächeln und grüße zurück. Sein Boot verschwindet unter der Brücke. Plötzlich schreit der Kahnfahrer vor Schmerz auf. Er hat sich den Kopf an der Brücke gestoßen. Bestürzt laufe ich auf die andere Seite.
»Alles in Ordnung?«, rufe ich besorgt.
Der Stechkahn kommt unter der Brücke hervor, zum Glück ist der Rothaarige noch an Bord. Grinsend schielt er zu mir hoch. Mir wird klar, dass er mich veräppelt hat.
»Mistkerl!«, rufe ich ihm nach, er fährt lachend weiter.
Ich höre die Stimme einer jungen Frau und halte neugierig nach ihr Ausschau. Hinter mir kommt ein deutlich größerer Stechkahn voller Touristen in Sicht. Die Fahrerin trägt dunkelblaue Shorts und eine Weste über einem weißen Hemd. Ich lausche ihrem Vortrag.
»Clare College wurde 1326 gegründet, womit es das zweitälteste noch existierende College in Cambridge ist«, erklärt sie. »Clare Bridge ist die älteste Brücke der Stadt«, fährt sie fort. »Beachten Sie, dass bei einer der steinernen Kugeln, die die Balustrade zieren, ein Teil fehlt.«
Einige Touristen murmeln zustimmend. Ich sehe mich um und entdecke die fragliche Steinkugel direkt vor mir. Sie sieht aus wie ein Edamer Käse, dem ein Stück fehlt.
»Niemand weiß genau, warum das so ist«, sagt die junge Frau im Stechkahn, »aber eine Theorie lautet, das dem Architekten der Brücke der Lohn vorenthalten wurde, so dass er als Ausgleich für die fehlende Bezahlung ein Stück heraustrennte.«
Die Stechkahnfahrerin zieht den Kopf ein und verschwindet unter der Brücke, taucht aber kurz darauf auf der anderen Seite wieder auf. In einem kleineren, schmaleren Boot versucht ein Anfänger,

flussaufwärts zu fahren. Er steuert direkt auf das große Touristenboot zu. Mit angehaltenem Atem beobachten alle, wie er versucht, seinen Kurs zu korrigieren, doch einer seiner Freunde im Bug paddelt wie wild in die falsche Richtung. Die erfahrene Frau im großen Ausflugskahn schiebt sich und die aufgeregten Touristen ruhig aus der Gefahrenzone.

Ich hatte immer gedacht, alle Stechkahnfahrer seien Männer. Offensichtlich nicht. Ich kann nicht umhin, Respekt vor der Frau zu haben. Langsam verschwindet sie aus meinem Blickfeld.

Ich überquere die Brücke und passiere den gewaltigen Steinbogen von Clare College. Ein Fahrrad in Tarnfarben mit einem altmodischen Weidenkorb lehnt an der Wand. Kurz darauf befinde ich mich in einem Innenhof, der von herrlichen Steinbauten eingefasst wird. Ich gehe über den rasengesäumten Pfad in eine schmale Gasse. Dort stelle ich fest, dass King's College Chapel rechts von mir geöffnet ist. Meine Füße tragen mich in Richtung des Gotteshauses. Während ich vor der Kasse anstehe, erfüllt der Klang der Orgel das Gebäude. Kurz darauf schlendere ich hinein und blicke nach oben, um die Steinmetzarbeiten des Fächergewölbes zu bewundern. Sie sind wunderschön, ebenso wie die riesigen Bleiglasfenster, die sich in die Höhe erheben. Ich gehe den Gang hinauf bis zum dunklen Eichenlettner mit dem feinen Schnitzwerk, hinter dem sich die Orgel mit ihren goldenen Pfeifen verbirgt. Das Heftchen in meiner Hand verrät mir, dass der Lettner ein Geschenk von König Heinrich VIII. für seine Frau Anne Boleyn in den drei Jahren ihrer Ehe war, bevor er sie enthaupten ließ. Ich erschaudere. Die Geschichte um mich herum ist überwältigend.

Dies ist jetzt meine Stadt. Und zum ersten Mal wird mir klar, welch unglaublich großes Glück ich habe, hier sein zu dürfen.

Kapitel 20

Am nächsten Tag gehe ich wieder zum Fluss; nach dem traurigen Winter zieht er mich magisch an. Diesmal benutze ich meinen Studentenausweis, um ins St. John's College zu gelangen. Ich habe einen Kaffee zum Mitnehmen und eine brandneue Touristenbroschüre dabei. Als ich durch das altehrwürdige Great Gate den, wie mir die Broschüre verrät, First Court betrete, muss ich mich anstrengen, um nicht mit offenem Mund zu gaffen. Ich überquere die Kitchen Bridge zu den weitläufigen Rasenflächen dahinter und halte inne, um die hübsche geschlossene Brücke zu meiner Rechten zu bewundern. Dann biege ich nach links ab und wandere am Fluss entlang, wo ich mich irgendwann ans grasbewachsene Ufer setze, hinter mir das gewaltige neugotische Gebäude von New Court, im Volksmund »Hochzeitstorte« genannt. Eine Trauerweide in der Flussbiegung lässt ihre Zweige elegant fast bis ins Wasser sinken.
Ich hole *Orlando* von Virginia Woolf aus der Tasche und trinke einen Schluck Kaffee. Er schmeckt gut. Mir geht es gut. Das ist lange her. Ich stütze mich auf die Ellenbogen, das Buch in den Händen, und genieße eine Zeitlang einfach nur, hier zu sein. Endlich habe ich das Gefühl, diese Stadt richtig zu nutzen, den Sonnenschein zu genießen, etwas aus meinem Leben zu machen. Vielleicht ist es doch noch nicht zu spät. In den letzten Monaten hatte ich dieses Gefühl öfter gehabt.
Heute ist es noch wärmer als gestern; hier am Fluss kommt es mir vor, als kämpfe ganz Cambridge um ein Plätzchen auf dem Wasser. Grinsend beobachte ich, wie die Stechkähne sich wie Autoscooter rammen, weil die Neulinge die Boote noch nicht beherrschen.

Ein größerer Kahn nähert sich, und ich unterbreche meine Lektüre eine Weile, um interessiert dem Fahrer zu lauschen, einem großen, breitschultrigen blonden Kerl von Anfang zwanzig, der die Uniform der Stechkahnfahrer trägt: weißes Hemd, cremefarbene Shorts und Leinenschuhe ohne Socken.
»St. John wurde von Lady Margaret Beaufort, der Großmutter Heinrichs VIII., auf dem Gelände eines Hospitals aus dem zwölften Jahrhundert erbaut. Vorne sehen Sie die Seufzerbrücke, die nur wenig Ähnlichkeit mit ihrem Namensvetter in Venedig hat, abgesehen von der Tatsache, dass beide geschlossen sind. Manche behaupten, sie heiße Seufzerbrücke, weil die Studenten sie passieren müssen, um von ihrem Quartier zu den Prüfungen zu gelangen …«
Schon kommt das nächste Touristenboot heran, und es dauert nicht lange, da erkenne ich den Fahrer. Es ist der rothaarige Typ vom Vortag, der so getan hat, als würde er sich den Kopf an der Brücke stoßen. Heute bugsiert er einen der größeren Stechkähne voller asiatischer Touristen durchs Wasser.
»Du schon wieder!«, ruft er fröhlich, stößt die Stange ins Flussbett und hält an. Mit dem Kinn weist er auf das ungelesene Buch in meiner rechten Hand und auf das Gebäude von New Court hinter mir. »Gehst du aufs John's?« So drücken sich die Einheimischen aus: Man sagt nicht »St. John's«.
»Nein«, erwidere ich, und mehrere Augenpaare beobachten mich von Bord seines Kahns. »Ich bin auf dem Anglia Ruskin.«
»Schön.«
»Und du?«, frage ich, um nicht unhöflich oder desinteressiert zu wirken, obwohl mir das Boot voller Touristen unangenehm ist. »Studierst du auch hier?«
»Nix da! So schlau bin ich nicht! Wo kommst du her?«
Ich schiele wieder zu seinen Passagieren hinüber. Er tut meine Bedenken schulterzuckend ab. »Die können warten. Ist ja nicht so, als würden sie auch nur ein Wort von dem verstehen, was ich erzähle. Also, wo kommst du her?«
»Aus London.«

»Nein, gebürtig meine ich.«
»Aus London«, wiederhole ich schmunzelnd. Ich weiß genau, worauf er hinaus will. Er sieht mich schief an. »Meine Großmutter war Chinesin«, erkläre ich.
»Kannst du Chinesisch sprechen?« Er weist mit dem Daumen auf seine Passagiere.
Mich durchfährt ein Stich. Joe hatte mir vorgeschlagen, Mandarin zu lernen, falls die Universität es anbieten würde. Sie tut es tatsächlich, aber ich fühlte mich zu instabil, um den Kurs zu belegen, weshalb ich mich lieber für die »Einführung ins kreative Schreiben« entschieden habe.
»Leider nicht«, antworte ich.
»Egal. Hey, willst du mitfahren?«
Ich bin überrumpelt. »Wieso? Ich hab doch gerade gesagt, dass ich nicht übersetzen kann.«
»Dann leiste mir wenigstens Gesellschaft.« Der Rothaarige streckt mir die Hand entgegen, aber ich zögere. »Was hast du zu verlieren? Ich werde wohl kaum vor so vielen Zeugen einen Mord begehen.«
Ich weiß nicht, woran es liegt, aber das Angebot klingt verführerisch. Mir ist schon klar, dass das seltsam klingt, weil ich nämlich gar nichts von ihm will, aber er wirkt so zugänglich, so unbedrohlich, und ich weiß, dass sein Angebot keine Anmache ist. Ohne weiter nachzudenken, stehe ich auf und packe meine Sachen zusammen. »Solange du mich nicht über Bord wirfst.«
»Kannst du schwimmen?«
»Klar.«
»Dann war's das mit dieser Idee.«
Er grinst, und ich nehme seine Hand und trete vorsichtig hinten auf den Stechkahn.
»Der kann nicht umkippen«, versichert er mir. »Der hat einen flachen Boden.«
»Ah, gut.«
»Rücken Sie mal!«, fährt er das Pärchen vor sich an. Irgend-

wann scheinen sie sein Anliegen zu verstehen, denn sie machen mir Platz. Ich lächele die anderen Passagiere entschuldigend an und setze mich, während der Rothaarige den Kahn vom Ufer abstößt.

»Machst du das schon lange?«, frage ich.

»Seit ein paar Jahren. Am Anfang hab ich es nur in den Schulferien gemacht, dann wurde daraus mein Beruf.«

»Dann macht es dir wohl Spaß.«

»Nicht mitten im Winter. Aber das ist schon in Ordnung, weil ich dann immer Snowboarden gehe.«

Ich grinse zu ihm hoch. »Klingt nach einem netten Leben.«

Er zuckt mit den Achseln. »Mir gefällt's.«

Es ist schon länger her, dass ich mich so ungezwungen mit jemandem unterhalten habe. Vom Boot aus betrachte ich die umwerfend schönen Gebäude, die den Fluss säumen.

»Was ist das denn?«, frage ich neugierig.

»Die Wren Library«, erwidert er.

»Wren nach Christopher Wren?«

»Ich hab dich doch nicht an Bord geladen, damit ich noch mehr arbeiten muss«, scherzt er und leiert dann herunter: »Die Wren Library wurde 1695 nach einem Entwurf von Sir Christopher Wren fertiggestellt. Sie beherbergt viele Sammlungen, darunter über tausend mittelalterliche Manuskripte, aber auch frühe Stücke von Shakespeare, Bücher aus der Privatbibliothek von Sir Isaac Newton sowie …« – er macht eine dramatische Pause – »… das Manuskript von *Pu der Bär* von A. A. Milne.«

»Wow!«, staune ich voller Ehrfurcht. Der Stechkahnfahrer wirkt unbeeindruckt. »Findest du das nicht interessant?«, frage ich.

»Die ersten zehn Mal schon.«

»Wie viele Touren machst du denn so am Tag?«

»Kommt drauf an, wie viel zu tun ist. Mein Rekord liegt bei zwölf.«

»Zwölf Touren?«

»Das war im Hochsommer. Dauert noch was, bis es wieder so voll wird.«

Ungezwungen miteinander plaudernd, treffen wir schließlich an der Clare Bridge ein.
»Ich lasse dich hier besser raus«, sagt der Fahrer und schiebt das Boot ans Ufer. Er stößt die Stange tief in den Boden, um den Kahn anzuhalten. »Ich hab keine Lust, einen Anschiss von meinem Chef zu kassieren, weil ich blinde Passagiere an Bord nehme.«
»Klar, logisch. Danke für die Fahrt«, sage ich lächelnd, als er mir ans Ufer hilft. Schnell überzeuge ich mich, dass das Tor zur Clare Bridge offen ist, damit ich auch rauskomme.
»Gern geschehen«, erwidert er. »Morgen gleiche Stelle, gleiche Welle?«
»Wirklich?« Ich zögere. »Soll es morgen nicht regnen?«
»Aah, macht nichts, ich bin bei jedem Wetter hier.«
»Du bist mit Leib und Seele dabei.«
Er reibt Daumen und Zeigefinger aneinander. »Nee, ich bin pleite.« Dann drückt er sich vom Ufer ab. »Bis dann, China Girl.«
Ich grinse. »Ich heiße Alice.«
»Egal. China Girl klingt besser.«
»Wie heißt du denn?«, rufe ich ihm nach.
»Lass dir was einfallen«, gibt er zurück, und der Kahn verschwindet unter einer Brücke.
»Pass auf, dein Kopf!«, warne ich, und zum Entsetzen seiner Passagiere tut er wieder so, als würde er ihn sich stoßen. Sie mögen kein Englisch können, aber den Witz verstehen sie durchaus, denn noch lange danach höre ich ihr ausgelassenes Lachen über den Fluss hallen.
Erst als das Gelächter erstirbt, wird mir klar, dass ich seit zwanzig Minuten nicht mehr an Joe gedacht habe. Das ist ein neuer Rekord.

Kapitel 21

Am nächsten Tag gehe ich zur selben Zeit an den Fluss. Der Regen hält sich noch zurück, obwohl der Himmel bedrückend grau ist und es zu nieseln droht.

»Da bist du ja!«, ruft der Stechkahnfahrer.

»Dein Boot ist ja leer!«, rufe ich zurück.

»Ist nicht viel los«, sagt er und streckt mir die Hand entgegen.

»Bist du dir sicher, dass das in Ordnung geht?« Vorsichtig komme ich an Bord. »Du kriegst doch keinen Ärger, oder?«

»Nee. Hab ja nichts zu tun. So lange ich in einer Dreiviertelstunde pünktlich zu meiner nächsten Runde wieder an der Magdalene Bridge bin, juckt das keinen.«

Ich setze mich und schaue zu ihm hoch. »Verrätst du mir heute deinen Namen?«

»Hast du dir keinen ausgedacht?«

Ich grinse. Bei diesem Fremden mit dem leuchtend roten Haar fühle ich mich sonderbar wohl. »Ich dachte an … Ron.«

»Ron?«

»Nach Ron Weasley.«

»Ron *Weasley*!«, ruft er aus.

»Aus *Harry Potter*.«

»Klar, ich weiß schon, wer Ron Weasley ist«, meckert er. »Ich nehme mal an, du meinst den Schauspieler im Film.«

Ich zucke mit den Schultern. »Weiß nicht, wie der heißt.«

Der erste Film ist gerade dieses Jahr herausgekommen.

Er ist verstimmt. »Dann lass mich dir helfen: Er heißt Rupert Grint. Und er ist ungefähr zwölf Jahre alt!«

»Na, dann bist du halt die ältere und verlebtere Version. So wie er in zehn Jahren aussehen wird.«
»Ich bin neunzehn!«
»Dann eben in sieben Jahren.«
Er ist tödlich beleidigt, und ich kann mir das Lachen nicht verkneifen.
»Du hast es so gewollt.«
»Ach, scheiß drauf. Ich heiße Jessie.«
Ich kichere. »Zu spät. Ich bleibe bei Ron.«
Er verdreht die Augen. »Immer noch besser als Weasley.« Er stöhnt. »Oh, Scheiße, das war ein Fehler.«
»Ja, und was für einer. Ab jetzt heißt du Weasley.«
»Verdammt.«
Wir grinsen uns an.
»Du bist also ein Erstsemester?«, fragt er.
»Ja.«
»Was studierst du?«
»Englische Literatur.«
»Gefällt's dir?«
»Doch.«
»Das klingt nicht besonders begeistert.«
»Doch, es gefällt mir …« Ich will ihm nichts von Joe erzählen.
»Häng es an den Nagel und fahr stattdessen Stechkahn!«, schlägt Jessie mir vor.
»Ist das nicht schwer?«, frage ich neugierig, in Gedanken bei der Fahrerin, die ich vor einigen Tagen gesehen habe.
»Kinderleicht, wenn man es einmal begriffen hat.«
»Wie hast du es gelernt?«
»Auf einem der Leihkähne. Hab's mir selbst beigebracht.« Er zögert. »Willst du mal probieren?«
»Hm …« Ich bin versucht, aber … »Nein, glaub nicht.«
»Was für Schuhe hast du an?«
»Stilettos«, scherze ich und zeige ihm meine Turnschuhe.
Jessie grinst. »Dann los«, ermutigt er mich.

Ich sehe mich um, wäge sein Angebot ab. Heute ist so gut wie niemand auf dem Fluss unterwegs, allzu peinlich wird es für mich also nicht werden. »Na gut«, stimme ich zu, bevor ich es mir anders überlege.

»Wir tauschen die Plätze«, sagt er.

Ich steige auf die Holzfläche, und er reicht mir den Stecken, so nennt man die lange Stange. Er ist deutlich schwerer, als ich erwartet habe. Jessie nimmt unten im Boot Platz.

»Warte!«, sage ich voller Panik. »Hilfst du mir nicht dabei?«

»Lass den Stecken einfach runtergleiten und schieb das Boot damit nach vorn«, erklärt Jessie, räkelt sich auf dem Sitz und streckt die Beine von sich. »Falls er im Schlamm stecken bleibt, musst du loslassen, sonst fällst du ins Wasser.«

»Super«, murmele ich ironisch.

»Was ist?«, fragt Jessie und verschränkt lässig die Hände hinterm Kopf. »Alle Anfänger werden ins kalte Wasser geworfen.«

»Ich bin mir nicht sicher, was ich von dieser Wortwahl halten soll«, sage ich steif.

»Na gut«, gibt er nach. »Stell dich seitlich an den Rand und guck nach vorne.«

Ich gehorche.

»Jetzt zieh den Stecken aus dem Wasser, halte ihn seitlich zum Boot und lass ihn durch die Hände rutschen, bis er auf dem Boden aufsetzt. Dann drück dich ab.«

Klingt ja ganz einfach … aber … ARGH! Das Boot nähert sich dem Ufer. »Ich kann das nicht!«, kreische ich.

»Lass den Stecken im Wasser treiben und benutze ihn als Ruder, um zu steuern«, rät er mir ruhig.

Nervös versuche ich zu tun, was er sagt. Langsam, aber sicher entfernt sich das Boot vom Ufer.

»Genau so«, sagt er. »Jetzt zieh den Stecken wieder raus und richte ihn leicht nach hinten aus.«

»Der ist schwer«, keuche ich. Das Wasser läuft an der Stange hinunter in meinen Pulli und durchnässt ihn.

»Die aus Metall sind leichter als die hölzernen«, sagt er. »Aber du gewöhnst dich dran«, versichert Jessie mir.
»Das bezweifele ich. Ich glaube nicht, dass ich das in nächster Zeit noch mal wiederhole.«
»Man kann nie wissen. Vielleicht überkommt es dich doch noch mal und überrascht dich selbst.«

Kapitel 22

Es sollte sich herausstellen, dass Jessie recht hatte.
»Heinrich VIII. gründete Trinity College 1546 und stattete es großzügig mit Vermögen aus dem Besitz der Klöster aus.«
Meine Passagiere murmeln interessiert vor sich hin.
Ja, richtig gelesen: *Meine* Passagiere …
Nach jenem ersten Mal hätte ich mir nicht im Traum vorstellen können, dass ich das Stechkahnfahren je beherrschen würde, und nicht in meinen allerkühnsten Träumen hätte ich mir ausgemalt, dass ich irgendwann geschickt genug wäre, um sogar als Punter, so nennen sich die Stechkahnfahrer, zu arbeiten, und doch bin ich hier mit einem Ausflugsboot voller Touristen und steuere es an den Backs entlang, unterhalte sie mit Geschichten über die Könige und Königinnen, die diese Colleges erbauten oder dort studierten.
»Als Prince Charles in Trinity war, wurde er wie jeder andere Student behandelt. Die einzige Ausnahme war, dass er ein Telefon auf dem Zimmer haben durfte. Allerdings ärgerte er sich so sehr über die Vorschrift, dass kein Student in Cambridge ein Auto haben darf, dass er eines Tages mit einem Hubschrauber zum College kam.«
Mehrere Passagiere schmunzeln erheitert. Diese Geschichte wird von Punter zu Punter überliefert, und der letzte Teil stimmt wahrscheinlich nicht, macht aber die Rundfahrt deutlich interessanter.
Ein vertrauter Rotschopf taucht vor mir auf. Ich stoße den Stecken entschlossen ins steinige Flussbett und mache Tempo.
»Hallo!«, grüße ich fröhlich im Vorbeifahren.
»Oi!«, ruft Jessie mir mit gerunzelter Stirn nach, weil ich ihn überholt habe.

»Hältst du ein Nickerchen?«, rufe ich über die Schulter zurück.
»Vorbereitungen für heute Abend. Treffen wir uns anschließend auf ein Glas im Anchor?«
Das ist einer der Pubs am Fluss, den wir oft besuchen.
»Ja, klar!«
»Pass auf, dein Kopf!«, witzelt er, und ich mache mich unter der Brücke klein. Inzwischen kenne ich den Fluss wie meine Westentasche. Manchmal bilde ich mir sogar ein, ihn blind fahren zu können.
Es ist glühend heiß an diesem Nachmittag. Ich seufze erleichtert auf, als ich mit der letzten Tour des Tages den Anleger erreiche. Zwei Touristen geben mir beim Aussteigen ein dickes Trinkgeld, ich bedanke mich überschwänglich. Davon kann ich die erste Runde bezahlen. Ich wische mir mit dem Arm über die Stirn. Wenn es im Mai schon so heiß ist, kann ich mir gar nicht vorstellen, wie es erst nächsten Monat sein wird. Ich habe die Haare zu einem Knoten hochgesteckt, spüre aber, wir mir der Schweiß den Nacken hinunterläuft. Eine auffrischende Brise macht es ein bisschen erträglicher, aber viel zu schnell ist es wieder brütend heiß. Ich bin froh, dass ich ein Kleid angezogen habe: ein weißes Sommerkleid. Es ist sozusagen zu meiner Uniform geworden. Jessie ist immer ganz in Schwarz unterwegs, selbst bei dieser Hitze.
Ich gebe das Boot ab und laufe direkt zum Pub. Die Tische und Stühle auf der Terrasse reichen bis zu den Absperrseilen am Fluss. Jessie steht schon an der Theke. Grinsend dreht er sich nach mir um und reicht mir das, was ich immer trinke: ein großes Glas Lager. Ich hätte nie gedacht, dass ich Bier trinken würde, aber so kann's manchmal kommen.
»Bitte sehr, China.«
»Prost, Weasley.«
Unsere Spitznamen haben sich durchgesetzt. Wir stoßen an, jeder trinkt einen großen Schluck. Die bittere Flüssigkeit rinnt mir durch die Kehle und kühlt mich wunderbar ab.
»Ganz schön heftiger Tag, was?«, meint Jessie.

»Ging so.«
»Wie viele Touren hattest du?«
»Fünf.«
»Weichei«, neckt er mich.
»Ja, ja, ich weiß, dass ich nicht mal ansatzweise an deinen Rekord von zwölf drankomme, aber ich gebe nicht auf.«
Liebevoll stupst er mich an. »Du schlägst dich gar nicht schlecht, wenn man bedenkt, wie klein du bist.«
An der Theke wird ein Hocker frei. Jessie schiebt ihn zu mir hinüber und lehnt sich selbst gegen den Holztresen. Seltsamerweise stehen wir immer hier, bis unsere Kollegen da sind, dann ziehen wir meistens an einen Tisch um – möglichst draußen.
Ich bedanke mich für den Hocker. Ich kann es nicht erwarten, endlich zu sitzen. »Was macht deine Mitbewohnersuche?«, erkundige ich mich.
Ein Jahr zuvor haben Jessies Eltern Großbritannien verlassen. Sie werden anderthalb Jahre im Ausland verbringen. Sein Vater ist Anwalt in einer erstklassigen Kanzlei, die von ihm verlangt, dass er eine Zeitlang in der Niederlassung in Washington arbeitet. In der Zeit soll Jessie auf das Haus aufpassen; er hat aber die Erlaubnis, zwei Zimmer an Studenten zu vermieten. Bisher hat es gut geklappt, aber da beide Mieter Drittsemester waren, muss er jetzt für September neue Studenten finden.
»Wieso ziehst du nicht bei mir ein?«, fragt er beiläufig, trinkt einen Schluck Lager und belauert mich über den Rand seines Glases hinweg.
»Ist das dein Ernst? Du willst nicht wirklich mit mir zusammenwohnen«, sage ich wegwerfend.
»Doch, sicher!«
»Du arbeitest schon mit mir zusammen. Willst du auch noch mit mir zusammenwohnen?«
»Warum nicht? Dann könnten wir zusammen zur Arbeit gehen.«
»Auch noch gemeinsam pendeln? Da können wir ja gleich heiraten und zwei Kinder kriegen, wenn wir schon mal dabei sind.«

Jessie macht ein angeekeltes Gesicht. »O Gott, was für eine Vorstellung.«
»Bist du unhöflich!« Ich gebe mich empört, kann mir das Lachen aber nicht verkneifen. Grinsend schlingt er mir den Arm um den Hals und drückt mir einen Kuss auf den Scheitel.
Wir haben eine sehr körperbetonte Beziehung, Jessie und ich, aber zwischen uns herrscht absolut null erotische Anziehungskraft. Sonst könnte ich nicht mit ihm befreundet sein. Ich weiß, dass auch er nicht im Geringsten heiß auf mich ist. Und das ist mir wichtig. Ich liebe immer noch Joe. Er fehlt mir jeden Tag. Aber Jessie ist mein Retter. Er hat mich zu neuem Leben erweckt. Ich weiß nicht, was ich ohne ihn getan hätte.
»Du wirst bei Blondie keinen Schritt vorankommen, wenn du ständig vor ihrer Nase mit mir herumtändelst«, schelte ich ihn liebevoll und spähe über seine Schulter zu dem Mädchen hinter der Theke hinüber. Seit Wochen macht er ihr schöne Augen. Grinsend stößt Jessie mit mir an. Die Blondine schaut in unsere Richtung und legt leicht die Stirn in Falten. Vielleicht hat sie doch was für Jessie übrig. Meine Anwesenheit wird ihm nicht helfen, aber deswegen werde ich noch lange nicht verschwinden. Ich brauche ihn zu sehr. Bei dem Gedanken, Jessie zu verlieren, erschaudere ich regelrecht.
»Du brütest doch nicht etwa was aus?«, fragt er besorgt und legt mir den Handrücken auf die Stirn.
»Nein, mir geht's gut.« Ich wechsele das Thema. »Sollen wir gucken, ob die anderen schon da sind?«
»Klar.« Er wirft dem Mädchen hinter der Theke noch einen Blick zu, doch sie weicht ihm aus. Unwillkürlich habe ich Schuldgefühle, als Jessie mir durch den Pub nach draußen folgt.

* * *

»Nein!«, ruft Jessie Chris zu, einem gutaussehenden, großen, blonden Kollegen. »Sie will nichts mehr trinken.«

»Wer bist du, ihr Vater?«, ruft Chris von der Türschwelle zurück. »Alice? Was willst du haben?«
Ich winke ab und weise auf Jessie, der links neben mir auf einer langen Bank sitzt. »Nee … er hat recht«, lalle ich. »Ich mach jetzt besser Schluss.«
»Spielverderber!«, murmelt Chris und geht hinein.
Vor ein paar Stunden haben wir den Anchor verlassen und sind ins Pickerel Inn auf der anderen Seite der Stadt umgezogen, unweit unserer Station an der Magdalene Bridge. Wir sitzen an einem Biertisch im Hof.
»Kommst du nicht mehr mit in den Club?«, fragt Sammy enttäuscht über den Tisch hinweg.
Sammy arbeitet im Kiosk und verkauft die Fahrscheine. Sie ist hübsch, etwas größer als ich, hat schulterlanges braunes Haar und blaue Augen.
»Heute ist Donnerstag«, erinnert sie Jessie, normalerweise ihr zuverlässigster Saufkumpan.
»Nee, ich bringe besser China nach Hause«, sagt er und rutscht aus der Bank.
»Ich schaff das auch allein.« Ich versuche aufzustehen, schwanke aber heftig. Jessie legt mir die Hände um die Taille und hebt mich einfach über Mike hinweg – ein weiterer Kollege, der auf der anderen Seite neben mir sitzt.
»Ho!« Mike zieht den Kopf ein.
»Sorry«, murmele ich betrunken.
»Bis morgen!«, ruft Jessie unseren Kollegen zu, immer noch den Arm um mich gelegt. Er führt mich durch den engen Pub mit den dunklen Holzbalken und der niedrigen Decke.
»Tschüss«, verabschiede ich mich draußen auf der Straße von Jessie, der in der anderen Richtung wohnt.
»In diesem Zustand gehst du nicht allein nach Hause«, schimpft er und hält mich fest. »Du schläfst besser bei mir.«
»Schon wieder?«, stöhne ich. »Alle glauben schon, du wärst mein Freund.«

»So weit wird es nie kommen.«
Ich übernachte ständig bei ihm. Mit den Studenten in meinem Wohnheim habe ich mich nie so recht anfreunden können, vielleicht weil ich so fertig war, als ich dort einzog. Aber auch wenn ich jetzt … na ja, ich würde nicht behaupten, dass ich wieder in Ordnung bin, aber auf jeden Fall auf dem Wege der Besserung … Dennoch habe ich nicht das Gefühl, dort nun hineinzupassen. Jessie war während dieser Zeit für mich da – meine Genesung, wenn man so will. Meine Kommilitonen meinen, es läge an ihm – an der Liebe. Sie sind mir nicht wichtig genug, als dass ich Lust hätte, ihnen zu erklären, dass er nur ein Freund ist. Einmal habe ich es versucht, doch die Mädchen zogen mich auf und glaubten mir kein Wort. Offenbar wollen sie, dass ich jemanden gefunden habe. Und ich möchte sie nicht enttäuschen. Sollen sie glauben, was sie wollen, so lange es sie glücklich macht.

Eier und Speck. Lecker. Allein das ist schon ein guter Grund, um bei Jessie zu übernachten. Schläfrig schlage ich am nächsten Morgen die Augen auf und stelle fest, dass von Jessie, wie er vorausgesagt hat, nichts zu sehen ist. Das bedeutet, er ist unten in der Küche und bereitet das Frühstück vor.
Ich habe in seinem Zimmer auf der Vorderseite des Hauses geschlafen. Seit seine Eltern weg sind, benutzt er deren Schlafzimmer, obwohl das riesengroße Doppelbett mehr als breit genug für uns beide wäre.
Ich steige aus dem Bett und ziehe eins von Jessies T-Shirts über, das mir fast bis zu den Knien reicht, denn er ist ungefähr dreißig Zentimeter größer als ich. Dann gehe ich nach unten.
»Guten Morgen«, grüßt er munter.
Ich lasse mich auf einen Stuhl am Küchentisch sinken. »Ich begreife nicht, wie du das schaffst«, sage ich.
»Was?«
»Wie kannst du diese Mengen trinken und trotzdem am nächsten Morgen so fit aussehen?«

»Was soll ich sagen? Das ist eine seltene Begabung.« Er schenkt mir eine Tasse Kaffee ein.
»Eine von vielen.«
»Wie lieb von dir.« Er lächelt mich an und serviert mir zwei Teller mit Ei und Speck. »Was hast du heute vor?«
»Heute Nachmittag habe ich eine Vorlesung«, erwidere ich.
»Oh, wie aufregend«, sagt er. Das ist reine Ironie. Er kann einfach nicht verstehen, was an meinem Studienfach so toll sein soll. »Ich kann dich hoch bis zur Silver Street fahren, wenn du willst.«
»Nee, ich flitze lieber zu Fuß rüber. Aber trotzdem danke! Ich muss wirklich nach Hause und noch ein bisschen lesen«, erkläre ich.
»Wieso bringst du nicht einfach deine Bücher mit, wenn du hier schläfst?«
»Willst du mich veräppeln? Du hast die *Norton Anthology* doch gesehen, oder? Die wiegt so viel wie ein kleines Kind.«
Die *Norton Anthology* besteht aus zwei riesigen Bänden, die die englische Literatur vom Mittelalter bis ins 21. Jahrhundert enthalten. Seit Monaten verursacht sie mir Rückenschmerzen; ich kenne ein Mädchen, die sie in einem Einkaufstrolley herumfährt.
»Ich wusste doch gar nicht, dass ich bei dir übernachten würde, schon vergessen?«
»Ja, ja. Mittlerweile kannst du schon fast davon ausgehen.«
Traurig lächele ich ihn an. »Du wirst mir fehlen diesen Sommer.«
Jessies Mundwinkel ziehen sich nach unten. »Du mir auch. Ist doof, wenn alle Urlaub machen und sich verpissen.«
Einige unserer Freunde – Sammy, Mike und Chris – studieren ebenfalls am Anglia Ruskin. Auch sie werden den Sommer in der Heimat verbringen.
»Ich freue mich auch nicht besonders darauf«, gestehe ich. »Ich weiß gar nicht, was ich die drei Monate lang mit mir anfangen soll …« Fern von Jessie, fern von meinem Studium, das mir immer mehr Spaß macht, fern vom Fluss … Nach fast einem Jahr der Unabhängigkeit zu Hause bei meinen Eltern leben zu müssen …
In Wahrheit weiß ich ganz genau, was ich früher oder später tun

werde: Ich werde Joe suchen gehen. Er ist ja in London. Das hat er mir damals gesagt. Ich weiß, dass ich mir die Tage mit diesem aussichtslosen Unterfangen um die Ohren schlagen werde, bin mir aber unsicher, ob ich inzwischen stark genug bin, den Schmerz zu ertragen, wenn ich ihn wieder nicht finde.

»Du weißt ja, du musst nicht unbedingt nach Hause fahren …«, sagt Jessie nachdenklich.

»Wie meinst du das?«

»Du könntest auch hierbleiben.«

»Geht es jetzt wieder darum, dass ich bei dir einziehe?«, foppe ich ihn. »Nur weil du zu faul bist, eine Anzeige …«

»Du bräuchtest nicht mal Miete zu zahlen.«

»Natürlich würde ich Miete zahlen!«, rufe ich.

»Nicht im Sommer. So oder so würde ich ja erst im September neue Mieter finden.«

»Meine Eltern wären aber nicht gerade begeistert, wenn ich nicht käme …« Doch die Vorstellung ist verlockend, besonders da ich immer noch sauer auf Dad bin, weil er Joe damals gehen ließ.

»Denk mal drüber nach«, sagt Jessie nur.

»Gut. Mache ich.«

Kapitel 23

Ich verabschiede mich von Jessie und gehe forschen Schrittes Richtung Stadtzentrum. Ständig muss ich Radfahrern ausweichen, die über die Straßen schießen, und Touristen, die mitten auf dem Gehsteig ihre Stadtpläne konsultieren. Mein weißes Sommerkleid von gestern ist bei der Arbeit schmutzig geworden, und ich muss dringend duschen und mir die Haare waschen. Aber heute ist es wieder warm und sonnig, außerdem ist Freitag und ich freue mich schon aufs Wochenende. Selbst die Nebenstraßen zwischen den Colleges sind voller als sonst; ich überlege, hinüber zum Fluss zu gehen und an den Backs entlangzulaufen, wo es ruhiger ist. Liegt nicht gerade auf dem Weg, aber die Hauptstraße King's Parade wird total überlaufen sein. Ja, ich denke, das mache ich.

Ich trete auf die Straße, direkt vor einen Radfahrer.

»ACHTUNG!«, ruft er.

Zu spät. Er stößt mit mir zusammen.

»AUA!«, schreie ich. Er fällt vom Rad.

»WAS SOLL DER SCHEISS?«, schreit er zurück und rappelt sich auf. »Pass doch auf, wo du hinläufst, dämliche Touristentrulla!«

Ich will mich gerade wehren, dass ich keine dämliche Touristentrulla bin, da steht plötzlich ein Mann vor mir und versperrt mir die Sicht.

»HE!«, ruft er dem Radfahrer über die Schulter zu. Ich reibe mir wütend den schmerzenden Arm. Als ich den Radfahrer abermals beschimpfen will, hält mich der Fremde fest. Verwundert sehe ich ihn an.

Er wendet sich dem Radfahrer zu und sagt mit ruhiger Stimme und

fremdem Akzent: »Sie sind zu schnell gefahren. *Sie* sollten besser aufpassen, wo Sie hinfahren.«
»Leck mich, du Wichser!«, motzt der Radfahrer, steigt auf sein Rad und tritt in die Pedale.
»Jugendlicher Übermut«, murmelt der Fremde. »Alles in Ordnung?« Er hält mich immer noch am Arm fest und ist mir nah, viel zu nah.
»Doch, doch, mir geht's gut. Danke.« Ich mache einen Schritt zurück und befreie mich aus seinem Griff. Er lässt die Hände sinken. Der Typ ist jung – Anfang zwanzig, würde ich sagen – und gut gekleidet in einem schicken grauen Jackett und weißem Hemd. Sein kurzes Haar ist dunkelblond. Er hat sehr blaue Augen.
»Das wird einen großen blauen Fleck geben, befürchte ich.« Er betrachtet die rote Stelle an meinem Arm. »Sie sollten einen Kühlverband auflegen.«
Er klingt deutsch, sieht aber nicht so aus. Zumindest ähnelt er nicht den deutschen Studenten, über die Lizzy und ich am Trafalgar Square immer gekichert haben, wenn sie in bunten Windjacken, Jeans und mit Rucksäcken herumliefen.
»Haben Sie einen?«, will er wissen.
Verwirrt schüttele ich den Kopf. »Entschuldigung, ob ich was habe?«
»Einen Kühlverband.«
»Einen Kühlverband?« Wovon redet er da?
»Ja. Für Ihren Arm«, sagt er. »Damit er nicht so stark anschwillt.«
»Ach, nein, das geht schon. Ich komm schon klar«, sage ich. Komischer Typ. Was denkt der sich denn? Dass ich mit einem Eisbeutel in der Handtasche rumlaufe?
»Ich kann Ihnen einen bringen, wenn Sie wollen. Ich wohne gleich hier um die Ecke.«
Ich kann nicht anders: Ich pruste los vor Lachen.
Er runzelt die Stirn. »Was ist daran so witzig?«
»Sorry, aber nein, danke, ich komme klar. Auf Wiedersehen!« Ich sehe zu, dass ich Land gewinne, bevor ich völlig die Beherrschung

verliere. Wer hat um alles in der Welt einen Kühlverband auf seinem Zimmer? Und warum nennt er es immer »Kühlverband« und nicht einfach »Eisbeutel«?
Mir kommt der Gedanke, dass er vielleicht Arzt oder Medizinstudent ist, und ich schäme mich ein bisschen. Auf jeden Fall werde ich Jessie später von ihm erzählen.

In meinem Wohnheim steige ich die Stufen hoch zu den Räumen im obersten Stock. Die Zimmer links und rechts von der Treppe sind nach Jahrzehnten benannt: die Dreißiger, das sind Raum 31, 32 und so weiter, dann die Vierziger, Fünfziger, Sechziger bis hoch zu den Hundertern ganz oben. Seit ich hier bin, gab es mindestens drei Mottopartys zu irgendwelchen Jahrzehnten. Gestern Abend war eine Siebziger-Jahre-Party, nach der Afro-Perücke und den pinken Federn einer Boa zu urteilen, die auf der Treppe liegen.
Ich laufe bis zum Ende des Korridors und schließe die letzte Tür auf der linken Seite auf. Dank der berüchtigten Vorhänge von Nightingale Hall ist mein Zimmer in ein trüb orangefarbenes Licht getaucht, weshalb ich die Gardinen als allererstes zur Seite ziehe und das Fenster öffne, um frische Luft hereinzulassen. Einer meiner Kommilitonen liefert sich ein lustiges Wortgefecht mit den Bewohnern des benachbarten Wohnheims, das zum King's College gehört. Wir könnten uns ewig »Lackaffe!« und »Proletenpack!« zurufen. Netter Zeitvertreib. Zeit, die ich heute allerdings nicht habe. Mit großer Anstrengung hebe ich Band eins der *Norton Anthology* hoch und beginne mit den dreitausend Seiten. Das Duschen muss noch warten.

* * *

»Was hast du denn mit deinem Arm gemacht?«, fragt Jessie besorgt, als wir uns später an der Bootsstation Silver Street treffen. Manchmal beginnen wir unsere Rundfahrt hier, normalerweise jedoch an der Magdalene Bridge. Es ist so viel zu tun, dass ich eingespannt wurde, nach meiner Vorlesung noch auszuhelfen.

»So ’n scheiß Radfahrer ist in mich reingefahren«, erkläre ich. »Ach, das war lustig …«
Ich will ihm von dem Ausländer berichten, habe aber aus heiterem Himmel Schuldgefühle. Ich verstumme.
»Was?«, fragt Jessie.
Ich schüttele abwehrend den Kopf. »Er wollte mir nur helfen.«
»Und was ist daran so komisch?« Er ist verwirrt.
»Nichts. Eigentlich war es gar nicht komisch. Weiß gar nicht mehr, warum ich das fand.«
»Du Spinner.«
»Hast recht.« Sammy macht mir ein Zeichen. Meine nächste Rundfahrt beginnt jeden Moment. »Bis später!«
»Tschüss!« Jessie drückt meinen Arm, ich zucke zusammen.
»Autsch!«
Auch als ich den vollbesetzten Stechkahn vom Anleger wegschiebe, spüre ich die Prellung wieder. Direkt vor mir sitzt eine junge Familie: Vater, Mutter, ein kleiner Junge und ein Baby, ein Mädchen. Soweit ich das beurteilen kann, wohnen sie in Cambridge. Ich kann mich kaum auf meine Ausführungen konzentrieren, weil der Sohn Hummeln im Hintern hat und ständig im Boot herumklettert.
»Achten Sie bitte darauf, dass er den Arm nicht über Bord ins Wasser hält«, rate ich den Eltern irgendwann, als wir uns Trinity Bridge nähern. Der blaue Fleck auf meinem Arm wäre nichts im Vergleich zu der Verletzung, die ihr Sohn sich zuziehen würde, wenn er zwischen zwei Stechkähne geriete.
»Dies ist die Wren Library«, setze ich an.
»Ich und Papa, wir haben einen Schniedel, nicht?«
»Ja, ja«, erwidert die Mutter des kleinen Jungen leise und läuft knallrot an. Alle anderen Passagiere bekommen große Ohren.
»Und du und Molly, ihr habt Chinas.«
Chinas? Er meint wohl Vaginas! China ist doch mein Spitzname! Alle lachen los, und in dem Moment – PENG! – stoße ich mir den Kopf an der Unterseite der Brücke. Vor Schmerz schreie ich auf und reiße instinktiv die Hände hoch, dabei lasse ich leider den Stecken

fallen, so dass wir steuerlos weitertreiben. Die Passagiere starren mich an, manche schockiert, andere mit einem Grinsen, weil sie schon öfter gesehen haben, dass meine Kollegen im Scherz diese Show abziehen. Aber das ist jetzt kein Witz. Mein Kopf dröhnt wie verrückt.

»Ist alles in Ordnung?«

Ich kenne diese Stimme. Als ich mich zur Brücke des Anstoßes umdrehe, erkenne ich sofort den Ausländer vom Vormittag. Ein freundlicher Mann in einem Leihboot kommt mir zur Hilfe und steuert meinen Kahn zusammen mit seiner Frau oder Freundin ans Ufer, die meinen Bug mit ihrem Ruder schiebt. Dann ist er da, der Ausländer, hält mir seine Hand hin und macht mir Zeichen, aus dem Boot zu steigen. Ich schäme mich zu Tode und winke ab.

»Du solltest dich hinsetzen«, beharrt er. Meine Passagiere stimmen ihm leise murmelnd zu. Eine andere Gruppe in einem Leihboot versucht, meinen Stecken aus dem Wasser zu fischen. Ich bin umringt von besorgten Menschen – es ist mir so peinlich, dass ich am liebsten im Erdboden versinken würde …

»Komm!«, drängt der Ausländer, die Hand immer noch ausgestreckt. Ich ergreife sie, weil ich nicht genau weiß, was ich sonst tun soll, denn ohne Stecken sitze ich in der Klemme, kann mich weder vor noch zurück bewegen. Aber ich habe ja Beine. Ob ich mich einfach verdrücken soll?

»Setz dich«, sagt er mit fester Stimme.

Ich gebe nach und lasse mich am Ufer zu Boden sinken. Der Ausländer mustert meinen Kopf.

»Das wird eine beachtliche Beule geben«, erklärt er.

»Zusätzlich zum blauen Fleck von heute Vormittag.«

»Wie geht's denn dem Arm?« Ein schwaches Lächeln umspielt seine Lippen.

»Besser als meinem Kopf«, erwidere ich und kann mir die Bemerkung nicht verkneifen: »Mannomann, ich könnte jetzt wirklich einen Kühlverband gebrauchen.«

»Machst du dich über mich lustig?«, fragt er ruhig.

Sofort schäme ich mich und murmele eine Entschuldigung, bis mir auffällt, dass er immer noch grinst. Wir sehen uns in die Augen, und zu meiner Überraschung werde ich ganz rot. Belustigt hebt der Typ die rechte Augenbraue. Schnell rappele ich mich auf.
»Ho!« Ich schwanke, und er hält mich fest.
»Mir ist noch etwas schwindelig.«
»Setz dich wieder hin«, befiehlt er und wendet sich dann an meine Passagiere: »Meine Damen und Herren, diese Rundfahrt muss leider abgebrochen werden.« Einige Touristen grummeln, und der kleine Junge quengelt, er würde sich langweilen, doch die meisten akzeptieren freundlicherweise ihr Schicksal. Der Ausländer spricht einen jungen Mann an, der gerade die Brücke in Richtung Trinity überquert. »Kevin! Könntest du diese Leute durchs College führen?«
Kevin zögert, betrachtet skeptisch die sich ihm bietende Szene, nickt aber dann und kommt auf uns zu.
»Das sollte sie ruhigstellen«, flüstert mir der Ausländer zu und tritt vor, um meinen jetzt wieder munteren Passagieren von Bord zu helfen. Eine Gratis-Führung durch Trinity – damit hatten sie nicht gerechnet.
Als alle hoch zur Brücke geklettert sind und mit Kevin losziehen, wendet sich der Ausländer wieder an mich und nickt dem Mann in dem Leihboot zu, der meinen Kahn am Ufer eingekeilt hat.
»Wir machen das Boot erst mal hier fest.«
»Wirklich?«, fragt der Mann. »Da steht: Anlegen verboten.«
»Ich gehe davon aus, dass die Professorenschaft in diesem Fall mildernde Umstände geltend machen wird«, erwidert der Ausländer und klettert hinunter zum Fluss, um die Kette des Kahns an einer Bank zu befestigen.
Woher kennt er einen Ausdruck wie »mildernde Umstände«? Er spricht wirklich hervorragend Englisch. Vielleicht ist er zweisprachig aufgewachsen?
»Woher kommst du?«, frage ich, unfähig, meine Neugier zu zähmen. Ich kann ihn ja nicht ewig »den Ausländer« nennen.

»Aus Süddeutschland«, erwidert er über die Schulter. »Oberbayern.«
Hab ich's doch gewusst! Na ja, zumindest was Deutschland betrifft. Genaueres wollte ich ja gar nicht wissen.
»Danke«, sage ich zu dem Mann im Leihboot.
»Kein Problem!«
Der Auslä… also der Deutsche kommt zu mir zurück. »Wie geht es dir jetzt?«, fragt er.
»Mein Kopf tut weh«, erwidere ich ehrlich.
»Weißt du, ein Kühlverband würde jetzt wirklich nicht schaden«, sagt er lächelnd.
»Du und dein alberner … Na gut, dann mach mal«, spöttele ich.
Er grinst. »Bin gleich wieder da.«
Was für ein ungewöhnlicher Typ! Mein Blick folgt ihm, als er über die Brücke in Richtung Trinity geht. Mit Sicherheit besucht er das College. Vielleicht stimmt ja meine Theorie vom Medizinstudenten.
»CHINA!«
Ich reiße den Kopf herum – der daraufhin schmerzhaft pocht. Jessie kommt mit einem Ausflugsboot auf mich zu. »Was ist passiert?«, fragt er stirnrunzelnd.
Ich weise auf meinen Kopf und dann auf die Brücke.
»Nicht im Ernst, oder?« Ihm fällt die Kinnlade runter.
Ich nicke gequält. Er schiebt seinen Stechkahn ans Ufer und hält ihn mit dem Stecken fest.
»Komm her! Ich fahre dich zurück.«
»Oh, ich …« Ich schiele zum College hinüber.
»Na, komm!«, wiederholt Jessie ungeduldig. »Ich schicke einen rüber, der dein Boot holt.«
»Ich warte bloß gerade …« Ich verstumme.
»Was?«
Seine Passagiere beginnen, auf ihren Plätzen herumzurutschen.
Ich habe ein schlechtes Gewissen, einfach abzuhauen, aber andererseits: Was würde schon passieren, wenn ich hierbliebe? Ein

Deutscher würde mir etwas Kaltes auf den Kopf drücken und mich anschließend meines Weges gehen lassen. Er wird mich nicht huckepack nach Hause tragen, was ich auch gar nicht wollen würde, aber im Moment kann ich wirklich gut darauf verzichten, die Strecke zu Fuß zurückzulegen.
Ich stehe auf. Jessies Touristen machen mir Platz. Wir fahren unter der Brücke hindurch, und mit einem Stich der Reue sehe ich mich nach Trinity um. Ich habe Schuldgefühle. Nicht mal bedankt habe ich mich. Aber dafür ist es jetzt zu spät.

Kapitel 24

»Unglaublich, dass du dir den Kopf an der Brücke gestoßen hast!« Ich sitze mit Jessie und ein paar anderen auf der Terrasse des Anchor und trinke eine Limonade. Alle prusten vor Lachen. Ich traue mich nicht, Alkohol zu bestellen, weil ich Angst habe, dass sich mein Kopf dann noch schlimmer anfühlt als jetzt.

»Ich bin bestimmt nicht die Erste, der das passiert ist«, erwidere ich abwehrend.

»Stimmt, aber du behauptest doch immer, dass du quasi blind fahren könntest«, neckt mich Jessie.

»Das habe ich *einmal* gesagt!«, rufe ich, und er bricht wieder in Lachen aus.

»Ah, China, du bist zum Brüllen«, schmunzelt er.

Da fällt mir auf einmal wieder alles ein: der Grund, warum ich überhaupt den Blick von der Brücke abgewandt habe. Der kleine Junge in meinem Boot! China! Vagina! Argh …

»Vielleicht nennst du mich doch besser Alice«, schlage ich vor.

»Was? Warum?«

»China klingt so …« Soll ich die politisch Korrekte geben? Nein, das ist blöd. »… so jugendlich«, beende ich den Satz. Schon habe ich das nächste Déjà-vu.

Jugendlicher Übermut …

Das murmelte der Deutsche vor sich hin, als ich von dem Typ auf dem Rad angefahren wurde. Noch ein Ausdruck, den man nicht aus dem Mund eines Ausländers erwartet. Er muss zweisprachig sein. Wieder schäme ich mich, abgehauen zu sein, bevor er mit seinem Kühlverband zurück war.

»*Jugendlich*«, schnaubt Jessie verächtlich. »Da musst du dir aber was Besseres einfallen lassen.«
Ich erzähle ihm von dem kleinen Jungen, damit wir alle zusammen drüber lachen können …
Ein Riesenfehler, wird mir kurz darauf klar, als der ganze Tisch anfängt, »China-Vagina! China-Vagina!« zu rufen. Ich soll die nächste Runde ausgeben.
»Ach, ihr könnt mich mal, Leute!«, wehre ich spaßeshalber ab und gehe dennoch hinein an die Theke.
Jessie begleitet mich. »Dachte, du könntest ein bisschen Hilfe gebrauchen«, sagt er grinsend.
»Was darf's denn sein?« Die Blondine, auf die er so heiß ist, beugt sich über den Tresen vor. Er weist auf mich, ich gebe die Bestellung auf. Die Barkeeperin wirkt beileibe nicht glücklich, mich zu bedienen. Ich werfe Jessie einen vielsagenden Blick zu und nicke diskret in Richtung der Blondine.
»Kannst du die Getränke rausbringen? Ich muss mal kurz zum Klo.«
»Klar.«
»Sprich sie an!«, flüstere ich ihm im Vorbeigehen zu.
Als ich zurückkomme, steht Jessie immer noch an der Theke. Die Blondine lacht über etwas, das er gesagt hat. »Soll ich die Gläser mit nach draußen nehmen?« Ich weise auf die Getränke auf dem Tresen.
»Yeah. Nur eine Minute, dann komme ich nach.«
Schließlich werden es eher zehn Minuten, und als Jessie endlich auftaucht, grinst er von einem Ohr zum anderen. »Hab ihre Nummer«, ruft er triumphierend und wackelt mit dem Handy.
Chris und Mike jubeln. Gott sei Dank, endlich etwas, das die anderen von der China-Nummer ablenkt. Doch insgeheim bin ich ein wenig traurig. Ich wünsche meinem Freund nur das Beste, aber ich will ihn nicht verlieren. Kurz darauf mache ich Schluss für den Abend.

Kapitel 25

Es wird Mitte Juni, bis Lizzy zu Besuch kommt. Wir sind total happy, weil wir beide unsere Prüfungen hinter uns gebracht haben. Als sie endlich eintrifft, bin ich schon so gut wie bei Jessie eingezogen.

»Herzlichen Glückwunsch nachträglich!« Sie stößt mit mir an. Ich bin schon im Mai neunzehn geworden, aber wir feiern das jetzt nach.

»Danke!« Lächelnd nehme ich ihr Geschenk entgegen. Es ist herrlich duftendes Badezubehör. »Hm, lecker!«

Lizzy füllt mein Glas nach. Zur Abwechslung trinken wir heute mal Weißwein.

»Wie furchtbar, dass du diesen Sommer nicht nach Hause kommen willst«, klagt sie.

»Du siehst ja, warum.« Ich weise auf das Fenster.

Jessie wohnt in einem gotischen Reihenhaus auf Mount Pleasant, einer Anhöhe. Von außen wirkt das Haus dunkel und geheimnisvoll, aber innen sind die Wände weiß und die Bodendielen abgeschliffen. Seine Eltern hatten noch renoviert, bevor sie ins Ausland gingen.

»Das Haus ist wirklich super«, gibt Lizzy zu. »Tolle Lage. Ich wusste gar nicht, dass Cambridge so schön ist.«

»Du hast ja noch gar nichts gesehen. Warte ab, bis ich mit dir eine Tour an den Backs entlang mache.«

»Fahren wir mit dem Stechkahn?«, fragt sie aufgeregt.

»Auf jeden Fall«, erwidere ich. »Aber erst morgen. Heute Abend gehen wir in der Stadt aus.«

Sie grinst mich an. »Schön, dich zu sehen.«
»Finde ich auch«, erwidere ich lächelnd. »Wie geht's deiner Mutter?«
Lizzys Gesicht leuchtet auf. »Super. Wirklich, es geht ihr total gut. Selbst ihre Haare sind fast wieder so lang wie vorher.«
»Ah, das ist toll«, sage ich. »Und deine Schwester?« Mit ihren sechzehn Jahren wohnt Tessa noch zu Hause.
»Der geht's auch gut. Ich glaube, ich fehle ihr mehr, als sie gedacht hat.«
»Das kann ich mir vorstellen. Fehlt sie dir auch?«
»Schon. Aber viel mehr vermisse ich dich«, sagt sie ein wenig traurig.
»Ich dich auch.«
Wir lächeln uns über den Tisch hinweg an.
»Komm, wir machen uns einen schönen Abend!«, rufe ich.
Ich weiß, dass sie mich nach Joe fragen will, aber ich möchte jetzt lieber nicht über ihn sprechen. Das würde mich doch nur wieder traurig machen.
Die Hälfte meiner Sachen ist noch im Wohnheim, ich bringe sie nach und nach rüber. Einer von Jessies Mietern, Gerard, ist schon ausgezogen, so dass ich sein Zimmer übernehmen konnte. Es ist das zweitgrößte von den dreien und geht auf den Garten. Ich freue mich darauf, es so richtig in Besitz zu nehmen. Dem Zimmer in Nightingale Hall habe ich nie meinen Stempel aufgedrückt. Es war nicht schlecht, aber ich brauchte einfach zu lange, um mich dort einzuleben. Ich hatte immer das Gefühl, es würde sich nicht lohnen, nur für ein paar Monate Poster aufzuhängen und es zu dekorieren. In Jessies Haus hingegen habe ich große Lust auf einen Neuanfang.
Jessie hat sich ein paarmal mit Blondie aus dem Pub getroffen, aber bisher ist es noch nichts Ernstes. Sie heißt Darcy, aber Jessie nennt sie Blondie, und wenn er das darf, dann kann ich es auch … Nicht dass sie groß mit mir reden würde. Ich glaube, sie empfindet mich immer noch als Bedrohung – wirklich lächerlich.
»Wo ist Jessie?«, fragt Lizzy.

»Er kommt direkt vom Fluss in den Pub«, erkläre ich.
»Ich kann es nicht erwarten, ihn kennenzulernen.«
»Und ich kann nicht glauben, dass du ihn noch nicht kennengelernt hast.« Ich schneide eine Grimasse. Es ist eine Schande, dass ich, abgesehen von den Ferien zu Hause, Lizzy nun zum ersten Mal treffe. Durch die Arbeit und das Studium hatte ich einfach keine Zeit, sie in Edinburgh zu besuchen. Und ich habe sie bis vor kurzem auch nicht gerade bedrängt, zu mir zu kommen. Ich hatte das Gefühl, nicht ganz auf der Höhe zu sein, und wusste, dass sie kein Verständnis für meine Sehnsucht nach Joe haben würde.
Plötzlich sehe ich ihn deutlich vor meinem inneren Auge. Sofort schlägt mein Herz schneller. Ich trauere immer noch um ihn. Doch ich verdränge den Gedanken. Das gelingt mir inzwischen schon viel besser.
Jessie brauchte mich nicht lange zu überreden, bei ihm einzuziehen. Am Ende entschied ich mich für den Spaß und gegen den Kummer. Ich bin ziemlich stolz auf mich. Tief in mir weiß ich, dass London kein guter Ort für mich ist. Ich will meinen Schmerz überwinden, auch wenn ich das noch nicht kann. Im Moment jedenfalls nicht.
Wieso nur sucht er nicht nach mir …?
Hör auf, dich zu quälen!
»Los, machen wir uns fertig!«, schlage ich vor.

»Oh, guck mal da, das Schnittchen auf elf Uhr …«, sagt Lizzy einige Stunden später. Wir sind in einem Nachtclub. Ich trage eine enge schwarze Jeans und ein silbergraues Oberteil. Mein langes dunkles Haar ist offen, und Lizzy hat mich überredet, Lidschatten aufzulegen: silbergrau. Ihr schokoladenbraunes Haar ist seit unserer letzten Begegnung ein wenig gewachsen. Heute hat sie sich Locken gemacht.
Ich schaue ihr über die Schulter, kann aber besagtes Schnittchen nicht sehen.
Es sei denn, ihr Geschmack hat sich erdrutschartig verändert und sie interessiert sich neuerdings für Frauen.

»Nicht bei dir auf elf Uhr.« Lizzy verdreht die Augen. »Bei mir auf elf Uhr.«
Ich bin ein wenig neugierig, aber nicht im Mindesten interessiert, falls das möglich ist. Also schaue ich nach links zur Bar.
»Das ist drei Uhr, du Hohlkopf.«
»Mein Gott, musst du es denn so kompliziert machen?«, schimpfe ich und sehe in die entgegengesetzte Richtung.
»Nicht so auffällig!«, zischt sie. »Er guckt herüber!« Schnell wende ich den Blick ab. »Hast du ihn gesehen?«, fragt sie.
»Nein.«
»Mann!«
»Du hast gesagt, ich soll nicht so auffällig gucken!«
»So, jetzt aber!«, befiehlt sie.
Zögernd drehe ich mich wieder um. »Wo denn?«
»Da! Mit den anderen Typen, da!«
»Du hast eindeutig zu viel getrunken.«
»Nicht der. Der da!« Jetzt zeigt sie mit dem Finger auf den betreffenden Typen. So viel zum Thema »nicht so auffällig«.
»Ah, jetzt weiß ich, wen du meinst.« Zum Glück bemerkt er uns nicht.
Doch, der sei ganz süß, gebe ich großmütig zu. Er trägt eine dunkelblaue Jeans und ein graues T-Shirt, hat kurzes Haar und einen Dreitagebart und hält den Blick gesenkt. Plötzlich guckt er mir direkt in die Augen! O Gott, es ist der Deutsche!
Schnell drehe ich mich zu Lizzy um.
Seit jenem Tag vor einem Monat habe ich viel an ihn gedacht, ihn aber nicht wiedergesehen. Dabei bin ich öfter am Great Gate von Trinity vorbeigelaufen, als notwendig war.
Das liegt bestimmt daran, dass ich Schuldgefühle habe.
»Guckt er weg?«, frage ich nervös.
Lizzy verändert ihre Position und schielt unauffällig über meine Schulter. »Ja. Moment, nee.«
Ich kann nicht widerstehen und drehe mich um. Kurz erwidert der Deutsche meinen Blick, dann beugt er sich vor, um zu verstehen,

was sein Freund zu ihm sagt. Sein sorgfältig zurückgekämmtes Haar fällt ihm in die Stirn. Ich drehe mich ab, komme mir irgendwie dumm vor.
Eigentlich würde ich mich gerne bei ihm entschuldigen, habe aber keine Lust, zu ihm rüberzugehen, so lange all seine Freunde da stehen. Und ich will auf keinen Fall, dass er denkt, ich würde was von ihm wollen.
»Ich glaube, den kenne ich.« Ich erzähle Lizzy die Geschichte.
»Du müsstest dich wirklich bei ihm entschuldigen!«, ruft sie. Ich bekomme ein zunehmend schlechtes Gewissen. Außerdem will Lizzy nicht einsehen, was an »Kühlverband« so lustig sein soll. Angeblich verwendet ihre Mutter den Ausdruck regelmäßig.
»Meinst du wirklich?«
»Auf jeden Fall! Hört sich an, als wäre er total nett!« Wieder späht sie über meine Schulter. »Oh.«
»Was ist?«
»Er ist weg.«
Ich drehe mich gerade noch rechtzeitig um, um zu sehen, wie sich der letzte seiner Freunde an den Tischen vorbeischlängelt. Meine Enttäuschung überrascht mich selbst.
»Wie schade!«, sagt Lizzy. »Vielleicht ist er sauer auf dich.«
Ich zucke mit den Schultern und versuche, mir nichts anmerken zu lassen. »Kann sein. Vielleicht hat er mich auch nicht erkannt«, mutmaße ich hoffnungsvoll.
Ohne sein Jackett habe ich ihn auch kaum erkannt, außerdem ist es hier ziemlich dunkel.
»Möglich«, erwidert Lizzy. »Ach, egal, gibt ja genug andere.«
Ich stoße sie neckisch an. »Was ist mit Chris? Der hat dich eben die ganze Zeit angeguckt.«
»Nicht mich, du dumme Nuss«, schimpft sie. »Dich!«
»Was?« Ich bin perplex. »Nein! Ich interessiere mich für niemand anders!«
»Niemand anders?«, fragt sie argwöhnisch. »Für niemand anders als wen?«

»Joe«, gestehe ich.
»Hab ich mir gedacht.« Sie ist unbeeindruckt.
»Warum sagst du das so komisch?« Das ärgert mich ein bisschen.
»Ich begreife es einfach nicht.« Lizzy schüttelt den Kopf. »Du hast ihn doch kaum gekannt.«
»Und ob ich ihn gekannt habe«, widerspreche ich mit Nachdruck. »Ich habe ihn besser gekannt als je einen Menschen zuvor.«
Sie zieht eine Grimasse. »Wie soll das gehen? Das waren doch nur ein paar Wochen.«
Sie versteht es einfach nicht.
Zum Glück kommt Jessie dazu. »VACHINA!« Er packt mich von hinten und hebt mich hoch.
Ich winde mich aus seinem Griff und schlage ihm gegen die Brust, dann drohe ich ihm mit dem Zeigefinger. »Ich habe gesagt, du sollst mich nicht mehr so nennen!«
Grinsend nimmt er mich in die Arme und drückt mir einen großen feuchten Schmatzer auf die Wange.
»Bah! Du bist total verschwitzt!«, rufe ich und stoße ihn von mir. Jessie grölt vor Lachen, johlt geradezu.
Er war mit Chris, Mike und Sammy auf dem Dancefloor. Blondie muss noch arbeiten, wird aber mit Sicherheit später dazustoßen. Wie wild fängt Jessie an, technomäßig in unserer Mitte zu tanzen. Alle brechen in Lachen aus, ich eingeschlossen. Lizzy und ich grinsen uns an, zum Glück herrscht wieder Frieden. So schnell werden wir nicht mehr über Joe sprechen.

Kapitel 26

Eine Woche später wache ich frühmorgens auf. Mittlerweile bin ich richtig bei Jessie eingezogen. In diesem Haus sind die Vorhänge herrlich weiß statt trüb orange. Ich ziehe sie beiseite und sehe, dass es zu dämmern beginnt. Ein feiner Nebel hängt über den Hausdächern. An den Backs wird es herrlich sein. Der Fluss ruft.

Ich schlüpfe in Jeans und Sweatshirt und mache mich auf den Weg zur Bootsstation an der Magdalene Bridge. Da wird noch niemand sein, aber ich habe einen Schlüssel und kann mir einfach einen der Kähne nehmen.

Bald höre ich nichts anderes mehr als hin und wieder das verschlafene Quaken einer Ente und das Geräusch des Wassers, wenn ich den Stecken eintauche und wieder herausziehe. Ich hatte recht. Es ist atemberaubend hier. Vor mir taucht die Seufzerbrücke auf, und ich werde langsamer, um die Umgebung zu genießen. Ich atme tief ein und werde ganz ruhig.

Hinter den beiden Brücken von St. John schaue ich mich um. Am Westufer schwebt der Nebel über dem Rasen vor New Court. Es wird eine Weile dauern, bis der vorhergesagte Sonnenschein ihn aufgelöst hat. Ich halte mich in der Mitte des Flusses und bremse ab, nutze schamlos aus, dass außer mir niemand da ist und ich keinem im Weg bin. Ich hätte gerne meine Kamera dabei, aber gleichzeitig ist mir bewusst, dass kein Objektiv diesem Anblick gerecht werden kann. Über mir räuspert sich jemand. Ich zucke zusammen. Hinter der Trinity Bridge drehe ich mich um und entdecke jemanden oben auf der Brücke. Ich fasse es nicht: Es ist der Deutsche.

»Guten Morgen«, sagt er.

»Hallo!«
»Da sind wir ja wieder.« Er hebt eine Augenbraue.
»Allerdings.« Ich grinse trocken und stoße den Stecken ins Flussbett, um das Boot anzuhalten.
»Soll das heißen, du bleibst *stehen*?«, fragt er staunend. Ist das Ironie? Komplizierte Wörter *plus* Ironie – ein wirklich beeindruckender Typ.
»Es tut mir leid, dass ich letztes Mal verschwunden bin. Bloß kam ein Freund von mir vorbei und bot mir an, mich zum Bootsanleger mitzunehmen, und dann hat er dafür gesorgt, dass ich zurück in mein Wohnheim kam, weil ich nicht so richtig laufen konnte nach diesen ganzen …« Ich merke, dass ich den Faden verliere. Der Deutsche beobachtet mich belustigt.
»Das ist schon in Ordnung.«
»Ich hab übrigens Eis drauf getan«, fühle ich mich gezwungen zu sagen.
Er grinst, und ich bekomme ein komisches Gefühl im Bauch. Lizzy hat recht. Er sieht gut aus.
»Studierst du hier?« Ich weise mit dem Kinn auf Trinity am anderen Ufer.
»Ja.«
»Und, was studierst du?«
»Physik.« So viel zu meiner Theorie, er könnte Medizinstudent sein. »Und du?«, fragt er.
»Englische Literatur.« Normalerweise sage ich nur »English Lit«, aber aus irgendeinem Grund bin ich bei ihm förmlicher. »Aber nicht hier«, füge ich schnell hinzu. »Am Anglia Ruskin.«
Der Deutsche nickt. Er wundert sich nicht. Die Studenten der berühmten Universität dürfen nämlich während des Semesters nicht arbeiten. Sie sollen ihre gesamte Freizeit dem Studium widmen. Wo bleibt da der Spaß? Ich verlagere das Gewicht von einem Bein aufs andere. Das Boot wackelt leicht.
»Na gut«, sage ich, weise nach vorn und drehe den Stecken kräftig, um ihn aus dem Flussbett zu ziehen.

»Wie heißt du?«, fragt er.
»Alice«, entgegne ich und stoße die Stange zögernd wieder in den Schlamm. »Und du?«
»Lukas.«
Lukas. Klingt besser als »der Deutsche«.
»Was machst du hier draußen um diese Zeit?«, will ich wissen.
»Ich konnte nicht schlafen. Manchmal gehe ich zum Lesen hier raus.« Ich sehe, dass er ein Lehrbuch in der Hand hält. Irgendwas mit Elektrodynamik, was auch immer das ist.
»Ist komisch, dass ich dich schon wieder treffe«, bemerke ich.
»Cambridge ist eine kleine Stadt.«
»Stimmt.« Ich schaue mich um und dann wieder hoch zu ihm. Er trägt eine Jeans und einen schwarzen Pulli. »Ist schön hier heute Morgen, nicht?«
»Ja.« Sein Blick ist so durchdringend. Ich habe das Gefühl, dass Lukas unglaublich selbstsicher ist.
Wieder verlagere ich mein Gewicht. In seiner Gegenwart bin ich seltsam unentspannt. »Warst du … Warst du das, den ich letzte Woche im Nachtclub gesehen habe?«
Er schürzt die Lippen und wendet den Blick ab. »Ja, das war ich.«
»War's nett?«
»War schon mal besser«, antwortet er.
Was für ein steifes Gespräch! Ich zerbreche mir den Kopf, was ich noch sagen könnte. Natürlich könnte ich auch einfach weiterfahren, aber irgendwas hält mich hier, ohne dass ich wüsste, was es ist.
»Habt ihr schon Schluss?«, frage ich. »Mit der Uni, meine ich?«
»Ich weiß schon, was du meinst«, erwidert er. »Ja, ich habe die Prüfungen gemacht.«
»Und, wie ist es gelaufen, was hast du für'n Gefühl?«
»Das erfahre ich heute.«
»Ah, deshalb konntest du also nicht schlafen?«
»Auch deshalb.«
Spannend. »In welchem Jahr bist du?«

»Im zweiten.«
»Dann hast du ja nur noch eins vor dir.«
»Ich studiere vier Jahre.«
»Ach so. Wie alt bist du?« Ich bin neugierig.
»Zwanzig.«
Hey, Mann! Bring doch auch mal was ins Gespräch ein! Aber nein, er macht den Mund nicht auf.
Ich versuche es erneut. »Gehst du am Montag zum Maiball?«
»Ja. Du auch?«
»Eher nicht.« Die Eintrittskarten sind teuer und schwer zu bekommen. »Nein, ich muss arbeiten.« Ich weise auf den Stechkahn.
»Ah, ja«, sagt er wissend.
Die Bezeichnung »Maiball« ist irreführend, da der Semesterabschlussball tatsächlich erst Ende Juni stattfindet. Spricht nicht gerade für die Studenten hier … Es sei denn, sie haben die Veranstaltung »Maiball« genannt, um den Rest der Menschheit zu verwirren. Egal, jedes College hat jedenfalls seine eigene Party, und Trinity, St. John und Clare sind regelrecht berühmt für ihr anschließendes spektakuläres Feuerwerk. So berühmt, dass wir an dem Abend Stechkahntouren anbieten, damit diejenigen, die nicht hingehen – also so gut wie jeder Normalsterbliche –, dennoch ein klein wenig daran teilhaben können.
Nach Lukas' Tonfall zu urteilen, vermute ich, dass er nicht viel von diesen Zuschauern hält. Aber der Fluss gehört immer noch uns allen.
»Hast du ein Problem damit, dass wir einfachen Leute auch zugucken?«, frage ich leicht empört.
Er zuckt die Schultern. »Durchaus nicht. Das alles trägt zur Atmosphäre bei.«
»Bist du zweisprachig aufgewachsen?« Seine Formulierung hat mich davon abgelenkt, dass er dem Ausdruck »einfache Leute« nicht widersprochen hat.
»Nein«, erwidert er.
»Dein Englisch ist wirklich gut.«

»Danke.« Ich habe das Gefühl, dass er mich unterhaltsam findet. Schweigen. Ein Mann in einem Anzug überquert die Brücke. Wieder Schweigen. So, jetzt reicht es mir. Das mache ich nicht länger mit.
»Ich fahre jetzt besser.« Ich weise in die Richtung, aus der ich gekommen bin. »Mein Mitbewohner denkt sonst noch, dass ich entführt wurde, wenn er aufwacht und ich nicht da bin.«
»Mitbewohner? Du hast doch eben gesagt, du würdest im Wohnheim leben.«
Also hat er doch zugehört.
»Hab ich auch. Bis letzte Woche. Jetzt bin ich bei einem Freund eingezogen.«
»Fährst du diesen Sommer über nicht nach Hause?«
»Nein. Ich dachte, ich bleibe hier. Und du?«
»Ich breche nach dem Ball auf.« Er beugt sich vor und stützt die Ellenbogen auf die Knie.
»Nach Süddeutschland?«
»Genau.« Er lächelt. »Du hattest also doch keine Gehirnerschütterung.«
»Wie bitte?«
»Als du dir den Kopf gestoßen hast. Du kannst dich erinnern, dass ich dir erzählt habe, woher ich stamme.«
»Ah, ja. Genau. Ich kann immer noch nicht glauben, dass mir das passiert ist. Es war dermaßen peinlich.«
»Dafür muss man sich nicht schämen.«
»Und ob.« Ich grinse ihn schief an. »Meine Kollegen haben mich damit ganz schön aufgezogen.«
»Das kommt doch bestimmt ständig vor.«
»Das behaupte ich auch immer.« Obwohl ich es selbst noch nie gesehen habe …
»Ich fand es schon eine Leistung von dir, nicht ins Wasser zu fallen«, bemerkt Lukas.
»Ähm, danke«, brumme ich. Erneutes Schweigen. Wieder geht ein Angestellter über die Brücke ins Zentrum. »Ich fahre jetzt besser zurück«, wiederhole ich. Diesmal hält er mich nicht auf.

»Es war schön, mit dir zu sprechen, Alice.«
»Gleichfalls«, erwidere ich. »Vielleicht sehen wir uns irgendwann wieder.«
Er weist mit dem Kinn auf den Stechkahn und dann auf Trinity. »Möglicherweise schon nächste Woche.« Ich nehme an, dass er von dem Ball spricht.
»Wenn du nicht zu betrunken bist, um mich zu erkennen«, necke ich ihn.
»Das bezweifele ich«, sagt er.
»Na gut. Also: tschüss!« Wieder drehe ich den Stecken kräftig herum und ziehe ihn hoch, um ihn aus dem Flussbett zu befreien. »Viel Glück mit deinen Prüfungsergebnissen heute.«
»Danke.«
»Hoffentlich kannst du heute Nacht besser schlafen.«
»Du auch.« Lächelnd steht er auf.
Als ich gewendet und die Brücke wieder passiert habe, ist er bereits hinter den Toren von Trinity verschwunden.

Kapitel 27

Ich habe das Boot voller Passagiere – insgesamt zwölf. Es sind Freunde, die sich zusammengetan haben, um beim Maiball einen Stechkahn zu mieten. Sie haben sich durch mehrere Flaschen Champagner gekämpft und genießen jetzt seit dreieinhalb Stunden lachend und scherzend die Atmosphäre. Es ist fast elf Uhr, bald fängt das Feuerwerk an. Ich habe das Boot wie üblich mit dem langen Stecken gestoppt, direkt vor der Wren Library. Letztes Jahr war ich noch nicht hier, als die Maibälle stattfanden; es ist wirklich ein Spektakel. Auf dem südlichen Rasen von Trinity, links vor mir, ist ein Rummelplatz aufgebaut, in Zelten kann man etwas essen, zum Beispiel Spanferkel, oder sich das Begleitprogramm ansehen, unter anderem eine Comedy-Veranstaltung. Unter den Arkaden der Wren Library befindet sich eine Champagnerbar, von der Hauptbühne dahinter klingt Musik herüber. Eine der Bands, die heute auftreten, ist Supergrass. Es ist schade, dass ich sie mir nicht ansehen kann.

Jessie steht auf dem Boot neben mir. Unsere Passagiere haben uns ebenfalls mit Champagner versorgt, und wir sind beide guter Dinge. Auf diesem Teil des Flusses tummeln sich so viele Boote, dass man von einem Ufer zum anderen gelangen könnte, ohne nasse Füße zu bekommen. Leider stehen überall Leute vom Sicherheitsdienst: Es ist praktisch unmöglich, sich irgendwo reinzuschleichen. Die Trinity Bridge ist schwarz vor Menschen, und ich wünsche mir, Lizzy wäre bei mir, um mit mir zusammen über die ausgefallenen Ballkleider abzulästern, von edel bis schräg, die vor uns am Ufer promenieren.

Einer meiner fröhlichen Passagiere füllt mein Champagnerglas nach. Jessie und ich prosten uns über das Wasser hinweg zu.
Dann suche ich die Massen nach Lukas ab.
Ich würde gerne damit aufhören, aber ich kann einfach nicht. Den ganzen Abend geht das schon so. Ich rede mir ein, dass ich es tue, weil er der einzige Mensch ist, den ich auf Trinity kenne, dass ich also nur nach einem vertrauten Gesicht Ausschau halte. Aber das ist es nicht. Es ist noch was anderes. Er fasziniert mich, und es macht mir ein wenig Angst, wie stark diese Faszination ist.
Das Feuerwerk beginnt, es ist spektakulär, aber ich bin nicht ganz bei der Sache, und als es schließlich vorbei ist und ich Lukas immer noch nicht entdeckt habe, fahre ich ziemlich ernüchtert zurück zur Bootsstation.
Nachts im Bett erlaube ich mir zum ersten Mal seit langer Zeit, an Joe zu denken. Inzwischen bin ich wirklich gut darin, ihn aus meinem Kopf zu verbannen, um mich vor dem Schmerz zu schützen, den die Gedanken an ihn auslösen, aber heute Nacht will ich mich an ihn erinnern …

Es ist Vollmond, die Luft ist aufreizend still. Wir liegen nebeneinander im Gras. Er rollt sich auf mich, ich umschlinge ihn, seine Zunge erkundet meinen Mund. Ich will ihn so sehr – wir haben noch nicht miteinander geschlafen –, aber Dyson lenkt uns ab.
Ich grinse in mich hinein, während Joe mit ihm schimpft. Plötzlich werde ich von dem Bild überwältigt, wie sein geliebter Hund verletzt auf dem Boden liegt, alle viere von sich gestreckt, das Fell blutverschmiert. Ach, Dyson … Unfassbar, dass er tot ist.
Auf einmal fummelt Ryan an mir herum. Ich zucke zusammen und schüttele heftig den Kopf, um die Erinnerung zu verdrängen. Dann starre ich in die Dunkelheit.
Wo bist du, Joe?
Was ist, wenn ihm etwas zugestoßen sein sollte? Was ist, wenn Ryan ihn gefunden hat? Mir bricht der kalte Schweiß aus. Warum habe ich mir darüber noch nie Gedanken gemacht? Was ist, wenn

Ryan ihm wehgetan hat? Wenn er aus diesem Grund nicht zu mir kommt? Wie kann ich das herausfinden? Ich muss nach London. Was habe ich hier zu suchen, immer auf dem Fluss? Vergnüge mich hier und lasse mich von einem gutaussehenden Ausländer ablenken. Das Wort »gutaussehend« in Bezug auf Lukas sollte ich gar nicht verwenden! Meine Finger krümmen sich, und ich kralle die Nägel in die Handflächen, bis der Schmerz mich von meinem brennenden Herzen ablenkt.

Morgen werde ich nach London fahren.

Nachdem ich diese Entscheidung getroffen habe, hält es mich nicht mehr im Bett. Ich stehe auf und beginne zu packen. Mit vor Adrenalin pochendem Herzen hole ich meinen Koffer oben vom Kleiderschrank. Ich kann nicht vernünftig denken, weiß gar nicht, was ich mitnehmen soll. Ich wühle in den Schubladen herum, versuche, einen klaren Gedanken zu fassen. Da höre ich ein Klopfen an der Wand. Jessie. Bin ich zu laut? Vorsichtig klopfe ich zurück. Kurz darauf kommt er in mein Zimmer geschlichen und klettert in mein leeres Bett.

»Was machst du da?«, murmelt er, halb im Schlaf.

»Ich packe«, erkläre ich. »Ich muss nach Hause.«

»Was? Warum? Ist was passiert?«

»Nein, nichts. Aber ich muss trotzdem los.«

»*Warum?*«

Ich hole tief Luft und sehe ihn an. Bisher habe ich ihm nicht von Joe erzählt. Das war nicht nötig. Jessie brachte mich mit seiner Art wieder zum Lachen. Ich wollte unsere Freundschaft nicht durch diese traurige Geschichte belasten.

Er setzt sich auf, versucht sich zu konzentrieren. Ich hocke mich ans Fußende des Bettes.

»Letztes Jahr … letzten Sommer … da habe ich jemanden kennengelernt. In Dorset. Hab mit meinen Eltern dort Urlaub gemacht.«

Keine Reaktion. Er wartet, dass ich fortfahre.

»Ich habe mich in diesen Jungen verliebt. Das war nicht nur ein

Urlaubsflirt … es war wahre Liebe. Das weiß ich genau.« Mir ist wichtig, dass Jessie das versteht.
Er nickt. »Das glaube ich dir.«
Ich erzähle ihm die ganze Geschichte.
»O Gott«, sagt er und starrt vor sich hin, als ich fertig bin. »Aber warum gerade jetzt? Wieso glaubst du, dass du ihn jetzt finden kannst, nach fast einem Jahr?«
»Keine Ahnung. Ich habe nichts von ihm gehört.«
»*Warum* dann jetzt?«
Wegen Lukas. Aber das werde ich Jessie nicht verraten. Lukas ist der Grund, warum ich mir gestattet habe, an Joe zu denken. Ich hatte nicht damit gerechnet, dass meine Erinnerungen mich zu Ryan und der Furcht tragen, er könne Joe etwas angetan haben.
»Ich bin erst jetzt auf die Idee gekommen, dass ihm etwas passiert sein könnte«, erkläre ich. »Ich muss Klarheit haben.«
»Aber wie soll es dir helfen, nach London zu fahren? Warum rufst du nicht einfach in dem Pub an, wo seine Eltern arbeiten, und fragst, ob sie was von ihm gehört haben?«
Ich habe das Gefühl, einen Schlag auf den Kopf zu bekommen. Warum bin ich noch nicht auf diese Idee gekommen?
»Ich könnte da auch anrufen«, schlägt Jessie vor. »Ich könnte so tun, als wäre ich ein alter Freund. Wenn sie deine Stimme erkennen, legen sie vielleicht auf.«
Jetzt muss ich nur noch die nächsten Stunden überstehen, bis der Pub in Dorset aufmacht.

»Hallo, guten Tag, ich bin auf der Suche nach Joe. Ich bin ein Freund von ihm aus Cornwall.«
Nervös kaue ich an den Fingernägeln und beobachte Jessie aufmerksam. Ich kann nicht verstehen, was die Person am anderen Ende der Leitung sagt.
»Ah, ja. Wissen Sie, wo er ist?« Pause. »Sie haben also überhaupt nichts von ihm gehört?« Pause. »Ist Ryan denn zufällig bei Ihnen?«

Mir klopft das Herz bis zum Hals. Das war unsere letzte Option.
»Oh. Das tut mir leid. Darf ich vielleicht fragen, was passiert ist?«
Bla, bla, bla … *Ich will wissen, was die sagen!!!*
»Aua. Wann war das?« Pause. »Gut, also, danke für Ihre Hilfe.«
Jessie legt auf. Sofort beginnt die Befragung.
»Was ist? Was haben sie gesagt?«
»Ich glaube, ich hatte seinen Vater dran, aber der weiß nicht, wo Joe ist, und Ryan ist wieder im Knast.«
»Nein! Warum?«
»Angeblich wegen einer Schlägerei im Pub. Letztes Jahr im Oktober. Gute Nachricht, hm?«
Nein. Nein, das ist keine gute Nachricht. Ich weiß immer noch keinen Deut mehr über Joe. Jessie sieht meinen Gesichtsausdruck.
»Was hast du jetzt vor?«, fragt er.
»Ich fahre nach London.«
»Was ist mit der Arbeit?«
»Die muss eine Zeitlang ohne mich klarkommen.«
»Wirklich, Alice?«
»Ja. Warum guckst du mich so an?«
Er weicht meinem Blick aus, scheint sich unwohl zu fühlen.
»Los, sag!«, beharre ich.
»Bist du dir ganz sicher? Bei Joe?«
»Was meinst du damit?« Das unangenehme Gefühl, das sich abgeschwächt hatte, wird wieder stärker.
»Ich meine nur … Was du gefühlt hast, ist vielleicht bei ihm …«
Er verstummt. Als er mein Gesicht sieht, spricht er schnell weiter:
»Werd nicht böse … Ich meine ja nur … Dass er nicht gekommen ist, hat ja eindeutig nichts mit Ryan zu tun. Ryan ist schon seit Oktober wieder hinter Gittern – das war kurz nach Joes Abreise, oder? Nicht gerade wahrscheinlich, dass Ryan ihn in der kurzen Zeit gefunden hat …«
»Aber es ist möglich«, sage ich, auch wenn ich es selbst nicht glaube.
»Hm, kann sein.«

Ich will, dass er aufhört, aber er spricht weiter. Allerdings einfühlsamer.
»Vielleicht hat er einen Neuanfang gemacht, was meinst du?«
»Nein«, sage ich bestimmt und bekomme einen Kloß im Hals. Mein zweites »Nein« klingt schon fast erstickt. Tränen steigen mir in die Augen, ein gurgelndes Schluchzen entringt sich mir. Dann fange ich an zu weinen. Jessie rückt näher und nimmt mich in die Arme. Ich weine an seiner Schulter.
Ich will es einfach nicht wahrhaben, aber Jessie könnte richtig liegen. Es ist jetzt fast ein Jahr vergangen. Wenn Joe sich etwas aus mir machen würde, dann wäre er doch längst hier, oder?

Kapitel 28

Viel zu schnell ist der September da, und kurz darauf beginne ich mein zweites Jahr am College. Den Sommer über bin ich Stechkahn gefahren und habe gelesen, hauptsächlich Shakespeare und den zweiten Band der *Norton Anthology*. Ich saß oft in Parker's Piece, einem weitläufigen Park zwischen dem Zentrum und unserem Campus, und fühle mich viel besser vorbereitet als im letzten Jahr.
Endlich habe ich mir ein Fahrrad von dem Geld geleistet, das ich durch das Bootsfahren verdient habe, und nachdem ich bei den ersten unsicheren Versuchen beinahe zwei Fußgänger umgefahren und ein Bus fast *mich* überrollt hätte, kann ich jetzt ziemlich gut Rad fahren. Meinen Weg zum Campus lege ich nun auf jeden Fall schneller zurück, wenn es auch etwas gefährlicher ist.
Jessie hat einen zweiten Mitbewohner gefunden – noch ein Mädchen zum Ausgleich für die beiden Studenten im letzten Jahr. Sie heißt Emily, hat mittellanges schwarzes Haar und ein Nasenpiercing. Sie ist immer dunkel geschminkt und schwarz gekleidet, auch wenn es warm ist. Letzteres hat sie mit Jessie gemeinsam, ansonsten ist sie sehr still und bleibt in ihrem Zimmer. Manchmal vergessen wir vollkommen, dass sie bei uns wohnt.
Als Sammy, Mike und Chris Mitte September nach Cambridge zurückkehren – sie haben den Sommer mit ihren Familien in Brighton, Northampton und York verbracht –, gehen wir so richtig feiern. Es ist schön, wieder mit der alten Truppe zusammen zu sein, auch wenn wir jetzt öfter ins Pickerel gehen und seltener in den Anchor, weil Jessie der blonden Kellnerin nicht begegnen will. Er hat mit ihr Schluss gemacht, und sie hat jetzt einen neuen Freund,

der Jessie immer die Hölle heißmacht, wenn er da ist. Keine gute Voraussetzung für fröhliche Abende.

Ich bin dann doch nicht nach London gefahren.
Jener Tag – der Tag, an dem ich Jessie von Joe erzählte – verstrich, ohne dass ich aufbrach. Der nächste ebenfalls. Und der übernächste. Irgendwann verschwand das Bedürfnis nachzusehen. Meine Eltern waren verstimmt, weil ich nicht einen Teil der Ferien zu Hause verbrachte. Stattdessen besuchten sie mich über ein langes Wochenende, aber es war seltsam. Ich nahm sie auf dem Stechkahn mit, was sie nicht zu schätzen schienen, und den Rest der Zeit versuchte ich, ihnen einzureden, dass ich den Sommer über in Cambridge bleiben müsste, wenn ich meinen Job behalten wolle.
Ich kann nicht leugnen, dass ich mich ihnen nicht mehr so nah fühle wie früher. Voller Bedauern habe ich festgestellt, dass mein Herz nicht das Einzige ist, das in jenem Sommer in Dorset kaputtgegangen ist; auch die Beziehung zu meinen Eltern hat gelitten. Ich weiß, dass es schwer für sie gewesen sein muss anzusehen, was mit Joe geschah – und seiner Familie. Natürlich wollten sie mich nur schützen, aber ich kann einfach nicht vergessen, dass mein Vater Joe in jener Nacht gehen ließ, ohne dass er sich von mir verabschiedete.
Manchmal wache ich mitten in der Nacht wie alarmiert auf. Dann starre ich in die Dunkelheit und frage mich, ob Joe mich noch liebt. Ich weiß, dass er es getan hat – da lasse ich mir nichts anderes einreden –, aber vielleicht hat er es mit der Zeit vergessen. Vielleicht hat er wirklich einen Neuanfang gemacht. Vielleicht hat Jessie doch recht.
Je mehr sich diese Vorstellung verfestigt, desto fröhlicher werde ich. Und dann geschieht etwas Sonderbares, als ich eines Tages mit einem Ausflugsboot voller Touristen über den Fluss fahre.
Wie üblich stake ich den Kahn und beglücke die Passagiere mit der Geschichte des Queen's College und der zwei Königinnen, die es gegründet haben, da werde ich unvermittelt wütend.

Warum ist er eigentlich nicht nach Cambridge gekommen? Er weiß, wo ich bin. Er weiß, wie er mich finden kann. Er hat versprochen zu kommen. Ich war total fertig wegen ihm! Ich hatte echt ein gebrochenes Herz! Aber jetzt muss ich mich verdammt nochmal auf meine Tour konzentrieren.

»Das College wurde 1465 von Elizabeth Woodville neu gegründet, der Frau von Heinrich IV. und Mutter der beiden Prinzen, die später im Tower in London ermordet wurden.«

Jetzt mal im Ernst! So ein Schweinehund! Er hat mir die Jungfräulichkeit genommen und sich nach London verpisst! Er ist nicht mal auf die Idee gekommen nachzufragen, wie es mir geht.

Ich lasse den Stecken ins Wasser sinken und drücke mich wütend vom steinigen Flussbett ab.

Ein Jahr lang habe ich mir die Augen ausgeheult! Ein ganzes Jahr!

»Sorry, was?«, fahre ich einen glatzköpfigen Amerikaner mittleren Alters an, der mir eine Frage gestellt hat. Ich versuche, locker zu werden. Nach seinem verängstigten Ausdruck zu urteilen, muss ich ziemlich böse dreinblicken.

Der Tourist räuspert sich und wiederholt zaghaft: »Sprachen Sie von König Heinrich IV.?«

»Ja. Und?«

»Das verstehe ich nicht. Sie sagten doch, König Heinrich *VI.* sei mit der ersten Königin verheiratet gewesen, die das College gründete.«

»Margaret von Anjou, ja, das stimmt«, entgegne ich ungeduldig. »Sie gründete es 1448 und war mit König Heinrich VI. verheiratet.«

Du kannst mir schon glauben, dass ich mich auskenne, du Idiot. Ich habe diese Rundfahrt schon etwas öfter gemacht als du.

»Aber …« Der Ami runzelt die Stirn. »Wie kann der *vierte* König Heinrich nach dem *sechsten* König Heinrich kommen?«

Oh, jetzt verstehe ich, worauf er hinaus will. Ups!

»Entschuldigung, ich meinte König Edward IV. Das war der König, der mit Elizabeth Woodville verheiratet war.«

»Ah, ja. Dachte ich doch«, sagt er selbstgefällig.
Dieser verfluchte Joe. Zu allem Überfluss lässt er mich jetzt auch noch wie ein Trottel dastehen.
Verdammter Wichser.

Selbst als ich eine Stunde später zum Mittagessen nach Hause komme, habe ich noch schlechte Laune. Jessie hat gerade eine Tour, außer mir ist niemand da. Ich schlage die Eingangstür hinter mir zu.
»ARGH!« Ich bin so sauer, dass ich mir am liebsten die Haare ausreißen würde. »VERDAMMTES ARSCHLOCH!«, schreie ich, stürme ins Wohnzimmer und werfe diese Tür ebenfalls zu.
Eine leichenblasse verschreckte Emily schaut vom Sofa auf.
»Oh.« Mit einem Plumps lande ich auf dem Boden der Tatsachen.
»Ich wusste nicht, dass du zu Hause bist.«
»Ist alles in Ordnung?«, flüstert sie.
»Doch. Mir geht's SUPER.«
Sie glaubt mir offensichtlich nicht.
»VERDAMMTE TYPEN!«, schreie ich aus vollem Halse, ich kann einfach nicht anders. Emily hebt die Augenbrauen und presst die Lippen aufeinander, als versuche sie mit Mühe, nicht zu grinsen. Ich lasse mich neben sie aufs Sofa fallen und schlage die Hände vors Gesicht. Die Kissen neben mir rascheln, und ich rechne fast damit, dass Emily geht, doch als ich zwischen den Fingern hindurchspähe, ist sie noch da. Aufmerksam beobachtet sie mich. Als sie meinen Blick bemerkt, schaut sie schnell beiseite, dann guckt sie mich wieder neugierig an.
»Männer sind Schweine«, stimmt sie mir mit leiser Stimme verschwörerisch zu.
Ich bin überrascht, aber dann müssen wir beide kichern.

»Das ist wirklich komisch«, gibt meine neue beste Freundin Emily stirnrunzelnd zu.
Wir haben einen Höllenritt hinter uns, Em und ich. Inzwischen

sitzen wir am Küchentisch, trinken Tee und futtern uns durch eine Packung Schokoladenbiskuits. Erstaunlich, wie nah man sich innerhalb einer Stunde kommen kann.

»Ja eben!«, bestätige ich. »Er wusste genau, dass ich English Lit am Anglia Ruskin studiere. Er musste lediglich herausfinden, wann die Vorlesungen sind, und draußen vor der Tür warten. Man muss kein Superhirn sein, um darauf zu kommen.«

Superhirn. So hat er mich immer genannt.

Scheiß drauf. Ich werde jetzt auf keinen Fall rührselig.

Emily schaut gedankenverloren in die Ferne. »Vielleicht glaubt er ja, dass *du* hier ganz von vorn angefangen hast«, sinniert sie nach einer Weile mit ihrem sanften schottischen Zungenschlag. »Vielleicht hat er am Anfang nur versucht, den Arsch hochzukriegen, aber das dauerte länger, als er gedacht hatte. Kann sogar sein, dass er noch gar nichts richtig auf die Reihe gekriegt hat.«

»Na, dann soll er sich aber mal beeilen, denn wenn er das nicht schafft, beginne ich vielleicht wirklich noch mal neu.«

Unwillkürlich muss ich an Lukas denken. Schnell schüttele ich den Kopf, um den Gedanken zu vertreiben, doch es funktioniert nicht.

Sein Kühlverband …

Das gibt mir den Rest.

Emily macht ein ratloses Gesicht angesichts meines sonderbaren Verhaltens.

»So, jetzt bist du dran«, sage ich. »Warum meinst du, dass alle Männer Schweine sind?«

Wäre sie eine Auster, hätte sie die Schalen nun krachend verschlossen.

»Ach, sind sie einfach«, erwidert sie abwehrend.

»Das ist ja wohl unmöglich!«, hören wir Jessie schimpfen.

Emily und ich fahren zusammen. Wir drehen uns um, und da steht er in der Tür.

»Da lasse ich euch beide mal zwei Minuten allein, und schon bin ich ein Schwein! Jetzt weiß ich wieder, warum ich letztes Jahr männliche Mitbewohner hatte.«

»Wir reden doch gar nicht von dir«, sage ich.
»Ach, ich bin also nicht mal ein Mann? Vielen Dank auch.«
Ich griene ihn an. Er macht nur Spaß.
»Ich les mal besser weiter«, murmelt Emily, steht auf und verlässt lautlos die Küche.
Jessie ist überrascht. »Sie kann also sprechen?«
Ich nicke, selbst noch ziemlich verwundert. Jessie zieht sich einen Stuhl an den Tisch und stürzt sich auf die Biskuits. »Was hat sie gesagt?«
»Wir haben über Joe geredet.«
»Ah.«
»Ja.«
Man hört nichts außer stillem Mampfen (Jessie) und dem Schlürfen von Tee (ich).
»Moment mal«, sagt er plötzlich. »Du hast ihr von Joe erzählt?«
Ich zucke mit den Achseln. »Ja.«
»Dafür hast du bei mir eine Ewigkeit gebraucht!«, ruft er empört. »Und kaum zieht eine graue Maus bei uns ein, plauderst du alles in der ersten Mittagspause aus?«
Ich versuche, ein Kichern zu unterdrücken. »Ich weiß wirklich nicht, was über mich gekommen ist.«
Er schnaubt verächtlich.
Sonderbarerweise fällt es mir inzwischen viel leichter, über Joe zu sprechen. Vorher war allein schon der Gedanke an ihn extrem schmerzhaft, aber nachdem ich Jessie gegenüber die ganze dramatische Geschichte in Worte gefasst habe, bilde ich mir ein, ein wenig vor den Schmerzen gefeit zu sein. Außerdem bin ich immer noch sauer auf den Wichser. Ich teile Jessie mit, in was für einem Geisteszustand ich mich momentan befinde.
»Ich hab dich noch nie so viel fluchen hören wie heute«, bemerkt er. »Obwohl ich nicht behaupten kann, dass ich das schlecht finde«, fügt er hinzu.
»Was? Das Fluchen oder dass ich sauer auf den Flachwichser bin?«

»Beides.«
»Gut zu wissen.« Wir grinsen uns an.
»Heute Abend brennen wir uns einen«, verkündet Jessie.
»Gibt's einen Grund dafür?«
»Wir müssen feiern.«
»Was denn?«
»Dass du auf dem besten Weg durch die sieben Phasen der Trauer bist.«
»Bin ich das?«
»Yep.«
»Gibt es wirklich sieben Phasen der Trauer?«, frage ich neugierig.
»Habe ich gelesen.«
»Und welche sind das?«
»Weiß ich nicht, Hauptsache, wir können uns einen brennen, oder?«

Kapitel 29

»So ein Haufen Scheiße!«
»Hier steht, die erste Phase heißt Schock, die zweite Nichtwahrhabenwollen.«
»Aber auf der anderen Website stand, Schock und Nichtwahrhabenwollen gehörten beide zur ersten Phase.«
»Das sind aber zwei unterschiedliche Dinge.«
»Und hier steht, die dritte Phase ist Zorn *und* Verhandeln.«
»Wieder zwei unterschiedliche Dinge. Auf der anderen Website war Zorn Phase fünf, Verhandeln dafür die dritte. Was soll Verhandeln überhaupt sein?«
Emily beugt sich vor und liest vom Bildschirm ab. »Der Betreffende versucht, mit den herrschenden Mächten einen Ausweg aus seiner Situation auszuhandeln. Zum Beispiel: Ich rühre nie wieder ein Stück Schokolade an, wenn ich ihn nur zurückbekomme.«
»Scheiß drauf.«
Emily, Jessie und ich drängen uns um meinen Laptop. Es sind ein paar Tage vergangen, seit ich Emily von Joe erzählt habe. Ich bin immer noch wütend und fluche viel.
»Ich glaube, das trifft nur auf Menschen zu, die wirklich jemanden verloren haben«, sagt Emily und scrollt nach unten. »Bei denen jemand gestorben ist.«
»Willst du meine sieben Phasen etwa kleinreden?«, frage ich empört. »Denn ich habe jedes Recht, mich ...« – ich spähe auf den Bildschirm – »... mich schuldig zu fühlen, so wie jeder andere auch.«
Jessie zieht die Nase kraus. »Weshalb willst du dich schuldig fühlen?«

Ich runzele die Stirn. »Gute Frage.« Ich lese noch mal nach. »Und anschließend werde ich depressiv.«
»Aah, nee, du willst nicht depressiv werden!«, ruft Emily. »Echt jetzt, das ist alles andere als lustig.«
»Das hört sich an, als würdest du dich damit auskennen.«
»Man muss nicht depressiv gewesen sein, um zu wissen, dass es kein Spaziergang ist«, sagt sie. Ich weiß nicht, ob ich ihr das abnehme, aber sie hat offensichtlich nicht vor, mehr zu erzählen.
»Scheißegal«, sage ich. »Ich bleibe bei Wut.«
»Gute Wahl!« Jessie schiebt seinen Stuhl nach hinten, steht auf und reckt die Arme über den Kopf, so dass ihm das T-Shirt über den Bauchnabel hochrutscht. Schnell wendet Emily den Blick ab. Kann ich dir nicht verübeln, Mädel. Moment mal, ist sie gerade rot geworden? Kann doch nicht sein!
»Das hier gefällt mir.« Emily fängt sich wieder und liest vom Bildschirm ab: »Die siebte Phase ist die wiederkehrende Bereitschaft zu lieben.«
»Du alter Softie«, sagt Jessie und wuschelt ihr durchs Haar.
»Lass das!« Sie schlägt seine Hand weg.
Ich beobachte sie genau, und ja, da passiert es wieder: Sie wird rot.
Es ist Jessies Schuld, dass wir bei diesem Thema sind. Immer wieder spricht er von den sieben Phasen der Trauer, wenn wir unterwegs sind, aber wir haben bisher nie daran gedacht, mal im Internet nachzusehen, wenn wir zu Hause sind. Heute Abend bestand Emily darauf, dass wir uns ein für alle Mal Klarheit verschaffen. Leider sind wir jetzt noch verwirrter als vorher.
»Ist Verwirrung auch eine Phase?«, frage ich.
»Ich gehe ins Bett«, unterbricht Jessie mich. »Nacht, China. Nacht, Emily.«
»Ich bin zu betrunken zum Schlafen«, gesteht Emily, kaum dass er fort ist.
»Ich auch. Komm, wir machen eine Packung Schokoladenbiskuits auf.«

»Lukas!«
Einige Tage später komme ich an Trinity vorbei. Ich will in die Stadt, Schnäppchen jagen, und spähe in den großen Innenhof. Lukas geht gesenkten Kopfes durch das Great Gate.
Er schaut sich über die Schulter um. »Oh, hi!« Winkend steuert er auf eine große Holztür zu.
»Wie geht es dir?«, frage ich mit breitem Grinsen. Er dreht sich um.
»Gut.« Er nickt kurz, schaut nach links und rechts. »Dir auch?«
»Ja, danke.« Er scharrt nervös mit den Füßen. »Wie war dein Sommer?«, frage ich.
»Gut.« Lukas weist über die Schulter nach hinten. »Ich hab's ein bisschen eilig, sorry.«
Und schon tragen ihn seine Beine ins Gebäude. Weg ist er.
Ganz schön unhöflich, denke ich stirnrunzelnd, und dann: mieser Schweinehund!
Ich wundere mich, dass ich mich so gefreut habe, ihn zu treffen! Und das war nicht gespielt! Ich war wirklich froh, ihn zu sehen. Ich bin genauso wütend auf mich wie auf ihn. Eigentlich noch wütender auf mich.
Als ich am frühen Abend meine dritte und letzte Tour des Tages fahre, bin ich noch immer auf hundertachtzig. Und sieh mal einer an, da sitzt er am grasbewachsenen Ufer von Trinity.
»Alice!«, ruft er lächelnd und steht auf. Er hat ein Buch in der Hand.
Ich nicke reserviert in seine Richtung und wende meine Aufmerksamkeit wieder meinen Passagieren zu. Als ob ich auch nur ein klein bisschen Zeit für ihn erübrigen würde, wo er heute Morgen so unhöflich zu mir war. Außerdem habe ich nichts Vernünftiges bei meiner Schnäppchenjagd ergattern können – der halbe Tag in der Stadt war reine Zeitverschwendung. »Trinity ist das reichste College in Cambridge …« Mit zusammengebissenen Zähnen rattere ich den immergleichen Sermon hinunter. »Manche behaupten, dass man auf dem Land, das dem Trinity College gehört, von Cambridge bis nach Oxford gehen kann.«

Ich schiele zu Lukas hinüber und sehe, dass ein Lächeln seine Lippen umspielt.
Was ist daran so komisch? Ich mache ein unbeteiligtes Gesicht und fahre weiter, ohne mich auch nur einmal umzusehen.

»Danke, vielen Dank.«
Keine Ahnung, warum meine Passagiere mir Trinkgeld geben, obwohl ich auf der Fahrt eine derart schreckliche Laune hatte, aber ich nehme das Geld mit einem ehrlichen Lächeln entgegen in der Hoffnung, mein schlechtes Benehmen damit ein wenig wiedergutzumachen. Als die letzten aus dem Kahn gestiegen sind, falte ich die Scheine zusammen und stopfe sie mir zusammen mit ein paar Pfundmünzen in die Tasche meiner engen Jeans. Ich musste mein weißes Sommerkleid in den Schrank hängen – inzwischen ist es zu kalt dafür. Ich klettere noch mal ins Boot und stapele die Kissen und Decken aufeinander, schlinge die Arme darum und will sie an Land tragen, um sie über Nacht einzuschließen. Als ich mich umdrehe, sehe ich zwei schwarze Schuhe vor mir auf dem Steg. Mein Blick wandert nach oben. Lukas grinst mich an.
»Darf ich dir die abnehmen?« Er nimmt mir die Kissen und Decken aus den Armen. Ich komme wieder zu mir, verdrehe die Augen und gehe an Land.
»Hier entlang«, sage ich kurz angebunden.
Männer sind Schweine.
Er folgt mir zum Schuppen, wo Sammy die Decken von den anderen Booten zusammenlegt. Sie mustert Lukas gründlich und grinst mich an, ehe sie ihn anspricht.
»Hal-lo!«, grüßt sie übertrieben freundlich und nimmt ihm das Bündel ab. Sie legt es auf die Bank, ohne den Blick von ihm abzuwenden. Ich mache ein strenges Gesicht – es ist nicht so, wie sie denkt.
»Sammy, das ist Lukas. Lukas, das ist Sammy.«
»Hab dich noch nie hier gesehen«, sagt sie lächelnd und lehnt sich mit verschränkten Armen gegen den Türrahmen.

»Nein, ähm, ich war auch noch nicht mit dem Stechkahn unterwegs«, erwidert er mit leisem Unbehagen.
»Bis morgen«, sage ich zu Sammy und wende mich ab.
»Treffen wir uns nicht im Pub?«, ruft sie uns nach. Es klingt enttäuscht.
»Nein«, erwidere ich. »Heute nicht.«
Ich lasse die Bootsstation hinter mir und biege nach rechts in die Magdalene Street ab.
»Wo willst du hin?«, fragt Lukas. Er hat Mühe, mit mir Schritt zu halten, als ich die Brücke überquere. In einem Restaurant am Fluss sitzen die Gäste draußen auf der Terrasse. Die Blätter fallen allmählich von den Bäumen, sie treiben im Wasser wie kleine braune Boote. Es ist viel los heute Abend; seit die Studenten zurück in Cambridge sind, ist die Stadt wieder zum Leben erwacht. Im Sommer fühlt es sich manchmal wie eine Geisterstadt an.
»Nach Hause«, antworte ich. »Und *du*?«
»Ich … ich dachte, ich könnte dich vielleicht auf ein Glas einladen?«, stammelt Lukas vor dem Pickerel Inn. Ich spähe durch das schmiedeeiserne Tor in den Hof. Er ist schon gut gefüllt.
»Warum?«
»Weil ich … ich dachte, das wäre nett. Ich würde gerne erfahren, wie dein Sommer so war, was du gemacht hast.«
»Das hättest du mich auch heute Morgen fragen können.«
»Es tut mir leid. Ich war bei meinem Tutor und hatte total die Zeit vergessen, bis ich merkte, dass ich zu spät dran war für ein wichtiges Telefongespräch.«
Kopfschüttelnd fahre ich ihn an: »Welcher *Student* hat bitte ein wichtiges Telefongespräch?« Ich betone das Wort »Student« ganz besonders – wofür hält er sich eigentlich?
»Wenn du es unbedingt wissen willst …«
Uuh, ist er jetzt vielleicht sauer? Mir doch egal.
»Meine Mutter hat vom Krankenhaus aus angerufen. Die Frau meines Bruders hat ein Kind bekommen, eine Frühgeburt. Wir wussten nicht, ob der Kleine die Nacht überleben würde.«

Ich bleibe stehen. »Oh.« Jetzt fühle ich mich supermies. »Und wie geht es ihm? Dem Kind?«
»Doch, gut.« Lukas nickt. »Er kann noch nicht selbständig atmen, aber die Ärzte glauben, dass er durchkommt.«
»Das ist gut.« Ich lächele vor Erleichterung.
»Und, gehst du nun was mit mir trinken?« Er betrachtet mich eindringlich mit seinen unglaublich blauen Augen.
»Als ob ich jetzt noch nein sagen könnte.« Ich lache beschämt.
»Gut.« Er geht los. Ich laufe ihm nach.
»Wo willst du hin?«
»Hier um die Ecke ist ein Pub …« Er zeigt nach vorn. »Der Punter. Ich glaube, es ist ganz nett da.«
»Stimmt.« Jessie und ich gehen manchmal auf dem Heimweg dort vorbei.
Am Pub angekommen, hält Lukas mir die Tür auf.
»Was möchtest du trinken?«, fragt er.
Aus irgendeinem Grund überlege ich zweimal, ob ich mir ein Lager bestellen soll. Ich fühle mich nicht wohl dabei, vor Lukas einen halben Liter Bier zu trinken, aber seinetwegen werde ich mich verdammt nochmal nicht ändern.
»Ein Pint Lager, bitte«, bestelle ich stur.
Er sagt nichts dazu, sondern geht zur Theke, während ich einen Tisch suche. Ich setze mich und warte, überraschend nervös.
»Bitte sehr«, sagt er kurz darauf und stellt das große Bierglas vor mich auf den Tisch. Es wirkt total riesig und unweiblich. Auf einmal ist es mir peinlich, und ich wünsche mir, es wäre ein Weißweinglas.
Lukas zieht einen Stuhl hervor und setzt sich. Erleichtert stelle ich fest, dass er ebenfalls Lager trinkt.
»Und?«, sagt er lächelnd. »Wie war dein Sommer so?«
»Super.«
»Was hast du gemacht?«
»Viel gelesen und viel Boot gefahren.«
»Warst du überhaupt zu Hause?«

»Nein.«
»Wirklich nicht?« Er klingt fasziniert. »Wo ist denn zu Hause?«
»In London. Dort leben meine Eltern.«
»Du warst kein einziges Mal bei ihnen?«
»Sie waren über ein langes Wochenende hier.«
»Steht ihr euch nicht so nahe?«
Ich rutsche auf dem Stuhl herum und senke den Blick. Die Frage ist ein wenig persönlich. Nicht mehr so nahe wie früher, ehrlich gesagt.
Er bemerkt meine Reaktion. »Entschuldigung, ich wollte nicht unhöflich sein.«
»Schon gut.« Ich trinke einen Schluck Bier, ohne es zu genießen. »Und du? Ach, hey!« Mir fällt etwas ein. »Wie sind deine Prüfungen gelaufen?«
»Gut.«
»Was hast du bekommen?«
»Eine Eins.«
»Super! Sehr gut!« Ich bin beeindruckt. »Und warst du den Sommer über in Deutschland?«
Er nickt und grinst. »Ja. Teilweise.«
»Wo warst du denn noch?«
»Wir waren ein paar Wochen in Monaco.«
»In Monaco? Wie schön!« Ich verarbeite diese Information. Moment mal … Er hat von »wir« gesprochen. Hat er eine Freundin? »Mit wem warst du da?«
»Mit meiner Familie.
Sonderbarerweise bin ich erleichtert. Aber ich hake besser noch mal nach: »Also: mit deiner Mutter …«
»… meinem Vater, meiner Schwester, meinem Bruder und seiner Frau.«
»Die gerade das Kind bekommen hat?«
»Genau.«
Ich lächele ihn an. »Wie heißt der Kleine? Das Baby, meine ich?«
»Maximilian. Ich hoffe, dass wir ihn Max nennen dürfen.«

»Maximilian!«, rufe ich trällernd, als wäre ich die Mutter, dann senke ich die Stimme und schimpfe mit erhobenem Zeigefinger: »Maximilian, du bist unartig!« Als nächstes lege ich entsetzt die Hände an die Wangen: »Maximilian! Weg da, das ist gefährlich!«
Lukas lacht. »Wir müssen ihn wirklich Max nennen.«
»Weiß nicht, Maximilian klingt doch nett.«
»Mein Großvater hieß Maximilian. Der wurde von niemandem Max genannt.«
»Nicht mal ›der gute alte Max‹?«
»Nein, nie. Er hieß immer nur Maximilian, oder für die anderen: Herr Heuber.«
»Ist das dein Nachname?«, frage ich.
»Ja.«
»Lukas Heuber.« Ich weiß nicht, warum, aber ich setze einen schroffen deutschen Akzent auf.
Er grinst. »Und wie ist dein Nachname?«
»Simmons.«
»Alice Simmons.«
Ich habe ein Déjà-vu. Dieses Gespräch habe ich doch schon mal geführt … mit Joe. Argh! Weg damit! Weg! Männer sind Schweine, schon vergessen? Ich konzentriere mich wieder auf das Exemplar, das mir gegenübersitzt.

Kapitel 30

Ehe ich mich versehe, erkläre ich mich einverstanden, am kommenden Freitagabend mit Lukas essen zu gehen. Jessie und die anderen Punterkollegen sind ein bisschen verärgert, als ich ihnen sage, dass ich an dem Abend nicht mit ihnen auf den Fluss kann. Wir alle machen momentan Überstunden mit den Halloween-Geistertouren, die bis Ende Oktober gehen. Es herrscht noch mehr Kameradschaft auf dem Wasser als sonst.

Erst in allerletzter Minute hab ich erzählt, dass ich verabredet bin. Ich hatte keine Lust auf die Neckereien, die das unweigerlich mit sich bringen würde. Nicht, dass es eine ernste Sache wäre. Die Verabredung, meine ich. Lukas ist nur ein Freund. Mehr nicht.

Um Punkt sechs holt er mich ab. Ich ahnte, dass er pünktlich sein würde, und bin daher gestiefelt und gespornt. Mein Haar reicht mir bis auf den Rücken. Ich trage ein schwarzes Kleid mit weißen Querstreifen, dazu eine schwarze Strickjacke. Zuerst dachte ich, die Kombination sei zu schick, aber ich vermutete, dass auch er sich gut anziehen würde. Und auch damit hatte ich recht.

Lukas ist gut eins fünfundachtzig groß. Er trägt ein weißes Hemd unter einem dunkelblauen Wollsakko, das mit schwarzem Leder abgesetzt ist. Das dunkelblonde Haar hat er sich aus der Stirn gekämmt. Er sieht cool aus – als wäre er einer Hugo-Boss-Werbung entsprungen.

»Bereit?«, fragt er mit erhobener Augenbraue.

Bereiter werde ich nicht … »Ja.« Ich nehme meine Tasche vom Kleiderständer und folge ihm nach draußen.

Lukas hat keinen Kommentar zu Jessies Haus abgegeben, aber ich

nehme an, dass er in seiner Zeit in Cambridge schon so viel eindrucksvolle Architektur gesehen hat, dass sie ihm gar nicht mehr richtig auffällt. Draußen biegt er nach links ab.
»Hier entlang ist es schneller.« Ich weise nach rechts und versuche, nebenbei den Mantel überzuziehen.
»Wir gehen nicht in die Stadt«, gibt er über die Schulter zurück.
»Ach, nein?« Ich muss mich beeilen, um mit ihm Schritt zu halten. »Wohin denn?«
»Wirst du schon sehen.«
Neugierig folge ich ihm einige Stufen hinunter zur Straße. Wir überqueren sie, er legt die Hand auf meinen Rücken, um mich zu führen, und ich bekomme eine Gänsehaut. Lukas leitet mich zu einem schnittigen schwarzen Porsche, der piepst und die Blinklichter aufleuchten lässt, als er entriegelt wird. Verwirrt schaue ich Lukas an, der mir die Beifahrertür aufhält und Zeichen macht einzusteigen.
»Ist das deiner?«, frage ich ungläubig.
»Das will ich doch stark hoffen.«
Er hat einen *Porsche*? »Ich dachte, Studenten dürften kein Auto im Stadtbereich haben?«
»Das stimmt«, erwidert er belustigt. »Ich habe ihn auch nicht im Stadtbereich.« Wieder gibt er mir Zeichen einzusteigen, und ich gehorche. Sofort steigt mir der Geruch von neuem Leder in die Nase. Dann setzt sich Lukas hinters Steuer und startet den Wagen.
»Wo fahren wir hin?«, wiederhole ich leicht nervös.
Er schüttelt den Kopf.
»Ich mag keine Überraschungen«, füge ich hinzu.
»Diese wird dir gefallen.«
Er scheint sich seiner Sache sehr sicher zu sein.
Lukas fährt nach Westen, hinaus aus der Stadt. Eine Weile sind wir auf einer Schnellstraße, dann geht es über kurvige Landstraßen und durch mehrere kleine Dörfer mit reetgedeckten Bauernhäusern. Es vergehen keine fünfzehn Minuten, da biegt er in eine lange Kiesauffahrt ein. Vor uns erhebt sich ein riesengroßes modernes Haus.

Es ist quadratisch, drei Stockwerke hoch und hat ein Flachdach und jede Menge Fenster in der weißen Fassade. Nirgends brennt Licht, es wirkt dunkel und unbewohnt.
»Wem gehört das Haus?«
»Einer befreundeten Familie«, erklärt er. »Die sind nicht da.«
»Wo sind sie denn?«
»In Südfrankreich.«
»Im Urlaub?«
»Nein, dies hier ist ihr Ferienhaus.«
Nicht schlecht …
»Na ja, eines ihrer Ferienhäuser«, fügt er gedankenlos hinzu.
Aha. Gut, dass das geklärt ist.
Lukas steigt aus, hält mir die Tür auf und hilft mir aus dem Auto. Ich schaue mich um. Das Haus ist von hohen Bäumen mit rotbraunen Blättern umgeben, die zum Großteil schon abgefallen sind und unter meinen Absätzen knistern, als ich mich zur Eingangstür begebe.
»Wir gehen nicht rein!«, ruft Lukas. Er weist auf eine Treppe an der Außenmauer. Mit wachsendem Interesse folge ich ihm.
Wir steigen zwei Treppen zum Dach empor. Oben ist auf einer riesigen Terrasse ein Tisch für zwei gedeckt, inmitten von Dutzenden flackernder Kerzen in großen Windlichtern. Über orangefarbene, rote und gelbe Baumwipfel schaut man auf sanft gewellte Felder. Die Sonne geht gerade hinterm Horizont unter und wirft ihre letzte Glut in den dunkelblauen Himmel. Wow! Lukas reicht mir ein schmales Glas, das bis zum Rand mit funkelndem Champagner gefüllt ist. Betäubt betrachte ich es. Wo hat er das bloß her? Als ich mich zum Tisch umdrehe, stelle ich fest, dass das Essen bereits unter silbernen Servierglocken auf den Tellern liegt, daneben eine Champagnerflasche auf Eis.
»Wie hast du das alles gemacht?«, frage ich staunend.
»Ich hatte ein wenig Hilfe«, gibt er zu und stößt vorsichtig mit mir an. Lukas trinkt einen Schluck, erklärt sich aber nicht weiter. Weil ich die Stimmung nicht zerstören will, hake ich nicht weiter

nach. Die Kohlensäure kitzelt hinten im Hals. Lukas weist auf den Tisch.
»Sollen wir?«
Er zieht den Stuhl hervor und schiebt ihn wieder heran, als ich mich setze. Ich fühle mich ein bisschen wie eine Prinzessin. Ehrlich gesagt, bin ich ein wenig eingeschüchtert. Die Heizstrahler neben uns geben Wärme ab.
Ich folge Lukas' Beispiel und hebe die silberne Glocke vor mir an. Auf dem Teller liegt die Vorspeise, geräucherter Lachs. Er zergeht auf der Zunge. Der Sonnenuntergang im Westen wird immer eindrucksvoller.
»Wir haben Glück mit dem Wetter«, bemerke ich und könnte mir in den Hintern treten, weil mir nichts Originelleres einfällt.
»Ja.« Lukas lächelt.
Ich trinke einen großen Schluck Champagner, der mir sofort zu Kopfe steigt.
»Eigentlich wollte ich sagen, ich fühle mich zu schick für ein Picknick, aber das hier ist kein normales Picknick, nicht?«
»Du siehst umwerfend aus«, sagt er, und ich erröte angesichts dieses unerwarteten Kompliments. »Und normal gibt's bei mir nicht«, fügt er hinzu.
»Das sehe ich.«
Lukas schenkt mir nach und räumt die Teller ab. Auf einem Beistelltisch steht ein silberner Rechaud, dessen Deckel er anhebt. Ein superleckerer Duft zieht zu mir herüber. Lukas serviert, und auf meinem Teller liegt ein großer rosaroter Hummerschwanz, überzogen mit warmer Knoblauchbutter. Ich gebe mir Drillinge und Gemüse auf den Teller.
»Das ist ja Wahnsinn«, sage ich.
»Freut mich, dass es dir gefällt.«
»Das hast du doch gewusst.« Ich muss an seine Selbstsicherheit denken.
»Ich war ein wenig unsicher wegen der Meeresfrüchte«, gibt Lukas lächelnd zu. »Das kann riskant sein.«

Aha! Er ist also auch nur ein Mensch. Ich lache. »Stimmt. Hattest du denn eine Alternative?«
»Lieferservice.«
Wir grinsen uns an.
»Und den Nachtisch«, fügt er hinzu.
»Uh, was gibt's denn zum Nachtisch?«, will ich wissen.
»Geduld!«, mahnt er.
Als das Dessert auf den Tisch kommt, ist die Sonne längst untergegangen. Über uns wölbt sich ein klarer, wolkenloser Nachthimmel, in dem die Sterne nur so funkeln.
Der letzte Gang ist das Warten wirklich wert: Ein Schokoladenkuchen mit einem Kern aus flüssiger Schokolade, dazu Sahne. Lukas schenkt mir noch mal Champagner nach. Er selbst trinkt kaum etwas, das ist auch gut so, er muss mich ja noch nach Hause fahren.
»Wow, ich habe über eine halbe Flasche Champagner getrunken«, kichere ich, inzwischen deutlich angeheitert. »Tut mir leid, dass du fahren musst.«
»Das stört mich nicht im Geringsten«, sagt er. »Komm, lass uns den Kaffee da drüben zu uns nehmen.«
Er weist auf einen Haufen riesengroßer Kissen vor einer flachen Mauer am hinteren Ende der Dachterrasse. Moment mal kurz! Er glaubt doch hoffentlich nicht, dass ich mich direkt bei der ersten Verabredung flachlegen lasse? Ich werde nervös, gehe aber auf seinen Vorschlag ein, während Lukas den Kaffee einschenkt. Er trägt zwei Tassen hinüber, dazu einen kleiner Teller mit köstlich aussehenden Pralinen. Ich setze mich auf die weichen Kissen. Da hier keine Heizstrahler stehen, ist es kälter, obwohl ich meinen Mantel anhabe. Lukas reicht mir eine Decke.
»Du bist erstaunlich gut vorbereitet«, bemerke ich trocken und breite die Decke über meine Knie.
»Das geht nicht allein auf meine Rechnung«, gibt er zu.
»Warum nicht?«
»An die Decken habe ich nicht gedacht.«

Mir fällt ein, dass er sagte, er hätte Hilfe gehabt.
»Aah, dein Freund.«
»Kein Freund in *dem* Sinne …«
»Aha? Wer hat dir denn dann geholfen?«
»Derselbe, der mir heute Abend das Auto in die Stadt gebracht hat.«
»Du weichst aus.« Dann dämmert es mir. »Ein Angestellter?«
Lukas verneint es nicht, sondern trinkt einen Schluck Kaffee.
»Bist du sehr, sehr reich?«, platzt es aus mir heraus.
Er lacht und sieht mich an. Seine Augen schimmern im Licht der Kerzenflammen. Viele sind schon erloschen, aber ebenso viele brennen noch. »Darüber spreche ich normalerweise nicht.«
»Tut mir leid.«
»Du musst dich nicht entschuldigen.«
»Ist also dein Angestellter« – das Wort kommt mir nur schwer über die Lippen – »für all das hier verantwortlich?« Ich weise auf die Kulisse der Dachterrasse und spüre einen leichten Stich der Enttäuschung.
»Praktisch ja«, verrät Lukas. »Theoretisch nicht.« Er lächelt mich an. »Das war meine Idee.«
»Das alles?«
Er nickt.
»Das Essen?«
»Ja.«
»Die Kerzen?«
Er zuckt mit den Achseln. »Ja.«
»Die Kissen?«
»Ja.« Pause. »Nur die Decken nicht.«
Ich grinse ihn an. »Ich bin froh, dass wir das geklärt haben.«
»Ich auch.«
Es ist dunkler geworden, immer mehr Kerzen erlöschen. Der Himmel über uns funkelt nur so vor Sternen. Lukas legt den Kopf aufs Kissen, und ich tue es ihm nach und schaue hoch.
Er dreht sich zu mir um und greift nach meiner Hand.

Ich erstarre. Jetzt ist es so weit. Jetzt wird er es versuchen. Was soll ich nur machen? Ich denke an Joe und werde von Traurigkeit erfüllt. Ich bemühe mich, stattdessen wütend zu sein, aber es funktioniert nicht. Mein Hirn ist wattig und verwirrt. Ich habe keine Ahnung, wie ich reagieren werde, wenn er mich küsst.
Doch das tut er nicht. Jedenfalls noch nicht. Seine Hand ist warm. Er lässt meine los und malt mir stattdessen Kreise auf die Handfläche. Ich sehe ihn an, und plötzlich wird mir schwindelig. Ich zerbreche mir den Kopf, um etwas Sinnvolles von mir zu geben, etwas, womit ich das Unvermeidliche aufhalten kann, doch mein Kopf ist leer. Ich schaue auf seine Lippen, dann in seine Augen, dann wieder auf seinen Mund. Und in dem Moment wünsche ich mir, dass er mich küsst.
Abrupt setzt er sich auf. Erschrocken betrachte ich seinen breiten Rücken.
»Ich fahre dich jetzt besser nach Hause«, murmelt Lukas und erhebt sich.
Was?!
Er hält mir die Hand hin. Verwirrt komme ich zu mir und stehe ohne seine Hilfe auf. Ich fühle mich gedemütigt. Er muss gespürt haben, dass ich bereit war. Man beachte die Verwendung der Vergangenheitsform.
»Müssen wir nicht aufräumen?«, rufe ich ihm nach, als er über die Dachterrasse zur Treppe geht.
»Das macht Klaus schon.«
Wer ist Klaus? Ah, der Angestellte.
Auf dem Rückweg fährt Lukas viel zu schnell, knallt die Gänge rein, rast über die Landstraßen. Ich habe keine Ahnung, was in ihn gefahren ist, klammere mich nur noch entsetzt an die Armlehnen. Keiner von uns sagt etwas. Schließlich hält er vor Jessies Haus. Stur starrt er durch die Windschutzscheibe, dann stößt er seine Tür auf. Ich öffne meine ebenfalls und steige aus, bevor er auf meiner Seite ist.
»Tut mir leid«, bringt er heraus.

»Schon gut«, gebe ich zurück. Er legt die Hand auf meinen Arm, doch ich schüttele ihn ab. Jetzt bin ich mehr als perplex. Ich bin regelrecht sauer. Alle Männer sind … und so weiter, stimmt's?
»Alice, warte!«, ruft er, als ich die Straße überquere. Er läuft mir nach. »Ich hab mich doch entschuldigt.«
Ich wirbele herum. »Und wofür genau?«
Er schaut beiseite, dann sieht er mir in die Augen. »Dass ich so schnell gefahren bin.«
Kopfschüttelnd gehe ich weiter.
»Ich möchte dich wiedersehen!«, ruft er. Ich werde langsamer und bleibe stehen. Seufze. Sicher, es war ein toller Abend, aber am Ende war ich erst gedemütigt und dann verwirrt. Auf beides kann ich momentan gut verzichten.
»Danke für das Essen«, rufe ich über die Schulter zurück. »Wir sehen uns bestimmt.«
Er nickt knapp und stopft die Hände in die Taschen, dann macht er sich auf in Richtung Zentrum.

Kapitel 31

»Wie war dein heißes Date?«, neckt mich Jessie am nächsten Morgen beim Frühstück. Obwohl ich ihn um ein Uhr hereinstolpern hörte, steht er um neun Uhr in der Küche und zaubert Pfannkuchen.

»Das war kein Date. Er ist nur ein Freund«, korrigiere ich ihn, obwohl ich mir in Wirklichkeit nicht so sicher bin.

Als erstes heute Morgen schaute ich aus dem Wohnzimmerfenster und stellte fest, dass Lukas' Porsche verschwunden war, zweifellos abgeholt von dem geheimnisvollen Klaus. Ich hoffe, der arme Mann musste nicht allzu lange hinter uns aufräumen.

»Morgen!« Emily taucht auf. »Ich hab Riesenhunger. Was gibt's denn?«

»Pfannkuchen«, erwidert Jessie.

»Hm, mein Leibgericht!«

»Das ist die Reaktion, auf die ich gehofft habe.« Er sieht mich vorwurfsvoll an.

»Tut mir leid, ich hab keinen Hunger.«

»Was gab's denn gestern Abend bei dir zu essen?«, erkundigt sich Emily.

Als ich es erzähle, fällt ihnen die Kinnlade runter.

»Verdammt nochmal, was ist das eigentlich für ein Typ?«, ruft Jessie. »Prinz Williams heimlicher Bruder?«

Ich grinse. »Unwahrscheinlich.«

»Hat es dir denn keinen Spaß gemacht?«, fragt Emily.

»Doch, schon, aber …«

»Was?«, fragen beide wie aus einem Munde.

»Zum Schluss war es irgendwie seltsam.«
»Wie meinst du das?«, hakt Emily nach.
»Ich … keine Ahnung. Ich möchte echt nicht darüber reden.«
»Hat er was gemacht?«, will Jessie wissen. Sein Tonfall legt nahe, dass er etwas Unangenehmes meint.
»Nein, er hat überhaupt nichts gemacht.«
Und so ungern ich das auch zugebe, aber darin liegt das Problem.

Die nächsten Tage vergehen ohne ein Zeichen von Lukas. Es dauert tatsächlich bis zum folgenden Samstag, ehe ich ihn überhaupt wiedersehe. Ich habe die späte Vormittagstour zur Hälfte hinter mich gebracht, als ich ihn entdecke. Er hockt mit einem Fachbuch auf der Steinmauer am Ende der Trinity Bridge. Ich finde es am professionellsten, meine Fahrt einfach fortzusetzen und ihn zu ignorieren. Dann fällt mir ein, dass ja auch er mich ignorieren könnte, und ich bekomme einen Kloß im Hals. Doch so sehr ich mich auch bemühe, dem Blickkontakt auszuweichen, schauen wir uns schließlich direkt in die Augen. Lukas lächelt unsicher. Ich fahre unbekümmert weiter und erzähle meinen Passagieren die Märchen über Trinity. Als ich mich der Brücke nähere, erhebt sich Lukas, und als das Boot auf der anderen Seite hervorkommt, steht er mitten auf der Brücke.
»Alice!«, ruft er.
»Yep?«
»Ich muss mit dir reden.«
»Ich habe zu tun.«
Ehe ich mich versehe, läuft er über den Rasen der Wren Library, joggt nur wenige Meter von mir entfernt neben dem Boot her.
»Darf ich dich zum Essen einladen?«, fragt er.
»Kann nicht«, entgegne ich und will mich auf die Fahrt konzentrieren, aber er lenkt mich so stark ab, dass ich nicht vom Manuskript von *Pu der Bär* erzähle, das in der Bibliothek aufbewahrt wird. Ich glaube, die Passagiere finden mein Gespräch mit dem gutaussehenden Studenten eh deutlich interessanter. Habe ich gerade »gutaussehend« gesagt? Wollte ich gar nicht.

»Bitte!«, fleht er.
Ich schüttele den Kopf und bemühe mich, die neugierigen zwölf Augenpaare zu ignorieren. Dann kommt eine Kurve im Fluss.
Lukas ist noch vor mir an der Magdalene Bridge, aber dankenswerterweise wartet er, bis all meine Passagiere von Bord gegangen sind, ehe er mich wieder anspricht.
»Weißt du«, sagt er mit erhobener Augenbraue, als ich auf den Anleger trete, »es stimmt nicht so ganz, was du deinen Passagieren über Trinity erzählst.«
Diese Bemerkung macht mich noch wütender, als ich eh schon bin. Aber die Neugier siegt. »Wieso nicht?«
»Man kann nicht von Cambridge nach Oxford nur über Land gehen, das im Besitz von Trinity ist.«
»Ich sage ja auch nicht, dass es so ist, sondern ich sage: ›Manche behaupten …‹«
»Aber es ist Blödsinn«, gibt Lukas zurück.
»Das ist kein Blödsinn«, fahre ich ihn an, obwohl er wahrscheinlich recht hat. »Auf jeden Fall macht es die Tour interessanter.«
»Meiner Meinung nach gibt es sehr viele faszinierende Umstände, die nicht auf Fiktion beruhen.«
»Ach ja?« Ich verschränke die Arme vor der Brust. »Zum Beispiel?«
»Zum Beispiel die Tatsache, dass sich Lord Byron einen Bären als Haustier hielt, als er auf Trinity war.«
»Kenne ich alles.« Ich verdrehe die Augen. »Angeblich wollte er damit das Hundeverbot umgehen. *Das* klingt für mich nach Blödsinn.«
»Aber es stimmt! Er hat es Elizabeth Pigot 1807 in einem Brief geschrieben.«
»Wer zum Teufel ist Elizabeth Pigot?«
»Geh mit mir essen!«, bittet er erneut. »Dann erzähle ich dir von ihr«, fügt er grinsend hinzu.
»Uuh, das klingt nach einem Angebot, das ich nicht ablehnen kann«, zitiere ich ironisch.

Er fasst mich am Arm und dreht mich zu sich um, damit ich ihn ansehe.
»Bitte, Alice!« Nun lächelt er nicht mehr. Er sieht mich so ernst an, dass ich zögere. »Ich schulde dir eine Erklärung.«
Lange betrachte ich ihn und nicke schließlich.
Die Restaurants, an denen wir vorbeikommen, sind bis auf den letzten Platz gefüllt. Schließlich schlägt Lukas vor, in Trinity zu essen.
»Ist das nicht total förmlich?«, frage ich besorgt. »Tragt ihr nicht alle schwarze Talare und diniert im großen Saal?«
Er lächelt. »Talar trägt man eigentlich nur, wenn man zur *Formal Hall* geht, später abends. Zum Mittagessen und am frühen Abend ist alles ganz leger.«
Formal Hall. Das klingt so fremd. Ehrlich gesagt, finde ich es total spannend.

Im großen Saal wimmelt es bereits von Studenten. Sie sitzen an vier langen Tafeln, die sich fast über die gesamte Länge des riesigen Raums ziehen. Ich schaue mich um und komme mir vor wie in Hogwarts. Die Wände sind dunkel getäfelt, die Deckenbalken vergoldet, über uns ragen Bleiglasfenster in die Höhe.
»Das ist der High Table«, erklärt Lukas, als wir an mehreren kleineren Tischen auf einem erhöhten Podest vorbeigehen. »Dort sitzen die Mitglieder des Rates.«
»In echt?« Ich halte die Luft an. »Da sitzt Gandalf?«
Er schmunzelt über meinen Witz. »Ich meine die Professoren«, erwidert er. »Und Trinity gab's schon vor Tolkien.«
Ich nehme gegenüber von Lukas Platz. Es ist wie in einer anderen Welt. Eine exklusive, elitäre Welt, zu der zu gehören ich mir nicht mal im Traum vorstellen kann. Ich muss zugeben: Ich bin neidisch. Hinter den Mauern dieses Colleges studieren zu können …
»Lukas!« Ein großer, schlanker junger Mann kommt auf uns zu. Er hat zerzaustes dunkles Haar und trägt eine Nickelbrille. Er sieht gut aus, wenn auch ein wenig strebermäßig in dem Tweedblazer

und karierten Hemd, das wer weiß wie lange kein Bügeleisen mehr gesehen hat.
»Hallo, Harry, setz dich doch!«, sagt Lukas freundlich und zieht einen Stuhl hervor.
»Ich hab die Stockente!«, sagt Harry im verschwörerischen Flüsterton zu Lukas, öffnet seinen Rucksack und zeigt ihm eine Holzente. Was hat das denn zu bedeuten? Auf einmal entdeckt Harry mich.
»Hallo, hallo!« Er spricht total affektiert.
Lukas stellt uns einander vor.
»Um was geht's?«, frage ich.
»Die Stockente ist runtergefallen«, erklärt Harry aufgeregt.
Tickt der nicht mehr richtig?
Lukas beugt sich vor. Er weist auf die Decke über unseren Köpfen. »Normalerweise sitzt da oben eine Ente in den Dachsparren. Frag mich nicht, warum. Das ist Tradition hier.«
»Von der habe ich schon gehört!« Ich kann mich vage erinnern.
»Es ist nicht nur eine. Im Laufe der Jahre muss wahrhaft ein ganzer Schwarm heruntergefallen sein«, raunt Lukas. »Harry will die nächste oben hinstellen.«
»Aber wie?«, frage ich neugierig. Die Decke ist sehr hoch.
Er legt wissend den Finger an die Nase.
»Aber sei vorsichtig«, sage ich, ein wenig besorgt um diesen fremden … ähm … Fremden.
»Oh, sie macht sich Sorgen um mich!«, freut sich Harry und fragt mich dann: »Ich habe dich noch nie gesehen. Bist du ein Erstsemester?«
»Nein, ich bin im zweiten.«
»Alice geht nicht auf Trinity«, sagt Lukas.
»Sag bloß nicht, du bist auf dem John's«, foppt mich Harry. »Buh! Igitt!«
Die beiden Colleges verbindet eine jahrhundertealte Feindschaft, die aber meistens friedlich ausgetragen wird.
»Nein.« Ich lächele. »Ich gehe aufs Anglia Ruskin.«
»Aha … Verstehe.« Harry grinst wissend.

Warum sagt er das so komisch? Wird er gerade frech?
»Jetzt leuchtet mir alles ein«, sagt er. »Ich dachte schon, ich bräuchte eine neue Brille.«
Verwirrt sehe ich ihn an.
»Er findet dich offensichtlich ebenso schön wie ich«, erklärt Lukas, und ich werde auf der Stelle rot.
»Denn sonst wärst du mir auf jeden Fall längst aufgefallen«, fügt Harry hinzu.
»Ich wundere mich, dass du Alice noch nicht auf dem Fluss gesehen hast«, sagt Lukas. »Sie ist Reiseführerin auf einem Stechkahn.«
»O nein!«, ruft Harry mit gespieltem Entsetzen, lehnt sich nach hinten und wirft die Hände hoch. Mehrere Studenten, die ein paar Plätze weiter sitzen, sehen sich nach uns um. »Hoffentlich gehörst du nicht zu denen, die diese lächerlichen Geschichten verbreiten.«
Lukas bemüht sich, ein neutrales Gesicht zu machen.
Mit hoher Mädchenstimme piepst Harry: »Trinity besitzt ein Vermögen von über zwei Milliarden Pfund; man kann auf Land im Besitz von Trinity bis nach Oxford gehen … oder nach *York* … oder *London* … So ein Quatsch!«
»Ähm …«, setze ich an.
»Hör einfach nicht hin«, unterbricht Lukas mich und nickt Harry zu. »Er ist Mathematiker.«
Ich runzele die Stirn. »Soll heißen?«
»Mathematiker sind entweder sehr introvertiert, oder aber vollkommen extrovertiert wie unser Harry.«
Plötzlich beugt sich Harry über den Tisch, ich zucke zusammen. »So habt ihr euch also kennengelernt? Du hast Alice auf dem Fluss entdeckt?«, fragt er Lukas.
»Ja.«
»Na ja, ganz so war es nicht«, verbessere ich ihn. »Zuerst hast du mich vor dem Zorn eines Radfahrers bewahrt.«
»Davor hatte ich dich aber schon oft auf dem Fluss gesehen«, verrät er und sieht mir tief in die Augen.

»Wirklich?« Ich bin überrascht. Er war mir nie zuvor aufgefallen. Wahrscheinlich war ich mit den Gedanken woanders.
»Was liest du?«, lenkt Harry meine Aufmerksamkeit wieder auf sich.
»Äh, momentan *Herz der Finsternis*«, antworte ich.
Harry schaut verwirrt drein.
»Er will wissen, was du studierst«, klärt Lukas mich auf.
»Ah!« Ich hatte vergessen, dass sie hier statt »studieren« »lesen« sagen. Noch ein Unterschied zwischen ihrer und meiner Welt. »Englische Literatur«, antworte ich.
Harry nickt und betrachtet mich intensiv. Ich rutsche auf meinem Stuhl herum. Unter seinem Blick fühle ich mich unwohl. Lukas bemerkt es offenbar. Er wendet sich an Harry: »Musst du nicht noch mit Terence sprechen?«
»O ja!« Harry springt auf und kippt dabei fast seinen Stuhl um. Er läuft einem Studenten nach, der gerade den Saal verlassen will.
Lukas wendet sich wieder mir zu. »Tut mir leid wegen Harry.«
»Er ist witzig«, sage ich und meine es auch, obwohl ich in seiner Gegenwart nicht völlig entspannt war. »Vielleicht ein wenig exzentrisch«, füge ich hinzu.
»Ein wenig?«
»Na gut, sehr exzentrisch.«
Er beugt sich über den Tisch und nimmt meine Hand. Fragend sehe ich ihn an. »Es tut mir leid, wie ich mich letzte Woche benommen habe«, sagt er aufrichtig. »Ich war durcheinander.«
»Weshalb?« Ich möchte es gerne verstehen.
Er zögert, wendet aber den Blick nicht ab. »Wegen meiner Gefühle für dich.«
Wieder laufe ich rot an und sehe beiseite.
»Ich würde dich gerne öfter treffen«, sagt Lukas und drückt leicht meine Hand, damit ich ihn wieder anschaue. »Was machst du am Montag?«
»Da muss ich eigentlich auf dem Fluss sein.«
»Hast du keinen Unterricht?«

»Nein.«
»Kannst du dir nicht freinehmen?«
»Hm …« Wahrscheinlich könnte ich einen der Kollegen bitten, mich zu vertreten. Mike wollte gerne mehr arbeiten. »Vielleicht.«
»Gut.« Lächelnd lässt er meine Hand los. »Ich hole dich um elf Uhr ab.«
Ich nicke. »Schön.«
Harry kommt zurück und lässt sich auf seinen Stuhl fallen. »Ich hasse kaltes Curry!«, ruft er angewidert.
Lukas und ich lächeln uns über den Tisch hinweg an und essen schnell weiter.

Kapitel 32

Am Montag um elf Uhr klingelt Lukas an der Tür.
»Wo ist Klaus?«, frage ich mit Blick auf den Porsche auf der anderen Straßenseite.
»Einkaufen gegangen«, erwidert Lukas und führt mich schwungvoll händchenhaltend über die Straße.
»Du hast gute Laune«, bemerke ich.
»Stimmt.« Er strahlt mich an, und unerwartet macht mein Herz einen Hüpfer.
Lukas trägt ein dunkelgraues Sakko mit Stoffhose und ein hellblaues Hemd. Seine Hemden sind immer tadellos. Ich frage mich, wer sie bügelt.
»Wo fahren wir hin?«, will ich wissen, nachdem ich mich angeschnallt habe. Ich hoffe, dass er nicht so rast wie beim letzten Mal.
»Ich dachte, wir machen einen Ausflug nach Wimpole Hall.«
»Was ist das?«
»Das ist ein Herrenhaus im Besitz des National Trust. Soll ziemlich eindrucksvoll sein, habe ich gehört. Ich dachte, du würdest zur Abwechslung ganz gerne was außerhalb der Stadt sehen.«
»Ja, stimmt«, erwidere ich. »Damit sich das mit deinem Auto auch richtig lohnt, was?«
»Genau.«
»Wo wohnt Klaus eigentlich?«, frage ich, als er losfährt.
»In Girton. Einfach die Straße runter von hier«, antwortet Lukas. »Ist außerhalb des Stadtgebiets«, fügt er grinsend hinzu.
»Freut mich zu hören«, erwidere ich. »Wir wollen ja nicht, dass du Ärger bekommst, oder?«

»Auf gar keinen Fall.«
Lukas drückt meine Hand. Das macht er oft. Kann nicht behaupten, dass es mir nicht gefiele.
»Ziemlich eindrucksvoll« sind nicht die Worte, die ich verwenden würde, um das Reiseziel zu beschreiben, das sich als das größte Landhaus in Cambridgeshire entpuppt. Wimpole Hall ist ein Herrensitz aus roten Ziegelsteinen und liegt inmitten von 1500 Hektar Land und Ackerflächen. Der parkähnliche Garten ist wunderschön.
Seite an Seite wandern wir über die Kiespfade. Es ist kalt, aber der Himmel leuchtet klar und blau. Einige Bäume sind in Form geschnitten und sehen unwirklich aus, so als stammten sie aus *Alice im Wunderland*. Lukas und ich setzen uns auf eine Bank mit Blick auf die Rückseite des Hauses.
»Wunderschön hier«, hauche ich und rücke näher an ihn heran, um mich zu wärmen.
»Ja, ist wirklich nett«, stimmt er mir zu.
Die geometrisch angelegten Gärten werden von Buchsbaumhecken gesäumt, dahinter blühen rosarote und lilafarbene Blumen. Der Rasen ist wunderbar gepflegt, die Ränder sind wie mit dem Lineal gezogen.
»Wie sie den Rand vom Rasen wohl so gerade hinbekommen?«, überlege ich laut.
»Unsere Gärtner machen das mit der Schere«, sagt Lukas beiläufig.
»Mit der *Schere*?«
»Das funktioniert am besten. Meine Mutter ist sehr anspruchsvoll«, fügt er hinzu.
»Aber das muss doch ewig dauern!«
Er zuckt mit den Schultern. »Eigentlich nicht.«
»Wie viele Gärtner habt ihr denn?« Er hat gerade den Plural benutzt.
»Vier oder fünf.«
Mir fällt die Kinnlade herunter. »Ihr habt fünf Gärtner?«

»Vier oder fünf«, korrigiert er.
»Wie groß ist euer Haus denn?«
»Relativ groß«, antwortet er bescheiden. Wahrscheinlich ist es riesig.
»Was machen deine Eltern beruflich?«
»Mein Vater leitet das Familienunternehmen, eine Zulieferfirma für die Autoindustrie.«
»Klingt interessant.«
»Ist es nicht, kann ich dir versichern. Zumindest nicht für mich.«
»Und deine Mutter?«
»Sie leitet den Haushalt.«
»Ah ja.«
Ein Pfau stolziert vorbei, und ich muss an Brownsea Island und Joe denken.
Wenn ein Truthahn männlich und eine Pute weiblich ist, wie lautet dann der Oberbegriff?, erinnere ich mich an Joes Frage. *Truten?*
Ich lächele in mich hinein. »Ich überlege gerade, was der Oberbegriff für Truthähne ist.«
»Truthühner«, erwidert Lukas, ohne zu zögern.
Ich musste nicht mal erklären, was ich meinte.
»Wie kannst du so was wissen?«, rufe ich. »Du bist doch gar kein Engländer!«
Er lacht. »Meine Geschwister und ich hatten einen sehr guten Sprachlehrer.«
»Scheiße nochmal«, sage ich und bereue meine Wortwahl auf der Stelle. Fluchen klingt irgendwie falsch in Lukas' Gegenwart.
»Wie viele Geschwister hast du denn?«
»Einen Bruder und eine Schwester«, antwortet er. »Sie sind beide älter als ich.«
»Und wie heißen sie?«
»Markus und Frieda.«
»Den Namen Frieda finde ich toll«, schwärme ich. »Markus ist der Vater von Maximilian, richtig?«
»Genau.«

»Wie geht es dem Kleinen überhaupt?«
»Sehr gut. Sie nehmen an, dass er nächste Woche entlassen wird.«
»Das ist ja super!«, freue ich mich und habe Schuldgefühle, nicht früher gefragt zu haben.
»Und du?«, sagt Lukas. »Hast du Geschwister?«
»Nee. Ich bin Einzelkind.«
»Deine Eltern vermissen dich bestimmt.«
Ich schaue in die Ferne. »Kann schon sein.«
»Warum habt ihr so wenig miteinander zu tun?«, fragt er zögernd, beugt sich vor und stützt die Ellenbogen auf die Knie.
Ich seufze. »War früher anders.« Pause. »Wir haben uns letzten Sommer zerstritten. Ich habe ihnen immer noch nicht richtig verziehen.«
»Darf ich vielleicht fragen, was geschehen ist?«
»Darfst du, aber darf ich mich vielleicht weigern, darüber zu sprechen?« Ich lache verlegen.
»Aber sicher.« Fragend schaut er mich an. »Es wäre schön, wenn du dich mir irgendwann anvertrauen könntest.«
»Vielleicht.«
Vielleicht auch nicht. Lukas ist eine ganz andere Hausnummer als Jessie und Emily. Ich verspüre keinerlei Verlangen, mit ihm über Joe zu sprechen. Auf einmal ist mir ganz melancholisch zumute. Ich senke den Blick.
»Komm, wir machen einen Spaziergang«, schlägt Lukas vor.
Erleichtert stimme ich zu.

Kapitel 33

Am Freitagabend trinke ich gerade mein zweites Glas Bier mit Emily, Jessie und den anderen im Pickerel, als ich eine SMS von Lukas bekomme. Er will wissen, was ich gerade mache. Ich habe ihn seit Montag nicht mehr gesehen, da er viel im Labor zu tun hatte, aber ich habe oft an ihn gedacht. Ich simse zurück, dass ich im Pub bin, und will gerade auf »Senden« drücken, als mir einfällt, ihn zu fragen, was er denn vorhabe. Seine Antwort kommt schnell. Er sei in der College-Bar von Trinity. Ich weiß nicht genau, was er mit dieser Information bezweckt, doch dann folgt seine nächste Nachricht, in der er fragt, ob ich Lust hätte rüberzukommen. Ist ihm das gerade erst eingefallen? Will er mich gar nicht unbedingt sehen?

»Wem schreibst du da?«, fragt Jessie.

»Lukas«, sage ich unaufmerksam.

»Was will er?«

»Er fragt, ob ich etwas mit ihm trinken gehe.«

»Und?«

Ja …

»Ich trinke erst mal mein Bier aus«, sage ich. »Hey, kennst du den Oberbegriff für Truthähne?«

»Hä, was meinst du damit?«

»Na, ein Truthahn ist männlich, eine Pute weiblich. Weißt du, wie man die ganze Art nennt?«

»Scheiße, nee. Heißen die nicht einfach alle Truthähne?«

»Offensichtlich nicht.«

»Wie denn dann?«

»Truthühner«, verrate ich mit wissendem Blick.
Jessie schnaubt vor Lachen, und ich leere kichernd mein Glas.

Als ich draußen vor Trinity warte, habe ich Schmetterlinge im Bauch. Innerhalb einer Minute taucht Lukas in Jeans und T-Shirt auf.
»Ist dir nicht kalt?«, frage ich lächelnd.
»Bin gerannt«, erwidert er ein wenig atemlos, beugt sich vor und küsst mich auf die Wange. Ich rieche sein Aftershave, und mein Herz schlägt schneller. Ich bin leicht bestürzt, als mir klar wird, wie sehr ich ihn mag.
»Die schöne Alice!«, ruft Harry quer durch den Raum, kaum dass wir die Bar betreten haben. Schon von weitem merke ich, dass er so einiges intus hat. Ich werfe Lukas einen Seitenblick zu und frage mich, wie viel er getrunken hat. Bei ihm ist das schwer zu sagen; er ist immer so gefasst.
Harry springt auf und zieht einen schweren Stuhl für mich heran. Lukas setzt sich links von mir auf ein Ledersofa. Auf der anderen Seite von ihm ist ein Typ von ungefähr Anfang zwanzig, der ein blassrosa Hemd trägt, am Hals aufgeknöpft. Er ist gebräunt, hat hellblondes Haar und sieht sehr gut aus. Ich war wirklich ziemlich sprachlos, als ich feststellte, wie viele perfekte Jungs und Mädels hier in Cambridge herumlaufen. Großgewachsen und breitschultrig, oder umwerfend schön und hochintelligent … Ein James-Bond-Schurke hätte hier freie Auswahl, wenn er ein paar hochkarätige Exemplare für eine neue Rasse zusammentrommeln wollte. Gab's nicht einen Film über so was? Ja, stimmt: *Moonraker*.
»Alice, das ist Matthew.«
»Hi«, sage ich mit erhobener Augenbraue.
»Hi.«
Lukas springt auf. »Was möchtest du trinken?«, fragt er. Ich schiele auf den Tisch: Vor ihm steht ein Glas, offenbar mit Whisky. Matthew trinkt ebenfalls Whisky, Harry hat ein Bierglas in der Hand.
»Einen Wodka mit Limo und Zitrone, bitte«, erwidere ich. Lukas

geht zur Theke. Ich wende mich an Harry: »Und, gibt es eine neue Ente im großen Saal?«
Harry wird verlegen, und Matthew boxt ihn im Spaß gegen den Arm. »Da war jemand schneller als du, nicht wahr?«
»Oje«, sage ich. »Aber der Vorteil ist: Du lebst noch.«
»Die nächste tu ich da oben hin«, murmelt Harry entschlossen.
»Ganz bestimmt«, hänselt Matthew ihn.
Grinsend sehe ich mich um. Keine alltägliche College-Bar, würde ich mal sagen, auch wenn ich noch in keiner anderen als unserer gewesen bin. Aber es gibt tatsächlich einen Tischkicker und … jawoll! Einen Billardtisch!
»Kannst du spielen?«, fragt Matthew.
Ich drehe mich zu ihm um. »Tischkicker nicht. Aber Billard.«
»Wirklich?«, fragt Harry.
»Ähm, ja, ein bisschen.« Mein Vater brachte es mir im örtlichen Pub bei, als ich ungefähr zehn war. Jahrelang gingen wir fast jeden Sonntag dorthin. Ich war ziemlich gut.
»Willst du spielen?«, fragt Matthew.
»Hm … warum nicht?«
»Komm!«, drängt Harry. »Wir machen ein Doppel!«
Lukas kommt mit meinem Glas zurück.
»Billard?«, fragt ihn Matthew. »Alice macht auch mit.«
»Klar«, sagt Lukas.
»Schnell, der Tisch ist gerade frei«, ruft Harry.
»Ihr gegen uns?«, fragt Matthew und nickt Lukas und mir zu, während er eine Münze hervorholt. Harry kreidet einen Queue ein.
»Ja.« Lukas stellt unsere Gläser auf die Fensterbank neben uns und legt unerwartet die Hände von hinten auf meine Hüften. Mir wird ganz flau im Magen.
»Kopf oder Zahl?«, fragt Matthew mit kurzem Blick auf Lukas' Hände.
»Kopf«, entscheidet Lukas.
Matthew wirft die Münze. »Kopf gewinnt.« Harry reicht uns den Queue und sucht sich selbst einen aus.

»Willst du anstoßen?«, fragt Lukas mich.
»Nein, fang du besser an.« Jetzt bin ich doch nervös. Ich hoffe, ich mache mich nicht zum Narren.
Lukas stößt an, und sofort fallen drei Kugeln in die Taschen: zwei Halbe und eine Volle. Begeistert beobachte ich, wie er eine dritte Halbe einlocht, aber dabei verkalkuliert er sich, so dass er den Spielball nicht direkt spielen kann. Er trifft eine Halbe, die auf eine Ecktasche zurollt, aber nicht genug Schwung hat und davor liegen bleibt.
»Pech«, sagt Matthew und beugt sich über seinen Queue. Er locht eine Volle ein und peilt die nächste an.
»Du bist wirklich gut!«, flüstere ich Lukas ins Ohr, als er mir den Queue reicht.
»Wir haben einen Billardtisch zu Hause«, flüstert er grinsend zurück, ohne den Blick vom Spiel abzuwenden.
»Lass mir auch noch welche übrig«, beschwert sich Harry, als Matthew die nächste Kugel einlochen will.
Er stößt daneben und sieht Harry böse an: »Du hast mich abgelenkt!«
Jetzt bin ich an der Reihe. Ich hoffe, dass meine Hände nicht zittern. Zuerst trinke ich einen großen Schluck Wodka, dann sehe ich mir die Situation auf dem Tisch genauer an. Ich könnte auf Nummer sicher gehen und die Halbe einlochen, die Lukas bei seinem letzten Versuch vor der Ecktasche hat liegen lassen, aber eine andere, gegenüber auf dem Tisch, fordert mich mehr heraus. Ich recke mich und bringe den Queue in Stellung. Zack, ist die Kugel versenkt.
»Wow!«, rufen Matthew und Harry wie aus einem Munde. Ich konzentriere mich auf den nächsten Stoß, will einen Ball auf der anderen Seite des Tisches in eine Ecktasche spielen. Erneut gelingt es mir.
»Das war's mit uns«, scherzt Harry und stößt Matthew an, der mich bewundernd beobachtet. Lukas zieht die Augenbrauen hoch. Ich loche die nächste Halbe ein, aber der Spielball verschwindet ebenfalls in der Tasche.

»O nein!«, stöhne ich.
»Pech!«, ruft Harry fröhlich und kreidet seinen Queue ein.
»Nicht schlecht für ein Mädchen«, neckt Lukas mich leise und legt mir wieder die Hände auf die Hüften. Erneut wird mir ganz schummrig.
»Hey!« Ich schlage Lukas auf den Oberschenkel, und er lacht in sich hinein. Plötzlich springen meine Gedanken zu Joe, und mein Lächeln verschwindet.
Nein. Ich will jetzt nicht an ihn denken. Nicht heute Abend. Überhaupt nicht mehr. Er hat sich ja nicht mal die Mühe gemacht, nach mir zu suchen. Scheiß auf ihn.
Ja, ich bin immer noch wütend, aber diese Wut wird allmählich schwächer. Ich glaube, so langsam nähere ich mich dem Akzeptieren, und dann …
Dann wird die Bereitschaft zu lieben zurückkehren.
Als ich mich daran erinnere, wie Emily mir das vorlas, breche ich unabsichtlich in Lachen aus. »Was kicherst du denn?«, fragt Matthew von der Seite.
»Nichts, schon gut«, erwidere ich munter.
Jetzt ist Lukas wieder an der Reihe; nur noch eine Halbe ist übrig, und zwar diejenige, die er zuvor nicht versenkt hat. Es ist ein einfacher Stoß, danach geht es um die Schwarze. Sie liegt ganz am Rand und ist aus diesem Winkel so gut wie unmöglich einzulochen. Sein Versuch ist nicht schlecht; hoffentlich habe ich es beim nächsten Mal dadurch etwas leichter.
Matthew versenkt die übrigen Vollen, und es sieht aus, als würde er sich die Schwarze holen, doch er stößt völlig daneben.
»Argh!« Er schlägt sich die Hände vors Gesicht. Harry schreit »Nein!«, und Lukas reicht mir mit einem Lächeln den Queue. Ich konzentriere mich und spüre dank der entspannenden Wirkung meines guten Freundes Smirnoff so gut wie keinen Druck. Ich versenke die Schwarze, und wir haben gewonnen.
Harry wirft sich schluchzend auf den Tisch. Dann schaut er hoch und fragt fröhlich: »Noch ein Spiel?«

»Alice?«, fragt Lukas.
»Warum nicht?« Grinsend halte ich ihm mein leeres Glas entgegen. »Eventuell brauche ich aber noch eins hiervon …«
Als Lukas und ich drei von fünf Spielen gewonnen haben, bin ich extrem beschwipst. Er hat die ganze Zeit doppelte Whiskys getrunken und muss mittlerweile auch angetrunken sein, obwohl man so gut wie nichts davon merkt.
»Das nächste Spiel lassen wir aus«, erklärt er den enttäuschten Harry und Matthew und führt mich zu einem Sofa vorm Fenster. Er lässt sich darauffallen, das Undiszipliniertestе, was ich je bei ihm gesehen habe. Wahrscheinlich liege ich richtig mit dem Betrunkensein. Ich setze mich neben ihn, und er legt mir den Arm um den Hals und seufzt. An diesem Abend ist er sehr gefühlsbetont, was ich nett finde, weil wir uns noch nicht mal geküsst haben. In letzter Zeit wurde ich manchmal unsicher und fragte mich schon, ob er mich nur so mögen würde, als Bekannte. Ich sehe Lukas an. Er ist sehr nah und erwidert meinen Blick mit seinen eindringlichen blauen Augen. Es kommt mir sehr lange vor, und mein Herz fängt an, Rad zu schlagen.
»Willst du mit zu mir kommen?«, fragt er leise.
»Ein Kaffee könnte eine gute Idee sein«, sage ich in dem Bemühen, nicht zu erfreut zu wirken. Nach dem Abend auf der Dachterrasse bin ich noch ein bisschen vorsichtig.
Lukas nickt, und wir stehen auf. »Wir sehen uns, Leute!«, ruft er Harry und Matthew im Gehen zu.
»Ach, bleibt doch noch!«, ruft Harry.
»Tschüss!«, ruft Matthew mit angedeutetem Winken.
»Bis morgen!«, sagt Lukas zu Harry.
»Na gut«, erwidert er traurig. »Tschüss, schöne Alice!«
Kichernd folge ich Lukas nach draußen.

Kapitel 34

»Wo wohnst du denn?«, frage ich Lukas, als wir zum Haupttor eilen. Ihm muss eiskalt sein.
»Direkt auf der anderen Straßenseite.«
»Warum hast du keine Jacke übergezogen?«
»Ich wohne wirklich direkt gegenüber.«
Wir gehen durch das Tor und überqueren die Straße, bis wir vor einer Holztür stehen, durch die ich ihn einmal verschwinden sah. Lukas drückt sie auf und nimmt den Weg nach rechts, geht ein paar Stufen hoch und biegt oben wieder rechts ab. Mit dem Kinn weist er auf ein kleines Reihenhaus direkt vor uns.
»Hier wohne ich.«
»Nein!«
Er öffnet die Tür und hält sie mir auf, dann nähert er sich einer dritten Tür und schließt sie ebenfalls auf.
Er hat ein möbliertes Zimmer über einer Buchhandlung auf der Trinity Street. Es ist deutlich größer als mein ehemaliger Raum in Nightingale Hall. Möbliert ist es mit einem Bett, einem Schreibtisch und zwei gemütlichen Sesseln vor einem Gaskamin. Durch das Fenster sehe ich das Great Gate von Trinity direkt gegenüber.
»Und ich dachte, *ich* würde zentral wohnen!«, rufe ich aus.
»Ist zu laut hier«, wiegelt er ab und bückt sich, um den Kamin anzumachen.
»Es ist herrlich!«
»Euer Haus ist schöner.«
Das ist das erste Positive, was er über Jessies Haus sagt, was mich wundert, weil er sich sonst immer total zurückhält.

»Na los«, sage ich und sehe mich um. »Wo hast du ihn versteckt?«
»Wen?«, fragt er stirnrunzelnd und richtet sich wieder auf.
»Der muss doch hier irgendwo sein …« Ich gehe zum Schrank und ziehe die Türen auf. Lukas' Kleidung hängt ordentlich aufgereiht vor mir, der Duft seines Aftershaves weht heraus. »Nichts.« Ich öffne den Schrank links von mir. »Wo ist dieser berühmte Kühlverband, von dem du immer sprichst?«
Er muss lachen und schüttelt den Kopf.
»Aha!«, rufe ich triumphierend, als ich einen kleinen Kühlschrank entdecke. Ich schaue hinein, sehe aber nichts, was Ähnlichkeit mit einem Kühlverband hätte. »Oh.« Enttäuscht drehe ich mich um und stelle fest, dass Lukas direkt hinter mir steht.
»Ist das kalt genug für dich?« Er legt seine Hand auf meine Stirn. Er ist so nah – und ich wünsche mir, sehne mich danach, von ihm geküsst zu werden. Diesmal tut er es zum Glück tatsächlich.
Seine Lippen sind warm und weich, seine Zunge schmeckt nach Whisky. Ich lege die Hände auf seine durchtrainierte Taille. Der Kuss wird leidenschaftlicher, mir wird ganz schwindelig. Vorsichtig löst Lukas sich von mir und schaut mich eine Weile ernst an, dann zieht er die Vorhänge zu. Geschickt entkleidet er mich, ohne die Lippen von meinen zu lösen, und als ich lediglich in meiner Unterwäsche vor ihm stehe, streift er sich das T-Shirt über den Kopf. Sein Körper ist perfekt: kräftig und durchtrainiert. Ich lege ihm die Hände auf die Brust, und er schiebt sie hinunter auf seine Jeans. Ich fühle mich weder erfahren noch selbstsicher genug, um ihn auszuziehen, was er zu spüren scheint, denn er übernimmt das Kommando, steigt aus seiner Jeans und führt mich zum Bett. Er küsst mich voller Innigkeit und ohne jede Eile. Selbst wenn ich nichts getrunken hätte, wäre ich mittlerweile trunken vor Lust. Er schiebt mir das Haar aus dem Nacken und küsst mich dort. Ich halte die Luft an und gehe ins Hohlkreuz. Dann öffnet er geschickt die Ösen meines BHs und tastet mit den Lippen nach meinen Brüsten.
Dieser Mann weiß, was er tut.

Falls dieser Gedanke mich zuvor gestört haben sollte, will ich jetzt nichts anderes mehr, als seine wundervollen Berührungen genießen.

Mit dickem Kopf komme ich zu mir. Das Licht fällt bereits unter den Vorhängen ins Zimmer hinein. Ich liege auf der Seite, dem Raum zugewandt, Lukas hat die Arme um meine Taille geschlungen. Sein Bett ist so klein, dass wir nur in Löffelchenstellung darin liegen können. Er küsst meinen Rücken.
»Guten Morgen«, murmelt er.
»Hi.« Ich lächele ihn schüchtern über die Schulter an. »Bist du schon lange wach?«
»Ich wollte dich nicht wecken«, weicht er meiner Frage aus.
»Hättest du ruhig tun können«, gebe ich zurück. »Hast du heute eine Veranstaltung?«
»Heute ist Samstag.«
»Ach, ja!« Ich überlege. »Scheiße!« Ich schieße hoch, und sofort beginnt mein Kopf heftig zu pochen. »Wie viel Uhr ist es?« Ich schlinge die Bettdecke um meinen nackten Oberkörper.
»Halb zehn«, antwortet er leise und fährt mir mit den Fingerspitzen über die Wirbelsäule. Ich bekomme eine Gänsehaut. »Musst du irgendwo hin?«
»Ich muss eigentlich auf dem Fluss sein.«
»Es ist Anfang November. Wenn tatsächlich Dutzende von Touristen an einem kalten Wintermorgen mit dem Stechkahn fahren wollen, wird bestimmt einer von deinen Kollegen zur Stelle sein.«
Hm. Wahrscheinlich hat er recht. Er streicht mir das Haar aus dem Gesicht und zieht mich auf sich. Lukas' Bartstoppeln sind über Nacht gewachsen, er ist unglaublich sexy. Leidenschaftlich küsst er mich und dreht mich dann geschickt so um, dass ich unter ihm liege. Ich spüre, dass er schon längere Zeit darauf wartet, dass ich erwache …

Um halb elf schleppe ich mich schließlich doch aus dem Bett.
»Ich muss jetzt wirklich los«, sage ich voller Bedauern.
»Wann können wir uns wiedersehen?«, fragt er.
»Wann willst du denn?«
»Heute Abend?«
Ich nicke, doch dann fällt mir etwas ein. »Ach, nein, das geht nicht. Heute Abend gehe ich mit Jessie ins Kino.« Das machen wir regelmäßig, wir haben einen festen Termin.
»Wer ist Jessie?«
Ich weiß nicht, warum ich ihn bisher noch nicht namentlich erwähnt habe.
»Wohnt mit bei mir im Haus«, erkläre ich.
»Dann morgen?«, fragt Lukas.
»Klingt gut.«
»Ich rufe dich an.«

Als ich nach Hause komme, herrscht dort eine seltsame Atmosphäre. Ich dachte, Jessie wäre bereits arbeiten, aber ich höre ihn in der Küche mit Emily sprechen. Als die Tür hinter mir ins Schloss fällt und ich ein paar Schritte mache, verstummen die beiden.
»Hallo!«, sage ich fröhlich.
»Nett von dir, uns mitzuteilen, dass du über Nacht wegbleibst«, sagt Jessie mürrisch.
»Oh. ’tschuldigung.«
Er weicht meinem Blick aus. Emily lächelt mir befangen zu. »Er hat sich Sorgen um dich gemacht«, erklärt sie entschuldigend.
»Ich war bei Lukas«, sage ich.
»Das haben wir vermutet«, bemerkt Jessie trocken und steht auf, um die Teller abzuräumen. Ich sehe, dass auch für mich gedeckt war.
»Tut mir leid«, wiederhole ich. »Ich habe nicht richtig nachgedacht.«
»War es denn nett?«, fragt Emily freundlich.
»Ja, danke.« Pause. »Bei euch auch?«

»Ach, so wie immer.«
»Ich muss jetzt zur Arbeit«, murmelt Jessie und verlässt die Küche.
»Ich dachte, er wäre schon längst am Fluss«, sage ich zu Emily, als er weg ist. Das warme Gefühl, das ich von Lukas mitgebracht hatte, war in dem Moment verschwunden, als ich durch die Tür trat. Ich setze mich an den Tisch.
»Er hat verschlafen«, erklärt Emily.
»Echt? Sieht ihm gar nicht ähnlich.«
»Hm.«
»Viel gefeiert?«
»Ach, auch nicht mehr als sonst«, erwidert sie beiläufig. »Aber erzähl von dir! Hast du bei Lukas geschlafen?« Sie stützt die Ellenbogen auf den Tisch und beugt sich interessiert vor.
»Ja.« Ich rutsche auf dem Stuhl herum, kann aber mein Grinsen nicht verbergen.
Sie reißt die Augen auf. »Habt ihr gevögelt?«
»Was für eine Ausdrucksweise!«
»Also ja!«, ruft sie. »Und, wie war er so?«
Ich lächele.
»Er war gut, nicht?«
Ich zucke mit den Achseln.
»Los, komm, du musst alles erzählen!«, quietscht Emily aufgeregt.
»Alice, kommst du jetzt mit zur Arbeit, oder was?« Jessie erscheint in der Tür.
Ich springe auf. »Klar! Gib mir fünf Minuten zum Umziehen.«
Er schnaubt unzufrieden, aber ich weiß, dass er wartet.
»Wir sprechen uns später«, sage ich zu Emily. Enttäuscht sackt sie in sich zusammen, und ich haste nach oben, um mir frische Sachen anzuziehen. Duschen kann ich auch noch, wenn ich wiederkomme.

Kapitel 35

»Und …«, sagt Jessie auf dem Weg zur Stechkahnstation an der Magdalene Bridge. (Als ich im Wohnheim lebte, begannen meine Touren immer an der Silver Street Bridge, auf der anderen Seite der Stadt, aber jetzt ist die Magdalene Bridge deutlich näher.) »Du hast also bei *Lukas* übernachtet.« Er betont den Namen ironisch.
»Ja«, entgegne ich wütend. »Hast du vielleicht ein Problem damit, *Jessie*?« Ich bin zu sauer, um ihn mit seinem Spitznamen anzusprechen.
»Tja, es wäre nett von dir gewesen, uns das vorher zu sagen.«
»Ich habe mich schon entschuldigt, dass ich vergessen habe anzurufen. Aber du führst dich langsam auf, als wärst du mein Vater.«
Seltsamerweise fördert dieser Spruch nicht gerade seine Bereitschaft, mir zu verzeihen.
»Dann werde ich mir in Zukunft einfach keine Gedanken mehr um dich machen«, fährt er mich an.
»Ich bitte darum!«
Den Rest des Weges legen wir schweigend zurück. Wir schmollen bis in den späten Nachmittag hinein, als wir uns von weitem auf dem Fluss entdecken. Wir fahren aufeinander zu, und ich funkele wütend zu ihm hinüber, wie schon auf den bisherigen zwei Touren, die ich absolviert habe. Auf einmal kommt Jessie frontal auf mich zu.
»Argh!« Es gelingt mir so gerade, das Gleichgewicht zu halten. Ich will ihn aufs Übelste beschimpfen, da sehe ich seinen Gesichtsausdruck.

»Alles klar, China?«, fragt er lässig.
Ich muss breit grinsen. »Verpiss dich!«, sage ich im Scherz und stoße den Stecken in den Schlamm, um vorwärtszukommen.
»Wann gehen wir heute Abend ins Kino?«, fragt er im Vorbeigleiten.
»Wir gehen also hin, ja?«
»Es sei denn, du hast andere Pläne mit *Lukas* …«, gibt er zurück.
Die Passagiere in beiden Booten bekommen lange Ohren.
»Nein, ich habe ihm gesagt, dass ich heute mit dir ins Kino gehe.«
»Gut gemacht.«
Ich sehe ihn über die Schulter strafend an, aber er lacht.
»Bis später!« Ich konzentriere mich wieder auf meine Tour, und Trinity Bridge kommt in Sicht. Heute bin ich überhaupt nicht bei der Sache. Ich kann nicht an die vergangene Nacht – oder an den Morgen – denken, ohne rot zu werden. Ich möchte Lukas wiedersehen und hoffe jedes Mal, dass er am Ufer steht, wenn ich an Trinity vorbeifahre, aber er ist nicht da. Ernüchtert schiebe ich das Boot voran.

Das Kino entpuppt sich als absolute Zeit- und Geldverschwendung, weil ich in der Dunkelheit des Saales an nichts anderes denken kann als an Lukas. Seine Augen … seine Lippen … sein Körper … was er mit mir gemacht hat … ich bin so scharf, dass ich kaum Luft bekomme. Ob ich es überhaupt bis morgen aushalte? Ich sehne mich nach ihm und überlege, später einfach bei ihm vorbeizuschauen, aber bin unschlüssig, ob es nicht besser ist, erst mal die Unnahbare zu spielen. Er war ja heute auch nicht auf der Brücke. Wollte er mich nicht sehen? Auf einmal werde ich unsicher und nervös.
Bei Joe habe ich mich nie so gefühlt …
Meine Sehnsucht wird von einer tiefen, schmerzenden Traurigkeit verdrängt. Wo ist Joe? Warum hat er nicht nach mir gesucht, wie er versprochen hat? Meine Unterlippe beginnt gefährlich zu beben, und ich verspüre den überwältigenden Wunsch, nach Hause zu gehen und in mein Kissen zu weinen.

Was ist, wenn er mich trotzdem noch liebt? Wenn er vorhat, mich zu suchen? Was ist, wenn ich … wenn ich ihn gerade *betrogen* habe? Bei dem Gedanken wird mir übel. Dabei ist es schon über ein Jahr her … Er kann doch nicht davon ausgehen, dass ich ewige Zeiten auf ihn warte? Was ist, wenn *er* eine andere gefunden hat? Ein Stich fährt mir durch die Brust. Die Vorstellung, wie er mit einem anderen Mädchen … Hör auf, Alice! Nicht drüber nachdenken!
Ich versuche, mich auf den Film zu konzentrieren, aber es fällt mir schwer.

Emily ist noch auf, als wir nach Hause zurückkehren. Bemerkenswert putzmunter und frisch für die späte Stunde kommt sie aus dem Wohnzimmer.
»Wollt ihr einen Tee?«, fragt sie hoffnungsvoll.
»Nee, ich bin todmüde«, murmelt Jessie und geht zur Treppe. »Bis morgen früh!«
»Oh, na ja.« Sie sieht ihm nach, ein verletzter Ausdruck im Gesicht.
Ich will eigentlich auch ins Bett gehen, habe aber ein schlechtes Gewissen.
»Ich trinke einen Tee«, biete ich mich an, aber sie wirkt trotzdem enttäuscht, als ich mit ihr in die Küche gehe. »Wie war der Abend bei dir?«, frage ich.
»Nicht schlecht.«
»Nicht schlecht? Das klingt aber nicht gerade begeistert.«
»Nee, war schon okay. Ist nur wegen meiner Freundin. Sie redet immer nur von sich.«
»Wovon hat sie denn erzählt?«, frage ich.
»Ach, von allem.« Das Wasser kocht, und Emily macht uns zwei Becher Tee. Ich habe das Gefühl, dass sie an diesem Abend schon genug Zeit mit ihrer Freundin verbracht hat und nicht auch noch mit mir über sie sprechen will. »Wie war der Film?«, fragt sie und reicht mir einen Becher, mit dem wir ins Wohnzimmer gehen.
»Nicht schlecht.«

»Das klingt auch nicht gerade begeistert.«
»Nein, der war schon gut«, rudere ich zurück. »Weasley hat er gefallen. Ich war nur nicht ganz bei der Sache.«
»Weswegen? Wegen Lukas?«
»Hm. Und Joe«, gebe ich zu. Sofort werde ich melancholisch.
»Aber du willst doch was von Lukas, nicht?«, fragt Emily.
Ich nicke, kann sie dabei aber nicht ansehen. »Es kommt mir nur so vor, als würde ich Joe betrügen«, gestehe ich, und wieder bebt meine Unterlippe. Ich schaue in ihr verständnisvolles Gesicht, und heiße Tränen schießen mir in die Augen.
»Alice«, sagt sie vorwurfsvoll. »Wo ist Joe denn? Er ist nicht hier. Wahrscheinlich wirst du ihn niemals wiedersehen.«
Sie sagt das völlig unbeteiligt, doch ihre Worte verletzen mich tief. Ich drücke die Hände auf den Bauch.
»Ist alles in Ordnung?«, fragt Emily besorgt.
»Das hat mir gerade richtig wehgetan, als du das gesagt hast«, stöhne ich. Sie setzt sich neben mich, man sieht ihr ihre Sorge an.
»Als ich was gesagt habe?«, fragt sie.
»Dass ich ihn nie wiedersehen werde.« Ich bringe es kaum heraus.
»Aber so wird es wahrscheinlich sein«, sagt sie liebevoll.
»Hör auf!«, fauche ich, und sie weicht zurück.
Ich weiß, dass ich ihr Angst mache, aber ich kann nicht anders.
»Alice …« Sie berührt meinen Arm. »Alice«, sagt sie erneut, jetzt bestimmter, damit ich wieder einen klaren Kopf bekomme.
»Ich glaube, ich gehe jetzt besser ins Bett.«
»Nein«, sagt Emily im Befehlston. »Hör auf damit, Alice! Raus aus der Nummer!«
Ich sehe sie mit großen Augen an. Sie nimmt meine Hand. »Du bist ein starkes Mädel«, sagt sie. »Das weiß ich. Also benimm dich auch so.«
Was ist mit dem grauen Mäuschen passiert, das bei uns einzog? Ich werde ruhiger. Irgendwie haben mich ihre Worte verändert.
»Besser?«, fragt sie.
Ich finde meine Stimme wieder. »Ja.«

»Gut.«
Emily drückt mir die Hand und lächelt gezwungen. »Los, komm: Erzähl mir von Lukas! War er ein Tiger im Bett?«
Ich lächele sie an, schüttele aber den Kopf. »Ich glaube, ich will nicht darüber sprechen.«
»Doch, willst du. Ist er sportlich?«
Ich muss kichern. Als wir endlich ins Bett gehen, hat sie mich längst wieder zum Lachen gebracht.

Kapitel 36

»Rufe ich zu früh an?«
Mein Herz jubelt, als ich Lukas' Stimme höre. Die Unsicherheit des Vorabends hat sich bis zum Morgen gehalten.
»Ganz und gar nicht«, erwidere ich lächelnd. Er klingt sonderbar am Telefon. Bisher haben wir uns nur gesimst.
»Wie war der Film?«
»Gut. Warst du wieder mit Harry und Matthew unterwegs?«
»Nein. Ich bin zu Hause geblieben und habe noch mal Newtons *Prinzipia* gelesen.«
»Wow, wie spannend!«, necke ich ihn. Geistesabwesend wickle ich mir das Haar um die Finger.
»War es wirklich.« Ich kann spüren, dass er lächelt, und all meine Sorgen lösen sich auf.
»Dann bist du wahrscheinlich zu sehr mit dem Lesen beschäftigt, um mich heute zu sehen, was?«, frage ich.
»Vielleicht kann ich dich noch irgendwo dazwischenquetschen.«
»Hört sich gut an«, scherze ich. »Um wie viel Uhr?«
»Wie lange brauchst du denn, bis du fertig bist?«
»Ich bin fertig, wann du willst«, erwidere ich.
»Sollen wir irgendwo frühstücken gehen?«
»Hm …« Ich höre den Mixer in der Küche. Ich kann Jessie nicht zwei Tage nacheinander hängen lassen. »Jessie macht Pfannkuchen. Komm doch rüber zu uns! Wir können ja anschließend ausgehen.«
Ich laufe nach unten und berichte meinen Mitbewohnern von der neuesten Entwicklung.

»Ooh, wie aufregend!«, freut sich Emily. »Endlich lernen wir den geheimnisvollen Lukas kennen!«
»Uhuu!«, macht Jessie ironisch.
»Hey«, warne ich. »Sei bitte nett zu ihm.«
»Oh, klar bin ich nett«, sagt er in einem Ton, der mir nicht gerade viel Zuversicht vermittelt. »Ich freu mich schon drauf, ihn abzuchecken.«
Ich verdrehe die Augen, sage aber nichts weiter.
»Ich mache mich fertig.«
Zum Glück verschwende ich keine Zeit, denn fünfzehn Minuten später ist Lukas da.
»Das ging aber schnell«, sage ich, als ich die Tür öffne. Auf einmal bin ich wieder ganz schüchtern und unsicher.
»Ich war schon angezogen«, erwidert er und tritt über die Schwelle. Er schlingt mir den Arm um die Taille und schaut sich im Flur um. Aus der Küche riecht es nach Pfannkuchen. Lukas sieht mich an, ihm scheint etwas einzufallen. »Hallo!«, sagt er grinsend, nimmt mein Gesicht in die Hände und küsst mich zärtlich auf die Lippen. Ein wenig Selbstvertrauen kehrt zurück. Ich lächele zu ihm auf.
»Komm, ich stelle dir meine Mitbewohner vor.« Ich nehme seine Hand und führe ihn in die Küche. Emily hat die Tür offenbar nicht aus den Augen gelassen, und sie grinst übers ganze Gesicht, als wir auftauchen. Jessie gibt sich deutlich weniger interessiert.
»Jessie, Emily, das ist Lukas.«
Lukas tritt vor und reicht Jessie die Hand. »Jessie?« Er ist verwirrt.
»Yep. Und das ist Emily.« Jessie weist auf den Tisch.
Schnell reißt sich Lukas zusammen und gibt auch Emily die Hand. Er lässt den Blick durch die Küche schweifen, und ich sehe sie auf einmal mit seinen Augen: Sie ist eine absolute Müllhalde.
»Sorry für die Unordnung«, murmele ich.
»Jessie wirbelt hier schon länger rum«, erklärt Emily. »Setz dich doch. Hau rein.«
»Danke.« Lukas zieht einen Stuhl hervor und nimmt Platz.
Ich lege ihm die Hand auf die Schulter. »Willst du Tee oder Kaffee?«

»Kaffee, bitte.«
»Wir haben nur Instant«, wirft Jessie ein.
»Kein Problem.« Lukas nickt befangen.
Ich funkele Jessie wütend an und hoffe, dass Lukas es nicht merkt. »Sei nett!«, gebe ich ihm lautlos zu verstehen. Der kleine Wichser grinst mich an.
»Also … Alice sagt, du studierst Physik am Trinity?«, fragt Emily.
Lesen, nicht studieren, korrigiere ich sie in Gedanken.
»Richtig«, antwortet Lukas.
»Wow, hört sich echt interessant an«, sagt Emily.
Er lächelt höflich. »Und du bist auf dem Anglia Ruskin?«
»Yep. Soziologie«, erklärt sie, bevor er nachfragen kann.
»Emily kommt aus Schottland.« Ich reiche Lukas seinen Kaffee und ziehe mir ebenfalls einen Stuhl hervor.
Mürrisch knallt Jessie einen Teller mit Pfannkuchen auf den Tisch und zerrt einen Stuhl polternd über den Holzboden.
»Milch, Zucker?«, frage ich Lukas.
»Weiß, ohne Zucker«, entgegnet er und sieht stirnrunzelnd zu Jessie hinüber. Sein höfliches Lächeln ist verschwunden. Warum sollte er auch grinsen, wenn Jessie so unhöflich zu ihm ist?
Unter dem Tisch drücke ich Lukas' Knie. Später entschuldige ich mich bei ihm.

»Tut mir leid wegen Jessie«, sage ich, als wir durch den Garten auf die Straße gehen, in Richtung Stadt. Das Frühstück wurde nicht besser; wir sind so schnell wie möglich aufgebrochen.
»Hm«, macht er. Sein Tonfall trägt nur wenig dazu bei, mein Unbehagen zu vertreiben. »Was hat der für 'n Problem?«
»Keine Ahnung«, sage ich. »Wahrscheinlich ist er immer noch sauer auf mich, weil ich Freitagabend nicht nach Hause gekommen bin.«
»Wer ist er, dein Aufpasser?«
»Natürlich nicht.« Ich drücke Lukas' Hand und versuche, es zu erklären. »Er hat sich nur Sorgen um mich gemacht. Ach, vergessen

wir die Geschichte. Sollen wir einen Spaziergang an den Backs entlang machen?«
»Wie du willst«, erwidert er schnippisch. Eine Weile laufen wir schweigend. Dann sagt er: »Als du gesagt hast, du würdest mit Jessie ins Kino gehen, habe ich gedacht, du würdest von deiner Mitbewohnerin reden.«
»Ah.« Das stört ihn also die ganze Zeit? »Na ja, der Name Jessie ist … Wie sagt man noch mal? Männlich wie weiblich.«
»Androgyn«, erklärt Lukas.
Verdammte Kacke, er spricht besser Englisch als ich. Ich sehe ihn an. »Ich wollte ›unisex‹ sagen.«
Grinsend stellt er sich mir in den Weg, nimmt meine Hände und küsst mich sanft auf die Lippen. Ich recke ihm das Gesicht entgegen, und er hebt mich hoch, bis ich die Beine um seine Taille schlingen kann. Mein Kichern erstickt er mit einem Kuss. Mir ist bewusst, dass Menschen an uns vorbeigehen. Ich werde verlegen, als seine Lippen an meinem Hals hinabwandern.
»Sollen wir zurück zu mir gehen?«, raunt er mir ins Ohr.
Ich nicke. »M-hm.« Als er mich wieder abstellt, flattert das Herz in meiner Brust.

Kapitel 37

»Ich finde es furchtbar, dass ich dich Weihnachten überhaupt nicht sehe«, sage ich traurig und lege die Wange auf Lukas' nackte Brust. Er presst die Lippen auf meinen Scheitel. Wir liegen in seinem Bett und schauen aus dem Fenster. Es ist später Nachmittag und bereits dunkel draußen, doch die Weihnachtsbeleuchtung auf der Trinity Street taucht den Raum in ein warmes Glimmen. Früh am nächsten Morgen will Lukas nach Deutschland aufbrechen.

»Für dich ist es auch gut, wenn du nach Hause fährst«, sagt er. »Wie geht es deinem Vater?«

Vor ein paar Tagen erhielt ich von meiner Mutter die schockierende Nachricht, dass es meinem Vater nicht besonders gutgeht. Sie meinte, er habe viel Stress auf der Arbeit, und wollte, dass ich für die Dauer der Weihnachtsferien nach Hause komme. Auch wenn es vielleicht emotionale Erpressung war, hat es funktioniert.

»Unverändert«, antworte ich auf Lukas' Frage. »Ich glaube, er braucht einfach ein bisschen Ruhe.«

Er fährt mir mit den Fingern durchs Haar.

»Du wirst mir fehlen«, sage ich leise.

»Du mir auch«, erwidert er, zieht mich an sich und küsst mich auf die Lippen. Verlangen durchzuckt mich. In letzter Zeit habe ich Lukas nicht oft gesehen, weil er völlig von einem Forschungsprojekt vereinnahmt wird und ich Abgabetermine einhalten musste. Lukas nimmt sein Studium deutlich ernster als ich meins.

Vorsichtig löst er sich von mir. »Willst du dein Weihnachtsgeschenk jetzt haben oder es dir bis Weihnachten aufheben?«

»Kommt drauf an, was es ist«, flüstere ich und küsse ihn erneut.

»Hör auf.« Er lacht in sich hinein.
Ich weiß nicht, was mit mir los ist. Momentan kann ich einfach nicht genug von ihm bekommen.
»Wenn du mir nicht das schenkst, was ich mir wünsche«, ich tue so, als würde ich schmollen, »dann will ich es lieber jetzt.«
Er reckt sich zu den Vorhängen, um sie zuzuziehen, bevor er nackt zum Kleiderschrank geht. Mein Blick folgt ihm. Mit einem kleinen flachen Päckchen in weißem Satinpapier, um das eine rote Schleife gebunden ist, kommt er zurück.
Ich setze mich im Bett auf. »Was ist das?«, frage ich neugierig. Ich betaste es prüfend, es gibt nach.
»Mach es auf«, erwidert Lukas und hockt sich neben mich.
Es ist ein Kühlverband. Ich breche in Lachen aus.
»Du Spinner!« Ich schlage ihm gegen die Brust.
»Autsch!«, ruft er. »Jetzt kannst du den sofort bei mir anwenden.«
»Ich kann dich auch so lange küssen, bis es besser wird …«
Er lässt mich gewähren.

Nachdem wir uns voneinander verabschiedet haben und ich am Abend nach Hause komme, finde ich in meiner Handtasche ein etwas größeres Geschenk, das mit demselben roten Band umwickelt ist. Staunend betrachte ich es. Dann siegt die Neugier. Ich kann nicht bis Weihnachten warten.
Als ich das weiße Satinpapier öffne, kommt ein Schmuckkästchen aus schwarzem Samt zum Vorschein. Vorsichtig hebe ich den Deckel an, und vor mir liegt eine weißgoldene Halskette mit einem Diamantanhänger. Ich sacke gegen die Wand und rutsche langsam zu Boden. Der Anhänger funkelt im Licht des Schlafzimmers. Ich betaste ihn ehrfürchtig und erwarte fast, dass er sich in einer Rauchwolke auflöst. Der Kaschmirschal, den ich Lukas geschenkt habe, ist nichts im Vergleich zu dem hier. Ich kann die Kette unmöglich behalten. Das ist zu viel.
Jessie klopft an die Tür. »Kann ich reinkommen?«, fragt er. Sofort fällt sein Blick auf das Kästchen in meiner Hand. »Was ist das?«

»Mein Weihnachtsgeschenk von Lukas«, antworte ich mit ungläubigem Blick.
Er kniet sich neben mich, um sich die Kette genauer anzusehen. »Ist der echt?«, fragt er stirnrunzelnd.
Ich nicke und betrachte den Diamant erneut.
»Woher willst du das wissen?«, fragt Jessie. »Vielleicht ist das ein geschliffener … wie heißen die noch mal?«
»Geschliffener Zirkonia«, erwidere ich. »Nein. Lukas würde niemals etwas anderes als das Beste nehmen.«
Er macht ein verächtliches Geräusch. »Wer's sich leisten kann.«
Keine Ahnung, was für ein Problem Jessie mit Lukas hat. Wahrscheinlich fühlt er sich bedroht, so von Mann zu Mann. Es muss schwierig sein, in Anbetracht von Lukas' Aussehen, seinem Reichtum, seiner Intelligenz und so weiter in seiner Nähe keine Komplexe zu bekommen. Zum Glück haben sie sich nur ein paarmal gesehen, weil Lukas und ich lieber unser eigenes Ding machen. Emily meinte mal, Jessie wäre eifersüchtig, aber das ist Blödsinn, habe ich ihr auch gesagt. Er will mich beschützen, das stimmt, aber eifersüchtig ist er nicht. Nicht in dieser Hinsicht.
»Warum tust du sie nicht um?«, fragt er.
»Hab zu viel Angst, sie zu verlieren.« Ich mustere das Kästchen in meinen Händen. Ich will nicht sagen, dass ich überlege, sie zurückzugeben. Da müsste ich zu viel erklären.
»Verlierst du schon nicht.« Jessie steht auf. »Da verlierst du sie ja noch eher in diesem Schweinestall von Zimmer«, fügt er sarkastisch hinzu. »Gib mal her!«
Widerwillig reiche ich ihm das Kästchen. »Ich verspreche, dass ich aufräume, bevor du zurückkommst.«
Jessie nimmt die Kette heraus, legt sie mir um den Hals und schließt sie im Nacken. Ich kann ja mal gucken, wie sie sich am Hals macht.
Emily taucht in der Tür auf. »Hallo!« Ihre Augen huschen verwirrt zwischen uns hin und her, dann entdeckt sie den Diamanten, und ihre Gesichtszüge entgleisen. »Was macht ihr da?«

»Ich habe ein Weihnachtsgeschenk von Lukas bekommen.«
»Bitte sehr!« Jessie klopft mir auf den Rücken und macht einen Schritt nach hinten.
»Oh, wow!« Emily reißt die Augen auf und kommt näher, um die Kette zu bewundern. »O mein Gott, ist die schön!«
»Gut!«, sagt Jessie. »Wer hat Lust auf einen letzten Absacker vor Weihnachten, bevor ich mich in den Schnee verdrücke?«
»Ich!«, sagen Emily und ich wie aus einem Munde.
»Moment mal kurz!« Ich hole zwei Weihnachtsgeschenke aus dem Schrank: eine Flasche Baileys für Emily – sie liebt das Zeug – und eine Flasche Advocaat für Jessie. Vor kurzem hat er mir erzählt, dass er mit seinen Eltern Weihnachten immer Advocaat getrunken hat, und da sie ja momentan nicht hier sind …
Er lacht, als er sie auspackt. »Juhu! Die Party kann losgehen …«
»Ich komme sofort«, sage ich zu den beiden. Vorher muss ich noch Lukas anrufen.
Als er sich am Telefon meldet, spüre ich sofort, dass er Dankbarkeit für das Geschenk erwartet. Alles andere als überschwängliche Freude fände er unhöflich, womöglich sogar beleidigend. Und so sage ich schließlich doch nicht, dass ich die Kette zurückgeben will. Aber wirklich angenehm ist es mir auch nicht, sie zu behalten.
An dem Abend gehe ich früh nach Hause – früher als Jessie und Emily. Ich stelle mich vor den Spiegel und betrachte mein Ebenbild. Mein Blick fällt auf den funkelnden Diamanten, aber meine Gedanken sind bei Joe, nicht bei Lukas. Ich nehme die Kette ab, lege sie zurück ins Kästchen und mache den Deckel vorsichtig zu. Dann presse ich die Hand auf den schwarzen Samt und schließe die Augen. Auf einmal bin ich zurück in Dorset. Ich schnappe nach Luft und lege das Kästchen aufs Bett, um mir die Tränen abzuwischen. Ich kann nicht leugnen, dass ich in Lukas verliebt bin, aber ich kann nicht im Brustton der Überzeugung behaupten, ihn zu lieben. Nicht so, wie ich Joe geliebt habe. Wie ich Joe immer noch liebe. Auf einmal vermisse ich ihn so sehr, dass mir das Herz wehtut.

Mitten in der Nacht wache ich auf, ohne zu wissen, warum. Eine Weile liege ich reglos da und lausche, aber ich kann nichts hören. Ich stehe auf und gehe zum Fenster, ziehe die Vorhänge zurück und schaue nach draußen in die Dunkelheit. Dann vernehme ich ein Quietschen auf den Holzbohlen im Flur vor meinem Zimmer. Auf Zehenspitzen schleiche ich zur Tür, spähe hinaus und sehe gerade noch, wie Emily, lediglich bekleidet mit einem übergroßen schwarzen T-Shirt, in ihr Zimmer huscht und vorsichtig die Tür hinter sich schließt.

Was zum …?

Emily und Jessie? Im Leben nicht! Meine Gefühle sind seltsam durcheinander. Seit wann läuft das schon? Ist das was ganz Neues? Verbergen sie es schon länger vor mir?

Meine Gedanken fahren Achterbahn, und obwohl ich mir irgendwann die Frage stelle, ob das vielleicht die wahre Liebe ist, Glück bis an ihr Lebensende, lässt mein Pessimismus diese Vorstellung nicht zu. Lange Zeit kann ich nicht wieder einschlafen, und als ich schließlich aufwache, ist es zehn Uhr morgens. Emily hat sich in ihr Schneckenhaus zurückgezogen, Jessie ist bereits zum Flughafen aufgebrochen. Und ich selbst habe jetzt anderes im Kopf. Es ist Zeit, dass ich nach London fahre.

Kapitel 38

Meine Mutter trägt eine Nikolausmütze, als sie mich in King's Cross abholt. »Ho ho ho!«, ruft sie, und ich fahre vor Schreck fast zusammen. Dann breche ich in lautes Lachen aus.

Ich bin so froh, dass ich nicht all meine Sachen zusammenpacken und über die Ferien mit nach Hause nehmen musste, so wie das immer war, als ich im Wohnheim lebte. Heute habe ich nur einen kleinen Koffer dabei, dennoch ist Dad mit dem Auto da, damit ich nicht die U-Bahn nehmen muss.

»Hi, Dad!«, sage ich liebevoll, als ich auf die Rückbank rutsche.

»Hallo!« Er strahlt vor Freude, dreht sich um und tätschelt mir voller Zuneigung das Knie.

»Komm, Liebling«, drängt Mum.

Mein Vater gehorcht und fährt los. Ich betrachte ihn von der Seite. Er wirkt müde und sieht älter aus.

»Wie war die Zugfahrt?«, fragt er munter.

»Super! Verging wie im Fluge. Und du? Wie geht es dir?«

»Mir geht's gut«, wiegelt er schnell ab. »Ich weiß gar nicht, was der ganze Aufstand soll.«

Meine Mutter schweigt.

Später klopft sie an meine Zimmertür. »Ich bin so froh, dass du zu Hause bist«, sagt sie und setzt sich neben mich aufs Bett.

»Ich auch.« Das ist nicht mal gelogen. Es ist schön, daheim zu sein, wenn auch ein komisches Gefühl. Mein Zimmer kommt mir fremd und gleichzeitig vertraut vor. Es ist noch genau so, wie ich es verlassen habe, abgesehen von einer kleinen Vase mit frischem Ilex, den Mum im Garten für mich abgeschnitten hat.

»Hast du heute Abend schon was vor?«, will sie wissen.
»Nein, aber ich will mich bald mit Lizzy treffen.«
»Sie sollte eigentlich gestern ankommen«, erklärt Mum. »Ich habe Susan vor ein paar Tagen auf der Straße getroffen.«
»Wie geht es ihr?«
»Sie sah gut aus.«
»Das ist schön.« Mein Lächeln verfliegt schnell wieder. »Wie geht es Dad?«
Sie senkt den Blick. »Ganz okay.«
»Sag mir die Wahrheit!«
Mum seufzt. »Sein Blutdruck ist viel zu hoch. Er muss es langsamer angehen lassen.«
»Hat er länger frei über Weihnachten?«, frage ich.
»Einen Monat.«
»Einen Monat!«, rufe ich. »Na, das ist doch super!«
»Hm.«
»Was?«
»Der Arzt hat ihn krankgeschrieben«, verrät sie.
»Oh.« Dann ist es doch ernster, als ich dachte.
»Dass du jetzt hier bist, hilft bestimmt«, sagt sie lächelnd.
Meine Schuldgefühle werden stärker. Ich war so unerbittlich – warum? Er hat doch nur versucht, mich zu schützen. Ich nehme mir vor, es wiedergutzumachen.
Mum hat ein Brathähnchen zum Abendessen gemacht. Es ist herrlich, zusammen am Tisch zu sitzen, nur wir drei. Genau wie früher, vor … Dorset – ich will seinen Namen nicht aussprechen.
Später macht Dad den Kamin an, und wir sitzen im Wohnzimmer: Die beiden mit einem Sherry und ich mit einem Baileys auf Eis.
Ich höre mein Handy in der Handtasche klingeln, die am Garderobenständer hängt. Ich hole es herein und entdecke eine Nachricht von Lukas, in der er mir mitteilt, dass er wohlbehalten zu Hause angekommen ist. Ich simse ihm zurück und gehe wieder ins Wohnzimmer.
»Neuigkeiten?«, fragt Mum.

»Ähm …« Ich schaue kurz hoch und lächele andeutungsweise. »Ein Freund.«
»Ein Freund!« Dad richtet sich im Sessel auf. »Kennen wir ihn?«
»Nein.« Ich schüttele den Kopf und beschäftige mich verlegen mit meinem Telefon. »Er geht zum Trinity College.«
»Ooh!«, macht meine Mutter. Wahrscheinlich erinnert sie sich noch an die Kahnfahrt, auf die ich sie mitgenommen habe.
»Woher kommt er?«, fragt Dad.
»Aus Süddeutschland.«
»Deutschland!«, ruft Mum. Sie haben bestimmt beide damit gerechnet, dass er Engländer ist.
»Er ist *Deutscher*?«, hakt Dad nach.
»Ja.« Ich nicke und rutsche im Sessel herum. »Er ist nett.«
»Wie alt ist er?«, will Dad wissen.
»Einundzwanzig.«
»Wo verbringt er das Weihnachtsfest?«, fragt Mum, begierig auf Details – sie will immer so viel wie möglich wissen.
»Er ist nach Hause geflogen.«
»Wie heißt er?«
»Jetzt ist es aber mal gut!«, schimpfe ich, nur halb im Spaß.
»Entschuldigung«, sagt Mum lächelnd.
»Er heißt Lukas.«
»Wann können wir …«
»Ihr könnt ihn kennenlernen, wenn ihr mich das nächste Mal besucht«, unterbreche ich meinen Vater, leicht nervös bei der Vorstellung. Wer hat schon Spaß daran, seinen Freund den eigenen Eltern vorzustellen?
»Gut.« Er scheint zufrieden. Ich will das Kreuzverhör abschließen, aber es ist noch nicht vorbei. »Du siehst gut aus«, bemerkt Dad. »Er macht wohl irgendwas richtig.«
Ich weiß, dass er mein Aussehen mit dem vom letzten Weihnachten vergleicht. Damals war ich ein wandelndes Gespenst, eine leere Hülle, stand völlig neben mir.
»Du siehst wirklich gut aus.« Meine Mutter tätschelt meine Hand.

Ich lächele unsicher, weiche aber ihrem Blick aus.
»Susan sah auch *sehr* gut aus, als ich sie letztens getroffen habe«, berichtet meine Mutter. »Sie hat sich unglaublich gut erholt«, fügt sie hinzu. »Wir könnten sie doch auf ein Glas zu Weihnachten einladen, oder?«
»Das wäre nett«, sagt Dad.
Wieder tätschelt sie mir die Hand und merkt wohl, dass ich ihr dankbar bin für den Themenwechsel.

Am nächsten Tag treffe ich mich mit Lizzy. Wir gehen in unser Stammlokal, das Bald-Faced Stag, um dort zu Mittag zu essen.
»Ich bin so froh, dass du hier bist!«, ruft Lizzy fröhlich. »Der Sommer war so öde ohne dich!«
Ich lache. »Ist schön, wieder zu Hause zu sein.«
»Was hast du so getrieben? Wie geht es Jessie?«
»Jessie geht's super. Er ist in den Alpen und gibt Snowboard-Unterricht.«
»Wow! Wirklich cool.«
»Er hat eine Menge drauf«, merke ich an.
»Und du willst noch immer nichts von ihm?«
Lachend schüttele ich den Kopf und erzähle dann von Emily.
»*Wirklich?*«, fragt sie, verrückt nach Tratschgeschichten. Sie hat unsere Mitbewohnerin noch nicht kennengelernt. »Was glaubst du, wie lange läuft das schon?«
»Keine Ahnung«, erwidere ich betont lässig.
»Stört es dich?«
»Ähm …«
»Also schon!«
»Aber nicht, weil ich was von ihm will.« Dieser Hinweis ist mir wichtig. »Nur weil ich mir nicht sicher bin, wie sich das alles entwickeln wird. Ich wohne wirklich gerne mit den beiden zusammen. Aber was ist, wenn es fürchterlichen Krach gibt?«
»Hm«, macht sie nachdenklich. »Es könnte auch ein bisschen so werden wie das fünfte Rad am Wagen.«

Ich starre in die Ferne. Den Gedanken hatte ich auch schon.
»Du musst dir einen Mann suchen«, sagt Lizzy und trinkt einen Schluck.
»Na ja …«
»Was?!« Sie beugt sich über den Tisch. »Hast du jemanden kennengelernt?«
»Kann sein.«
»Wann wolltest du mir das denn verraten?«
Ich lache. »Jetzt.«
»Wen? Was? Wann? Wie lange?«
»Genau genommen …« Ich grinse sie an. »Erinnerst du dich an den Abend im Club, als du zu Besuch bei mir warst?«
Sie nickt erwartungsvoll. »Ja.«
»Kannst du dich an den heißen Typen erinnern, den du mir gezeigt hast?«
»Nein!«, ruft Lizzy, aber meint natürlich »Ja«. »Mit *dem* bist du zusammen?«
»M-hm.«
»Aber ich dachte, du magst ihn nicht!«
»Offensichtlich doch.«
»Nein!«
»Doch.«
Ich grinse über ihre Reaktion.
Lizzy runzelt die Stirn, ihr ist etwas eingefallen. »Moment mal, ist das nicht der Typ mit dem Kühlverband?«
Lachend erzähle ich ihr von Lukas' Weihnachtsgeschenk.
Sie kichert. »So ein Geizhals.«
Erst zögere ich, dann ziehe ich die Halskette mit dem Diamanten unter meinem Pullover hervor. Ich habe mich bewusst die ganze Zeit so angezogen, dass man sie nicht sehen kann. Ich wollte die Sache mit Lukas nicht sofort meinen Eltern beziehungsweise meiner Freundin erklären müssen, kaum dass ich durch die Tür komme.
»Die ist auch von ihm.«
Lizzy bewundert die Kette. »Wow! Ist die echt?«

Ich nicke.
»Wow!«, wiederholt sie. Dann lässt sie sie los, lehnt sich auf ihrem Stuhl zurück und betrachtet mich. »Das heißt also, es ist was Ernstes?« Irgendwie klingt ihr Tonfall leicht anklagend.
Ich nicke wieder. »Doch, etwas verdammt sehr Ernstes.« Meine Antwort gerät etwas flapsig.
»Habt ihr schon …?« Sie verstummt.
Ich schürze die Lippen.
»Nein!« Sie beugt sich vor. »Wirst du gerade rot?« Sie knallt ihr Glas auf den Tisch.
»Was? Nein!«
»Doch, wirst du.«
»Na gut, vielleicht ein bisschen, aber … weißt du …«
Lizzy hebt ihr Glas. »Prost! Auf dich.«
»Hör auf.« Ich winke lachend ab. »Was ist mit dir? Irgendjemand auf der Bildfläche?«
»Kann sein.«
»Erzähl!«, kreische ich. »Habt ihr schon …«
»Nein«, unterbricht sie mich. »Noch nicht. Aber es war kurz davor«, gesteht sie.
»Wie heißt er?«
»Callum. Er ist Schotte«, fügt sie schnell hinzu.
»Geht er auch zur Uni?«
»Ja, ja. Er studiert Politik.« Sie verzieht das Gesicht. »Aber er ist total sportlich, deshalb verzeihe ich ihm das. Was studiert … wie heißt er überhaupt?«
»Lukas.«
»Cooler Name. Was studiert Lukas?«
»Er *liest*« – sage ich ironisch – »Physik an der Universität von Cambridge.«
»Oh, schnapp ihn dir!«, ruft sie. »Was macht er da genau?«
»Ich habe nicht die geringste Ahnung. Ist alles deutlich zu hoch für mich.«
Sie lacht. »Wann kann ich ihn kennenlernen?«

Stell dich hinten an … »Wenn du mich das nächste Mal besuchst.«
»Du siehst wirklich viel besser aus«, sagt Lizzy, und sofort fühle ich mich hundeelend, weil ich weiß, was als Nächstes kommt. »Dann bist du also über Joe hinweg, ja?«
Im ersten Moment bringe ich nichts heraus. »Nein.« Ich lasse das Bier in meinem Glas herumschwappen. »Nein, ich werde niemals über ihn hinweg sein.«
»Doch, irgendwann«, versichert sie mir.
»Nein, nie.« Ich sehe ihr fest in die Augen. »Das weiß ich genau.«
Sie zuckt die Achseln. Lizzy glaubt mir nicht, aber in dieser Frage trifft es einfach nicht zu, dass die Zeit alle Wunden heilt. Die Zeit wird Lizzy Lügen strafen, genau das wird geschehen. Ich werde ihn immer lieben. Ich versuche nur, in absehbarer Zukunft nicht an ihn zu denken.

Kapitel 39

Es gelingt mir, meine Vorsätze einzuhalten, bis ich zwischen Weihnachten und Neujahr mit meinen Eltern im Fernsehen eine Sendung über Dorset schaue. Am liebsten würde ich das Zimmer verlassen, aber mein Hintern ist wie festgeklebt auf dem Sofa. Ich starre auf die Mattscheibe, und später kann ich nicht schlafen, weil sich die Bilder in meinem Kopf jagen und überschlagen.

Schließlich knicke ich ein und erlaube mir, meine Zeit mit Joe in Gedanken noch einmal zu durchleben, von Anfang bis Ende. Ich versuche, mich an alles zu erinnern … an den ersten Blick im Pub … wie ich mich da fühlte: dieses WUMM, als er aufschaute und mir in die Augen sah … an den Abend, als ich zu Fuß zum Dancing Ledge ging und ihn einfach nicht aus dem Kopf bekam … wie ich ihn dort traf und ihm bei dem Quiz half. Als ich an den ersten Kuss auf dem Dancing Ledge denke, habe ich Schmetterlinge im Bauch … durchlebe erneut das mulmige Gefühl im Magen … erinnere mich, wie ich spätnachts mit ihm auf der Bank vor dem Cottage saß … dass ich jede Minute mit ihm zusammen sein wollte, gar keinen Schlaf brauchte … wie wir das erste Mal miteinander schliefen, dann das zweite Mal und das dritte … Bei dem Gedanken schlägt mein Herz Purzelbäume, und ich bin nicht mal traurig, sondern fest entschlossen, ihn zu finden.

Am nächsten Morgen stehe ich früh auf und laufe wie ferngesteuert über die Hauptstraße zur U-Bahn-Station. Stundenlang – ich weiß nicht genau, wie lange – irre ich durch die Straßen im Zentrum von London und suche nach ihm. Mit jeder vergehenden Stunde fühle ich mich verlorener – nicht körperlich, sondern emotional.

Irgendwie tragen mich meine Füße wieder nach Hause, aber ich bin völlig fertig. Ich sage meinen Eltern, dass es mir nicht gutgeht, dann lege ich mich ins Bett und bleibe dort bis zum nächsten Morgen. Ich wache auf, weil mir meine Mutter die Hand auf die Stirn legt. Sie macht ein besorgtes Gesicht, und ich spüre, dass ich Dad und ihr das nicht noch einmal antun kann. Ich reiße mich zusammen und spiele ihr etwas vor – auch wenn ich gehofft hatte, dass das nie mehr nötig sein würde –, und irgendwie bringe ich die nächsten Tage hinter mich, bis es Zeit wird, nach Cambridge zurückzukehren. Während der Ferien meldet sich Lukas zweimal bei mir, aber ich lasse seine Anrufe auf die Mailbox umleiten. Er simst mir eine Entschuldigung, nicht öfter angerufen zu haben; er sei familiär zu stark eingebunden gewesen. Ich zwinge mich zu antworten, mir sei es ungefähr genauso ergangen, dann schalte ich das Handy aus. Am liebsten würde ich ihm sagen, dass es vorbei ist. Aber das muss noch warten. Zumindest bin ich es ihm schuldig, persönlich Schluss zu machen.

Auf der Rückfahrt im Zug werden meine Gefühle immer schräger. Je näher ich Cambridge komme, desto mehr weicht die Düsternis zurück. Als ich Jessies Haus betrete, fühle ich mich schon wieder halbwegs normal. Es ist niemand da – Emily kommt erst am nächsten Tag aus Schottland zurück, und Jessie ist noch die nächsten sechs Wochen in Österreich –, dennoch bin ich lockerer drauf als in London. Benommen setze ich mich aufs Sofa und starre vor mich hin. Was ist bloß los mit mir? Warum bin ich so verrückt?
Ich taste am Halsausschnitt herum, aber die Kette von Lukas ist nicht da. Ich hatte sie abgelegt, als ich mich auf die Suche nach Joe machte.
Er wird am Abend in Stansted eintreffen. Lukas. Im Moment weiß ich nicht, wie ich mich fühlen werde, wenn ich ihn wiedersehe.
Ich muss nicht allzu lange warten, bis ich es erfahre. Gerade packe ich oben meine Sachen aus, als es an der Haustür klingelt. Aus reiner Neugier gehe ich nach unten: Wer das wohl sein mag? Ich

komme gar nicht auf die Idee, dass es Lukas sein könnte, da sein Flug erst spätabends eintrifft. Ich öffne die Tür und bin überrascht, ihn vor mir zu sehen.
»Hallo«, sagt er zärtlich und tritt über die Schwelle. Ich bin wie versteinert, starre ihn nur an. Er trägt den Schal, den ich ihm geschenkt habe. Er steht ihm gut. Aber Lukas kommt mir so fremd vor. Ich erkenne ihn kaum wieder. Wir waren nur vierzehn Tage voneinander getrennt, doch es erscheint mir wie eine Ewigkeit. Lukas nimmt mich in die Arme, angespannt lasse ich es über mich ergehen.
Der Duft seines Aftershaves macht den Unterschied. Als ich es einatme, wird mir warm ums Herz. Ich drücke ihn fest an mich und kneife die Augen zusammen.
Lukas. Mein Freund. Ich bin so eine bescheuerte Kuh.
»Überraschung«, sagt er leise, löst sich von mir und sieht mich an.
»Ich … ich dachte, du kommst erst heute Nacht zurück«, stammele ich.
»Ich hab einen früheren Flug genommen. Die zwei Wochen waren sehr lang.«
Ich lächele schwach. »Allerdings.«
»Alles klar bei dir?«, fragt er. »Ich hab dich vom Flughafen aus angerufen, aber dein Handy sprang sofort auf die Mailbox um.«
»Ich muss es wieder aufladen«, sage ich wegwerfend und weiche seinem Blick aus. Lukas legt mir die Hand unters Kinn, hebt es an und küsst mich.
Für einen Sekundenbruchteil habe ich Joe im Kopf, dann verdränge ich ihn. Es reicht jetzt. Dies hier ist mein Leben, mit dem ich glücklich sein sollte.
Nicht »sein sollte«, sondern »bin«.
»Warte mal kurz«, sagt Lukas und geht zur Tür. Er läuft über den Pfad zur Straße und winkt jemandem zu, dann kommt er zurück ins Haus.
»Klaus«, erklärt er. »Er bringt mein Gepäck in mein Zimmer.«
»Wie nett«, necke ich ihn. »Hat er dich auch vom Flughafen abgeholt?«

»Ja.«
»Du hättest ihn mir vorstellen sollen.«
»Warum?«, fragt Lukas stirnrunzelnd.
»Was meinst du mit ›warum‹?« Ich runzele ebenfalls die Stirn.
Er zuckt die Achseln, völlig verständnislos.
»Er ist ... keine Ahnung, er gehört doch zu deinem Leben«, erkläre ich. »Es ist mir unangenehm, dass ich ihn noch gar nicht kennengelernt habe.«
»Das ist kein Problem. Er arbeitet für meine Familie. Du brauchst ihn nicht kennenzulernen, nur um höflich zu sein.«
Er nimmt mich wieder in die Arme.
»Du hast mir gefehlt«, flüstert er in mein Haar und küsst mich leidenschaftlich. Mir laufen Schauder über den Rücken. Nicht viel später ziehen wir uns auf mein Zimmer zurück.

Das surreale Gefühl kehrt später zurück, als ich in seinen Armen liege, aber diesmal ist es meine Fahrt nach London, die mir fern erscheint. Ich kann plötzlich nicht mehr begreifen, was ich dort gemacht habe. Ich bin wirklich total verrückt. Vielleicht sollte ich mir professionelle Hilfe holen.
Lukas regt sich neben mir. Ich schaue ihn an. »Alles in Ordnung?«
»Mir geht's gut.« Er streckt sich. »Ich mag dein Bett«, grinst er.
»Es ist auf jeden Fall größer als deins.« Ich stütze mich auf seiner Brust ab.
»Wann kommt Jessie zurück?«
»Erst in anderthalb Monaten«, erkläre ich. »Aber Emily kommt morgen wieder.«
»Schade«, sinniert er und schaut an die Decke. »Wäre schön, unser eigenes Haus zu haben.«
»Immer mit der Ruhe«, scherze ich.
Lukas lacht nicht. »Du hast mir wirklich gefehlt.«
Ich antworte nicht, sondern streichele mit dem Daumen über sein Kinn – es ist ganz weich. Tief blicke ich in seine strahlend blauen Augen, dann küsst er mich von neuem.

»Wie war Weihnachten bei dir?«, frage ich ihn am nächsten Morgen beim Frühstück. Leider nur Cornflakes, keine Pfannkuchen.
»Gut«, sagt Lukas mit kurzem Nicken.
»Wie geht es deinen Eltern?«
»Gut.«
»Deinem Bruder? Deiner Schwester?«
»Gut.«
»Dem kleinen Max?«
»Super.«
»Komm, erzähl mal ein bisschen mehr!«, fordere ich ihn auf.
»Es war schön. Alles war gut.«
Das ist ein bisschen seltsam. Mir kommt ein Gedanke. »Hast du deinen Eltern von mir erzählt?«
»Hm …«
»Hast du nicht?«
»Nein, so ist das nicht …« Er legt den Löffel in die Schale. Zum ersten Mal überhaupt wird Lukas verlegen.
»Wie ist es denn dann?« Auch ich lege den Löffel beiseite.
»Ich … Sie … Sie wollen, dass ich mich aufs Studium konzentriere.«
»*Aha* …«, sage ich zögernd.
Er schätzt mich ab. »Hast du deinen Eltern von mir erzählt?«
»Ja, allerdings.«
»Warum hast du meine Kette nicht um?«, fragt er plötzlich.
»Ich … nachts lege ich sie ab, okay?«
»Als ich gestern kam, hattest du sie auch nicht an.«
»Ich habe sie abgenommen, damit ich sie nicht verliere«, lüge ich und wende den Blick ab. Ich merke, dass er mir nicht glaubt. Doch aus irgendeinem Grund hakt er nicht weiter nach. Ich bin so erleichtert, dass ich ihn nicht weiter nach seinen Eltern ausfrage. Erst später kommt mir die Idee, ob er wohl wusste, dass seine Fragen nach der Kette diese Wirkung haben würden. Ich hoffe, dass er nicht so berechnend ist.

Kapitel 40

»Hast du was von Jessie gehört?«, ist eine der ersten Fragen von Emily, als sie einen Tag später nach Hause kommt.
»Nein«, antworte ich. »Du denn?«
»Nee.« Ganz schön ungehobelt von ihm. »Aber er wird sich ja wohl eher bei dir melden, oder?«, fügt sie hinzu.
Ich hatte nicht vor, irgendwas zu sagen, doch diese Bemerkung ärgert mich. Ich möchte nicht, dass unsere Freundschaft von Geheimnissen vergällt wird – aber genau das passiert gerade, denn ich weiß, dass mich beide anlügen. Wie soll ich da *nicht* beleidigt sein?
»Ich weiß es«, sage ich.
»Was weißt du?«
»Ich weiß das mit dir und Jessie.«
Wenn ihr Gesicht bisher blass war, dann ist es jetzt quasi durchsichtig.
»Was? Hat er es dir erzählt?« Ihre Stimme ist kaum mehr als ein Flüstern.
»Nein. Ich habe gesehen, wie du aus seinem Zimmer kamst.«
»Oh.«
Ich denke zurück an den Abend, als wir im Kino gewesen waren und sie sich mit ihrer Freundin getroffen hatte. Emily wirkte ein wenig niedergeschlagen, als Jessie nach oben ging, ohne mit uns noch eine Tasse Tee zu trinken. Vielleicht hatte sie mit ihrer Freundin über ihn reden wollen, bekam aber kein Wort dazwischen.
»Du kannst gerne mit mir darüber sprechen, ja?«, biete ich ihr an.
Sie seufzt.

»Ich bin ganz neutral«, füge ich hinzu, falls sie sich deshalb Sorgen macht.
Eine Weile bleibt Emily stumm und starrt schweigend auf den Küchenschrank. Ich bin wirklich nicht sicher, ob sie sich mir gegenüber öffnen will, und bemühe mich schon mal, nicht beleidigt zu sein.
»Läuft es schon lange?«, frage ich vorsichtig.
»Vor dem Abend hatten wir nur ein paarmal rumgeknutscht«, verrät sie.
Ich nicke aufmunternd und halte fast die Luft an, um Emily nicht zu verschrecken.
»Wenn wir was getrunken hatten«, fügt sie hinzu und verdreht die Augen. Noch immer weicht sie meinem Blick aus.
»Du magst ihn aber schon viel länger, nicht?« Ich erinnere mich daran, dass sie öfter errötete, wenn Jessie in der Nähe war. Auch jetzt läuft sie puterrot an.
»War das so auffällig?« Sie schämt sich zu Tode.
»Neeein!«, beruhige ich sie.
»*Du* willst aber nichts von ihm, oder?«
»Nein, natürlich nicht!«, rufe ich. Wieso sieht das nicht jeder auf den ersten Blick? Oje. Jetzt ist sie beleidigt. »So meinte ich das nicht …«, beeile ich mich zu sagen. »Ich wollte damit nicht behaupten, dass ich ihn unattraktiv finde«, stammele ich, »es ist bloß so, dass er und ich … nee, im Leben nicht, sorry.«
Sie grinst. »Schon gut.«
»Ihr habt also ein paarmal betrunken rumgemacht …« Jetzt erzähl endlich weiter.
»Ja. Aber am nächsten Morgen war es immer irgendwie komisch«, fährt Emily fort. »Wir wussten beide nicht, wie wir uns verhalten sollen. Und dann …« Sie holt tief Luft und atmet vernehmlich aus. »An dem Abend, bevor er nach Österreich fuhr …«
Als sie miteinander schliefen. »Ja?«, hake ich nach.
»Als du ins Bett gingst, tranken wir weiter, und irgendwie verselbständigte sich die ganze Sache.« Vor Verlegenheit läuft sie wieder rot an.

»Wie war er am nächsten Tag zu dir?« Ich komme mir vor wie in einer billigen Talkshow.
Emily zieht die Nase kraus. »Es war wirklich unangenehm. Also, so *richtig* unangenehm. Er hat kaum mit mir gesprochen.«
»Oh.« Jetzt tut sie mir leid.
»Also, ich habe auch kaum mit ihm geredet.«
»Na, in dem Fall …« Ich versuche, sie aufzuheitern.
»Und jetzt bilde ich mir ein, dass er sich quer durch Österreich vögelt.« Sie ist verbittert.
Ich schüttele den Kopf. »So ist Jessie nicht.«
»Nein? Ich meine, guck mich doch an!« Sie macht ein langes Gesicht. »Ich bin wohl kaum Blondie, oder?«
»Das ist aber auch nicht gerade gut gelaufen, oder?«, widerspreche ich. »Und er würde nicht immer wieder mit dir rummachen – oder mit dir schlafen –, wenn er nichts von dir wollte.«
»Der Alkohol«, sagt sie schlicht.
»Nein«, entgegne ich mit Bestimmtheit.
»Er hat mir noch nicht mal eine SMS geschickt.« Ihre Augen füllen sich mit Tränen. Oje.
»Also, dann ist er ein Arschloch«, sage ich und hoffe, sie irgendwie aus ihrer Stimmung holen zu können. »Männer sind Schweine, stimmt's?«
Sie nickt, lächelt aber nicht.
Verdammt, Jessie! So viel zum Thema »glückliches Zusammenleben«.
»Moment mal, hast du denn versucht, ihn anzurufen?«, frage ich.
»Nein«, gibt Emily zu.
»Dann probier's doch mal!«
»Nein«, entgegnet sie entschlossen. »Nein.«
Dazu fällt mir nicht mehr viel ein.

Die Tage und Wochen vergehen. Um Emily nicht auszuschließen, ziehen Lukas und ich uns nicht in mein Zimmer zurück, so gerne wir das auch täten. Sie weigert sich weiterhin, sich bei Jessie zu melden, weshalb ich das irgendwann tue, hauptsächlich weil ich mir langsam Sorgen um ihn mache. Wäre aber nicht nötig gewesen. Ganze zwei Tage später schickt er eine vergnügte SMS zurück, in der er mir mitteilt, dass es ihm supergut geht. Kein Wort von Emily. Ich bin alles andere als beeindruckt von ihm.

Am Abend vor seiner Rückkehr ist Emily ein reines Nervenbündel. Wir sitzen im Wohnzimmer, nur wir zwei, und trinken was, um sie ein bisschen abzulenken.

»Ich denke, ich muss ausziehen«, stellt sie irgendwann fest.

»Nein, musst du nicht«, widerspreche ich empört. »Das wird schon wieder.«

»Wie soll das schon wieder werden?«, fragt sie. Der Alkohol gibt ihr Auftrieb. »Das ist eine No-Win-Situation.«

»Sag so was nicht. Magst du ihn noch?«

Sie schweigt und schaut vor sich hin. Das deute ich als Ja.

»Ich kann es nicht fassen, dass er sich kein einziges Mal bei dir gemeldet hat. Ich hatte Weasley nicht als lupenreines Schwein auf der Liste.«

»Ich auch nicht. Inzwischen müsste ich meine Lektion gelernt haben.« Emily trinkt ihr Glas auf ex aus.

Ich weiß, dass sie schon schlimm verletzt worden ist, aber sie hat noch nie darüber gesprochen. »Ich nehme mal an, du hast schon so einige Schweine kennengelernt«, sage ich.

Sie zögert. »Einer war schlimmer als alle anderen.«

»Wer war das?« Ich nehme eine halbvolle Bierdose vom Tisch und schütte den Inhalt in ihr Glas.

»Ein Typ aus Irvine.« Das ist die Stadt in Schottland, aus der Emily stammt.

»Wie hieß er?«

»Anthony. Der müsste jetzt Anfang dreißig sein.«

»Wirklich?!« Ich bin überrascht. Moment mal … »Wann war das …?«

»Ich war vierzehn.«

Mir fällt die Kinnlade runter.

»Er war achtundzwanzig«, fährt sie fort. »Toll, ne?« Sie trinkt ihr Bier wieder aus.
Ich bin sprachlos. Irgendwann finde ich meine Stimme wieder.
»Wart ihr lange zusammen?«, frage ich.
»Lange genug«, sagt sie verbittert. »Er war kein besonders netter Mann.«
Ich nehme an, das ist stark untertrieben.
»War es eine ernste Sache?«
Sie weiß, was ich damit sagen will.
»O ja«, antwortet sie höhnisch. »Und er war ganz schön hartnäckig.« Sie verschränkt die Arme vor der Brust.
»Scheiße.« Ich stoße die Luft aus. »Der müsste in den Knast wandern!«
»Dafür ist er viel zu schlau. Wenn du mit ihm zusammen bist, gibt er dir das Gefühl, der glücklichste Mensch der Welt zu sein. Er schwor mir, er würde mich lieben, er wollte mich heiraten, aber er bekäme Ärger, wenn es jemand rausfinden würde, deshalb müsste es unser kleines Geheimnis bleiben. Als er mit mir Schluss machte, weinte er. Behauptete, er sei todunglücklich, aber es sei zu meinem Besten. Ich war am Boden zerstört. Ich fühlte mich wie Julia ohne Romeo.« Sie lacht zynisch. »Später erfuhr ich, dass er dasselbe mit einem anderen Mädchen von meiner Schule gemacht hatte. Weiß Gott, wie viele es sonst noch gab.«
»Damit müsstest du zur Polizei gehen!«
»Ach, Quatsch. Ich habe keinen Beweis.«
»Es gibt bestimmt noch andere Mädchen, die du auftreiben könntest.«
»Nein.« Heftig schüttelt sie den Kopf. »Das will ich nicht noch mal mitmachen.«
»Hat er dich vergewaltigt?«, flüstere ich.
»Nein.« Sie hält inne. »Aber richtig gefragt hat er mich auch nicht.«
»Dann war es doch Vergewaltigung!«
»Na ja, im Sinne des Gesetzes sicher, allein schon weil ich min-

derjährig war. Aber ich will nicht mehr über ihn reden«, sagt sie. »Außerdem war er nicht das einzige Schwein, das ich kannte – es gab noch zig mehr. Ich ziehe sie scheinbar magisch an.«
»Mein Gott«, hauche ich voller Mitgefühl, und dann werde ich sauer. Sauer auf Jessie. »Dieses Arschloch von Weasley!«, bricht es aus mir heraus.

Als er am nächsten Tag wiederkommt, bin ich noch immer am Schäumen. Total von sich eingenommen, fegt er ins Haus.
»CHINA!«, ruft er fröhlich.
»Hallo«, grüße ich trocken und bleibe am Küchentisch sitzen.
»Was ist los?« Er ist verwirrt. »Wo ist Emily?«
»Oben. Versteckt sich wahrscheinlich vor dir.«
Er lässt sein Gepäck zu Boden fallen – es landet mit einem dumpfen Geräusch. »Was? Warum?«
»Wie konntest du nur?«, sage ich zornig. »Warum hast du sie verdammt nochmal nicht angerufen?«
»Ich hab dir doch gesimst«, weicht er mir aus und fügt mit leicht vorwurfsvollem Ton hinzu: »Hat sie es dir erzählt?«
»Nein. Ich hab gesehen, wie sie aus deinem Zimmer kam.«
»Oh.«
»Warum musst du so ein Arschloch sein?«
»Moment mal«, sagt er. »Ist ja auch nicht so, als ob sie mich angerufen hätte.«
»Sie glaubt, dass du dich munter durch Österreich gepoppt hast.«
»Hab ich nicht«, erwidert er bestimmt. »Aber sie kommt immer nur aus sich heraus, wenn sie was getrunken hat, und am nächsten Morgen ist sie immer ganz komisch zu mir. Ich weiß nie, wie ich mich verhalten soll und wie ich bei ihr dran bin.«
»Sie ist schüchtern!«, rufe ich. »Und sie vertraut Männern nicht besonders schnell.«
Jessie runzelt die Stirn. »Warum nicht?«
»Das musst du sie selbst fragen.«
Er schaut durch die Küchentür zur Treppe.

»Sei einfach ehrlich zu ihr«, sage ich sanft. »Wenn du nichts von ihr willst, dann mach ihr auch nichts vor.«
»Wer sagt denn, dass ich nichts von ihr will?«
»Also doch?« Ich schöpfe Hoffnung. »Dann geh hin und sprich mit ihr.«
Er nickt feierlich und geht nach oben.
Es dauert fast eine Stunde, bis ich wieder etwas von oben höre.
»Wo ist Weasley?«, frage ich Emily, als sie alleine nach unten kommt.
»Duschen.« Sie versucht, ein ernstes Gesicht zu machen.
»Alles in Ordnung?«, frage ich grinsend.
»Ja.« Sie nickt entschlossen. »Ja. Alles gut.«

Kapitel 41

Es dauert nicht lange, da erblüht die Beziehung von Emily und Jessie, und ich bin mittendrin, erlebe alles hautnah mit. Zuerst waren sie zurückhaltend und schüchtern in der Gegenwart des anderen, so lange sie nicht von den befreienden Kräften des Alkohols unterstützt wurden, doch diese Phase haben sie inzwischen hinter sich gelassen, so dass ich jetzt kaum mehr ins Wohnzimmer gehen kann, ohne dass die beiden zusammen auf dem Sofa liegen, Arme und Beine miteinander verknotet, und Fernsehen gucken. Ich freue mich für sie – wirklich, total –, habe mir aber angewöhnt, mehr Zeit mit Lukas in Trinity zu verbringen.

Meistens kehre ich nachts nach Hause zurück, weil sein Bett zu klein für uns beide ist, doch eines sonntagsmorgens wache ich auf und staune, dass ich noch in Lukas' Zimmer bin. Am Vorabend waren wir mit Harry und Matthew in der Collegebar, tranken ein bisschen zu viel und stolperten schließlich zu seinem Zimmer. Als ich die Augen öffne, stelle ich fest, dass er nicht neben mir liegt. Ich drehe mich um, und da sitzt er hellwach in einem seiner beiden Sessel und beobachtet mich. Er lächelt andeutungsweise.

»Alles in Ordnung?«, frage ich. Er hat einen seltsamen Gesichtsausdruck, den ich noch nie bei ihm gesehen habe.

Er nickt und kommt zum Bett herüber, kniet sich vor mir auf den Boden. Lange schaut er mir in die Augen. Ich will ihn gerade fragen, was los ist, doch er kommt mir zuvor:

»Ich liebe dich«, sagt er leise.

Es ist das erste Mal, dass diese Worte zwischen uns fallen.

Der Sex an diesem Morgen ist intensiver als je zuvor.

»Ich will über Ostern nicht nach Hause fahren«, beichtet er anschließend mit gequälter Stimme. »Ich möchte bei dir bleiben.« Er klingt leicht verzweifelt. »Können wir nicht irgendwohin fahren? Nur wir beide?«

Ich denke kurz nach. Meine Eltern würden sich freuen, wenn ich nach Hause käme, aber nachdem meine Gefühle für Joe sich in den Weihnachtsferien verstärkten und außer Kontrolle gerieten, bin ich vorsichtig geworden. Mein Vater ist Ende Januar zur Arbeit zurückgekehrt, und Mum sagt, es gehe ihm deutlich besser. Sie haben mich im vergangenen Monat besucht und endlich Lukas kennengelernt – es lief nicht schlecht, fand ich. Er ist ja so höflich und respektvoll, dass es gar nicht schiefgehen konnte.

»Ja, vielleicht«, sage ich zögernd. »Ich muss aber zuerst mit meinen Eltern sprechen.«

Er nickt und zieht mich wieder in seine Arme.

Am Ende schließen wir einen Kompromiss. Ich fahre ein paar Tage ohne Lukas zu meinen Eltern, während er sich auf seine bevorstehende Prüfung vorbereitet. Er besteht darauf, mich persönlich nach London zu chauffieren und verspricht, mich am Ostermontag wieder abzuholen, um dann mit mir in Urlaub zu fahren. Meine Mutter findet jedoch heraus, dass Lukas niemanden hat, mit dem er Ostern feiern kann, und besteht darauf, dass er einen Tag früher zu uns kommt. Mein Vater tut so, als sei es das Normalste der Welt, dass mein Freund bei uns übernachtet, und ich kann nicht umhin, mich zu fragen, was Lukas wohl vom bescheidenen Heim meiner Eltern hält. Ich sage nichts, aber ich glaube, wir sind alle ein wenig erleichtert, als es für uns Zeit wird aufzubrechen.

Lukas fährt mit mir in ein Wellness-Landhotel, wo wir einige herrliche Tage verbringen, im nahegelegenen Wald wandern, im beheizten Außenpool schwimmen, heiße Schokolade vor dem Kamin trinken und nachts in unser riesengroßes Bett sinken. Solchen Luxus habe ich noch nie erlebt. Es sind fast die besten Tage, die ich je hatte. Fast, nicht ganz.

Nach Ostern müssen wir beim Studieren noch mal eine Schippe zulegen, so dass ich Lukas seltener sehe, als mir lieb ist. Lizzy macht eine Pause in ihrer Prüfungsvorbereitung und kommt an einem Wochenende im Mai zu mir, um meinen Geburtstag zu feiern. Wir gehen shoppen, wollen Abendkleider kaufen. Sie hat eine Karte für den Universitätsball in Edinburgh, und Lukas nimmt mich im nächsten Monat aufregenderweise mit zum Maiball von Trinity.

»Wie läuft es denn so mit Lukas?«, fragt Lizzy beim Kaffee. Wir haben beschlossen, dass wir uns erst Koffein zuführen, bevor wir uns an die anstrengende Aufgabe des Shoppens machen.

»Super«, sage ich.

»Und du trägst noch seine Kette.« Sie weist mit dem Kinn auf den Schmuck.

»Yep. Jeden Tag.« Ich grinse.

»Sie ist wunderschön, kann ich gut verstehen.«

Automatisch nestele ich an der Kette herum.

»Wie geht es Callum?«, frage ich. Sie gehen immer noch miteinander, jetzt ist es sogar »offiziell«.

Lizzy strahlt. »Wirklich gut. Er ist total fertig, weil ich dieses Wochenende hier bin.«

»Aah. Weichei.«

Ich habe ihn im März kennengelernt, als ich endlich zu einem Wochenendbesuch hoch nach Edinburgh fuhr. Callum ist niedlich, er hat hellbraune Locken und blaue Augen. Irgendwie hat er ein bisschen Ähnlichkeit mit Lizzy.

»Hab ich dir schon erzählt, dass wir diesen Sommer zusammen nach Teneriffa fliegen?«

»Nein! Wow! Das ist ja voll erwachsen!«

Lizzy lacht. »Ja, nicht? Sein Kumpel hat da ein Ferienhaus – na ja, es gehört den Eltern –, und er hat uns eingeladen. Wir bleiben zwei Wochen.«

»Das wird bestimmt super! Wer kommt noch alles mit?«

»Insgesamt sind wir zu acht. Alles Pärchen, könnte also ganz lustig

werden. Die Freundin von einem seiner Kumpel ist total nett. Wir gehen öfter mal zu viert aus, und ich freu mich schon, ein bisschen mehr Zeit mit ihr zu verbringen.«
»Toll«, sage ich. Ohne es zu wollen, bin ich ein wenig eifersüchtig, auch wenn ich weiß, dass es falsch und unangebracht ist. »Ihr habt bestimmt viel Spaß«, füge ich hinzu.
»Was ist mit dir und Lukas?«, fragt Lizzy. »Fahrt ihr diesen Sommer weg?«
»Nein«, erwidere ich voller Bedauern. »Er bleibt die ganzen Ferien über in Deutschland.«
»Wirklich? Wie lange ist das?«
»Eigentlich sind es drei Monate, aber …«
»Drei Monate!«, wiederholt sie entsetzt.
»Ich glaube, er fliegt nur zwei Monate rüber.«
»Zwei!« Sie ist immer noch schockiert. »Und in der ganzen Zeit siehst du ihn keinmal?«
»Nein.« Traurig schüttele ich den Kopf.
Sie runzelt die Stirn. »Könntest du nicht auch nach Deutschland fliegen?«
»Er hat mich nicht eingeladen.« Das Geständnis ist mir peinlich. Lizzy weiß nicht, was sie darauf sagen soll.
»Oh. Ah.«
»Ich denke, ich bleibe einfach hier und arbeite«, erkläre ich. »Ich fahre auch nach Hause, aber nicht allzu lange. Ich schaue mal, ob meine Eltern nicht herkommen und ein bisschen länger bleiben wollen.« Letztens hatte mir Emily ihr Zimmer für solche Zwecke angeboten. Sie meinte, sie würde dann in Jessies Zimmer schlafen, wenn sie nicht sowieso in Schottland sei. Tut sie eh fast immer.
»Mist«, sagt Lizzy.
Ich trinke meinen Kaffee aus. »Sollen wir losgehen?«
»Ja, klar.« Sie steht auf und sucht ihre Sachen zusammen, dann ruft sie: »Suchen wir uns die schönsten Abendkleider in ganz Cambridge aus, damit man sich noch in vielen Jahren von uns erzählt.«

Später gehe ich kurz bei Lukas vorbei, um ihm meine Errungenschaft zu zeigen: ein hübsches schwarzes Kleid mit Spitze an den Schultern und am Saum, der knapp übers Knie reicht. Dazu habe ich noch ein paar Pumps gekauft. Das Geld von meinen Kahntouren und das, was meine Eltern mir zum Geburtstag geschenkt haben, ist gut angelegt.
Lukas lächelt. Er sitzt am Schreibtisch. »Nett.«
»Willst du es mal angezogen sehen?«, frage ich eifrig.
»Lieber ausgezogen«, erwidert er grinsend, hakt den Zeigefinger in eine Gürtelschlaufe meiner Jeans und zieht mich an sich.
»Ich dachte, du musst arbeiten?«, frage ich, als er mich auf seinen Schoß hebt und meinen Hals küsst.
»Ich kann eine Pause einlegen.«
Lizzy ist bei Jessie, um die Beine hochzulegen. »Ich muss eigentlich zurück zu Lizzy«, murmele ich, doch schon schiebt er mir die Hand unters T-Shirt.
»Wir machen schnell«, raunt er an meinen Lippen und küsst mich leidenschaftlich.

Der Maiball von Trinity findet alljährlich an einem Montagabend Ende Juni statt. Am Montagmorgen kommt Lukas und sagt, er hätte eine Überraschung für mich. Er ist lebhafter als sonst, ganz aufgeregt. Er führt mich nach oben in mein Zimmer und schließt die Tür, dann reicht er mir eine große schwarze Plastiktasche.
»Was ist das?«, frage ich.
»Mach auf!«
Ich spähe hinein und sehe eine weiße Schachtel, die ich herausziehe. Ich öffne den Deckel. Darin liegt etwas in weißes Seidenpapier eingeschlagen – so wie eine Verkäuferin in einer Edelboutique den Einkauf verpacken würde. Doch das Seidenpapier ist zerknüllt, die Schachtel schon einmal geöffnet worden. Lukas hüpft fast vor Aufregung. So habe ich ihn noch nie gesehen. Neugierig schiebe ich das Papier beiseite und entdecke einen schimmernden grünlichgoldenen Stoff. Ich ziehe ihn heraus, es ist ein Kleid.

»Was … wie?« Ich bin ein wenig sprachlos.
»Zieh es mal an!«, sagt er.
»Wofür ist das?«, frage ich perplex. Wann werde ich jemals Gelegenheit haben, so etwas Edles zu tragen?
»Für den Ball«, sagt er.
»Aber ich habe schon ein Abendkleid.« Ich bin durcheinander. Das weiß er doch. Ich habe es ihm ja gezeigt.
»Ich fand, du könntest was Schöneres anziehen.« Er beugt sich vor und beginnt, meine Bluse aufzuknöpfen. Ich schiebe seine Hand weg. Er hält inne und starrt mich fragend an.
»Moment mal.« Jetzt will ich Klarheit haben. »Woher hast du dieses Kleid?«
»Ich habe es anfertigen lassen.«
»*Anfertigen* lassen?«
»Ja.« Er nickt. »In Paris. Es ist heute Morgen eingetroffen.«
»Du hast es in Paris anfertigen lassen?«, wiederhole ich langsam.
»Ja«, bestätigt er und betrachtet mich mit unbewegter Miene.
Welche Studentin lässt sich ein Kleid anfertigen, und dann auch noch in Paris?
»Gefällt es dir nicht?«
»Doch, natürlich«, versichere ich ihm, »ich bin nur ein bisschen verwirrt.«
»Probier es mal an!«, wiederholt er.
Zuerst zögere ich, dann tue ich, wie mir geheißen, mehr aus Neugier als aus anderen Gründen.
Es passt wie angegossen und reicht bis auf den Boden. Ich brauche Schuhe mit hohen Absätzen.
»Du brauchst hohe Absätze«, sagt Lukas, bevor ich zum Schrank gehen kann.
»Ich weiß«, antworte ich barsch. Ich verstehe nicht, warum ich mich über ihn ärgere, schließlich hat er mir ein Kleid gekauft, nein, sogar für mich anfertigen lassen, und trotzdem fühle ich mich ein bisschen überrumpelt.
Ich schlüpfe in schwarze Pumps und ziehe die Kleiderschranktür

etwas weiter auf, um in den Spiegel schauen zu können. Überrascht betrachte ich mein Ebenbild. Es ist das umwerfendste Kleid, das ich je gesehen habe. Die Farbe ist etwas ganz Besonderes. Lukas erscheint hinter mir im Spiegel.
»Und, was meinst du?«, fragt er leise, schlingt mir von hinten die Arme um die Taille und stützt das Kinn auf meine Schulter.
Ich nicke. Zum zweiten Mal an diesem Vormittag bin ich sprachlos.
»Du bist wunderschön«, sagt er voller Ernst und dreht mich zu sich um.
»Was ist mit dem anderen Kleid?« Es hängt vor mir auf der Stange. Ich habe das Gefühl, ich hätte es verletzt.
»Das kannst du doch trotzdem anziehen«, sagt er. »Wenn wir mal essen gehen oder so.«
»Gefällt es dir nicht?« Ich bin irgendwie gekränkt.
»Doch.« Er zuckt mit den Achseln. »Aber es ist nichts Besonderes. Das hier …« – er dreht mich wieder um, damit ich in den Spiegel sehen kann – »das ist etwas Besonderes. Dieses Kleid gibt es nicht zweimal.«
Er hat natürlich recht. Ich hatte schon mit Lizzy darüber gesprochen, ob vielleicht noch jemand anders dasselbe schwarze Kleid tragen würde. Die Gefahr besteht immer.
»Ich hole dich um sechs Uhr ab«, sagt Lukas und gibt mir einen Kuss auf die Wange.
»Musst du nicht«, wiegele ich ab und kann nur mit Mühe den Blick von dem Mädchen im Spiegel abwenden. »Ich komme zu dir.«
»Nein«, sagt er bestimmt. »Wenn du so aussiehst, werde ich dich keine Sekunde lang aus den Augen lassen.«

Kapitel 42

Lukas schenkt mir einen Blumenstrauß, cremefarbene Rosen, passend zu der Blüte in seinem Knopfloch.

»Soll ich den Strauß mitnehmen?«, frage ich zögernd. Ich weiß noch, dass ich im Vorjahr einige Mädchen mit kleinen Bouquets herumlaufen sah, aber ich weiß nicht genau, was Lukas von mir erwartet.

»Stell ihn in eine Vase.« Er weist auf die Küche. Ich tue, wie mir geheißen, dann kehre ich zu ihm zurück. Er sieht schneidig aus – das ist genau das richtige Wort – in dem maßgeschneiderten schwarzen Anzug und der weißen Fliege.

»Wo sind deine Schuhe?«, fragt er mit Blick auf den Saum des Kleides, der über den Boden schleift.

»Hier.« Ich ziehe die Pumps unter dem Garderobenständer hervor und zeige ihm grinsend meine Beine unter dem Kleid, die in Flipflops stecken. »Wenn ich jetzt schon darin laufen muss, halte ich nicht bis zum Ende des Abends durch.« Trinity ist zwar nicht weit, aber auf hohen Absätzen käme es mir bestimmt so vor.

»Ich bin mit dem Auto da«, sagt Lukas.

»Wirklich?« Ich recke den Hals, kann aber über das Mäuerchen im Vorgarten nicht auf die Straße blicken.

»Ja.« Er weist vielsagend auf meine Füße.

»Na gut.« Ich halte mich an seinem Arm fest und ziehe auf einem Bein schwankend die Pumps an.

»Wo willst du den Wagen denn abstellen?«, frage ich. Man kann nirgendwo in der Nähe des Colleges parken – zumindest nicht als Student.

»Klaus wartet dort und fährt ihn dann weg.«

»Klaus?«, frage ich und füge aufgeregt hinzu: »Lerne ich ihn endlich kennen?«
Lukas nickt. »Wenn du willst.«
»Juhu!« Ich kichere vor Freude. Er sieht mich mit erhobener Augenbraue an.
Wir fahren so weit in die Stadt wie möglich, bis zur Fußgängerzone. In der Gegend sind nur Busse, Taxis und Fahrräder erlaubt. Lukas hält um die Ecke von Trinity. Ein schmaler blonder Mann, der nur Klaus sein kann, stürzt auf die Fahrertür zu und öffnet sie. Er ist viel jünger, als ich ihn mir vorgestellt habe. Vielleicht Mitte zwanzig? Aus irgendeinem Grund dachte ich, er wäre ein alter Knacker, wie der Butler, der für Batman arbeitet.
Lukas herrscht ihn auf Deutsch an und nickt in meine Richtung. Klaus wirkt fast ebenso peinlich berührt wie ich, als er zu meiner Tür herumhuscht. Ich steige aus, und er verneigt sich vor mir.
»Danke sehr«, sage ich so warmherzig wie möglich. Lukas' Verhalten ist mir peinlich. Ich halte Klaus die Hand hin. »Ich bin Alice«, sage ich. Zuerst wirkt er bestürzt, dann gibt er mir pflichtbewusst die Hand.
Lukas steigt ebenfalls aus und sagt noch etwas auf Deutsch. Es ist seltsam, ihn in seiner Muttersprache reden zu hören. Ich weiß nicht, um was es geht, aber sein Tonfall ist scharf. Klaus erwidert etwas, ich verstehe die Worte »Herr Heuber«, und ehe ich mich versehe, sitzt er am Steuer und fährt rasch los. Lukas lächelt mich an, sein Gesichtsausdruck wird weicher. Er bietet mir seinen Arm.
»Sollen wir?«
Ich nicke, erwidere aber sein Lächeln nicht. Die Situation gerade war peinlich. Wir machen uns auf den Weg nach Trinity, aber ich kann die Sache nicht auf sich beruhen lassen.
»Hast du ihn angemacht, weil er meine Tür nicht zuerst geöffnet hat?«, frage ich.
»Ja. Das müsste er besser wissen«, entgegnet Lukas ernst.
Ich weiß nicht, was ich darauf sagen soll. Diese Seite von ihm kannte ich noch nicht. Ich lasse seinen Arm los.

»Was ist?« Er spürt die veränderte Stimmung.
»Ich weiß nicht … ich meine, er ist ein ganz normaler Mensch. Ich bin es nicht gewöhnt, dass du mit anderen Menschen so sprichst.«
»Wie denn?«
»Als ob … als ob er *unter* dir stünde.«
»Du bist naiv«, sagt er, was ich unglaublich arrogant finde. Bevor ich mich beschweren kann, greift er nach meiner Hand. »He«, sagt er zärtlich. »Tut mir leid. Lassen wir uns davon nicht den Abend verderben.« Er drückt meine Hand, aber ich drücke nicht zurück.
Um uns herum haben sich alle Studenten in Schale geworfen. Jeder ist auf dem Weg zu einem Ball. Das Clare College und das Jesus College feiern ebenfalls an diesem Abend, so dass es in Cambridge noch wuseliger ist als sonst schon. Wir nähern uns dem Great Gate und stellen uns mit den Eintrittskarten an. Die Schlange ist deutlich länger, als ich erwartet habe, sie zieht sich einmal um den Great Court herum, aber die Stimmung und die Vorfreude sind ansteckend, und bald habe ich Lukas' Verhalten gegenüber Klaus vergessen. Irgendwann erreichen wir den Eingang und geben unsere Eintrittskarten ab, dann steuern wir direkt auf die Champagnerbar zu, die in den Arkaden der Wren Library aufgebaut ist. Anschließend schlendern wir zur Brücke. Die Karussells und die Zelte mit dem Essen stehen auf der Südwiese, auf der anderen Seite des Flusses.
»Warte mal«, sage ich zu Lukas, als wir die Brücke überqueren. »Ich will nur sehen, ob ich Jessie entdecken kann.«
Widerwillig hilft er mit, den Fluss abzusuchen. Ich gehe auf die andere Seite der Brücke, er folgt mir halbherzig.
Meine Bootskollegen haben mir die Hölle heiß gemacht, weil ich heute Abend zum Ball gehe. Es war lustig, aber trotzdem habe ich was zu hören bekommen. »Oh, guckt euch die an, die ist aber aufgestiegen!« »Bald ist sie zu fein, um noch mit uns zu reden.« Solche Sachen. Lukas fängt an, mit den Füßen zu scharren. Der Fluss ist bereits voller Stechkähne, aber ich sehe niemanden, den ich kenne.

»Eigentlich ist es auch noch ein bisschen früh für die Tour«, sage ich ein wenig enttäuscht. »Ich suche ihn später noch mal.«
Lukas nickt kurz und legt mir die Hand in den Rücken, um mich über die Brücke zu steuern. Ich bin mir sicher, dass er nichts von dem Vorschlag hält. Er hat immer noch ein Problem mit Jessie. Wahrscheinlich hat er ihm noch nicht verziehen, wie er sich zu Beginn unserer Freundschaft aufgeführt hat. Zum Glück sehen sich die beiden nicht sehr oft.
»LUKAS!« Wir drehen uns um. Harry und Matthew sind hinter uns.
»Hallo!«, grüßt er grinsend. Ich bin froh, dass wenigstens sie ihn aufheitern können. Sie klopfen sich gegenseitig auf den Rücken, dann dreht sich Harry zu mir um. Er mustert mich vom Scheitel bis zur Sohle und stolpert dann rückwärts, als würde ihn mein Aussehen umhauen. Matthew fängt ihn auf und gibt ihm einen Klapser auf den Arm.
»Du Spinner!«, scherzt er und lächelt mich an. »Du siehst wunderschön aus, Alice.«
»Hey!«, ruft Harry. »Das wollte ich auch sagen!«
»Zu spät«, erwidert Matthew, ohne den Blick von mir abzuwenden. Lukas legt mir den Arm um die Taille.
»Ihr beide seht auch sehr schick aus.« Ich lächele sie an, dann reiße ich entsetzt die Augen auf. »Harry!«, rufe ich. Er erschrickt. »Du hast ja dein Hemd gebügelt!«
Er bläst sich auf wie ein Pfau und stolziert auf und ab. »Hab ich am Wochenende gekauft.«
Ich lache. »Das erklärt alles.«
»Wer kommt mit zum Autoskooter?«, fragt Matthew.
»Oh, yeah, ich liebe Autoskooter!«, rufe ich.
Lukas schüttelt den Kopf. »Nee. Aber wir gehen mit euch rüber.«
Aha. »Wirklich?«, frage ich überrascht, als wir uns in Bewegung setzen.
Er macht ein langes Gesicht und zuckt mit den Schultern.
»Warum magst du keinen Autoskooter?«, frage ich leise.

»Tu ich halt nicht«, erwidert er kurz angebunden.
Wir sehen zu, wie Harry und Matthew auf die Fahrbahn stürmen und jeweils in einen Wagen steigen. Lachend fahren sie los und versuchen, sich gegenseitig zu rammen. Ich hüpfe auf und ab, würde den Spaß so gerne mitmachen. Matthew hält vor uns.
»Willst du mitfahren?«, ruft er mir zu.
Ich schaue Lukas an. »Kann ich?«
Er nickt, ohne zu lächeln. Wo ist sein Humor geblieben? Langsam geht er mir auf die Nerven.
Harry kommt näher und stößt von hinten mit Matthew zusammen, so dass sein Kopf nach vorne schlägt.
»Du Blödmann!«, schreit Matthew.
Harry winkt mir hastig zu. »Schnell! Steig bei mir ein!«
Jetzt geht's aber rund ... »Ich vertraue dir nicht!«, rufe ich Harry zu und klettere hastig in Matthews Wagen. Er gibt Gas. Ich lache mich kaputt, während er versucht, Harry von hinten zu rammen. Kurz werfe ich einen Blick zu Lukas hinüber in der Hoffnung, dass er sich über uns amüsiert, aber ich kann ihn nirgends entdecken. Mit einem unguten Gefühl im Bauch suche ich die Menge ab. Schließlich ist die Fahrt vorbei.
»Bleib doch sitzen«, sagt Matthew und berührt sanft mein Bein.
»Nein, ich gehe besser.« Ich laufe über die Fahrbahn, steige vorsichtig die Treppe hinunter und suche die Menge ab. Keine Spur von Lukas. Mehrere Minuten lang irre ich ziellos herum, dann kehre ich zum Autoskooter zurück. Er kommt bestimmt wieder dorthin. Hoffentlich. Harry entdeckt mich und winkt. Ich lächele ihm zittrig zu. Lukas ist wie vom Erdboden verschluckt. Ich warte mit einem unangenehmen Gefühl. Plötzlich tippt mir jemand auf den Rücken. Ich drehe mich um, und da steht er.
»Wo bist du gewesen?«, will ich wissen.
»Bisschen rumgelaufen.« Sein Blick folgt Matthew, der immer noch Autoskooter fährt.
»Ich konnte dich nirgends finden. Ich hab mir Sorgen gemacht!« Übertreibe ich jetzt ein bisschen?

»Ich bin ja zurück.« Endlich schaut er mich an. Er gibt sich betont cool. »Komm!«
Er läuft los, ich folge ihm. »Was ist eigentlich heute Abend mit dir los?«, frage ich.
»Wie kommst du auf die Idee, dass ich was hätte?«, gibt er über die Schulter zurück, während ich in meinen Pumps hinter ihm her haste.
»Bitte, Lukas«, schimpfe ich, als ich ihn endlich eingeholt habe. »Mach mir nichts vor!«
»Er mag dich, weißt du«, sagt er trocken.
»Wer mag mich?«
»Du weißt, von wem ich rede.«
»Von Harry?« Natürlich weiß ich, dass er Matthew meint. Harry stellt keine Bedrohung für Lukas dar.
Gequält sieht er mich an. Ich wende den Blick ab.
»Nein, tut er nicht«, versichere ich ihm. Wir beide wissen, dass wir über Matthew reden. Es stellte sich ziemlich schnell heraus, dass wir so einiges gemein haben – er studiert ebenfalls English Lit –, und wir kommen oft auf Themen rund um die Literatur, während es bei Lukas und Harry immer um Astrophysik und Gott weiß was geht. Außerdem hat mir Matthew seit dem ersten Kennenlernen in der College-Bar ein paar bedeutungsvolle Blicke zugeworfen. Ein paar zu viel, um sie zu ignorieren. Ich vermute schon länger, dass er sich zu mir hingezogen fühlt.
»Ist doch auch egal«, sage ich. »Ich bin mit dir zusammen. Und das weiß er.«
»Du hast recht«, sagt Lukas und führt mich weiter. »Es ist egal. Ich wollte bloß, dass du es zugibst.«
Ich fühle mich ertappt, ohne zu wissen, warum. Keiner von uns hat irgendwas Falsches getan.
»Ich habe gehört, wie du ihm letztens erzählt hast, du wolltest im nächsten Semester eine andere Sprache lernen«, bemerkt er beiläufig.
»Ja, stimmt. Mandarin.«

Es ist zwei Jahre her, dass Joe mir vorschlug, die Sprache meiner Großmutter an der Universität zu lernen. Zwei Jahre, die ich verschwendet habe. Vor kurzem erzählte ich Matthew von meinem Bedauern, aber er war der Meinung, es sei nie zu spät – ich könne mir auch noch im dritten Jahr die Grundlagen aneignen.
»Du hast nie versucht, auch nur ein Wörtchen Deutsch zu lernen«, bemerkt Lukas.
Seine Bemerkung macht mich sprachlos.
»Komm, wir gehen in den Comedy Club«, schlägt er vor.
Ich habe nicht viel Lust zu lachen. Hoffentlich sind die Comedians wenigstens gut. Harry und Matthew gesellen sich zu uns im Zelt. Demonstrativ lege ich die Hand auf Lukas' Bein und kuschele mich öfter an ihn, als ich es sonst tue. Er reagiert nicht darauf, wirkt aber danach entspannter.
Die Comedy heitert uns immerhin auf, und viel, viel später kehren wir zurück an die Champagnerbar, nur wir zwei. Ich habe versucht, mich mit dem Alkohol zurückzuhalten, aber bin schon mehr als angeheitert. Keine Ahnung, wie ich bis um sechs Uhr morgens durchhalten soll. So lange dauert der Ball nämlich. Lukas reicht mir ein Glas Champagner und legt mir den Arm um die Taille.
»Prost!«
»Prost.« Wir stoßen an.
»Gefällt es dir?«, fragt er.
»Ja.« Ich grinse. »Ist total spannend, alles von innen zu sehen. Danke, dass du mich eingeladen hast.«
»Wen sollte ich denn sonst einladen?«, entgegnet er belustigt.
Eine Frage drängt sich mir auf. »Hast du letztes Jahr jemanden mitgenommen?«
Er zuckt mit den Schultern. »Nein.«
»Ich weiß noch, dass ich nach dir gesucht habe.«
»Wie das?«
»Ich war unten auf dem Fluss.« Plötzlich fällt mir Jessie wieder ein. »Komm, gucken wir mal, ob wir meine Bootskollegen finden können!«

Ich ziehe ihn mit mir zur Brücke. Bald beginnt das Feuerwerk, daher ist es noch voller als zuvor. Ich quetsche mich an mehreren Leuten vorbei, die sich an die Steinmauer lehnen. Mittlerweile drängen sich die Stechkähne auf dem Wasser. Ich entdecke Chris, der auf den Stecken gestützt hinten im Boot steht.
»CHRIS!«
Er hört mich nicht.
»CHRIS!«, rufe ich noch lauter. Und dann entdecke ich Jessie. Fröhlich winke ich ihm zu.
Er legt die Hände zu einem Trichter um den Mund und schreit frohlockend aus vollem Halse: »CHINA-VAGINA!« Mir fällt die Kinnlade runter. Dieser kleine Wichser! Ich bin entsetzt. Schnell reiße ich mich zusammen und will ihm den Finger zeigen, da zerrt mich Lukas fort von der Brücke.
»Was denkt der sich eigentlich dabei?«, zischt er wütender, als ich ihn je erlebt habe.
»Er macht doch nur Spaß!«, rufe ich, erschrocken über seine Reaktion. Ich reibe mir den Arm. Lukas hat mir wehgetan.
»Er ist armselig!«
Gut, jetzt ist es so weit. Der Abend ist kurz davor, zum totalen Reinfall zu werden. Die anderen Gäste sehen sich schon nach uns um. Lukas wirft mir einen Blick zu, bei dem mir das Blut in den Adern gefriert. Dann stürmt er durch die Menge davon, schubst die Leute zur Seite. Völlig gedemütigt eile ich ihm nach, weil ich nicht weiß, was ich sonst tun soll. Hinter mir beginnt das Feuerwerk, aber ich bin mit den Gedanken ganz woanders und achte gar nicht darauf.
»Lukas!«, rufe ich seinem Rücken nach. Hunderte von Gästen kommen uns entgegen, wollen das Feuerwerk sehen. Wir laufen gegen den Strom. »LUKAS!«, rufe ich erneut, aber er bleibt nicht stehen. Irgendwann ist eine Lücke in der Menschenmenge, und ich kann auf meinen hohen Absätzen etwas schneller laufen. »STOPP!«, schreie ich, greife nach seiner Hand und halte ihn fest. Er dreht sich um.
»Hör auf!«, stoße ich aus. »Wo willst du eigentlich hin?«

»Nach Hause«, faucht er.
»Was? *Warum?*« Er antwortet nicht. »Wegen Jessie?«
»Ich hab genug«, sagt er mit böse funkelndem Blick.
»Wovon genug? Von *mir*?«
Lukas schüttelt den Kopf und geht weiter.
»Warte!«, rufe ich ihm verzweifelt nach. Er bleibt stehen und dreht sich um.
»Am Freitag fliege ich nach Deutschland.« Seine Stimme wird fast vom Feuerwerk übertönt. Der Himmel über uns erstrahlt in bunten Farben.
»Ich dachte, du würdest erst in zwei Wochen fliegen.«
»Ich fliege Freitag«, wiederholt er.
»Warum?«
Seine Miene wird weicher, aber nur ein wenig. »Es gibt so viel …« Er verstummt.
»Was ist?«, frage ich. »Was stimmt denn nicht?«
Er holt tief Luft, aber weicht meinem Blick aus.
»Lukas«, sage ich zärtlich, nehme seine Hand und hoffe, dass er sich mir anvertraut. »Was ist denn? Wegen deiner Eltern?«
Es dauert lange, bis er nickt. »Aber nicht nur deswegen.«
»Was denn noch? *Wer* denn noch?«
Er sieht mir in die Augen. »Wir gehen besser in mein Zimmer«, sagt er ernst.
Mit einem Kloß im Hals folge ich ihm durch das Tor.
Wir gehen hoch zu seinem Zimmer, er weist mir einen Sessel zu und setzt sich in den anderen. Die Geräusche vom Feuerwerk sind noch gedämpft im Hintergrund zu hören.
»Ich muss dir etwas sagen«, beginnt er. »Über ein Mädchen in Deutschland, das ich schon länger kenne.«
Mir wird übel.
»Sie heißt Rosalinde«, erklärt er düster. »Ich kenne sie schon mein ganzes Leben lang. Sie stammt aus einer sehr guten Familie.«
Warum erzählt er mir das?
»Alle sind immer davon ausgegangen, dass wir heiraten würden.«

Ich schlage die Hand vor den Mund. Voller Mitgefühl sieht Lukas mich an.
»Ich will sie nicht heiraten«, fügt er hinzu, »aber das ist nicht so einfach.«
»Das verstehe ich nicht. Eure Hochzeit ist *arrangiert*?«
»Nicht richtig.«
Er lebt also doch nicht im Mittelalter.
»Aber meine Eltern erwarten gewisse Dinge von mir. So wurde ich erzogen. Meine Verlobung mit Rosalinde aufzulösen …«
»Du bist verlobt?«, frage ich entsetzt.
»Nicht in dem Sinne. Ich habe ihr nie einen Antrag gemacht, aber es war immer so eine stillschweigende Übereinkunft.«
»Hast du mit ihr geschlafen?«
Bitte sag nein, bitte sag nein, bitte sag nein …
»Ja.«
»Oh. Sie ist also deine Freundin?« Was bin ich denn dann?
»Nein, ist sie nicht. Wie gesagt, es ist kompliziert.«
»Warum hast du mir noch nie von ihr erzählt?«, flüstere ich.
»Ich wollte ja. An dem Tag, als ich dich nach unserer ersten Verabredung zum Essen eingeladen habe. Aber dann kam Harry dazu, und ich hatte das Gefühl, wir könnten weitermachen, ohne dass ich in … in die Details gehe. Ich wusste ja nicht, wie es sich mit uns entwickeln würde.«
Ich starre ihn an. »Und wie genau hat es sich mit uns entwickelt?«
»Alice …« Er steht auf, kommt zu mir, kniet sich hin und sieht mich ernst an. »Ich liebe dich. Ich weiß, dass ich dich liebe. Ich möchte mit dir zusammen sein. Ich will Rosalinde nicht.«
Ich zucke zusammen. »Könntest du bitte aufhören, ihren Namen zu sagen?« Ich weiß, es ist nur ein Name, aber schon jetzt habe ich ein Bild von ihr im Kopf, wunderschön und perfekt.
Lukas nimmt meine zitternde Hand. Er macht einen sehr ruhigen Eindruck. Sonderbar ruhig, angesichts der Umstände.
»Wir haben noch nie über unsere früheren Beziehungen geredet«, sagt er.

Das stimmt. Ich war durchaus neugierig auf seine Vergangenheit – im Bett merke ich ja, dass er deutlich mehr Erfahrung hat als ich –, aber möchte selbst nicht gerade diese Büchse der Pandora öffnen, denn dann müsste ich unweigerlich auch von mir erzählen.
»Aber vielleicht war das falsch.«
Ich hole tief Luft. Ich will mit ihm nicht über Joe reden, aber Lukas ist es ernst. Wenn jemals absolute Ehrlichkeit gefragt war, dann jetzt.
»Rosalinde …«
»Hör auf!« Ich hebe die Hand.
»Wie soll ich sie denn sonst nennen?«, fragt er vorsichtig.
Gute Frage. »Schon gut.«
»Sie war die erste«, fährt er fort.
O Mann, tut das weh. Mich überrascht tatsächlich ein wenig, wie sehr es schmerzt.
»Wir sind zusammen aufgewachsen, haben als Kinder miteinander gespielt, waren Freunde. Unsere Eltern neckten uns immer, wir seien ein Pärchen, aber erst mit ungefähr sechzehn Jahren wurde es wirklich *ernst* …«
Er sieht mich vielsagend an. Es tut unglaublich weh. Mir war nicht klar, dass er mir so viel bedeutet.
»Nach dem Sommer gingen wir beide zurück aufs Internat, und als ich sie das nächste Mal traf, hatte sich etwas verändert. Ich weiß nicht, ob sie jemand anders kennengelernt hatte, aber es dauerte ein ganzes Jahr, bis wir uns wieder näherkamen. Vielleicht war es der Druck von unseren Eltern, aber wir schlossen einen Pakt, dass wir nur heiraten würden, wenn wir es selbst auch wirklich wollten. Und wir waren uns einig, dass wir vorher noch ein bisschen leben wollten.«
Moment mal. »Ist es das, was du gerade mit mir machst? Ein bisschen leben?« Ich habe wieder einen Kloß im Hals.
»Nein.« Nachdrücklich schüttelt er den Kopf. »Du bist anders als alle, die ich kenne.«
Tränen laufen mir über die Wangen. Das Feuerwerk ist inzwischen

vorbei, man kann die Musik von der Hauptbühne hören. Ich glaube, im Moment spielt Mark Owen.
»Hast du deinen Eltern von mir erzählt?«
»Das werde ich tun, wenn ich nach Hause fahre. Ich werde es *allen* erzählen.«
So sehr hatte es mich bisher gar nicht gestört, ihn in diesem Sommer nicht zu sehen. Aber jetzt wird mir übel bei der Vorstellung, dass er zurück nach Deutschland fliegt. Kein Wunder, dass er mich nie gebeten hat, ihn zu begleiten.
»Komm mal her«, sagt Lukas und zieht mich vom Sessel hoch.
An diesem Abend lieben wir uns nicht. Wir lassen sogar unsere Sachen an und liegen voll bekleidet in Lukas' Bett, er hält mich von hinten umschlungen. So lausche ich der Musik vom College, die vom Fluss herüberweht. Er hat mich gar nicht nach meiner Vergangenheit gefragt. Ich musste nicht von Joe erzählen. Aber das bedeutet nicht, dass ich ihn vergessen hätte. Als ich früh am nächsten Morgen nach Hause gehe, sehe ich wie jede andere Studentin aus, die durchgemacht hat – eine Überlebende im Abendkleid um sechs Uhr morgens –, fühle mich aber innerlich mehr tot als lebendig.

Kapitel 43

Es frisst mich auf in diesem Sommer. Es lässt mich nicht los. Lukas meldet sich nur selten, hin und wieder schickt er mir eine SMS, und wenn ich ihn zu erreichen versuche, springt sein Handy sofort auf die Mailbox um. Ich ziehe mich zurück und verliere mich wochenlang in düsteren Gedanken, bis Jessie und Emily sich einmischen, doch erst nachdem ich in London war. Wo ich suche, aber nichts finde.

Ende August fliegt Lukas zurück nach England. Er ist mir völlig fremd. Ich komme mir vor wie in *Und täglich grüßt das Murmeltier.*

»Hast du es ihr gesagt?«, frage ich ihn am Küchentisch. Er scheint mit meinem kühlen Verhalten gerechnet zu haben und respektiert es. Er hat gar keine andere Wahl.

»Das weißt du doch«, erwidert er nüchtern und greift nach meiner Hand.

»Stimmt. Stand ja in einer *SMS* von dir«, sage ich sarkastisch und entziehe ihm meine Hand.

Seufzend lässt er sich im Stuhl nach hinten sinken, aber wendet den Blick nicht von mir ab. »Es war schwer zu telefonieren.«

»Offensichtlich.«

»Aber wir können ja jetzt reden.«

»Jetzt bin ich aber nicht in der richtigen Stimmung.«

»Dann sag halt nichts, sondern hör nur zu.«

Ich bin auch nicht in der Stimmung zum Zuhören, habe aber keine Lust, aufzustehen und nach oben zu gehen.

»Meine Eltern wussten schon Bescheid.«

Hä? »Woher wussten sie es?«
»Von Klaus.« Er sieht mich durchdringend an. »Ich hab schon vermutet, dass er petzen würde.«
»Das ist nicht nett, so was zu sagen.«
»Deshalb stimmt es aber nicht weniger.« Lukas tippt mit den Fingern auf den Tisch. »Natürlich wusste ich, dass er meinen Eltern nach dem Ball von dir erzählen würde, aber da hatte ich schon entschieden, es ihnen zu beichten.«
Soll mich diese Vorstellung vielleicht trösten?
»Ich glaube sogar, dass er schon nach unserer ersten Verabredung von dir erzählt hat. Kein Wunder, dass meine Mutter mir so in den Ohren gelegen hat, als ich Ostern nicht nach Hause gekommen bin«, überlegt er mit Blick aus dem Fenster. »Sie muss gewusst haben, dass ich etwas mit dir vorhabe, dass es was Ernstes ist.« Er sieht mich wieder an.
Ich rutsche auf dem Stuhl herum. »Sind sie wirklich so unglücklich über unsere Beziehung?«
»Es gefällt ihnen nicht.« Lukas zuckt mit den Achseln. Er wirkt verändert – distanzierter, härter. Er stützt die Ellenbogen auf den Tisch. »Jedenfalls ist Klaus jetzt wieder in Deutschland, der kann uns nicht mehr stören. Das mit meinem Auto ist natürlich schade. Es ist total albern, dass ich es nicht behalten darf«, schmollt er.
»Verdammt nochmal, Lukas, es gibt bestimmt größere Probleme für uns als dein Auto«, schimpfe ich.
Verärgert sieht er mich an. Sein Blick fällt auf meinen Ausschnitt, wo seine Kette fehlt. »Ich habe das Gefühl, dass du immer weniger für mich übrighast, wenn ich weg gewesen bin.«
Ich verdrehe die Augen und sehe nach oben. »Willst du mir das etwa vorwerfen? Ich musste davon ausgehen, dass du überhaupt nicht wiederkommen würdest!«
»Wann habe ich dir jemals dieses Gefühl vermittelt?« Sein Ton ist eisig.
Da hat er recht. Ich vergleiche ihn mit Joe. Schuldbewusst wende ich den Blick ab.

»Wie hat Rosalinde es aufgenommen?« Endlich finde ich meine Stimme wieder.
»Kann man bei ihr schwer sagen.«
Sie ist bestimmt total cool, ruhig und gefasst. Oder aber kalt und rational. Ich hoffe auf Letzteres.
»Sie wird nach vorne schauen«, fügt er hinzu und blickt wieder aus dem Fenster. »Hat sie wahrscheinlich schon.«
»Wann hast du das letzte Mal mit ihr geschlafen?«, frage ich mit einem grässlichen Gefühl im Bauch.
Lukas runzelt die Stirn. »Was tut das denn zur Sache?«
Eindeutiges Ausweichmanöver.
»Willst du mir nicht antworten?«
»Wann hast *du* denn zum letzten Mal mit jemand anderem geschlafen?«, fragt er gehässig.
»Bevor ich dich kennengelernt habe!«, rufe ich. »Kannst du dasselbe von dir behaupten?«
»Nein, zufälligerweise nicht.«
Ich werde leichenblass. Er sieht mich voller Mitgefühl an und greift über den Tisch nach meiner Hand, aber ich ziehe die Hände unter den Tisch.
»Aber das war, bevor wir zusammenkamen«, sagt er zärtlich und sieht mir tief in die Augen. »In dem Sommer, als wir uns kennengelernt haben, bevor wir das Abendessen auf der Dachterrasse hatten.«
»Hast du dich deshalb so seltsam benommen damals? Du hast mich nicht geküsst, bist zu schnell gefahren … Du wirktest so wütend … Hast du damals an sie gedacht?«
Er zögert, dann nickt er. »Ja.«
Ich bekomme kaum einen Ton heraus. »Was war Weihnachten?«
»Nichts«, wiegelt er ab. »Da ist nichts passiert.«
Ich möchte ihm so gerne glauben … Meine Augen füllen sich mit Tränen.
»Alice«, sagt er sanft und streckt die Arme nach mir aus. Langsam hole ich die Hände wieder unterm Tisch hervor, er umfasst sie fest.

Die Haustür fällt ins Schloss, Jessie steht im Flur.
»Alles in Ordnung?«, fragt er mich. Mit vorwurfsvollem Blick schaut er Lukas an.
»Ja«, antworte ich. Lukas lässt meine Hände los und lehnt sich auf dem Stuhl nach hinten.

Und so kehrt unsere Beziehung nach einem unruhigen Beginn zur Normalität zurück, auch wenn sich die Normalität ein wenig geändert hat. Lukas wohnt nicht mehr in der Studentenwohnung auf der Trinity Street. Er ist näher an seinen Campus gezogen, nach Burrell's Field. Das liegt auf der Westseite des Flusses, weiter weg von der Stadt. Leider hat er immer noch das schmale Bett, so dass ich nicht sehr häufig bei ihm übernachte. Und wegen Jessies kühlem Verhalten bleibt er auch nicht sehr oft bei mir.

Zwei Wochen vor meinem dritten und letzten Jahr auf dem Anglia Ruskin treffe ich zufällig einen meiner Tutoren in der Stadt. Mitch Turville ist mein Lieblingstutor, in seinem Unterricht strenge ich mich immer ganz besonders an. Selbst als ich im ersten Jahr ziemlich neben mir stand, gelang es ihm, die beste Note aus mir herauszukitzeln.
»Alice!«, ruft er. »Wie geht es Ihnen?«
»Gut«, sage ich. »Wie war Ihr Sommer so?«
»Wunderbar, ganz wunderbar. Hatte zwei herrliche Wochen mit der Familie in Spanien. Und Sie?«
Mitch ist Ende vierzig, hat schütteres braunes Haar und trägt eine Brille. Manchmal auch einen Bart. Heute ist er offenbar in der Übergangsphase.
»Ich bin froh, dass ich Sie heute treffe«, sagt er, nachdem ich ihm von meinen Ferien berichtet habe. »Haben Sie schon mal in Betracht gezogen, Mitglied der Literarischen Gesellschaft zu werden?«
Schon vor den Sommerferien fragte er mich, ob ich mich gerne engagieren würde, aber ich bin nicht auf sein Angebot zurück-

gekommen. Neben dem Stechkahnfahren, den Millionen von Büchern, die ich lesen muss, und Lukas bleibt mir einfach nicht viel Freizeit.
»Tut mir leid«, sage ich. »Ich wusste nicht genau, ob …«
»Wir könnten nämlich wirklich jemanden wie Sie in der Gesellschaft gebrauchen«, unterbricht er mich. Er will meine Absage nicht einfach so hinnehmen. »Victoria, Rachel und Kelly würden sich über ein weiteres Mitglied freuen, das ihnen in der ersten Woche mit den Neuankömmlingen hilft. Reizt Sie das nicht vielleicht?«
Und so kommt es, dass ich verkleidet als Alice aus dem Wunderland in der ersten Semesterwoche herumlaufe und neue Mitglieder anwerbe. Victoria, Rachel und Kelly sind schon seit dem ersten Jahr miteinander befreundet. Sie waren immer nett zu mir, ich mag sie sehr. Bisher habe ich kein richtiges Studentenleben gehabt, hatte keine Kommilitonen als Freunde, und ich vermute schon länger, dass ich es noch bereuen werde. Mit diesem Hintergedanken habe ich mich auf Mitchs Vorschlag eingelassen.

Victoria ist als Dorothy aus *Der Zauberer von Oz* verkleidet, Rachel als die Weiße Hexe aus *Die Chroniken von Narnia* und Kelly als Rotkäppchen. Mit unserer Begeisterung gelingt es uns, eindrucksvolle dreiundvierzig Erstsemester zum Eintritt zu bewegen. Es macht viel mehr Spaß, als ich erwartet habe. Als wir fertig sind, beschließen wir, die Kostüme zum Spaß noch anzulassen und im Pub zu feiern. Ich schreibe Lukas eine SMS, damit er weiß, dass wir uns an dem Abend wahrscheinlich nicht mehr sehen werden, dann mache ich mich daran, den anderen beim Aufräumen zu helfen. Erst als wir zum Haupteingang gehen, komme ich auf die Idee, auf mein Handy zu schauen. Ich habe sieben Anrufe in Abwesenheit von ihm. Aber keine Nachricht auf der Mailbox. Seltsam. Gerade will ich ihn anrufen und fragen, was los ist, als ich mehrere Autos hupen höre.
»Wer ist das denn?«, fragt Victoria. Mein Gesicht ist bereits puterrot angelaufen, weil *das*, meine liebe neue Freundin, Lukas ist.
Er steht auf der doppelten gelben Halteverbotslinie am Straßen-

rand vor dem College – natürlich in seinem Porsche – und wird unablässig von den Autos angehupt, die an ihm vorbeiwollen. Am liebsten würde ich im Boden versinken.
»O Gott, sorry«, sage ich zu den Mädchen. »Das ist mein Freund. Ich hab keine Ahnung, was er hier will, aber ich gehe mal besser zu ihm.«
»Kommst du später noch in den Pub?«, fragt Kelly hoffnungsfroh.
»Ich versuch's«, sage ich und laufe zum Porsche. Lukas beugt sich über den Beifahrersitz und stößt die Tür auf.
»Was machst du hier?«, zische ich ihn an und steige ein, weil ich keine andere Wahl habe. Die Leute in den Autos hinter uns werden allmählich richtig sauer, und im Moment will ich einfach nur so weit weg wie möglich. Mit quietschenden Reifen zischt Lukas los und fährt als erstes über eine orangerote Ampel.
»Warum bist du nicht ans Telefon gegangen?«, faucht er mich an und tritt aufs Gas.
»Ich habe es nicht gehört!«, entgegne ich aufgebracht. »Ich wollte dich gerade anrufen.«
»Zu spät.« Er sieht mich verächtlich an. »Wie läufst du eigentlich rum?«
Zorn wallt in mir auf. »Das habe ich dir erzählt! Ich bin Alice aus *Alice im Wunderland*! Kinderliteratur ist ein Modul für meinen Abschluss.«
»Stimmt«, höhnt er. »Ich weiß noch, dass ich dachte, wie albern das klingt.«
»Was weißt du denn schon!«, gifte ich. »Du hast dich nie auch nur im Geringsten für mein Studium interessiert!«
»Ach, aber du dich für meins, ja?«
Ich überhöre seinen Kommentar und schimpfe weiter: »Oder für meine Arbeit!«
»Welche Arbeit?«
»Das Kahnfahren!«
»Das nennst du Arbeit? Du hast ja keine Ahnung, was Arbeit bedeutet.«

»Ach, aber du, was? Armer reicher Junge.«
Er tritt auf die Bremse.
»Gut. Ich wollte eh gerade aussteigen!« Ich fasse an den Türgriff, doch er packt mich am Ellenbogen und reißt mich zurück.
»Das tut weh!«, schreie ich und schlage nach seinem Arm.
»HÖR AUF!«, brüllt er und umklammert mein Handgelenk.
»WAS IST EIGENTLICH MIT DIR LOS?« Langsam werde ich hysterisch.
»MEINE MUTTER IST DA!«, schreit er zurück.
Das bringt mich zum Schweigen. Er lässt mich los, plötzlich ganz niedergeschmettert.
»Was macht denn deine Mutter hier?«
»Sie will dich kennenlernen«, erwidert er leichenblass. »Du musst dich umziehen.«

Kapitel 44

Frau Heuber – das klingt beängstigend streng – wird gerade in einer Limousine nach Burrell's Field chauffiert. Schnell ziehe ich meinen schicksten Rock und eine weiße Bluse an. Lukas wartet im Porsche vor der Tür. Ich habe ihn nicht mal gefragt, wie er wieder an den Wagen gekommen ist – ich dachte, er hätte ihn abgegeben, als Klaus zurück nach Deutschland ging.

Seine Mutter rief Lukas von unterwegs an, um ihrem Sohn mitzuteilen, dass sie ihn besuchen würde. Ich habe keine Ahnung, warum sie es plötzlich so eilig hat, dass sie uns gerade mal eine Stunde Zeit lässt, aber vielleicht wollte sie uns auch überraschen. Vielleicht müssen wir sogar dankbar sein, dass sie überhaupt vorher angerufen hat.

Wir begeben uns in Lukas' Zimmer und warten angespannt. Nervös rutsche ich auf dem Bett herum, dann denke ich, es sähe vielleicht besser aus, wenn ich auf einem Stuhl säße – ich möchte keinen zu ungezwungenen Eindruck machen. Irgendwann hält Lukas es nicht mehr aus. Wir gehen nach unten, um nach ihr Ausschau zu halten. Sie trifft zehn Minuten später in einer riesigen, glänzend schwarzen Limousine ein. Der Fahrer in dunkelblauem Anzug und mit echter Chauffeursmütze steigt aus, um ihr die Tür zu öffnen. Ich weiß nicht, was ich erwartet habe. Eine eindrucksvolle Frau in einem Fuchspelz oder so was Ähnliches, die herumstolziert und so tut, als wäre ich gar nicht da … Aber mit so was habe ich nicht gerechnet.

Lukas' Mutter ist klein und – darum lässt sich leider nicht herumreden – fett. Sie trägt ein weites Blümchenkleid in Braun und Rosa

und macht den Eindruck, als müsste sie eigentlich in der Küche stehen und Apfelkuchen und andere leckere, herzerwärmende Speisen zubereiten. Ich weiß beim besten Willen nicht, warum er solche Angst vor ihr hat – bis sie mich ansieht.
Eiskalt. Das ist das Wort, mit dem ich ihre Augen beschreiben würde. Kaltes blaues Eis und ein Blick, bei dem einem alles gefriert.
Lukas tritt vor, um sie zu begrüßen. Er küsst ihre Hand. Nicht ihre Wange, ihre Hand. Ich kann mir gar nicht ausmalen, was sie tun würde, wenn ich sie in die Arme nähme. Wahrscheinlich umkippen. Also, eigentlich keine schlechte Idee …
»Mutter, das ist Alice«, sagt er auf Englisch und dreht sich zu mir um. Ich habe ihn noch nie so nervös gesehen.
»Hallo«, sage ich mit unsicherem Lächeln. Sie reicht mir nicht die Hand, was eine Erleichterung ist, weil ich nicht weiß, ob ich die dann auch küssen müsste.
Ohne etwas zu sagen, richtet sie ihren kühlen Blick wieder auf Lukas und sagt etwas auf Deutsch.
»Noch nicht«, erwidert er mit verlegenem Lächeln in meine Richtung. »Ich glaube, sie fängt nächste Woche an.«
Offenbar hat sie gefragt, ob ich Deutsch spreche. Ich habe mich noch nicht entschieden, aber ich überlege, von Mandarin zu Deutsch zu wechseln. Lukas' Bemerkung in der Ballnacht hat mir zu denken gegeben.
Wir gehen hinein, und sie gibt ständig tadelnde Geräusche von sich. So wie ich es deute, hält sie nicht viel von Lukas' Zimmer.
Er stellt ihr eine Frage mit einem befangenen Seitenblick auf mich, worauf sie in perfektes Englisch wechselt.
»Ich habe meinem Sohn gesagt, dass dieses Zimmer zu klein ist«, sagt sie mit einem verächtlichen Gesichtsausdruck. »Wie kann man es hier nur aushalten?« Ihre Frage scheint an mich gerichtet zu sein.
»Nun ja«, ich schiele unsicher zu Lukas hinüber. »Ich wohne mit zwei Freunden in einem Haus.«
»Sie halten mich bestimmt für naiv«, faucht sie.

»Was? Nein!«, rufe ich aus. »Ich meine, ich übernachte hier manchmal, aber nicht sehr oft.«
»Hm.« Sie wendet sich von mir ab.
Mein Gott, ist das furchtbar! Zuerst Joe und jetzt auch noch Lukas! Warum kann ich nicht wie Lizzy eine nette potentielle Schwiegermutter haben? Letztens scherzte meine Freundin, Callums Mutter sei ihre zweitbeste Freundin. Ich bin hoffentlich die beste.
Lukas versucht, seine Mutter abzulenken. »Sollen wir vielleicht nach draußen gehen?«
»Ihr könnt mich ins Hotel begleiten.«
Es klingt nicht so, als ob das ein Vorschlag wäre.
Sie wohnt in einem superedlen Hotel in Cambridge. Ihr Chauffeur bringt uns bis vor die Tür und eilt dann zum Kofferraum, um das Gepäck herauszuholen. Ein Portier nimmt es ihm ab, und wir werden ins Foyer geführt.
»Ich rufe Sie morgen an«, sagt Frau Heuber zu ihrem Chauffeur, dann wendet sie sich an Lukas. »Er ist ein hervorragender Fahrer. Du kannst ihn haben, wenn du willst. Ich leite das in die Wege.«
»Danke, Mutter«, sagt Lukas, überrascht von ihrer Großzügigkeit. »Aber ich habe ja noch meinen Porsche.«
»Ich dachte, du hättest ihn verkauft.«
Ich bin froh, dass dieses Rätsel jetzt gelöst wird.
»Noch nicht«, erwidert Lukas.
Seine Mutter schreibt sich an der Rezeption ein, und Lukas greift zum Schlüssel. Wir nehmen den Aufzug in den sechsten Stock.
»Dein Vater möchte, dass Klaus wieder herkommt«, teilt sie uns mit, als der Fahrstuhl sich in Bewegung setzt.
»Nein«, lehnt er bestimmt ab. »Ich komme ohne ihn klar.«
Wieder schnaubt sie verächtlich. »Das werden wir ja sehen.«
Frau Heuber hat das Penthouse gebucht. Die Aussicht ist umwerfend – bodenlange Panoramafenster, die auf den Fluss und die Dächer von Cambridge gehen. Gerade beginnt es zu dämmern. Ich sehe, dass nicht die Mutter, sondern Lukas dem Portier Trinkgeld gibt, als der mit dem Gepäck kommt.

»Wow!«, rufe ich begeistert, als ich durch die Fensterscheibe die Boote sehen, die sich an der Station an der Magdalene Bridge tummeln.
»Es ist ja nur für zwei Tage«, sagt sie hochnäsig.
Wie kann so eine Suite nicht gut genug für sie sein?
»Es war sehr freundlich von dir herzukommen«, sagt Lukas, ohne die Frage zu stellen, die wenigstens mich nun schon länger beschäftigt: *Warum* ist sie gekommen?
Sie geht zu mir ans Fenster und schaut hinunter.
»Ich sollte wohl einmal mit so einem Stechkahn fahren«, sagt Frau Heuber.
»Ich kann Sie mitnehmen«, biete ich schüchtern an.
Sie betrachtet mich entsetzt.
»Alice fährt Stechkahn«, erklärt Lukas mit besorgtem Blick auf seine Mutter.
»Stechkahn?« Es klingt verächtlich.
»Ja, ich arbeite als Reiseführerin.«
»Sie arbeiten als *Reiseführerin*?«
Entschuldigung, hört sie vielleicht schlecht?
»Alice hat es geschafft, selbst für ihr Studium aufzukommen«, sagt Lukas ruhig.
»Na ja, meine Eltern unterstützen mich auch«, füge ich schnell hinzu.
»Aber du zahlst deine eigene Miete«, sagt er.
»Das stimmt.«
»Äußerst interessant«, bemerkt Frau Heuber ausdruckslos und wendet sich vom Fenster ab. »Mein Sohn, ich habe keine Tabletten mehr gegen Magenverstimmung. Könntest du nach unten gehen und die Empfangsdame bitten, mir welche zu besorgen?«
»Ähm, ich kann sie doch auf dem Weg zum Essen fragen, oder?«, schlägt er vor.
»Nein, ich denke, ich hätte sie gerne jetzt«, entgegnet seine Mutter, und damit ist der Fall erledigt.
Beklommen schielt Lukas zu mir herüber, dann deutet er ein Ni-

cken an, bevor er uns zwei allein lässt. Ihr eiskalter Blick fällt auf mich.
»Vielleicht fühlen wir uns dort drüben wohler.«
Nervös folge ich ihr in einen kleinen, aber feinen Wohnbereich. Sie weist mir das Sofa zu und nimmt selbst in einem Sessel Platz.
»Sie treffen sich nun schon länger mit meinem Sohn«, bemerkt sie.
Ich nicke vorsichtig. »Fast ein Jahr.«
»Wissen Sie Bescheid?«
»Ich weiß nicht genau, wovon Sie sprech…«
»Er sollte sich zum Ende des Jahres mit Rosalinde Pfeifer verloben.«
Als sie den Namen ausspricht, zucke ich zusammen. »Ich weiß, dass eine Hochzeit vorgesehen war. Ich dachte, das hieße, das sie bereits verlobt sind.« Ich versuche, mich nicht aus der Reserve locken zu lassen, doch mein Herz hämmert mir in der Brust.
»Es wurden noch keine Einladungen verschickt. Es war nicht offiziell. Noch nicht.«
Ich weiß nicht, was für eine Reaktion sie von mir erwartet. Irgendwann spricht sie weiter.
»Lukas ist nicht der Erbe meines Mannes. Er wird das Haus nicht erben. Dieses Recht geht an meinen ältesten Sohn, und danach an dessen Sohn.« Markus und Maximilian, nehme ich an.
»Ich bin nicht hinter seinem Geld her, falls Sie das meinen«, bringe ich den Mut auf zu sagen. »Ich mag ihn einfach nur sehr gerne.« Sie kneift die Augen zusammen. »Ich *liebe* ihn«, berichtige ich mich.
»Dann wollen Sie doch bestimmt nur das Beste für Lukas?«
»Natürlich.« Ich zucke die Schultern, gebe mich unbekümmert. »Aber er ist unglaublich klug, wissen Sie. Ich glaube, er ist durchaus in der Lage, das für sich allein zu entscheiden.«
Lange sieht sie mich an. Ich weiß nicht, wie ich es schaffe, aber ich weiche ihrem Blick nicht aus, sie ebenso wenig. Schließlich nickt sie.
»Dann soll es so sein.«

Was?
Ich bekomme keine Antwort auf meine Frage, da Lukas zurückkommt.

»Rosalinde hat jemand anderen kennengelernt«, erzählt er mir später am Abend, als er mich zurück zu Jessies Haus bringt.
»Oh.« Ich runzele die Stirn. »Seit wann weißt du das?«
»Seit du beim Essen zur Toilette gingst.«
»Und wie findest du das?«
»Ist für alle das Beste.«
»Sieht das deine Mutter auch so?«
»Was glaubst du wohl?« Er schaut mich von der Seite an. »Sie kann mich zu nichts zwingen.«
»Hat sie versucht, dich zu überreden, mich zu verlassen?«, frage ich leise.
Er nickt. »Ja. Sie bestand darauf, dass ich mich beeile, weil es sonst zu spät ist. Aber es ist bereits zu spät.«
»Du meinst, Rosalinde würde dich nicht mehr zurücknehmen?« Ich weiß auch nicht, ob ich das in ihrer Situation tun würde. Es muss demütigend sein.
»Nein.« Lukas bleibt mitten auf dem Bürgersteig stehen und dreht sich zu mir um. »Es ist zu spät, weil ich dich will, Alice. Sie können mich nicht zwingen, dich aufzugeben.«
Ich weiß nicht, warum ich in dem Moment an Joe denke, aber ich kann es nicht vermeiden. Lukas geht weiter.
»Du lernst doch jetzt Deutsch, oder?«, fragt er nervös.
»Ja.« Das ist das mindeste, was ich tun kann.

Kapitel 45

»Aah!«

Ich schrecke von Lukas' Schrei aus dem Schlaf. »Was ist los?«, frage ich. Es ist eine kalte, frostige Januarnacht, und ich bin in seinem Zimmer in Burrell's Field.

»Ich kann nicht schlafen!« Er schlägt mit der flachen Hand auf die Matratze. »Meine Mutter hatte recht. Dieses Zimmer ist zu klein.«

»Du hast es über drei Jahre in einem Zimmer dieser Größe ausgehalten«, erinnere ich ihn. Er hat mir mal gesagt, dass er gerne so lebe wie alle anderen Studenten auch. Aber zu Hause hat er wieder wochenlang auf großem Fuße leben können. Vielleicht ist das das Problem.

»Ich hab die Nase voll! Ich ertrage dieses Bett nicht mehr. Es ist ein Witz!«

Ich setze mich auf. »Dann gehe ich besser nach Hause.«

»Sei nicht albern!«, fährt er mich an und zieht mich wieder zu sich.

»Aber ich brauche meinen Schlaf. Ich habe morgen eine Vorlesung, und so kann ich mich nicht konzentrieren.«

»Warum wolltest du dann unbedingt, dass ich heute Nacht hierbleibe?« Jetzt bin ich sauer. Früh am Abend habe ich mich mit den Mädchen von der Literarischen Gesellschaft im Pub getroffen, um das Dickens-Quiz für nächsten Monat zu besprechen. Ich lehnte Lukas' Angebot ab, mich abzuholen, aber er tauchte trotzdem auf. In seinem Porsche. Ich will, dass er damit aufhört.

»Du hast mir gefehlt«, klagt er.

Weihnachten verlief ohne nennenswerte Zwischenfälle. Ich fuhr zu meinen Eltern, und Lukas flog nach Deutschland, doch diesmal

rief er mich alle paar Tage an, so dass er mir hinterher nicht so fremd war.
»Tja, ich habe ebenfalls ein wichtiges Jahr vor mir und könnte auch mal eine Mütze voll Schlaf gebrauchen, weißt du?«
»Musst du mal wieder einen Essay über *Harry Potter* schreiben?«, fragt er verächtlich.
»Auch Kinderliteratur ist Arbeit, ja?«, rufe ich. »Ach, leck mich. Ich gehe.«
Er hält mich am Arm fest. »Nicht. Tut mir leid.« Er streichelt mein Gesicht und sieht mich in der Dunkelheit an.
»Ich weiß, dass du glaubst, meine Arbeit sei im Vergleich zu deiner unwichtig, ist sie vielleicht auch, aber mir bedeutet sie trotzdem viel«, sage ich voller Ernst. »Ich muss mir Gedanken machen über meine Berufsaussichten und … Ach, Mensch, ich bin jetzt zu müde zum Reden.«
Meine Augen brennen, meine Glieder sind schwer.
»Tut mir leid«, sagt Lukas erneut. »Tut mir leid.« Er drückt seine Lippen auf meine, und ich merke, dass sich etwas bei ihm regt.
»Jetzt nicht«, stöhne ich.
»Dann kannst du dich besser entspannen …«, murmelt er und reibt sich an mir.
Nein, du *kannst dich besser entspannen, willst du sagen.* Ich schiebe ihn von mir und halte ihn auf Armeslänge Abstand.
»Lukas, ich muss jetzt wirklich schlafen.«
Er flucht auf Deutsch. Das Wort kenne ich noch nicht, aber ich gehe davon aus, dass es ein Schimpfwort ist.
»Was hast du heute bloß?«, frage ich verärgert. »Zuerst holst du mich aus meiner Besprechung heraus …«
»Ihr habt über ein Pub-Quiz gesprochen!«, wendet er ein.
»Ja, und? Es ist trotzdem eine Veranstaltung, die ich zu organisieren helfe, deshalb bin ich nicht gerade dankbar, wenn du wieder in deinem bescheuerten Porsche auftauchst und mich blamierst!«
»Es tut mir leid, dass du meinen Porsche so peinlich findest.« Gar nichts tut ihm leid!

»Es liegt nicht am Auto, es liegt an dir!« Ich steige aus dem Bett und ziehe mich an. Ich hab genug. »Du kannst mich nicht kontrollieren; du kannst mich nicht zwingen, das zu tun, was du willst. Ich habe meine eigenen Vorstellungen. Ich habe hier noch nicht viele Freunde gefunden und …«

»Rosalinde hat sich verlobt«, unterbricht er mich ausdruckslos.

Ich erstarre. »Was?«

»Rosalinde hat sich verlobt.« Er blickt an die Decke.

»*Verlobt?* Mit wem?«

»Mit Frederick Schulz.« Bevor ich fragen kann, wer das ist, sagt Lukas: »Er stammt aus einer sehr guten Familie.«

»Was habt ihr bloß immer mit euren sehr guten Familien?«

»Er ist viel zu alt für sie«, geht er über meine Frage hinweg. »Er ist dreiunddreißig und arbeitet bei einer Bank. *Sehr, sehr erfolgreich.*« Er zieht die letzten drei Wörter in die Länge, fast so, als sei er betrunken.

»Woher weißt du das alles?«, frage ich verwirrt.

»Hat mir meine Mutter erzählt.«

»Wann? In Deutschland?«

»Nein. Heute Abend am Telefon.«

Ich hätte es mir denken können.

»Was erwartet deine Mutter eigentlich von dir? Dass du nach Hause läufst und diesem Mädchen so lange den Hof machst, bis sie in deine Arme zurückkehrt?« Ich kann nichts gegen die Bitterkeit in meiner Stimme tun.

»Nein. Sie hat es mir gesagt, um mich zu *ärgern.*« Was die Bitterkeit angeht, ist er mir ebenbürtig.

»Oh.« Geknickt setze ich mich aufs Bett. »Wäre es dir lieber, es wäre anders gelaufen?« Ich will das eigentlich nicht wissen, fühle mich aber gezwungen zu fragen.

Eine Weile antwortet Lukas nicht, was gar nicht seine Art ist. »Nein«, sagt er dann knapp. »Wenn Rosalinde sich verloben kann, beweist das nur, dass sie nicht die richtige Frau für mich ist.«

War denn noch ein Beweis nötig?

Er greift nach meiner Hand. »Wir sollten uns ein Haus besorgen.«
»Was?«
»Da könnten wir zusammen einziehen.«
»Moment mal, ich bin gerade mal zwanzig.«
»Ich könnte meine Eltern fragen …«
»Nein!«, unterbreche ich ihn.
»Warum nicht?«
»Lukas, wenn deine Eltern dir ein Haus kaufen …«
»Nicht kaufen, mieten.«
»Wenn deine Eltern dir ein Haus mieten, werde ich dort nicht mit dir wohnen.«
»Warum denn nicht?
»Weil es nicht richtig ist! Abgesehen von der Tatsache, dass ich viel zu jung dafür bin, mit meinem Freund zusammenzuziehen …«
»Liebst du mich nicht?«, fragt er scharf.
»Doch! Aber darum geht's doch gar nicht!«
»Ich halte es nicht mehr viel länger in dieser Absteige aus, Alice. Ich bekomme dich kaum zu sehen – du hast immer so viel zu tun, Kahn fahren und diese Literarische Gesellschaft.«
»Du bist derjenige, der ständig mit dem Studium beschäftigt ist!«, gebe ich empört zurück. Wir sehen uns immer eher zu seinen als zu meinen Bedingungen.
»Aber wenn wir zusammenwohnen würden, sähen wir uns jeden Abend …« Er will mich überreden, aber ich bleibe standhaft.
»Nein.« Ich lasse seine Hand los. »Ich will die Hilfe deiner Eltern nicht. Auf gar keinen Fall ziehe ich bei dir ein, wenn du sie fragst.«

Ich hätte mich wahrscheinlich noch eindeutiger ausdrücken sollen.
Einige Wochen später taucht er mit einem brandneuen, glänzend silbernen Fahrrad bei Jessies Haus auf. Es ist ein erfrischend klarer, kalter Februarmorgen.
»Du hast dir ein Fahrrad gekauft!«, rufe ich. »Na endlich!«

»Komm mit, wir machen einen Ausflug!«, drängt er mich, ganz aufgeregt. »Ich habe eine Überraschung für dich.«
Er holt meinen Mantel und den Schal vom Garderobenständer. Ich bin baff. »Ist das Fahrrad nicht schon Überraschung genug?«
»Das ist nichts im Vergleich«, sagt er grinsend und hilft mir in den Mantel.
»Wo willst du mit mir hin?« Ich platze fast vor Neugier, als wir die Stadt hinter uns lassen.
»Siehst du gleich«, erwidert Lukas belustigt und biegt nach rechts in die Conduit Head Road ab. Ich folge ihm über einen Kiesweg, bis er vor einem malerischen Cottage mit Reetdach hält. »Und, was meinst du?«
Ich sehe ihn fragend an. »Von dem Haus?«
»Ja.«
»Das ist hübsch, aber …«
»Willkommen daheim, Schatz.« Er sagt das mit einer komisch verstellten Stimme, aber ich habe so ein Gefühl, dass es kein Witz ist.
»Du hast doch wohl nicht …«, bringe ich hervor.
Er nickt. »Doch.«
Mir fällt die Kinnlade runter. »Aber ich habe dir doch gesagt …«
»Meine Eltern haben mir nicht dabei geholfen«, wendet er schnell ein.
»Aber wie …«
»Ich habe den Porsche verkauft.«
Fassungslos starre ich ihn an.
»Es ist zu spät, falls es dir nicht gefällt«, fügt er flapsig hinzu und steigt vom Fahrrad. »Ich habe die Miete bereits im Voraus bezahlt. Sieh es dir mal von innen an!«
Ich bin zu perplex, um etwas zu sagen, und folge ihm stattdessen ins Haus.
Es ist kuschelig und gemütlich, eingerichtet mit Antiquitäten und Möbeln im Landhausstil. Hinter dem Haus ist ein kleiner Garten, dahinter ein sonnenüberflutetes Feld.
Lukas führt mich die Holztreppe hinauf. Das erste Zimmer ist win-

zig klein, das zweite etwas größer, im dritten steht ein riesengroßes Himmelbett. Der Blick geht ins Grüne. Allmählich gefällt es mir. Ist das falsch?
»Wie findest du es?«, fragt er.
»Es ist … wunderschön«, erwidere ich. »Aber …«
»Sag nichts«, unterbricht er mich und gibt mir schnell einen Kuss auf die Nase.
»Aber Lukas!«
»Was?«
»Ich kann hier nicht mit dir leben!«
»Warum nicht?«, fragt er. »Du musst doch eh bald bei Jessie ausziehen, weil seine Eltern zurückkommen.«
»Aber doch nicht vor Ostern.«
»Das ist nächsten Monat!«
»Sie haben gesagt, ich könnte dort noch länger wohnen.«
»In Emilys Minizimmer?«, gibt er zurück. »Da hätten wir ja noch weniger Platz als jetzt in meinem Zimmer.«
Das kann ich nicht leugnen. Jessies Eltern sind bald wieder da. Sie waren zwar freundlicherweise einverstanden, dass Emily und ich weiter in ihrem Haus wohnen dürfen, aber das geht nur, wenn ich in Emilys kleines Zimmer ziehe, die wiederum mit Jessie in meinem großen Zimmer wohnen würde, da er das Elternschlafzimmer ja räumen muss. Emily hat die Eltern über Weihnachten zusammen mit Jessie besucht, und sie verstanden sich gut miteinander. Sie wird mit der neuen Regelung problemlos klarkommen; für mich scheint es sinnlos, noch etwas Neues zu suchen, da mein Studium in wenigen Monaten sowieso abgeschlossen ist.
Lukas spürt meine wachsende Zustimmung. Dann aber fällt mir eine wichtige Frage ein, die mich auf den Boden der Tatsachen zurückholt: »Was würden denn meine Eltern dazu sagen?«
»Du bist erwachsen«, argumentiert er. »Was du tust, ist deine Sache.«
»Ich darf mir bloß ihre Vorwürfe anhören …«
Lukas seufzt. »Pass auf, ich werde hier so oder so wohnen. Behalte

dein Zimmer bei Jessie und übernachte hier bei mir, wann immer du willst. Muss ja überhaupt kein großes Ding sein.«
Ich schaue nach draußen auf das Feld, dann wieder auf das riesige Bett. Wir grinsen uns an.
»Sollen wir es einweihen?«, schlage ich vor.
»Ich dachte schon, du fragst gar nicht mehr.«

Kapitel 46

Es dauert nicht lange, da lebe ich komplett bei Lukas. Ich hätte nie gedacht, dass ich so schnell bei einem Freund einziehen würde, aber ich kann nicht behaupten, dass es mir nicht gefiele. Unsere Beziehung entwickelt sich im Rekordtempo. Nicht nur, was das Zusammenleben angeht, sondern auch unsere Gefühle füreinander. Ich lerne ihn so viel schneller kennen, als es in einer normalen Studentenbeziehung der Fall wäre. Mit ihm zusammen zu sein, ist erstaunlich unkompliziert. Tagsüber sind wir fast immer getrennt, doch das holen wir abends nach. Das bedeutet natürlich, dass ich meine Bootskollegen nicht mehr so häufig sehe wie früher, auch bei der Literarischen Gesellschaft habe ich nicht mehr so oft mitgeholfen, wie ich es gerne getan hätte, aber das scheint mir kein allzu großes Opfer zu sein. Meistens jedenfalls.

Gestern schimpfte Jessie mit mir, weil ich unseren Kinoabend absagen musste. Unsere Ausflüge ins Kino sind deutlich seltener geworden, aber ich würde mich freuen, wenn er verständnisvoller wäre. Ich jedenfalls würde einsehen, wenn seine Verpflichtungen gegenüber Emily ihm weniger Zeit für mich ließen.

Den gestrigen Abend allerdings brauchte ich zum Vorbereiten, weil Lizzy heute zu Besuch kommt. Nicht nur Lizzy. Auch Harry und Matthew sind eingeladen, aber wegen ihr bin ich ganz aufgeregt. Sie hat sich letzte Woche von Callum getrennt und ist ziemlich fertig. Es wirkt ein bisschen unsensibel, wenn ich sage, dass ich mich auf sie freue, aber ich möchte sie gerne aufheitern.

Seit dem Ball im Juni habe ich Matthew nicht mehr gesehen. Harry blieb in Cambridge, um seinen Doktor zu machen, wir treffen ihn oft, Matthew hingegen kehrte nach Buckinghamshire zurück. Ich glaube, er arbeitet jetzt für eine Zeitung in London. Ich frage Lukas nicht gerne nach ihm.

Da ich mich einverstanden erklärt habe, für alle zu kochen, habe ich am Vorabend schon mal angefangen. Ungewöhnlicherweise ist mir allerdings das Hackfleisch angebrannt, und dann habe ich mir in die Finger geschnitten statt in die Zwiebeln. Schließlich habe ich aufgegeben und eine Lasagne gekauft. Einen Salat werde ich wohl noch hinbekommen. Ich hätte doch mit Jessie ins Kino gehen sollen.

Lizzys Zug hat dreieinhalb Stunden Verspätung, sie trifft erst um vier Uhr am Samstagnachmittag ein. Ich höre, wie das Taxi vorfährt, und gehe nach draußen, um sie zu begrüßen.

»Hallo!«, rufe ich, als sie aussteigt. Ich helfe ihr mit dem Gepäck.

Sie betrachtet das Cottage. »Wirklich nicht übel!«

Im Haus steuert sie direkt auf das Wohnzimmerfenster zu. Es ist Ende April, und der Garten ist voller bunter Blumen.

»Wow! Was für eine Aussicht!«, staunt sie.

»Ja, ist nicht schlecht.«

»Wo ist Lukas?«, fragt sie und dreht sich zu mir um.

»Im Labor.«

»An einem Samstag?«

»Ach, da ist er ständig. Im Moment lernt er für eine Prüfung, aber er hat versprochen, heute Abend eine Pause einzulegen. Müsste gleich da sein. Wie geht es denn deiner Mutter?«, frage ich auf dem Weg nach oben, wo ich Lizzy ihr Zimmer zeigen will.

»Super! Ich soll dich ganz lieb von ihr grüßen.«

»Ah, danke! Grüß mal zurück!«

Ich habe ihr das große Zimmer zugewiesen – Matthew kann das kleine haben. Harry wird mit Sicherheit nach Burrell's Field in sein Wohnheimzimmer zurückkehren – falls er nicht auf dem Sofa übernachtet.

»Zeig mir mal dein Zimmer«, sagt Lizzy. Wir gehen hinüber. »Das wird bestimmt ganz schön strapaziert«, scherzt sie mit Blick auf das Bett. Ich grinse sie an und will den Kleiderschrank zumachen.

»Was ist denn das?«, fragt sie neugierig, als sie den glänzenden grünlich-goldenen Stoff im Kleiderschrank entdeckt.
»Ach, das ist mein Abendkleid«, erwidere ich beiläufig und ziehe es heraus.
»Oh, wie schön!«, ruft sie staunend. »Meine Güte, dieses Jahr bist du aber früh dran!«
»Nein, nein«, wiegele ich ab. Sie hat mich missverstanden. »Das ist vom letzten Jahr.«
»Wie meinst du das?«
Ich habe ihr nie erzählt, dass Lukas ein Kleid für mich anfertigen ließ. Ich weiß nicht genau, warum, entweder war es mir ein wenig peinlich oder ich hatte Sorge, dass sie beleidigt sein könnte.
Ich zucke mit den Achseln, will es runterspielen. »Lukas hat es für mich machen lassen.«
»*Was?!*« Ihr steht der Mund offen. »Was stimmte denn nicht mit dem Kleid, das wir zusammen gekauft haben?«
Ich hatte offensichtlich recht mit meiner Befürchtung.
»Nichts«, versichere ich ihr schnell. »Es war hübsch. Es war nur … Na ja, er meinte, ich könnte was …« Ich verstumme, und Lizzy beendet den Satz für mich.
»… was Besseres finden?«
Ich schiele auf das Kleid und streiche über den Stoff. »Es hätte sein können, dass ich nicht die Einzige in diesem schwarzen Kleid gewesen wäre«, sage ich.
»Willkommen in meiner Welt«, entgegnet Lizzy sarkastisch. »Na, du hast bestimmt umwerfend ausgesehen.«
Ich mache den Kleiderschrank zu.
»Was ist denn mit deinen Fingern passiert?«, fragt sie, als sie die Pflaster entdeckt.
»Kleine Verletzung beim Zwiebelnschneiden«, erkläre ich. »Lukas wollte, dass ich was koche … Tja, ich wollte auch. Aber am Ende habe ich aufgegeben.«
»Wer kommt denn noch heute Abend?«, fragt Lizzy, setzt sich ans Fußende des Bettes und hüpft darauf herum.

»Zwei Freunde von Lukas. Harry und Matthew. Ist also kein reines Mädchenwochenende, wie du vielleicht gedacht hast …«
»Nein, das ist kein Problem!« Lizzys Schultern sacken nach vorn. »Ich bin für jede Ablenkung dankbar.«
»Willst du mir erzählen, was passiert ist?«, frage ich.
»Ist vier Uhr zu früh, um etwas zu trinken?«, fragt sie zurück und steht auf. Ich merke, dass sie gegen ihre Tränen kämpft.
»Herrje, nein! Ich darf nur nicht vergessen, das Essen in den Ofen zu schieben!«
In der Küche hole ich eine Flasche Veuve Clicquot aus dem Kühlschrank.
»Ist das echter Champagner?« Mit großen Augen untersucht sie das Etikett.
»Yeah.« Ich zucke mit den Schultern. »Kauft Lukas immer.«
»Meine Herren … maßgeschneiderte Abendkleider, Champagner, ein reetgedecktes Cottage für euch ganz allein … das ist kein normaler Student, was?«
»Nicht so ganz.« Ich halte Lizzy die Flasche hin. »Willst du?«
»Na, los. Wenn es ihn wirklich nicht stört.«
»Nein, er hat ihn ja extra für heute Abend geholt.« Ich schäle die Alufolie vom Korken.
»Wie läuft es denn so mit ihm?«, fragt Lizzy und hievt sich auf die Arbeitsfläche in der Küche. Sie hat Lukas letztes Jahr nur einmal kurz gesehen, als sie mit mir das Abendkleid kaufen war.
»Entschuldige«, sage ich, und sie zieht den Kopf ein, damit ich die Schranktür hinter ihr öffnen und zwei Champagnergläser herausholen kann. »Wirklich gut«, beantworte ich ihre Frage.
»Du schläfst bestimmt ständig hier bei ihm, oder?«, sagt sie mit wissendem Blick.
»Ja, schon«, entgegne ich lässig. »Vor ein paar Wochen hab ich meine letzten Sachen bei Jessie ausgeräumt.«
»Du bist bei Jessie ausgezogen?«
»Ja.« Bei ihrem Blick wird mir mulmig. »Seine Eltern sind aus den Staaten zurück.«

»Also wohnst du jetzt mit Lukas zusammen.« Es ist eher eine Feststellung als eine Frage.
»Ja.«
»Du lebst mit deinem Freund zusammen.« Sie wirkt leicht perplex.
»Ja.«
»Verdammt nochmal, Alice!«
»Was ist?« Ich bin verwirrt.
»Das ging ein bisschen schnell, meinst du nicht?«
Schweigend schenke ich den Champagner ein.
»Ich wollte dich nicht anpflaumen«, rudert Lizzy schnell zurück. »Ich hab nur nicht damit gerechnet.«
»Warum nicht?« Meine Lippen sind eine dünne Linie. »Ich verstehe nicht, warum das so was Besonderes sein soll.«
»Was hat dein Vater dazu gesagt?«
»Dem hab ich … Er weiß nicht …«
»Du hast es deinen Eltern noch gar nicht erzählt?«
»So ist das nicht«, weiche ich aus. »Es ist doch gar keine große Sache.«
»Es ist eine riesengroße Verantwortung.«
»Mensch, Lizzy! Seit wann bist du meine Mutter?«
Sie sieht mich mit gerunzelter Stirn an und wendet dann verletzt den Blick ab.
»Tut mir leid«, sage ich, obwohl ich gar nicht genau weiß, warum ich mich entschuldige.
»Ist schon gut«, erwidert sie, weicht mir aber immer noch aus. »Ich bin nur ein wenig überrascht, mehr nicht.«
»Ich wüsste nicht, warum«, fahre ich sie an. »Ist ja nicht so, als würden wir heiraten oder so.«
»Das will ich auch nicht hoffen!«
Ich reiche ihr ein Glas.
»Würdest du ihn denn heiraten?«, fragt sie mit zusammengekniffenen Augen.
»Ich weiß es nicht.« Ich zucke mit den Schultern.

»Liebst du ihn?«
»Ja, sicher.«
»Mehr als du Joe geliebt hast?«
»Was ist das denn für eine Frage?« Ich hole tief Luft.
Diesmal entschuldigt sie sich. »Tut mir leid«, sagt sie und rutscht von der Arbeitsfläche. »Ich bin gemein. Ich hab eine scheiß Woche hinter mir und lasse es jetzt an dir aus.«
»Schon gut.« Ich weise auf die Tür zum Wohnzimmer. Lizzy geht voran. »Und, was ist mit Callum passiert?«
»Ach …« Sie lässt sich auf eines der Sofas sinken und verschüttet beinahe ihren Schampus. »Huch!«
»Tut mir leid. In diesen Kissen kann man wirklich versinken.«
Auf einmal bricht sie in prustendes Lachen aus, und ich falle mit ein, erleichtert, meine alte Freundin wiederzuhaben.
»Prost!«, sagt Lizzy kichernd. Wenigstens gab es keine Tränen. »Ich will das nicht alles bis ins letzte Detail aufdröseln, aber er war ziemlich mies zu mir, und ich hatte die Nase voll.«
»In welcher Hinsicht war er mies?«, frage ich.
»Ich habe ihn kaum noch gesehen – er war immer unterwegs, am Wochenende Fußball spielen, und als er mir dann noch erzählte, dass er diesen Sommer mit seinen Freunden nach Ibiza fliegen will, anstatt mit mir Urlaub zu machen, brachte es das Fass zum Überlaufen.«
»Das ist übel«, bestätige ich.
»Du siehst Lukas aber auch nicht gerade viel, oder?«
»Tagsüber nicht, aber das ist das Gute daran, wenn man zusammenlebt – ich sehe ihn jeden Abend.«
»Ja, klar. Aber er fliegt ständig ohne dich heim nach Deutschland, oder?«
»Nicht ständig«, sage ich locker. »Ist ja auch nicht so, dass er mit seinen Freunden unterwegs wäre; er fährt nach Hause.«
»Um dieses Mädchen zu treffen.«
Was soll der Scheiß? »Er trifft sich nicht mit Rosalinde!«, rufe ich. »Er sieht seine Eltern! Seinen Neffen, seinen Bruder und seine

Schwester! Außerdem ist sie verlobt«, fühle ich mich gezwungen hinzuzufügen.
»Wirklich?«, fragt Lizzy interessiert.
»Ja. Sie heiratet einen Banker.«
»Wirst du auch zur Hochzeit eingeladen?«
»Ich weiß es nicht, Lizzy!«
»Ich will dich nicht nerven«, sagt sie. Im Moment bin ich nicht gerade hocherfreut, sie hier zu haben.
»Mach dir keine Sorgen deswegen.« Ich versuche, mich zu beruhigen. »Egal, du wolltest von Callum erzählen …«
»Ach, weiß nicht. Vielleicht erwarte ich zu viel von ihm.«
»Nein, es hört sich schon ziemlich mies von ihm an, dass er mit seinen Kumpels Urlaub machen will.«
»Schon, aber die werden dieses Jahr alle mit der Uni fertig und reden schon lange davon, noch das letzte Mal eine Herrentour zu machen, bevor sie alle ins Berufsleben starten und erwachsen werden.«
Denkt sie sich gerade Gründe aus, um ihn wieder zurückzunehmen? Keine Ahnung, aus der Sache halte ich mich auf jeden Fall raus.
Ich höre, wie Lukas die Tür aufschließt, und gehe ihm entgegen.
»Hallo«, begrüße ich ihn herzlich und gebe ihm einen Kuss auf den Mund.
»Champagner!«, ruft er mit einem Blick auf mein Glas.
»Das stört dich doch nicht, oder?«, frage ich vorsichtig.
»Nein, nein, natürlich nicht. Ist nur noch früh, mehr nicht.«
»Keine Sorge, ich habe Lizzy schon gesagt, dass sie mich erinnern muss, wenn es Zeit ist, mit dem Kochen anzufangen.«
»Du brauchst die Packung doch nur in den Ofen zu schieben«, neckt er mich. Ich folge ihm ins Wohnzimmer. »Hallo!«, grüßt er Lizzy.
»Hi«, antwortet sie fröhlich.
»Wie war deine Fahrt?«, fragt Lukas.
Ich gehe in die Küche, während sich die beiden unterhalten. Muss mich an den Salat machen.

Harry ist vor Matthew da. »Meine wunderschöne Alice«, sagt er, als ich ihm die Tür öffne. Er hält mir eine Flasche Rotwein ins Gesicht, dann nimmt er mich in die Arme. Ich lache an seiner Schulter, als er mich fest an sich drückt.
»Lass bloß deine dreckigen Pfoten von meiner Freundin!«, scherzt Lukas und nimmt seinem Freund die Flasche ab. Die beiden geben sich die Hand.
»Komm, ich stelle dir meine Freundin Lizzy vor«, sage ich, führe Harry ins Wohnzimmer und mache die beiden miteinander bekannt.
»Sehr erfreut, dich kennenzulernen«, sagt Harry höflich.
»Wie lief deine Prüfungsvorbereitung heute?«, fragt Lukas.
»Furchtbar«, erwidert Harry. »Symmetrie und Teilchenphysik.« Bla, bla, bla geht es weiter mit Mesonen, Baryonen und Quark-Strukturen. Ich verstehe nur Bahnhof.
»Ein Glas Champagner?«, unterbreche ich die beiden.
»Da bin ich nicht abgeneigt«, antwortet Harry.
Kurz darauf trifft Matthew ein. Ich sehe, wie das Taxi vor dem Küchenfenster hält, und öffne ihm die Tür. Er überreicht mir einen edlen, in Grün und Weiß gehaltenen Blumenstrauß.
»Oh, wie schön!« Ich gebe ihm einen Kuss auf die Wange.
»Wir haben uns viel zu lange nicht gesehen«, sagt er mit Nachdruck, die Hand an meiner Taille. Ich muss sofort an mein Gespräch mit Lukas in der Ballnacht denken. »Wie geht es dir?«
»Super! Und dir?«
»Hallo!« Lukas kommt in den Flur. Ich ziehe mich ins Wohnzimmer zurück.
Lizzy reißt die Augen auf, als sie Matthew erblickt. Sie bemüht sich, aufrechter zu sitzen, als er ihr die Hand gibt, und läuft feuerrot an, als er neben ihr Platz nimmt. In mich hineingrinsend gehe ich in die Küche, um die Blumen in eine Vase zu stellen. Lukas kommt mir nach.
»Alles klar?«, frage ich.
»Warum denn nicht?«, entgegnet er eisig und sieht mich lange an,

dann geht er zurück ins Wohnzimmer. Ich erschaudere unwillkürlich. Zum ersten Mal haben mich seine Augen an seine Mutter erinnert.

Als ich wieder im Wohnzimmer bin, erzählt Matthew Lizzy gerade von seiner Arbeit. »Beim *Guardian*«, beantwortet er die Frage, bei welcher Zeitung er denn arbeite.

»Cool!«, ruft sie.

»Ich weiß nicht, ob ich dieses Wort für die Arbeit verwenden würde«, erwidert er belustigt.

Lizzy kichert. »Stimmt, ist ja nicht gerade der *Daily Mirror*, was?«

»Der *Daily Mirror* ist cool?«, fragt Matthew mit erhobener Augenbraue.

Wieder kichert sie. »Na gut, vielleicht nicht cool, aber auf jeden Fall lustig.«

»Wann ist das Essen fertig?«, fragt Lukas.

»In ungefähr fünf Minuten«, sage ich. »Wir können uns schon an den Tisch setzen, wenn du willst.«

»Ich weiß gar nicht, ob ich noch gehen kann«, sagt Lizzy. Ihr Champagnerglas wackelt gefährlich, als sie versucht, sich aufzusetzen.

»Das Sofa hat dich ja fast verschluckt!«, lacht Harry und nimmt ihr das Glas ab.

Matthew arbeitet sich aus den Kissen und bietet Lizzy seine Hand an. Sie greift zu und lässt sich auf die Füße ziehen. Wieder errötet sie.

»Komm, ich helfe dir in der Küche«, sagt sie zu mir und artikuliert lautlos: »Boah!« Derweil begeben sich die Jungs ins Esszimmer.

Ich lache in mich hinein. »Hab mir schon gedacht, dass du ihn magst.«

»Im Ernst: Ist der *heiß!*«, ruft sie, als wir außer Hörweite sind. »Hat er eine Freundin?«

»Glaube ich nicht«, antworte ich. Ich bin mir sicher, dass Lukas mir diese Information nicht vorenthalten hätte. Jede andere vielleicht, aber die nicht.

»Superlecker«, lobt Matthew später, nachdem er die ersten Bissen von der Lasagne probiert hat.
»Lobt nicht mich«, verrate ich, bevor es jemand anders tut. »Ich hab sie im Hofladen in Coton gekauft.«
»Aber der Salat mit Feige und Mozzarella war auch toll«, sagt Lizzy.
»Da musste ich nur die Feigen schälen«, erwidere ich bescheiden.
»Na, das ist dir allerdings hervorragend gelungen!«, ruft Harry und hebt das Glas. Wir sind beim Rotwein. »Auf alte Freunde – und neue«, fügt er mit einem vielsagenden Blick auf Lizzy hinzu.
Wir stoßen an. Ich sehe, dass meine Freundin den Mund verzieht. Das hat sie schon mehrmals während des Essens getan, meistens wenn Harry spricht. Ich glaube, sie mag ihn nicht besonders.
»Magst du Harry nicht?«, frage ich sie später, als sie in die Küche kommt, um mir bei der Vorbereitung des Nachtischs zu helfen: Baiser-Nester aus dem Hofladen mit von mir höchstpersönlich geschlagener Sahne und Beeren, gewaschen ebenfalls von meiner Wenigkeit.
Sie verzieht das Gesicht. »Der kommt mir echt vor wie aus einer anderen Zeit. Matthew ist auch ein feiner Pinkel, aber etwas normaler.«
Ich schweige eine Weile und lasse ihre Bemerkung sacken. »Willst du damit sagen, dass Lukas auch aus einer anderen Zeit ist?«
Sie rudert zurück. »Er ist nur ein bisschen anders, oder? Ziemlich korrekt. Anders als Joe.«
Es schmerzt noch immer, nur durch den Alkohol nicht mehr ganz so stark.
»Musst du schon wieder von ihm sprechen?«
Lizzy schämt sich zu Tode. »Tut mir leid«, sagt sie schnell. »Ich merke gar nicht mehr, was ich sage. Ich habe zu viel getrunken.«
»Du kennst Lukas kaum«, füge ich verbittert hinzu. »Und Harry ist wirklich süß«, sage ich zu seiner Verteidigung.
»Tut mir leid. Ist er auch. Er ist total nett. Und Lukas auch. Ich will ihn gar nicht runtermachen.«
Aber das tust du. Doch ich schweige.

»Ich glaube, Alice wird mal eine fürchterliche Lehrerin!«, ruft Harry, als wir das Dessert ins Esszimmer bringen.
»Warum?«, frage ich leicht beleidigt und stelle einen Teller vor Lukas auf den Tisch.
»Die Jungen werden sich nicht konzentrieren können, so lange du im Raum bist.«
»Ich werde sechsjährige Schüler unterrichten, du Spinner!« Ich gebe Harry einen Klaps auf den Rücken. »Und ich hatte in den letzten zwei Jahren mehr als genug Erfahrung im Umgang mit Heranwachsenden.«
Matthew bricht in Lachen aus.
»Worum geht's?« Lizzy versteht nicht, wovon wir sprechen.
»Ich überlege, als Lehrerin zu arbeiten«, erkläre ich ihr und nehme Platz.
»Wirklich?«, fragt sie überrascht. »In London?«
»Nein, in Cambridge.« Stolz schaue ich zu meinem Freund hinüber. »Lukas hat eine Stelle an der Uni bekommen.«
Lukas wird wissenschaftlicher Mitarbeiter. Hat irgendwas mit Astrophysik und extragalaktischen astronomischen Beobachtungsstudien zu tun. Oder so ähnlich.
Harry klopft ihm auf den Rücken. »Gut gemacht, altes Haus.«
Altes Haus? Unwillkürlich schweift mein Blick zu Lizzy, der es diesmal gelingt, das Gesicht nicht zu verziehen.

»Ich bin enttäuscht von deiner Freundin«, sagt Lukas später, als wir ins Bett gehen.
»Was soll das denn heißen?« Ich spreche leise, damit sie uns nicht hören kann.
»Ich fand sie ziemlich ungehobelt.«
»Ungehobelt? Sie ist doch nicht ungehobelt!«
»Weißt du, sie hat tatsächlich die Augen verdreht, als Harry und ich uns über den Minkowski-Raum austauschten.« Ich enthalte mich jedes Kommentars. »Und sie hat sich total an Matthew herangeworfen«, fügt er hinzu. »Das war peinlich.«

»Lukas!«, zische ich. »Lass sie doch mal in Ruhe. Sie hat sich gerade erst von ihrem Freund getr…«
»Ebendeshalb!«, unterbricht er mich.
»Psst!«
»Ich hätte gedacht, dass sie sich besser zu benehmen weiß«, fährt er fort. »So groß kann ihr Liebeskummer nicht sein.«
»Ein bisschen Flirten hat noch niemandem geschadet«, wende ich ein.
»Ja, das ist deine Devise, nicht?« Sein eisiger Blick treibt mir einen kalter Schauer über den Rücken. Lukas dreht sich von mir ab und macht das Licht aus. Ich bin sprachlos.

Siebzehn Monate später

Kapitel 47

Etwas weniger als anderthalb Jahre später heiratet Rosalinde. Sie trägt ein wunderschönes cremeweißes Kleid mit Spitze und Swarovski-Kristallen, dazu eine fünf Meter lange Schleppe. Ihre langen blonden Haare sind kunstvoll zu einem Knoten geflochten, der von einer diamantenbesetzten Tiara geschmückt wird, ein Erbstück von ihrer Großmutter. Vierhundert Gäste sind geladen.

Ich gehöre nicht dazu.

Lukas schon. Ich habe das Gefühl, dass er einen Schlusspunkt hinter ihre Beziehung setzen will. Er meinte, es wäre unangemessen, wenn ich hinginge.

Deshalb lese ich im Internet nach, wie es dort zugeht. Die Hochzeit ist ein großes Ereignis in der deutschen High Society, und dank des Deutschunterrichts, den ich immer noch nehme, obwohl ich längst meinen Abschluss gemacht habe, verstehe ich das meiste von dem, was ich lese. Meine Abschlussnote war eine Zwei, bin so gerade an einer Eins vor dem Komma vorbeigeschrammt. Lukas behauptete, ich hätte zu viel Zeit auf dem Fluss verbracht, aber ich war zufrieden mit dem Ergebnis. Natürlich bekam er eine glatte Eins.

Nach einem Jahr Referendarzeit arbeite ich jetzt an einer Grundschule in der Innenstadt. Ich bin angestellt und freue mich, eine Klasse von Sechs- und Siebenjährigen ganz für mich allein zu haben. Sind zwar erst zwei Wochen, aber bisher läuft es gut.

Das Telefon klingelt. Es ist neun Uhr am Sonntagmorgen, ich liege mit Laptop im Bett, die Kopfkissen im Rücken. Wir wohnen noch immer in unserem kleinen Cottage an der Conduit Head Road. Es

fühlt sich inzwischen wie unser Zuhause an. Ich greife zum Nachttisch und melde mich.
»Hallo?«
»Ich bin's.« Lukas.
»Hi!« Ich lege meinen Laptop zur Seite und setze mich auf. »Wie war es?« Er ist noch in Deutschland. Die Hochzeit war gestern, aber er hat mich am Vorabend nicht mehr angerufen.
»War nett.«
»Also hat sie es durchgezogen?«, frage ich mit unsicherem Lachen.
»Daran habe ich nie auch nur eine Sekunde gezweifelt.«
Ich bin froh, dass er sich so sicher ist. Ich habe am Vortag wie auf glühenden Kohlen gesessen und mich immer wieder gefragt, ob seine Eltern es nicht doch schaffen, ihn zu einem Eingreifen in letzter Minute zu überreden. Vielleicht können wir uns jetzt endlich um unser eigenes Leben kümmern – seit Rosalindes Verlobung hatte ich immer ein wenig das Gefühl, im Schwebezustand zu sein. War das die längste Verlobungszeit der Geschichte? Wohl nicht, auch wenn es mir so vorkam. Jetzt, da alles vorbei ist, wundere ich mich, dass ich nicht erleichterter bin. Ehrlich gesagt bin ich immer noch leicht betäubt.
»Ich komme am Dienstag zurück«, sagt Lukas leise.
»Wirklich?« Eigentlich war sein Rückflug erst am Samstag geplant. »Warum?«
»Es ist sinnlos, hier noch länger zu bleiben.«
»Ist alles in Ordnung?«, frage ich zögernd.
Er seufzt. »Mir geht's gut. Wir unterhalten uns, wenn ich nach Hause komme.«
Ich habe ein ungutes Gefühl und sage es ihm.
»Schon gut«, versucht er, mich zu beruhigen. »Es gibt nichts, worüber du dir Sorgen machen müsstest. Ich bin einfach nur kaputt, mehr nicht.«
Ich würde es gerne auf seine Arbeit und die Überstunden schieben, aber habe so eine Ahnung, dass er emotional erschöpft ist. Seine

Stimme erinnert mich an den Anfang des Jahres, als er nach den Weihnachtsferien aus Deutschland zurückkam. Er wirkte seelisch ausgelaugt. Ich vermutete, dass seine Eltern ihn unter Druck gesetzt hatten, die Sache mit Rosalinde zu klären. Als ich danach fragte, leugnete er es nicht. Ich habe seinen Vater und den Rest der Familie immer noch nicht kennengelernt. Seine Mutter ist nicht wieder nach England gekommen, und ich wurde ebenso wenig nach Deutschland eingeladen. Ich sollte beleidigt sein – na gut, ich bin beleidigt –, aber ich habe wirklich kein Interesse, dorthin zu fahren, da ich weiß, wie ich empfangen würde. Sie akzeptieren mich nicht – und werden es wohl auch niemals tun. Vielleicht gönnen sie Lukas nun eine Atempause, da Rosalinde von der Bildfläche verschwunden ist. Vor ein paar Monaten versuchten seine Eltern, ihn zu einer Rückkehr nach Deutschland zu bewegen, um dort zu leben und zu arbeiten. Lukas' Vater hatte ein Vorstellungsgespräch für die Stelle eines wissenschaftlichen Mitarbeiters an der Fakultät für Physik der Uni München in die Wege geleitet. Lukas weigerte sich schlichtweg hinzufliegen. Noch nie hatte ich ihn so wütend erlebt. Normalerweise ist er absolut gefasst, aber als er das erfuhr, verlor er vollkommen die Beherrschung. Ununterbrochen klingelte sein Handy, aber er ging nicht dran. So sauer war er auf seine Eltern, weil sie versuchten, über sein Leben zu bestimmen, und seine Entscheidungen nicht akzeptierten.

Im Sommer verzichtete er auf den Urlaub zu Hause. Er ging nur zu der Hochzeit, weil er damit ein Statement abgeben wollte. Er wollte Rosalinde – und allen anderen – zeigen, dass er sich für sie freut. Dass er nichts bereute, ihr nichts vorwarf. Wie gesagt, hoffentlich kehrt nun ein wenig Ruhe bei uns ein.

Nach dem Gespräch mit Lukas rufe ich Jessie an.

»Hast du morgen Abend schon irgendwas vor?«, frage ich.

»Zum zweiten Mal diese Woche?«, ruft er. »So begehrt war ich ja noch nie!«

»Nein«, erwidere ich verlegen. »Ich frage nur, weil Lukas schon am Dienstag zurückkommt …«

Eigentlich wollen wir am Freitagabend zusammen ins Kino, aber da mein Freund nun eher zurück ist …
»Ah«, sagt Jessie ausdruckslos. »Ja, ja, geht schon. Wir können auch morgen Abend ins Kino gehen.«
»Wann willst du hin?«, frage ich. »Um sieben? Vorher könnten wir noch bei Wagamama was essen.«
»Gute Idee. Wir treffen uns draußen vor der Tür.«

Als ich vor dem Restaurant eintreffe, ist Jessie schon da. Er schaut auf die Uhr.
»Ich bin nur fünf Minuten zu spät«, verteidige ich mich.
»Ich hab einen Riesenhunger.« Er betritt das Wagamama und geht die Treppe hoch. Vor uns stehen sechs Leute Schlange.
»Was macht der Job?«, fragt er.
»Ach ja, das wollte ich dir unbedingt erzählen!«
»Was?«
»Erinnerst du dich an den China-Jungen?«
Erst schaut Jessie verwirrt, dann sagt er: »Ach ja! Der vom Stechkahn?«
»Genau!« Ich meine den kleinen Kerl, der statt »Vagina« »China« sagte und so dafür sorgte, dass ich mir den Kopf an der Brücke stieß.
Jessie lacht. »Wie könnte ich den vergessen? Was ist mit ihm?«
»Er ist bei mir in der Klasse!«
»Nein!«
»Doch! Er ist wirklich eine Marke. Zuerst wusste ich nicht, warum er mir so bekannt vorkam, aber heute Nachmittag fiel es mir dann wieder ein.«
»Witzig. Also macht es dir Spaß?«
»Auf jeden Fall.«
»Und das Bootsfahren fehlt dir nicht?« Er wirft mir einen Seitenblick zu.
»Doch, klar.« Das muss er doch wissen. Es ist wirklich ein sonderbares Gefühl, am Fluss vorbeizugehen. Auf meiner letzten Tour

stiegen mir immer wieder Tränen in die Augen. Jessie versuchte, mir einzureden, ich könne ja in den Schulferien als Aushilfe arbeiten, doch nachdem ich als Lehrerin voll angestellt wurde, wusste ich tief in mir, dass dieser Teil meines Lebens vorbei war. »Ihr fehlt mir alle«, füge ich hinzu.

»Es ist nicht mehr dasselbe, jetzt wo ihr fort seid.« Ich nehme an, er spricht auch von den anderen Studenten wie beispielsweise Chris, der seinen Master gerade erst im Juni gemacht hat. »Ist eine komische Vorstellung, dass keiner von euch nach diesem Sommer zurückkommt.«

»Ehe du dich versiehst, wirst du frische Studenten zum Quälen haben«, versichere ich Jessie.

»Nee. Ist nicht dasselbe.«

Die Gruppe vor uns wird an einen Tisch geführt. Wir rücken auf.

»Du wirkst irgendwie niedergeschlagen.« Ich sehe ihn an.

Er weicht meinem Blick aus. »Ja, stimmt wohl.«

»Mit Emily alles in Ordnung?«

»Ja, doch, sie ist super. Würde sie gerne öfter sehen.« Er wirft mir einen Seitenblick zu. »Wir überlegen, ob wir uns zusammen eine Wohnung mieten.«

»Echt? Finde ich klasse!«

Er grinst. »Yeah.«

Emily ist aus dem Haus von Jessies Eltern ausgezogen, kaum dass sie ihren Abschluss gemacht hatte, aber sie ging nicht zurück nach Schottland, sondern nach London. Ich befürchtete, das könne das Ende ihrer Beziehung sein, aber sie sehen sich fast jedes Wochenende, entweder in London oder in Cambridge. Emily arbeitet beim Sozialamt, in der Kinderfürsorge.

»Moment mal …« Mir fällt die Kinnlade runter. »Willst du nach London ziehen?«

»Glaub schon.« Jessie zuckt mit den Achseln. »Alice«, sagt er und weist mit dem Kinn nach vorn. Die Kellnerin will uns an einen Tisch führen.

Er nennt mich nicht mehr China. Zuerst fiel es mir gar nicht auf.

Ich versuche inzwischen zu vermeiden, ihn mit irgendeinem Namen anzusprechen. Irgendwie finde ich es traurig, dass wir unseren Spitznamen entwachsen sind. Nicht, dass ich das zugeben würde. Ich weiß nicht, warum Jessie damit aufgehört hat. Vielleicht sehen wir uns einfach nicht mehr häufig genug, um so vertraut miteinander umzugehen.

Es ist viel los im Wagamama, direkt neben uns wird noch ein Pärchen platziert. Das Mädchen plappert unablässig, ihr Schnabel steht nie still. Jessie verdreht die Augen, aber ich finde es nicht witzig.

»Alles klar?«, artikuliert er wortlos.

Ich nicke und schaue in die Speisekarte. Wahnsinn, dass er nach London ziehen will. Die Kellnerin kommt wieder, und wir geben unsere Bestellungen auf. Das Mädchen erfreut seine Begleitung nun mit einer unendlich langweiligen Geschichte, die auf der Arbeit passiert ist.

»Hast du was von Lukas gehört?«, fragt Jessie.

»Gestern.«

»Wie war die Hochzeit?«

»Er hat nicht groß davon erzählt, aber es lief wohl ganz gut, denke ich.«

»Warum kommt er früher zurück?«

Ich schiele zu dem Mädchen hinüber. Ich habe noch nie jemanden erlebt, der so laut redet. Es ist wirklich nervig.

»Ich weiß es nicht genau«, erwidere ich. »Ich kann auch nur raten.«

Das Mädchen steht auf und geht zur Toilette. Ich atme erleichtert aus, dankbar für die Stille.

»Denkst du manchmal an Joe?«

Sofort werde ich nervös. »Natürlich.«

»Hast du noch mal überlegt, ihn ausfindig zu machen?«

Ich rutsche auf meinem Stuhl herum. »Ich wüsste gar nicht mehr, wo ich anfangen sollte.«

»Ich soll also nicht vielleicht noch mal in dem Pub anrufen?«

Ich sehe Jessie mit zusammengekniffenen Augen an. Er macht ein komisches Gesicht.

»Was ist?«, frage ich.
Er wirkt befangen. Ich bekomme eine grässliche Ahnung.
»Tut mir leid«, sagt er und schaut mir in die Augen. Jessie entschuldigt sich nur selten für irgendwas.
»Was?«
»Ich weiß nicht, warum ich das gemacht habe … Wahrscheinlich war ich einfach nur neugierig …«
»Was?«, frage ich erneut.
Das Mädchen kommt zurück und führt ihr einseitiges Gespräch fort, doch jetzt achte ich kaum noch auf sie.
»Ich hab vor ein paar Monaten noch mal im Pub angerufen«, gibt Jessie zu.
Mein Herz setzt kurz aus, dann flammt Hoffnung auf. »Und?«
»Seine Eltern arbeiten da nicht mehr.«
Auf der Stelle erlöschen die Flammen in meinem Inneren. »Wo sind sie hin?«
»Angeblich nach Manchester.«
Sie waren meine letzte Verbindung zu Joe. Auch wenn ich sie nicht ausstehen konnte, war es tröstlich zu wissen, dass sie in Dorset waren. Jetzt habe ich gar keinen Anhaltspunkt mehr.
»Warum hast du da angerufen?«, frage ich ausdruckslos.
Jessie wendet den Blick ab. »Das war nach dem Abend, als du Geburtstag hattest …«
Ein Schauder läuft mir über den Rücken. Wir waren alle zusammen in einem Club, Lukas kam nur unter Protest mit. Ich trank Bier, was er hasst, wie mir durchaus bewusst ist. Er findet es unweiblich, aber ich hatte Geburtstag und wollte nur das tun, was mir gefiel. Jedenfalls trank ich ein bisschen zu viel, so dass Lukas mich nach Hause bringen musste. Am nächsten Tag behauptete Jessie, Lukas hätte mich »rausgezerrt«. So drückte er sich aus. Wir hatten einen Riesenstreit – Jessie hatte Lukas schon immer auf dem Kieker, ohne dass es auch nur ansatzweise einen Grund dafür gab. Anschließend sprach ich eine Woche lang kein Wort mit ihm.
Die Kellnerin bringt uns das Essen, aber ich habe keinen Appetit

mehr. Jessie bedauert offenbar, das Gespräch auf Joe gebracht zu haben.

»Was willst du im Kino sehen?«, fragt er.

Ich bin wie betäubt. »Ist mir egal.«

»Wenn das so ist: Wie wär's mit *Strike*? Das ist ein Dokumentarfilm übers Kickboxen«, erklärt er, als ich nicht reagiere.

Normalerweise würde ich jetzt eine ironische Bemerkung darüber machen, wie spannend das klingt, aber ich sage nur: »Egal …«

Am Ende entscheiden wir uns für *Der letzte Kuss*, weil *Strike* doch erst am Freitag anläuft. Allerdings hätten wir wirklich alles gucken können, denn in Gedanken bin ich ganz woanders.

Kapitel 48

Ich bin in der Schule, als Lukas aus Deutschland zurückkommt. Da es anfängt zu nieseln, fahre ich auf dem Fahrrad so schnell wie möglich nach Hause. Er öffnet die Tür, noch bevor ich das Rad auf den Gartenweg geschoben habe.
»Hi!«, rufe ich. Er kommt nach draußen und nimmt mich in die Arme. »Alles in Ordnung?« Meine Stimme klingt gedämpft an seiner Schulter.
»Du hast mir gefehlt«, murmelt er und streicht mir übers Haar.
Ich löse mich von ihm und schaue ihn an. Er wirkt mitgenommen.
»Was ist los?«, frage ich.
»Nichts.« Energisch schüttelt er den Kopf. »Nicht mehr.«
Ich lächele ihn an und sehe, dass er nur Socken anhat. »Du kriegst doch ganz nasse Füße!« Schnell schiebe ich ihn ins Haus. Wieder will er mich umarmen, doch ich entziehe mich ihm.
»Warum bist du früher zurückgekommen?«, frage ich und beobachte sein Gesicht. Er drückt seine Lippen auf meine. Kurz lasse ich es mir gefallen, doch als sein Kuss leidenschaftlicher wird, lege ich liebevoll, aber bestimmt die Hände auf seine Brust und schiebe ihn von mir. Sein Verhalten macht mir ein wenig Angst. Er war nur fünf Tage weg. Niedergeschlagen blickt er auf den Teppich.
»Soll ich dir eine Tasse Tee machen?«, frage ich, weil ich nicht weiß, was ich sonst sagen oder tun soll. Er zögert und nickt dann. Ich eile in die Küche.
Als ich mit dem Tee komme, sitzt er im Wohnzimmer im Sessel und schaut aus dem Fenster. Ich stelle Tasse und Untertasse neben ihn auf den Tisch und setze mich ihm gegenüber aufs Sofa.

»Danke«, sagt er.
»Ist alles in Ordnung?«, frage ich bang.
Er schaut auf, mir in die Augen, und darin ist eine Intensität, die ich nicht kenne. »Ich möchte dich heiraten.«
»Was?«
»Ich möchte dich heiraten«, wiederholt er inbrünstiger.
»Was? Wann?«, bringe ich hervor.
»Jetzt. So schnell wie möglich. Ich will nicht mehr länger warten.«
»Aber Lukas …«
»Liebst du mich nicht?«
»Doch, aber …«
Joe.
»Warum denn nicht?«
»Ich bin erst zweiundzwanzig.«
Und Joe.
»Das ist doch unwichtig! Das sollte unwichtig sein!« Er steht auf und setzt sich neben mich. »Ich möchte mit dir leben. Ich will nicht länger warten. Ich habe genug davon, dass meine Eltern versuchen, über mein Leben zu bestimmen!« Er wird zornig. »Ich will nicht länger warten«, wiederholt er.
Joe, Joe, Joe, Joe, Joe. Sein Name ist wie ein Mantra in meinem Kopf.
»Sag doch was!«, fleht Lukas.
»Ich … Ich kann nicht …« Hoffnungslos schüttele ich den Kopf, meine Augen füllen sich mit Tränen.
»Was kannst du nicht? Nicht reden oder nicht …«
»Ich kann dich nicht heiraten. Noch nicht.«
»Warum denn nicht?« Er nimmt meine Hand und sieht mich flehentlich an. »Warum nicht?«
»Ich bin erst zweiundzwanzig«, bringe ich flüsternd hervor.
»Dann warten wir noch ein Jahr. Und heiraten erst nächsten Sommer.«
»Dann bin ich auch erst dreiundzwanzig!«, entgegne ich. »Ich verstehe nicht, warum du es so eilig hast.«

»Und ich verstehe nicht, warum du nicht wenigstens drüber nachdenken willst«, sagt er kühl.

»Es ist nicht so, dass ich nicht …« Ich verstumme. »Ich … ich …«

»Was?«

Ich hole tief Luft und mache eine kurze Pause, ehe ich weiterspreche. »Rosalinde war deine erste große Liebe.«

»Ja, und?«

Mir ist ganz mulmig, als ich aus dem Fenster schaue. »Meine erste große Liebe war Joe.«

»Wer ist Joe?«, fragt Lukas.

»Ein Junge, den ich in dem Sommer in Dorset kennenlernte, bevor ich nach Cambridge zur Uni ging.« Ich sehe ihm in die Augen. »Er war meine erste große Liebe. Mein erster … in jeder Hinsicht.«

Lukas versteht. Er kehrt zu seinem Sessel zurück, stützt das Kinn auf die Hände und betrachtet mich eindringlich. »Erzähl mir von ihm!«, fordert er.

Ich gehorche in dem Bewusstsein, dass meine Geschichte ihn womöglich vertreibt. Doch ich akzeptiere, dass ich ihn vielleicht verliere. Ich kann einfach nicht länger schweigen.

Kommentarlos hört Lukas zu und beobachtet mich dabei ganz genau.

Als ich fertig bin, sagt er lange Zeit nichts. Das Schweigen ist ohrenbetäubend.

»Nur, damit ich das richtig verstehe«, sagt er schließlich mit kühler Stimme. »Du bist immer noch verliebt in einen Jungen, der sein Versprechen dir gegenüber gebrochen hat, den du ergebnislos gesucht hast, den du wahrscheinlich niemals wiedersehen wirst, und du bist bereit, mich aufzugeben für einen Traum, der niemals wahr werden wird?«

Schweigend sehe ich ihn an.

Er spricht mit leiser Stimme weiter: »Ich habe mich von meiner Familie entfremdet, habe die Frau verloren, die *ich* eigentlich heiraten sollte, habe mich auf ein Leben in diesem Land eingelassen … Und wofür? Für ein Mädchen, von dem ich glaubte, geliebt zu werden.

Ein Mädchen, das zu mir gehörte, wie ich dachte. Aber du hast nie zu mir gehört, nicht?«

Aus heiterem Himmel treten ihm Tränen in die Augen. Ich bin völlig perplex, weil ich Lukas noch niemals habe weinen sehen.

»Es tut mir leid. Es tut mir so leid.« Ich husche zu ihm und halte seine Hände, während ihm die Tränen über die Wangen laufen. »Ich weiß auch nicht, was ich da tue. Ich weiß nicht, warum ich immer noch so viel an ihn denke.«

»Hör auf!« Sein Gesicht ist schmerzverzerrt. Ich bin ganz verzweifelt, weil ich ihm so wehtue.

»Bitte … es tut mir leid.« Mein Herz ist voller Liebe für Lukas. Joe hat sein Versprechen gebrochen. Ich muss doch bescheuert sein, immer noch auf ihn zu warten. Es ist vier Jahre her, Herrgott nochmal! Was stimmt bloß nicht mit mir?

Lukas lässt meine Hände los und wischt sich die Tränen ab. Ich setze mich auf seinen Schoß und drücke das Gesicht an seinen Hals. Dann legt er die Arme um mich und hält mich fest. So bleiben wir sehr lange sitzen.

Kapitel 49

Zu Weihnachten nimmt Lukas mich mit nach Deutschland, damit ich seine Familie kennenlerne. Seine Mutter schickt uns ihren Chauffeur, der uns vom Flughafen abholt. Ich hatte irgendwie gehofft, es wäre Klaus – jedes vertraute Gesicht würde meinen Magen ein wenig beruhigen –, aber offenbar arbeitet der jetzt in Berlin.

»Du brauchst nicht nervös zu sein«, sagt Lukas auf Deutsch und drückt mir die Hand.

»Ich bemühe mich«, erwidere ich ebenfalls auf Deutsch. In den letzten zwei Monaten haben wir versucht, uns so oft wie möglich in seiner Muttersprache zu unterhalten. Es läuft gar nicht so übel. Ich will nicht behaupten, dass ich gut bin, das nicht, aber zumindest sollte ich in der Lage sein, ein bisschen von den Gesprächen zu verstehen.

Lukas' Familie wohnt in einem Herrenhaus an einem See südwestlich von München. Als wir dort eintreffen, haben wir eine Fahrt durch eine der schönsten Gegenden hinter uns, die ich je gesehen habe. Es ging vorbei an Schlössern mit vielen Türmchen, an hohen Kiefern mit Mützen aus luftigem Schnee. Nun erhebt sich am Ende einer langen Auffahrt eine majestätische Villa in Cremetönen, deren Fassade von Bogenfenstern durchbrochen wird. Der Schnee auf dem Dach schmilzt, man kann hier und da rote Dachpfannen erkennen. Der Rasen und die Beete sind schneebedeckt, doch seit unserem Ausflug nach Wimpole Hall weiß ich, dass die Rasenkanten darunter dennoch perfekt geschnitten sind, und zwar mit Scheren.

»Wunderschön!« Ich bin beeindruckt.

»Unser Haus halt«, erwidert Lukas trocken.
Der Chauffeur hält und kommt auf meine Seite, um mir die Tür zu öffnen. Ich trete auf den vereisten Kies und schaue an der imposanten Fassade hinauf. Hinter einer Fensterscheibe bewegt sich etwas, aber als ich genauer hinsehe, kann ich niemanden erkennen. Unwillkürlich erschaudere ich. Es ist kalt, und ich hatte meinen Mantel während der Fahrt ausgezogen. Lukas kommt ums Auto herum und führt mich zur Tür. Ich habe mir die Haare schneiden lassen, sie reichen aber immer noch über die Schultern. Der Friseur hat sie heute noch vor dem Flug glatt geföhnt. Ich trage einen langen, schokoladenbraunen Wollrock und nagelneue, braune Lederstiefel, die Lukas mir extra für diese Reise gekauft hat, dazu einen Designermantel und einen Schal. Er will, dass ich perfekt aussehe, aber ich mache mir keine Illusionen, dass seine Familie meinem Charme erliegen wird.
Die Tür geht auf, noch ehe wir sie erreicht haben. Ein Mann von Mitte vierzig, schick gekleidet in einem schwarzen Anzug, verbeugt sich und heißt »Herrn Heuber« und seinen Gast herzlich willkommen. Wir treten in eine Empfangshalle, die sich über zwei Stockwerke erstreckt. Die Decke schimmert golden. Ich entdecke in die Wand gemeißelte Figuren. Es fühlt sich an wie in einem Traum.
Lukas spricht deutsch; ich verstehe, dass er nach seinen Eltern fragt. Soweit ich es mitbekomme, werden sie sich später zum Tee zu uns gesellen. Wir folgen dem Butler – ich nehme mal an, das er einer ist – eine gewundene Treppe hinauf und durch einen schwelgerisch vergoldeten Gang. Er öffnet eine Tür, und ich bin erstaunt, dass mein Koffer bereits im Zimmer steht. Der Chauffeur muss eine Abkürzung durch einen anderen Teil des Hauses genommen haben. Lukas sagt etwas zum Butler, woraufhin er sich mit einer Verbeugung entfernt. Schnell bedanke ich mich noch auf Deutsch, dann schließt er die Tür.
»Wow«, sage ich zu Lukas und lasse mich aufs Bett sinken. »Wo ist denn *deine* Tasche?«, frage ich verwirrt.
»Ich wohne im Familienflügel auf der anderen Seite des Hauses.«

Ich verspüre einen Stich. Obwohl ich erst seit fünf Minuten hier bin, fehlt mir Lukas schon.
»Ist das hier der Gästeflügel?«
»Ja.«
»Wir dürfen also nicht zusammen in einem Zimmer schlafen?« Ich werde mich hier sehr einsam fühlen.
»Nein. Erst, wenn wir verheiratet sind«, erklärt er mit Nachdruck.
Seit jenem Tag im September hat er nicht mehr vom Heiraten gesprochen. Zuerst war ich erleichtert, dann kam es mir surreal vor, fast so als hätte jenes Gespräch niemals stattgefunden. Das Thema Joe hat er auch nie wieder angeschnitten.
Ich gehe zum Fenster und schaue hinaus. Die Sache mit den getrennten Zimmern macht mir zu schaffen. Seine Mutter wusste genau, dass wir zusammen schlafen, als sie Lukas vor fast zweieinhalb Jahren einen Besuch abstattete. Seitdem ist sie nicht wieder in Cambridge gewesen, aber ihr ist bestimmt bekannt, dass wir inzwischen seit fast zwei Jahren zusammenleben. Das mit uns ist eine ernste Sache. Ich hole tief Luft und bemühe mich, es nicht an mich heranzulassen. Von meinem Zimmer aus blickt man auf den Garten. Direkt hinter dem Haus ist ein rechteckig angelegter Teich, dahinter befindet sich ein natürlicher See, der sich kilometerweit erstreckt.
»Im Sommer fahren wir hier immer Wasserski«, erklärt Lukas, und ich zucke zusammen, weil ich nicht gemerkt habe, dass er direkt hinter mir steht.
»Hört sich lustig an.«
In ein paar Tagen wollen wir in den Skiurlaub fahren. Ich habe noch nie auf Skiern gestanden und ein wenig Angst davor. Beim Wasserskifahren würde ich mich bestimmt auch nicht viel besser anstellen. Ich schaue noch einmal auf den Gartenteich. Er ist zugefroren. Schwäne watscheln darüber.
»Ha!« Ich zeige sie Lukas. »Guck dir die Schwäne an!«
Schmunzelnd führt er mich fort vom Fenster.
»Ich verschwinde mal besser und ziehe mich um«, sagt er. »Dann hole ich dich ab, und wir gehen zusammen nach unten.«

»Ich habe Angst«, gestehe ich.
»Brauchst du nicht«, sagt er zärtlich und gibt mir einen Kuss auf die Nase. Ich küsse ihn auf die Lippen, will nicht, dass er geht. Vorsichtig löst er sich von mir.
»Kann ich nicht mit dir kommen?«, frage ich verzweifelt.
Er betrachtet mich belustigt.
»Musst du dich wirklich umziehen?« Ich weiß, dass ich übertreibe.
»Muss ich mich umziehen? Hoffentlich nicht, denn das hier sind meine besten Sachen.«
»Du siehst wunderschön aus«, sagt er.
»Du siehst auch gut aus«, gebe ich zurück. »Du musst dich doch nicht unbedingt umziehen, oder?«
Ich küsse ihn und schiebe ihn aufs Bett. Lukas lacht und versucht, wieder aufzustehen, doch ich drücke ihn nach unten, bis er endlich aufgibt und liegen bleibt, ich in seinen Armen.
»Na gut, ich ziehe mich nicht um«, sagt er.
»Puh!«
»Aber wir müssen gleich nach unten gehen.«
»Gut.« Ein wenig Zeit bleibt uns aber doch.

Als wir zusammen durch den Gang laufen, in die Richtung, aus der wir gekommen sind, nehme ich Lukas' Hand. Es ist keine Menschenseele zu sehen. Wir gehen die geschwungene Treppe hinunter und halten uns unten links. Lukas lässt meine Hand los, und ich folge ihm zu einer großen Tür. Er drückt sie auf. Ich höre Stimmen und verstecke mich instinktiv hinter meinem Freund, schelte mich aber dann dafür. Er greift wieder nach meiner Hand und führt mich in einen riesengroßen Raum mit dunkelroten Wänden, an denen Ölgemälde hängen. Mehrere mir unbekannte Personen sitzen auf antiken vergoldeten Stühlen, und wieder fühle ich mich wie in einem Traum.
Plötzlich ruft jemand: »LUKAS!« Ein dunkelhaariger Mann von Ende zwanzig springt erfreut auf und kommt herbeigestürzt, um Lukas in die Arme zu schließen. Sie klopfen sich gegenseitig auf

den Rücken, tätscheln sich liebevoll die Wange und unterhalten sich auf Deutsch. Ich bin zu nervös, um mich aufs Zuhören zu konzentrieren, und ehe ich mich versehe, wendet sich der Mann an mich.

»Du musst Alice sein«, sagt er freundlich und nimmt meine Hand. »Ich bin Markus.« Und auf einmal sind wir von Menschen umringt. Ich lerne Markus' Frau Eva kennen, die ruhig und wunderschön ist und einen netten Eindruck macht. Ihr Sohn Max ist ein süßes Kleinkind mit blondem Haar und frechem Grinsen, und Lukas' Schwester Frieda ist warmherzig und lustig. Ich bekomme kaum eine Chance, mit Lukas' matronenhafter Tante, seinem mürrischen Onkel und den zwei Cousins zu sprechen, von denen einer eine Frau und eine kleine Tochter von ungefähr fünf Jahren hat, weil Frieda mich zu einem der antiken Sofas lotst. Sie ist einige Zentimeter größer als ich und hat einen relativ schweren Knochenbau. Ihr hellblondes Haar ist zu einem kinnlangen Bob geschnitten, sie hat grüne Augen und ein umwerfendes Lächeln. Frieda ist zwei Jahre älter als Lukas, also sechsundzwanzig.

»Ich freue mich so, dass ich dich endlich kennenlerne!«, ruft sie, kaum dass wir uns gesetzt haben. Lukas ist von seiner vielköpfigen Verwandtschaft umgeben. »Unglaublich, dass unser kleiner Bruder dich so lange vor uns verheimlicht hat!« Ich lache befangen und zucke mit den Schultern. »Aber jetzt bist du ja da!« Sie tätschelt mir die Hand. »Erzähl mir alles über dich!«

»Ähm ...«

»Frieda, lass sie in Ruhe!«, ruft Markus und setzt sich mit dem Rest der Familie zu uns auf die prächtigen Sessel und Sofas.

Frieda wirft ihm etwas zu, das ich nicht verstehe. Markus schüttelt verächtlich den Kopf.

»Hör nicht auf meinen Bruder. Er ist ein Langeweiler«, sagt sie.

Mir kommt er alles andere als langweilig vor, aber wahrscheinlich macht sie nur Scherze.

»Wir müssen über so vieles reden!«, ruft Frieda.

»Ihr habt vier Tage Zeit«, sagt Markus auf Deutsch, dann entschuldigt er sich bei mir auf Englisch.

»Schon gut, ich habe es verstanden«, erwidere ich. »Mein Deutsch ist nicht sehr gut, aber ich versuche zu lernen.«
»Oh!« Frieda reibt mir liebevoll über den Arm. »Sie ist so süß, Lukas!«
»Egal«, sagt Markus. »So lange du zu Besuch bist, werden wir Englisch sprechen.«
Ich habe ein schlechtes Gewissen. »Das müsst ihr nicht …«
»Das werden wir aber!«, ruft Frieda. »Da haben wir die Möglichkeit zu üben.«
»Es klingt nicht so, als bräuchtest du Übung«, sage ich. Auch ihr Englisch erscheint mir perfekt.
Die Tür geht auf, und alle zucken zusammen, als Lukas' Mutter hereinkommt, begleitet von einem schmalen grauhaarigen Mann, der ungefähr zehn Jahre älter ist als sie. Wie alle anderen auch, stehe ich auf. Die Atmosphäre hat sich komplett verändert.
»Setzt euch, setzt euch«, sagt Frau Heuber auf Deutsch und macht eine beschwichtigende Geste. Lukas nickt mir zu, damit ich stehen bleibe. Ich gehorche und versuche, nicht zu zappeln.
»Ah, Lukas«, sagt sie, als sie ihren jüngeren Sohn erblickt.
»Hallo, Mutter«, grüßt er. »Vater!« Er gibt ihr einen Handkuss und reicht seinem Vater die Hand, dann winkt er mich heran. Ich gehe durch ein Spalier von Verwandten und registriere wie im Traum, dass selbst die Kinder verstummt sind.
»Willkommen in unserem Haus, Alice!«, sagt seine Mutter mit durchdringendem Blick.
»Danke.« Ich merke, dass ich mich leicht verneige. Was soll der Scheiß?
»*Father, this is Alice*«, stellt mich Lukas vor. Ich hoffe, es stört sie nicht zu sehr, dass er Englisch spricht.
Sein Vater brummt anerkennend.
»Vielleicht sollten wir durchgehen«, sagt die Mutter. Es ist kein Vorschlag. Wieder rappeln sich alle auf. Wir warten geduldig, dass Lukas' Eltern uns ins angrenzende Esszimmer führen, wo ein langer Mahagonitisch bereits mit Porzellan gedeckt ist. Seine Mutter

setzt sich an das eine Ende, sein Vater ans andere. Lukas nimmt neben mir Platz und drückt mir unter dem Tisch die Hand.
Der Nachmittagstee ist eine förmliche Angelegenheit. Es fällt schwer, die vielen Leckereien zu genießen, die aufgetischt werden, weil ich mich zu befangen fühle. Frieda versucht, sich mit mir zu unterhalten, aber wann immer sie zu lebhaft wird, ruft ihr Vater sie auf Deutsch zur Ordnung. Es ist unangenehm mitzuerleben. Schließlich ziehen sich die Eltern zusammen mit der matronenhaften Tante und dem brummigen Onkel zurück, und die im Raum zurückgebliebenen jüngeren Erwachsenen und Kinder entspannen sich auf der Stelle.
»Manchmal habe ich das Gefühl, wir leben im neunzehnten Jahrhundert«, witzelt Frieda, und ich muss kichern, auch wenn Markus die Stirn runzelt. Ich bin froh, eine Gleichgesinnte gefunden zu haben. Ich glaube, wir werden gut miteinander auskommen.

Später gelingt es mir, mich mit Lukas für einen Gang durch den Garten zu verdrücken. Es wird schnell dunkel und ist kalt, aber es weht kein Wind, daher ist es ganz erträglich. Wir wandern an dem angelegten Teich vorbei bis zum See am Ende des Grundstücks. Dort steht ein Sommerhaus, das mit einer Lichterkette geschmückt ist; an den Dachrinnen hängen Eiszapfen. Wir stellen uns auf die Veranda, und Lukas zieht mich an sich.
»Es ist wunderschön hier«, sage ich tief beeindruckt. »Unfassbar, dass du hier aufgewachsen bist.«
Er zuckt mit den Achseln. »Ich kenne es nicht anders.«
»Hast du niemals Heimweh?« Ich studiere sein Gesicht genau.
»Manchmal schon«, gibt er zu.
»Das wusste ich nicht.«
Warum wusste ich das nicht? Sollte ich so was nicht wissen?
»Morgen zeige ich dir den Christkindlmarkt in München«, sagt er.
»Das ist ja toll.« Pause. »Würdest du gerne wieder hierherziehen?«

Er überlegt eine Weile, dann sagt er: »Ja.«
Die Vorstellung jagt mir einen Schauder über den Rücken.
»Aber erst später«, fügt er hinzu.
»Was macht Markus beruflich?«, frage ich. »Und Eva?«
»Markus arbeitet für meinen Vater.«
»Und Eva?«
»Sie ist vorerst noch Anwältin.«
»Vorerst?«
»Sobald Markus erbt, wird sie das Haus und den Besitz verwalten.«
»Warum kann sie nicht Anwältin bleiben?«
»Das funktioniert nicht.«
Ich sehe ihn fragend an.
Er seufzt. »Es macht nichts, wenn du das nicht verstehst, aber als sie Markus heiratete, hat sie bestimmte Pflichten übernommen. Das hier ist jetzt ihr Leben.«
»Verstehe ich wirklich nicht«, sage ich mit Nachdruck. »Aber egal. Ist ja wohl in Ordnung, wenn alle damit zufrieden sind.«
»Sind sie«, sagt Lukas.

Vier Tage später fahren wir zum Skifahren nach Ischgl in Österreich. Lukas' Vater leiht uns sein schwarzes Mercedes G-Modell mit Vierradantrieb. Ich kralle mich an der Armlehne fest, als Lukas mit einem zufriedenen Gesichtsausdruck über die Alpenstraßen rast. Ich weiß, dass er seinen Porsche vermisst. Das Geld von dem Verkauf ist schon lange für unsere Miete und die Lebenshaltungskosten draufgegangen, aber es ist nur eine Frage der Zeit, bis Lukas sich ein neues Auto kaufen wird.
Die Fahrt über die gewundenen Bergstraßen ist alles andere als entspannend, doch bei jedem Kilometer rutscht mir mehr Gewicht von den Schultern. Wir waren nicht lange bei Lukas' Eltern, aber mir kam es vor wie eine Ewigkeit. Der Anspruch, einen guten Eindruck zu hinterlassen, war sehr hoch. Als ich dorthin fuhr, war ich entschlossen, mich nicht von ihnen verbiegen zu lassen – schließ-

lich sind sie nichts Besseres als ich –, aber kaum war ich in diesem gewaltigen Herrenhaus, büßte ich meinen Mut doch gewaltig ein. Zum Glück gaben mir Lukas' Geschwister, deren Partner und Kinder das Gefühl, willkommen zu sein, selbst wenn ich mich nie genug zu Hause fühlte, um ganz ich selbst zu sein.

In Ischgl wohnen wir in einem modernen Fünf-Sterne-Hotel mit großen Fensterflächen, durch die man auf die schneebedeckten Berge sieht. In unserer Luxussuite wartet bereits eine teure Flasche Champagner auf uns. Ich lasse mich aufs Bett fallen und seufze vor Glück, und auch der Rest des Gewichts rutscht mir von den Schultern.

»Glücklich?«, fragt Lukas.

»Hm.« Ich habe die Augen geschlossen, spüre aber, wie sich die Matratze bewegt, als er sich über mich beugt. Ich schlage die Augen auf und schaue in seine.

»Du hast das wirklich gut gemacht«, sagt er ernst.

»Das mit deinen Eltern?«

»Ja. Mit allen.«

Ich pfropfe mir die Kopfkissen in den Rücken, um mich anlehnen zu können. »Mit den anderen war es auch wirklich einfach«, sage ich.

»Freut mich, dass du sie magst.«

»Doch, die mochte ich. Mag ich«, korrigiere ich mich. »Ich hoffe, deine Eltern sind nicht allzu sehr gegen mich«, füge ich lächelnd hinzu.

»Nein!« Er schüttelt den Kopf und schaut ernst drein. »Sie werden sich mit der Zeit an dich gewöhnen.«

Was für eine seltsame Bemerkung. »Hoffen wir's«, sage ich. Ihm entgeht der Sarkasmus. »Und, was hast du jetzt vor?«, will ich wissen. Morgen wird er sich auf die Pisten stürzen, während ich mich mit einem Privatlehrer am Übungshang versuchen werde. Lukas will unbedingt, dass ich so schnell wie möglich Skifahren lerne, damit wir zusammen unterwegs sein können – aber diesmal wird das noch nicht funktionieren. Es wird mir hoffentlich Spaß machen – der Wellnessbereich und der beheizte Außenpool sahen

verdammt verlockend aus –, aber ich nehme an, im Notfall kann ich auch rodeln gehen.
»Ich dachte, wir fahren mal hoch auf den Berg und sehen uns den Sonnenuntergang an«, schlägt Lukas vor.
»Klingt herrlich.«
Es gelingt uns, eine Kabine für uns allein zu ergattern, die immer höher, höher, höher steigt bis oben auf den Berg, wo der Schnee reinweiß und der Himmel tiefblau ist. Ischgl ist nur noch ein kleiner Punkt weit unten. Ich merke, dass Lukas neidisch den Skifahrern zuschaut, die die Hänge hinunterwedeln. Er fährt bestimmt hervorragend Ski – er kann einfach alles super.
»Morgen«, sage ich grinsend und drücke seine Hand im dicken Handschuh. Er dreht sich zu mir um, und sein Gesichtsausdruck ist eine Mischung aus vielen Gefühlen. »Was guckst du so?«, necke ich ihn, aber er lacht nicht.
»Ich liebe dich«, sagt er stattdessen.
»Ich liebe dich auch.«
»Nein. Ich *liebe* dich, Alice.« Ich bin schockiert, als ich die Tränen in seinen Augen sehe. »Als du sagtest, Rosalinde sei meine erste große Liebe gewesen … da hast du dich geirrt.« Heftig schüttelt er den Kopf. »*Du* bist meine erste große Liebe. Ich liebe *dich*. Nie habe ich jemanden mehr geliebt.«
Ich schlucke. So gerne würde ich dasselbe zu ihm sagen. Auf einmal würde ich am liebsten vor Frust laut schreien. JOE IST WEG! Er ist Vergangenheit. Lukas ist meine Zukunft. Auch wenn er nicht perfekt ist, auch wenn er manchmal ein wenig arrogant ist, so ist er trotzdem klug, sexy und alles andere als durchschnittlich, außerdem … ist er hier. Er hat mich nie verlassen. Er hat mich nie im Stich gelassen. Er ist immer zurückgekommen, wenn er es versprochen hat. Ich weiß ohne jeden Zweifel, dass er mich liebt. Ich würde mir am liebsten ins Gesicht schlagen, weil ich nicht in der Lage bin zu akzeptieren, dass das genug ist.
Plötzlich zieht Lukas seine Handschuhe aus und schiebt die Hand in die Jackentasche. Er weicht meinem Blick aus. Ich habe das Ge-

fühl, als würde die Welt um uns herum zum Stillstand kommen, als er sich in den knisternden Schnee kniet und mir einen Diamantring hinhält.

»Alice Simmons«, sagt er laut und deutlich. »Willst du mich heiraten?«

Er klingt so förmlich, so … *nervös*, denke ich und werde von einer Welle der Liebe zu ihm überrollt. Endlich sieht er mir in die Augen, und ich weiß, dass ich ihm nur eine Antwort geben kann.

»Ja.«

Auf Wiedersehen, Joe.

Kapitel 50

»Das ist der fetteste Scheißdiamant, den ich je gesehen habe.«
Ich lächele Lizzy an und entziehe ihr meine Hand.
»Mal im Ernst: Wie kriegst du den Arm noch hoch?«, fragt sie.
»Ach, hör auf!«, schimpfe ich.
»Ehemann, *Ehemann*!«, neckt sie mich. »Ehemann!«
»Hör auf!«, rufe ich erneut. »Er ist noch nicht mein Ehemann.«
»Dauert aber nicht mehr lange. Kannst dich ruhig schon mal dran gewöhnen, ihn so zu nennen.«
»Hör auf und hilf mir lieber, ein Hochzeitskleid auszusuchen.«
Wir haben einen Termin in einem Brautmodengeschäft, den ich sechs Wochen zuvor vereinbart habe. Ich bin zu einem Shoppingwochenende in London.
»Bist du dir sicher, dass der Ehemann dir nicht wieder eins anfertigen lässst?«, fragt sie bissig.
Das ist ein wirklich guter Einwand. »Das lässt er besser sein«, sage ich. »Dieses Kleid werde ich allein aussuchen.«
»Hoffentlich weiß er das auch«, murmelt Lizzy.
»Weiß er«, sage ich mit Nachdruck und nehme mir vor, ihm das später noch mal einzubläuen.
Die Verkäuferin kommt herbeigetänzelt und führt uns in die heiligen Hallen, wo reihenweise weiße und cremefarbene Kleider auf gepolsterten Seidenbügeln hängen.
»Hui!«, macht Lizzy und sieht sich staunend um.
»Komm, wir fangen hier an«, schlage ich vor.
»Du wirkst bemerkenswert ruhig, wenn man bedenkt, dass es nur noch wenige Monate bis zur Hochzeit sind.«

»Warum soll ich denn nicht ruhig sein?«, frage ich, ohne die Antwort wirklich hören zu wollen.
»Ich verstehe trotzdem nicht, warum es so eilig ist«, wirft sie ein.
»Lizzy, können wir jetzt bitte das Thema wechseln?«
Das habe ich schon hinlänglich diskutiert, sowohl mit Lizzy als auch mit meinen Eltern. Lukas' Vater wird nächsten Sommer sechzig, außerdem scheint es mit Frieda und ihrem Freund etwas Ernstes zu sein, auch wenn er Weihnachten nicht dabei war. Lukas überzeugte mich, dass es klüger sei, ein Datum in diesem Jahr festzulegen, damit keine anderen Familienfeiern dazwischen kämen. Deshalb heiraten wir nun im August. In diesem August. In fünfeinhalb Monaten. AAARGH! Tief durchatmen …
»Ich kann es immer noch nicht glauben, dass du einverstanden bist, in Deutschland zu heiraten«, sagt Lizzy.
»Ich auch nicht«, gebe ich zu. Aber Lukas' Mutter bestand darauf. Später erfuhr ich, dass er seine Eltern um ihren Segen gebeten hatte – oder um ihre Erlaubnis, da bin ich mir nicht ganz sicher –, als wir über Weihnachten in ihrem Haus waren. Seine Mutter stimmte der Verlobung nur unter der Bedingung zu, dass ihre Familie die Hochzeit ausrichten würde. Meine Eltern waren ein wenig vor den Kopf gestoßen. Ich bin ihr einziges Kind, und besonders meine Mutter war immer davon ausgegangen, dass sie an der Organisation dieses großen Tages maßgeblich beteiligt wäre. Es tut mir leid, dass ich sie verletze, aber ich hoffe, dass sie es versteht, wenn sie Lukas' Familie kennenlernt. Wenn man aus so einer Gesellschaftsschicht kommt, sind gewisse Dinge einfach vonnöten. Oder so ähnlich.
»Egal, sie hat sich bisher um die meisten Sachen gekümmert, und ich versuche einfach, mitzumachen.«
»Du bist ein besserer Mensch als ich«, bemerkt Lizzy. »Oh, das ist aber schön!«
Sie hat ein glitzerndes Kleid von der Stange genommen. Ich habe die ganze Zeit eins nach dem anderen hervorgezogen, ohne sie mir wirklich anzusehen.
»Hm, ja«, stimme ich zu.

»Kann sie mal das hier anprobieren?«, fragt Lizzy die Verkäuferin, die herbeigeeilt kommt, um ihr das Kleid abzunehmen. Wir schauen noch weiter.
»Kommen Jessie und Emily auch zur Hochzeit?«, fragt sie.
»Ich hoffe es.«
»Ich glaube, der Ehemann ist nicht allzu scharf darauf.«
Auf dich auch nicht gerade. Aber das behalte ich für mich.
»Kannst du ihn bitte anders nennen? Außerdem ist es egal, was er von ihnen hält. Es sind meine Freunde, und sie kommen zu meiner Hochzeit.«
Falls sie überhaupt wollen. Ich bin nicht ganz überzeugt, dass sie anreisen werden. Die Nachricht von meiner Verlobung schlug bei ihnen ein wie eine Bombe. Zumindest meine Eltern haben sich inzwischen an die Vorstellung gewöhnt. Auch wenn sie ihren Bedenken Ausdruck gaben, weil wir so schnell heiraten wollen – und dazu noch in Deutschland –, mögen sie Lukas doch sehr und wissen, dass er mich glücklich macht.

»Und, war es nett?«, fragt Lukas später.
»Ja, danke. Lukas, du weißt doch, dass ich mir mein Hochzeitskleid selbst aussuchen möchte, oder?«
Er runzelt die Stirn. »Glaubst du wirklich, ich würde dir das vorschreiben?«
»Nein, eigentlich nicht …«
»Geht es um deine Abendkleider?«
Man beachte den Plural. Ich besuchte zum zweiten und letzten Mal den Maiball von Trinity in einem Kleid, das wiederum von Lukas ausgesucht und bezahlt worden war. Von dem weiß Lizzy überhaupt nichts, aber Jessie und Emily entging es nicht. Ich meine mich zu erinnern, dass Jessie Lukas danach zum ersten Mal einen Kontrollfreak nannte.
»Das ist was ganz anderes«, wiegele ich ab. »Hierbei geht's um mein Hochzeitskleid. Wenigstens bei dem will ich selbst etwas zu sagen haben, wenn schon nirgendwo sonst.«

»Aber sicher«, beruhigt er mich und hilft mir aus dem Mantel. Ich bin noch nicht weiter als in den Flur gekommen. »Das sollst du auch. Hast du irgendwas gefunden, das dir gefällt?«, fragt er beiläufig und hängt meinen Mantel auf.
»Nicht so richtig.« Ich lasse die Schultern hängen. Lukas nimmt meine Hand und sieht mich an.
»Hör zu«, sagt er liebevoll. »Ich weiß, dass du deinen Einfluss geltend machen willst, aber schneide dir nicht ins eigene Fleisch.«
»Was willst du damit sagen?«
Eine Woche später fliege ich nach Paris zu einem Treffen mit dem Schneider der Familie.

Kapitel 51

Am Ende entzieht sich alles meiner Kontrolle. Ich habe keine Ahnung, an welcher Hochzeit ich da teilnehme, aber wie meine fühlt es sich garantiert nicht an. Unbeteiligt liege ich im Bett in dem großen Haus – genau, mein Zimmer ist im Gästeflügel –, das sich immer noch einsam anfühlt, obwohl meine Eltern direkt nebenan wohnen und Lizzy und Callum auf der anderen Seite des Gangs untergebracht sind. Ihre Beziehung ist stürmisch, gelinde ausgedrückt. Aber im Moment sind sie wieder zusammen und sprechen sogar davon, sich gemeinsam eine Wohnung zu nehmen. Noch leben beide in Edinburgh, aber ich weiß, dass Lizzy gerne wieder nach London möchte.

Es klopft an meiner Tür. »Herein!«, rufe ich.

Frieda schiebt die Tür auf. »Raus aus den Federn!«, ruft sie und bringt ein Tablett mit Tassen, einem Milchkännchen, einer Teekanne und heißem Wasser herein.

Ich setze mich im Bett auf und lächele sie an. »Wo hast du das denn her?«

»Hab ich Mariella abgenommen, als sie damit nach oben wollte.«

Mariella ist die Angestellte, die am längsten für die Familie arbeitet.

»Wie geht es dir?« Sie stellt das Tablett auf einen Tisch unter einem der großen Bogenfenster. Allein in meinem Zimmer sind es vier.

»Ganz gut«, sage ich.

»Hast du gut geschlafen?«

»Nein«, gestehe ich. Es ist erst halb sieben, aber ich bin schon seit fünf Uhr wach.

»Heute ist dein großer Tag.« Obwohl Frieda leise spricht, höre ich die Aufregung in ihrer Stimme. Sie ist eine meiner Brautjungfern. Lizzy ist meine erste Brautjungfer, außerdem habe ich noch drei andere, von denen ich eine erst gestern kennengelernt habe. Wie gesagt, ich mache einfach, was man mir sagt.
Nun ja, ich versuche es wenigstens. Lukas und ich haben uns ein bisschen gestritten – falls »ein bisschen streiten« überhaupt möglich ist –, und zwar wegen Emily. Ich sagte, wenn ich fünf Brautjungfern hätte, sollte sie dazugehören. Aber seine Verwandtschaft ist größer, als ich dachte, und man muss auf so vieles Rücksicht nehmen … Am Ende knickte ich ein, aber nur weil ich letztlich zugeben musste, dass er recht hat: Ich sehe Emily wirklich so gut wie gar nicht mehr.
»Die Friseuse ist schon da«, sagt Frieda.
»Wirklich?« Alarmiert springe ich aus dem Bett.
»Keine Sorge!«, beruhigt mich Frieda. »Brauchst dich nicht zu beeilen.«
Wenn mein Zimmer auf der anderen Seite des Hauses wäre, hätte ich die Friseurin kommen sehen, aber meine Fenster gehen auf den See.
Lizzy, Callum und meine Eltern waren völlig überwältigt von dem Haus. Im Moment sind die Gärten üppig grün, auch wenn sie nicht ganz so hübsch sind wie im April, als Lukas und ich zu Ostern hier waren. Bei dem Aufenthalt sollte eigentlich die Hochzeit geplant und besprochen werden, aber Lukas' Mutter hatte praktisch schon alles bis ins letzte Detail organisiert. Wie gesagt, es kommt mir nicht gerade wie meine eigene Hochzeit vor. Aber damit will ich nicht behaupten, dass sie nicht umwerfend wäre. Wenn man allein die Größe der Zelte sieht, die auf dem Rasen vor dem See aufgebaut worden sind! Sie sind mit Lichterketten geschmückt. Es wird mit Sicherheit wunderschön aussehen. Doch im Moment fühlt sich alles wirklich surreal an. Ich hoffe, dass ich mehr bei der Sache bin, wenn es so weit ist und ich mein Jawort geben muss.
Wieder klopft es an der Tür.

»Herein!«, rufe ich.
Lizzy schiebt die Tür auf und macht ein völlig bestürztes Gesicht. Ich erschrecke mich, doch als sie Frieda bemerkt, reißt sie sich schnell wieder zusammen.
»Oh, hallo!«, sagt sie.
»Good Morning!«, grüßt Frieda grinsend.
»Ist was?«, frage ich besorgt.
»Nein, nichts«, wiegelt sie ab, und ihr Blick huscht zu Frieda.
»Die Friseuse ist schon unten«, erklärt Frieda. »Möchtest du auch noch schnell eine Tasse Tee?«
»Gerne.«
Lizzy bemüht sich, mit ihr zu plaudern, doch ich bin nicht bei der Sache. Ihr Gesicht eben … Sie sah wirklich … regelrecht entgeistert aus.

Die Stunden fliegen nur so dahin. Die Hochzeit ist für ein Uhr angesetzt, aber es ist noch so viel zu tun, so viel zu bedenken. Nicht dass *ich* irgendwas tun oder bedenken müsste – mir wird alles abgenommen. Ich wünsche mir die ganze Zeit, fünf Minuten nur für mich zu haben, um mich zu sammeln, aber in einem fort huschen Brautjungfern, Visagistinnen, Friseurinnen, Designer und Gott weiß, wer noch, durch mein Zimmer. Ich fühle mich weit weg von all dem Trubel, sehne mich nach Zeit und Raum, um wieder zu mir zu kommen, aber beides wird mir nicht gewährt. Immer wieder fällt mir auf, dass Lizzy mich mit einem seltsamen Ausdruck ansieht, aber wenn ich sie frage, ob etwas nicht stimme, reißt sie sich wieder zusammen. Irgendwann bin ich geschminkt und frisiert, und mir bleibt nichts anderes mehr zu tun, als noch eine Kleinigkeit zu essen, damit ich vor dem Altar nicht umkippe. Danach werde ich in mein Kleid geschnürt – bis jetzt bin ich noch im Morgenmantel herumgelaufen. Ich nehme Lizzy beiseite.
»Du sagst mir jetzt sofort, was dich so stört, noch bevor ich die Kirche betrete«, herrsche ich sie an. Wieder sehe ich den Ausdruck in ihrem Gesicht: Angst.

»Können wir auf mein Zimmer gehen?«, fragt sie leise. Ihr Blick springt von einem zum anderen.
Ich gehe zu meiner Mutter und flüstere ihr zu, dass ich mir mit Lizzy noch eine Viertelstunde Pause gönnen will.
»Ich glaube, das mache ich auch noch mit deinem Vater«, erwidert sie. »Ich sage den anderen Bescheid, dass sie dich eine Zeitlang in Ruhe lassen sollen.«
»Danke, Mum.«
Ich gebe ihr einen Kuss und folge Lizzy aus dem Zimmer. Callum zieht sich in dem Hotel um, wo Jessie und Emily schlafen, damit er uns nicht im Weg ist. Nach dem Probeessen am Vorabend haben die vier zusammen noch was getrunken, während ich früh auf mein Zimmer ging, um ausgeschlafen zu sein.
Vorsichtig schließt Lizzy die Tür hinter mir. Ich frage umgehend: »Was ist denn nun?«
Sie holt tief Luft. Ihr Gesichtsausdruck ist verändert. Jetzt wirkt er eher … mitleidig?
»Vielleicht ist er es ja gar nicht«, fängt sie an.
Ich bin verwirrt. »Wer?«
Sie geht zur Frisierkommode, greift nach einer DVD-Hülle und reicht sie mir. Es ist ein Film namens *Strike*. Ich kann mich schwach erinnern, davon gehört zu haben. Vorne drauf ist ein halb in Schatten getauchter muskulöser Männerrücken abgebildet.
»Was ist das?«, frage ich.
»Ein Dokumentarfilm übers Kickboxen. Jessie hat ihn Callum gestern Abend ausgeliehen.«
Jetzt fällt es mir wieder ein: Das ist der Film, den Jessie letzten Herbst mit mir sehen wollte. Aber er war noch nicht draußen, weshalb wir in einen anderen gingen.
»Was ist damit?« Ich habe keine Ahnung, was sie von mir will.
»Der Typ da drin … Der sieht aus wie … Joe.«
Einen Sekundenbruchteil, bevor sie seinen Namen ausspricht, weiß ich, dass sie es tun wird. Ich lasse mich aufs Bett fallen und starre auf die DVD-Hülle.

»Leg den Film ein«, sage ich mit ausdrucksloser Stimme.
Lizzy gibt keinen Ton von sich; sie holt ihren Laptop aus der Schublade und stellt ihn mir auf den Schoß. Die DVD ist noch drin, der Film zur Hälfte gelaufen, ich muss also nur auf »Play« drücken.
Ich erkenne seine Stimme sofort. Er spricht vom Kämpfen. Sein Gesicht ist verhüllt; man sieht nur eine Gestalt in einem dunkelgrauen Hoodie, die gegen einen Sandsack schlägt, unterlegt von seinem Kommentar. Auf einmal versetzt die Gestalt dem Sandsack einen so kräftigen Tritt, dass die Kapuze nach hinten rutscht und das Gesicht enthüllt. Vor Schreck rutscht mir fast der Computer vom Schoß. Lizzy nimmt ihn mir schnell ab, bevor er kaputtgeht.
»Das ist Joe!«, stoße ich aus.
Meine Freundin macht ein besorgtes Gesicht. »Es tut mir so leid. Ich wusste nicht, ob ich es dir zeigen soll …«
»Das ist Joe«, wiederhole ich. »Er ist es.« Ich bin atemlos, mir ist schwindelig, als würde ich jeden Moment umkippen.
»Es tut mir so leid, Alice.«
»Hol mal besser Jessie«, sage ich.
Lizzy ist verwirrt. »Warum?«
»Hol ihn besser her.« Den Grund weiß ich selbst nicht. Ich brauche ihn jetzt einfach. Ich habe das Gefühl, eine außerkörperliche Erfahrung zu machen. Lizzy ruft Jessie an, aber ich bekomme nicht mit, was sie zu ihm sagt. Ich starre auf den Laptop auf der Frisierkommode und wage es nicht, den Film weiterlaufen zu lassen.
Lizzy setzt sich zu mir. Sie nimmt meine Hand, die ganz schlaff ist.
»Ich meinte auch, ihn erkannt zu haben, aber ich war mir nicht hundertprozentig sicher«, sagt sie. »Er sieht …«
»… anders aus«, beende ich ihren Satz. Joe hat eine neue Frisur, kurze schwarze Haare, und sein Körper ist muskulöser und kräftiger. »Was ist mit ihm passiert?«, flüstere ich.
»Ich weiß es nicht.« Lizzy schüttelt den Kopf.
»Warum hat er mich nicht gesucht?« Meine Augen füllen sich mit Tränen.

Sie drückt meine Hand. Dazu kann sie nichts sagen.
»Die ganze Sache hier ist eine richtig große Nummer.« Sie zeigt auf das Zimmer. »Aber du musst das nicht machen. Es ist noch nicht zu spät. Du kannst ihn immer noch finden.« Sie greift zur DVD-Hülle. »Hier steht, er hieße Joseph Strike«, verrät sie mir.
»Joseph Strike?«, wiederhole ich, leicht überrascht. »Nicht Joe Strickwold?«
»Nein. Joseph Strike. Wahrscheinlich klingt das besser. Passt besser ins Showbusiness.«
Ich kenne ihn nicht mehr. Diese Einsicht trifft mich wie ein Sandsack. Mein Joe von damals hätte seinen Namen nicht geändert. Vielleicht hat er sich bis zur Unkenntlichkeit gewandelt. Er wird nicht mehr der Junge sein, den ich damals traf. Ich *kenne* Lukas. Ich weiß, wo ich bei ihm dran bin. Ich werde ihm nicht so wehtun, wie Joe mir wehgetan hat.
»Sag Jessie, er braucht doch nicht zu kommen«, sage ich mit monotoner Stimme.
»Was? Warum nicht?«
»Ich muss mich jetzt umziehen.«
Langsam erhebe ich mich. Lizzy schaut mich erschrocken kann. »Alice«, sagt sie.
»Und du musst dich auch umziehen«, füge ich hinzu und weiche ihrem Blick aus.
»Willst du den Film nicht noch weiter sehen?«, fragt sie einfühlsam.
»Nein.« Ich schüttele den Kopf. »Es ist sinnlos.«

* * *

Ich bin nicht ich selbst, als ich wie betäubt durch den endlos langen Mittelgang an über vierhundert Gästen vorbeischreite, von denen ich fast niemanden kenne. Aus dem Augenwinkel erkenne ich Jessies rotes Haar, sehe mich aber nicht zu ihm um; ich will sein Mitleid nicht. Fest umklammere ich den leicht wackligen Arm meines

Vaters, der mich in die Ehe mit meinem angetrauten Gatten führt. Mein Ehemann, der nicht meine erste große Liebe ist und es auch nie sein wird, aber das ist schon in Ordnung so, weil ich jetzt nicht mehr zurückkann.

Vor dem Altar steht Lukas und schaut mir bewundernd entgegen, und ich rufe mir in Erinnerung, dass ich ihn liebe. Es ist unwichtig, dass ich es im Moment nicht spüre, in dieser Sekunde. In diesem Augenblick fühle ich mich nur betäubt. Ich fühle überhaupt nichts.

Zwanzig Minuten später sind wir verheiratet.

Dreieinhalb Jahre später

Kapitel 52

Es war, als hätte mir an dem Tag, als ich heiratete, jemand Drogen eingeflößt. Ich war nicht ich selbst. Es gelang mir, die DVD zu verdrängen und fast gar nicht an Joe zu denken, während ich wie ein durchgedrehter Schmetterling von einem zum anderen hüpfte, mich in einer fremden Sprache unterhielt und meine Freunde ignorierte, weil sie viel zu viel über die alte Alice wussten. Diese Alice war tot und begraben. Und ich trauerte nicht einmal um sie.

Anfangs jedenfalls nicht. Und ganz bestimmt auch nicht an den ersten vier Tagen unserer Flitterwochen. Dann drang die Realität langsam zu mir durch. Ich musste Lukas pflegen, der eine »Lebensmittelvergiftung« hatte, die sich als Magen-Darm-Virus entpuppte. Natürlich steckte ich mich an und verbrachte dementsprechend einen elenden Tag auf dem Klo unseres Pfahlhauses auf den Malediven, während Lukas einen Tauchausflug machte. Als ich dort auf dem makellosen Badezimmerboden vor der vollgekotzten Toilette hockte, überzogen von kaltem Schweiß, fühlte ich mich merkwürdigerweise menschlicher als in all den Wochen vor unserer Hochzeit. Und endlich ging mir auf, dass ich verheiratet war.

Und dass ich Joe gefunden hatte.

Wieder erbrach ich mich.

Als mir nicht mehr schlecht war, ging ich vorsichtig nach draußen und setzte mich auf die Veranda, von der man auf das kristallklare Wasser blickte. Ich brauchte frische Luft, um einen klaren Kopf zu bekommen, auch wenn es draußen ganz schön schwül war.

Wie hatte es dazu kommen können, dass Joe in einer Doku über Kickboxen zu sehen war? Was war mit ihm geschehen, nachdem wir beide Dorset verlassen hatten? Fiel er so wie ich in ein tiefes Loch? Oder riss er sich zusammen und machte weiter, ohne zurückzublicken? Ich wusste nur eins: Ich musste versuchen, mit ihm zu sprechen. Mehr als je zuvor brauchte ich Antworten. Ich hatte das Gefühl, sonst nicht in der Lage zu sein, mich vollkommen dem neuen Mann an meiner Seite zu widmen.

Während unserer Flitterwochen nagte der Gedanke an mir, mich mit Joe in Verbindung zu setzen, doch erst zu Hause entschied ich mich, Lukas meine Absicht mitzuteilen. In der Überzeugung, Ehrlichkeit währe am längsten, wollte ich vermeiden, dass unsere Ehe auf einer Täuschung beruhte – doch als ich ihm von der DVD erzählte, wurde sein Blick immer durchdringender und kälter, bis er mir durch Mark und Bein ging.

»Wenn du *jemals* versuchst, Kontakt zu ihm aufzunehmen, ist unsere Ehe aus und vorbei.«

Das war das Erste, was er zu mir sagte. Verzweifelt versuchte ich ihm zu erklären, dass ich kein Wiedersehen mit Joe plante, sondern nur einige Antworten wollte, damit ich die Geschichte hinter mir lassen könnte, doch er blieb stur.

Einige Tage später kam ich aus der Stadt nach Hause und sah, dass Lukas *Strike* auf DVD schaute. Nie zuvor hatte ich ihn so eifersüchtig gesehen. Als er mich erblickte, sprang er auf und trat gegen den DVD-Spieler. Regelrecht in das Gerät. Immer und immer wieder stampfte er darauf, missachtete meine Schreie und warf den Apparat quer durchs Zimmer. Als er ihn schließlich zerstört hatte, holte er die immer noch unversehrte Scheibe heraus und brach sie ganz ruhig und kühl entzwei. Dann verlangte er, dass ich ihm meinen Ehering gebe.

»Nein«, sagte ich.

»Gib ihn mir!«

»Nein«, wiederholte ich fester und wich zurück, weil er immer näher kam. Ich lief ins Badezimmer und schloss mich ein, bis er sich beruhigt hatte.

Das war vor dreieinhalb Jahren. Seitdem hat sich viel verändert. Lukas und ich haben ein Haus in Newnham gekauft, in Zentrumsnähe. Er wurde befördert, und ich arbeite immer noch als Lehrerin in Cambridge. Ich liebe meine Klasse, sechs- und siebenjährige Kinder mit so viel Persönlichkeit und Energie, dass sie mich ständig auf den Beinen halten. Ich liebe Kinder überhaupt, bin aber noch nicht bereit, selbst welche zu haben. Anders als Lukas. Seit Rosalinde vor zwei Jahren einen Sohn bekommen hat, redet er ständig davon, dass wir es auch versuchen sollen. Manchmal habe ich das Gefühl, wir befinden uns in einem Wettbewerb.
Meinen Eltern geht's super. Mein Vater ist in den Vorruhestand gegangen, nie war er besser drauf als jetzt. Die jüngste Bilderserie meiner Mutter hat sich unheimlich gut verkauft, und jetzt überlegen die beiden, ob sie nicht nach Brighton ziehen und dort ein Bed & Breakfast eröffnen sollen.
Leider kann ich nicht dasselbe von Lizzys Mutter sagen. Susans Krebs kehrte mit voller Macht zurück, und beim zweiten Mal verlor sie den Kampf. Lizzy war am Boden zerstört. Sie zog zurück nach London, um ihrem Vater und ihrer Schwester in den letzten Monaten ihrer Mutter beizustehen. Callum war ihr keine besonders große Hilfe, so dass Lizzy schließlich fand, es sei an der Zeit, ihrer Beziehung ein Ende zu machen. Zuvor hatten sie allerdings noch einmal Sex, der letzte Versöhnungsversuch, und sie wurde schwanger. Vor achtzehn Monaten brachte sie ein wunderbares Mädchen namens Eleanor Susan McCall zur Welt, das mittlerweile ein pausbäckiges Kleinkind mit blauen Augen und braunen Locken wie ihre Mutter ist und Ellie genannt wird. Ich versuche, so viel wie möglich für meine Freundin da zu sein. Ich kann mir nicht vorstellen, wie es ist, so kurz nach dem Verlust der Mutter ein Kind zu bekommen. Allein schon bei der Vorstellung habe ich einen Kloß im Hals. Lizzy wohnt momentan bei ihrem Vater und ihrer Schwester, überlegt aber, ob sie nicht langsam auf eigenen Füßen stehen will.
Was Jessie und Emily angeht: Deren Beziehung wird immer fester und inniger. Sie leben jetzt in London, und ich versuche, mich wann

immer möglich mit ihnen zu treffen, was nicht so oft vorkommt, wie ich gerne möchte. Über Weihnachten hat Jessie mehrmals versucht, mich zu erreichen, aber ich hatte noch keine Möglichkeit, ihn zurückzurufen.
Frieda heiratete ebenfalls, und ihre Hochzeit war noch eindrucksvoller als unsere. Auch wenn ich es nicht laut sagen darf: Bei ihr hatte ich mehr Spaß. Ich fühle mich immer noch nicht wohl im Haus von Lukas' Eltern, obwohl es jetzt besser ist, seit wir verheiratet sind. Zumindest dürfen wir in einem Zimmer schlafen. Als wir Weihnachten dort waren, verkündete Markus, dass Eva ihr drittes Kind erwartet. Das war noch ein Grund für Lukas, den Druck auf mich zu erhöhen. Aber ich bin nicht so weit. Noch nicht.

»Pass auf, Bennie!« Ich habe Pausenaufsicht. Meine Klasse ist mit noch mehr Power als sonst aus den Weihnachtsferien zurückgekehrt. Ich schiebe es auf die Süßigkeiten. Auf mich hatten sie die gegenteilige Wirkung. Es ist ein kalter, trüber Januar, und ich fühle mich müde und aufgedunsen, weil ich so viel Lebkuchen in Deutschland gefuttert habe. Ich bin geradezu süchtig nach dem Zeug geworden.
Neben dem Klettergerüst bearbeitet Bennie weiter einen imaginären Bösewicht mit Karatetritten.
»Wumm! Wumm!«, ruft er.
»Du brauchst bald einen Kühlverband für deinen Fuß, wenn du nicht aufpasst«, warne ich ihn erneut. Seit ich Lehrerin bin, gehört das Wort »Kühlverband« zu meinem alltäglichen Vokabular. Was Lukas unglaublich komisch findet.
Bennie ignoriert mich. Er ist ein eher anstrengendes Kind. Ein anderer Junge kommt ihm etwas zu nah, ich haste hinüber. »Bennie!«
»Nein!«, ruft er. »Ich bin Joseph Strike! Wumm! Wumm!« Und wieder tritt er in die Luft.
Mir ist, als hätte ich seine Fußtritte in den Magen bekommen.
»Wer bist du bitte?« Ich habe das Gefühl, als sacke mir der Boden unter den Füßen weg.

»Joseph Strike. Wumm! Wumm!«
Ich versuche, mich zusammenzureißen. »Los, geh auf die Rutsche!«
Schmollend und mit hängenden Schultern verzieht er sich.
Ich weiß nicht, wie ich es durch die Pause schaffe, doch sobald ich im Lehrerzimmer bin, steuere ich schnurstracks auf den Computer zu und tippe den Namen »Joseph Strike« bei Google ein. Mir wird schwindelig, als zig Millionen Treffer erscheinen. Ich klicke auf einen, der mich mit der Internet Movie Database verbindet.
Es ist seine Schauspielerseite. Mein Magen schlägt Purzelbäume, als ich das Foto von ihm erblicke. Er sieht unglaublich gut aus, sein Kinn ist kantiger als damals mit achtzehn, er ist leicht gebräunt und trägt einen Dreitagebart. Er hat kurze Haare, die Augen sind schwarz wie die Nacht, er schaut an der Kamera vorbei und lächelt nur andeutungsweise.
»Sieh mal einer an! Guckst dir Fotos von Joseph Strike an!«, ruft meine Kollegin.
Ich zucke zusammen. Es ist Roxy. Sie unterrichtet die Achtjährigen.
»Der Typ ist heiß, was?«
»Woher … woher kennst du ihn?«, stammele ich.
Sie lacht ungläubig. »Wo bist du in den letzten Wochen gewesen? Hast du *Sky Rocket* noch nicht gesehen?«
»Wir sind gerade aus Deutschland zurückgekommen«, erkläre ich schwach.
»Gibt es da drüben keine Kinos, Schätzchen?«, neckt Roxy mich, doch ich finde das nicht komisch. Lukas' Familie hat es nicht besonders mit Kino oder Fernsehen. Dort besteht das Freizeitvergnügen aus Spazierengehen, Skifahren und Lesen oder, wenn man Glück hat, Billard.
Der Titel *Sky Rocket* kommt mir allerdings bekannt vor. »Ich hab davon gehört«, murmele ich.
»Kann ich mir vorstellen. Dieser Film war dieses Jahr ein größerer Hit als der Weihnachtsmann. Den *musst* du dir einfach ansehen«, sagt sie.

Roxy beugt sich vor, schiebt meine Hand von der Maus und scrollt runter zu einem Filmposter. Auf dem Bild sind fünf Schauspieler, aber Joe ist am schwersten zu erkennen. Er trägt ein futuristisches Outfit und blickt nach oben, so dass man sein Gesicht nicht richtig sehen kann. Jetzt kann ich mich vage erinnern, dieses Plakat gesehen zu haben, aber ich hätte ihn niemals darauf erkannt.

Roxy scrollt weiter runter zu seiner Filmographie. Sechs Filme sind aufgelistet.

»Warte!«

»Was ist?«, fragt sie.

Wie kann es sein, dass ich von all diesen Filmen nichts mitbekommen habe? *Strike* ist der letzte ganz unten. »Hast du die alle gesehen?« Ich habe das Gefühl, als schnürte sich mir die Kehle zu.

»Die Hälfte davon ist noch gar nicht auf DVD draußen«, erklärt Roxy und schüttelt lachend den Kopf über meine Unwissenheit. »Habe mir *Strike* gerade letztes Wochenende angeguckt. Hab ich direkt bei Amazon bestellt, nachdem ich *Sky Rocket* gesehen hatte. Huiuiui! Und ich habe *Hong Kong Kid* und *Capture* direkt gekauft, als sie vor ungefähr einem Jahr rauskamen, aber darin hatte er nur kleine Rollen. Siehst du …« – sie schaut mit zusammengekniffenen Augen auf den Bildschirm – »*Night Fox* ist noch in der Nachproduktion. *Phoenix Seven* ebenfalls, und momentan dreht er *Magnitude Mile*.«

Mein Herz klopft wie ein Presslufthammer.

»Kannst du noch mal zurück nach oben scrollen?«, frage ich. Roxy tut mir den Gefallen. Dort steht, er wurde als Joseph Strike geboren, aber das stimmt nicht; sein Name ist Joe Strickwold. Aber die Altersangabe ist richtig: Er ist zwei Monate älter als ich, wir sind also beide sechsundzwanzig.

»Der ist ja so heiß«, seufzt Roxy und weist mit dem Kinn auf das Porträt. »Obwohl ihm das Foto nicht so ganz gerecht wird. Mensch, ich war echt fertig, als Johnny Jefferson letztens dieses Mädel geheiratet hat. Gott sei Dank gibt's wieder Nachschub an heißen Typen …«

Ich höre nicht mehr zu, als sie von diesem Rockstar erzählt. Ich habe andere Dinge im Kopf.

Den Rest des Tages funktioniere ich wie auf Autopilot. Sobald ich kann, gehe ich nach Hause und rufe Jessie an.
»Jessie? Ich bin's, Alice.«
»Hey«, sagt er liebevoll. Seine Stimme klingt besorgt. »Hast du ihn gesehen?«
Er weiß genau, warum ich anrufe. Zweimal hat er über Weihnachten versucht, mich zu erreichen. Wegen des Films, nehme ich an.
»Nein.« Pause. »Du?«
»Em und ich waren letztes Wochenende drin.«
»Wie ist er so? Wie ist *er*?«
»Er ist … gut.« Jessie klingt ehrlich beeindruckt. »Man versteht schon, warum alle so auf ihn abfahren. Alle Frauen, meine ich«, fügt er hinzu.
Ich merke, dass meine Hände zittern.
»Was hast du jetzt vor?«, fragt er.
»Hm?«
»Versuchst du, Kontakt zu ihm aufzunehmen?«
»Warum sollte ich das tun?«
»Ich dachte nur …«
»Nein«, unterbreche ich ihn. »Nein, ich werde nicht versuchen, ihn zu kontaktieren. Wenn ich das tun wollte, hätte ich das schon vor Jahren gemacht.«
Am anderen Ende der Leitung herrscht Schweigen. Mit einem Piepsen teilt mir das Telefon mit, dass ich einen zweiten Anruf habe. »Ich mache besser Schluss, es ruft gerade jemand an«, sage ich und drücke ihn weg. Lizzy ist dran.
»Alles in Ordnung?«, fragt sie leicht außer Atem. Es wundert mich nicht, dass auch sie verspätet von Joe in *Sky Rocket* gehört hat. Lizzy schafft es nicht oft ins Kino. An manchen Tagen kommt sie kaum aus dem Haus.
»Ja«, antworte ich und atme tief durch. »Ich habe eben mit Jessie telefoniert.«

»Hat er es dir erzählt?«
»Nein, das hat ein kleiner Junge in meiner Klasse übernommen. Seit wann gehört der Name Joseph Strike zum Wortschatz eines Sechsjährigen?«
»Verdammt«, sagt Lizzy. »Ich war echt baff, als ich ihn am Nachmittag in einer Talkshow gesehen habe.«
»Wo?«, frage ich. »Hier in England?«
»Ja. Er ist gerade in London.«
»Er ist hier?«
Auf einmal kommt mir alles sehr real vor.
»Du könntest noch mal versuchen, ihn zu erreichen, nicht?«, schlägt sie einfühlsam vor.
Noch mal.
Sie ist die Einzige, die mein dunkelstes Geheimnis kennt. Trotz Lukas' Drohung, dass unsere Ehe vorbei ist, falls ich jemals versuchte, mit Joe zu sprechen, konnte ich die Sache tief in mir einfach nicht auf sich beruhen lassen. Mir war schlecht, ich war nervös, hatte Schuldgefühle und ein schlechtes Gewissen, doch schließlich gelang es mir, mit einem Mitarbeiter des Filmverleihs zu sprechen, der *Strike* gedreht hat. Die Presseabteilung informierte mich, dass Joe nach Los Angeles gezogen ist. Ich bekam die Adresse seines Agenten – ein gewisser Nicky Braintree –, den ich anrief und zu sprechen bat. Er war jedoch verhindert, und ich wollte keine Nachricht hinterlassen. Fast hätte ich aufgegeben, doch einige Tage später überwand ich mich wieder, bei ihm anzurufen. Da sprach er gerade am Telefon, aber ich wartete und blieb in der Leitung, sagte seiner Assistentin, dass es persönlich sei. Schließlich meldete er sich …
»Ich heiße Alice …« Ich wollte ihm nicht meinen neuen Nachnamen nennen, aber mit »Simmons« kam ich mir wie eine Lügnerin vor.
»Ja?«
»Ich versuche, Kontakt zu Joe … zu Joseph Strike aufzunehmen.«
»Da sind Sie nicht die Einzige, Schätzchen. Um was geht's denn?«

Seine Bemerkung verletzte mich. Ich stammelte, wir würden uns von früher kennen.
»Ich sage ihm, dass Sie angerufen haben«, beschied er mir knapp. »Geben Sie mir Ihre Nummer, dann …«
»Könnte ich nicht seine Nummer bekommen?«, fragte ich, aber ich wusste die Antwort schon.
»Ich darf die Daten meines Klienten nicht herausgeben, Schätzchen«, sagte er von oben herab. »Wie gesagt, geben Sie mir Ihre Nummer, dann richte ich es ihm aus.«
»Nein. Ich … ähm … das geht nicht.«
Ich konnte nicht riskieren, dass Joe anrufen würde, wenn Lukas zu Hause war.
Der Agent seufzte und murmelte etwas von Zeitverschwendung, dann legte er einfach auf.
Ich versuchte nie wieder, Joe zu erreichen. Ich googelte ihn auch nicht mehr, sondern versuchte, ihn meinem Mann zuliebe ein für alle Mal aus meinem Kopf zu verbannen.
»Nein«, sage ich zu Lizzy. »Ich kann meine Ehe nicht aufs Spiel setzen.«
Jetzt bin ich sowieso nur irgendein Mädchen, das mit Joe schlief, bevor er berühmt wurde.
Dieser Gedanke tut unheimlich weh.

Kapitel 53

Ich will Lukas von Joes frischem Ruhm erzählen, bevor er es von jemand anderem erfährt, habe aber Angst, dass er wie beim letzten Mal an die Decke geht. Doch immerhin ist das schon dreieinhalb Jahre her; seitdem ist viel Wasser den Bach hinuntergeflossen.
Normalerweise kommt er nicht vor halb sieben von der Arbeit zurück, deshalb beende ich das Korrigieren und die Unterrichtsvorbereitung für den nächsten Tag und mache stattdessen Lukas' Leibgericht: Filetsteak mit grüner Pfeffersoße und selbstgemachten Pommes. Ich hoffe, dass das Essen den Schock mildert. Um Viertel vor sieben kehrt er heim. Er sieht erschöpft aus.
»Ich hasse diesen ständigen Nieselregen«, sagt er mit einem Seufzer, als er den Mantel auszieht. »Ich hatte gehofft, wir könnten am Wochenende mal an die Küste von Norfolk fahren, aber die Wettervorhersage ist ganz übel.« Ich gehe in den Flur und schlinge ihm die Arme um die Taille.
»Hey, du«, sage ich und schaue zu ihm auf.
Er gibt mir einen kurzen Kuss. »Was kochst du da?«
Ich verrate es ihm, auch wenn ich die Steaks noch nicht in der Pfanne habe.
»Ooh! Ich sterbe vor Hunger. Soll ich eine Flasche Champagner aufmachen?« Lukas sagt nie »Schampus«.
»Hm …« Ich schätze nicht, dass sich dieser Abend als Grund zum Feiern eignen wird, aber wenn es ihn glücklich macht … »Gerne.«
»Wie war dein Tag?«, fragt er, als wir in die Küche gehen.
»Gut«, erwidere ich fröhlich. Jetzt ist die Möglichkeit, ihm von Bennie zu erzählen, doch ich kneife. »Und bei dir?«

»Auch gut. Wir hatten einen Durchbruch bei …« Bla, bla, bla. Ich habe keine Ahnung, wovon er redet. »Du hast nicht die geringste Ahnung, wovon ich rede, stimmt's?«, fragt er mit erhobener Augenbraue.

»Nicht nur jetzt, sondern nie«, erwidere ich grinsend. »Du bist das Superhirn in der Familie.«

Autsch. Mit einem Stich werde ich an Joe erinnert. Es gibt kein Entkommen.

»Heute ist was passiert«, sage ich leise.

Stirnrunzelnd löst Lukas die Alufolie vom Champagnerkorken. »Was denn?«

»Warte«, sage ich, bevor er die Flasche öffnet.

Lukas zögert, den Daumen auf dem Korken. Es kommt mir nicht richtig vor, ihm diese Information zum heiteren Ploppen der Flasche mitzuteilen.

»Es ist eigentlich keine große Sache. Ich will nicht, dass es eine große Sache ist. Aber ich habe heute wieder … von Joe gehört.«

Sein Blick bohrt sich in mich. »Und?«

»Er spielt in einem Film namens *Sky Rocket* mit. Eins der Kinder in meiner Klasse redete davon. Er ist ziemlich … bekannt.«

Lukas schaut auf die Flasche in seinen Händen. »Ich weiß.«

»Du weißt, dass er da mitspielt?«, frage ich überrascht.

»Nein, ich weiß von dem Film. Ein Kollege hat ihn am Wochenende geguckt.« Er stellt die Flasche auf die Arbeitsfläche.

»Es tut mir leid«, platzt es aus mir heraus.

Lukas sieht mir länger in die Augen, dann wendet er den Blick ab und schüttelt den Kopf. »Das muss dir nicht leidtun«, sagt er leise. »Du kannst doch nichts dafür.«

Meine Erleichterung ist riesengroß. Lukas schiebt die Champagnerflasche mit den Fingerspitzen langsam von sich weg.

»Ich habe irgendwie nicht mehr richtig Lust darauf.«

»Soll ich jetzt das Essen machen?«, frage ich vorsichtig.

»Nein«, sagt er. »Ich habe den Appetit verloren.«

Zu meiner Betroffenheit verlässt er die Küche. Ich höre seine

Schritte auf der Treppe und über mir. Er geht ins Schlafzimmer und schließt die Tür hinter sich. Ich stelle die Flamme aus, auf der ich die Pfeffersoße warmgehalten habe, und gehe ihm nach.

»Lukas«, sage ich liebevoll. Er liegt auf dem Bett, die Arme vor dem Gesicht verschränkt. Ich setze mich neben ihn und lege die Hand auf seinen Bauch. Bei meiner Berührung zuckt er zusammen.

»Liebst du ihn noch?«, fragt er mit gedämpfter Stimme.

»Ich weiß doch gar nicht mehr, wer er ist«, antworte ich wahrheitsgetreu.

Lukas nimmt die Arme herunter und sieht mich an. »Du weichst meiner Frage aus.«

»Natürlich liebe ich ihn nicht!«, fahre ich ihn an. »Das alles ist Jahre her. Wir waren achtzehn! Ich weiß überhaupt nichts über ihn.«

»Wissen deine Eltern, wer er ist?«

»Nein. Also, ich bezweifele es. Sie hätten es mir bestimmt erzählt, wenn sie ihn erkannt hätten.«

»Sag es ihnen nicht«, fleht Lukas mich an. »Ich will nicht, dass es irgendjemand erfährt.« Er starrt an die Decke. »Ich möchte Kinder haben«, sagt er mit tiefer, entschlossener Stimme.

Ich wende mich ab. »Werden wir auch.«

»Ich will *jetzt* Kinder haben.«

»Geht es wieder um Rosalinde?«, platzt es aus mir heraus.

Genervt schließt Lukas die Augen, leugnet es aber nicht. Ich nehme die Hand von seinem Bauch, er setzt sich im Bett auf. »Warum willst du keine Kinder mit mir haben?«

»Herrgott nochmal, Lukas, ich bin erst sechsundzwanzig!«

»Dein Alter ist die Ausrede für alles! Sechsundzwanzig ist ein völlig normales Alter, um eine Familie zu gründen.«

»Schon, aber vorher möchte ich Karriere machen.«

»Du bist *Lehrerin!*«

»Was soll das denn jetzt heißen?«, frage ich kühl und merke, wie die Wut in mir hochkocht.

»Nichts«, erwidert er schnell. »Du kannst doch danach wieder in deinen Beruf zurückkehren.«

»Liebst du Rosalinde noch?«
Lukas steigt aus dem Bett und starrt mich nieder. »Jetzt wirst du wirklich albern.«
»Wann hast du sie zum letzten Mal gesehen?«
Sein Schweigen ist nervtötend.
»Lukas?«, hake ich nach, und die Sorge in mir wächst.
Er geht zum Kleiderschrank, zieht ihn auf und stellt seine glänzend schwarzen Schuhe hinein.
»Ich habe sie Weihnachten gesehen«, erwidert er beiläufig.
»Letztes Jahr Weihnachten? Als ich mit dir da war?« Das verstehe ich nicht. Ich habe Rosalinde immer noch nicht kennengelernt, glaube aber manchmal, dass es besser wäre. Sie war nicht auf unserer Hochzeit, obwohl sie eingeladen war.
»Ja. Ich traf sie zufällig in München an dem Tag, als wir zum Weihnachtsmarkt gingen. Sie hatte Ferdinand dabei.« Das ist ihr kleiner Sohn.
»Warum hast du mir das nicht erzählt?« Wir hatten uns für eine Stunde getrennt, damit ich ein bisschen shoppen gehen konnte.
Lukas schüttelt den Kopf. »Weiß ich nicht.«
»*Liebst* du sie noch?«, frage ich vorsichtig.
»Natürlich nicht, Alice«, sagt er verärgert.
»Liebt sie dich noch?«
»Selbst wenn, würde sie das niemals sagen.«
Das klingt nicht gerade beruhigend.
»Machte sie einen glücklichen Eindruck?«
»Glaub schon. Sie ist wieder schwanger.« Warum halte ich das für keine gute Nachricht? »Wie sind wir überhaupt auf das Thema Rosalinde gekommen?«, sagt Lukas plötzlich. »Ich dachte, wir reden über *Joseph Strike*.« Er spricht den Namen voller Sarkasmus aus.
»Da gibt es nichts mehr zu sagen«, entgegne ich.
Ich weiß, dass die Sache damit nicht ausgestanden ist. Wenn Joe wirklich so ein großer Star ist, wie Roxy behauptet, dann werden wir noch einiges von ihm hören.

Kapitel 54

Das ist die Untertreibung des Jahrhunderts. In dem Sommer läuft der zweite Blockbuster an, in dem Joe die Hauptrolle spielt, und der Rummel um seine Person erreicht völlig neue Ausmaße. Man kann nirgends hingehen, ohne irgendwas zu hören oder zu sehen, das mit dem neusten Hollywoodstar zu tun hat. Sosehr Lukas und ich auch versuchen, ein normales Leben zu führen, wirft Joe doch unablässig seinen Schatten auf uns.

Meine Eltern haben zwei und zwei noch nicht zusammengezählt – sie sind keine großen Kinofans, und ich verrate ihnen nichts, da ich mich an Lukas' Bitte halte. Die Tatsache, dass Lizzy, Jessie und Emily von meiner Vergangenheit mit Joe wissen, wird zu einem weiteren Sargnagel für die Beziehung zu ihnen. Lukas für seinen Teil fühlt sich in ihrer Gesellschaft nun noch unwohler als sonst schon. Er hat den Eindruck, sie würden uns abschätzen, ihn mit Joe vergleichen, sich fragen, ob ich unsere Hochzeit bereue. Wahrscheinlich hat er sogar recht.

Gegen Ende August wird Lizzys kleine Tochter zwei Jahre alt. Ich fahre allein nach London zu ihrer Geburtstagsfeier. Es ist sinnlos, Lukas mitzunehmen. Am besten halte ich diese beiden Seiten meines Lebens voneinander getrennt. Ich beschließe, das ganze Wochenende über zu bleiben. So kann ich Lizzy am Samstag erst bei der Feier helfen, und anschließend können wir uns die neusten Sachen erzählen.

Vor einem Monat ist sie in eine Wohnung in East Finchley gezogen, damit sie in der Nähe ihres Vaters und ihrer Schwester sein kann, ohne dass sie alle zu eng aufeinander hocken. Für die Feier hat sie einen Raum der Kirchengemeinde gemietet, und ich habe kaum Zeit, mein Gepäck abzuladen, da müssen wir schon rüber, um die Luftballons aufzupusten. Meine Eltern sind nach Frankreich in den Urlaub gefahren, so dass Lizzy und Ellie mich an diesem Wochenende ganz für sich allein haben.

Später, als Ellie am Ende eines langen Tages endlich schläft und Lizzy und ich uns mit zwei großen Gläsern Wein aufs Sofa vor den Fernseher hauen, sagt sie, ich hätte Kinder-Alleinunterhalter werden sollen. Den ganzen Tag habe ich Vorschulkinder zusammengetrieben und mit ihnen gespielt.
»Ich glaube, als Lehrerin verdiene ich mehr«, sage ich trocken.
»Und du wirst mehr respektiert.«
»Da würden dir einige Lehrer widersprechen«, sage ich mit erhobener Augenbraue. »Obwohl das nicht so sein sollte.«
»Bei dir ist es auf jeden Fall nicht so«, sagt sie voller Wärme. »Du bist wirklich eine tolle Lehrerin.«
»Du hast mich noch nicht in der Schule erlebt«, bemerke ich grinsend und trinke einen Schluck Wein.
»Ich kann es mir aber vorstellen. Ich weiß, dass du hervorragend bist. Schade, dass Ellie nicht bei dir in die Schule gehen kann!«
»Zieh doch nach Cambridge!«, schlage ich vor.
Lizzy grinst und schüttelt den Kopf. »Die Versuchung ist groß. Ich habe noch keine Stadt gesehen, in der so viele heiße Typen rumlaufen. Und Mädchen auch, ehrlich gesagt«, fügt sie hinzu. »Schade, dass die Colleges nicht mehr nach Geschlechtern getrennt sind, das würde einen Teil des Problems lösen.«
Ich lache. Lizzy nimmt die Fernbedienung und beginnt zu zappen.
»Moment mal!«, rufe ich plötzlich, und der Wein schwappt mir aus dem Glas auf die Knie. Lizzy erstarrt und drückt nicht weiter herum.
Joes Gesicht füllt den Bildschirm.

»Mach lauter!«, befehle ich.
Es ist ein Interview in einer amerikanischen Latenight-Talkshow. Er ist total cool und gefasst. Als er lacht, schlägt mein Herz einen Purzelbaum, weil er mir auf einmal so vertraut vorkommt. Dann sagt eine weibliche Stimme aus dem Off: *»Aber der junge Joseph Strike musste sich seinen Weg nach oben hart erkämpfen …«* Es gibt eine Werbepause. Offenbar handelt es sich um eine Dokumentation über seinen Weg zum Ruhm. Lizzy schaut zu mir herüber. Ihr Blick ist voller Mitgefühl.
»Er ist so … so …« Ich finde nicht die richtigen Worte.
»Hast du noch nie ein Interview mit ihm gesehen?«, fragt sie leise.
»Nein.« Ich schlucke. »Du denn?«
Sie nickt. »Klar.«
»Du redest nie mit mir über ihn«, sage ich kleinlaut.
»Ich dachte immer, du wolltest nicht, dass ich über ihn spreche. Ich dachte, du fändest es illoyal gegenüber Lukas.«
»Das stimmt. Eigentlich will ich auch gar nicht, dass du mit mir über ihn sprichst.« Aber das ist gelogen. Gerade jetzt wünsche ich mir nichts mehr im Leben.
»Soll ich umscha…«
»NEIN!«
Vorsichtig legt Lizzy die Fernbedienung zwischen uns aufs Sofa, und bald läuft der Dokumentarfilm weiter. Es folgt ein Interview mit dem Regisseur von *Strike*, einem grauhaarigen Amerikaner Ende fünfzig mit Hornbrille.
»Schon als ich den Jungen das erste Mal sah, wusste ich, dass er ein Star wird. Als ich ihn kennenlernte, war er psychisch schwer angeknackst. Mir war auch klar, dass er geschlagen worden war. Das merkte man einfach. Es lag in seinem Blick. Kein Wunder, dass er lernte, sich zu verteidigen. Kein Wunder, dass er darin so gut wurde.« Der Regisseur schmunzelt. »Natürlich musste ich ihn überreden, mit mir nach Hollywood zu gehen. Er hielt die Schauspielerei für schwachsinnig, doch am Ende ließ er sich darauf ein. Mit der Namensänderung war es dasselbe.«

Die Journalistin stellt eine Frage aus dem Off, sie klingt verwirrt: »Namensänderung? Dann heißt er gar nicht Joseph Strike?«
Mit einem schiefen Grinsen schüttelt der Regisseur den Kopf. »Nein, nein. Joseph schon, aber nicht Strike.«
»Wie heißt er denn wirklich?« Man kann sie angesichts dieser Exklusivmeldung fast geifern hören.
Der Regisseur lacht wissend. »Das darf ich Ihnen nicht verraten. So haben wir es vereinbart. Er wollte seinen Namen nicht ändern«, erklärt er lebhaft und beugt sich auf dem Stuhl vor, »aber am Ende war er dann doch einverstanden damit, seine alte Identität zurückzulassen und etwas Neues zu probieren.« Einen Moment lang schaut der Regisseur nachdenklich drein, dann wird eine Filmszene aus *Strike* gezeigt. Joe und ein anderer Typ bearbeiten sich gegenseitig mit Fäusten und Füßen. Dann schlägt Joe seinen Gegner k. o. Die Kamera zeigt sein Gesicht: Es ist voller Wut, doch plötzlich blitzt Reue auf.
»Scheiße!«, schreit er, fällt auf die Knie und versucht, seinen Gegner wieder aufzurichten.
Dann sieht man wieder den grauhaarigen Regisseur, der belustigt den Kopf schüttelt. »Tief in seinem Herzen ist er kein Kämpfer. Er leidet.« Sein Gesicht wird ernst. »Jeden Tag leidet er an einem besonderen Schmerz, woher auch immer der kommt.« Er fuchtelt mit dem Zeigefinger herum, um seine Aussage zu unterstreichen. »Diesen Schmerz kann er dem Publikum vermitteln. Er besitzt diese *Selbstkontrolle*, diesen *Geist*, diesen *Antrieb*. Es war nur eine Frage der Zeit, bis er ein Superstar würde.«
Ich sehe mir die ganze Dokumentation bis zum Ende an und bin nicht in der Lage, ein Wort herauszubringen. Immer wieder spüre ich Lizzys Blick auf mir, auch wenn meine Augen auf den Bildschirm geheftet sind. Alle möglichen Gefühle rauschen über mich hinweg. In einem Moment sehe ich den Jungen, den ich kannte, den verletzlichen schönen Jungen, in den ich mich verliebte, mir treten Tränen in die Augen, ich sehne mich nach ihm … Und im nächsten Moment wird er als Frauenheld und Playboy dargestellt, werden

Fotos von ihm beim Feiern mit Models und Schauspielerinnen gezeigt, die ihm am Hals hängen, und ich erkenne ihn kaum noch.
»Alles in Ordnung?«, fragt Lizzy, als der Abspann läuft.
»Nein«, murmele ich. »Bin total durcheinander.«
Sie muss sich vorbeugen, um mich zu verstehen, so leise spreche ich.
»Was hast du jetzt vor?«
»Ich würde gerne *Sky Rocket* sehen«, antworte ich wie betäubt. »Du hast nicht zufällig die DVD da, oder?«
»Wie der Teufel es will …« Sie steht auf. »Habe ich die.«
Lizzy ist müde, aber sie bleibt mit mir auf und guckt *Sky Rocket*. Joe ist unglaublich – ich bin völlig gefesselt. Es ist Science-Fiction, aber kein richtiger Actionfilm. Lizzy sagt, dass *Hong Kong Kid* ein Kampfkunststreifen war, für den Joe eigens Kung-Fu lernen musste, obwohl er nur eine kleine Rolle darin hatte. *Sky Rocket* ist eher ein futuristisches Drama, das im Weltraum spielt, garniert mit den obligatorischen Kampfszenen. Es gibt auch eine Liebesszene, bei der sich mir förmlich der Magen umdreht. Das Herz klopft mir bis zum Hals, auf der Sofakante hockend sehe ich zu, wie Joe die verboten schöne Schauspielerin mit wilder Lust verführt. Eifersucht rauscht durch meine Adern, obwohl ich weiß, dass es nicht real ist, sondern nur gespielt, aber es fällt mir schwerer, den Blick davon loszureißen, als es mir anzusehen.
»Ich verstehe, was du in ihm gesehen hast«, sagt Lizzy, als der Film vorbei ist.
Sie hat keine Ahnung, wie furchtbar ihre Bemerkung auf mich wirkt. Was ich in ihm sah, ist etwas ganz anderes als das, was sie und der Rest der weiblichen Bevölkerung jetzt in ihm sehen. Oder nicht? O Gott, vielleicht hat sie recht!
»Alles in Ordnung?«, fragt Lizzy, als ich nicht antworte.
»Hast du immer noch die DVD von *Strike*?«
Sie zögert. Ich merke, wie müde sie ist. »Schon …«
»Du gehst jetzt besser ins Bett«, sage ich schnell. »Du musst total kaputt sein.«

»Es ist nur, weil Ellie wahrscheinlich schon in einer Stunde aufwacht, dann kann ich mir wieder die halbe Nacht mit ihr um die Ohren schlagen …«
»Sicher, klar.« Ich habe ein schlechtes Gewissen, überhaupt gefragt zu haben. »Wir reden morgen.«
»Guckst du ihn dir allein an?«, fragt Lizzy. »Das ist nicht die DVD, die Jessie uns damals geliehen hat«, fügt sie schnell hinzu. »Dann hätten wir sie uns sehr lange ausgeliehen.«
»Hast du sie dir selbst gekauft?«
»Ja.« Sie versucht, es als nebensächlich abzutun.
Wenn ich's recht bedenke … *Sky Rocket* kam erst vor zwei Wochen auf DVD heraus. Und Lizzy hat sie schon zu Hause … Die Erkenntnis, dass sie ein Fan von Joe ist, erscheint mir surreal und macht mir ein seltsames Gefühl.
Ich will lieber gar nichts weiter wissen.
»Ich hol dir lieber mal deine Bettsachen«, sagt sie und steht auf. Sie hat nur eine Dreizimmerwohnung, daher schlafe ich im Wohnzimmer. Ich gehe zu den DVDs im Regal und suche sie durch, bis ich *Strike* finde, dann schiebe ich sie in den DVD-Spieler. Lizzy kommt zurück und hilft mir, das Sofa umzubauen.
»Danke«, sage ich.
Sie nimmt mich in die Arme. »Alles in Ordnung?«, fragt sie erneut.
»Das geht schon«, wiegele ich ab. »Jetzt geh mal schlafen!«
»Mache ich. Wir reden morgen weiter.«
Sie drückt meinen Arm und verlässt den Raum. Ich schlüpfe unter die Decke und drücke auf »Play«.
Ich schlafe die ganze Nacht nicht. *Strike* ist düster und wirklichkeitsnah; ich verstehe nun, was der Regisseur damit meinte, dass sich Joes Schmerz auf das Publikum überträgt, denn ich spüre ihn am eigenen Leib; ich kann ihn fühlen und bin einer der wenigen Menschen auf der Welt, die wissen, was ihm so wehtut.
Nachdem ich den Film gesehen habe, suche ich so lange im Internet nach Interviews und Artikeln über ihn, nach Fotos und

Videos, bis ich das Gefühl habe, alles gesehen zu haben, was es zu sehen gibt.
Irgendwann kann ich die Wahrheit nicht länger verdrängen. Ich muss zugeben, dass ich Joe immer noch liebe. Es fühlt sich an, als würde ich Lukas betrügen, aber ich liebe Joe wirklich. Genau wie jede andere Frau auf der Erde, so scheint es.

Kapitel 55

Um sechs Uhr morgens wacht Ellie auf. Lizzy holt ihr Milch aus der Küche. Als sie zurückgeht, rufe ich sie.
»'tschuldigung, hat sie dich geweckt?«, fragt Lizzy, als sie ins Wohnzimmer kommt.
»Ich habe nicht geschlafen«, gebe ich zu.
»Du bist die ganze Nacht wach geblieben?« Sie ist entsetzt. Dann wirft sie einen Blick auf den Bildschirm des Laptops und versteht. »Aha.«
»Tja«, sage ich dümmlich.
»Du hast dich angesteckt.« Sie wirkt belustigt.
Diese Beschreibung passt mir nicht. »Soll ich dir Ellie abnehmen, damit du dich noch ein bisschen hinlegen kannst?«, wechsele ich das Thema.
»Nein, jetzt bin ich wach«, erwidert Lizzy. »Aber danke. Letzten Endes hat sie gar nicht so schlecht geschlafen.«
»Sie hat sogar durchgeschlafen, oder?«
»Um halb zwei war sie einmal wach«, erklärt Lizzy. »Da warst du noch in den Fängen von *Strike*«, neckt sie mich.
Mir wäre es lieber, sie würde mit diesen Kommentaren aufhören. Ich bin nicht einer von vielen Strikern. So nennt die Presse die Fans von Joe.
»Als Nächstes musst du dir *Night Fox* ansehen«, schlägt sie vor.
»Ich habe überlegt, ob ich heute ins Kino gehe«, sage ich mit einem leichten Schuldgefühl gegenüber Lukas, das ich zu verdrängen versuche.
»O ja!«, ruft sie. »Den würde ich mir sogar noch mal ansehen!«

»Du hast ihn schon geguckt?«
»Zweimal.« Lizzy kichert. Meine Herren, sie muss ein richtiger Hardcore-Fan sein. »Ich frage mal Dad, ob er auf Ellie aufpassen kann.«
Apropos …
»MAAAAA-MA! MAAAA-MA!«, schreit die Kleine aus dem Nebenzimmer.
Lizzy zeigt mir den Becher mit der Milch. »Gleich wieder da.«

Um zehn Uhr vormittags läuft *Night Fox* in einem nahegelegenen Multiplex. »Wir können uns auch um elf die 3-D-Version angucken«, schlägt Lizzy vor.
»Nein, der normale Film reicht doch, oder?«
Sie zuckt die Achseln. »Mir egal. Ich kenne schon beide. In 3-D ist er aber wirklich gut.«
»Ich glaube, ich kann keine Extra-Stunde warten.« Ich weiß auch nicht, wie ich die nächsten dreieinhalb bis zehn Uhr überstehen soll.
»Ich weiß, wie es dir geht!«, kichert sie wieder. Ihre Kommentare gehen mir langsam auf den Geist.

Um halb zehn ruft Lukas an. Wir sind gerade auf dem Weg ins Kino. Ich lasse seinen Anruf auf die Mailbox umspringen, überlege es mir anders und rufe zurück. Ich will nicht erklären müssen, wenn ich gleich zweieinhalb Stunden lang nicht erreichbar bin, weil ich im Kino sitze.
»Was ist los bei dir?«, fragt er verärgert.
»Tut mir leid, hab auf die falsche Taste gedrückt«, schwindele ich.
»Wann kommst du nach Hause?«, will er wissen.
»Heute Nachmittag.« Lizzy wirft mir einen argwöhnischen Blick vom Fahrersitz zu.
»Vielleicht hole ich dich ab«, sagt Lukas.
»Nein, ich habe eine Fahrkarte für drei Uhr«, entgegne ich fest. »Ich will heute Zeit für Lizzy und Ellie haben.«

»Hattet ihr nicht gestern schon genug Zeit füreinander?«
»Bis später, Lukas«, würge ich ihn ab.
Schweigen.
»Hab dich lieb«, füge ich hinzu.
»Tschüss«, sagt er kurz angebunden und legt auf. Ich mache das Handy aus und schiebe es in die Tasche. Lizzy fährt auf den Parkplatz des Kinos.
»Wirst du ihm erzählen, was du hier gemacht hast?«, will sie wissen.
Ich schüttele den Kopf. »Nein. Dann würde er durchdrehen.«
»Er kann dir nicht vorwerfen, neugierig zu sein«, argumentiert sie und parkt in einer Lücke.
»Doch, kann er und tut er.«
»Aber das ist ungerecht.«
»Eigentlich nicht.« Ich schaue sie an. »Versetz dich mal in seine Lage! Stell dir vor ...« Von Callum darf ich nicht mehr sprechen. »... stell dir vor, dein zukünftiger Ehemann hätte eine erste große Liebe gehabt, keine Ahnung, zum Beispiel Angelina Jolie. Würdest du das nicht als Bedrohung empfinden?«
Sie überlegt eine Weile, dann grinst sie. »Ehrlich gesagt: doch.«
Ich zucke mit den Achseln. »Komm, gehen wir.«

Night Fox ist sogar noch besser als *Sky Rocket*. Von Anfang bis Ende hocke ich auf der Stuhlkante und durchlebe eine emotionale Achterbahnfahrt. Als Joes Figur schließlich getötet wird, schluchze ich laut auf. Lizzy neben mir lacht tränenüberströmt über meine Reaktion. Ich kann nicht anders: Ich schluchze erneut und fange vollends an zu weinen.
»Das ist so traurig, nicht?« Sie lacht und weint gleichzeitig über unser Verhalten.
Ich nicke, bekomme aber kein Wort heraus. Lizzy greift in die Tasche und zieht eine Handvoll Tempos hervor. »Ich wusste, dass du eins gebrauchen könntest.«
Ich kann nicht aufhören zu weinen, obwohl das Licht im Saal wie-

der angeht. Auch wenn nur ein halbes Dutzend Besucher zu dieser Zeit am Sonntagmorgen da ist, die ebenfalls alle schniefen, komme ich mir dumm vor. Ich wäre am liebsten zu Hause, um in Ruhe heulen zu können … Mein Gott, nein! Wenn Lukas mich so sehen würde!

»Verstehst du jetzt, warum ich ihn mir schon dreimal angeguckt habe?«, fragt Lizzy.

Ich nicke. Aber es ist nicht dasselbe, verstanden? Für mich ist das anders. O Mann, vielleicht ist es für mich doch nicht anders. Vielleicht bin ich nicht besser als all die anderen selbsternannten Striker, von denen ich in der vergangenen Nacht gelesen habe. Diese magnetische Anziehungskraft, die ich spürte, als ich ihn zum ersten Mal sah, dieses WUMM!, als sich unsere Blicke trafen – vielleicht hat das jeder? Ich kann den Gedanken nicht ertragen.

Im Auto zurück zu Lizzy habe ich noch immer rot unterlaufene Augen und bin den Tränen nah. Begeistert tauscht sie sich mit mir über den Film aus; ich versuche, die Fassung nicht zu verlieren und wieder in das Leben zurückzukehren, das ich jetzt führe. Ich liebe Joe immer noch – das ist nicht mehr zu leugnen. Aber ich weiß nicht genau, wie viel davon der Joe ist, den ich auf der großen Leinwand sehe. Muss ein großer Teil sein.

Vom Parkplatz gehen wir zu Fuß zu Lizzys Mietshaus. Plötzlich wird eine Autotür aufgerissen und wieder zugeschlagen.

»Alice!«

Ich drehe mich um. Lukas steht neben seinem silbernen Porsche, ein Hochzeitsgeschenk von seinem Vater vor vier Jahren.

»Was machst du denn hier?«, bringe ich hervor.

»Bin ein bisschen rumgefahren«, erwidert er. »Ich dachte, du würdest dich freuen, wenn ich dich mitnehme.«

Ich werfe Lizzy einen kurzen Blick zu, aber sie sieht beiseite. Ich merke, dass sie alles andere als beeindruckt ist.

»Ich wollte erst in ein paar Stunden nach Hause fahren«, erkläre ich.

»Möchtest du vielleicht eine Tasse Tee, Lukas?«, fragt Lizzy steif.

»Nein, danke«, entgegnet er ebenso kühl. »Wenn du noch nicht fertig bist, fahre ich noch eine Weile herum, bis du so weit bist.«
Ich seufze schwer. Es ist sinnlos, sich jetzt darüber zu streiten. Er ist hier. »Gib mir eine halbe Stunde«, sage ich.
Er nickt knapp und steigt wieder in den Porsche. Lizzy verdreht verstohlen die Augen, als wir zur Treppe gehen. Wir hören den Motor seines Wagens bis hinauf in ihre Wohnung.
»Tut mir leid«, sage ich.
»Das ist nicht deine Schuld«, antwortet sie. »Warum ist er gekommen?«
Ich zucke mit den Achseln. »Wahrscheinlich hab ich ihm gefehlt.«
Sie schnaubt verächtlich. Ich weiß, dass sie ihn für einen Kontrollfreak hält, aber sie kennt ihn nicht so wie ich.
Lizzy stellt den Wasserkessel an.
»Sollen wir nicht besser Ellie abholen?«, frage ich.
»Die kann ruhig noch eine halbe Stunde bei meinem Vater bleiben«, meint sie.
Ich setze mich an den Küchentisch, Lizzy zieht den Stuhl mir gegenüber hervor.
»Bleib doch ein paar Tage hier bei mir!«, schlägt sie vor.
»Was? Warum sollte ich?«
»Dann hättest du mal eine kleine Pause von Lukas. Meinst du nicht, dass du ein bisschen Zeit brauchst, um einen klaren Kopf zu bekommen?«
»Und ob ich ein bisschen Zeit brauchen könnte! Aber ich würde auf keinen Fall hierbleiben. Lukas würde durchdrehen!«, rufe ich.
»Das verkraftet er schon.«
»Lizzy, ich weiß, dass du kein großer Freund vom ›Ehemann‹ bist, wie du ihn gerne nennst, aber er ist nun mal mein Mann. Entgegen der landläufigen Meinung haben wir durchaus eine Menge Spaß zusammen.« Lizzy meint nämlich, wir hätten nicht viel gemeinsam, aber da irrt sie sich.
»Wobei?«, fragt sie.
Ich verdrücke mir die Bemerkung, dass der Sex gut ist. Ich will es

ihr nicht unter die Nase reiben, so lange sie solo ist. »Keine Ahnung«, sage ich, »wir machen Ausflüge ins Museum oder ans Meer oder zu anderen Sehenswürdigkeiten. Kuscheln abends auf dem Sofa.« Diese Information wird sie eher nicht überzeugen, aber ich mag Lukas auch, weil er nicht so ein Allerweltstyp ist. »Er ist total lieb zu mir«, füge ich hinzu. »Ich weiß, dass er mich sehr liebt. Und ich liebe ihn.«

»Genauso sehr wie Joe?«

Ich antworte nicht.

»Glaube ich nämlich nicht.«

»Und, was werde ich deswegen deiner Meinung nach tun?«

»Du könntest doch noch mal versuchen, ihn anzurufen.«

»Nein«, sage ich bestimmt. »Nein. Das habe ich schon versucht. Und erzähl das bloß niemals weiter!«

»Natürlich nicht«, raunzt sie mich an. »Aber groß angestrengt hast du dich nicht gerade.«

»Was sollte ich denn tun? Ich konnte dem doch nicht meine Nummer geben – was wäre gewesen, wenn er mich angerufen hätte und Lukas wäre da gewesen?«

»Du könntest ihm *meine* Nummer geben«, schlägt sie nachdenklich vor.

Na klar, das würde ihr so gefallen.

»Er würde sich eh nicht melden«, sage ich düster. »Sein Agent würde die Nachricht wahrscheinlich nicht mal an ihn weiterleiten. Nein, würde er auf keinen Fall tun. Er würde denken, dass ich auch so ein verrückter Striker bin.«

»Aber du willst doch bestimmt Antworten auf deine Fragen! Du *brauchst* Antworten.«

»Tja, die werde ich aber nicht bekommen. Sieh ihn dir an! Er ist ein großer Hollywoodstar!« Jetzt ist er noch weniger greifbar als bisher, denke ich entmutigt.

Lizzys Handy klingelt. Wegen des Kinos ist noch der Vibrationsalarm eingestellt. Sie nimmt es in die Hand und starrt aufs Display. »Das ist Lukas.«

Ich bin sprachlos.
Sie geht dran: »Hallo?« Pause. »Ah, ja.« Pause. »Ich sag's ihr.« Sie legt auf und sieht mich an. »Er ist unten. Er hat gehupt, behauptet er. Dein Handy wäre immer noch ausgestellt.«
»Meine Güte nochmal!«, schimpfe ich, stehe auf und packe meine Sachen zusammen.
»Sag ihm, er soll warten!«, ruft Lizzy.
»Nein, ich gehe besser. Ich weiß nicht, was er für ein Problem hat.«
Das werde ich bald erfahren. Kaum habe ich mich angeschnallt, wirft er mir eine Klatschzeitung auf den Schoß.
»Hast du das gesehen?«, fragt er wie versteinert.
Ich falte sie auseinander und schaue auf das Titelblatt. Dort prangt ein Paparazzi-Foto von Joe, auf dem er furchtbar aussieht. Darüber steht:
EXKLUSIV! VERGEWALTIGUNG! ICH SCHÄME MICH!
O nein. Sie haben in seiner Vergangenheit gewühlt und seinen Bruder gefunden. Ich überfliege den Artikel und erfahre, dass Ryan immer noch wegen Vergewaltigung im Gefängnis sitzt, aber bald auf Bewährung herauskommt.
»Hast du das gesehen?«, wiederholt Lukas.
»Nein. Nein, habe ich nicht«, erwidere ich leise.
»Immerhin hast du nicht hinter meinem Rücken mit Lizzy darüber geredet«, brummt er.
Wenn er wüsste …

Einige Tage später gibt es die nächste »Exklusivmeldung«. Dieses Mal gibt es ein Interview mit Joes Eltern, die erzählen, wie ihr Sohn, der kleine Joe Strickwold, sie verleugnete, als er berühmt wurde.
Lukas wird aufgrund der Meldung gemein. »In so einen hast du dich verliebt? Guck dir mal die Familie an! Peinlich!«
Aber ich denke nur: der arme, arme Joe. Er muss völlig fertig sein. Seit die Nachricht draußen ist, hat man nichts mehr von ihm ge-

hört, und ich stelle mir vor, wie er sich in sein weitläufiges Haus in den Hügeln von Hollywood zurückgezogen hat und sich völlig allein und verlassen fühlt, weil niemand in seinem neuen Leben weiß, woher er kommt und was er durchgemacht hat. Dass seine Eltern – seine Mutter aufgedonnert wie ein Zirkuspferd, sein Vater im Anzug – nun behaupten, er sei das schwarze Schaf der Familie, ekelt mich nur noch an. Am liebsten würde ich selbst zur Zeitung gehen und die Wahrheit sagen. Ich möchte ihn verteidigen, diese fiesen Kerle zusammenstauchen, möchte die Geschichte aus Joes Sicht erzählen. Aber das geht natürlich nicht.

Die Tage ziehen ins Land, immer mehr Informationen dringen an die Öffentlichkeit, aber Joe hält sich weiter versteckt. Journalisten graben noch tiefer in seiner Vergangenheit und reden mit seinen Freunden in Cornwall, zu meiner Betrübnis unter anderem mit dem Mädchen, dem er den ersten Kuss gab. Ich habe keine Ahnung, wie es mir ginge, wenn sie jemals an meine Tür klopfen sollten.

Das alles beschäftigt mich immens, aber ich reiße mich zusammen, um Lukas zu beruhigen und ihm vorzumachen, dass ich das alles einfach so wegstecke, obwohl das nicht zutrifft. Zum Glück geht er tagsüber arbeiten, und da die Schule erst in zwei Wochen wieder anfängt, kann ich stundenlang im Internet nach Neuigkeiten suchen.

Anfang September fliegt Lukas für ein langes Wochenende nach Hause, und ich fahre zu meinen Eltern. Rosalinde hat vor zwei Monaten ein kleines Mädchen bekommen; ich weiß, dass er sich mit ihr treffen will, wenn er in Deutschland ist, aber ich kann nicht mal die Energie aufbringen, mich darüber zu ärgern. Am Samstagabend gehe ich rüber zu Lizzy, nachdem sie Ellie ins Bett gebracht hat.

»Wie geht es dir?«

»Bin müde«, gestehe ich.

»Wusstest du auch nur die Hälfte von dem, was jetzt durch die Zeitungen geht?«

»Ja. Alles.«

»Du wusstest das alles?« Sie ist überrascht.

»Und noch einiges mehr.«
Sie sieht mich seltsam an.
»Was denkst du?«
»Du hast ihn doch nur ein paar Wochen lang gekannt …«, antwortet sie verwirrt.
»Es fühlte sich aber viel länger an.« Ich lächele wehmütig.
Lizzy ist nachdenklich. »Ich habe nie verstanden, warum du nach Dorset so fertig warst. Ich glaube, jetzt begreife ich es.«
»Wieso? Nur weil du wie alle anderen weißt, um was es geht?«, sage ich trocken.
»Auch deshalb«, gibt sie zu. »Aber wahrscheinlich habe ich dir nicht geglaubt, dass du wirklich in ihn verliebt warst. Ich dachte, es wäre nur ein Urlaubsflirt, eine Jugendliebe, so was.«
»Nein. Es war die wahre Liebe. Also, für mich jedenfalls«, sage ich traurig.
Mit zusammengekniffenen Augen sieht Lizzy mich an. »Liebst du ihn noch?«
Jede Sekunde jeder Minute jeder Stunde jedes Tages …
Ich schaue auf meine Hände. Es ist sinnlos, es zu leugnen. »Ja.«
»Mist«, sagt Lizzy seufzend.
»So kann man es auch ausdrücken.«
Sie setzt sich auf. »Was ist, wenn er immer noch an dich denkt? Wenn er dich auch noch liebt? Was ist, wenn irgendwas schiefgelaufen ist und er dich wirklich suchen wollte, aber nicht konnte? Was, wenn er seit Jahren versucht, dich zu finden?«
»Nein, hör auf. Er hätte mich finden können – so schwer war das nicht –, hat er aber nicht. Und warum sollte er jetzt an mich denken? Hast du die Frauen gesehen, mit denen er unterwegs ist? Ihm fehlt beileibe keine weibliche Aufmerksamkeit. Mein Gott, es ist peinlich, überhaupt darüber zu reden! Es ist vorbei. Ich will nichts mehr von ihm hören.«
»Aber was ist, wenn …«
»Nein«, unterbreche ich sie. »Schluss jetzt. Wir reden über was anderes, sonst gehe ich zurück zu meinen Eltern.«

»Schon gut, schon gut«, gibt Lizzy sich geschlagen. »Mannomann.«
Someone like you von Adele ertönt im Radio.
»Ich liebe dieses Lied«, sagt Lizzy.
»Mich macht es traurig«, erwidere ich.
»Mich auch.« Schweigend sitzen wir da und hören zu. »Hey, das ist wie bei Joe und dir!«, ruft sie plötzlich.
»Was redest du da?«
»Wie bei Joe und dir. Nur, dass er Adele ist. Du bist diejenige, die jetzt verheiratet ist und ein normales Leben führt. Er würde bestimmt weinen, wenn er das wüsste.«
»Du hast zu viel getrunken.«
»Aber stell dir das doch mal vor! Stell dir vor, er würde dich noch immer lieben und erfahren, dass du verheiratet bist. Er wäre so was von fertig!«
»Ich dachte, wir wollten das Thema wechseln.«
»Ja, aber mal im Ernst.«
»Gut, das war's. Ich gehe zu meinen Eltern.« Ich tue, als wollte ich aufstehen.
»Bleib hier! Tut mir leid! Komm, wir reden über was anderes.«
Zögernd nehme ich wieder auf dem Sofa Platz.
»Hast du gesehen, dass *Phoenix Seven* Anfang Dezember rauskommen soll?«
Ich bin fassungslos.
»Wahrscheinlich haben sie den Termin vorgezogen, um den Hype in der Presse auszunutzen.« Lizzy kann einfach nicht aufhören.
»Redest du jetzt *ernsthaft* von Joes neuem Film?«, frage ich. Ich kann ihr nicht mal böse sein.
»Tut mir leid, 'tschuldigung!«
Erneutes Schweigen. Sie will etwas sagen, aber überlegt es sich anders.
»Was?«, frage ich.
»Hast du … Warst du … Ach, schon gut.«
»Spuck's aus!«

»Warum hast du Lukas geheiratet, wenn du doch immer noch Joe liebst?«
»Verdammte Scheiße, Lizzy!«
»Tut mir leid, ich kapier's bloß nicht.«
»Ich liebe Lukas auch, du Hohlkopf!«, fahre ich sie an, aber ich bin nicht wirklich sauer. Nicht richtig.
»Ja, aber … als du die DVD von *Strike* gesehen hast, hast du da nicht mal kurz überlegt, das Ganze abzublasen?«
»Die Hochzeit, meinst du?«
»Ja.« Zumindest besitzt sie den Anstand, ein verlegenes Gesicht zu machen.
Ich seufze. »Ich war viel zu schockiert, um den kompletten Film zu gucken. Du erzähltest mir was von seiner Namensänderung, und ich redete mir ein, er wäre ein anderer Mensch als der Junge, in den ich mich damals verliebte. Und die Hochzeit abzublasen, schien keine umsetzbare Idee zu sein«, füge ich trocken hinzu.
»Ja, es war wirklich eine verdammt fette Hochzeit«, bestätigt Lizzy. »Aber wenn du *Strike* schon ein Jahr vorher im Kino gesehen hättest, als er rauskam, glaubst du, das hätte irgendwas geändert?«
Ich versetze mich ein paar Wochen zurück, als ich schließlich einknickte und mir gestattete, *Strike* von Anfang bis Ende zu sehen, dazu noch *Sky Rocket* und die ganzen Interviews. Damals wurde mir klar, dass Joe sich nicht sehr stark verändert hatte.
»Ich hätte *Strike* damals wirklich fast im Kino geguckt.« Ich erzähle, dass Jessie den Film hatte sehen wollen, er aber erst einige Tage später herauskam. Plötzlich trifft mich die Erkenntnis, dass Jessie und ich damals ja eigentlich am *Freitag* hatten ins Kino gehen wollen – und dann wäre *Strike* schon raus gewesen. Wir legten unser Treffen auf Montag um, weil Lukas früher als geplant von Rosalindes Hochzeit zurückkam.
Alle Farbe weicht aus meinem Gesicht.
»Ist alles in Ordnung?«, fragt Lizzy. »Du siehst aus, als hättest du ein Gespenst gesehen.«
»Mir ist gerade etwas eingefallen«, sage ich leise.

»Was?«
Ich berichte es ihr.
»Dann hättest du den Film schon lange vor der Hochzeit geguckt«, rekapituliert sie langsam.
»Ich hätte ihn sogar noch vor Lukas' Heiratsantrag gesehen«, gebe ich zurück.
»Hättest du trotzdem ja gesagt?«, traut sie sich zu fragen.
Ich aber traue mich nicht, über die Antwort nachzudenken.

Kapitel 56

Eine Woche später lässt meine Periode auf sich warten, und ich bekomme fast einen Herzinfarkt. Eigentlich bin ich mir sicher, dass die sich einstellende Übelkeit viel zu früh für eine Schwangerschaft ist, aber schließlich gehe ich doch in die Apotheke und hole mir einen Schwangerschaftstest. Und ausgerechnet an dem Abend kommt Lukas früher von der Arbeit nach Hause.

»Alice?«, ruft er.

»Scheiße!« Hektisch stopfe ich die Packung in den Mülleimer. Ich greife nach dem Teststreifen und starre auf das Ergebnis – hoffentlich taucht es noch vor Lukas auf. Ich höre seine Schritte auf der Treppe und will den Streifen schnell in den Mülleimer werfen, ohne das Ergebnis gesehen zu haben, aber aus irgendeinem Grund zögere ich. Es klopft an der Tür.

»Alice?«, fragt er.

»Momentchen!« Schnell ziehe ich ab und hoffe, dass er nicht reinkommt.

Von wegen.

Sofort fällt sein Blick auf den Streifen in meiner Hand. Dann sieht er mein entsetztes Gesicht.

»Bist du …«

Ich betrachte den Streifen. Was bedeutet ein Strich? Scheiße! Ich hab die Packung schon weggeschmissen. Ich stürze mich auf den Müll und ziehe sie heraus. Lukas wartet mit angehaltenem Atem. Warum hab ich mir nicht so ein schickes elektronisches Teil geholt, das einfach »schwanger« beziehungsweise »nicht schwanger« sagt? Ein Strich heißt …

Nicht schwanger.
»Nein.« Vor Erleichterung lachend schaue ich zu ihm auf.
Er ist am Boden zerstört. Ich mache ein langes Gesicht.
»Tut mir leid«, sage ich verlegen.
»Freust du dich etwa darüber?«, fragt er.
»Ähm …«
Steifen Schrittes verlässt Lukas das Bad. Ich folge ihm nach unten ins Wohnzimmer. Er öffnet die Glastür, geht nach draußen in den Garten und setzt sich auf die Bank ganz weit hinten. Zögernd nähere ich mich ihm.
»Hast du Rosalinde gesehen, als du in Deutschland warst?«, frage ich.
»Hier geht es nicht um Rosalinde!«, ruft er. »Es geht um uns! Um dich und mich! Ich möchte Kinder haben!«
Ich nehme seine Hand. »Das weiß ich.«
»Ich habe das Gefühl, dass du dich nicht zu mir bekennst«, bemerkt er leise.
»Ich habe dich geheiratet!«
»Ja, aber eigentlich wolltest du nicht, oder?«
»Natürlich wollte ich!«
Er seufzt. »Ich weiß, dass du immer noch durcheinander bist wegen …« Er lässt meine Hand los. »Wie ging es eigentlich mit euch zu Ende?«, fragt er und sieht mich an. Seine blauen Augen sind nicht kalt und eisig, sondern voller Schmerz.
»Nicht gut«, gebe ich zu. Die genauen Umstände kennt Lukas noch gar nicht. Er hatte nicht gefragt, und ich erinnere mich nicht gerne daran.
»Kannst du es mir erzählen?«
Vielleicht muss er es verstehen können. Widerstrebend schildere ich ihm jene Nacht, in der Ryan Joes geliebten Hund tötete und sogar versuchte, mir etwas anzutun. Ich erzähle, wie Joes Eltern ihren Sohn anschließend rauswarfen und verstießen. Wie mein Vater mich zwang, meine Sachen zu packen, und dass Joe fort war, als ich wieder nach unten kam. Dass ich Joe überall suchte, monatelang

nach ihm Ausschau hielt, in den ersten anderthalb Semestern an der Uni kaum am Leben teilnahm. Bis ich Jessie kennenlernte und den Job auf dem Fluss fand.

Als ich beim letzten Teil ankomme, wird der Schmerz noch größer. Ich sehe Jessie inzwischen kaum noch. Man kann wohl mit Fug und Recht behaupten, dass er mich gerettet hat. Emily fehlt mir auch.

»Du hast Antworten gesucht«, sagt Lukas leise. »Das habe ich dir verboten, als wir geheiratet hatten.«

»Das verstehe ich«, sage ich.

»Brauchst du immer noch Antworten?«, fragt er.

Ich überlege längere Zeit.

»Das halte ich für ein Ja.« Es klingt verletzt.

»Ist ja nicht so, dass ich die bekommen würde«, werfe ich schnell ein. »Wahrscheinlich erinnert er sich überhaupt nicht mehr an mich.«

»Aber sicher!«, sagt Lukas ohne jede Verbitterung. »Niemand würde dich je vergessen.«

Ich bekomme einen Kloß im Hals.

»Ich liebe dich.« Seine Augen füllen sich mit Tränen.

»Bitte sei nicht sauer!«, flehe ich ihn an.

»Weißt du«, er lacht verächtlich, »ich bin extra früher nach Hause gekommen, um dir zu sagen, dass ich eine bessere Stelle gefunden habe.«

»Eine neue Stelle?« Ich setze mich auf. »Das ist ja super!«

»Sie ist in Deutschland«, fügt er hinzu.

Es fühlt sich an wie ein Schlag in die Magengrube. »Aber ich will nicht nach Deutschland ziehen.« Energisch schüttele ich den Kopf.

Er wendet sich mir zu. »Ich lebe jetzt seit fast zehn Jahren in England.«

»Aber wir haben uns hier kennengelernt! Du kannst doch nicht von mir erwarten, dass ich meine Verwandten und Freunde verlasse und in ein anderes Land ziehe!«

»Was für Freunde?«, fragt er. »Die siehst du doch so gut wie nie.«
»Das liegt aber nicht an mir – sondern weil du sie alle nicht magst. Ich habe kaum Möglichkeiten, sie zu sehen.« Ich bin verzweifelt.
»Und was ist mit meinen Verwandten und Freunden?«
»Aber als du mit mir zusammenkamst, hast du dich auf ein Leben in England eingelassen!«
»Alice«, sagt er vorwurfsvoll, »das stimmt nicht so ganz, oder? Wir haben nie über die Möglichkeit gesprochen, in Deutschland zu wohnen …«
»Richtig!«, unterbreche ich ihn. »Und deshalb kannst du jetzt nicht damit ankommen, das ist unfair! Was ist mit meiner Arbeit?«
»Ich dachte, du würdest ein Kind bekommen …« Er registriert meinen Gesichtsausdruck. »Aber du kannst dir natürlich auch dort eine Lehrerstelle suchen. Dein Deutsch macht sich sehr gut …«
»Ich WOLLTE überhaupt kein Deutsch lernen!« Ich bin außer mir. »Ich wollte Mandarin lernen!«
Seufzend sieht er mich an. »Vielleicht ist gerade nicht der richtige Zeitpunkt, um darüber zu reden.«
»Den richtigen Zeitpunkt wird es nie geben!«
»Beruhige dich.«
»Nein!«
Ich springe auf und gehe auf dem Rasen hin und her. Ich fühle mich wie ein eingesperrtes Tier. Ich will nicht nach Deutschland ziehen. Das geht nicht. Das mache ich nicht!
Mir ist klar, dass ich mich wie ein verzogenes Kind aufführe, aber ich kann nicht anders.
»Es ist eine sehr gute Stelle«, erklärt Lukas. »An der LMU München.« Das ist die Universität. Moment mal …
»Aber du hast deinem Vater gesagt, dass du da nicht arbeiten willst!«, rufe ich.
»Ja, weil *er* damals das Bewerbungsgespräch angeleiert hat. Diesmal habe *ich* mich beworben. Da verdiene ich auch viel mehr Geld«, fügt er hinzu.
»Das Geld ist mir egal«, fahre ich ihn an.

»Können wir es nicht wenigstens ein paar Jahre versuchen?«
O Gott, will er mich wirklich zwingen?
»Wann musst du Bescheid sagen?«, frage ich.
»Habe ich schon. Ich fange nächsten Monat an.«

Kapitel 57

Eine Woche später tritt einer von Joes ehemaligen Freunden aus Cornwall live im Fernsehen auf und ergreift Partei für seinen alten Kumpel. Es ist wohl ein Versuch, die Stimmung zu wenden. Er erzählt, was für ein netter Kerl Joe in seiner Jugend war. Dann plaudert der Typ aus Cornwall aus, dass Joe als Kind regelmäßig von seinem Bruder geschlagen wurde, ohne dass seine Eltern etwas dagegen unternahmen.

Nachdem das Interview gesendet wird, drohen Joes Eltern, den Fernsehsender zu verklagen. Es gibt einen riesengroßen öffentlichen Aufschrei, dann melden sich weitere Zeugen, unter anderem die beiden Gäste, die damals in der Nacht in Dorset im Pub waren, als Ryan Joe mit einer Flasche auf den Hinterkopf schlug. Auf einmal prangen überall Bilder von Joes Hinterkopf in Nahaufnahme. Sie sollen beweisen, dass sich die Narbe dort unter seinem kurzen schwarzen Haar versteckt. Niemand steht mehr auf der Seite von Joes Eltern. Der Wind hat sich gedreht.

Kurz darauf hat Joe einen Auftritt in der Talkshow von Oprah Winfrey. Dieser Besuch katapultiert ihn in nie gekannte Sphären der Berühmtheit. Er spricht über seine schwierige Kindheit, verurteilt seine Eltern aber nicht, sondern gesteht nur ein, dass man seit dem Zwischenfall mit der Flasche, als er achtzehn war, nicht mehr miteinander spricht. Roxy und ich sehen uns das Interview im Lehrerzimmer an, kaum dass es auf YouTube hochgeladen wird.

Der Bildschirm ist winzig, die Bildqualität unter aller Kanone, doch wir hängen an seinen Lippen. Mehr als je zuvor sehne ich mich nach ihm.

»Ich wette, dass er jetzt an dich denkt«, sagt Lizzy abends am Telefon, als Ausschnitte von dem Interview mit Oprah in den Nachrichten gezeigt werden. »Weil du da warst, als ihm sein Bruder den Kopf einschlug!«
»Ja, aber was für eine furchtbare Erinnerung an mich«, erwidere ich. »Die würde er bestimmt lieber vergessen.«
»Ist jetzt eher unwahrscheinlich, oder?«
»Ich kann nicht richtig reden«, sage ich seufzend. »Lukas kommt gleich zurück.«
»Wann geht er nach Deutschland?«, will Lizzy wissen.
»In zwei Wochen.«
Auch wenn es keine Dauerlösung ist, bleibe ich vorerst in England. Lukas hat eingesehen, dass ich eine Kündigungsfrist habe, außerdem will er ein Haus für uns suchen und sich erst mal eingewöhnen. Unser Cottage in Newnham wollen wir vermieten. Ich kann es nicht verkaufen – noch nicht. Nicht, so lange er mir verspricht, dass wir nach zwei Jahren zurückkehren können.
»Wie fühlst du dich dabei?«
»Furchtbar.«
»Und du kannst dich immer noch nicht an die Vorstellung gewöhnen, selbst nach Deutschland zu ziehen?«
»Nein. Aber das werde ich wohl irgendwann müssen.«
»Mich wundert nur, dass er dich nicht gefragt hat, bevor er die Stelle annahm.«
»Ich nicht. Er wusste, was ich sagen würde.«

* * *

Vierzehn Tage später stehe ich vor der Haustür und verabschiede mich von meinem Mann. Er fährt mit dem Auto nach Deutschland.
»Fahr vorsichtig!«, sage ich mit Tränen in den Augen.
»Mach ich.«
Er nimmt mein Gesicht in die Hände, ich schaue zu ihm auf. »Ich will nicht, dass du gehst.«

Traurig sieht er mich an, nimmt mich in die Arme und drückt mich an seine Brust. »Ich liebe dich«, flüstert er mir ins Haar.
»Ich liebe dich auch.« Ich atme sein Aftershave ein. Plötzlich muss ich daran denken, wie ich mit auf sein Zimmer in der Trinity Street ging und auf der Suche nach dem Kühlverband seinen Kleiderschrank öffnete. Ich recke Lukas das Gesicht entgegen, er küsst mich auf die Lippen, und heiße Tränen quellen mir aus den Augen. Dann lässt er mich los und steigt ins Auto. Er startet den Motor, und ich sehe mit verschwommenem Blick zu, wie er mich und das Leben, das wir uns zusammen aufgebaut haben, zurücklässt.

Kapitel 58

An jenem Tag weine ich mir die Augen aus, doch dann ziehen die Wochen ins Land, und ich gewöhne mich daran, allein zu sein. Schon bald ist Dezember, und es dauert nur noch zwei Wochen, bis die Schulferien beginnen und ich über Weihnachten nach Deutschland fliege. Beziehungsweise zu Neujahr. Weihnachten verbringe ich dieses Jahr mit meinen Eltern – die letzten beiden Jahre bin ich bei Lukas' Familie gewesen, deshalb musste ich ihnen versprechen, bei ihnen zu feiern. Lukas muss bis einschließlich Heiligabend arbeiten, und sofort nach dem Zweiten Weihnachtstag wieder, so dass es sich für ihn nicht lohnt, für zwei Tage nach England zu fliegen. Es kommt mir sonderbar vor, ihn wiederzusehen. Wenn er anruft, klingt er fremd. Ich habe noch nie gerne mit ihm telefoniert.
An einem Abend läuft *Strike* im Fernsehen. Ich sehe mir den Film erneut an, das Herz klopft mir bis zum Halse. Es gibt eine Szene, da blickt Joe direkt in die Kamera, und ich habe das Gefühl, dass er mich ansieht. Mein Herz schlägt Purzelbäume.
In der Werbepause ruft Lizzy an.
»Guckst du das auch?«
»Yep.«
Sie lacht. »Hab ich mir gedacht.«
Ich hasse das bei ihr. Wenn sie so redet, fühle ich mich immer schmutzig. Ich weiß, dass ich den Fernseher ausschalten sollte, aber ich kann nicht. *Night Fox* erscheint nächste Woche auf DVD. Ich habe sie schon auf Amazon vorbestellt.
»Weißt du, dass er nächste Woche zur Premiere von *Phoenix Seven* in London ist?«, fragt Lizzy beiläufig.

Ich falle fast vom Sessel.
Sie kichert. »Hab schon überlegt, ob wir zum Leicester Square gehen und versuchen sollen, ihn auf uns aufmerksam zu machen!«

Ihre Worte hallen noch eine Woche später durch meinen Kopf, als die Schulferien beginnen. Ich will eigentlich erst am nächsten Tag zu meinen Eltern fahren, aber die Premiere ist an diesem Abend. Vor Aufregung habe ich in der vergangenen Nacht kaum geschlafen.
Ich überlege ernsthaft, dorthin zu gehen. Nein, das stimmt nicht. Ich werde hingehen. Mitten in der Nacht habe ich den Entschluss gefasst.
Ich liebe dich so sehr. Ich kann mir nicht vorstellen, jemals eine andere mehr zu lieben …
Das hat Joe mal zu mir gesagt. In der Nacht sind mir seine Worte wieder eingefallen. Ich *muss* einfach wissen, warum er nicht nach mir gesucht hat. Ich muss von ihm hören, dass er mich nicht mehr liebt. Ich brauche diesen Abschluss, um mit meinem Leben weiterzumachen. Ich weiß zwar, dass Lukas mir niemals verzeihen würde – davon bin ich überzeugt –, aber falls er es jemals herausfindet, werde ich es ihm halt erklären müssen. Er muss diese Geschichte begreifen, wenn er will, dass ich nach Deutschland ziehe, eine Familie mit ihm gründe, mich vollends zu ihm bekenne … denn er hat recht: Bisher habe ich das nicht getan.

Ich stopfe mir die Knöpfe des MP3-Players in die Ohren, höre aber dennoch, wie der Zug über die Schienen rattert. Felder und Höfe sausen vorbei. In letzter Minute habe ich ein Hotelzimmer am Leicester Square gebucht. Irgendwo muss ich mein Gepäck abstellen, ich will nämlich nicht schon vorher zu meinen Eltern fahren. Dann müsste ich ihnen nämlich erklären, warum ich mich schick mache – und warum ich so nervös bin. Ich brauche Ruhe, um mich zu sammeln, bevor ich ihn wiedersehe. Und falls sich die Gelegenheit bietet und er mich entdecken sollte und sich mit mir unterhalten will, brauche ich irgendeinen Ort, an den wir gehen können.

Das nächste Lied erklingt. Sofort erkenne ich den leisen Rhythmus des Schlagzeugs, dann kommt das Keyboard hinzu. Die Musik legt los, Bass und Sänger setzen ein. *You and I Will Never See Things Eye to Eye* von Kingmaker ertönt, und ich werde sofort zurückversetzt nach Corfe Castle, wo ich mit Joe über diesen Song sprach. Er trug sein Kingmaker-T-Shirt und sah mich über den Cafétisch hinweg an. Wir hatten uns noch nicht geküsst, und Dyson lag zu unseren Füßen, und ich kann nicht glauben, dass das schon neun Jahre zurückliegt: Er wirkt so real, sehr viel realer, als wenn ich ihn im Kino sehe. Ich wünsche mir meinen Joe zurück. So sehr, dass es wehtut.

Als ich mich fertigmache, bin ich ganz nervös vor Anspannung. Auf dem Leicester Square wimmelt es bereits jetzt nur so von Strikern, die unbedingt einen Blick auf ihr Idol erhaschen wollen. Es wäre besser gewesen, wenn schon gestern Schulschluss gewesen wäre, dann hätte ich einen früheren Zug nehmen können, aber im Notfall werde ich mich durch die Massen nach vorne durchdrängeln.

Ich dusche schnell, trockne mich ab und hole die Klamotten aus der Tasche. Ich ziehe dasselbe an, was ich an jenem Abend getragen habe, als Lizzy und ich uns mit Joe im Pub trafen: eine dunkelblaue Jeans und das rosarote Top, das ich vor kurzem bei einer Aufräumaktion unten aus dem Kleiderschrank zog. Ich möchte etwas anhaben, das er erkennt. Zum Glück passt es mir noch. Ich schminke und frisiere mich so wie damals. Nun ja, so gut das eben geht ohne die Schminksachen von Lizzy. Meine Haare sind jetzt kürzer, aber sie reichen mir immer noch über die Schultern. Ob ich wohl sehr viel älter aussehe? Urgh, grässlicher Gedanke.

Ich schiele hinüber zum Handy auf dem Nachttisch und stelle es aus einer Laune heraus ab. Heute Abend will ich an niemand anderen als Joe denken. Tut mir leid, Lukas. Ich kneife die Augen zusammen, und die Schuldgefühle nagen an mir. Aber ich muss das machen! Ich tue es auch für meinen Mann.

Ich schnappe mir meine Tasche und stürme aus dem Zimmer.

Auf dem Leicester Square ist bereits die Hölle los, die Stimmung in der Menge ist wie elektrisiert. Auf der großen Leinwand über dem Kino werden Ausschnitte aus dem Film gezeigt, und sobald Joes Gesicht auch nur kurz erscheint, schwillt das Geschrei an. Ich schiebe, drängele und ducke mich durch die Menge, um so nah wie möglich an die Absperrung zu gelangen. Ganz bis nach vorne komme ich nicht, da stehen Mädchen mit Bannern und Fotos, und ihr Blick sagt mir, dass sie eher töten würden, als zur Seite zu gehen. Aber so sollte er mich eigentlich auch sehen können. Hoffe ich. Eigentlich ist es total durchgedreht, dass ich hier bin.

Limousinen fahren vor, die Stars gehen über den roten Teppich. Der Jubel steigert sich noch ein bisschen, aber von Joe ist nichts zu sehen. Dann fängt die Menge auf einmal an zu dröhnen. So etwas habe ich noch nie gehört. Und dann sehe ich ihn. Nur zehn Meter entfernt steht er auf dem roten Teppich. Von allen Seiten werde ich gedrückt und gequetscht. Ich bin nicht groß genug und habe Schwierigkeiten, Luft zu bekommen. So gut ich kann, halte ich die Stellung und erhasche einen kurzen Blick auf ihn. Er gibt Autogramme.

O Gott, dieses Geschrei!!!

Es sind so viele Menschen da. So viele Fans, die von ihm gesehen werden wollen. Auf einmal komme ich mir unglaublich dumm vor.

»Joseph! Joseph! Joseph!«

Was mache ich hier eigentlich?

»Joseph! Joseph! Joseph!«

Erneut tut sich eine Lücke auf. Ich sehe, wie er ein junges Mädchen anlächelt und ihr Poster unterschreibt. Sie beginnt zu weinen, und er posiert Wange an Wange mit ihr, während ihre Mutter ein Foto macht.

O Joe. Du bist es. Du bist es wirklich.

Liebe durchströmt mich. Ich wünsche mir verzweifelt, ihn wieder in den Armen halten zu können, nur noch ein Mal.

»JOE!«

Es dauert einen Augenblick, bis ich merke, dass dieser Schrei aus meinem Mund kommt. Benommen sehe ich, dass Joe zu erstarren scheint. Sein Blick huscht in meine Richtung, mein Herz setzt aus. Erneut will ich ihm zurufen, da taucht eine Frau auf und schiebt ihn weiter. Er lächelt und winkt, dann ist er weg.
Nein! Komm zurück! Nein. »JOE!«
Wieso ist es schon vorbei? Zwei Jugendliche sehen mich an und kichern. Wieder drückt die Menge nach vorn, doch diesmal lasse ich mich treiben. Hier stehe ich mit siebenundzwanzig in den Klamotten einer Achtzehnjährigen. Ich komme mir so lächerlich vor.

Kapitel 59

Ich kann nicht in dem Hotel bleiben. Dafür fühle ich mich zu schlecht, zu traurig. Ich fahre zu Lizzy. Sie ist fassungslos, als ich ihr gestehe, wo ich gewesen bin.
»Das tut mir so leid für dich«, murmelt sie und nimmt mich in den Arm. »Dass ich nicht für dich da sein konnte.«
»Ich hätte dir erzählen sollen, dass ich hingehe.«
»Ich weiß, ich habe darüber gelacht, aber ich dachte wirklich nicht, dass du es wahrmachen würdest.«
Ich weine noch heftiger.
»Ach, Alice, was willst du nur tun?«
Auch sie weiß, dass ich keine Antwort auf diese Frage habe.

Am nächsten Tag fahre ich zu meinen Eltern. Sie haben ihren Traum, nach Brighton zu ziehen und dort ein Bed & Breakfast zu eröffnen, noch nicht in die Tat umgesetzt, sprechen aber ständig davon. Ich schließe auf, gehe rein und entdecke meine Mutter mit flauschigen Rentierohren vor dem Spiegel im Flur.
»Du bist zu früh!«, ruft sie. »Wir wollten dich vom Bahnhof abholen!«
»Ich hab einen früheren Zug genommen«, erkläre ich und behalte den Rest für mich. »Schick«, kichere ich.
»Ich wollte dich überraschen.« Sie tastet an ihrem festlichen Kopfschmuck herum. Da fangen die Rentierohren an, *Rudolph the Red-Nosed Reindeer* zu spielen.
Ich schnaube verächtlich. »Da habe ich ja noch mal Glück gehabt.«

Sie kommt zu mir und umarmt mich.
»Wo ist Dad?«
»Im Garten.«
Ich gehe nach draußen.
»Alice!«, ruft er freudig und eilt über den Pfad, um mich ebenfalls in die Arme zu schließen. »Wir haben dich nicht so früh erwartet!«
»Ich weiß. Hat Rudolph mir schon erzählt.«
»Kommt raus aus der Kälte!«, ruft Mum. »Ich stelle den Wasserkessel an.«
Lächelnd folge ich meinem Vater zurück ins Haus. Es ist schön, daheim zu sein. Die Vorstellung, meine Eltern zu verlassen, um nach Deutschland zu ziehen … Ich muss Lukas noch anrufen, um zu sehen, wie es ihm geht. Später.

Schließlich wird es Abend, und wir drei landen auf der Couch vorm Fernseher, meine Eltern mit einem Sherry, ich mit einem Baileys auf Eis. Meine Lieblingstalkshow am Freitagabend fängt an. Der Moderator ist ein frecher schwuler Comedian namens Andy Carl.
»Die Sendung gucke ich sooo gerne!«, versuche ich, meine Eltern zu begeistern. Dad rückt auf dem Sofa herum. »Aber wir können auch was anderes sehen, wenn ihr wollt«, füge ich widerstrebend hinzu.
»Nein, du kannst das ruhig sehen, wenn du willst«, sagt meine Mutter. »Nicht wahr, Jim?«
»Klar«, sagt er und greift zur *Financial Times.*
»*Und heute Abend unser Gast: JOSEPH STRIKE!*«
Schlagartig drehe ich mich zum Fernseher um. Andy Carl grinst belämmert, weil das Publikum völlig ausflippt.
»Dieser Joseph Strike kommt mir immer irgendwie bekannt vor«, bemerkt Dad mit kurzem Blick zum Fernseher.
Das ist ja albern. Ich sollte doch meinen eigenen Eltern von ihm erzählen dürfen. Aber ich musste Lukas versprechen, nichts zu sagen.
Na ja, in letzter Zeit habe ich so einige Versprechen gebrochen …

Und genau aus dem Grund sollte ich mich an dieses eine halten, denke ich voller Unbehagen.
Der erste Gast kommt, mein Vater vertieft sich wieder in seine Zeitung. In der folgenden grausam langen halben Stunde hocke ich auf der Sofakante, bis Andy Carl endlich ruft: »JOSEPH STRIKE, MEINE DAMEN UND HERREN!«
Unter frenetischem Applaus und ohrenbetäubendem Jubel kommt Joe die geschwungene Treppe hinuntergelaufen. Andy schließt ihn in die Arme.
»Alles klar bei dir?«, fragt Joe.
Mein Handy klingelt. Geistesabwesend greife ich danach, rechne damit, dass es Lizzy ist, doch dann sehe ich Lukas' Namen. Ich lege den Apparat beiseite und richte meine Aufmerksamkeit wieder auf den Fernseher.
Erneut klingelt es. Verdammt nochmal! Ich stelle das Handy aus. Sorry, Lukas. Ich habe ein schlechtes Gewissen, aber es ist nicht schlecht genug.
Als Nächstes klingelt das Telefon meiner Eltern. Mein Vater geht in den Flur, und ich beuge mich vor, um besser zu verstehen, was Andy Joe fragt.
»Alice!«, höre ich meinen Vater. »Lukas ist dran.«
»Kann ich ihn zurückrufen?«, frage ich nervös. Es geht irgendwie um seinen neuen Film …
»Kann sie dich zurückrufen?«, gibt Dad weiter. »Oh, gut.« Er meldet mir: »Lukas geht gleich ins Bett!«
ARGH! Ich verpasse das halbe Gespräch!
»Wir können es anhalten«, sagt meine Mutter und greift nach der Fernbedienung.
»Okay«, sage ich und springe auf. Dad reicht mir das Telefon. »Hi«, grüße ich locker.
»Hi«, erwidert Lukas.
»Was ist?«
»Ähm, nichts. Ich hab nur schon seit ein paar Tagen nicht mehr mit dir gesprochen.«

»Alles in Ordnung hier«, sage ich mit Blick zur Tür. Höre ich da den Fernseher?
»Ich habe heute ein Haus gefunden. Ich glaube, es wird dir gefallen.«
»Ah.«
»Für den Fall hab ich eine Kaution hinterlegt.«
»Für welchen Fall?« Ich verstehe nichts.
»Für den Fall, dass es dir gefällt.«
»Was für eine Kaution? Das ist doch ein Haus zum Mieten, oder?«, werfe ich ein.
»Ja, sicher, Alice.«
»Puh! Sorry, dumme Frage. Also, dann …«
»Willst du gar nicht wissen, wie es aussieht?«
Ich seufze. Dieses Gespräch wird in nächster Zeit nicht vorbei sein.
Irgendwann verabschieden wir uns, und ich haste aus dem Flur zurück ins Wohnzimmer. In der Gästetoilette unten wird die Spülung betätigt, und Mum kommt heraus. Zu meinem Entsetzen schaut Dad im Wohnzimmer eine Naturdoku. Mir dreht sich der Magen um. »Hast du umgeschaltet?«, will ich wissen.
»Tut mir leid«, sagt er flapsig und wirft mir die Fernbedienung wieder zu. »Hatte keine Lust mehr zu warten.«
»Habt ihr die Talkshow wenigstens aufgenommen?«, frage ich besorgt. Bitte sagt ja, bitte sagt ja …
»Nein«, erwidert er.
»Verdammte Scheiße!« So schnell es geht, schalte ich um.
»Das ist doch bloß eine Fernsehsendung, Alice«, schimpft Mum und setzt sich wieder auf die Couch.
Ich finde das Programm gerade noch rechtzeitig, um Joe leise lachen zu sehen. »Abgemacht«, sagt er.
»Vielen herzlichen Dank, Joseph Strike!« Das Publikum jubelt, und Andy Carl dreht sich zur Kamera. »Nach einer kurzen Werbeunterbrechung sind wir wieder da …«
»Verfickte Scheiße!«, rufe ich.
»ALICE!«, mahnt mein Vater.

So drücke ich mich sonst nicht vor meinen Eltern aus. Ganz selten fluche ich so. Ich stürme aus dem Zimmer.
»Was ist denn bloß los mit ihr?«, höre ich meine Mutter sagen, als ich, den Tränen nahe, nach oben laufe.
Ich muss es mir im Internet ansehen. Ich haste ins Arbeitszimmer meines Vaters, schlage die Tür hinter mir zu und schalte den Computer an. Es dauert ewig, bis er hochgefahren ist, aber irgendwann kann ich anfangen zu suchen. Ich bin mir nicht sicher, ob es so schnell in der Mediathek zu finden ist … Wieder klingelt das Telefon. Ich ignoriere es. Ich will jetzt mit niemandem reden; meine Eltern können drangehen. Ich merke, dass ich mich aufführe wie ein beleidigter Teenager. Tja, Pech gehabt.
»Alice!«, ruft Mum die Treppe hoch. »Für dich!«
Herrgott nochmal, wer ist das jetzt schon wieder? Wenn das noch mal Lukas ist, kann er sich auf was gefasst machen.
Ich nehme den Hörer in die Hand und fauche hinein: »Ja, bitte?«
»Hier ist Lizzy.«
»Oh, hi«, sage ich ohne jede Begeisterung.
»Hast du's gesehen?«
»Nein, hab ich verdammt nochmal nicht. Mein Vater hat umgeschaltet.«
»Ich hab's aufgenommen«, sagt sie atemlos. »Willst du vorbeikommen?«
»Ja!«
Ich laufe praktisch den ganzen Weg zu ihrer Wohnung. In freudiger Erwartung öffnet Lizzy mir die Tür. »Schnell! Es geht sofort los.«
Ich eile ins Wohnzimmer und setze mich aufs Sofa. Lizzy nimmt neben mir Platz und drückt auf »Play«. Zuerst kommen die Vorstellung und das übliche Geplauder über Joes neuen Film, dann geht es ans Eingemachte.
»Keine deiner Beziehungen hat bisher länger als wenige Wochen gehalten«, sagt Andy Carl. »Wie kommt das? Magst du keine Frauen?«
Vor Empörung und Schadenfreude über Andys direkte Art hält das Publikum die Luft an. Joe lacht.

»Denn falls nicht, könnte ich dir vielleicht weiterhelfen«, fügt Andy mit auffordernd hochgezogener Augenbraue hinzu.
Noch mehr entsetztes Gelächter.
»Vielen Dank«, sagt Joe mit gespieltem Ernst. »Aber ich mag Frauen durchaus. Ich habe einfach noch nicht die Richtige gefunden.«
»Aaaah.« Das Publikum ahmt den Ausruf des Moderators nach, doch blitzschnell ist Andy schon einen Schritt weiter. »Du bist sicherlich *viel* zu wählerisch.«
Joe lacht.
Andy beugt sich interessiert vor. »Oder wurdest du *verletzt* …«
Joe zuckt die Achseln, und Andy bekommt große Augen. Ich hocke auf der Sofakante.
»Ja? Wer war sie?«
Joe blickt verlegen drein.
»Erzähl! War sie die eine, die du nicht bekommen hast?«
»So war das nicht.«
»Wie war es dann? Die erste große Liebe?«
»Nun …«
Andys Augen werden immer größer. Es sieht aus, als würden sie ihm jeden Moment aus dem Kopf fallen. »Du bist nie über deine erste große Liebe hinweggekommen?«
»Wer tut das schon?«, erwidert Joe betont locker. Mir schnürt sich die Kehle zu.
»Na ja, wenn es so ein fieser Kerl wie bei mir war«, wirft Andy ein. »Aber das wollen wir nicht vertiefen. Erzähl mehr von *dir!* Wer *war* sie? Wie *hieß* sie?«
»Ähm …« Joe rutscht auf seinem Sessel herum.
»Julie?« Keine Reaktion. »Katherine?«
»Nein.«
»Sarah?«
»Nein.«
»Jennifer? Ich kann ewig so weitermachen …«
»Das glaube ich gerne.« Joe hebt die Augenbraue. Mein Gott, ist er umwerfend.

»Kim? Gertrude? Annabel?« Keine Reaktion. »Verrat es uns doch!«
»Sie hieß Alice, wenn du es unbedingt wissen willst.«
Ach du Scheiße! Ich rutsche vom Sofa und krabbele zu dem Sessel direkt vor dem Fernseher.
»Alice! Und du hast Alice nie vergessen. Oha! Wo ist sie jetzt?«
»Ich weiß es nicht. Wir haben uns vor langer, langer Zeit aus den Augen verloren.«
»Aber du liebst sie immer noch?«
»Habe nie damit aufgehört.«
Fast sterbe ich dort, an Ort und Stelle.
Das Publikum ruft »Aah«, und Andy schlägt die Hand auf die Brust und wischt sich eine imaginäre Träne von der Wange. »Vielleicht können wir sie für dich finden.« Bevor Joe etwas einwenden kann, spricht der Moderator das Publikum an. »Kennt hier jemand eine Alice?«
Mehrere Personen johlen. »Wirklich? Vielleicht brauchen wir ein paar mehr Anhaltspunkte.« Er wendet sich wieder an Joe. »Alice, und weiter? Wie hieß sie mit Nachnamen?«
Vor Unbehagen rutscht Joe im Sessel herum und senkt den Blick. »Hm … ich glaube nicht, dass ich das sagen sollte. Vielleicht möchte sie nichts mehr mit mir zu tun haben.«
»Aber *sicher* will sie das! Schau dich doch an!« Dann spricht Andy direkt in die Kamera: »Also, Alice Wie-auch-immer, du weißt, wenn du gemeint bist, und du weißt, wie du ihn finden kannst. Wenn du also Kontakt mit diesem Liebesgott aufnehmen willst, musst du nichts weiter tun, als hier im Studio anzurufen.« Er wendet sich wieder an Joe. »Aber versprich mir, dass du mich zur Hochzeit einlädst …«
Joe lacht leise. »Abgemacht.«
»Vielen herzlichen Dank, Joseph Strike!« Das Publikum tobt. »Nach einer kurzen Werbeunterbrechung sind wir wieder da …«
Lizzy drückt auf »Pause« und sieht mich an. Mein Mund steht offen. Ich mache ihn zu.
»Heiliger Bimbam«, flüstere ich.

Sie sieht aus, als würde sie jeden Moment platzen. »Bring mich nicht um«, sagt sie.
»Was?«
»Ich hab im Studio angerufen und denen deine Handynummer gegeben.«
»Nein!«
»Doch.«
»Heilige SCHEISSE!« Ich hole mein Handy aus der Tasche und schalte es wieder ein. »Heilige Scheiße«, sage ich erneut.
»Aaaargh!«, schreit Lizzy vor Aufregung.
»Was ist, wenn er nicht anruft?« Die Vorstellung ist zu schrecklich, um sie zuzulassen. Andererseits: Was mache ich, wenn er sich wirklich meldet? Ich zittere am ganzen Körper. Es könnte sein, dass ich in meinem ganzen Leben noch nie so sehr auf einen Anruf gewartet habe wie jetzt.
»Ich glaube, wir müssen was trinken«, schlägt Lizzy vor.
»Genau!«
Sie läuft in die Küche, ich wende den Blick nicht von meinem Handy ab. Meine Gedanken huschen zu Lukas, und sofort fühle ich mich schuldig. Ich setze mich wieder aufs Sofa und lege das Telefon neben mich.
Auf einmal beginnt es zu vibrieren. Ich nehme es in die Hand und schaue nach: Rufnummernunterdrückung. Ich höre mein Herz in der Brust pochen, als ich auf Annehmen drücke und den Apparat ans Ohr halte.
»Hallo?«, frage ich zögernd.
»Alice?«
»Joe!«
»Alice?«, fragt er erneut.
»Ja, ich bin's.«
»Bist du das wirklich? Alice Simmons?« Er klingt so herzzerreißend hoffnungsvoll.
»Ja, Joe Strickwold, ich bin es.« Ich habe das Gefühl, mit dem gesamten Körper zu lächeln.

»Ich fasse es nicht, dass ich dich gefunden habe«, sagt er leise.
Mit zwei Weingläsern kommt Lizzy zurück ins Wohnzimmer gerauscht. »So!« Als sie mich telefonieren sieht, erstarrt sie. »Ist es Joe?«, artikuliert sie wortlos, die Augen so groß wie Untertassen.
»Moment mal kurz, Joe.« Ich stehe auf, gehe in die Küche und schließe die Tür hinter mir. Auch wenn ich weiß, dass es Lizzy fertigmacht, will ich dieses Gespräch ohne Zuhörer führen, die mich nur befangen machen würden. Ich ziehe mir einen Stuhl hervor und setze mich.
»Bist du noch da?«, frage ich.
»Ich bin hier«, erwidert er ruhig.
Nach all der Zeit weiß ich gar nicht, was ich sagen soll.
»Kann ich dich sehen?« Er klingt atemlos.
»Ja, natürlich.«
»Wann?«
»Wann hast du denn Zeit zur Verfügung?« Die Frage ist ein wenig förmlich geraten.
»Ähm, also, ich … Wo wohnst du?«
»Ich bin momentan in Nord-London bei meinen Eltern. Sonst wohne ich in Cambridge.«
»Du wohnst immer noch in Cambridge?«, fragt er leicht überrascht.
»Ja.«
»Kannst du …« Er zögert. »Kannst du dich morgen früh mit mir treffen?« Er wirkt unsicher.
»Wo?«
»Das *geht*? Gut.« Erleichterung in seiner Stimme. »Kannst du in mein Hotel kommen?«
»Ja. Wo wohnst du denn?«
Er nennt mir Adresse und Zimmernummer. »Da steht der … der Sicherheitsdienst vor meiner Tür.« Es scheint ihm peinlich zu sein. »Aber ich sage Bescheid, dass du kommst.«
»Gut.«
»Dann sehen wir uns morgen?«

»Ach ja, um wie viel Uhr?«
»Stimmt!« Er lacht nervös. »Wie früh kannst du hier sein?«
»So früh du willst.« Wenn er wollte, würde ich jetzt sofort hingehen.
»Ist …« Wieder zögert er. »Ist acht Uhr zu früh? Oder neun?«
»Acht Uhr ist in Ordnung.«
»Super. Gut.« Wieder Erleichterung. »Wir können den Zimmerservice rufen. Wegen Frühstück.«
»Gut. Dann sehen wir uns morgen.« Ich will noch nicht auflegen, aber diesem Gespräch fehlt es nun wirklich nicht an Unbeholfenheit. Ich hoffe, dass es unter vier Augen besser läuft.
»Gut«, sagt er. »Bis morgen dann.«
»Tschüss.«
»Warte!«, ruft er.
»Ja?«
»Alice?«
»Ja?«
»Ich geb dir besser meine Handynummer.«
»Ah, gut.«
»Ich will dich nicht noch mal aus den Augen verlieren.«
Vor mich hin lächelnd schreibe ich mit.
»Bis morgen«, sage ich.
»Tschüss.«
Er legt auf.
Wie um alles in der Welt soll ich heute Nacht schlafen können?

Kapitel 60

Ich stelle den Wecker auf sechs Uhr, damit ich genügend Zeit habe, die dunklen Ringe unter meinen Augen zu kaschieren, obwohl das eigentlich nicht nötig ist. Den Wecker stellen, meine ich. Die Schminke brauche ich auf jeden Fall.

Ich ziehe eine Jeans, Stiefel mit hohen Absätzen und ein smaragdgrünes Oberteil an und trage die Haare offen. Um sieben Uhr breche ich auf, auch wenn die Fahrt mit der U-Bahn eigentlich nur eine halbe Stunde dauert. Joe ist im W Hotel am Leicester Square abgestiegen – natürlich in der Suite. Ich lege meinen Eltern einen Zettel hin, dass ich zum Frühstück bei Lizzy bin. Das werden sie zwar sonderbar finden, aber sie wird das bestätigen, falls sie nachfragen sollten. Wieder habe ich das Gefühl, mich wie ein Teenager zu benehmen.

Ich bin zehn Minuten zu früh, aber kann einfach nicht länger warten. Das große W draußen am Hotel glüht im frühen Morgenlicht; ich marschiere direkt in die dunkle Lobby und steuere auf den Fahrstuhl zu in der Hoffnung, dass der Portier denkt, ich wüsste genau, was ich tue. Im Aufzug drücke ich auf die Taste für die Penthouse-Suite, die Joe mir genannt hat, aber es passiert nichts. Scheiße. Bestimmt brauche ich einen Schlüssel, damit sich das Ding in Bewegung setzt. Also betätige ich die Taste für die Rezeption, und der Fahrstuhl bringt mich eine Etage höher in einen luxuriös gestalteten Bereich mit verspiegelten Kugeln. Ich traue mich nicht, jemanden zu bitten, für mich bei Joe anzurufen, sondern hole mein Handy heraus und wähle selbst seine Nummer.

»Hallo?« Er klingt atemlos.

»Hier ist Alice. Ich bin an der Rezeption. Der Aufzug fährt nicht hoch zu deinem Zimmer.«

»Ich schicke dir jemanden runter«, verspricht er.

Er schickt mir jemanden runter? Jetzt fühle ich mich wirklich wie der letzte Idiot. Ich will nicht, dass jemand von uns weiß. Das würde das alles irgendwie billig machen. Andererseits kann er wohl nicht selbst runterkommen. Er hat ein weltweit bekanntes Gesicht.

Wer ist dieser Mann, den ich gleich treffen werde? Was ist aus jenem Jungen damals in Dorset geworden?

Die Fahrstuhltüren gleiten beiseite, und eine Frau kommt heraus. Sie ist mittelgroß, superdünn und makellos aufgemacht mit geföhntem Haar und perfektem Make-up. Sie sieht sich um und entdeckt mich. Ich bin angespannt, doch sie lächelt mich an.

»Alice?«, fragt sie.

Ich nicke unsicher.

»Ich bin Melanie, Josephs Assistentin. Kommen Sie bitte mit.«

Wir gehen wieder in den Lift.

»Er wartet schon auf Sie«, verrät sie mir mit erhobener Augenbraue, als wir nach oben fahren.

Nur heute Morgen oder seit neun Jahren?

Der Fahrstuhl hält an, die Türen öffnen sich. Ich schlucke und folge der Assistentin den Gang hinunter. Vor einer Tür steht ein großer, stämmiger Mann in einem schwarzen Anzug. Joes Bodyguard, nehme ich an. Melanie führt mich zu ihm und dreht sich lächelnd um. »Er ist da drin.« Sie weist auf die Tür. »Lewis!«, sagt sie auffordernd und gibt dem Bodyguard ein Zeichen.

Der Mann nickt knapp und verschwindet mit Melanie den Gang hinunter.

»Danke!«, rufe ich den beiden nach. Ich bin erleichtert, dass sie keine Zeugen unseres Wiedersehens sein werden. Hoffentlich ist auch sonst niemand da. Ich warte, bis sich die Fahrstuhltüren hinter ihnen geschlossen haben, dann klopfe ich.

Die Tür geht auf, und vor mir steht Joe. Nicht der Schauspieler Joseph Strike, sondern Joe. *Mein* Joe.

Sehr, sehr lange sehen wir uns an, und mir steigen Tränen in die Augen.
»Komm herein«, sagt er schnell.
Ich gehorche, und Joe schließt die Tür hinter mir und dreht sich zu mir um. Er trägt eine schwarze Cargohose und ein schwarzes T-Shirt.
»Ich fasse es nicht, dass du hier bist.« Er hebt die Hand, als wolle er mich berühren, lässt sie aber wieder sinken. »Du bist noch genau so wie in meiner Erinnerung.«
»Du bist … anders.« Er ist deutlich breiter geworden – nicht mehr der schmale Achtzehnjährige von damals –, auch der berühmte Bizeps unter seinem T-Shirt fällt mir sofort ins Auge. Das Piercing in der Augenbraue ist verschwunden, das ist mir schon vor einem Jahr aufgefallen, als *Sky Rocket* herauskam, aber ich kann noch so gerade die Löcher dort erkennen.
Joe lächelt. »Innerlich bin ich derselbe.«
Wirklich?
»Komm, setz dich.« Ich folge ihm in ein Wohnzimmer, wo ein rundes Sofa unter einer riesigen Discokugel steht.
»Cool«, bemerke ich.
»Das …« Joe zuckt mit den Schultern und verstummt.
Kennst du nicht mehr anders, beende ich seinen Satz in Gedanken.
»Du hast also … das Interview gesehen?« Ich merke, dass er nervös ist.
»Meine Freundin«, erkläre ich und setze mich. Dann fällt mir ein, dass er sie ja kennt: »Lizzy!«
»Lizzy? Wow.« Er nimmt neben mir Platz und wendet sich mir zu, das linke Knie auf dem Sofa. Ich tue dasselbe mit dem rechten.
»Sie hat im Fernsehstudio angerufen.«
Fassungslos schüttelt er den Kopf. Unablässig schauen mich seine dunklen Augen an.
»Wie … geht … es dir?«, fragt er langsam.
»Nicht schlecht.« Ich zucke mit den Schultern. »Ganz gut. Und dir?«

Er lacht leise und sieht sich im Zimmer um. »Alles in Ordnung.« Wieder schaut er mir in die Augen. »Du wohnst also immer noch in Cambridge?«
»Ja, allerdings.« Diese Unterhaltung ist völlig surreal. Belangloses Geplänkel ... Aber es ist über neun Jahre her. Es gibt so viel zu sagen, dass wir gar nicht wissen, wo wir anfangen sollen. »Ich bin Lehrerin«, sage ich mit angedeutetem Lächeln.
»Lehrerin?« Er macht große Augen. »Wow«, sagt er noch mal.
»Nun, ja ...«
»Du bist bestimmt umwerfend.«
Ich lache befangen und schiebe mir das Haar hinters Ohr. Da entdeckt er den Diamanten. Sein Gesicht erstarrt. Es ist, als würde sein Blick wie in Zeitlupe von meinem Ring wieder hoch zu meinem Gesicht wandern. »Du bist ...«, flüstert er.
»Verheiratet.« Ich nicke traurig.
»O Gott!« Joe schlägt die Hand vor den Mund. Sein gebräuntes Gesicht wird ganz bleich. Er ist entsetzt, kann mich nicht ansehen, sondern starrt auf meinen Ring, der durch die Reflektion des Lichts in der Discokugel noch mehr funkelt als sonst.
»Seit wann?«, fragt er betäubt.
»Seit viereinhalb Jahren.«
»O Gott.«
Tränen treten ihm in die Augen.
Ich greife zärtlich nach seiner Hand. Es kommt mir richtig vor. Sie ist warm, aber er reagiert nicht, als ich sie drücke. Es fühlt sich überhaupt nicht vertraut an.
»Bist du glücklich?«, fragt er.
Ich zögere. »Meistens schon.«
Fast hoffnungsvoll schaut er mich an. Das war kein uneingeschränktes Ja. Dann erwidert er den Druck meiner Hand, und das vertraute Gefühl kehrt zurück. Ich habe einen Kloß im Hals.
»Ich habe auf dich gewartet«, flüstere ich. »Warum bist du nicht gekommen?«
»Ich bin doch gekommen«, ruft er aufgeregt. »Zuerst nicht – ich

war wirklich absolut im *Arsch* nach dem, was in Dorset passiert war. Aber als ich dann kam, warst du schon bei deinem … *Freund* eingezogen.« Er betont das Wort verbittert.
»Das war doch erst *Jahre* später!«
»Nein!«, widerspricht er leidenschaftlich. »Nein, das war nach ein paar *Monaten!* Ich war in deinem Wohnheim, und ein Mädchen sagte mir, du würdest bei einem Typen namens Jessie wohnen!«
Vor Entsetzen fällt mir die Kinnlade runter. Jetzt begreife ich es allmählich. Meine Kommilitoninnen dachten immer, Jessie sei mein Freund.
»Das war nicht mein Freund«, sage ich kleinlaut. »Jessie war nur *ein* Freund von mir.«
Der Schock in Joes Gesicht muss meine Bestürzung widerspiegeln.
»Du hast mich gesucht?«, wiederhole ich.
Joe nickt. »Ja.«
»Ich dachte, du hättest mich vergessen. Oder dir wäre etwas Schlimmes zugestoßen.«
Wieder schüttelt er den Kopf. »Nein.«
Er lässt mich los und birgt das Gesicht in den Händen, die Ellenbogen auf die Knie gestützt. Tränen laufen mir über die Wangen.
»Ich fasse es nicht, dass du verheiratet bist«, flüstert er.
»Was hast du denn erwartet?« Die widersprüchlichsten Empfindungen rauschen durch meinen Körper. »Das ist fast zehn Jahre her! Ein *Jahrzehnt!* Und du hast ja auch nicht gerade auf mich gewartet«, füge ich trocken hinzu.
Er schielt zu mir hoch.
»Ich habe dich mit all diesen Frauen gesehen. Du hast nicht gerade zurückgezogen gelebt.« Mit Sicherheit hört er die Eifersucht in meiner Stimme, aber es ist mir egal.
»Keine von denen hat mir je irgendwas bedeutet«, sagt er inbrünstig.
»Ach, komm!«
»Wirklich nicht! Verdammt, Alice, es ist ja nicht so, als hätte ich

eine von denen geheiratet!« Er springt auf und läuft auf und ab. Kläglich sehe ich ihm zu.

»Wie heißt er?«, fragt Joe.

»Lukas.«

Er schnaubt verächtlich. Offenbar quält auch ihn die Eifersucht.

»Er ist Deutscher.«

Erneutes Schnauben.

»Was macht er beruflich?« Es soll locker klingen, aber sein Blick huscht zu dem wirklich ziemlich großen Diamanten.

»Er ist Physiker.«

»Meine Scheiße!« Joe schüttelt den Kopf, fast angeekelt.

»Was denn?«

»Er ist auch so ein Superhirn, was?« Er hebt die Augenbraue. »Ich hab's gewusst, dass du bei so einem Superhirn landest.«

»Joe!«

»Mit so einem Loser wie mir hättest du dich niemals abgefunden«, fügt er trüb hinzu.

»Das stimmt nicht!«, widerspreche ich und springe auf. »Du bist kein Loser.«

Er lacht sarkastisch, und ich weiß, was er damit meint: *Jetzt* ist er kein Loser mehr.

»Du warst *nie* ein Loser«, versichere ich ihm.

»Hast du Kinder?«, fragt er plötzlich.

»Nein.«

Er sackt zu Boden, macht einen völlig verstörten Eindruck. Ich knie mich neben ihn. Joe sieht mich an.

»Warum hast du keinen Kontakt zu *mir* aufgenommen?«

»Ich hab's versucht. Ich habe lange nach dir gesucht, nachdem du weg warst – bin nach London gefahren und hab die Straßen abgesucht. Jessie hat sich sogar für einen alten Freund von dir ausgegeben und im Pub angerufen, um mit deinen Eltern zu sprechen und zu erfahren, ob sie von dir gehört hatten. Als ich dich in *Strike* sah, habe ich mich bei deinem Agenten gemeldet, aber der wollte mir nicht deine Nummer geben, und damals war ich schon mit …«

»… Lukas zusammen.«
Untröstlich sehen wir uns an. Da klopft es an der Tür. Joe springt auf – er hüpft buchstäblich von den Knien auf die Füße wie eine Katze. Ich erhebe mich auch schnell. Er späht durch den Spion und öffnet dann. Melanie steht davor.
»Soll ich euch Frühstück bestellen?«, fragt sie zögernd mit Blick auf mich.
»Nein«, entgegnet Joe knapp, »für mich nicht. Alice?«, ruft er.
»Nein, danke!«, antworte ich.
»Joe, du musst was essen«, tadelt Melanie. Erschüttert registriere ich, dass auch sie ihn Joe nennt. Vielleicht tun das all seine Freunde. Wahrscheinlich.
»Ich hab keinen Hunger«, wiederholt er mit Nachdruck und will ihr die Tür vor der Nase zumachen.
»Vergiss das Interview nicht!«, ruft Melanie schnell.
»Du hast ein Interview?«, hake ich nach.
»Scheiß drauf!«, schimpft er. Dann ist er zerknirscht. »Ich hätte nicht so unhöflich zu ihr sein sollen.«
»Sie ist deine Assistentin, ja?«
»Ja. Sie ist super.« Er kommt wieder zu mir.
»Hast du ihr von mir erzählt?«
»Ja, ein bisschen.« Joe zuckt mit den Achseln und grinst verlegen. »Nicht alles.«
Mir wird heiß im Gesicht. »Wann hast du das Interview?«, erkundige ich mich.
»Um neun. Tut mir leid. Als ich dich gebeten habe, heute Morgen zu kommen, war mir nicht klar, dass es so früh angesetzt ist.«
»Schon gut. Noch eine Exklusivmeldung, was?«, sage ich wissend.
»Du hast das mit meinen Eltern auch mitbekommen, oder?« Er klingt sarkastisch.
»War schwer zu übersehen. Tut mir leid«, sage ich leise. »Ich habe damals viel an dich gedacht.« Wem mache ich hier was vor? Ich habe *ständig* an ihn gedacht.

»Ich habe auch viel an dich gedacht. Tue ich immer noch.« Er lacht leise. »Was machst du Weihnachten?«, wechselt Joe das Thema. Ich kann kaum glauben, dass heute Heiligabend ist.
»Ich bin bei meinen Eltern.«
»Wo ist …?«
»In Deutschland.« Ich erspare es ihm, Lukas' Namen aussprechen zu müssen.
»Ihr feiert Weihnachten nicht zusammen?« Erneute Hoffnung.
»Nein.«
»Warum nicht?« Mit gerunzelter Stirn kommt er näher.
»Lukas hat eine neue Stelle bekommen und ist zurück nach Deutschland gezogen. Ich arbeite noch in Cambridge.«
»Ihr lebt getrennt?« Sein Gesichtsausdruck … Ich will ihm nicht wehtun, aber …
»Vorübergehend. Lukas will, dass ich so schnell wie möglich nachkomme. Ich verbringe die Ferien in Deutschland.«
Einige Schritte vor mir hält Joe inne. Erneut klopft jemand an.
»Was ist denn jetzt schon wieder?«, murmelt er und reißt die Tür auf.
»Tut mir leid«, sagt Melanie. »Sie ist zu früh gekommen.«
»Wer?«
»Die Journalistin.«
»Dann sag ihr, sie soll warten!«, zischt Joe und will die Tür wieder schließen.
»Es ist Heiligabend«, wirft Melanie schnell ein. »Sie will auch nach Hause zu ihrer Familie.«
Genervt kratzt sich Joe an der Augenbraue. Dann nickt er. »Gib mir noch fünf Minuten.«
Melanie wirft mir einen entschuldigenden Blick zu, dann wird ihr die Tür wieder vor der Nase zugeschlagen.
»Ich gehe.« Ich greife nach meiner Tasche und schlinge sie mir über die Schulter.
»Nein«, widerspricht Joe und schüttelt den Kopf. »Du hast noch nicht mal gefrühstückt.«

Um so eine Kleinigkeit muss er sich wirklich keine Sorgen machen.
»Ich habe eh keinen Hunger.«
»Ich will nicht, dass du gehst«, sagt er.
»Ich muss aber, Joe. Wenn die Presse das mit uns herausfindet …«
»Scheiße!«, ruft er. Hat er früher eigentlich auch so viel geflucht? Wahrscheinlich schon. Ich bin wohl nicht mehr daran gewöhnt. Lukas drückt sich immer sehr gewählt aus.
»Wann fliegst du zurück nach Amerika?«, frage ich.
»Nächste Woche, aber …« Er sieht mich an. »Wann musst du nach Deutschland?«
»Dienstag.«
»Bitte, Alice, das hier kann nicht alles sein. Wir brauchen mehr Zeit … Ohne all diese Unterbrechungen.«
»Was schlägst du vor?«
Seine Augen leuchten auf. »Wir könnten doch nach Dorset fahren! In euer Cottage von damals! Ob das wohl frei ist?«
»Keine Ahnung.«
»Kannst du das herausfinden? Würdest du mit mir dahin fahren?«
»Ähm, ich …«
»Bitte!«
»Ich weiß nicht.«
»Bitte, *bitte!* Wir müssen uns noch so viel erzählen. Bitte!«
Was mache ich hier bloß? Ich hole tief Luft und nicke. »Na gut.«
»Wirklich?«
»Ja.«
»*Wirklich?*« Er kann es gar nicht fassen.
»Ich habe Ja gesagt!«
»Wann?«
»Weiß nicht genau … Am Zweiten Weihnachtstag?«
»Ja! Wie kommen wir da hin?«
»Mit dem Zug?«
Ich sehe, wie sich seine Gedanken überschlagen. »Ich kann nicht mit dir reisen. Wir werden uns dort treffen. Melanie wird sich dar-

um kümmern. Ich vertraue ihr. Es ist besser, wenn niemand sonst von dir erfährt.«

»Wie lange willst du da bleiben? Falls wir das Cottage bekommen können …«, füge ich hinzu.

»Ein paar Tage?«

Das würde bedeuten, dass ich meinen Flug nach Deutschland umbuchen muss. Dafür müsste ich mir eine gute Entschuldigung einfallen lassen … Aber ich muss das einfach tun. »Ich sage dir Bescheid, wenn ich gebucht habe«, sage ich.

Joe grinst, und ich bekomme Schmetterlinge im Bauch.

Kapitel 61

Es ist eine große Heimlichtuerei. Zuerst muss ich meine Eltern fragen, ob sie noch die Adresse von dem Cottage in Dorset haben, dann lüge ich sie an und behaupte, ich würde früher nach Deutschland fliegen, während ich Lukas erzähle, dass ich ein bisschen länger bei meinen Eltern bleiben will, weil er eh bis zum Wochenende arbeiten muss. Niemand ist erfreut über diese Planänderung, aber ich glaube, keine andere Wahl zu haben, wenn ich ein für alle Mal Gewissheit erlangen möchte.

Gewissheit. Ich rede mir ein, dass ich das Kapitel Joe abschließen möchte, doch allein schon bei der Vorstellung wird mir flau im Magen. Der Gedanke, Joe nach dieser Woche niemals wiederzusehen, nur noch auf Leinwänden und in der Presse ... Er ist einfach zu furchtbar.

Glücklicherweise ist das Cottage frei, und die Besitzer freuen sich über die Vermietung in letzter Minute. Sie nennen mir den Code für den Schlüsseltresor, und ich simse ihn Joe für den Fall, dass er zuerst da sein sollte.

Lizzy ist die Einzige, die weiß, was ich vorhabe. Sie kann kaum begreifen, dass es so weit gekommen ist. Meine Schuldgefühle gegenüber Lukas werden noch größer, aber verglichen mit allem anderen ist es sein kleinstes Problem, dass Lizzy eingeweiht ist.

Allerdings habe ich mir vorgenommen, ihn nicht zu betrügen. Bei der ganzen Sache geht es nur darum, einen Schlussstrich zu ziehen, rede ich mir immer wieder ein.

Noch nie habe ich mich weniger für Weihnachten interessiert, noch nie habe ich weniger Schlaf bekommen, seit ich vor fast zehn

Jahren mit Joe unterwegs war. Schließlich steige ich in Wareham aus dem Zug und nehme das Taxi, das ich vorbestellt habe. Für den nächsten Tag ist Wind in Sturmstärke angesagt, heute jedoch ist es kalt und grau, ganz anders als in jenem Sommer vor langer Zeit.
Wir kommen an dem roten Telefonhäuschen an der Ecke des Wegs vorbei, der zum Cottage führt, und ich erinnere mich daran, wie ich dort stand und die Frau des Tierarztes uns mitteilte, dass Dyson die Nacht nicht überstanden hatte. Ich sehe Joes Gesicht vor mir, seinen Schmerz, und auf einmal ist mir zum Weinen zumute. Kurz darauf hält das Taxi vor dem Häuschen.
Es sieht noch genauso aus wie vor zehn Jahren: die Steinmauer, die Bank unter dem Küchenfenster. Ich bezahle den Fahrer und steige aus. Noch brennt kein Licht; ich bin als Erste da.
Plötzlich habe ich Angst, dass er vielleicht nicht kommt. Panik steigt in mir auf, und ich muss wieder zu Atem kommen, bevor ich den Schlüssel holen und mich hereinlassen kann. Drinnen atme ich tief ein. Es riecht wie damals. Ich gehe nach oben in mein altes Schlafzimmer und betrachte das Bett, in dem wir uns geliebt haben. Ich denke an jene frühen Liebesversuche zurück, wie ungeschickt wir uns anstellten, weil es für uns beide das erste Mal war. Draußen fährt ein Auto vor. Ich gehe zum Fenster: Unten steht ein blauer Kombi. Das kann doch nicht Joe sein. Er hat mit Sicherheit einen schicken Flitzer. Verdutzt sehe ich jedoch, dass er aus dem Wagen steigt und das Tor öffnet, dann noch mal zum Kombi zurückkehrt und ihn in der Auffahrt parkt. Ich schätze, er hat sich absichtlich was Unauffälliges ausgesucht. Schlau.
Ich wühle in der Tasche herum, bis ich mein Handy finde, und stelle es aus. Das Herz klopft mir bis zum Halse. Ich gehe nach unten, um Joe zu begrüßen. Noch bevor ich an der Tür bin, betritt er das Haus.
»Du bist schon da.« Er grinst, und wieder schlägt mein Herz Purzelbäume. Er trägt einen dunkelgrauen Hoodie und wirkt so normal, so … wie er vor vielen Jahren war, nur jetzt mit kürzerem Haar und ohne Piercing in der Augenbraue.

»Ich hab gewonnen«, erwidere ich und grinse.

»Kein Wunder bei der Schrottkarre.«

»Du hast nie was anderes gewollt als ein Auto«, necke ich ihn. »Und mit *so was* kommst du jetzt an?« Natürlich weiß ich, dass er es gemietet hat. »Damit du nicht entdeckt wirst?«, frage ich.

»Tue mein Bestes.«

Im Internet habe ich gelesen, dass er in L. A. einen Ferrari hat.

»Scheint ja zu funktionieren.« Ich gehe zum Küchenfenster und schaue hinaus. »Nein, keine Horden schreiender Weiber vor dem Haus.«

Joe schmunzelt. Ich drehe mich zu ihm um. Er betrachtet die Küche. »Genau wie damals«, sagt er und geht zur Arbeitsfläche. »Hier hast du mir ein Sandwich gemacht.«

»Mit Schinken und Käse.« Jetzt kommt alles wieder zurück: *»Mit Schinken und Käse? Oder Erdnussbutter? Worauf hast du Lust?«*

»Auf dich«, sagte er.

Joe lächelt wehmütig, als würde er sich an denselben Dialog erinnern.

»Hast du Lust, einen Spaziergang zu machen?« Ich könnte ein wenig frische Luft gebrauchen.

Er nickt. »Ich hole nur eben meine Sachen aus dem Auto.«

Kurz darauf kehrt er mit zwei riesengroßen ledernen Sporttaschen zurück.

»Welches Zimmer habe ich?«, fragt er.

»Das Elternschlafzimmer?«, schlage ich vor.

»Wieso nimmst du das nicht? Das ist größer.«

»Ich hab gedacht, der Hollywoodstar ist an etwas Größeres als mein ehemaliges kleines Zimmer gewöhnt.«

»Alice!«, tadelt er stirnrunzelnd, und wieder flattern mir die Schmetterlinge durch den Bauch. Ich merke, dass ich es wirklich genieße, wenn er meinen Namen sagt, selbst wenn er hinzufügt: »Sei nicht albern.«

Weil mir nichts Besseres einfällt, gehe ich mit ihm nach oben. Er biegt links ab zu meinem Zimmer.

»Da bin ich drin«, sage ich schnell.
»Du kannst das größere haben«, wiederholt er mit Blick auf das Bett.
»Nein, ich will hierbleiben.«
Frech grinst er mich an, und wieder setzt mein Herz kurz aus. »Weißt du noch?«, fragt er liebevoll.
Ich laufe knallrot an. »Darüber werde ich nicht mit dir sprechen!«, rufe ich und lache verlegen, dann mache ich auf dem Absatz kehrt und gehe. »Stell dein Gepäck in dem anderen Zimmer ab!«, schimpfe ich im Scherz und weise auf die Tür.
»Später«, erwidert Joe belustigt und geht mit mir nach unten. Inzwischen flattern mir so viele Schmetterlinge im Bauch herum, dass ich das Gefühl habe, jeden Moment abzuheben.
Joe geht zum Tisch und nimmt meinen Mantel, den ich dort abgelegt habe, als ich hereinkam. Er hält ihn mir hin, und ich ziehe ihn an.
»Wo ist deine Jacke?« Ich bemühe mich, normal zu klingen, als seine Hände ein wenig zu lange auf meinen Armen ruhen.
»Im Auto.«
»Dann komm.« Ich schiebe ihn nach draußen und schließe hinter mir ab. Am Tor bleibt Joe stehen und sieht sich zu der Bank um, dann wirft er mir einen neckischen Blick zu. Ich verdrehe die Augen und verziehe die Lippen. Er denkt an die Stunden zurück, die wir dort verbrachten, und wie wir uns küssten, als gebe es kein Morgen. Er hält mir die Pforte auf.
»Wo sollen wir hingehen?«, frage ich beiläufig.
»Du weißt, wohin.«
Wir nehmen den Pfad, der zum Dancing Ledge führt.
»Darf ich deine Hand halten?«, fragt er unvermittelt.
»Hm …«
Er greift einfach danach, und ich lasse es zögernd zu.
Das hier ist nicht real. Das ist nicht die Wirklichkeit. Ich bin in einem anderen Leben. Wir sind ganz allein, Joe und ich. Und mit diesem Gedanken kann ich mich darauf einlassen.

Wir kommen an dem Feld vorbei, wo wir bei Vollmond im Gras lagen. Ich bleibe stehen. Als Joe mir von hinten die Arme um die Taille schlingt, zucke ich zusammen. Er legt das Kinn auf meine Schulter. »Weißt du noch?«
Ich drehe mich zu ihm um. »Joe, ich habe überhaupt nichts vergessen.«
Er blickt auf meine Lippen, und ein Stromschlag durchzuckt mich. Auch dieses Gefühl kenne ich noch gut.
»Komm, gehen wir weiter!«, sage ich. Kurz sieht er mir in die Augen, dann löst er sich von mir. Aufgewühlt stapfe ich los und verschränke die Arme vor der Brust, damit er nicht wieder meine Hand halten kann.
»Wie ging es mit dir weiter, nachdem wir Dorset verlassen hatten?«, frage ich mit einem Seitenblick.
Joe schiebt die Hände in die Taschen. »Ich bin nach London gegangen, wie ich gesagt hatte. Eine Zeitlang musste ich unter freiem Himmel schlafen, dann habe ich einen Job in einer Kneipe gefunden. Eines Abends gab es eine Schlägerei, und ich versuchte zu schlichten. Dabei wurde ich verletzt.«
»War es schlimm?«
Er grinst über meine Besorgnis. »Nein, aber ein Kollege erzählte mir, dass er zum Kickboxen ginge, und ich dachte, es wäre an der Zeit, dass ich mich zu verteidigen lernte, deshalb begleitete ich ihn irgendwann dorthin.« Er schaut mich an. »Hast du *Strike* gesehen?«
Ich nicke. »Aber da war ich schon verheiratet.« Also, fast wenigstens.
»Na, dann weißt du ja Bescheid über diesen Abschnitt meines Lebens.«
Ich erinnere mich, dass Joe das Kämpfen lernte und dass der Regisseur etwas in ihm sah und beschloss, einen Star aus ihm zu machen.
»Wurde der Dokumentarfilm gedreht, bevor oder nachdem du in Cambridge warst, um mich zu suchen?«, will ich wissen.

»Oh, danach. Viel später. Nach Cambridge war ich wieder ziemlich fertig.«
»Oh.«
»Hm.«
Das verstehe ich nicht. Es platzt aus mir heraus: »Warum hast du denn so schnell aufgegeben? Als du nach Cambridge kamst und dachtest, ich hätte einen neuen Freund, warum hast du nicht wenigstens versucht, mich zu finden, mit mir zu reden, mich – keine Ahnung – zurückzuerobern?«
»Alice ...« Sein Gesicht ist voller Bedauern. »Ich war in keiner guten Verfassung. Als ich hörte, dass du deine Vergangenheit hinter dir gelassen hattest ... Ich hatte mir schon vorher eingeredet, dass ich damit rechnen musste. Warum solltest du auf *einen wie mich* warten?« Er zeigt auf sich. »Aber es war trotzdem ein Riesenschock, dass du mit einem anderen zusammen warst. Die Vorstellung, dich mit einem anderen Typen zu sehen, brachte mich fast um ... Ich musste da so schnell wie möglich weg. Ich ... ich ... ich war in keiner guten Verfassung.« Wieder diese Formulierung. »Danach versuchte ich, dich zu vergessen, aber es gab Zeiten, da verzehrte ich mich vor Sehnsucht nach dir.«
»Das kenne ich«, sage ich leise. »Bei mir war es genauso.«
»Dann gab es wieder Zeiten, da versuchte ich, dich ausfindig zu machen. Immer wieder sah ich bei Facebook rein und checkte alle Alice Simmons ab, die ich finden konnte.«
»Ich bin nicht bei Facebook. Lizzy hat immer versucht, mich dazu zu überreden. Ich werde mir vielleicht was anhören können, wenn sie erfährt, dass du da gesucht hast.«
Lukas verachtet die sozialen Netzwerke. Er findet sie vulgär.
Es gibt noch einiges, was geklärt werden muss. »Warum hast du Dorset damals Hals über Kopf verlassen?«, will ich wissen. »Ich bin zum Packen nach oben gegangen, und als ich wieder runterkam, warst du weg.«
Joe seufzt. »Dein Vater sagte, ich sollte mich erst mal selbst in den Griff kriegen, bevor ich mich wieder bei dir melde.«

»*Was?*«
»Er hatte recht«, sagt er schnell. »Mach ihm keine Vorwürfe. Ich wollte dir nicht das Studium vermasseln. Und was damals an dem Abend passierte … mit Ryan …« Er erschaudert. »Davon bekomme ich heute noch Albträume.«
»Ich auch.«
»Wirklich?« Er ist bestürzt. »Das tut mir so leid.«
»Ist ja nicht deine Schuld.«
»Ich hätte dir die Wahrheit über ihn sagen sollen. Es tut mir leid, dass ich dich angelogen habe.«
»Das habe ich verstanden. Es war sofort vergeben und vergessen.«
Joe blickt mit düsterem Gesicht vor sich hin und geht schneller. Ich muss mich anstrengen, um mit ihm Schritt zu halten. Er scheint es gar nicht zu merken. »Manchmal stelle ich mir vor, dass ich ihn wiedersehe«, sagt er leise.
Ich überlege, bevor ich frage: »Was würdest du tun?«
»Ich glaube, ich würde ihm seine scheiß Birne eintreten.«
Ich zucke zusammen, und er merkt, dass er mir Angst macht.
»Tut mir leid«, sagt er zerknirscht.
Ich erwidere nichts.
Wir kommen zum Ginsterweg und klettern den steilen Hang hinunter zum grasbewachsenen Hügel. Das Meer ist grau und wild. Eine Weile bleiben wir dort stehen und genießen die Aussicht. Es ist mitten im Winter; abgesehen von zwei einsamen Spaziergängern mit Hunden auf den Klippen in der Ferne ist niemand zu sehen.
»Wollen wir runter zum Absatz gehen?«, fragt Joe.
»Klar.«
»Komm, wir laufen!«, schlägt er grinsend vor und stürzt sich die steile Strecke hinunter. Lachend folge ich ihm. Der Schwung verleiht meinen Beinen so viel Tempo, dass ich nicht mehr weiß, wie ich bremsen soll. Irgendwie gelingt es mir trotzdem. Ich habe Seitenstechen, und gleichzeitig könnte ich mich ausschütten vor Lachen. Vornübergebeugt halte ich mir den Bauch, bis ich mich erholt habe.

»Du musst ja nicht mal japsen!«, hechele ich.
Joe lacht über meine aufgesetzte Empörung. Er ist einfach zu fit, der Mistkerl. Das ist unfair.
»Soll ich dich vielleicht tragen?«, fragt er belustigt.
»Ganz bestimmt nicht!«
Mit erhobener Augenbraue kommt er näher. Ich strecke ihm die Handfläche entgegen. »Ich warne dich!«
Grinsend greift er nach mir und wirft mich über seine Schulter. Ich schreie, als er auf die felsigen Stufen zuläuft, die zum Dancing Ledge führen.
»LASS MICH RUNTER!«, kreische ich.
Lachend gehorcht er. Ich schlage ihm gegen die Brust. Meine Herren, ist die hart.
»Autsch!«, sage ich im Spaß, reibe mir die Hand und gehe vor zu den Stufen.
»Pass auf, dass du nicht ausrutschst!«, mahnt Joe. Ich glaube, er will mich aufziehen, doch dann legt er mir die Hände schützend an die Schultern, und ich merke, dass er es ernst meint.
»Lass mich vorgehen«, sagt er und überholt mich. Behände klettert er die Felsen hinunter und wartet unten. »Sei vorsichtig!«, warnt er. Ich überwinde die Felsen deutlich weniger anmutig und schnell. Joe streckt mir die Arme entgegen, ich springe vom letzten Absatz, und er fängt mich auf.
Als wir über das Steinplateau laufen, greift er wieder nach meiner Hand. Das Becken ist noch da, in den Felsen gesprengt, und der graue Himmel spiegelt sich im Wasser. Ich schaue hinüber zu der Höhle, wohl wissend, dass sie unser Ziel ist. In meinem Magen dreht sich alles. Langsam tasten wir uns vor in den lichtlosen Raum.
Ich atme tief durch und betrachte den Boden, wo wir zum ersten Mal miteinander schliefen. Auch Joe ist still.
»Ich liebe dich immer noch«, sagt er plötzlich und sieht mich eindringlich an.
Er streift meinen Ehering mit einem Blick, dreht sich zum Höhleneingang um und setzt sich.

Vorsichtig hocke ich mich neben ihn.
Lange Zeit sagt keiner von uns etwas. Der kleine Raum wird erfüllt vom Geräusch der Wellen, die draußen gegen die Felsen schlagen. Schließlich rücke ich näher an Joe heran und schmiege meinen Kopf an seinen Bizeps. Er legt den Arm um mich und zieht mich an sich. Es ist unerträglich.
»Liebst du mich auch noch?«, fragt er irgendwann.
Ich zögere. »Ja«, gestehe ich dann.
Ich spüre seine Anspannung. Es ist fast so, als habe er zu viel Angst, um zu sprechen.
»Aber ich liebe Lukas auch.« Das muss ich ihm einfach sagen. Ich will absolut ehrlich sein.
»Liebst du ihn mehr?« Seine Stimme bebt. Er sieht mir in die Augen.
Ich erwidere seinen Blick. Dann schüttele ich ganz leicht den Kopf.
»Alice …« Er legt die Hand auf meine Wange.
Nein. Nein, nein, nein, küss mich nicht! Ich will meinen Mann nicht betrügen.
Doch dann sind seine Lippen auf meinen, und das Gefühl ist so wunderbar, dass ich einfach machtlos bin. Ich kann nicht anders, als seinen Kuss zu erwidern.
Das ist nicht real. Dies ist nicht die Wirklichkeit. Ich bin in einem anderen Leben …
Unser Kuss wird inniger, und wir sinken nach hinten auf den kalten Steinboden. Ich begehre ihn so sehr. Mehr als ich jemals jemanden gewollt habe. Sogar noch mehr, als ich *ihn selbst* die ganzen Jahre gewollt habe.
»Ich liebe dich«, murmelt er an meinen Lippen.
Lukas.
»Hör auf!«
Lukas.
»Hör auf!« Ich schiebe ihn von mir. »Ich kann das nicht«, sage ich erregt und will aufstehen. »Ich bin verheiratet. Eigentlich dürfte ich

gar nicht hier sein. Eigentlich müsste ich zu meinen Eltern oder nach Deutschland fahren.«
»Nein, bitte nicht! Bitte nicht!«, fleht Joe mich an. »Es tut mir leid. Ich berühre dich auch nicht noch mal.«
Ehrlich gesagt ist das das Letzte, was ich hören will, aber ich nicke langsam und konzentriere mich auf sein Kinn. »Wir sollten zurückgehen. Es wird bald dunkel«, merke ich an.
Wieder springt er auf die Füße, was mich auf surreale Weise daran erinnert, dass er Joseph Strike ist, Kampfkunstexperte und prominenter Schauspieler. Ohne viel zu sagen, gehen wir zurück zum Cottage.
In der Nähe des Hauses bleibt Joe plötzlich stehen und sieht zu Boden. Bestürzt wird mir klar, dass dies die Stelle ist, wo wir Dyson fanden. Ich gehe zu ihm und nehme seine Hand. Dann laufen wir weiter.
»Hast du mal überlegt, dir wieder einen Hund anzuschaffen?«, frage ich leise, als wir uns der Pforte nähern.
Er schüttelt den Kopf und lässt meine Hand los. »Das wäre unfair. Ich bin zu viel unterwegs.« Er hält mir das Tor auf und lässt mich durchgehen.
»Könnte nicht jemand auf den Hund aufpassen, wenn du unterwegs bist?«
»So was würde ich nicht tun, Alice.« Lächelnd schaut er mich an.
Ich hole die Schlüssel aus der Tasche und öffne die Tür. Wir gehen ins Haus und ziehen die Jacken aus.
»Soll ich Feuer machen?«, fragt er.
»Ja, das wäre super.«
»Cool.« Joe geht ins Wohnzimmer.
»Was willst du zum Abendessen?«, rufe ich ihm nach.
Er steckt den Kopf wieder in die Küche. »Scheiße! An Essen hab ich ja überhaupt nicht gedacht!«
»Keine Sorge, ich aber.«
»Wieder alles durchgeplant«, grinst er. »Egal – mach, was du da hast. Du weißt ja, was ich gerne esse«, fügt er hinzu.

»Machst du nicht vielleicht irgendeine ausgefallene makrobiotische Diät?«, frage ich ironisch.
Er grinst wieder. »Vorsätze fürs neue Jahr?«
»Was hast du Weihnachten gemacht?« Ich bin neugierig.
»Nichts. War im Hotel. Für mich ein Tag wie jeder andere.«
Ich runzele die Stirn. Joe zuckt die Achseln und geht ins Wohnzimmer. Das ist wirklich traurig. Er hat niemanden, mit dem er Weihnachten feiern kann. Wahrscheinlich war das bei ihm schon immer so – seit seiner Jugend. Er hat keine Familie. Mitleid erfüllt mich. Ich überlege, dann gehe ich ihm nach. Joe stapelt Holzscheite in den Kamin. Ich setze mich aufs Sofa und sehe ihm zu.
Er schaut sich nach mir um. »Was ist?«
»Ich finde es traurig, dass du niemanden hast, mit dem du Weihnachten feiern kannst. Ich hätte dich doch zu meinen Eltern einladen können.«
Er ist belustigt. »Das wäre mit Sicherheit sehr gut angekommen. Wieder dieser Spinner, nur versaut er unserer Tochter diesmal die Ehe statt nur das Studium.«
Ich sehe ihn mahnend an, halte aber den Mund.
»Ich sterbe vor Hunger«, sagt Joe mit Nachdruck.
»Ich geh schon.« Ich springe auf und begebe mich wieder in die Küche.
Nach einer Weile kommt er nach. »Und, was gibt es?«
»Sei nicht sauer, aber ich habe nur Fertiggerichte da.«
Er lacht. »Warum sollte ich deswegen sauer sein?«
Ich zucke mit den Achseln. »Keine Ahnung.« Lukas hasst Fertiggerichte. Sogar die selbstgemachte Lasagne aus dem Hofladen. »Wir essen indisch.«
»Super!«
Ich lache. »Machst du Witze?«
»Nein! Indisch fehlt mir total. In Amerika ist das längst nicht so gut wie hier.«
»Ich glaube nicht, dass das ein guter Ersatz für echtes Essen sein wird.«

»Wir können doch mal einen Abend essen gehen!«, schlägt Joe vor, wird aber schnell wieder ernst. »Ach, geht ja nicht.«
»Weil man dich erkennen könnte?«
Er nickt niedergeschlagen. »Ich …«
»Was?«
»Manchmal wünsche ich mir, nicht berühmt zu sein.«
»Nein, tust du nicht!«
Er sieht mir in die Augen. »Doch. Es ist so verdammt kompliziert … Das war mir vorher nicht klar.«
»Aber du bist ein hervorragender Schauspieler«, sage ich einfühlsam. »Das muss dir doch Spaß machen!«
Joe nickt. »Ja. Aber …« Er seufzt. »Keine Ahnung.«
»Was denn? Erzähl!«
»Manchmal wünsche ich mir, ein normales Leben zu führen, so wie du, einen normalen Job zu haben, in einem normalen kleinen Haus zu wohnen und … Na ja, so klein ist euer Haus bestimmt nicht, oder?«
»Aber so groß auch wieder nicht«, entgegne ich. »Das Haus von Lukas' Eltern ist so richtig … Also, sie sind … nun ja, er kommt aus einer ziemlich guten Familie.«
»Das glaube ich gerne.« Joe hat die Nase gestrichen voll.
»Wenn ich ›gut‹ sage, meine ich damit nicht ›nett‹.«
»Magst du die Eltern nicht besonders?« Er hat großes Interesse daran, dass mit ihnen nicht alles rosig ist.
»Ich mag seine Geschwister. Aber seine Eltern nicht besonders.«
»Zumindest das habe ich mit ihm gemein.«
Joe hievt sich auf die Arbeitsfläche. Er beobachtet, wie ich die Zellophanfolie vom Reis mit der Gabel einsteche und die Schale in die Mikrowelle stelle, nachdem ich das bereits erhitzte Curry herausgeholt habe. Ich schaue zu ihm hinüber. Das hier ist so normal, so häuslich. So hätte unser Leben werden können.
Mein Gesicht verzerrt sich. Joe erschrickt.
»Was ist?« Er springt von der Theke, legt mir die Hände auf die Arme und schaut mich an. Ich schüttele schnell den Kopf, will die

Tränen vertreiben, aber es gelingt mir nicht. »Komm mal her.« Joe nimmt mich in die Arme und zieht mich an sich. Ich schluchze an seiner Brust, und er hält mich fest, während ich weine.
»Ssssch, ssssch«, beruhigt er mich und küsst mich immer wieder aufs Haar. »Das wird schon wieder. Das wird schon wieder. Ich liebe dich, Alice. Ich liebe dich.«
Aber das wird nicht wieder werden. An dieser ganzen Sache wird nichts wieder werden.

In der Nacht nehme ich meinen Ehering und meinen Verlobungsring ab.

Kapitel 62

Als ich am Morgen nach unten gehe, macht Joe Liegestützen auf dem Teppich im Wohnzimmer. Ich habe keine Ahnung, wie viele er schon hinter sich hat, bleibe aber auf der untersten Stufe stehen und sehe ehrfürchtig bei den nächsten dreißig zu. Seine Rückenmuskeln treten hervor. Schließlich springt er auf die Füße und fährt regelrecht zusammen, als er mich erblickt.

»Scheiße! Hast du mir einen Schrecken eingejagt!«

»Tut mir leid.« Ich versuche, mit unbeteiligter Miene in die Küche zu gehen und den Kessel mit Wasser zu füllen. Ich habe kaum geschlafen, bin aber nicht müde.

Er folgt mir, leicht außer Atem. Ich schiele auf Joes nackte Brust. Schwer zu ignorieren.

»Ich kann echt nicht glauben, dass du Joseph Strike bist«, sage ich kopfschüttelnd und schalte den Wasserkocher an. »War das ein komisches Gefühl, als du deinen Namen geändert hast?«

»Zuerst fühlte sich die Vorstellung komisch an, schon. Aber als ich es dann tat, war es erstaunlich einfach.« Er grinst und neckt mich: »Außerdem klingt Alice Strike besser als Alice Strickwold.«

Ein Schauder läuft über mich hinweg. »He, Schluss damit!« Ich laufe rot an und wechsele schnell das Thema. »Hörst du immer noch Kingmaker?«

»Ja, klar!« Wieder hievt sich Joe auf die Arbeitsfläche. Automatisch blicke ich auf sein berühmtes Sixpack. Ich versuche, mich zu konzentrieren.

»Hast du schon mal versucht, *You and I …* in einem deiner Filme unterzubringen?«

Ungläubig schaut er mich an. »Ehrlich gesagt arbeite ich gerade daran.«
»Echt?«
»Ja.« Leicht tritt er mir mit dem Fuß gegen das Bein. »Du kennst mich so gut.«
Mir wird schummrig. Schnell wende ich meine Aufmerksamkeit dem Wasserkocher zu. Er braucht ewig.
»Hey, hast du zufällig die Nummer von den Leuten, denen dieses Cottage gehört?«, fragt er beiläufig.
»Äh, sicher. Warum?«
»Ich will sie fragen, ob ich es ihnen abkaufen kann.«
»Im Ernst?«
»Ja. Findest du das nicht gut?«
»Doch, schon. Aber kannst du dir wirklich einfach so ein Cottage kaufen?«
Er wirkt belustigt.
»Ja, gut, ich weiß, dass du es dir leisten kannst«, sage ich trocken. »Aber ein Hauskauf ist doch mehr, als einfach nur die Kreditkarte rüberzureichen.«
»Kannst du mir dabei helfen?«, fragt er. »Ich meine, ich kann natürlich auch Melanie fragen, aber ich würde es gerne unter uns belassen.«
Das finde ich sehr liebenswert von ihm.
»Klar kann ich dir helfen«, sage ich. »Soll ich mal die Besitzer anrufen und fragen, was sie davon halten?«
»Ja, das wäre super!« Er rutscht von der Arbeitsfläche. »Warte noch mit meiner Tasse Tee. Ich will erst kurz duschen.«
Mein Blick folgt ihm aus der Küche.
Ich gehe nach oben und grabe mein Handy hervor. Mit furchtbar schlechtem Gewissen stelle ich es an. Ich will mich noch nicht der Realität stellen. Vielleicht hat ja keiner angerufen. Ich suche die Nummer der Cottagebesitzer heraus und rufe sie an.
»Ist alles in Ordnung?«, fragt die Vermieterin besorgt.
»Alles perfekt«, versichere ich ihr. Mein piepsendes Handy teilt

mir mit, dass Nachrichten hereinkommen, aber ich versuche, es zu ignorieren, damit ich mich auf das Gespräch konzentrieren kann. Wenige Minuten später lege ich auf. In dem Moment kommt Joe mit dem Handtuch um die Hüfte aus dem Badezimmer.
»Sie wollen nicht verkaufen«, rufe ich ihm enttäuscht zu.
»Oh.« Er betritt mein Zimmer. »Dann biete ihnen mehr Geld.«
»Sie wollen nicht verkaufen«, wiederhole ich, nun bestimmter.
»Jeder hat seinen Preis. Frag nach, wie viel sie haben wollen.«
»Yes, Sir«, sage ich keck und salutiere.
Er schaut betreten drein. »Tut mir leid. Soll ich mit denen reden?«
»Nein, ist schon gut. Aber wenn du das wirklich ernst meinst, solltest du es an einen Notar weitergeben. Wie viel genau würdest du denn hierfür zahlen?«
»So viel, wie sie haben wollen«, erwidert er locker und bindet das Handtuch enger. Ich bemühe mich, mich nicht ablenken zu lassen.
»Aber es muss doch auch finanziell Sinn machen. Du kannst es nicht einfach kaufen, falls sie viel mehr verlangen, als es wert ist.«
»Mir ist es alles Geld der Welt wert«, sagt Joe schlicht.
»Warum willst du es unbedingt haben?«
Mein Handy vibriert neben mir auf der Matratze. Ich werfe einen beunruhigten Blick darauf. Scheiße!
»Das ist Lukas«, sage ich, nehme es in die Hand und schiele zu Joe hinüber.
Aufgewühlt verlässt er mein Zimmer und schließt die Tür hinter sich.
Ob ich drangehen soll? Noch während ich mich das frage, hört es auf zu klingeln.
Ich wage es kaum, die Nachrichten auf meiner Mailbox abzuhören. Nein, ich wage es überhaupt nicht. Schnell stelle ich das Handy wieder aus und gehe nach unten. Kurz darauf kommt Joe. Er trägt die schwarze Cargohose und ein T-Shirt mit Indie-Rock-Aufdruck.
»Hast du mit ihm gesprochen?« Er bemüht sich, locker zu klingen.

»Nein. Er hat aufgelegt.«
Joe stellt den Wasserkessel erneut an und holt zwei Becher heraus.
»Tee?«, fragt er.
»Gern.« Ich kümmere mich ums Frühstück.
»Was macht ein *Physiker* eigentlich so?«, fragt er.
»Ich habe nicht den blassesten Scheiß-Schimmer«, erwidere ich und nehme den Deckel vom Brotkasten. Überrascht sieht Joe mich an und lacht dann.
»Du fluchst doch nie!«, ruft er.
»Ah, das sagst du jetzt, aber du hättest mich mal in dem Jahr hören sollen, nachdem du abgehauen bist. Da war ich so dermaßen SAUER …« Mit einem Brotmesser schneide ich Scheiben vom Laib ab.
»Wirklich?«
»Verfickt nochmal stinksauer.«
»Alice!«
»Ich war mit einer Touristengruppe im Stechkahn unterwegs …«
»Was warst du?«
»Ich war Stechkahnfahrerin.«
»Das kannst du? Glaub ich nicht!« Er ist erstaunt. »Das würde ich total gerne mal machen!«
»Ich nehme dich mit.« Ich grinse.
»Wirklich?«
Kurze Realitätsprüfung – *Wann* will ich ihn im Stechkahn mitnehmen? In dem anderen Leben, von dem ich immer erzähle?
Ich senke den Kopf und schneide noch eine Scheibe ab, dann stecke ich vier Scheiben in den Toaster.
»Wie wär's, wenn wir nach dem Frühstück einen Spaziergang zum Pub machen?«, fragt Joe und rührt Zucker in seinen Becher.
»Zum Pub?« Ich bin verdutzt. »Zu *deinem* Pub?«
»Na ja, mein Pub ist es nicht mehr.« Er schaut aus dem Fenster und trinkt einen Schluck Tee. »Aber ich würde ihn gerne noch mal sehen.«
Das verstehe ich. Auch bei ihm geht es hier um einen Lebens-

abschnitt, den er hinter sich lassen will. Genau wie ich. Ich ertrage es nicht.

Heute ist es richtig windig geworden. Das Haar schlägt mir ins Gesicht, als wir über das Feld in Richtung Pub stapfen. Hätte ich doch ein Haarband mitgenommen! Ich versuche, meine Locken in die Jacke zu stopfen, aber der Wind zieht sie immer wieder heraus. Auf einmal greift Joe nach meiner Hand.

»Du trägst deine Ringe gar nicht«, sagt er erstaunt.

»Lies da bloß nichts rein«, erwidere ich und schüttele seine Hand ab. Ich spüre seinen Blick auf mir. Tatsächlich fühlen sich meine Finger ohne die Ringe nackt an, aber es kommt mir verlogen vor, sie anzulassen.

Schließlich erreichen wir die Hügelkuppe, und der Pub liegt vor uns. Joe bleibt stehen.

»Alles in Ordnung?«, frage ich.

»Seit Jahren will ich hierher zurückkommen«, stößt er leise aus und nimmt alles in sich auf. Ich drücke seine Hand. »Weißt du, das konnte ich nur mit dir zusammen tun.« Er sieht mich an.

»Willst du rein und was trinken?«, frage ich.

»Besser nicht«, erwidert er. »Ich würde auch gerne noch mal nach Brownsea Island fahren.«

Wir schauen uns an und sagen wie aus einem Munde: »Truthühner.«

Ungläubig starren wir uns an, dann prusten wir los vor Lachen.

»Du wusstest, was ich sagen würde!«, kreische ich.

»Und du wusstest, was *ich* sagen wollte!«, lacht er zurück.

Er zieht mich hinunter auf das stoppelige Gras, immer noch kichernd. Dann legt er mir die Hand aufs Haar und streicht es mir aus dem Gesicht, und auf einmal lachen wir nicht mehr. Mit ernstem Blick sieht er mich an, und dann sind seine Lippen auf meinen, und diesmal habe ich keine Kraft mehr, ihn aufzuhalten.

Ich küsse ihn, als gebe es kein Morgen, nur heute, das Hier und Jetzt.

Irgendwie schaffen wir es zurück zum Cottage und ziehen uns in meinem Zimmer langsam aus, unsere Lippen immer aufeinandergepresst. Er ist sehr behutsam mit mir – fast so als würde er befürchten, ich könne zerbrechen … oder flüchten … aber ich gehe nirgends hin. Jeder Teil von mir – mein Herz, meine Seele, mein Körper – ist hier bei ihm.

Ich liebe ihn, wie ich nie zuvor jemanden geliebt habe.

Als es vorbei ist, werden wir beide von Gefühlen überwältigt. Lange bleibt Joe auf mir liegen, wir atmen schwer. Schließlich hebt er den Kopf und schaut mich an.

»Das hier könnte unser Haus sein. Wo wir hinfahren, um unsere Ruhe zu haben.«

Ich schließe die Augen und schiebe ihn sanft von mir. Mein Herz tut weh, und zwar nicht, weil er so schwer auf meiner Brust liegt.

»Was ist?«, fragt er besorgt und rollt sich von mir herunter.

Meine Unterlippe bebt, Tränen steigen mir in die Augen. »Das hier ist nicht real. Es ist nicht die Wirklichkeit.«

»Was meinst du damit?« Er wird blass.

»Was glaubst du denn, wie es weitergeht? Glaubst du, dass ich meinen Mann verlasse? Das Versprechen breche, das ich ihm gegeben habe?«

Joe schaut betreten drein. »Das hatte ich gehofft.«

Ich setze mich auf. »Du bist ein Traumtänzer! Das hier ist kein Hollywoodfilm!«

Er steigt aus dem Bett und beginnt sich anzuziehen. »Ich weiß, dass du klüger bist als ich, aber musst du unbedingt so arrogant sein?«

»Wir haben keine Zukunft! Wo soll die bitte sein? Du hast kein normales Leben. Und du wirst *nie* eins haben. Selbst wenn du auf den Ruhm verzichten und nie wieder einen Film drehen würdest, würde man dich trotzdem noch jahrelang erkennen. Und es wäre falsch von mir zu verlangen, dass du die Schauspielerei aufgibst, wo du doch so verdammt gut darin bist!«

»Für dich würde ich alles aufgeben«, sagt er schlicht und sieht mir tief in die Augen. Dann geht er.

Ich lasse mich rückwärts aufs Bett fallen und seufze laut. Dann stehe ich auf und ziehe mich an. Ich gehe nach unten, wo er auf dem Sofa liegt und die Wand anstarrt. Ich setze mich und schmiege mich an ihn. Erst ist er angespannt, dann wird er lockerer, legt den Arm um mich und zieht mich an sich. Ich kuschele mich an seinen Hals, will nah bei ihm sein, nicht die Zeit vergeuden, die uns noch bleibt. Es ist nicht mehr viel.
»Ich liebe dich«, flüstert Joe.
»Ich liebe dich auch.«
»Ich will für immer bei dir sein.«
Ich antworte nicht.

Kapitel 63

Je mehr Zeit ich mit ihm verbringe, desto mehr verändert sich mein Realitätsempfinden. Bald fühlt sich mein normales Leben unwirklich an, das Leben mit Lukas, meinen Eltern und Lizzy. Die Nachrichten auf meiner Mailbox habe ich immer noch nicht abgehört. Gestern hätte ich eigentlich nach Deutschland fliegen sollen. Ich weiß, dass ich unmöglich bin und irgendwas mit mir nicht stimmt, weil ich nur eine kurze SMS geschickt habe, ich würde mich verspäten, anstatt Lukas anzurufen und ihm zu sagen, was wirklich los ist.

Wir leben in einer Blase. Eine Blase, die viel zu schnell platzen wird. Den halben Tag und die ganze Nacht lieben wir uns, es ist viel leidenschaftlicher als früher. Wir sprechen nicht darüber, woher wir dieses neue Selbstbewusstsein haben, dieses Wissen im Bett, aber zwischen uns ist ein Einverständnis, als seien wir füreinander geschaffen, als könne es niemand anderen geben. Ich bekomme einfach nicht genug von ihm. Nie mehr will ich von seiner Seite weichen. Ich bin in einer anderen Welt.

Irgendwann geht uns das Essen aus, so dass ich mir an Neujahr Joes Wagen leihe und in den nächsten Laden fahre, um die Grundnahrungsmittel aufzustocken: Brot, Milch, Käse, Nudeln, Dosen. Mein Herz wird groß und weit, als ich mir vorstelle, wie er auf der Arbeitsfläche sitzt und mir beim Kochen zusieht. Ich habe keine Ahnung, dass mein Traum kurz davor ist, zum Albtraum zu werden.

Als ich mich dem Cottage nähere, sehe ich dort etwas silbern blitzen, begreife aber erst, als ich fast zu Hause bin, dass Lukas' Porsche auf der Straße steht.

Ich parke hinter ihm, löse schnell den Gurt, stolpere aus dem Auto und laufe zum Cottage. Durch das Küchenfenster kann ich sehen, wie Lukas und Joe sich drohend gegenüberstehen.
»Leg dich besser nicht mit mir an!«, höre ich Joe durch die offene Tür sagen.
»Willst du damit behaupten, die Kampfszenen werden nicht digital nachgearbeitet?«, ätzt Lukas.
»Glaub mir, Junge, das willst du nicht herausfinden.«
Ich stürme in die Küche. »Hört auf!«
»Alice!« Lukas kommt auf mich zu.
Ich weiche vor diesem Fremden zurück und werfe Joe einen Blick zu. Lukas bleibt stehen. Er sieht erst Joe, dann mich an. Schmerz verzerrt seine Gesichtszüge. Wieder macht er einen Schritt auf mich zu. Ich weiche erneut aus. »Wie hast du mich gefunden?«, frage ich.
»Über deine Eltern. Du hast sie nach diesem Cottage gefragt. Wir haben uns alle Sorgen gemacht.«
»Das tut mir leid.«
Meine Stimme vermittelt nicht annähernd genug Reue, um das alles hier zu erklären.
»Alice?«, sagt Joe zögernd.
»Darf ich mal?«, fährt Lukas ihn an. »Ich möchte gerne mit meiner *Frau* allein sein.«
Ich nicke Joe zu. Er geht ins Wohnzimmer.
»Was machst du hier?«, fragt Lukas im Flüsterton.
»Ich weiß es nicht genau«, antworte ich aufrichtig.
»Vielleicht war es ein Fehler von mir, es dir zu verbieten, als du vor Jahren nach einem Abschluss gesucht hast. Geht es jetzt darum? Suchst du Antworten?«
Ich kann ihn kaum ansehen. Ich nicke.
»Hast du sie gefunden?«, fragt er verzweifelt.
»Ich weiß es nicht«, erwidere ich kleinlaut. »Ich bin völlig durcheinander.«
Wieder macht er einen Schritt auf mich zu. Ich kann nicht weiter zurück, hinter mir ist die Arbeitsfläche.

Lukas legt mir die Hand auf die Hüfte. »Ich denke, du kommst jetzt mit mir nach Hause«, sagt er mit leiser Stimme.
Ich schüttele den Kopf. »Ich bin noch nicht so weit. Noch nicht.«
Er nickt. Dann packt er blitzschnell nach meiner Hand und zieht mich aus der Küche.
»NEIN!«, schreie ich.
Bevor Lukas am Auto ist, stürzt Joe aus dem Haus.
»LASS SIE LOS!«
Noch nie habe ich ihn derart wütend gesehen. Mit erhobenen Fäusten steht er da, bereit zuzuschlagen, kaum aufzuhalten.
Lukas lässt mein Handgelenk los. Dann sieht er mich an … Ich habe das Gefühl, als würde mein Herz von einem Messer durchbohrt. Das wird er mir niemals verzeihen. Es tut mir leid. So unendlich leid. Ich selbst werde mir das niemals verzeihen.
Joe stellt sich vor mich, legt die Hand auf meinen Bauch und schiebt mich sacht hinter sich. Aber er braucht mich nicht zu beschützen. Lukas sitzt bereits im Porsche. Er wirft uns beiden einen letzten bösen Blick zu, dann röhrt er davon, hinter sich eine Staubwolke.
»Das war aber jetzt ein kleiner Dämpfer für unser süßes Geheimversteck«, sagt Joe in dem Versuch, mich aufzuheitern, aber ich bin nicht in der Stimmung für Scherze. Ich laufe die Treppe nach oben. Er kommt mir nach.
»Alles in Ordnung?«, fragt er.
»Was habe ich getan? Was habe ich nur getan?« Ich reiße die oberste Schublade des Nachtschranks auf und nehme meinen Verlobungs- und Ehering heraus.
Deutlich sehe ich vor mir, wie Lukas oben auf dem Berg in Österreich vor mir im frischen weißen Schnee kniet. *»Als du sagtest, Rosalinde wäre meine erste große Liebe … Da lagst du falsch.«* Tränen standen ihm in den Augen, als er mir leidenschaftlich versicherte: »Du *bist meine erste große Liebe. Ich liebe* dich.«
Ach, Lukas. Mein Mann. Er mag seine Fehler haben, aber das hier hat er nicht verdient. Verzweifelt betrachte ich die Ringe. »Was habe ich bloß getan?«

Joe setzt sich neben mich aufs Bett, nimmt meine Hand und schließt meine Finger um die Ringe auf der Handfläche.
»Du hast dich entschieden.«
»Ich habe mich nicht entschieden! Lukas hat für uns beide entschieden.«
»Nein, Alice«, sagt er ruhig und fest. »Du hast diese Entscheidung schon getroffen, als du einverstanden warst, mit mir hierherzufahren. Wir wussten, dass es so kommen würde. Tief in deinem Herzen wusstest du es.«
Ich schaue zu ihm auf, meine Augen füllen sich mit Tränen. »Und jetzt?«
»Jetzt beginnen wir unser neues Leben zu zweit.« Sanft biegt er meine Finger wieder auseinander, nimmt die Ringe von der Handfläche, legt den Schmuck zurück in die Schublade und schließt sie.
»Meinst du, du kommst damit klar?«
»Ich weiß es nicht.«
Er hebt mein Kinn an, damit ich ihn anschaue. »Ich schon.«
Ich reiße mich los. »Nein. Nein. Das ist alles falsch.«
»Ist es nicht!«, ruft Joe.
»Doch. Wir können nicht einfach so anfangen. Ich muss zurück. Ich muss mich um einiges kümmern.«
»Nein!«
»Doch. Muss ich. So ist es nicht richtig. Das stimmt alles nicht. Wir haben in einer Traumwelt gelebt. Ich muss zurück und mich meiner Verantwortung stellen. Ich muss mit Lukas reden. Ich bin ihm eine Erklärung schuldig, das ist das Mindeste. Ich muss mit meinen Eltern sprechen. Und Lizzy wird durchdrehen, wenn sie das hört …«
»Nein.« Joe schüttelt den Kopf. »Nein.«
»Joe, du kannst mich nicht hierbehalten. Du musst mich gehen lassen.«
»Kann ich nicht. Was ist, wenn er dich zurücknimmt?«
»Tut er nicht.«
»*Ich* würde es tun.«

»Nein, würdest du auch nicht. Nicht nach dieser Geschichte.«
»Würde ich doch.«
»Ich muss los.«
»Nein!«
»Doch. Wenn das hier richtig ist, wenn wir füreinander bestimmt sind, dann bleiben wir auch zusammen.«
»Wir sind wirklich füreinander bestimmt!«, ruft er.
Seufzend sehe ich ihn an. Er ist überreizt und besorgt. Dann holt er tief Luft. »Wie lange brauchst du?«
»Wüsste ich auch gerne.«

Er will mich zu meinen Eltern bringen, aber ich habe Angst, dass uns jemand sehen könnte.
»Darüber würde ich mich freuen«, sagt er.
Ich schaue ihn mit hochgezogenen Brauen an.
»Das meine ich nicht ironisch. Ich will wirklich, dass man uns zusammen sieht.«
Zum ersten Mal muss ich an das Interview mit Andy Carl denken. Das mit uns wäre eine Sensation. Ich bin die Alice, von der Joseph Strike live im Fernsehen gesprochen hat.
»Dann würden bald alle wissen, dass deine große Liebe eine untreue Schlampe ist, die ihren Mann betrogen hat.« Joe zuckt zusammen. »Du weißt genauso gut wie ich, dass es besser ist, das hier vernünftig zu machen«, füge ich hinzu.
Widerwillig erklärt er sich einverstanden, mich zum Bahnhof zu fahren. Im Auto schaut er mich an. In seinem Gesicht spiegeln sich die unterschiedlichsten Gefühle.
»Alice, wenn er dich zurückfordert …«
»Das tut er nicht!«
»Aber falls doch … Wenn du dich für ein normales Leben mit ihm entscheiden solltest statt für ein verrücktes mit mir, würde ich dich trotzdem noch wollen. Selbst wenn ich dich nicht ganz haben könnte.« Er schaut mir tief in die Augen. »Verstehst du, was ich meine?«

Ich habe einen Kloß im Hals und bringe keinen Ton heraus.
»Das Cottage könnte trotzdem *unser* Haus bleiben …« Er legt die Hand auf meinen Arm. »Ich muss wissen, dass du verstehst, was ich meine«, sagt er nervös.
Zweifelnd sehe ich ihn an, dann nicke ich zögernd.
Er zieht mich an sich und küsst mich noch einmal auf die Lippen, bevor er mich gehen lässt.

Epilog

Es ist ein dunstig heißer Sommertag. Am fernen Horizont liegt ein Schiff der Marine, weiße Möwen kreisen über den Klippen und über meinem Kopf. Ich habe Einbuchtungen am Finger, wo ich eigentlich meine Ringe trage. Es ist ein seltsames Gefühl, sie nicht angesteckt zu haben.

Ich war früh da und habe ihm einen Zettel hinterlassen, aber das war eigentlich überflüssig. Er weiß, wo ich bin. Im gelblichen Gras warte ich auf ihn, unter der Sonne und dem azurblauen Himmel. Voller Vorfreude, Hoffnung und Liebe warte ich.

Dann spüre ich ihn hinter mir, drehe mich aber nicht um. Meine Lippen verziehen sich zu einem Lächeln, als er die Hände sanft auf meine Schultern legt. Ich schaue hoch in seine braunen Augen, die selbst dann funkeln, wenn es dunkel ist. Aber heute ist es nicht dunkel, nicht traurig, heute gibt es nur Licht und Liebe.

»Du bist gekommen«, sagt er, zieht mich auf die Füße und streichelt mein Gesicht.

»Habe ich doch gesagt.« Ich schlinge die Arme um seinen Hals und sehe ihm tief in die Augen. »Ich liebe dich.«

»Ich liebe dich noch mehr«, erwidert er.

»Immer noch?«

Er lächelt. Mein Herz macht einen Hüpfer. »Immer.«

Danksagung

Ein riesengroßes Dankeschön an meine Leser, die mich immer wieder umhauen mit ihrer unglaublichen Unterstützung, sowohl auf Facebook als auch neuerdings bei Twitter. Hört bitte nicht auf damit! Ihr habt keine Vorstellung, wie glücklich mich das macht.

Danke an Nigel Stoneman, nicht nur weil er meine Familie und mich in dem wunderschönen Cottage in Dorset wohnen ließ, das mich zu diesem Buch inspirierte, sondern auch weil er sagte: »Du solltest einen Roman schreiben!«, und meine Idee zu *Lucy in the Sky* keine zwanzig Minuten später seiner Verlegerin Suzanne Baboneau vorstellte. Eine Woche später hatte ich einen Vertrag über zwei Bücher in der Tasche. Ich kann es noch immer kaum fassen, wie viel Glück ich gehabt habe.

Dank auch der schon erwähnten Suzanne Baboneau, einer hervorragenden Lektorin, der ich nicht nur meine Bücher, sondern mein ganzes Leben anvertrauen würde. Und ich danke allen Mitarbeitern bei Simon & Schuster. Schon in den letzten fünf Büchern wollte ich Namen nennen, aber meine Sorge war immer zu groß, ich könne jemanden vergessen. Diesmal aber muss ich wirklich den folgenden Personen danken: Sarah Birdsey, die die Übersetzungsrechte an meinen Büchern in mehr Länder verkauft hat, als ich zählen kann (zumindest mehr, als ich mich erinnern kann), Florence Partridge für ihre engagierte Arbeit in der Werbung, Matt Johnson und Lewis Cziszmazia für die wunderschöne Umschlaggestaltung sowie Dawn Burnett, Ally Glynn, Sara-Jade Virtue, Maxine Hitchcock, Georgina Bouzova, Alice Murphy und der außerordentlichen Lektorin Clare Parkinson.

Ein Dankeschön auch an meine Filmagenten Charlotte Knight und Tanya Tillett von der Knight Hall Agency.
Dies wird meine längste Danksagung aller Zeiten, weil ich mich bei so vielen Menschen bedanken will, die mir halfen, dieses Buch zu schreiben. Im August 2011 zogen wir nach Cambridge, und genau zur gleichen Zeit nimmt Alice dort ihr Studium auf. Es hat so viel Spaß gemacht, die Stadt zu erkunden, die unsere neue Heimat geworden war.
Ich danke Victoria Parrin, Rachel Kittow und Kelly Clarke von der Anglia Ruskin University. Wie gerne würde ich eine Zeitreise machen und mit euch Englische Literatur studieren – in null Komma nichts wäre ich Mitglied eurer Literarischen Gesellschaft. Ebenfalls danke ich Dr. Colette Paul, die mich mit diesen drei tollen Studentinnen bekannt gemacht hat. (Als Alice zur Anglia Ruskin geht, heißt sie eigentlich noch APU, aber ich habe die neue Bezeichnung verwendet, um keine Verwirrung zu stiften.)
Dank geht auch an den unglaublich netten Geoff Morley, der mich in den Wohnheimen Bridget's und Nightingale Hall herumführte und seine herrlichen Erinnerungen an das Studentenleben mit mir teilte. Schade, dass im Buch kein Platz war für den Hausmeister Clive und seine legendären Schauergeschichten!
Ein großes Dankeschön an den, dessen Name nicht genannt werden soll, für seine Unterstützung bei der Recherche zu Lukas. Du hast den Spott deiner Kollegen riskiert (ich muss immer noch kichern, wenn ich daran denke, wie du sagtest, das würde man dir niemals vergessen), aber du hast mir mehr geholfen, als du dir vorstellen kannst, und das weiß ich sehr zu schätzen.
Vielen Dank an Katherine Reid fürs Korrekturlesen – ich werde dich noch jahrelang da mit reinziehen, ob du willst oder nicht.
Dank an Sarah Bailey und Tim Snelle (von den Cambridge Chauffeur Punts) für ihre Beratung zum Thema Stechkahnfahren, auch an ihren Sohn »Baby Jack«, der sich mit Idha beschäftigte, als mein Abgabetermin immer näher rückte. Ich danke ebenfalls den Puntern von Scudamores, außerdem Mille Rytter und Annabel Diggle.

Herzlichen Dank an meine Schwägerin Gretta Ford für ihre Hilfe bei Lehrerfragen, an Karl Molden für sein Feedback zu Physik (und an Matthew Ford, der den Kontakt hergestellt hat!), an den Filmredakteur von *Heat*, Charles Gant, für die Antworten in Bezug auf Agenten, an meine Autorenkollegin Ali Harris von Simon & Schuster für ihre Unterstützung, Freundschaft und die unzähligen Tassen Tee, an Vickie Robertson, durch die ich vor vielen, vielen Jahren Kingmaker kennenlernte, an Chenoa Powell für die Idee mit dem Bruder und an Wendy, Becky und Sarah, die mich zuverlässig mit Tee versorgten, während ich an »meinem« Tisch in der Ecke saß und arbeitete.

Ein Dankeschön auch an meine Freundin Lucy Branch und ihren Sohn Finn, der mich zu der »China«-Geschichte inspiriert hat. (Ach ja, Lucy, du hast wirklich recht: Ich finde auch, dass die Bronze in Guildhall dringend mal poliert werden müsste …!)

Um noch etwas Trauriges anzusprechen: Die Figur der Lizzy hieß ursprünglich Katy, doch ich nannte sie im Gedenken an die Schwester meiner Freundin Helen um, Elizabeth »Lizzy« Angell, die Ende 2011 unerwartet unter tragischen Umständen verstarb. Meine Lizzy hat zwar keine Ähnlichkeit mit Lizzy Angell – sie war einzigartig und ich würde mir niemals anmaßen, sie nachzeichnen zu wollen –, aber sie mochte meine Bücher, und wir denken, sie hätte sich über diese Geste gefreut.

Ich danke wie immer meinen Eltern, Vern und Jenny Schuppan, und meinen Schwiegereltern Ian und Helga Toon. Es war ein aufregendes Jahr, und ich hätte den vorgezogenen Abgabetermin für dieses Buch ohne eure Hilfe, besonders die von Mum, niemals geschafft.

Und natürlich danke ich meinem Mann Greg, meinem Sohn Indy und meiner Tochter Idha. Ich liebe euch alle wie verrückt.

Romantisch, witzig, rührend – eine exklusive
Leseprobe aus dem neuen Roman

Erscheinungstermin: 23. 6. 2016

Erschienen bei FISCHER Krüger
Die Originalausgabe erschien 2013 unter dem Titel
›The Longest Holiday‹ im Verlag
Simon & Schuster UK Ltd., London.

Kapitel 1

Mit Tränen in den Augen lächelt er mich an, während ich mein feierliches Gelübde spreche:
»Ich, Laura Rose Smythson, nehme dich, Matthew Christopher Perry, zu meinem rechtmäßig angetrauten Ehemann. Ich will dich lieben und ehren, von diesem Tage an …«
Ich dachte, ich würde nie wieder so für einen Mann empfinden. Nicht nachdem Will, meine erste Liebe … Nicht nach dem Kummer und der Trauer, der nur allmählichen Erholung … Dann lernte ich Matthew kennen, und ich wusste sofort, dass mein Herz für immer ihm gehören würde: meinem perfekten, wundervollen, mich anbetenden Matthew. Und dann wache ich auf. Und ich erinnere mich daran, dass er nicht perfekt ist. Er ist so weit davon entfernt, perfekt zu sein, dass mir eigentlich das Herz stehen bleiben müsste, so weh tut es.
»Tut mir leid, dass ich dich geweckt habe«, entschuldigt sich meine Freundin Marty neben mir, während sie energisch mit einer Papierserviette über einen feuchten Fleck auf ihrer Jeans reibt. »Bridget hat mit ihrem fetten Hintern meinen blöden Cocktail umgeworfen«, murrt sie, während ich allmählich wach werde. Ich sehe zu Bridget, die, halb auf dem Sitz zusammengerollt, mit dem Gesicht zum Fenster tief und fest schläft, und deren anstößiger Hintern alles andere als fett ist. Noch immer halb in meinem Traum – oder besser gesagt, in meinem Albtraum – gefangen, bücke ich mich und ziehe meine Tasche unter dem Sitz vor mir hervor. Wenigstens an Taschentücher habe ich gedacht. Meinen Pass hätte ich vergessen, wenn Marty mich nicht daran erinnert hätte.

»Danke«, sagt Marty, als ich meine Taschentuchvorräte einsetze, um den verschütteten Gin Tonic auf dem Klapptisch aufzuwischen. »Wie geht's dir?« Mitfühlend sieht sie mich über den Rand ihrer rubinroten Brille an.
»Nicht«, warne ich sie, aber es ist schon passiert. Der Kloß sitzt wieder fest in meinem Hals.
»Tut mir leid, tut mir leid. Hier, trink, schnell!«, sagt sie hastig, ehe ich wieder losheulen kann. Ich nehme ihren Gin Tonic – oder das, was davon übrig ist – und stürze ihn in einem Schluck herunter. »Denk an was Schönes!«, drängt sie mich. »Denk an die Sonne! Denk ans Meer! Denk an die Cocktails am Meer und an die ganzen scharfen Typen!«
Verärgert über den Lärm, seufzt Bridget vernehmlich, noch immer mit dem Rücken zu uns.
Marty sieht mich mit geschürzten Lippen an, und ich ahme sie nach. Die Tränen sind in Schach gehalten. Fürs Erste.
»Laura? Möchtest du noch einen?«, flüstert meine Freundin vernehmlich, und ehe ich antworten kann, betätigt sie schon den Rufknopf an ihrer Armstütze.
»Klar, warum nicht?« Ich nicke.
»Ich auch«, sagt sie, wie erwartet. »Warum auch nicht, wo sie doch gratis sind und so.«
»Alles in Ordnung bei Ihnen?«
Wir sehen die Stewardess an, die neben uns im Gang steht.
»Könnten wir bitte noch zwei von denen bekommen?«, fragt Marty.
»Gin Tonic?«, fragt die Stewardess frostig.
»Genau die«, erwidert Marty leutselig und fügt leise »hochnäsige Kuh« hinzu, sobald die Frau ihr den Rücken zugekehrt hat. »Also, wenn wir ankommen, holen wir nur schnell das Auto ab und fahren gleich rauf nach Key West.«
»Runter«, berichtige ich sie. Ihre Geographie-Kenntnisse sind vermutlich auf dem Niveau einer Siebenjährigen, was witzig ist, wenn man bedenkt, dass sie Reisekauffrau ist.
»Von mir aus. Du willst doch nicht heute Nachmittag noch nach

Miami, oder? Ich weiß, dass Bridget unbedingt dahin will, aber wir können ja einen Tagesausflug machen.«
»Es sind sechs Stunden hin und zurück«, rufe ich ihr in Erinnerung.
»Na ja, wir könnten einmal da übernachten oder es uns auf der Rückfahrt ansehen. Was meinst du?«
»Klar«, erwidere ich. »Ich werde froh sein, wenn wir im Hotel sind und …«
»Und die Badeklamotten anziehen und an den Strand Schrägstrich die Bar gehen«, beendet sie den Satz an meiner Stelle, obwohl ich das gar nicht sagen wollte.
»Wir könnten zuerst auspacken«, schlage ich vor.
»Nein. Nein«, sagt sie energisch. »Du packst nicht aus. Diesmal nicht. In diesem Urlaub wirfst du deine Vorsicht mal über Bord. Diesmal wird nicht erst ausgepackt, und es werden auch keine Prospekte gewälzt oder Einkaufslisten geschrieben oder so was. Das lasse ich nicht zu.«
Ich verdrehe die Augen und bedanke mich bei der Stewardess, die uns unsere Drinks reicht.
Bridget rührt sich auf ihrem Sitz neben Marty und wirft die welligen, halblangen braunen Haare über die Schulter, während sie vergeblich versucht, eine bequeme Position zu finden. Es ist ein langer Flug, und wir sind früh aufgestanden.
»Hast du überhaupt geschlafen?«, frage ich Marty leise.
»Nein. Ich schlafe am Strand. Prost.«
Wir stoßen an. Vor meinem inneren Auge schiebt sich Matthews Gesicht in den Vordergrund. Ich zucke zusammen und trinke hastig einen Schluck.
»Hör auf, an ihn zu denken«, fährt Marty mich an.
»Wenn ich das nur könnte«, erwidere ich. Ich nehme ihr ihren Ton nicht übel. Hauptsache kein Mitgefühl.
Sie wechselt das Thema. »Wie lange noch bis zur Landung?«
Ich sehe auf die Uhr. »Zwei Stunden.«
»Das reicht gerade, um einen Film anzusehen.«
»Guter Plan«, stimme ich zu.

Sie zieht das Programm aus der Sitztasche vor sich und drückt dann erneut den Rufknopf.
»Du hast doch noch gar nicht ausgetrunken!«, rufe ich.
Sie kichert wie ein unartiges Schulmädchen. »Ich weiß. Ich habe gedacht, ich frage die hochnäsige Kuh mal, ob sie auch Popcorn hat …«

Martys großen Worten zum Trotz dauert es nicht lang, bis sie auf dem Beifahrersitz unseres gemieteten roten Chevy Equinox tief und fest schläft. Bridget fährt, und darüber bin ich froh, denn kaum haben wir den Flughafenparkplatz verlassen, da haben wir auch schon zwei Beinahe-Zusammenstöße – die Autofahrer hier scheinen alle ein bisschen zu spinnen.
Wir entfernen uns auf einer langen, breiten, geraden Straße von Miami in Richtung Florida Keys. Ich sehe aus dem Fenster und betrachte die dicken Palmen, die man auf dem Mittelstreifen gepflanzt hat. Es ist ein heller sonniger Nachmittag, und in einem seltenen erhebenden Augenblick will ich die Sonnenbrille aufsetzen, aber dann fällt mir ein, dass ich sie in den Koffer gepackt habe, und ich kann mich nicht einmal dazu aufraffen, mich darüber zu ärgern. In letzter Zeit fällt es mir schwer, irgendetwas wichtig zu nehmen.
Im Radio läuft Jessie J, und Bridget dreht die Lautstärke auf. Seit Marty eingenickt ist, haben wir kaum zwei Worte gewechselt. Wir sind keine Freundinnen.
Das klingt falsch. Was ich meine, ist, sie ist Martys Freundin, nicht meine. Damit will ich nicht sagen, dass ich sie nicht mag. Ich mag sie. Gewissermaßen. Aber Marty und ich sind seit der Kindheit beste Freundinnen. Bridget ist erst dazugekommen, als Marty Anfang zwanzig war und die beiden in London eine Wohngemeinschaft hatten. Sie sind gute Freundinnen, aber keine alten Freundinnen. Was die Länge der Freundschaft angeht, gewinne ich. Und ja, es fühlt sich an wie ein Wettbewerb.
Bei diesem Urlaub war ich eigentlich nicht mit von der Partie. Bridget ist Reiseschriftstellerin, Marty, wie bereits erwähnt, Rei-

sekauffrau, und die beiden hatten diesen Urlaub verabredet, lange bevor ich des Weges kam und alles ruinierte.
Das ist nicht ganz richtig. Marty hat mich eingeladen. Und Bridget konnte schlecht nein sagen, angesichts des 20. Oktobers.
Der 20. Oktober. Das Datum meines Junggesellinnenabschieds, das Datum von Matthews Junggesellenabschied, das Datum, das erst vor zwei Wochen in einer seiner Facebook-Nachrichten auftauchte: Bist du der Matthew Perry, der am 20. 10. im Elation war?
»Da ist es!«, unterbricht Bridget meine düsteren Gedanken mit einem ausgelassenen Ruf. Ehe Marty einschlief, forderte sie uns zu einem Wettbewerb heraus, wer zuerst das Meer erblicken würde. Bridget meint, sie hätte gewonnen.
»Das ist aber nicht das Meer, oder?«, melde ich mich zweifelnd vom Rücksitz, obwohl ich meine, Salzwasser zu riechen, sogar durch die geschlossenen Fenster. »Das ist eine Lagune.«
»Eine Lagune …« Im Profil betrachtet, wirkt Bridget nachdenklich. »Weißt du, ich habe dieses Wort noch nie laut ausgesprochen.«
»Ich auch nicht, wenn ich's mir recht überlege.«
»Gibt wohl nicht viele Lagunen in London.« Da leben wir nämlich.
»Oder überhaupt in England«, fügt sie hinzu. »Wahrscheinlich in ganz Europa nicht. Mangroven!«, ruft sie dann aus und reißt die blauen Augen auf, während sie mich im Rückspiegel ansieht. »Wachsen die nicht in Sümpfen?«
Ich lache. »Ich habe keine Ahnung. Aber ob Sumpf oder Lagune, das Meer ist das jedenfalls nicht.«
»Ich gewinne trotzdem«, sagt sie in einem Ton, von dem ich glaube, dass er nur gespielt ernst ist. Vielleicht ist sie ehrgeiziger, als ich dachte.
Wir fahren an einer Palmenfarm zu unserer Linken vorbei, und zu unserer Rechten liegt ein buntes Sammelsurium von Einfamilienhäusern mit Booten in den Gärten.
Ich kann kaum noch die Augen offen halten, aber es käme mir mies vor, Bridget im Stich zu lassen. Sie mag sich das Steuerrad geschnappt haben, um vorn neben Marty sitzen zu können, aber

das nehme ich ihr nicht übel. Ich will bloß nicht, dass sie am Steuer einschläft und uns alle umbringt – auch wenn ich mir im Moment kaum vorstellen kann, wie ich die Demütigung überleben soll, die mein Ehemann mir antut.
»Da!«, schreit sie, als wir an einer gewaltigen Wasserfläche vorbeifahren.
»Nix da.« Ich schüttele den Kopf. »Immer noch eine Lagune. Sieh mal, da drüben kannst du Land sehen.«
»Mist«, schimpft sie.
Ich lächele in mich hinein. Das Sonnenlicht auf dem Wasser blendet, aber ich zwinge mich, hinzusehen. Ich brauche Licht in meinem Leben. Die vergangenen beiden Wochen waren düster.
»Moment mal«, braust Bridget auf. »Wir sind doch auf Key Largo! Du kannst mir nicht erzählen, dass das nicht das Meer ist.«
»Okay, du hast gewonnen«, räume ich ein. Wie gesagt, in letzter Zeit fällt es mir schwer, irgendetwas wichtig zu nehmen.
Vier weiße Segel ragen über den Mangrovensümpfen auf und steuern aufs offene Meer zu. Wir kommen an einer Reihe Häuser auf Stelzen vorüber, und dahinter kann ich das Wasser glitzern sehen. Die Wohnhäuser und Geschäftsfassaden sind blau, grün, gelb oder cremeweiß angestrichen, und vor einigen Häusern weht die amerikanische Flagge in einer sanften Brise. Styroporbojen hängen wie Girlanden an Schnüren über Zäunen und vor Bars, und manche Leute haben Briefkästen in Form von farbenprächtigen Fischen.
Es gibt viele Tauch- und Angelgeschäfte – und viele Boote. Immer wieder erhasche ich durch die üppige tropische Vegetation einen Blick auf den Ozean. Und die ganze Zeit über führt die Straße schnurgeradeaus. Wie eigenartig, dass sie in Key West endet, am südlichsten Punkt der USA. Dann bleibt uns in zwei Wochen nichts anderes übrig, als genau auf dieser Straße wieder zurückzufahren und nach Hause zu fliegen. Der Gedanke deprimiert mich. Vielleicht lasse ich mich lieber in einem Boot nach Kuba mitnehmen.
Marty entfährt ein lauter – und ich meine, ein LAUTER – Schnarcher, und Bridget und ich prusten los.

»Was? Was ist?« Marty fährt hoch.
»Du hast geschnarcht«, sagt Bridget.
»Nein, habe ich nicht«, widerspricht Mary verächtlich.
»O doch, du hast! Du hast geklungen wie ein Wal. Hat sie doch, oder, Laura?«
»Wale schnarchen nicht«, gibt Marty zurück, ehe ich antworten kann.
»Dann eben wie ein Schwein«, sagt Bridget.
»Dann schon lieber wie ein blöder Wal!«, ruft Marty.
Wir prusten alle los, und am Ende einer Lachsalve lässt Bridget ein gewaltiges Schnarchen ertönen, woraufhin wir erst recht losgackern.
»O Gott, bin ich müde«, sagt sie, als wir uns alle wieder beruhigt haben.
»Soll ich ein Stückchen fahren?«, biete ich an.
»Nein, schon gut«, lehnt sie mein Angebot ab. »Ich habe ja im Flugzeug geschlafen, ist schon gut.« Sie gähnt laut. Was für eine Märtyrerin.
»Was hab ich verpasst?«, will Marty wissen und zappelt auf ihrem Sitz.
»Bridget hat als Erste das Meer gesehen«, berichte ich, als wir gerade auf eine gewaltige Brücke fahren. Überall um uns herum ist Meer.
»Wow, wie aufregend«, kommentiert sie sarkastisch.
Deshalb heißt diese Straße vermutlich Overseas Highway, denke ich bei mir, während ich aus dem Fenster sehe. Der Atlantik zur Linken ist kabbelig und glitzert, während der Golf von Mexiko zu unserer Rechten glasklar und ruhig ist. Zwei Pelikane gleiten vor uns über die Straße, riesig und grau mit einer gewaltigen Flügelspannweite, und dann fahren wir wieder über Land.
Wir kommen an einer Delfinrettungsstation vorüber. Davor hängt ein Schild, auf dem steht: »Haben Sie heute schon einen Delfin umarmt?«
»Ich will einen Delfin umarmen!«, schreit Marty so laut, dass

Bridget zusammenfährt. Marty und ich kichern. Und dann sehen wir an einer Einfahrt ein weiteres Schild, auf dem steht: »Ich wünschte, du wärst hier«, und flüchtig stelle ich mir vor, Matthew säße auf dem leeren Sitz neben mir, und ich vermisse ihn so sehr, dass es wehtut.

Unvermittelt habe ich den starken Drang, aus dem Auto herauszukommen.

»Können wir kurz anhalten?«, frage ich und versuche, mir meine Verzweiflung nicht anhören zu lassen.

»Was ist denn los?« Marty reißt den Kopf nach hinten und sieht mich an.

»Klar«, erwidert Bridget verdutzt und blinkt. Sie fährt auf einen kleinen Parkplatz an einem weißen Sandstrand. Ein Paar in mittlerem Alter sitzt an einem der Picknicktische, aber ansonsten ist der Platz verlassen.

»Weiß aber nicht, ob es hier ein Klo gibt«, fügt sie hinzu. Sie hat meinen Wunsch falsch gedeutet.

»Ich brauche bloß ein bisschen frische Luft«, erkläre ich, öffne die Tür und steige aus.

Ich höre, dass Bridget ihre Tür ebenfalls öffnet, aber Marty sagt leise etwas zu ihr, und sie bleiben beide im Auto sitzen. Meine älteste und liebste Freundin kennt mich zu gut.

Während mein Kopf und mein Herz im Einklang pochen, gehe ich ans Wasser, ziehe die Schuhe aus und wate in das kühle, klare, türkisfarbene Nass. Ich atme tief durch und schließe kurz die Augen, dann öffne ich sie wieder und starre hinaus auf den gewaltigen leeren Ozean.

Bei seinem Junggesellenabschied ließ mein zukünftiger Ehemann sich volllaufen und küsste am Ende in einem Klub irgendeine Frau. Das erzählte er mir aber nicht etwa vor unserer Hochzeit eine Woche später. Er hielt es auch nicht für nötig, es mir irgendwann während der ersten sechs Monate unserer Ehe zu beichten. Wahrscheinlich hätte er es mir überhaupt nicht gebeichtet, wenn ich

nicht vor zwei Wochen auf seiner Facebook-Seite eine Nachricht von einer hübschen Frau namens Tessa Blight gesehen hätte. Bald darauf stellte sich heraus, dass sie Nachrichten an jeden Matthew Perry geschickt hatte, den sie finden konnte – um meinen Matthew Perry zu finden. Meinen Matthew Perry, der zuerst in einem Klub namens Elation irgendeine Frau geküsst und später mit ihr schmutzigen Sex auf der Toilette des Klubs gehabt hatte. Und jetzt bekommt diese Zufallsbekanntschaft in knapp zwei Monaten ein Kind von Matthew Perry – von meinem Matthew Perry.
Mein Ehemann wird für den Rest seines Lebens der Vater des Kindes einer anderen Frau sein. Daran führt kein Weg vorbei, ebenso wenig wie an der grausamen Demütigung für mich, denn die ganze Familie und alle unsere Freunde wissen, dass er eine Woche vor seiner Hochzeit mit mir, der sogenannten Liebe seines Lebens, Sex mit einer anderen Frau gehabt hatte. Es tut ihm leid, natürlich tut es ihm leid. Er ist kein böser Mensch, aber es war ein böser, böser Fehler. Er wollte mich nicht verletzen, er wollte das gar nicht tun – er war so betrunken, da ist es einfach passiert. Und er wird alles tun, was in seiner Macht steht, um es wiedergutzumachen.
Aber er wird es niemals wiedergutmachen können. Ich werde das niemals vergessen. Wie könnte ich auch, wenn das Baby mich stets und bis an mein Lebensende daran erinnern wird?
Es fühlt sich an, als hätte er mir das Herz aus der Brust gerissen und den Haien zum Fraß vorgeworfen. Und im Augenblick würde ich mich am liebsten selbst ins Wasser stürzen und mich dazugesellen.

Kapitel 2

Ich höre die Autotür zuknallen, und gleich darauf steht Marty neben mir im Wasser.

»Alles in Ordnung?«, fragt sie behutsam.

Ich nicke, ohne sie anzusehen.

»Du tust das Richtige«, sagt sie, aber ich habe da immer noch meine Zweifel. »Zwei Wochen Urlaub geben dir die Möglichkeit, Abstand zu gewinnen, erst mal abzuschalten und dann zu entscheiden, was du tun willst.«

Dieses Argument hat sie schon in England vorgebracht, aber da erschien es mir plausibler. Jetzt frage ich mich bloß, was ich hier mache. Wegzulaufen schiebt das Unvermeidliche nur hinaus. Zwar weiß ich noch gar nicht, was das Unvermeidliche ist, aber sollte ich nicht lieber zu Hause sein und versuchen, es herauszufinden?

»Hat er sich bei dir gemeldet?«, fragt sie.

»Ich weiß nicht. Ich habe mein Telefon nicht eingeschaltet.«

»Oh. Wahrscheinlich besser so.«

»Hmm.«

Schweigen.

»Wenn jetzt eine Flutwelle käme, wären wir am Arsch«, sinniert sie.

»Danke für diesen tröstlichen Gedanken, Marty«, sage ich so sarkastisch wie möglich.

»Ahhhh!«

Wir drehen uns um und sehen Bridget in einem lindgrünen Bikini ins Meer rennen. Wasser spritzt in unsere Richtung, und wir quietschen.

»Kommt!«, schreit sie und geht in die Knie, so dass ihr das Wasser bis zum Hals reicht und ihre Haare halb nass werden. Marty packt mich am Arm. »Komm!«
Ich zögere, aber sie hat schon für mich entschieden. Sie zerrt mich zurück zum Auto, um unsere Badesachen herauszusuchen.
Sie hat recht. Genau das brauche ich jetzt. Und selbst wenn sich herausstellt, dass ich mich irre, werde ich heute nicht mehr in ein Flugzeug zurück steigen. Mal sehen, was der morgige Tag bringt.
Ich hieve meinen Koffer aus dem Auto und öffne den Reißverschluss. Wo ist mein Bikini? Marty zieht bereits das T-Shirt über den Kopf und vergewissert sich dabei, dass der Mann am Picknicktisch nicht spannt.
»Sag nicht, du hast keinen eingepackt«, sagt sie, während ich immer hektischer meine Habseligkeiten durchwühle.
Mir rutscht das Herz in die Hose. Er ist leuchtend gelb, verdammt noch mal. Wenn er hier wäre, hätte ich ihn längst gefunden. Ich sehe ihn vor mir, zu Hause in der Schublade – eine Anschaffung für die Flitterwochen, die mich jetzt verhöhnt …
»Verdammte Scheiße!«, explodiere ich, mit einem Mal fuchsteufelswild. Ich habe zwar gesagt, es fiele mir schwer, etwas wichtig zu nehmen, aber DAS ist mir wichtig. Es ist mir immens wichtig.
»Nimm meinen«, drängt Marty und drückt ihn mir in die Hände, ehe ich widersprechen kann. Und gleich darauf stürzt sie sich ins Wasser – in ihrem roten BH und einer nicht dazu passenden gestreiften Unterhose. Falls der Mann uns bisher nicht bemerkt haben sollte, jetzt garantiert.
»Beeil dich!«, schreit sie mir zu. Sie ist ein bisschen kleiner und kurvenreicher als ich, aber ihr Bikini passt sich mir an. Und damit ihre Schamlosigkeit nicht vergebens ist, beeile ich mich und geselle mich zu ihr, diesmal mit einem Lächeln im Gesicht.

Eine Stunde später fahren wir mit noch nassen, wirren und salzigen Haaren nach Key West hinein. Die letzte Insel der Florida Keys ist nur knapp sechseinhalb Kilometer lang und gut drei Kilometer breit, daher sind wir in Nullkommanichts durch die seelenlose New Town hindurch und in der Old Town, wo schöne alte Häuser, Hotels und Bed & Breakfasts die schmalen Straßen und Gassen säumen. Die Gärten vor den Häusern sind voller tropischer Bäume und Blumen, die hochwillkommenen Schatten auf die Balkone und Veranden viktorianischer Gebäude werfen. Die Schindelhäuser und deren hölzerne Fensterläden sind in kontrastierenden Farben gestrichen – Rosa und Lila, Grau und Grün, Gelb und Weiß –, und die Bäume strotzen vor Blüten in leuchtenden Farben.

»Ich glaube, hier ist es«, sagt Bridget und biegt auf einen kleinen Parkplatz ein.

Unser Hotel liegt ein paar Straßenecken östlich von der Duval Street, wo sich ein Großteil des Nachtlebens abspielt, und als wir aussteigen und die Koffer zum Eingang ziehen, regt sich ein wenig Vorfreude in mir. Das Hotel ist weiß gestrichen, hat grüne Fensterläden und ein Vordach und steht inmitten einer üppigen Gartenlandschaft. Mike, der freundliche, offensichtlich schwule Rezeptionist, führt uns kurz übers Gelände, und als wir um eine Ecke biegen und den kühlen blauen Pool erblicken, lächele ich Marty unwillkürlich an. Die Liegestühle sind noch voll besetzt. Die Leute genießen die Spätnachmittagssonne und lassen den Tag mit einem Drink ausklingen. Mein Blick fällt auf drei wohlgerundete Männer mittleren Alters in knappen bunten Badehosen. Außerdem gibt es einen Whirlpool, einen Bereich mit Hängematten unter Palmen zum Chillen, und an den Verandadecken schaukeln Hängesessel. Mike teilt uns mit, dass am Pool täglich von sechzehn bis siebzehn Uhr Happy Hour ist und wir uns in dieser Zeit so viele kostenlose Drinks genehmigen können, wie wir wollen. Die Happy Hour ist bereits in vollem Gang, und er gibt uns drei Gratisbier mit aufs Zimmer für den Fall, dass wir nicht mehr rechtzeitig wieder herunterkommen. Da kennt er Marty schlecht.

Wir wohnen im ersten Stock in einem offenen Apartment an der Vorderseite des Gebäudes. Wir haben einen Balkon für uns allein mit einem Hängesessel, zwei schmiedeeisernen Stühlen und einem kleinen Tisch. Im Inneren des Apartments gelangt man über eine Wendeltreppe zu einem Doppelbett. Marty hat eingewilligt, es Bridget zu überlassen, da ihre Reisereportage ihnen hier einen ordentlichen Rabatt verschafft. Ferner gibt es ein Sofa, das sich in ein zweites Doppelbett für Marty verwandeln lässt, und unter der Treppe liegt eine Singleluftmatratze: mein Schlafquartier.

»Mir macht es nichts aus, da zu schlafen«, bietet Marty großzügig an, als ich meine Tasche neben mein Bett stelle, das einen halben Meter hoch und ziemlich beeindruckend für eine Luftmatratze ist.

»Nein, schon gut«, erwidere ich, setze mich und rutsche beinahe wieder hinunter. Sie sieht fester aus, als sie ist. Bridget schnaubt.

»Pass bloß auf, sonst ratze ich oben bei dir«, warnt Marty sie. »Laura kann das Schlafsofa haben.«

»Ja, ja, du willst ja nur grapschen«, witzelt Bridget und versucht, ihren riesigen Koffer die Wendeltreppe hinaufzubefördern, wobei sie geräuschvoll von Stufe zu Stufe rumpelt. »Helft mir mal, ja?«, fährt sie uns schließlich an.

Hastig stehe ich auf und stoße mir den Kopf an der Treppe.

»Mist, alles okay?«, ruft Marty.

»Aua.« Ich drücke mir die Hand auf den Kopf. Das hat richtig weh getan.

»Schnell!«, japst Bridget, und Marty eilt ihr zu Hilfe, ehe der Koffer mir auch noch auf den Kopf fallen kann. Ich komme vorsichtig unter der Treppe hervor und richte mich mit pochendem Schädel auf. Am Fuß meines Bettes befindet sich ein Bad mit einer Dusche, vor dem Sofa steht ein Flachbildfernseher, und dahinter befindet sich eine kleine Kochnische mit einem winzigen Kühlschrank und einer Mikrowelle. Obendrauf steht eine Kaffeemaschine. Nach ausgiebigem Fluchen und Zetern stellen Marty und Bridget endlich Bridgets Koffer ab und kommen wieder die Treppe herab. Wundert mich nicht, dass sie zu kämpfen hatten. Beinahe die Hälfte des zulässigen Gepäckgewichts für uns drei ging allein für Bridgets Koffer drauf. Zum Glück habe ich nur leichtes Gepäck, sonst hätten wir vielleicht Übergepäck bezahlen müssen. Ich denke an den vergessenen Bikini und seufze. Ich werde erst einen neuen kaufen müssen, bevor ich in diesen verlockenden Pool tauchen kann.

»Happy Hour?«, schlägt Marty vor.

»Ich gehe vielleicht zuerst unter die Dusche«, sage ich.

»O nein, das tust du nicht.« Sie nimmt meine Hand und zieht mich durchs Zimmer zur Tür.

»Darf ich mir nicht die Haare waschen?«, bettele ich und gehe nur widerwillig mit.

»Deine goldenen Locken sehen atemberaubend aus, wie immer«, erwidert sie trocken und achtet nicht auf meinen Protest. Ich werfe Bridget über die Schulter einen flehenden Blick zu, aber sie schürzt bloß die Lippen und folgt uns aus dem Apartment.